DER POET

Michael Connelly

DER POET

Roman

Aus dem Amerikanischen
von Christel Wiemken

WILHELM HEYNE VERLAG
MÜNCHEN

Titel der Originalausgabe: The Poet
Die Originalausgabe erschien 1996 bei
Little, Brown and Company
Boston, New York, Toronto, London

Redaktion: Gisela Klemt

Umschlaggestaltung: Büro X, Wien
Umschlagillustration: Tony Stone Images / Rick Raymond, München
Satz: Wolfgang Taschner, Wörthsee
Druck und Bindung: Wiener Verlag, Himberg
Printed in Austria

ISBN 3-453-13853-8

1

Tod ist mein Ressort. Ich lebe von ihm. Ich schmiede meinen beruflichen Ruhm mit seiner Hilfe. Ich behandle ihn mit der Leidenschaft und Präzision eines Bestattungsunternehmers – ernst und voller Mitgefühl, wenn ich mit den Hinterbliebenen spreche, wie ein erfahrener Handwerker, wenn ich allein bin. Ich war immer der Ansicht, das Geheimnis des Umgangs mit dem Tod bestünde darin, genügend Abstand zu ihm zu halten. Die Regel lautet: Man darf nicht zulassen, daß er einem ins Gesicht atmet.

Aber ich hatte keine Chance, mich an diese Regel zu halten. Als die beiden Detectives erschienen und mir von Sean erzählten, ergriff eine kalte Taubheit von mir Besitz. Es war, als befände ich mich in einem Aquarium. Ich bewegte mich wie unter Wasser – vor und zurück, vor und zurück – und betrachtete den Rest der Welt durch das Glas.

Vom Fond ihres Wagens aus konnte ich im Rückspiegel meine Augen sehen. Sie blitzten jedesmal auf, wenn wir eine Ampel passierten. Ich erkannte den Blitz wieder. Aus den Augen der frisch verwitweten Frauen, die ich im Laufe der Jahre interviewt hatte.

Ich kannte nur einen der beiden Detectives, Harold Wexler. Ich hatte ihn ein paar Monate zuvor kennengelernt, als ich mit Sean auf einen Drink ins Pints Of gegangen war. Sie gehörten beide derselben Abteilung der Polizei von Denver an, der CAP, die für Verbrechen an Menschen zuständig war. Ich erinnerte mich, daß Sean ihn Wex genannt hatte. Cops reden sich immer mit Spitznamen an. Der von Wexler ist Wex, und der von Sean war Mac. Das ist so eine Art Stammesbindung. Einige der Namen sind nicht gerade schmeichelhaft, aber die Cops beschweren sich nicht. Ich kenne einen in Colorado Springs, der Scoto heißt und den die meisten Scroto nennen. Ein paar gehen sogar soweit, ihn Scrotum zu nennen, aber ich nehme an, man muß schon ein sehr guter Freund sein, um sich das erlauben zu dürfen.

Wexler war gebaut wie ein kleiner Bulle, kräftig, untersetzt, mit einer von Zigaretten und Whiskey verräucherten Stimme. Ein scharfgeschnittenes, auffallend rotes Gesicht. Ich erinnere mich, daß er Jim Beam auf Eis trank. Mich interessiert immer, was Cops trinken. Es verrät eine Menge über sie. Wenn sie ihre Drinks unverdünnt zu sich nehmen, muß ich immer denken, daß sie vielleicht zu oft zu viele Dinge gesehen haben, die die meisten Menschen überhaupt nicht zu sehen bekommen. Sean trank an jenem Abend Lite Bier, aber er war auch noch jung. Obwohl er die Abteilung leitete, war er mindestens zehn Jahre jünger als Wexler. Zehn Jahre später hätte er seine Medizin vielleicht auch kalt und unverdünnt eingenommen, wie Wexler. Doch das werde ich jetzt nie erleben.

Ich verbrachte den größten Teil der Fahrt damit, an jenen Abend im Pints Of zu denken. Nicht, daß dort irgend etwas Wichtiges passiert wäre. Nur ein paar Drinks mit meinem Bruder. Und das letzte Mal, daß wir uns richtig gut verstanden. Bevor Theresa Lofton auftauchte. Diese Erinnerung versetzte mich wieder zurück in das Aquarium.

Doch sobald die Realität es schaffte, das Glas zu durchdringen und in mein Herz vorzustoßen, überwältigte mich ein Gefühl des Versagens und des Kummers. Es war die erste wirkliche Seelenqual, die ich in meinen vierunddreißig Jahren durchmachen mußte. Das schloß den Tod meiner Schwester mit ein. Damals war ich noch zu jung gewesen, um richtig um Sarah trauern oder auch nur den Schmerz eines nicht erfüllten Lebens begreifen zu können. Jetzt trauerte ich, weil ich nicht einmal gewußt hatte, daß Sean so dicht am Abgrund gestanden hatte. Er war Lite Bier gewesen, während all die anderen Cops, die ich kannte, Whiskey on the rocks waren.

Natürlich war mir bewußt, wieviel Selbstmitleid in dieser Art von Trauer steckte. Wir hatten einander lange Zeit nicht richtig zugehört. Wir hatten unterschiedliche Wege eingeschlagen. Und jedesmal, wenn ich mir diese Tatsache eingestand, begann der Kreislauf des Kummers von vorn.

Mein Bruder hatte mir einmal die Theorie des Limits erklärt. Er sagte, jeder Cop, der in der Mordkommission arbeite, habe ein Limit, aber dieses Limit sei ihm unbekannt, bis er es erreicht habe. Er redete über Tote. Sean war überzeugt, daß jeder Cop nur soundso viele Tote ertragen konnte. Die Zahl lautete bei jedem anders. Manche klappten schon früh zusammen. Andere gehörten der Mordkommission zwanzig Jahre lang an und kamen nicht einmal in die Nähe des Limits. Aber eine Zahl gab es immer. Und wenn sie erreicht war, dann war Schluß. Man ließ sich ins Archiv versetzen, man gab seine Dienstmarke ab, man tat irgend etwas. Weil man den Anblick eines weiteren Toten einfach nicht ertragen hätte. Doch wenn man trotzdem blieb, wenn man sein Limit überschritt, nun ja, dann gab es Probleme, die damit enden konnten, daß man sich eine Kugel in den Kopf schoß. Genau das hatte Sean gesagt.

Mir wurde bewußt, daß mich der andere Detective, Ray St. Louis, angesprochen hatte.

Er war viel größer als Wexler. Selbst in dem schwachen Licht im Wageninnern konnte ich die Unebenheit seines pockennarbigen Gesichts erkennen. Ich kannte ihn nicht, aber ich hatte gehört, wie andere Cops über ihn redeten, und ich wußte, daß sie ihn Big Dog nannten. Als ich ihn und Wexler zusammen sah, als sie im Foyer der *Rocky* auf mich warteten, hielt ich sie für das perfekte Mutt-und-Jeff-Paar. Sie sahen aus, als wären sie direkt aus einem Spätfilm gestiegen. Lange, dunkle Mäntel. Hüte. Die ganze Szene hätte in Schwarzweiß sein sollen.

»Haben Sie gehört, Jack? *Wir* bringen es ihr bei. Das ist unser Job, aber es wäre uns sehr lieb, wenn Sie dabeisein könnten, vielleicht sogar bei ihr bleiben würden, wenn es hart auf hart geht. Sie wissen schon – wenn sie jemanden um sich braucht. Okay?«

»Okay.«

»Gut, Jack.«

Wir waren unterwegs zu Seans Haus. Nicht zu der Wohnung, die er sich mit vier anderen Cops in Denver teilte, damit er den Vorschriften entsprechend ein Einwohner von Denver war. Sondern zu seinem Haus in Boulder, wo seine Frau Riley uns die Tür öffnen würde. Ich wußte, daß niemand ihr etwas beizubringen brauchte. Sie würde wissen, was passiert war, sobald sie uns drei ohne Sean dastehen sah. Jede Frau eines Cops würde sofort Bescheid wissen. Diese Frauen verbringen ihr Leben damit, genau den Tag zu fürchten und sich auf ihn einzustellen. Jedesmal, wenn jemand an die Tür klopft, rechnen sie damit, daß es Todesboten sein könnten. Diesmal würde es der Fall sein.

»Sie wird es sowieso wissen«, erklärte ich ihnen.

»Vermutlich«, sagte Wexler. »Sie wissen es immer.«

Mir wurde klar, daß sie darauf sogar bauten. Das würde ihren Job leichtermachen.

Ich ließ mein Kinn auf die Brust sinken, schob die Finger unter die Brille und massierte meine Nasenwurzel. Mir war bewußt, daß ich zu einer Figur aus einer meiner eigenen Stories geworden war – daß ich die Zeichen des Kummers und Verlustes zur Schau stellte, die ich sonst so mühsam formulierte, damit eine fünfundsiebzig Zentimeter lange Zeitungsstory besonders ergreifend wurde.

Ein Schamgefühl überfiel mich, als ich an all meine Anrufe bei einer Witwe oder den Eltern eines toten Kindes dachte. Oder bei dem Bruder eines Selbstmörders. Ja, sogar solche Leute hatte ich angerufen. Ich glaube nicht, daß es irgendeine Art von Tod gibt, über die ich nicht geschrieben habe, bei der ich nicht zum Eindringling in anderer Leute Schmerz geworden war.

Wie fühlen Sie sich? Worte, die einem Reporter geläufig sind. Immer die erste Frage. Vielleicht nicht so direkt gestellt, sondern sorgfältig hinter Worten getarnt, die Mitgefühl und Verständnis ausdrücken sollten – Empfindungen, die mir in Wirklichkeit abgingen. Ich habe sogar ein Andenken an diese Gefühllosigkeit. Eine schmale weiße Narbe auf meiner linken Wange, direkt oberhalb meines Bartes. Sie stammt von dem Diamanten am Verlobungsring einer Frau, deren Verlobter gerade in einer Lawine in der Nähe von Breckenridge ums Leben gekommen war. Ich stellte ihr die übliche Frage, und sie reagierte mit einer Rückhand quer über mein Gesicht. Damals war ich noch neu in diesem Job und glaubte, mir wäre Unrecht geschehen. Heute trage ich die Narbe wie eine Medaille.

»Halten Sie bitte an«, sagte ich. »Ich muß mich übergeben.«

Wexler steuerte den Wagen sofort auf die Standspur des Freeways. Wir schlitterten ein wenig auf dem schwarzen Eis, doch dann gewann Wexler die Kontrolle zurück. Noch bevor der Wagen völlig zum Stillstand gekommen war, versuchte ich verzweifelt, die Tür zu öffnen, aber der Griff funktionierte nicht. Es war ein Polizeifahrzeug, begriff ich dann, und die meisten Leute, die auf dem Rücksitz mitfuhren, waren Verdächtige oder Gefangene.

»Die Tür«, brachte ich mühsam heraus.

Der Wagen kam schließlich mit einem Ruck zum Stehen, und Wexler löste die Sicherheitsverriegelung. Ich öffnete die Tür, beugte mich hinaus und erbrach mich in den schmutzigen Schneematsch. Eine halbe Minute lang rührte ich mich nicht, wartete auf mehr, doch es kam nichts. Ich war leer. Ich dachte an den Rücksitz des Wagens. Für Verdächtige und Gefangene. Ich nahm an, daß ich jetzt beides war. Verdächtig als Bruder. Und ein Gefangener meines eigenen Stolzes. Das Urteil würde natürlich lebenslänglich lauten.

Mit der Erleichterung, die der körperliche Exorzismus mit sich brachte, glitten diese Gedanken rasch hinweg. Ich stieg vorsichtig aus dem Wagen und ging bis an den Rand des Asphalts, auf dem die Lichter vorbeifahrender Wagen im Februarschnee in schillernden Regenbogenfarben reflektiert wurden. Es sah so aus, als hätten wir am Rande einer Viehweide angehalten, aber ich wußte nicht, wo wir waren. Ich hatte nicht darauf geachtet. Ich zog meine Handschuhe aus, nahm die Brille ab und steckte sie in meine Manteltasche. Dann bückte ich mich und grub durch die schmutzige Oberfläche, bis ich an Schnee kam, der weiß und sauber war. Ich nahm zwei Handvoll von dem kalten, sauberen Pulver, drückte es an mein Gesicht und verrieb es, bis meine Haut brannte.

»Alles okay?« fragte St. Louis.

Er war mit dieser dämlichen Frage hinter mich getreten. Sie lag auf der gleichen Ebene wie das *Wie fühlen Sie sich?* Ich ignorierte sie.

»Fahren wir«, sagte ich.

Wir stiegen wieder ein, und Wexler steuerte den Wagen wortlos zurück auf die Fahrbahn. Ich entdeckte das Schild für die Ausfahrt Broomfield und wußte nun, daß wir ungefähr die Hälfte der Strecke hinter uns hatten. Ich war in Boulder aufgewachsen und hatte die knapp fünfzig Kilometer zwischen Boulder und Denver bestimmt an die tausend Mal zurückgelegt, aber jetzt kam mir die Gegend wie ein Territorium auf dem Mond vor.

Zum ersten Mal dachte ich an meine Eltern und daran, wie sie auf die Nachricht reagieren würden. Stoisch, vermutete ich. So gingen sie mit allem um. Sie sprachen nie über irgend etwas. Sie machten einfach weiter. So war es bei Sarah gewesen. So würde es nun auch bei Sean sein.

»Warum hat er es getan?« fragte ich nach ein paar Minuten.
Wexler und St. Louis antworteten nicht.

»Ich bin sein Bruder. Wir sind Zwillinge, verdammt noch mal!«

»Außerdem sind Sie Journalist«, sagte St. Louis. »Wir haben Sie abgeholt, weil wir möchten, daß jemand von der Familie bei Riley ist. Sie sind der einzige ...«

»Mein Bruder hat sich umgebracht!«

Ich sagte es zu laut, mit einem hysterischen Unterton, von dem ich wußte, daß er bei Cops nie wirkt. Man fängt an zu brüllen, und sie sind imstande, den Laden dichtzumachen, ganz cool zu werden. Ich fuhr mit gedämpfterer Stimme fort: »Ich meine, ich habe ein Recht darauf zu wissen, was passiert ist und warum. Ich habe nicht vor, irgendeinen gottverdammten Artikel zu schreiben. Himmel, ihr Kerle seid ...«

Ich schüttelte den Kopf und beendete den Satz nicht. Wenn ich es versuchte, würde ich vermutlich wieder die Beherrschung verlieren. Ich schaute aus dem Fenster. Die Lichter von Boulder kamen näher. Erheblich mehr Lichter als in meiner Kindheit.

»*Warum*, wissen wir nicht«, sagte Wexler schließlich nach einer halben Minute. »Okay? Alles, was ich sagen kann, ist, daß so etwas vorkommt. Manchmal haben Cops die Scheiße satt. Vielleicht hatte Mac einfach genug davon. Wer weiß? Aber sie versuchen es herauszubekommen. Und wenn sie es wissen, werde ich es erfahren. Und ich werde es Ihnen sagen. Das ist ein Versprechen.«

»Wer untersucht den Fall?«

»Die Parkverwaltung hat es unserer Abteilung übergeben. SIU arbeitet daran.«

»Wie bitte? Das Dezernat für Sonderermittlungen? Die kümmern sich doch sonst nicht um Selbstmorde von Cops!«

»Normalerweise nicht. Das tun wir von der Abteilung CAP. Aber es ist so, daß sie uns nicht über einen unserer Leute ermitteln lassen wollen. Interessenkonflikt.«

CAP, dachte ich. Crimes Against Persons – Verbrechen an Menschen. Mord, Totschlag, Körperverletzung, Vergewaltigung, Selbstmord. Ich fragte mich, wer in den Berichten als derjenige Mensch benannt werden würde, an dem das Verbrechen begangen worden war. Riley? Ich? Meine Eltern? Mein Bruder?

»Es war wegen Theresa Lofton, stimmt's?« fragte ich. Obwohl es im Grunde keine Frage war. Ich hatte nicht das Gefühl, ihre Bestätigung oder ihr Dementi zu brauchen. Ich sprach nur laut aus, was für mich auf der Hand zu liegen schien.

»Wir wissen es nicht, Jack«, sagte St. Louis. »Belassen wir's fürs erste dabei.«

Der Tod von Theresa Lofton war die Art von Mord, die Leute aufhorchen ließ. Nicht nur in Denver, sondern überall. Er veranlaßte jedermann, der davon hörte oder darüber las, zumindest eine Sekunde lang innezuhalten und über die Gewalttätigkeit nachzudenken, die diesen Tod begleitet hatte, über das flaue Gefühl im Bauch, das er verursachte.

Die meisten Tötungsdelikte sind kleine Morde. So jedenfalls nennen wir sie im Zeitungsgeschäft. Ihre Wirkung auf andere ist beschränkt, ihre Auswirkung auf die Imagination kurzlebig. Sie bekommen ein paar Absätze auf einer der Innenseiten, werden auf die gleiche Art in den Zeitungen vergraben wie die Opfer in der Erde.

Aber wenn eine hübsche College-Studentin an einem bis dahin friedlichen Ort wie dem Washington Park in zwei Teilen gefunden wird, dann ist für gewöhnlich in der Zeitung gar nicht genügend Platz für all das, was darüber geschrieben wird. Der Mord an Theresa Lofton war kein kleiner Mord. Er war ein Magnet, der Journalisten von überallher anzog. Und so fielen sie in Denver ein, aus Städten wie New York, Chicago und Los Angeles, Reporter von Fernsehsendern, von Massenblättern und von seriösen Zeitungen. Eine Woche lang wohnten sie in den besseren Hotels, durchstreiften die Stadt und den Campus der University of Denver, stellten bedeutungslose Fragen und erhielten bedeutungslose Antworten. Einige von ihnen trieben sich auch in der Umgebung der Kindertagesstätte herum, in der Lofton stundenweise gearbeitet hatte, oder fuhren hinauf nach Butte, wo sie herstammte. Wo immer sie aufkreuzten, erfuhren sie dasselbe – daß Theresa Lofton in die exklusivste aller Medienschablonen hineinpaßte: die des typischen amerikanischen Mädchens.

Der Mord an Theresa Lofton wurde überall mit dem Fall der Schwarzen Dahlie fünfzig Jahre zuvor in Los Angeles verglichen. Damals war ein nicht ganz so typisches amerikanisches Mädchen in der Mitte durchgetrennt auf einem unbebauten Grundstück gefunden worden. Eine reißerisch aufgemachte Fernseh-Show erfand für Theresa Lofton den Namen Weiße Dahlie, weil sie auf einem schneebedeckten Feld in der Nähe des Lake Grasmere in Denver gefunden worden war.

Und so erhielt sich die Story aus sich selbst. Sie brannte fast zwei Wochen lang so heiß wie ein Feuer in einer Mülltonne. Aber niemand wurde verhaftet, und es gab andere Verbrechen, andere Feuer, an denen die nationalen Medien sich wärmen konnten. Meldungen über den neuesten Stand der Dinge im Fall Lofton wanderten auf die Innenseiten der Zeitungen von Colorado. Sie wurden zu Kurzberichten in der Rubrik Vermischtes. Und schließlich nahm Theresa Lofton nur noch einen Platz unter den kleinen Morden ein. Sie wurde vergraben.

Die ganze Zeit über blieben die Polizei im allgemeinen und mein Bruder im besonderen praktisch stumm und weigerten sich sogar, die Tatsache zu bestätigen, daß das Opfer in zwei Teilen gefunden worden war. Dieses Detail war nur zufällig durch einen Fotografen der *Rocky* bekannt geworden, der Iggy Gomez hieß. Er war auf der Suche nach Graffiti im Park gewesen, um jene Art von Fotos zu machen, die an einem Tag, an dem sonst nichts los ist, die Seiten füllen. Dabei war er vor allen anderen Journalisten oder Fotografen zufällig auf den Ort des Verbrechens gestoßen. Die Cops hatten den Coroner und die Kriminalbeamten telefonisch informiert, weil sie wußten, daß die *Rocky* und die *Post* ihren Funkverkehr abhörten. Gomez machte Aufnahmen von den beiden Tragbahren, die zum Abtransport der zwei Leichensäcke benutzt wurden. Er rief die Lokalredaktion an und sagte, die Cops arbeiteten an einem Doppelmord, und der Größe der Säcke nach zu urteilen handele es sich vermutlich um Kinder.

Später machte sich ein Polizeireporter der *Rocky* an einen Informanten im Büro des Coroners heran, und von ihm erfuhr er die grauenhafte Tatsache, daß ein Mordopfer in zwei Teilen in die Leichenhalle gebracht worden war. Die Story, die die *Rocky* am nächsten Morgen veröffentlichte, war der Sirenengesang für sämtliche Medien überall im Lande.

Mein Bruder und seine CAP-Mannschaft taten so, als fühlten sie sich nicht im mindesten verpflichtet, die Öffentlichkeit zu informieren. Jeden Tag gab der Pressesprecher der Polizei von Denver ein paar magere Zeilen als Presseinformation heraus, die besagten, daß die Ermittlungen fortgesetzt würden und es bisher noch keine Verhaftung gegeben hätte. Wenn sie sich in die Enge getrieben fühlten, erklärten die hohen Tiere, der Fall würde schließlich nicht von den Medien ermittelt, obwohl das im Grunde eine lächerliche Behauptung war. Da sie von den Behörden kaum Informationen erhielten, taten die Medien, was sie in solchen Fällen immer tun. Sie stellten ihre eigenen Ermittlungen an und betäubten die lesende und fernsehende Öffentlichkeit mit unzähligen Details über das Leben des Opfers, die in Wirklichkeit völlig unerheblich waren.

Nach ein paar Wochen war der Medienrummel dann vorbei, erstickt, weil es ihm an seinem Lebenselixier mangelte: an Informationen.

Ich schrieb nicht über Theresa Lofton. Aber ich hätte es gern getan. Es war eine Art von Story, die einem hier nicht alle Tage über den Weg läuft, und jeder Reporter hätte sich gern ein Stück davon abgeschnitten. Aber anfangs arbeitete Van Jackson daran, zusammen mit Laura Fitzgibbons, der für den Campus zuständigen Reporterin. Ich mußte abwarten, bis meine Zeit gekommen war. Ich wußte, wenn die Cops die Sache nicht aufklärten, würde ich eines Tages zum Zuge kommen. Als Jackson mich im Frühstadium des Falles fragte, ob ich irgend etwas aus meinem Bruder herausholen könne, und sei es auch nur inoffiziell, sagte ich deshalb, ich würde es versuchen. Aber ich versuchte es nicht. Ich wollte die Story für mich und dachte nicht daran, Jackson zu helfen, indem ich ihm Material aus meiner eigenen Quelle überließ.

Ende Januar, als der Fall einen Monat alt und aus den Schlagzeilen verschwunden war, tat ich meinen ersten Schritt. Und machte einen Fehler.

Eines Morgens suchte ich Greg Glenn auf, den Lokalredakteur, und sagte ihm, daß ich mich gern umfassender mit dem Lofton-Fall beschäftigen würde. Das war meine Spezialität, mein Ressort. Lange Artikel über bemerkenswerte Morde im Rocky Mountain Empire. Ich erinnerte Glenn daran, daß ich einen Informanten hatte. Es sei der Fall meines Bruders, sagte ich, und er würde nur mir etwas darüber erzählen. Glenn dachte nicht lange darüber nach, welche Zeit und Mühe Jackson bereits in die Story investiert hatte. Ich hatte es geahnt. Alles, worum es ihm ging, war, eine Story zu bekommen, die die *Post* nicht hatte. Ich verließ sein Büro mit dem Auftrag.

Mein Fehler war, daß ich Glenn gesagt hatte, ich hätte einen Informanten, bevor ich mit meinem Bruder gesprochen hatte. Am nächsten Tag ging ich die zwei Blocks von der *Rocky* zur Polizeizentrale und traf mich mit ihm zum Lunch in der Cafeteria. Ich erzählte ihm von meinem Auftrag. Sean sagte, ich solle die Finger davon lassen.

»Gib's auf, Jack. Ich kann dir nicht helfen.«

»Wie meinst du das? Es ist doch dein Fall.«

»Es ist mein Fall, aber ich arbeite weder mit dir zusammen noch mit sonst jemandem, der darüber schreiben möchte. Ich habe die wichtigsten Details bekanntgegeben, mehr brauche ich nicht zu tun, und dabei bleibt es auch.«

Er ließ den Blick durch die Cafeteria schweifen. Er hatte die ärgerliche Angewohnheit, einen nicht anzuschauen, wenn man anderer Ansicht war als er. Als wir noch klein waren, bin ich immer über ihn hergefallen, wenn er das tat, und habe ihm einen Stoß in den Rücken versetzt. Das ging jetzt leider nicht mehr.

»Sean, das ist eine gute Story. Du mußt ...«

»Ich muß überhaupt nichts, und es ist mir scheißegal, was für eine Story es ist. Diese Sache ist schlimm, Jack. Ich kriege sie nicht mehr aus dem Kopf. Und ich denke nicht daran, dir dabei zu helfen, mit ihr mehr Zeitungen zu verkaufen.«

»Sieh mich an, Mann. Ich bin Journalist. Mir ist es gleich, ob die Auflage steigt oder nicht. Mir geht es nur um die Story. Die Zeitung ist mir scheißegal. Du weißt ganz genau, wie ich in dieser Hinsicht denke.«

Endlich drehte er sich wieder zu mir um.

»Und du weißt jetzt, wie ich über diesen Fall denke«, sagte er.

Ich schwieg für einen Moment und zündete mir eine Zigarette an. Ich war damals auf ungefähr eine halbe Schachtel am Tag herunter und hätte darauf verzichten können, aber ich wußte, daß es ihn störte. Also rauchte ich.

»Rauchen ist hier nicht erlaubt, Jack.«

»Buchte mich doch ein! Dann hast du wenigsten *irgend jemanden* verhaftet.«

»Warum bist du nur gleich so ein Arschloch, sobald du nicht bekommst, was du haben willst?«

»Und weshalb bist du eines? Du kannst den Fall nicht aufklären, stimmt's? Du willst nicht, daß ich herumwühle und über dein Versagen schreibe. Du hast bereits aufgegeben.«

»Jack, versuch es nicht mit solch einer Scheiße unter der Gürtellinie. Du weißt genau, das hat noch nie funktioniert.«

Er hatte recht. So etwas funktionierte nie.

»Was dann? Willst du diese kleine Horrorgeschichte einfach für dich behalten? Ist es das?«

»Ja. Ungefähr so könnte man es ausdrücken.«

Ich saß mit verschränkten Armen hinter Wexler und St. Louis. Es war tröstlich. Fast so, als hielte ich mich selbst zusammen. Je länger ich über meinen Bruder nachdachte, desto weniger Sinn machte die ganze Sache. Ich wußte, daß der Lofton-Fall ihm schwer zu schaffen gemacht hatte, aber nicht in dem Maße, daß er sich deshalb das Leben genommen hätte. Nicht Sean.

»Hat er seine eigene Waffe benutzt?«

Wexler musterte mich im Rückspiegel. Ich fragte mich, ob er wußte, was zwischen meinen Bruder und mich einen Keil getrieben hatte.

»Ja.«

Die Antwort traf mich wie ein Schlag. Es war einfach unvorstellbar. Der Lofton-Fall war mir egal. Was sie sagten, konnte einfach nicht stimmen.

»Das glaube ich nicht.«

St. Louis drehte sich um und sah mich an.

»Wie meinen Sie das?«

»Er hätte es nicht getan, das ist alles.«

»Hören Sie, Jack, er ...«

»Er hatte die Scheiße, die aus dem Rohr kommt, nicht satt. Er liebte sie. Fragen Sie Riley. Fragen Sie irgend jemanden im ...Wex, Sie haben ihn am besten gekannt, und Sie wissen, daß es Blödsinn ist. Er liebte die Jagd. So hat er es immer genannt. Er hätte sie gegen nichts auf der Welt eingetauscht. Er hätte inzwischen stellvertretender Polizeichef sein können, aber er wollte es nicht. Er wollte im Morddezernat arbeiten. Er blieb bei CAP.«

Wexler antwortete nicht. Wir waren mittlerweile in Boulder und fuhren auf der Baseline in Richtung Cascade. Ich hatte das Gefühl zu fallen.

»Was ist mit einem Abschiedsbrief?« sagte ich. »Was...«

»Es gibt einen Abschiedsbrief. Jedenfalls etwas in der Art.«

Ich bemerkte, daß St. Louis Wexler einen Blick zuwarf, der besagte: Du redest zuviel.

»Was hat er geschrieben?«

Ein langes Schweigen.

Dann sagte Wexler: »Jenseits von Raum. Jenseits von Zeit.«

»Jenseits von Raum. Jenseits von Zeit. Sonst nichts?«

»Sonst nichts. Mehr stand nicht da.«

Das Lächeln auf Rileys Gesicht dauerte ungefähr drei Sekunden. Dann trat sofort der Ausdruck des Entsetzens an seine Stelle. Das Gehirn ist ein erstaunlicher Computer. Ein sekundenlanger Blick in die drei Gesichter an deiner Tür, und du weißt, daß dein Mann nie mehr nach Hause kommen wird. Damit könnte IBM nicht konkurrieren. Ihr Mund verwandelte sich in ein grauenhaftes schwarzes Loch, aus dem zuerst ein unverständlicher Laut hervorbrach und dann das unvermeidliche, nutzlose Wort: »Nein!«

»Riley«, versuchte Wexler. »Setzen Sie sich erst einmal hin.«

»Nein, oh Gott, nein!«

»Riley ...«

Sie wich von der Tür zurück, bewegte sich wie ein in die Enge getriebenes Tier, zuerst in die eine, dann in die entgegengesetzte Richtung, ganz so, als glaubte sie, etwas ändern zu können, wenn sie uns nur entwischen konnte. Wir folgten ihr ins Wohnzimmer, wo sie mitten auf der Couch zusammenbrach und in einen nahezu katatonischen Zustand fiel. Tränen stiegen ihr in die Augen. Wexler setzte sich neben sie. Big Dog und ich standen einfach da, stumm wie Feiglinge.

»Ist er tot?« fragte sie. Sie kannte die Antwort, wußte aber, daß sie dies noch hinter sich bringen mußte.

Wexler nickte.

»Wie?«

Wexler schaute zu Boden und zögerte einen Augenblick. Dann sah er mich an und schließlich wieder Riley.

»Er hat es selbst getan, Riley. Es tut mir leid.«

Sie glaubte es nicht, ebensowenig wie ich. Aber Wexler erzählte ihr die ganze Geschichte, und nach einer Weile hörte sie auf zu protestieren. Das war der Moment, in dem sie mich zum ersten Mal anschaute, tränenüberströmt. Auf ihrem Gesicht lag ein flehender Ausdruck, als wolle sie mich fragen, ob wir den gleichen Alptraum durchlitten und ob ich nicht etwas dagegen tun konnte. Warum weckte ich sie nicht auf? Konnte ich diesen beiden Typen aus einem Schwarzweißfilm nicht sagen, wie sehr sie sich irrten? Ich setzte mich neben sie und nahm sie in die Arme. Dazu war ich da. Ich hatte diese Szene oft genug gesehen, um zu wissen, was von mir erwartet wurde.

»Ich werde hierbleiben«, flüsterte ich. »Solange du willst.«

Sie antwortete nicht, sondern löste sich aus meinen Armen und wandte sich an Wexler.

»Wo ist es passiert?«

»In Estes Park. Am See.«

»Nein, dorthin wäre er nie – was hat er da oben gemacht?«

»Er hatte einen Anruf bekommen. Jemand sagte, er hätte vielleicht Informationen zu einem seiner Fälle. Sean wollte sich mit ihm auf einen Kaffee im Stanley treffen. Danach ... fuhr er zum See hinaus. Wir wissen nicht, weshalb er dorthin gefahren ist. Er wurde in seinem Wagen gefunden, von einem Ranger, der den Schuß gehört hatte.«

»Informationen zu welchem Fall?« fragte ich.

»Hören Sie, Jack, ich möchte nicht ...«

»Zu welchem Fall?« brüllte ich, diesmal ohne Rücksicht auf meine Lautstärke. »Es war Lofton, stimmt's?«

Wexler nickte kurz, und St. Louis trat kopfschüttelnd ans Fenster.

»Wen wollte er treffen?«

»Kann ich Ihnen nicht sagen, Jack. Details gehen Sie nichts an.«

»Ich bin sein Bruder. Und das ist seine Frau.«

»Es wird alles genauestens untersucht. Aber wenn Sie nach Unstimmigkeiten suchen – es gibt keine. Wir sind dort gewesen. Er hat sich selbst umgebracht. Er hat seine eigene Waffe benutzt, er hat eine Nachricht hinterlassen, und wir haben an seinen Händen Pulverrückstände gefunden. Ich wollte, es wäre nicht so. Aber er hat es getan.«

2

In Colorado schaufeln die Bagger beim Ausheben im Winter gefrorene Erdklumpen aus. Mein Bruder wurde im Green Mountain Memorial Park in Boulder begraben, kaum eine Meile von dem Haus entfernt, in dem wir aufgewachsen waren. Als Kinder kamen wir im Sommer auf dem Weg zum Chautauqua Park daran vorbei. Ich glaube nicht, daß wir je einen Blick auf die Grabsteine warfen und auch nur einen Gedanken daran verschwendeten, daß dies der Ort sein könnte, an dem wir einst enden würden. Doch genauso war es für Sean gekommen.

Der Green Mountain erhob sich über dem Friedhof wie ein riesiger Altar und ließ die kleine Versammlung am Grab noch kleiner erscheinen. Riley war natürlich da, zusammen mit ihren Eltern und meinen. Wexler und St. Louis, an die zwei Dutzend weitere Cops, ein paar Freunde von der High School, mit denen weder Sean, Riley oder ich in Verbindung geblieben waren, und ich. Es war kein offizielles Polizeibegräbnis mit Fahnen und dem ganzen Trara. Dieses Ritual blieb denen vorbehalten, die in Ausübung ihres Dienstes ums Leben gekommen waren. Obwohl man argumentieren konnte, daß es sehr wohl ein Tod in Ausübung des Dienstes gewesen war, wurde er von der Zentrale nicht als solcher betrachtet. Also bekam Sean keine große Schau, und der größte Teil der Polizei von Denver blieb der Zeremonie fern. Selbstmord wird von vielen der Männer in Blau für ansteckend gehalten.

Ich war einer der Sargträger. Ich ging vorn, zusammen mit meinem Vater. Zwei Cops, die ich vor diesem Tag noch nie gesehen hatte, die aber zu Seans Team gehörten, übernahmen die Mitte, und Wexler und St. Louis das Ende. St. Louis war zu groß und Wexler zu klein. Mutt und Jeff. Deshalb neigte sich der Sarg nach einer Seite. Es muß merkwürdig ausgesehen haben. Meine Gedanken schweiften ab, während ich mit dem Gewicht kämpfte, ich stellte mir vor, wie Seans Körper in dem Sarg hin und her rollte.

Ich sprach an diesem Tag nicht viel mit meinen Eltern, obwohl ich mit ihnen und Rileys Eltern zurückfuhr. Wir hatten seit Jahren nicht mehr über irgend etwas Bedeutsames gesprochen, und nicht einmal Seans Tod konnte daran etwas ändern. Nach dem Tod meiner Schwester vor zwanzig Jahren hat sich ihr Verhältnis zu mir geändert. Es sah so aus, als wäre ich, der Überlebende des Unfalls, verdächtig geworden, gerade *weil* ich überlebt hatte. Außerdem bin ich sicher, daß ich sie seit damals mit meinen Entscheidungen immer wieder enttäuscht habe. Ich stelle mir all diese kleinen Enttäuschungen wie Zinsen vor, die sich auf einem Bankkonto ansammeln, bis soviel vorhanden ist, daß sie sich damit zur Ruhe setzen können. Wir sind einander fremd geworden. Ich besuche sie nur an irgendwelchen Feiertagen. Deshalb gab es auch nichts von Bedeutung, was ich zu ihnen hätte sagen können, und nichts, was sie zu mir hätten sagen können. Abgesehen vom gelegentlichen Schluchzen Rileys war es im Innern der Limousine so still wie in Seans Sarg.

Nach der Beerdigung nahm ich zusätzlich zu der einen freien Woche nach einem Todesfall, den die Zeitung gewährte, zwei Wochen Urlaub und fuhr ganz allein in die Rockies hinauf. Ich bin immer wieder fasziniert von den Bergen. Dort verheilen meine Wunden am schnellsten.

Ich fuhr auf der 70 nach Westen, durch den Loveland Pass und über die Gipfel nach Grand Junction. Ich ließ mir dafür drei Tage Zeit, machte zum Skilaufen halt, hielt manchmal einfach in Überholbuchten an, um nachzudenken. Nach Grand Junction fuhr ich Richtung Süden und erreichte am nächsten Tag Telluride. Ich hatte den Cherokee die ganze Zeit auf Allrad-Antrieb geschaltet. Ich blieb in Silverton, weil die Zimmer dort billiger waren, und lief eine Woche lang jeden Tag Ski. Die Abende verbrachte ich Jägermeister trinkend in meinem Zimmer oder am Kamin der jeweiligen Skihütte. Ich versuchte, meinen Körper zu erschöpfen, in der Hoffnung, daß meine Seele ihm zur Ruhe folgen würde. Aber es gelang nicht. All meine Gedanken kreisten um Sean. Jenseits von Raum. Jenseits von Zeit. Seine letzte Botschaft war ein Rätsel, das mein Verstand nicht lösen konnte.

Aus irgendeinem Grund hatte meines Bruders edle Berufung ihn verraten. Sie hatte ihn umgebracht. Der Schmerz, den diese simple Schlußfolgerung mir bereitete, wollte einfach nicht nachlassen, nicht einmal dann, wenn ich die Hänge hinunterglitt und der Wind mir hinter meiner Sonnenbrille Tränen in die Augen trieb.

Ich zweifelte das offizielle Untersuchungsergebnis nicht mehr an, aber es waren nicht Wexler und St. Louis, die mich überzeugt hatten, vielmehr die Zeit und die Tatsachen. Mit jedem Tag, der verging, war seine grauenhafte Tat etwas leichter zu verstehen und sogar zu akzeptieren. Und dann war da noch Riley. Am Tag nach jenem ersten Abend hatte sie mir etwas gesagt, was damals nicht einmal Wexler und St. Louis wußten. Sean war einmal in der Woche zu einem Psychiater gegangen. Natürlich standen ihm die Dienste von Polizeipsychologen zur Verfügung, aber er hatte sich für die private Lösung entschieden, weil er nicht wollte, daß seine Position durch negative Gerüchte in Gefahr geriet.

Mir wurde bewußt, daß er den Therapeuten ungefähr zu der Zeit aufgesucht haben mußte, als ich ihm sagte, daß ich über Theresa Lofton schreiben wollte. Ich nahm jetzt an, daß er vielleicht versuchen wollte, mir die Seelenqualen zu ersparen, die der Fall ihm bereitete. Mir gefiel dieser Gedanke, und ich versuchte, mich in jenen Tagen in den Bergen an ihm festzuhalten.

Eines Abends nach viel zu vielen Drinks stand ich vor dem Spiegel des Hotelzimmers und zog in Erwägung, mir den Bart abzurasieren und mein Haar so kurz zu schneiden, wie Sean seines getragen hatte. Wir waren eineiige Zwillinge – dieselben nußbraunen Augen, hellbraunes Haar, schlanker Körperbau –, aber es war nicht vielen Leuten aufgefallen. Wir hatten uns immer sehr viel Mühe damit gegeben, anders als der andere zu sein. Sean trug Kontaktlinsen und stemmte Gewichte, um Muskeln zu bekommen. Ich trug eine Brille und hatte seit meiner Collegezeit einen Bart; Gewichte habe ich seit dem Basketball in der High School nicht mehr in die Hand genommen. Außerdem hatte ich jene Narbe vom Ring dieser Frau in Breckenridge. Meine Schlammschlachtnarbe.

Sean ging nach der High School zuerst zum Militär und dann zur Polizei. Später hatte er eine Teilzeitstelle und studierte nebenbei an der University of Colorado. Er brauchte das Studium, um in seinem Job noch weiter voranzukommen. Ich hingegen bummelte ein paar Jahre herum, lebte in New York und

Paris. Dann studierte ich gleichfalls. Ich wollte Schriftsteller werden und landete im Zeitungsgeschäft. Seitdem machte ich mir immer wieder vor, es wäre nur ein vorübergehender Job. So ging es jetzt schon seit zehn Jahren, vielleicht sogar länger.

An jenem Abend in dem Hotelzimmer betrachtete ich mich für lange Zeit im Spiegel, aber ich rasierte mir weder den Bart ab, noch schnitt ich mir die Haare. Ich dachte an Sean, der jetzt unter der gefrorenen Erde lag, und hatte ein drückendes Gefühl im Bauch. Ich beschloß spontan, daß ich nach meinem Tod verbrannt werden will. Ich will nicht tief unten in der eiskalten Erde liegen.

Was mir am meisten zu schaffen machte, war die Abschiedsbotschaft. Die offizielle Stellungnahme der Polizei lautete: Nachdem mein Bruder das Stanley-Hotel verlassen hatte und durch den Estes Park zum Bear Lake hinaufgefahren war, hatte er angehalten und eine Zeitlang bei eingeschalteter Heizung den Motor laufen lassen. Sobald die Windschutzscheibe von der Wärme beschlagen war, hatte er seine Botschaft mit einem behandschuhten Finger darauf geschrieben, und zwar spiegelverkehrt, so daß man sie von außen lesen konnte. Seine letzten Worte an eine Welt, zu der zwei Elternpaare gehörten, eine Frau und ein Zwillingsbruder.

Jenseits von Raum. Jenseits von Zeit.

Ich konnte es nicht begreifen. Zeit für was? Raum für was? Er war von irgendeiner Verzweiflung getrieben worden, hatte aber nie mit uns darüber gesprochen. Er hatte die Hand weder nach mir noch nach seinen Eltern oder nach Riley ausgestreckt. Wäre es an uns gewesen, *ihm* die Hand entgegenzustrecken, obwohl wir keine Ahnung von seinen seelischen Verletzungen hatten? In meiner Einsamkeit auf den Landstraßen kam ich zu dem Schluß, daß das nicht der Fall war. Er hätte nach uns greifen müssen. Er hatte uns der Chance beraubt, ihn zu retten. Und damit hatte er es uns unmöglich gemacht, uns vor unserem eigenen Kummer und unseren Schuldgefühlen zu retten. Mir wurde klar, daß ein beträchtlicher Teil meines Kummers in Wirklichkeit Zorn war. Ich war zornig auf ihn, meinen Zwillingsbruder, wegen dem, was er mir angetan hatte.

Aber es ist schwer, auf einen Toten zornig zu sein. Und der einzige Weg, den Zorn loszuwerden, bestand darin, die Story anzuzweifeln. Und so begann der Zyklus wieder von vorn. Abstreiten, hinnehmen, Zorn. Abstreiten, hinnehmen, Zorn.

An meinem letzten Tag in Telluride rief ich Wexler an. Ich spürte, daß er nicht gerade glücklich darüber war, von mir zu hören.

»Haben Sie den Informanten gefunden, den aus dem Stanley?«

»Nein, Jack, leider nicht. Ich habe doch gesagt, ich würde Sie auf dem laufenden halten.«

»Ich weiß. Trotzdem habe ich noch Fragen. Sie nicht?«

»Lassen Sie die Sache auf sich beruhen, Jack. Uns allen wird wohler zumute sein, wenn wir diese Geschichte hinter uns haben.«

»Was ist mit dem SIU? Hat es diese Geschichte auch schon hinter sich? Akte geschlossen?«

»Vermutlich. Ich habe diese Woche noch nicht mit ihnen gesprochen.«

»Weshalb versuchen Sie dann immer noch, den Informanten zu finden?«

»Ich habe Fragen, genau wie Sie. Ein paar lose Enden.«

»Sie haben Ihre Ansicht über Sean geändert?«

»Nein. Ich will nur, daß es seine Ordnung hat. Ich möchte wissen, worüber er mit dem Informanten gesprochen hat, wenn er es überhaupt getan hat. Wie Sie wissen, ist der Lofton-Fall immer noch ungeklärt. Ich hätte nichts dagegen, wenn ich ihn an Seans Stelle lösen könnte.«

Mir fiel auf, daß er ihn nicht mehr Mac nannte. Sean gehörte nicht mehr dazu.

Am darauffolgenden Montag kehrte ich an die Arbeit bei der *Rocky Mountain News* zurück. Als ich in den Redaktionssaal kam, spürte ich, daß etliche Augenpaare auf mich gerichtet waren. Aber das war nichts Ungewöhnliches. Ich hatte einen Job, den jeder Journalist gern gehabt hätte. Keine tägliche Hetze, kein Redaktionsschluß. Ich konnte in der gesamten Rocky-Mountain-Region herumreisen und über nur eine Sache schreiben. Mord. Eine gute Mordgeschichte las jedermann gern. Manchmal nahm ich ein paar Wochen lang eine Schießerei in einer Siedlung mit Sozialwohnungen auseinander, erzählte die Geschichte des Schützen und die des Opfers und über ihr verhängnisvolles Aufeinandertreffen. Ein andermal schrieb ich über einen Mord in den besseren Kreisen draußen in Cherry Hill oder über eine Schießerei in einer Bar in Leadville. Arme und Reiche, kleine Morde und große Morde. Mein Bruder hatte recht gehabt, man verkaufte mehr Zeitungen, wenn etwas richtig erzählt war. Und ich mußte es richtig erzählen. Ich mußte mir Zeit lassen und es richtig erzählen.

Neben meinem Computer lag ein dreißig Zentimeter hoher Stapel Zeitungen. Sie waren die Haupt-Materialquelle für meine Stories. Ich hatte sämtliche Tages-, Wochen- und Monatszeitungen abonniert, die zwischen Pueblo und Bozeman publiziert wurden. Ich durchforschte sie nach kleinen Berichten über Morde, aus denen ich eine große Hintergrundstory machen konnte. Es gab immer eine Menge davon. Das Rocky Mountain Empire hat eine gewalttätige Ader, schon seit den Zeiten des Goldrauschs. Ich hielt immer Ausschau nach etwas Besonderem, nach einer neuen Art des Verbrechens oder ungewöhnlichen Ermittlungen, nach einem Element des Verblüffenden oder einer herzzerreißend traurigen Geschichte. Es war mein Job, solche Elemente auszubeuten.

Doch an jenem Morgen suchte ich nicht nach einer Idee für eine Story, sondern nach früheren Ausgaben der *Rocky* und unserer Konkurrenz, der *Post*. Selbstmorde sind normalerweise kein Thema für Zeitungen, es sei denn, es gibt ungewöhnliche Umstände. Das war beim Tod meines Bruders der Fall gewesen. Ich nahm an, daß darüber berichtet worden war.

Ich hatte recht. Zwar hatte die *Rocky* nicht darüber geschrieben, vermutlich aus Rücksicht auf mich, doch die *Post* hatte am Morgen nach Seans Tod am Rande des Lokalteils einen kurzen Artikel gebracht.

DPD ERMITTLER NIMMT SICH IN NATIONALPARK DAS LEBEN

Ein Detective der Polizei von Denver, Leiter der Ermittlungen im Mordfall Theresa Lofton, wurde am Donnerstag im Rocky Mountain National Park tot aufgefunden. Amtlichen Verlautbarungen zufolge starb er an einem Schuß, den er sich selbst beibrachte.

Sean McEvoy, 34, wurde in seinem Dienstwagen gefunden, der auf einem Parkplatz in der Nähe des Bear Lake stand.

Die Leiche des Detectives wurde von einem Park-Ranger entdeckt, der gegen siebzehn Uhr einen Schuß hörte und auf den Parkplatz eilte, um festzustellen, was passiert war.

Die Parkverwaltung hat die Polizei von Denver gebeten, den Tod zu untersuchen, und die Angelegenheit liegt jetzt in den Händen des Dezernats für Sonderermittlungen. Detective Robert Scalari, der die Ermittlungen leitet, erklärte, vorläufige Untersuchungen hätten ergeben, daß es sich um einen Selbstmord handelte.

Scalari berichtete, am Tatort sei eine Notiz gefunden worden, weigerte sich aber, etwas über ihren Inhalt verlauten zu lassen. Er sagte, man vermute, daß McEvoy aufgrund von Problemen bei der Arbeit zu dieser Tat getrieben worden sei, doch Einzelheiten waren nicht zu erfahren.

McEvoy, der in Boulder aufgewachsen ist und noch immer dort lebte, war verheiratet, hatte aber keine Kinder. Er hat der Polizei von Denver zwölf Jahre lang angehört und dort Karriere gemacht. Zuletzt arbeitete er in der Abteilung CAP, die für sämtliche Gewaltverbrechen in der Stadt zuständig ist.

McEvoy war Leiter dieser Abteilung und somit auch für die Ermittlungen im Mordfall Theresa Lofton, 19, zuständig, die vor drei Monaten erwürgt und verstümmelt im Washington Park gefunden worden war.

Scalari lehnte jeden Kommentar darüber ab, ob McEvoy in seinem Abschiedsbrief den bis heute ungelösten Lofton-Fall erwähnt hat.

Scalari sagte, man wisse nicht, weshalb McEvoy zum Estes Park gefahren sei, bevor er sich umbrachte. Die Ermittlungen über den Tod dauern noch an.

Ich las den Artikel zweimal. Er enthielt nichts, was ich nicht bereits wußte, trotzdem übte er eine starke Faszination auf mich aus. Vielleicht lag es daran, daß ich inzwischen zu wissen glaubte, weshalb Sean die ganze Strecke bis hinauf zum Bear Lake gefahren war. Aber es widerstrebte mir, an diesen Grund zu denken. Ich schnitt den Artikel aus und legte ihn in eine Schreibtischschublade.

Mein Computer piepte, und auf dem Bildschirm erschien eine Nachricht. Der Lokalredakteur beorderte mich zu sich. Die Arbeit ging wieder los.

Das Büro von Greg Glenn lag am hinteren Ende des Redaktionssaals. Die Wand bestand aus Glas. Sie ermöglichte es ihm, die Nischen zu überblicken, in denen die Reporter arbeiteten, und gleichzeitig durch die Fenster an der Westseite die

Berge zu betrachten, wenn sie nicht gerade von Smog verhüllt waren.

Glenn war ein guter Redakteur, dem bei einer Story in erster Linie daran lag, daß sie sich gut las. Das gefiel mir an ihm. In unserer Branche gehören die Redakteure einer von zwei Schulen an. Die eine steht auf Fakten und stopft so viele in eine Story hinein, bis sie überladen ist und niemand Lust hat, sie zu Ende zu lesen. Die andere Schule mag die Sprache und läßt es nicht zu, daß die Fakten sie behindern. Glenn mochte mich und ließ mich weitgehend selbst entscheiden, worüber ich schreiben wollte. Er setzte mich nie unter Zeitdruck und verstümmelte nie, was ich ablieferte. Mir war seit langem klar, daß sich all das vermutlich ändern würde, wenn er die Zeitung verlassen oder auf einen anderen Posten außerhalb des Redaktionssaals degradiert oder befördert werden sollte. Lokalredakteure schaffen sich ihr eigenes Nest. Wenn meins zerstört würde, würde ich vermutlich wieder zu einem ganz gewöhnlichen Reporter werden, der sein Material aus dem täglichen Polizeibericht erhält. Der über kleine Morde schreibt.

Ich ließ mich auf dem gepolsterten Stuhl vor Glenns Schreibtisch nieder. Er beendete gerade ein Telefongespräch. Glenn war ungefähr fünf Jahre älter als ich. Als ich vor zehn Jahren bei der *Rocky* anfing, war er ein Spitzenjournalist, genau wie ich heute. Aber dann hatte er den Schritt ins Management getan. Jetzt trug er jeden Tag einen Anzug, auf seinem Schreibtisch stand eine dieser kleinen Statuen von einem Bronco-Footballspieler mit nickendem Kopf, er verbrachte mehr Zeit mit Telefonieren als mit jeder anderen Tätigkeit und achtete stets sorgfältig auf die politischen Winde, die aus der Konzernzentrale in Cincinnati herwehten. Er war ein Mann von vierzig Jahren, mit einem Bauch, einer Ehefrau, zwei Kindern und einem guten Gehalt, das jedoch nicht ausreichte, um ein Haus in der Gegend zu kaufen, in der seine Frau leben wollte. Das alles hat er mir einmal bei einem Bier im Wynkoop erzählt. Es war in den vier Jahren das einzige Mal gewesen, daß wir uns außerhalb der Redaktion trafen.

An einer Wand von Glenns Büro hingen die Titelseiten der letzten sieben Tage. Seine erste Amtshandlung an jedem Morgen bestand darin, die sieben Tage alte Titelseite abzunehmen und durch die neueste zu ersetzen. Ich vermute, das tat er, um den Überblick über die Nachrichten zu behalten und die Kontinuität unserer Berichterstattung zu überprüfen. Glenn legte den Hörer auf und sah mich an.

»Danke, daß Sie gekommen sind«, begrüßte er mich. »Ich wollte Ihnen nur noch einmal persönlich sagen, wie leid mir die Sache mit Ihrem Bruder tut. Und wenn Sie das Gefühl haben, mehr Zeit zu brauchen – kein Problem. Dann lassen wir uns etwas einfallen.«

»Danke, aber ich bin wieder da.«

Er nickte, machte aber keinerlei Anstalten, mich zu entlassen. Ich wußte, daß hinter dem Herbeizitieren noch etwas anderes steckte.

»Also, dann zum Geschäft. Haben Sie im Moment irgend etwas laufen? Soweit ich mich erinnere, wollten Sie gerade mit Ihrem nächsten Projekt anfangen, als ... als das passierte. Ich kann mir gut vorstellen, daß es Ihnen jetzt guttun würde, sich mit etwas zu beschäftigen. Sie wissen schon, sich wieder in die Arbeit zu stürzen.«

In diesem Moment wurde mir klar, was ich als nächstes tun wollte. Oh, der Gedanke war schon die ganze Zeit dagewesen. Aber er war nicht an die Oberfläche gekommen. Nicht, bevor Glenn mir diese Frage gestellt hatte. Danach lag es natürlich auf der Hand.

»Ich werde über meinen Bruder schreiben«, sagte ich.

Ich weiß nicht, ob es das war, was Glenn von mir hatte hören wollen, aber ich nehme es an. Ich glaube, er hatte Interesse an der Story gehabt, seit die Cops unten im Foyer auf mich gewartet und mir mitgeteilt hatten, was mein Bruder getan hatte. Und er war vermutlich intelligent genug, um zu wissen, daß er mir die Story nicht nahezulegen brauchte, daß ich von selbst auf sie stoßen würde. Es genügte, wenn er mir seine simple Frage stellte.

Jedenfalls schluckte ich den Köder.

Danach änderte sich alles in meinem Leben. Damals glaubte ich, etwas über den Tod zu wissen. Ich glaubte, über das Böse Bescheid zu wissen. Aber ich wußte überhaupt nichts.

3

William Gladdens Augen musterten die glücklichen Gesichter, die sich an ihm vorbeibewegten. Es war wie ein riesiger Verkaufsautomat. Bitte wählen Sie. Den mögen Sie nicht? Hier kommt schon die nächste. Ist sie die Richtige?

Diesmal war niemand der oder die Richtige. Außerdem waren ihre Eltern viel zu nahe. Er würde warten müssen, bis jemand einen Fehler machte. Auf die Pier hinausging oder hinüber zu dem Verkaufsstand, um Zuckerwatte zu kaufen, und sein Goldstück so lange allein ließ.

Gladden liebte das Karussell an der Pier von Santa Monica. Nicht etwa, weil es einmalig war und es – der Story in dem Schaukasten zufolge – sechs Jahre dauerte, eines der galoppierenden Pferde mit der Hand zu bemalen, es wieder in seinen ursprünglichen Zustand zurückzuversetzen. Er liebte das Karussell auch nicht, weil es in zahllosen Filmen zu sehen gewesen war, die er im Laufe der Jahre gesehen hatte, vor allem, während er in Raiford war. Und er liebte es auch nicht etwa, weil es Erinnerungen an die Runden auf dem Karussell beim Sarasota County Fair heraufbeschwor, die er dort zusammen mit seinem Best Pal gedreht hatte. Er liebte es wegen der Kinder, die darauf fuhren. Unschuld und Hingabe an reinstes Glück spiegelten sich auf jedem Gesicht wider, während das Karussell sich zum Klang der Drehorgel drehte. Seit seiner Ankunft aus Phoenix war er immer wieder hierhergekommen, jeden Tag. Er wußte, daß es einige Zeit dauern konnte, aber eines Tages würde sich das Warten schließlich auszahlen, und er würde seinen Auftrag erledigen können.

Seine Gedanken wanderten zurück in die Vergangenheit, wie es seit Raiford so oft geschehen war. Er erinnerte sich an seinen Best Pal, seinen besten Kumpel. Er erinnerte sich an den pechschwarzen Wandschrank, in den nur unter der Tür her ein wenig Licht fiel. Er kauerte sich in die Nähe des Lichts, in die Nähe der Luft über dem Boden. Er konnte seine Füße sehen, die auf ihn zukamen. Jeden Schritt. Er wünschte sich, er wäre älter, größer, damit er das oberste Bord erreichen konnte. Wenn es doch nur so wäre! Dann würde sein Best Pal eine Überraschung erleben.

Gladden kehrte in die Gegenwart zurück. Er schaute sich um. Die Fahrt war zu Ende, und die letzten Kinder liefen zu ihren wartenden Eltern. Es hatte sich bereits eine neue Schlange von Kindern gebildet, die darauf brannten, zum Karussell zu stürmen und sich ein Pferd auszusuchen. Er hielt abermals nach einem dunkelhaarigen Mädchen mit glatter, brauner Haut Ausschau, sah aber keines. Dann bemerkte er, daß die Frau, die den Kindern die Tickets abnahm, ihn anstarrte. Ihre Blicke trafen sich, und Gladden schaute fort. Er rückte den Riemen seines Seesacks zurecht. Das Gewicht der Kamera und der Bücher darin hatte ihn über seine Schulter nach unten gezerrt. Er nahm sich vor, die Bücher das nächste Mal im Wagen zu lassen. Gladden warf einen letzten Blick auf das Karussell und strebte dann auf eine der zur Pier hinausführenden Türen zu.

Als er die Tür erreicht hatte, warf er noch einen beiläufigen Blick auf die Frau. Die Kinder kreischten vergnügt. Und die Frau, die die Tickets einsammelte, hatte ihn bereits wieder vergessen. Er war in Sicherheit.

4

Laurie Prince schaute von ihrem Terminal auf und lächelte, als ich hereinkam. Ich hatte gehofft, daß sie dasein würde. Ich ging um den Tresen herum, zog mir einen Stuhl von einem leeren Schreibtisch heran und setzte mich neben sie. Es schien ein ruhiger Moment in der *Rocky*-Bibliothek zu sein. »Oh nein«, sagte sie vergnügt. »Wenn Sie kommen und sich hinsetzen, dann weiß ich, daß es ein langer Tag werden wird.«

Das bezog sich auf die ausführlichen Recherchen, um die ich sie gewöhnlich bat, wenn ich eine Story vorbereitete. Ich wollte immer wissen, was über das Thema geschrieben worden war und wo.

»Tut mir leid«, sagte ich mit gespieltem Bedauern. »Hiermit könnten Sie für den Rest des Tages an Lex und Nex beschäftigt sein.«

»Sie meinen, *falls* ich hineinkomme! Was brauchen Sie?«

Sie sah sehr gut aus, putzte sich aber nie besonders heraus. Sie hatte dunkles Haar, das ich noch nie anders als geflochten gesehen hatte, braune Augen hinter einer Nickelbrille und volle Lippen, die sie nicht schminkte. Sie zog einen Notizblock heran, rückte ihre Brille zurecht und griff nach einem Kugelschreiber, bereit, zu notieren, was ich haben wollte. Lexis und Nexis waren Computer-Datenbanken für die meisten großen und weniger großen Zeitungen im Lande, außerdem für Gerichtsurteile und eine Unmenge anderer Parkplätze auf der Datenautobahn. Wenn man herausfinden wollte, wieviel über ein spezielles Thema oder eine bestimmte Story geschrieben worden war, dann war das Lexis/Nexis-Network der Ort, an dem man die Suche begann.

»Selbstmorde von Polizisten«, sagte ich. »Ich möchte alles wissen, was sich darüber finden läßt.«

Ihre Haltung versteifte sich. Vermutlich dachte sie, ich würde privat danach suchen wollen. Computerzeit ist teuer, und der Konzern hat die Verwendung für private Zwecke strikt verboten.

»Keine Sorge. Ich arbeite an einer Story. Glenn hat gerade seine Zustimmung gegeben.«

Sie nickte, aber ich war nicht sicher, ob sie mir glaubte. Ich vermutete, daß sie bei Glenn rückfragen würde. Ihre Augen kehrten zu ihrem Block zurück.

»Was ich brauche, sind sämtliche nationalen Statistiken über derartige Vorfälle, sämtliche Statistiken über das Verhältnis von Polizisten-Selbstmorden zu denen in anderen Jobs und der Gesamtbevölkerung sowie jede Erwähnung von Regierungs- oder anderen Organisationen, die sich vielleicht mit diesem Thema beschäftigt haben. Ach ja, und außerdem alle Glossen.«

»Glossen?«

»Sie wissen schon, alles, was je über Polizisten-Selbstmorde geschrieben worden ist. Gehen Sie fünf Jahre zurück. Ich bin auf der Suche nach Beispielen.«

»Wie Ihr …«

Sie hatte den Satz ohne nachzudenken begonnen.

»Ja, wie mein Bruder.«

»Es tut mir so leid.«

Mehr sagte sie nicht. Ich ließ das Schweigen ein paar Augenblicke zwischen uns verharren, dann fragte ich sie, wie lange die Computersuche ihrer Meinung nach dauern würde.

»Also, es ist im Grunde eine Routinesache, nichts Besonderes. Es wird mich einige Zeit kosten, und wie Sie wissen, muß ich unterbrechen, wenn Dringenderes dazwischenkommt. Wie wäre es mit heute am späten Nachmittag?«

»Wunderbar.«

Nachdem ich in den Redaktionssaal zurückgekehrt war, warf ich einen Blick auf die Wanduhr und stellte fest, daß es halb zwölf war. Genau der richtige Zeitpunkt für das, was ich tun mußte. Von meinem Schreibtisch aus rief ich einen Informanten bei der Polizei an.

»Hey, Skipper, sind Sie im Hause?«

»Wann?«

»Zum Lunch. Es könnte sein, daß ich etwas brauche. Das heißt, ich brauche bestimmt etwas.«

»Mist. Okay, ich bin hier. Wann sind Sie zurückgekommen?«

»Heute. Bis nachher.«

Ich legte den Hörer auf, zog meinen Mantel an und verließ das Gebäude. Ich ging die beiden Blocks bis zur Zentrale der

Polizei von Denver zu Fuß, zeigte am Eingang einem Polizisten meinen Presseausweis und fuhr dann hinauf in den dritten Stock zu den Büros des Dezernats für Sonderermittlungen.

»Ich habe eine Frage«, sagte Detective Scalari, nachdem ich ihm gesagt hatte, was ich wollte. »Sind Sie als Bruder hier oder als Reporter?«

»Beides.«

»Setzen Sie sich.«

Scalari lehnte sich über seinen Schreibtisch, vielleicht, damit ich bewundern konnte, wie meisterhaft er seine Haare verwoben hatte, um die kahle Stelle auf seinem Kopf zu verdecken.

»Hören Sie, Jack«, sagte er. »Damit habe ich ein Problem.«

»Was für ein Problem?«

»Also, wenn Sie als Bruder zu mir gekommen wären, der wissen will, warum er es getan hat, dann wäre das eine Sache, und ich würde Ihnen wahrscheinlich erzählen, was ich weiß. Aber wenn damit zu rechnen ist, daß das, was ich Ihnen erzähle, in der *Rocky Mountain News* auftaucht, dann halte ich lieber den Mund. Ich habe viel zuviel Respekt vor Ihrem Bruder, um zuzulassen, daß das, was passiert ist, die Auflage Ihrer Zeitung erhöht. Möglicherweise haben *Sie* diesen Respekt ja nicht.«

Wir waren allein in einem kleinen Büro, in dem vier Schreibtische standen. Scalaris Worte machten mich wütend, aber ich schluckte meinen Zorn hinunter. Ich beugte mich ihm statt dessen entgegen, so daß er mein gesundes, volles Haar sehen konnte.

»Lassen Sie mich etwas fragen, Detective Scalari. Wurde mein Bruder ermordet?«

»Nein.«

»Sie sind sicher, daß er Selbstmord begangen hat?«

»Ganz sicher.«

»Und der Fall ist abgeschlossen?«

»Richtig.«

Ich zog meinen Oberkörper zurück.

»Dann verstehe ich Sie nicht.«

»Und warum nicht?«

»Weil Ihre Reaktion unlogisch ist. Sie sagen, der Fall ist abgeschlossen. Trotzdem kann ich den Bericht nicht sehen. Wenn er abgeschlossen ist, dann sollte mir gestattet werden, einen Blick hineinzuwerfen, weil Sean mein Bruder war. Und wenn er abgeschlossen ist, dann bedeutet das, daß ich als Reporter auch keine laufenden Ermittlungen behindere, wenn ich mir den Bericht ansehe.«

Ich ließ ihn das ein paar Augenblicke lang verdauen.

»Also«, fuhr ich schließlich fort, »gibt es Ihrer eigenen Logik zufolge keinen Grund, weshalb es mir nicht gestattet werden sollte.«

Scalari sah mich an. Er konnte seinen Zorn nur mit Mühe beherrschen.

»Hören Sie, Jack, in dieser Akte stehen Dinge, die besser unbekannt bleiben und keinesfalls veröffentlicht werden sollten.«

»Ich glaube, das kann ich besser beurteilen, Detective Scalari. Er war mein Bruder. Mein Zwillingsbruder. Ich habe nicht vor, ihm weh zu tun. Ich versuche lediglich, für mich selbst etwas Sinn in die Sache zu bringen. Wenn ich danach darüber schreiben sollte, dann deshalb, um es zusammen mit ihm endgültig zu begraben. Okay?«

Wir starrten einander an. Jetzt war er an der Reihe, und ich wartete.

»Ich kann Ihnen nicht helfen«, sagte er schließlich. »Selbst, wenn ich es wollte. Der Fall ist abgeschlossen. Die Akte befindet sich bereits zur Verarbeitung im Archiv. Wenn Sie sie haben wollen, müssen Sie sich an die Leute dort wenden.«

Ich stand auf.

»Danke, daß Sie mir das gleich zu Beginn unseres Gesprächs erzählt haben.«

Ich ging ohne ein weiteres Wort hinaus. Ich hatte geahnt, daß Scalari mir die kalte Schulter zeigen würde. Ich war zu ihm gegangen, weil ich den Schein wahren mußte und weil ich erfahren wollte, wo sich die Akte befand.

Ich ging die Treppe hinunter, die gewöhnlich nur von Cops benutzt wird, und machte mich auf den Weg zum Büro des Captains, der für die Verwaltung der Polizeizentrale zuständig war. Es war Viertel nach zwölf und der Schreibtisch im Empfangsbereich folglich leer. Ich ging daran vorbei, klopfte an und wurde aufgefordert, einzutreten.

Captain Forest Grolon saß an seinem Schreibtisch. Er war so groß, daß der normale Dienstschreibtisch vor ihm aussah wie ein Kindermöbel. Er war ein Mann mit dunklem Teint und kahlgeschorenem Kopf. Ich vermutete, daß eine Waage ungefähr 150 Kilo anzeigen würde, wenn er sich daraufstellte. Ich ergriff seine ausgestreckte Hand und lächelte. Er war seit sechs Jahren einer meiner Informanten. Damals war ich ein kleiner Polizeireporter gewesen und er Sergeant im Streifendienst. Seither waren wir beide die Leiter hinaufgestiegen.

»Jack, wie geht es Ihnen? Sie sagten, Sie sind gerade zurückgekommen?«

»Ja, es hat eine Weile gedauert. Aber jetzt geht es mir wieder besser.«

Er erwähnte meinen Bruder nicht. Er war einer der wenigen Polizisten bei der Beerdigung gewesen, und das bewies seine Empfindungen mehr als Worte. Er setzte sich wieder, und ich ließ mich auf einem der Stühle vor seinem Schreibtisch nieder.

Grolon hatte nicht viel für die Aufrechterhaltung von Recht und Ordnung in der Stadt getan. Er saß in der Wirtschaftsabteilung der Polizei von Denver und war für das jährliche Budget verantwortlich, für Einstellungen und Ausbildung. Und auch für Entlassungen. Das alles hatte mit Polizeiarbeit wenig zu tun, aber es gehörte zu seinem Plan. Grolon wollte eines Tages Polizeichef werden und sammelte ein breites Spektrum von Erfahrungen, damit er, wenn die Zeit gekommen war, den besten Eindruck für diesen Job machen würde. Zu seinem Plan gehörte auch, daß er Verbindung zu den lokalen Medien hielt. Wenn es soweit war, würde er sich darauf verlassen, daß ich in der *Rocky* einen positiven Artikel über ihn brachte. Und den würde ich auch schreiben. Bis dahin konnte ich mich darauf verlassen, daß er auch für mich einiges tat.

»Also, wofür muß ich heute auf meinen Lunch verzichten?« fragte er mürrisch, was zu der Show gehörte, die wir immer abzogen. Ich wußte, daß Grolon es vorzog, mich zur Mittagszeit zu treffen, wenn sein Assistent zum Essen gegangen und weniger damit zu rechnen war, daß er mit mir zusammen gesehen wurde.

»Sie müssen nicht auf Ihren Lunch verzichten. Sie bekommen Ihr Essen nur ein bißchen später. Ich möchte die Akte über meinen Bruder sehen. Scalari sagte, sie sei bereits zum Verfilmen ins Archiv geschickt worden. Ich dachte, Sie könnten sie vielleicht dort rausholen und mich ganz kurz hineinsehen lassen.«

»Weshalb, Jack? Weshalb wollen Sie schlafende Hunde wekken?«

»Ich muß die Akte sehen, Captain. Ich habe nicht vor, irgend etwas daraus zu zitieren. Ich möchte nur einen Blick hineinwerfen. Holen Sie sie gleich, und ich bin damit fertig, noch bevor die Mikrofilm-Leute vom Lunch zurückkommen. Niemand wird etwas davon erfahren. Nur Sie und ich. Und ich werde es nicht vergessen.«

Zehn Minuten später händigte Grolon mir die Akte aus. Sie war so dünn wie das Telefonbuch für die ganzjährigen Bewohner von Aspen. Ich weiß nicht, weshalb, aber ich hatte etwas Dickeres, Schwereres erwartet, als müsse zwischen der Dicke der Ermittlungsakte und der Gewichtigkeit des darin behandelten Todes ein Zusammenhang bestehen.

Zuoberst lag ein Umschlag mit der Aufschrift FOTOS, den ich ungeöffnet beiseite legte. Danach kamen ein Autopsiebericht und mehrere mit einer Büroklammer zusammengeheftete Standardberichte.

Ich hatte oft genug Autopsieberichte studiert, um zu wissen, daß ich die Seiten mit den endlosen Beschreibungen von Drüsen, Organen und den Allgemeinzustand des Körpers außer acht lassen und mich gleich den letzten Seiten zuwenden konnte, auf denen die Zusammenfassung stand. Dort gab es keine Überraschungen. Todesursache war eine Schußwunde im Kopf. Darunter war das Wort Selbstmord eingekreist. Blutuntersuchungen auf gebräuchliche Drogen hin hatten Spuren von Dextromethorphan-Hydrobromid ergeben. Darunter hatte ein Labortechniker notiert: »Hustensaft, Handschuhfach«. Das bedeutete, daß mein Bruder, abgesehen von einem Schluck Hustensaft aus einer im Wagen befindlichen Flasche, stocknüchtern gewesen war, als er sich den Lauf seiner Waffe in den Mund gesteckt hatte.

Die gerichtsmedizinische Analyse enthielt auch einen Bericht mit der Überschrift GSR, was, wie ich wußte, Gunshot Residue – Schießpulver-Rückstände – bedeutete. Darin hieß es, daß bei einer Neutronen-Aktivierungs-Analyse der von dem Opfer getragenen Lederhandschuhe am rechten Handschuh Partikel von verbranntem Schießpulver gefunden worden waren, was darauf hindeutete, daß er diese Hand zum

Abfeuern der Waffe benutzt hatte. Auch in der Kehle des Opfers waren Pulverrückstände und Gasverbrennungen gefunden worden. Daraus ergab sich, daß sich der Lauf in Seans Mund befunden hatte, als sich der Schuß löste.

Der nächste Bestandteil der Akte war eine Auflistung der Beweismittel, und daran fiel mir nichts Ungewöhnliches auf. Danach entdeckte ich die Zeugenaussage. Der Zeuge war Park-Ranger Stephen Pena, der in einer Ein-Mann-Station und an einem Informationsschalter am Bear Lake Dienst tat.

Der Zeuge sagte aus, daß er, wenn er in der Station arbeitet, den Parkplatz nicht überblicken kann. Um etwa 16.58 Uhr hörte er einen gedämpften Knall, den er aus Erfahrung als einen Schuß identifizierte. Als Ursprungsort vermutete er den Parkplatz und lief sofort hinaus, weil er an einen illegalen Jäger dachte. Zu jener Zeit stand nur ein Wagen auf dem Parkplatz, und obwohl die Fenster teilweise beschlagen waren, entdeckte er das auf dem Fahrersitz zusammengesunkene Opfer. Der Zeuge rannte zu dem Wagen, konnte die Tür aber nicht öffnen, weil sie abgeschlossen war. Nach genauerem Hinsehen gelangte er zu dem Schluß, daß das Opfer in Anbetracht der erheblichen Zerstörung seines Hinterkopfs tot sein mußte. Deshalb kehrte der Zeuge in seine Station zurück, von wo aus er sofort die Polizei und seinen Vorgesetzten informierte. Dann lief er wieder zum Wagen des Opfers, um dort auf das Eintreffen der Polizei zu warten.

Der Zeuge sagte aus, daß er das Fahrzeug bereits fünf Sekunden nachdem er den Schuß gehört hatte, in Sichtweite hatte. Der Wagen stand ungefähr 50 Meter von den nächsten Bäumen oder einem Gebäude entfernt. Der Zeuge hält es für ausgeschlossen, daß ein Mensch den Wagen des Opfers verlassen haben und in Deckung gegangen sein kann, ohne daß der Zeuge ihn gesehen hätte.

Ich legte die Aussage wieder an die richtige Stelle in der Akte und überflog die anderen Berichte. Es gab eine Seite mit der Überschrift Case Report, auf der der letzte Tag meines Bruders registriert war. Er meldete sich um 7.30 Uhr zur Arbeit, ging um zwölf mit Wexler zum Lunch und meldete sich um 14 Uhr ab, um zum Stanley zu fahren. Er teilte weder Wexler noch sonst jemandem mit, mit wem er sich treffen wollte.

Versuche der Ermittler, herauszufinden, ob Sean tatsächlich im Stanley gewesen war, blieben erfolglos. Sämtliche Kellnerinnen und anderen Bediensteten im Hotelrestaurant wurden vernommen, aber niemand konnte sich an meinen Bruder erinnern.

In der Akte befand sich auch ein einseitiger Bericht, der Scalaris Unterredung mit Seans Psychiater zusammenfaßte. Irgendwie, vielleicht durch Riley, hatte er erfahren, daß Sean bei einem Therapeuten in Behandlung gewesen war. Scalaris Bericht zufolge hatte Dr. Colin Dorschner berichtet, daß Sean unter akuten Depressionen gelitten hatte, ausgelöst durch Streß bei der Arbeit und insbesondere dadurch, daß es ihm nicht gelang, den Lofton-Fall aufzuklären. In der Zusammenfassung stand nicht, ob Scalari Dorschner gefragt hatte, ob mein Bruder seiner Ansicht nach selbstmordgefährdet gewesen war. Wahrscheinlich war Scalari überhaupt nicht auf die Idee gekommen, ihm diese Frage zu stellen.

Das letzte Blatt in dem Stapel Papiere war der Abschlußbericht des ermittelnden Beamten. Der letzte Absatz enthielt Scalaris Zusammenfassung und Schlußfolgerung.

Auf Grund des Beweismaterials und des Augenzeugenberichts über den Tod von Detective Sean McEvoy ist der ermittelnde Beamte überzeugt, daß das Opfer an den Folgen eines selbst beigebrachten Schusses starb, nachdem er eine Nachricht auf die Innenseite der beschlagenen Windschutzscheibe geschrieben hatte. Kollegen, darunter der ermittelnde Beamte, wußten ebenso wie seine Frau und der Psychiater Colin Dorschner, daß das Opfer wegen seiner erfolglosen Bemühungen, den am 19. Dez. an Theresa Lofton (Fall Nr. 832) begangenen Mord mit einer Verhaftung abzuschließen, unter starkem emotionalem Streß stand. Man ist allgemein der Ansicht, daß diese Störungen ihn dazu veranlaßt haben könnten, sich das Leben zu nehmen. Polizei-Psychologe Dr. Armand Griggs erklärte bei einem Gespräch (22. 2.), daß die auf die Windschutzscheibe geschriebenen Worte – Jenseits von Raum. Jenseits von Zeit. – als eine mit dem seelischen Zustand des Opfers in Einklang stehende Abschiedsbotschaft vor einem Selbstmord aufgefaßt werden könnten.

Gegenwärtig gibt es keinerlei Beweise, die dem Tatbestand eines Selbstmords widersprechen.

Ausgefertigt 24. 2. I/O RJS D-II

Als ich die Berichte wieder zusammengeheftet hatte, gab es nur noch eine Sache, die ich mir noch nicht angeschaut hatte.

Grolon hatte beschlossen, in die Cafeteria zu gehen und sich ein Sandwich zu holen. Ich war allein in seinem Büro zurückgeblieben. Ungefähr fünf Minuten vergingen, in denen ich den Umschlag von außen betrachtete. Ich wußte, wenn ich mir die Fotos anschaute, würden sie in meinem Kopf zu unvergänglichen Bildern von meinem Bruder werden. Davor graute mir. Aber ich wußte auch, daß ich mir die Fotos ansehen mußte, wenn ich Gewißheit über seinen Tod erlangen wollte. Sie konnten mir helfen, meine letzten Zweifel zu zerstreuen.

Ich öffnete den Umschlag schnell, damit ich es mir nicht noch anders überlegen konnte. Als ich den Stapel 24 x 30 Zentimeter großer Farbfotos herausgleiten ließ, fiel mein Blick als erstes auf ein Foto des Dienstwagens meines Bruders, einen weißen Chevy Caprice, allein am Ende des Parkplatzes. In einiger Entfernung war die Hütte des Rangers auf einer kleinen Anhöhe zu sehen. Der Parkplatz war frisch geräumt, und an den Rändern türmten sich über einen Meter hohe Schneemauern auf.

Das nächste Foto war eine Nahaufnahme der Windschutzscheibe von außen. Die Botschaft war kaum lesbar, weil der Wasserdampf auf dem Glas bereits weitgehend verdunstet war. Aber die Worte waren da, und hinter der Scheibe konnte ich auch Sean sehen. Sein Kopf war nach hinten gekippt, sein Kinn ragte hoch.

Ich ging zum nächsten Foto über. Die Aufnahme war von der Beifahrerseite her aufgenommen worden, und Seans ganzer Körper war zu sehen. Blut hatte sich von hinten wie eine Kette um seinen Hals gelegt und war dann an seinem Pullover hinuntergelaufen. Sein dicker Parka stand offen. Blutspritzer waren auf dem Wagendach und auf dem hinteren Fenster. Die Waffe lag neben seinem rechten Oberschenkel auf dem Sitz.

Die restlichen Fotos waren überwiegend Nahaufnahmen aus verschiedenen Winkeln. Aber sie hatten nicht die Wirkung auf mich, die ich befürchtet hatte. Das sterile Licht beraubte meinen Bruder seiner Menschlichkeit. Er sah aus wie eine Marionette. Nichts an den Fotos war so verstörend wie die Tatsache, daß auch sie zu meiner Überzeugung beitrugen, daß Sean wirklich Selbstmord begangen hatte. Dabei gestand ich mir ein, daß ich mit einer heimlichen Hoffnung hergekommen und diese Hoffnung jetzt erloschen war.

In dem Moment kehrte Grolon zurück. Er musterte mich eindringlich. Ich stand auf und legte die Akte auf seinen Schreibtisch. Grolon setzte sich. Er öffnete eine braune Papiertüte und holte ein in Folie verpacktes Salat-Sandwich heraus.

»Alles okay?«

»Ja.«

»Möchten Sie die Hälfte?«

»Nein.«

»Und – wie fühlen Sie sich?«

Ich lächelte über die Frage, die ich selbst so oft gestellt hatte. Das schien ihn zu irritieren, und er runzelte die Stirn.

»Schauen Sie mal her«, sagte ich, auf die Narbe in meinem Gesicht deutend. »Die habe ich bekommen, weil ich jemandem genau diese Frage gestellt hatte.«

»Tut mir leid.«

»Das braucht es nicht. Mir hat es auch nicht leid getan.«

5

Nachdem ich die Akte über den Tod meines Bruders studiert hatte, wollte ich die Details des Theresa-Lofton-Falles kennenlernen. Wenn ich über das schreiben wollte, was mein Bruder getan hatte, mußte ich auch wissen, was er gewußt hatte. Ich mußte wissen, zu welchen Einsichten er gelangt war. Aber dabei konnte Grolon mir nicht helfen. Die Akten über unaufgeklärte Morde wurden unter Verschluß gehalten, und Grolon wäre bestimmt der Ansicht, daß der Versuch, mir die Lofton-Akte zu beschaffen, mit mehr Risiken als Vorteilen verbunden war.

Ich warf einen Blick ins Dienstzimmer von CAP und stellte fest, daß es leer war. Vermutlich war Wexler zum Lunch im Satire. Das war eines der Lokale, in denen die Cops mittags gerne aßen – und tranken. Ich entdeckte ihn in einer der hinteren Nischen. Das einzige Problem war, daß St. Louis auch da war. Sie sahen mich nicht, und ich überlegte, ob es nicht vielleicht besser wäre, wenn ich einfach wieder verschwinden und später versuchen würde, Wexler allein zu erwischen. Aber in dem Moment sah er mich. Ich ging zu ihnen hinüber. Ihren mit Ketchup verschmierten Tellern war anzusehen, daß sie mit dem Essen fertig waren. Vor Wexler stand etwas auf dem Tisch, das aussah wie Jim Beam mit Eis.

»Hoher Besuch«, sagte Wexler gutgelaunt.

Ich ließ mich neben St. Louis nieder, damit ich Wexler ansehen konnte.

»Was soll das?« protestierte St. Louis.

»Besuch von der Presse«, sagte ich. »Wie geht's?«

»Erzähl ihm nichts«, sagte St. Louis rasch zu Wexler.

»Oh«, sagte ich. »Gibt es denn etwas Neues?«

»Nichts ist neu«, sagte Wexler. »Was sollten wir schon zu erzählen haben?«

Es war ein Tanz. Freundschaftliches Geplauder, um Informationen zutage zu fördern, ohne direkt danach zu fragen und eine abschlägige Antwort zu erhalten. Es lag auf der gleichen

Ebene wie die Spitznamen, die die Cops benutzten. Ich hatte schon häufig so getanzt, und ich war gut darin. Es waren Schritte, die Finesse erforderten. Wie das Trainieren der Drei-Mann-Kombination beim Basketball in der High School. Den Ball im Auge behalten und dabei gleichzeitig die anderen beiden Spieler beobachten. Ich bin seit jeher ein Finessen-Spieler. Sean war der Kraftspieler gewesen. Er hatte Football gespielt. Ich Basketball.

»Irgend etwas Interessantes wird es schon geben«, sagte ich. »Ich bin wieder an der Arbeit, Jungs.«

»Oh, jetzt geht's los«, stöhnte St. Louis. »Haltet eure Hüte fest.«

»Also, was passiert im Fall Lofton?« fragte ich Wexler, St. Louis ignorierend.

»Hören Sie, Jack – fragen Sie uns jetzt als Reporter?« fragte Wexler.

»Ich frage nur Sie. Und ja, als Reporter.«

»Dann kein Kommentar zu Lofton.«

»Die Antwort lautet also, daß nichts passiert.«

»Ich habe gesagt, kein Kommentar.«

»Hören Sie, ich möchte sehen, was Sie haben. Der Fall ist inzwischen fast drei Monate alt. Er kommt bald auf den Stapel der ungelösten Fälle, wenn er nicht schon dort ist, und das wissen Sie genau. Ich möchte nur die Akte sehen. Ich möchte wissen, was Sean dermaßen zu schaffen gemacht hat.«

»Sie vergessen etwas. Der Tod Ihres Bruders wurde zum Selbstmord erklärt. Es spielt keine Rolle, was ihm an Lofton zu schaffen gemacht hat. Außerdem ist es keineswegs bewiesen, daß sein Tod irgend etwas damit zu tun hatte. Es war bestenfalls ein Begleitumstand. Aber das werden wir nie erfahren.«

»Sparen Sie sich den Blödsinn. Ich habe gerade die Akte über Sean gelesen.« Ich hatte den Eindruck, daß sich Wexlers Brauen hoben, aber nur geringfügig. »Es steht alles darin. Der Fall hat Sean nicht losgelassen. Er ging zu einem Therapeuten, er verbrachte seine ganze Zeit damit. Also behaupten Sie bitte nicht, daß wir es nie erfahren werden.«

»Hören Sie, mein Junge, wir …«

»Haben Sie Sean auch so genannt?« unterbrach ich ihn.

»Was?«

»Mein Junge. Haben Sie ihn je ›mein Junge‹ genannt?«

Wexler schien verwirrt. »Nein.«

»Dann nennen Sie mich auch nicht so.«

Wexler hob in einer abwehrenden Geste die Hände.

»Weshalb kann ich die Akte nicht sehen? Sie kommen doch eh keinen Schritt weiter.«

»Wer behauptet das?«

»Ich. Sie haben Angst davor, Mann. Sie haben gesehen, was sie Sean angetan hat, und wollen nicht, daß Ihnen dasselbe passiert. Also steckt die Akte in irgendeiner Schublade. Sie hat bereits Staub angesetzt, da bin ich ganz sicher.«

»Sie spinnen, Jack. Und wenn Sie nicht der Bruder Ihres Bruders wären, würde ich Ihnen einen Tritt in den Arsch versetzen und Sie hier hinausbefördern! Sie stinken mir! Und Leute, die mir stinken, vertrage ich nicht.«

»Ach, wirklich? Dann stellen Sie sich doch mal vor, wie mir zumute ist! Immerhin bin ich sein Bruder, und ich finde, das gibt mir gewisse Rechte.«

St. Louis lachte höhnisch auf.

»Hey, Big Dog, wäre es nicht an der Zeit, daß Sie rausgehen und einen Hydranten oder sonst etwas bewässern?« sagte ich.

Wexler konnte ein Lachen gerade noch unterdrücken. Aber St. Louis' Gesicht wurde rot.

»Hören Sie zu, Sie kleiner Scheißkerl«, sagte er. »Ich werde Ihnen ...«

»Immer mit der Ruhe«, mischte sich Wexler ein. »Immer mit der Ruhe. Ray, ich schlage vor, du gehst mal nach draußen und rauchst eine Zigarette. Laß mich allein mit Jackie reden. Ich sage ihm, was Sache ist, und dann komme ich nach.«

Ich stand auf, damit St. Louis sich hinausschieben konnte. Dabei starrte er mich wütend an. Ich setzte mich wieder.

»Trinken Sie aus, Wex. Hat keinen Sinn, so zu tun, als stünde kein Beam auf dem Tisch.«

Wexler grinste und nahm einen Schluck aus seinem Glas.

»Wissen Sie, Zwillinge oder nicht, Sie sind Ihrem Bruder sehr ähnlich. Sie geben nicht leicht auf. Und Sie können eine verdammt große Klappe haben. Ohne diesen Bart und das Hippie-Haar könnte man Sie glatt für ihn halten. Und wegen dieser Narbe müßten Sie natürlich auch etwas unternehmen.«

»Also, was ist mit dieser Akte?«

»Was soll damit sein?«

»Sie sind es ihm schuldig, mich reinschauen zu lassen.«

»Das verstehe ich nicht, Jack.«

»Doch, das tun Sie. Ich kann die Sache nicht hinter mich bringen, bevor ich nicht über alles Bescheid weiß. Ich versuche immer noch, es zu begreifen.«

»Und Sie versuchen auch, darüber zu schreiben.«

»Das Schreiben bewirkt bei mir dasselbe wie das Zeug in Ihrem Glas bei Ihnen. Wenn ich darüber schreiben kann, kann ich es auch verstehen. Und danach begraben. Mehr will ich nicht.«

Wexler wandte den Blick von mir ab und griff nach der Rechnung, die die Kellnerin auf den Tisch gelegt hatte. Dann kippte er den Rest seines Drinks hinunter und schob sich aus der Nische. Stehend schaute er auf mich herab und stieß seinen stark nach Bourbon riechenden Atem aus. »Kommen Sie ins Büro«, sagte er. »Ich gebe Ihnen eine Stunde.«

Er hob den Finger und wiederholte sich für den Fall, daß ich nicht richtig zugehört hatte.

»Eine Stunde.«

Im CAP-Dienstzimmer setzte ich mich an den Schreibtisch, an dem mein Bruder immer gesessen hatte. Bisher hatte ihn niemand übernommen. Vielleicht galt er jetzt als Unglücks-Schreibtisch. Wexler stand vor einem Aktenschrank an der Wand und wühlte in einer offenen Schublade. St. Louis war nicht in Sicht; offenbar hatte er beschlossen, daß er mit dieser Sache nichts zu tun haben wollte. Endlich zog Wexler zwei dicke Akten hervor und legte sie vor mich hin.

»Ist das alles?«

»Ja, alles. Sie haben eine Stunde.«

»Hören Sie, das sind ja fünfzehn Zentimeter Papier«, versuchte ich es. »Lassen Sie mich das Zeug mit nach Hause nehmen, und ich bringe es …«

»Wirklich genau wie Ihr Bruder. Eine Stunde, McEvoy. Achten Sie auf Ihre Uhr, weil dieses Zeug nämlich in einer Stunde wieder in der Schublade verschwindet. In neunundfünfzig Minuten, um genau zu sein. Sie verschwenden Zeit.«

Ich hörte auf, Einwände zu machen, und schlug die obere Akte auf.

Theresa Lofton war ein bildschönes Mädchen gewesen, das an der Universität Pädagogik studiert hatte. Sie wollte Grundschullehrerin werden.

Sie war in ihrem ersten Studienjahr und wohnte in einem Studentenheim auf dem Campus. Neben dem Studium arbeitete sie stundenweise in der Kindertagesstätte, die zum Studentenheim für Verheiratete gehörte.

Man vermutete, daß Lofton an einem Mittwoch, einen Tag nach Beginn der Weihnachtsferien, auf oder nahe dem Campus entführt worden war. Die meisten Studenten waren bereits in die Ferien gefahren. Theresa war aus zwei Gründen noch in Denver. Die Kindertagesstätte wurde erst am Wochenende geschlossen. Und zudem gab es noch ein Problem mit ihrem Wagen, einem VW-Käfer. Er bekam eine neue Kupplung eingebaut. Erst dann konnte sie damit nach Hause fahren.

Ihre Entführung fiel zunächst niemandem auf, weil ihre Zimmergenossin und alle Freunde bereits fort waren. Niemand wußte, daß sie vermißt wurde. Als sie am Donnerstagmorgen nicht zur Arbeit in der Kindertagesstätte erschien, nahm die Leiterin an, daß sie einfach vorzeitig nach Montana gefahren war, weil sie nach den Weihnachtsferien ohnehin nicht in den Job zurückkehren würde. Es wäre nicht das erste Mal gewesen, daß eine Studentin sie im Stich ließ, zumal dann, wenn die Prüfungen überstanden waren und Ferien lockten. Die Leiterin stellte also keine Erkundigungen an und meldete sie auch nicht als vermißt.

Ihre Leiche wurde am Freitag morgen im Washington Park gefunden. Die Ermittler verfolgten ihre letzten bekannten Aktivitäten zurück bis zum Mittwoch mittag, wo sie von der Kindertagesstätte aus die Werkstatt angerufen hatte – der Mechaniker erinnerte sich an Kinderstimmen im Hintergrund. Er hatte ihr gesagt, daß der Wagen fertig sei. Sie hatte geantwortet, sie würde nach der Arbeit zunächst zur Bank gehen und dann den Wagen abholen. Doch sie ging weder zur Bank noch zur Werkstatt. Sie verabschiedete sich um zwölf von der Leiterin der Kindertagesstätte und verschwand durch die Tür. Danach wurde sie von niemandem mehr lebend gesehen. Außer von ihrem Mörder natürlich.

Ich brauchte mir nur die Fotos in der Akte anzusehen, um zu begreifen, wie sehr der Fall Sean gepackt und ihm einen Panzer ums Herz gelegt hatte. Es gab Vorher- und Nachher-Fotos. Eine Porträtaufnahme von ihr, vermutlich für das Jahrbuch der High School. Ein junges Mädchen mit frischem Gesicht, das sein Leben noch vor sich hatte. Welliges dunkles Haar und kristallblaue Augen. Außerdem gab es einen Schnappschuß von ihr in Shorts und Turnhemd. Sie lächelte, während sie einen Karton von ihrem Wagen forttrug. Die Muskeln ihrer schlanken, gebräunten Arme waren angespannt. Es sah so aus, als sei es eine kleine Anstrengung gewesen, mit dem schweren Karton für den Fotografen stillzustehen. Ich drehte das Foto um und las in einer Schrift, die ich für die ihrer Mutter hielt: »Terris erster Tag auf dem Campus! Denver, Colo.«

Die anderen Fotos waren hinterher gemacht worden. Ich wunderte mich über die Anzahl. Weshalb brauchten die Cops so viele Fotos? Auf ihnen hatten Theresa Loftons Augen ihren Glanz verloren. Sie waren offen, aber trübe, von einer Art milchiger Schicht überzogen.

Die Fotos zeigten das Opfer auf ungefähr einem halben Quadratmeter Gestrüpp und Schnee, auf einer kleinen Anhöhe liegend. Die Zeitungsmeldungen waren korrekt gewesen. Man hatte sie in der Mitte durchtrennt. Ein Schal war straff um ihren Hals geschlungen, und ihre Augen waren hinreichend weit aufgerissen und vorgequollen, um die Vermutung nahezulegen, daß sie erwürgt worden war. Doch damit war die Arbeit des Killers offenbar noch nicht getan gewesen. Er hatte den Körper in der Taille durchgehackt und dann die untere Hälfte auf die oberere gelegt. Es war ein grauenhaftes Bild, das den Eindruck erweckte, als vollführe sie einen Geschlechtsakt mit sich selbst. Mir wurde bewußt, daß Wexler mich von seinem Schreibtisch aus beobachtete, während ich mir die fürchterlichen Fotos anschaute. Ich versuchte, mir meinen Abscheu nicht anmerken zu lassen. Und meine Faszination auch nicht. Jetzt wußte ich, was mir mein Bruder hatte ersparen wollen. Ich hatte noch nie etwas so Grauenhaftes gesehen. Schließlich blickte ich Wexler an.

»Großer Gott.«

»Ja.«

»Was einige Zeitungen über die Ähnlichkeit mit der Schwarzen Dahlie in Los Angeles geschrieben haben, war gar nicht so abwegig, stimmt's?«

»Ja. Mac hatte sich ein Buch darüber gekauft. Er hat auch einen Veteranen bei der Polizei von Los Angeles angerufen. Es gab etliche Ähnlichkeiten. Das Durchhacken der Leiche. Aber der Fall in L. A. liegt fünfzig Jahre zurück!«

»Vielleicht hat er jemanden auf die Idee gebracht.«

»Vielleicht. Der Gedanke ist Mac auch gekommen.«

Ich steckte die Fotos wieder in den Umschlag und sah dann erneut Wexler an.

»War sie lesbisch?«

»Nein, soweit wir feststellen konnten, nicht. Sie hatte daheim in Butte einen Freund. Einen netten Burschen. Wir haben ihn überprüft – er ist sauber. Eine Zeitlang hat Ihr Bruder dasselbe gedacht. Wegen dessen, was der Killer mit den Teilen des Körpers getan hat. Er dachte, daß vielleicht jemand über sie hergefallen ist, weil sie eine Lesbe war. Vielleicht auf widerliche Art etwas demonstrieren wollte. Aber das war eine Sackgasse.«

Ich nickte.

»Sie haben noch fünfundvierzig Minuten.«

»Wissen Sie, das ist seit langer Zeit das erste Mal, daß Sie ihn ›Mac‹ nennen.«

»Na und? Jetzt sind es noch vierundvierzig Minuten.«

Der Autopsiebericht war nach den Fotos regelrecht langweilig. Ich stellte fest, daß die Todeszeit auf den ersten Tag von Loftons Verschwinden festgesetzt worden war. Als ihre Leiche gefunden wurde, war sie bereits länger als vierzig Stunden tot.

Die meisten der zusammenfassenden Berichte gaben nicht viel her. Routine-Ermittlungen bei den Angehörigen des Opfers, ihrem Freund, bei Freundinnen auf dem Campus, Arbeitskolleginnen und sogar bei den Eltern der Kinder, die sie betreute, förderten nichts zutage. Fast alle konnten durch Alibis oder andere Ermittlungsmethoden als Tatverdächtige ausgeschieden werden.

Den Berichten zufolge war man zu dem Schluß gelangt, daß Theresa Lofton ihren Killer nicht gekannt, daß sich ihr Weg irgendwie mit dem seinen gekreuzt, daß sie einfach Pech gehabt hatte. Man ging davon aus, daß der unbekannte Killer ein Mann gewesen war, obwohl es dafür keine eindeutigen Beweise gab. Das Opfer war nicht sexuell mißbraucht worden. Aber die meisten Mörder und Verstümmler von Frauen waren Männer, und man war überzeugt, daß nur eine Person mit großer Körperkraft imstande gewesen war, Knochen und Knorpel durchzuhacken. Ein Hack- oder Schneidewerkzeug war nicht gefunden worden.

Obwohl der Körper fast ausgeblutet gewesen war, gab es Hinweise auf Leichenflecken, was bedeutete, daß zwischen dem Eintreten des Todes und der Verstümmelung des Opfers einige Zeit vergangen war. Dem Bericht zufolge möglicherweise zwei bis drei Stunden.

Merkwürdig war auch der Zeitpunkt, an dem die Tote in den Park gelegt wurde. Sie wurde ungefähr vierzig Stunden nach der von den Ermittlern festgestellten Todeszeit gefunden. Der Park war jedoch bei Joggern und Spaziergängern gleichermaßen beliebt. Deshalb war es ziemlich ausgeschlossen, daß die Tote so lange in diesem öffentlichen Park gelegen hatte, ohne entdeckt zu werden, obwohl Schneefall die Zahl der Besucher erheblich eingeschränkt hatte. Dem Bericht zufolge hatte die Leiche sogar nicht länger als drei Stunden dort gelegen, als ein Jogger sie kurz nach Tagesanbruch entdeckte.

Wo hatte sie sich in der Zwischenzeit befunden? Diese Frage konnten die Ermittler nicht beantworten. Aber sie hatten einen Anhaltspunkt.

Die Faseranalyse hatte zahlreiche fremde Haare und Baumwollfasern aufgelistet, die auf der Leiche gefunden und aus ihrem Haar ausgekämmt worden waren. Sie würden in erster Linie dazu dienen, mit denen eines Verdächtigen verglichen zu werden – sobald man einen Verdächtigen hatte. Ein Abschnitt des Berichts war eingekreist. Er berichtete über die Entdeckung einer speziellen Faser – Kapok –, die in großen Mengen an der Leiche gefunden worden war. Dreiunddreißig Samenfasern von Kapok. Diese Zahl deutete auf direkten Kontakt mit ihrem Ursprungsort hin. In dem Bericht hieß es, daß Kapokfasern zwar denen von Baumwolle ähnelten, aber selten und vor allem in jenen Gegenständen zu finden waren, die Auftrieb erforderten, zum Beispiel in Bootskissen, Schwimmwesten und manchen Schlafsäcken. Ich wunderte mich, weshalb dieser Abschnitt eingekreist war, und fragte Wexler danach.

»Sean hielt die Kapokfasern für den Schlüssel zur Erkenntnis, wo die Leiche in den fehlenden Stunden gewesen ist. Sie wissen schon – wenn wir einen Ort gefunden hätten, an dem diese ziemlich seltene Faser vorkommt, dann hätten wir den Tatort gehabt. Aber wir haben ihn nie gefunden.«

Da die Berichte in chronologischer Reihenfolge abgeheftet waren, konnte ich nachvollziehen, wie Theorien aufgestellt und dann wieder verworfen worden waren. Und ich konnte eine zunehmende Verzweiflung spüren. Die Ermittlungen führten nirgendwo hin. Es war offensichtlich, daß mein Bruder der Ansicht gewesen war, daß Theresa einem Serienkiller, der am schwersten zu fassenden Art von Verbrechern, über den Weg gelaufen war. Es gab einen Bericht vom National Center for the Analysis of Violent Crime des FBI – dem nationalen Zentrum zur Analyse von Gewaltverbrechen – mit einem psychologischen Profil des Killers. Außerdem hatte mein Bruder in der Akte die Kopie einer siebzehn Seiten langen Checkliste von Aspekten des Verbrechens abgeheftet, die er an das Violent Crime Apprehension Program des FBI geschickt hatte. Aber die Reaktion des VICAP-Computers auf diese Liste war negativ gewesen. Der Lofton-Mord stimmte in nicht genügend Details mit anderen Morden im Lande überein, um zu rechtfertigen, daß sich das FBI weiterhin mit ihm befaßte.

Das Täterprofil, das das FBI geliefert hatte, war von einer Agentin namens Rachel Walling erstellt worden. Es enthielt eine Fülle von Verallgemeinerungen, die für die Ermittlungen weitgehend wertlos waren, weil die Charaktermerkmale zwar einleuchtend und möglicherweise sogar zutreffend waren, den Detectives aber kaum dabei halfen, aus den Millionen von Menschen, die danach als Verdächtige in Frage kamen, den Richtigen herauszufinden.

Dem Profil zufolge war der Killer höchstwahrscheinlich ein weißer Mann, zwanzig bis dreißig Jahre alt, mit latenten Minderwertigkeitsgefühlen und Wut auf Frauen, daher die rohe Verstümmelung der Leiche. Er war vermutlich von einer dominierenden Mutter aufgezogen worden. Sein Vater hatte vermutlich nicht mit der Familie zusammengelebt oder war ausschließlich damit beschäftigt gewesen, den Lebensunterhalt zu verdienen, und überließ es der Mutter, das Kind zu betreuen und aufzuziehen. Das Profil klassifizierte den Killer als »organisiert« in seiner Vorgehensweise und wies darauf hin, daß seine scheinbar erfolgreiche Ausführung der Tat und seine Nichtergreifung durch die Polizei ihn dazu veranlassen könnten, weitere Verbrechen dieser Art zu begehen.

Die letzten Berichte in der ersten Akte waren Zusammenfassungen von Gesprächen, Hinweisen, die überprüft worden waren, und anderen Details des Falles, die in dem Moment, als sie niedergeschrieben wurden, vielleicht völlig bedeutungslos waren, sich später aber als entscheidend erweisen konnten. Beim Überfliegen dieser Berichte konnte ich Seans wachsende Zuneigung zu Theresa Lofton spüren. Auf den ersten Seiten wurde sie immer das Opfer genannt, manchmal Theresa Lofton. Später begann er, von Theresa zu sprechen. Und in den letzten Berichten, denen, die er im Februar kurz vor seinem Tod verfaßt hatte, nannte er sie Terri. Diese Kurzform ihres Namens hatte er wahrscheinlich von ihren Familienangehörigen und Freundinnen übernommen oder vielleicht von der Rückseite des Fotos von ihrem ersten Tag auf dem Campus. Dem Glückstag.

Als ich die andere Akte aufschlug, hatte ich nur noch zehn Minuten Zeit. Diese Akte war dünner und schien ein Sammelsurium von Ermittlungs-Sackgassen zu enthalten. Da gab es zum Beispiel mehrere Briefe von Leuten, die Theorien über den Mord aufstellten. Ein Brief stammte von einem Medium, das behauptete, Theresa Loftons Geist kreise irgendwo hoch oberhalb der Ozonschicht in einem Hochfrequenz-Tongürtel. Sie spreche so schnell, daß ihre Worte sich für das untrainierte Ohr wie Zirpen anhörten, aber das Medium könne das Zirpen entschlüsseln und sei bereit, ihr Fragen zu stellen, wenn Sean es wünsche. Die Akte enthielt keinen Hinweis darauf, daß er es getan hatte.

In einem anderen ergänzenden Bericht hieß es, daß Theresas Bank und die Autowerkstatt vom Campus aus leicht zu Fuß zu erreichen waren. Die Detectives gingen zweimal die Strecke zwischen ihrem Zimmer im Studentenheim, der Kindertagesstätte, der Bank und der Werkstatt ab, konnten aber keine Zeugen ausfindig machen, die sich erinnerten, Theresa an jenem Mittwoch nach Ferienbeginn gesehen zu haben. Trotzdem war mein Bruder von der – in einem anderen ergänzenden Bericht niedergelegten – Theorie ausgegangen, daß Lofton entführt worden war, und zwar *nachdem* sie von der Kindertagesstätte aus in der Werkstatt angerufen hatte, aber *bevor* sie bei der Bank angekommen war, um dort das Geld für die Reparatur ihres Wagens abzuheben.

Die Akte enthielt außerdem eine chronologische Aufstellung über die Unternehmungen der mit dem Fall beschäftigten Ermittler. Ursprünglich hatten vier CAP-Leute ausschließlich daran gearbeitet. Aber als kaum Fortschritte erzielt wurden und neue Fälle dazukamen, waren es nur noch Sean und Wexler, die weiterhin ermittelten. Und schließlich nur noch Sean. Er ließ nicht locker.

Die letzte Eintragung in der chronologischen Aufstellung stammte vom Tag seines Todes. Es war nur eine Zeile: »13. März – RUSHER im Stanley. P/R Info über Terri.«

»Die Zeit ist um.«

Ich schaute hoch und sah, daß Wexler auf seine Uhr deutete. Ich klappte die Akte widerspruchslos zu.

»Was bedeutet P Schrägstrich R?«

»Person Reporting. Es bedeutet, daß ihn jemand angerufen hat.«

»Wer ist Rusher?«

»Das wissen wir nicht. Im Telefonbuch stehen ein paar Leute, die so heißen. Wir haben sie angerufen, aber sie hatten keine Ahnung, wovon wir redeten. Ich habe den Namen auch durch den NCIC laufen lassen, aber da wir nur den Nachnamen kennen, hat das auch nichts gebracht. Kurz gesagt, wir wissen nicht, wer das war oder ist. Wir wissen nicht einmal, ob es ein Mann oder eine Frau ist. Wir wissen nicht, ob sich Sean tatsächlich mit jemandem getroffen hat oder nicht. Im Stanley haben wir niemanden ausfindig gemacht, der ihn gesehen hat.«

»Weshalb sollte er losgefahren sein, um diese Person zu treffen, ohne Ihnen Bescheid zu sagen oder irgendeine Notiz darüber zu hinterlassen, um wen es sich handelt? Und weshalb fuhr er allein?«

»Wer weiß? Es gab zu diesem Fall so viele Hinweise, daß man den ganzen Tag allein mit dem Notieren der Anrufe hätte verbringen können. Und vielleicht wußte er es selbst nicht. Vielleicht wußte er nur, daß jemand mit ihm reden wollte. Ihr Bruder steckte so tief in dieser Sache drin, daß er sich mit jedem getroffen hätte, der behauptete, etwas zu wissen. Ich werde Ihnen ein kleines Geheimnis verraten. Etwas, das nicht in der Akte steht, weil er nicht wollte, daß die Leute hier ihn für verrückt hielten. Aber er ist tatsächlich losgefahren und hat das Medium aufgesucht, das in der Akte erwähnt wird.«

»Und was hat er erfahren?«

»Nichts. Nur irgendwelchen Blödsinn darüber, daß der Killer sich irgendwo da draußen herumtreibt und darauf wartet, einen weiteren Mord zu begehen. Und Sean mußte so tun, als nähme er das ernst, und sich für den Hinweis bedanken. Aber behalten Sie das für sich. Ich möchte nicht, daß man Sean noch nachträglich für einen Spinner hält.«

Ich machte mir nicht die Mühe, eine Bemerkung darüber zu verlieren, wie blödsinnig das war. Mein Bruder hatte Selbstmord begangen, und Wexler versuchte trotzdem noch, den Schaden zu begrenzen, den sein Image womöglich erleiden würde, wenn bekannt wurde, daß er ein Medium aufgesucht hatte.

»Es bleibt unter uns«, sagte ich statt dessen. Und nach kurzem Schweigen fügte ich hinzu: »Wie sieht denn nun Ihre Theorie über das aus, was an jenem Tag geschehen ist, Wex? Inoffiziell natürlich.«

»Meine Theorie? Meine Theorie ist, daß er dort hinfuhr und daß derjenige, der ihn angerufen hat, nicht erschienen ist. Wieder einmal eine Sackgasse, und das gab ihm den Rest. Deshalb fuhr er zu dem See hinauf und … Haben Sie vor, eine Story über ihn zu schreiben?«

»Ich weiß es noch nicht. Vermutlich.«

»Hören Sie, ich weiß nicht, wie ich es ausdrücken soll, aber … Er war Ihr Bruder, aber er war auch mein Freund. Vielleicht habe ich ihn sogar besser gekannt als Sie. Lassen Sie die Finger davon.«

Ich sagte, ich würde darüber nachdenken, aber das tat ich nur, um ihn zu beschwichtigen. Mein Entschluß stand bereits fest. Ich warf einen Blick auf meine Uhr, um mich zu vergewissern, daß ich noch genügend Zeit hatte, vor Einbruch der Dunkelheit zum Estes Park hinauszufahren, und ging.

6

Es war bereits nach fünf Uhr, als ich den Parkplatz am Bear Lake erreichte. Auch an diesem Tag stand kein Auto dort. Der See war gefroren, und die Temperatur sank rasch. Der Himmel hatte sich bereits purpurn gefärbt und begann zu dunkeln. So spät am Tag war dies kein Ort, der Einheimische oder Touristen anzog.

Als ich über den Parkplatz fuhr, fragte ich mich, weshalb er sich für diesen Ort entschieden hatte. Soweit ich wußte, stand er in keinerlei Beziehung zum Fall Lofton. Aber ich glaubte den Grund zu kennen. Ich parkte dort, wo auch er geparkt hatte. Dann saß ich einfach da und dachte nach.

Unter dem Vordach der Ranger-Hütte brannte Licht. Ich beschloß, auszusteigen und nachzusehen, ob Pena, der Zeuge, noch da war. Doch plötzlich kam mir ein anderer Einfall. Ich glitt auf den Beifahrersitz, öffnete die Tür, holte ein paarmal tief Luft und begann, auf die Stelle zuzurennen, an der der Wald dem Wagen am nächsten war. Im Laufen zählte ich laut nach Tausendern. Als ich die Schneemauer überwunden hatte und in Deckung gegangen war, war ich bei elftausend angekommen.

Ich beugte mich vor und stützte die Hände auf die Knie, um wieder zu Atem zu kommen, bis zu den Waden im Schnee eingesunken. Es war ausgeschlossen, daß ein Schütze ungesehen im Wald hätte verschwinden können, falls Pena so schnell aus der Hütte gekommen war, wie er ausgesagt hatte. Nach einer Weile konnte ich wieder normal atmen und machte mich auf den Weg zur Hütte. Dabei überlegte ich, wie ich mit ihm reden sollte. Als Reporter oder als Bruder?

Der Mann, der hinter der Scheibe saß, war Pena. Ich konnte das Namensschild an seiner Uniform erkennen. Er war gerade dabei, einen Schreibtisch abzuschließen. Offenbar wollte er Feierabend machen.

»Kann ich Ihnen helfen? Ich bin gerade beim Abschließen.«

»Ja. Könnten Sie mir ein paar Fragen beantworten?«

Er kam heraus und musterte mich argwöhnisch, weil ich für eine Wanderung durch den Schnee offensichtlich nicht richtig angezogen war. Ich trug Jeans und Reeboks und ein Cordhemd unter einem dicken Wollpullover. Meinen Mantel hatte ich im Wagen gelassen, und mir war sehr kalt.

»Ich heiße Jack McEvoy.«

Ich wartete einen Moment, ob der Name ihm etwas sagte. Das tat er nicht. Wahrscheinlich hatte er ihn nur in den Berichten gelesen, die er unterschreiben mußte, oder in der Zeitung.

»Mein Bruder ... Sie haben ihn vor ein paar Wochen gefunden.«

Ich deutete auf den Parkplatz.

»Ach ja«, sagte er. »In dem Wagen. Der Polizist.«

»Ja. Ich war heute im Präsidium und habe mir die Berichte und all den anderen Kram angesehen. Danach hatte ich einfach das Bedürfnis, herzukommen und mir den Ort anzuschauen. Es ist schwer, wissen Sie ... damit fertig zu werden.«

Er nickte und sah dabei heimlich auf die Uhr.

»Ich habe nur ein paar kurze Fragen. Sie waren hier drinnen, als Sie den Schuß hörten?«

»Ja«, sagte er. Er zögerte, als ob er einen Entschluß fassen wollte.

Dann fuhr er fort: »Ich war gerade beim Abschließen, genau wie heute. Im Begriff, heimzugehen. Dann hörte ich ihn. Irgendwie wußte ich, was er bedeutete, warum, weiß ich nicht. Nahm an, daß es Wilderer waren, die es auf die Hirsche abgesehen hatten. Ich lief sofort raus, direkt zum Parkplatz. Ich entdeckte seinen Wagen. Konnte ihn drinnen sehen. Die Scheiben waren ziemlich stark beschlagen, aber ich konnte ihn trotzdem sehen. Er saß am Steuer. Seltsame Art, wie er sich zurücklehnte. Ich wußte gleich, was passiert war ... Tut mir leid, daß es Ihr Bruder war.«

Ich nickte und betrachtete die Hütte des Rangers. Nur ein kleines Büro mit wenigen zweckmäßigen Möbeln. Mir war klar, daß fünf Sekunden vermutlich hoch geschätzt waren für die Zeit, ehe Pena den Wagen entdeckt hatte.

»Er hat nicht gelitten«, sagte Pena.

»Wie bitte?«

»Wenn das zu dem gehört, was Sie wissen möchten. Ich glaube, er brauchte keine Schmerzen zu erleiden. Ich bin hingerannt. Er war tot. Sofort tot.«

»In dem Polizeibericht stand, daß Sie nicht zu ihm gelangen konnten. Die Türen seien verriegelt gewesen.«

»Ja, ich hab versucht, die Tür zu öffnen. Aber er war eindeutig tot. Ich bin hierher zurückgerannt, um Leute anzurufen.«

»Wie lange hat der Wagen Ihrer Meinung nach auf dem Parkplatz gestanden, bevor er es tat?«

»Das weiß ich nicht. Das habe ich der Polizei auch schon gesagt. Von hier aus kann ich den Parkplatz nicht überblikken. Ich war in der Hütte – ich habe einen Heizofen – also, ich würde sagen, mindestens eine halbe Stunde, bevor ich den Schuß hörte. Er kann die ganze Zeit dort gesessen haben. Hat vermutlich darüber nachgedacht.«

Ich nickte.

»Sie haben ihn nicht auf dem See gesehen? Ich meine, bevor der Schuß fiel?«

»Auf dem See? Nein, niemand war auf dem See.«

Wir schwiegen für eine Weile.

»Gab es irgendeinen Grund?« fragte Pena schließlich. »Ich sagte es schon, ich weiß, daß er Polizist war.«

Ich schüttelte den Kopf. Nein. Ich wollte mich nicht mit diesem Fremden darüber unterhalten. Also dankte ich ihm und machte mich auf den Rückweg zu meinem Wagen, während er die Hütte abschloß. Der Tempo war nach wie vor der einzige Wagen auf dem freigeräumten Parkplatz. Mir fiel noch etwas ein, und ich kehrte um.

»Wie oft wird hier geräumt?«

Pena machte sich bereits auf den Weg.

»Nach jedem Schneefall.«

Ich nickte.

»Wo steht Ihr Wagen?«

»Wir haben ein paar hundert Meter weiter unten einen Geräteschuppen. Ich lasse meinen Wagen immer dort stehen, laufe morgens hier herauf und abends wieder hinunter.«

»Soll ich Sie hinbringen?«

»Nein, danke. Auf dem Pfad komme ich schneller hin.«

Auf der ganzen Rückfahrt nach Boulder dachte ich an meinen letzten Aufenthalt am Bear Lake. Auch damals war Winter gewesen. Aber der See war nicht zugefroren, jedenfalls nicht so zuverlässig wie diesmal. Doch als ich von dort wegfuhr, fühlte ich mich genauso kalt und einsam wie damals. Und ebenso schuldig.

Riley öffnete mir die Tür. Sie sah aus, als sei sie seit der Beerdigung um zehn Jahre gealtert. Doch ich entdeckte noch etwas anderes: Theresa Lofton hatte ausgesehen wie eine neunzehnjährige Riley McEvoy. Ich fragte mich, ob Scalari oder sonst jemand das bei den Psychologen zur Sprache gebracht hatten.

Sie bat mich herein. Sie wußte, daß sie schlecht aussah. Trotzdem versuchte sie ein schwaches Lächeln. Wir gingen in die Küche. Sie fragte mich, ob sie Kaffee machen solle, aber ich antwortete, ich wolle nicht lange bleiben. Ich setzte mich an den Küchentisch. Wie immer, wenn ich zu Besuch kam. Auch Seans Tod hatte daran nichts geändert.

»Ich wollte dir sagen, daß ich über Sean schreiben werde.«

Sie schwieg lange, und sie sah mich nicht an. Statt dessen stand sie auf und fing an, den Geschirrspüler auszuräumen. Ich wartete.

»Muß das sein?« fragte sie schließlich.

»Ja ... ich glaube schon.«

Sie sagte nichts.

»Ich habe vor, den Therapeuten anzurufen. Dorschner. Ich weiß nicht, ob er mit mir reden wird, aber da Sean tot ist, sehe ich keinen Grund, weshalb er es nicht tun sollte. Doch es könnte sein, daß er vorher deine Zustimmung einholen will ...«

»Mach dir deswegen keine Sorgen, Jack. Ich werde dir keine Steine in den Weg legen.«

Ich nickte zum Dank, aber mir war die Schärfe in ihren Worten nicht entgangen.

»Ich war heute bei den Cops, und ich bin zum See hinaufgefahren.«

»Ich will nichts davon hören, Jack. Wenn du darüber schreiben willst, dann ist das deine Entscheidung. Tu, was du tun mußt. Aber meine Entscheidung ist, daß ich nichts davon hören will. Und wenn du über Sean schreibst, dann will ich es auch nicht lesen. Ich muß tun, was *ich* tun muß.«

Ich nickte abermals und sagte: »Ich verstehe. Ich habe nur noch eine einzige Frage. Dann halte ich dich aus der Sache heraus.«

»Wie meinst du das, du hältst mich heraus?« fragte sie wütend. »Ich wollte, es gäbe eine Möglichkeit, mich herauszuhalten. Aber ich stecke mittendrin! Den Rest meines Lebens stecke ich drin. Du willst darüber schreiben? Du glaubst, das ist für dich ein Weg, es loszuwerden. Aber was soll *ich* tun, Jack?«

Ich betrachtete den Fußboden. Ich wollte gehen, wußte aber nicht, wie ich es anstellen sollte. Ihr Schmerz und ihre Wut strahlten mir entgegen wie die Hitze eines Backofens.

»Du willst etwas über dieses Mädchen wissen«, sagte sie nach einer Weile mit gelassenerer Stimme. »Danach haben mich sämtliche Detectives gefragt.«

»Ja. Warum hat gerade dieser ...«

Ich wußte nicht, wie ich meine Frage formulieren sollte.

»Weshalb ausgerechnet diese Sache dazu geführt hat, daß alles Positive in seinem Leben keinen Wert mehr hatte? Die Antwort lautet, ich weiß es nicht. Ich weiß es einfach nicht.«

Ich konnte sehen, wie sich ihre Augen erneut mit Wut und Tränen füllten. Es war, als hätte ihr Mann sie wegen einer anderen Frau verlassen. Und hier saß ich, in Fleisch und Blut Sean am allerähnlichsten. Kein Wunder, daß sich ihre Wut und ihre Tränen gegen mich richteten.

»Hat er zu Hause über den Fall gesprochen?« fragte ich.

»Nicht speziell. Er hat mir von Zeit zu Zeit von seinen Fällen erzählt. Dieser schien nicht anders zu sein, abgesehen davon, was der Killer ihr angetan hat. Er hat mir erzählt, daß er sie ansehen mußte. Hinterher, meine ich. Ich wußte, daß es ihm schwer zu schaffen machte, aber ihm machten viele Dinge schwer zu schaffen. Eine Menge Fälle. Er wollte nicht, daß irgendein Täter damit durchkam. Das hat er immer gesagt.«

»Aber diesmal ist er zu einem Psychiater gegangen.«

»Er hatte schlimme Träume, deshalb habe ich ihm dazu geraten. *Ich* habe ihn hingeschickt.«

»Was waren das für Träume?«

»Daß er dabei war. Du weißt schon, als ihr das angetan wurde. Er träumte, daß er es mitansah, aber nichts dagegen unternehmen konnte.«

Ihre Worte erinnerten mich an einen anderen Tod vor langer Zeit. Sarah, die im Eis einbrach. Ich erinnerte mich an das hilflose Gefühl. Wie ich zugeschaut hatte und nichts dagegen unternehmen konnte. Ich sah Riley an.

»Weißt du, weshalb Sean dort hinaufgefahren ist?«

»Nein.«

»War es wegen Sarah?«

»Ich habe doch gesagt, ich weiß es nicht.«

»Es ist passiert, bevor wir dich kennenlernten. Sie ist dort gestorben. Ein Unfall ...«

»Ich weiß, Jack. Aber ich weiß nicht, ob es mit irgend etwas zu tun hatte. Noch nicht.«

Ich wußte es auch nicht. Es war nur einer von vielen verworrenen Gedanken, aber ich konnte ihn nicht beiseite schieben.

Vor der Rückfahrt nach Denver fuhr ich noch zum Friedhof. Ich weiß nicht, warum ich das tat. Es war dunkel, und seit der Beerdigung war zweimal Schnee gefallen. Ich brauchte fünfzehn Minuten, um die Stelle zu finden, an der Sean in der Erde lag. Es gab noch keinen Stein. Ich fand das Grab, indem ich das neben seinem ausfindig machte. Das meiner Schwester.

Auf dem von Sean standen ein paar Töpfe mit erfrorenen Pflanzen, und aus dem Schnee ragte ein Plastiketikett mit seinem Namen heraus. Auf Sarahs Grab waren keine Blumen. Es war ein klarer Abend, und der Mond gab genügend Licht. Mein Atem bildete kleine Wolken vor meinem Mund.

»Warum, Sean?« fragte ich. »Warum?«

Als mir bewußt wurde, daß ich laut gesprochen hatte, sah ich mich um. Ich war der einzige Mensch auf dem Friedhof. Der einzige lebende. Ich dachte an das, was Riley gesagt hatte. Daß Sean nicht wollte, daß ein Täter mit etwas durchkam. Und ich dachte auch daran, daß mir solche Dinge völlig gleichgültig waren, solange ich eine gute, lange Story daraus machen konnte. Wie kam es, daß wir so unterschiedliche Wege gegangen waren? Mein Bruder und ich. Mein Zwillingsbruder. Ich wußte es nicht. Es machte mich einfach traurig.

Ich erinnerte mich daran, was Wexler an jenem Abend gesagt hatte, als sie mich abholten und mir mitteilten, daß mein Bruder tot war. Er hatte von all der Scheiße gesprochen, die aus dem Rohr kommt, und daß es Sean schließlich zuviel geworden war. Ich glaubte es immer noch nicht. Aber irgend etwas mußte ich glauben. Ich dachte an Riley und an die Fotos von Theresa Lofton. Und ich dachte an meine Schwester, die durch das Eis ins Wasser fiel. Damals glaubte ich, daß der Mord an dem Mädchen in meinem Bruder die verzweifeltste Art von Hoffnungslosigkeit ausgelöst hatte. Ich glaubte, daß ihn diese Hoffnungslosigkeit ebenso verfolgt hatte wie die kristallblauen Augen des Mädchens, das in zwei Teile zerhackt worden war. Und da er sich nicht an seinen Bruder hatte wenden können, hatte er sich an seine Schwester gewandt. Er fuhr zu dem See, der sie verschlungen hatte. Und dann gesellte er sich zu ihr.

Ich verließ den Friedhof, ohne zurückzublicken.

7

Gladden lehnte sich an das Geländer, der Frau, die den Kindern die Tickets abnahm, direkt gegenüber. Dort konnte sie ihn nicht sehen. Aber sobald sich das Karussell zu drehen begann, würde er jedes einzelne Kind mustern können. Gladden fuhr sich mit den Fingern durch das blond gefärbte Haar und schaute sich um. Er war ziemlich sicher, daß alle Leute ihn für einen der Väter hielten.

Die Fahrt ging wieder los. Die Drehorgel leierte die Melodie eines Liedes, das Gladden nicht kannte, und die Pferde begannen ihre wippenden Runden, gegen den Uhrzeigersinn. Gladden war nie selbst auf dem Karussell mitgefahren. Er hatte gesehen, daß viele Mütter und Väter mit ihren Kindern aufstiegen, aber er hielt es für zu riskant, es ihnen gleichzutun.

Ihm fiel ein etwa fünfjähriges Mädchen auf, das sich verzweifelt an einen der schwarzen Hengste klammerte. Es beugte sich vor und hatte die winzigen Arme um den rot-weiß geringelten Stab geschlungen, der aus dem bemalten Pferdehals herausragte. Seine kleine rosa Shorts war an der Innenseite eines Oberschenkels hochgerutscht. Seine Haut war kaffeebraun. Gladden langte in den Seesack und holte die Kamera heraus. Er verkürzte die Belichtungszeit, um die Bewegungs-Unschärfe zu mildern, und richtete die Kamera auf das Karussell. Er regulierte die Brennweite und wartete darauf, daß das Mädchen abermals auftauchte.

Er brauchte zwei Runden, dann glaubte er, die Aufnahme im Kasten zu haben, und senkte die Kamera. Er schaute sich um, um seine Nerven zu beruhigen, und dabei fiel ihm ein Mann auf, der rechts von ihm, ungefähr sechs Meter entfernt, am Geländer lehnte. Der Mann war vorher nicht dagewesen. Und, was am beängstigendsten war, er trug ein Sportjackett und eine Krawatte. Dieser Kerl war entweder pervers oder Polizist. Gladden fand, daß er gut daran tat, zu verschwinden.

Draußen auf der Pier blendete die Sonne fast. Gladden versenkte die Kamera in seinem Seesack und holte seine widerspiegelnde Sonnenbrille hervor. Er beschloß, weiter auf die Pier hinauszuwandern, dorthin, wo es von Menschen nur so wimmelte. Wenn es sein mußte, konnte er diesen Mann abschütteln. Sofern er ihm tatsächlich folgte. Er ging etwa die halbe Strecke, ruhig und stetig, die Gelassenheit in Person. Dann blieb er am Geländer stehen, drehte sich um und lehnte sich mit dem Rücken dagegen, als wolle er ein paar Sonnenstrahlen einfangen. Er hob sein Gesicht der Sonne entgegen, aber seine Augen hinter den Spiegelgläsern suchten den Teil der Pier ab, den er gerade entlanggegangen war.

Zuerst war da nichts, der Mann in Sportjackett und Krawatte nicht in Sicht. Doch dann entdeckte er ihn, mit dem Jackett über dem Arm und einer Sonnenbrille auf der Nase. Er schlenderte an den Verkaufsständen vorbei und bewegte sich dabei langsam auf Gladden zu.

»Scheiße!« sagte Gladden laut.

Eine Frau, die mit einem kleinen Jungen auf einer nahen Bank saß, musterte Gladden empört.

»Entschuldigung«, murmelte Gladden.

Er drehte sich um und suchte den Rest der Pier ab. Er mußte jetzt schnell denken. Er wußte, daß Cops im Außendienst gewöhnlich paarweise arbeiteten. Wo war der andere? Es dauerte nur dreißig Sekunden, dann hatte er sie entdeckt. Eine Frau, ungefähr dreißig Meter hinter dem Mann mit der Krawatte. Sie trug eine lange Hose und ein Polohemd. Nicht so formell wie der Mann. Sie fiel in der Menge nicht auf, abgesehen von dem Funksprechgerät, das an ihrem Gürtel hing. Gladden stellte fest, daß sie versuchte, es zu verbergen. Noch während er sie beobachtete, drehte sie ihm den Rücken zu und begann, in das Gerät zu sprechen.

Sie forderte vermutlich gerade Verstärkung an. Etwas anderes konnte es nicht bedeuten. Er mußte cool bleiben, schnell einen Plan machen. Der Mann mit der Krawatte war vielleicht noch zwanzig Meter entfernt. Gladden trat von dem Geländer fort und begann, etwas schnelleren Schrittes auf das Ende der Pier zuzugehen. Er tat genau das gleiche, was die Polizistin getan hatte, er benutzte seinen Körper als Schild und zog den Seesack vor seinen Bauch. Er öffnete ihn und griff nach der Kamera. Ohne sie herauszuholen, tastete er herum, bis er die CLEAR-Taste fand, mit der er den Chip löschen konnte. Es war nicht viel darauf gewesen. Das Mädchen auf dem Karussell, ein paar Kinder unter öffentlichen Duschen. Kein großer Verlust.

Danach setzte er seinen Weg auf der Pier fort. Er holte seine Zigaretten aus dem Sack, drehte sich um, benutzte seinen Körper abermals als Schild, diesmal gegen den Wind, und zündete sich eine an. Als die Zigarette brannte, schaute er auf und mußte feststellen, daß die beiden Cops näher gekommen waren. Er wußte, daß sie dachten, sie hätten ihn. Er näherte sich dem Ende der Pier. Die Frau hatte den Mann eingeholt, und sie sprachen miteinander. Überlegen vermutlich, ob sie auf die Verstärkung warten sollen, dachte Gladden.

Gladden ging schnell auf die Köderbude und das Büro der Pier-Verwaltung zu. Er wußte genau, wie es am Ende der Pier aussah. Im Laufe der Woche war er zweimal Eltern mit Kindern vom Karussell zum Ende der Pier gefolgt. Er wußte, daß hinter der Köderbude eine Treppe war, die zur Aussichtsplattform auf dem Dach hinaufführte.

Sobald er um die Ecke der Bude gebogen und damit außer Sichtweite der Cops war, rannte Gladden zur ihrer Rückseite und dann die Treppe hinauf. Jetzt konnte er auf die Pier vor der Bude hinabblicken. Die beiden Cops standen genau unter ihm und sprachen wieder miteinander. Dann schlug der Mann denselben Weg ein wie Gladden, und die Frau blieb allein zurück. Sie wollten offensichtlich nicht riskieren, daß er ihnen entkam. Plötzlich drängte sich Gladden eine Frage auf. Woher wußten sie Bescheid? Ein Cop in einem Anzug tauchte schließlich nicht so einfach auf einer Pier auf.

Doch er schob diesen Gedanken beseite, um sich auf die augenblickliche Situation konzentrieren zu können. Er brauchte ein Ablenkungsmanöver. Der Mann würde rasch herausfinden, daß er nicht bei den Anglern am Ende der Pier war, und auf der Aussichtsplattform nach ihm suchen. Gladden entdeckte eine Mülltonne in der Ecke vor dem hölzernen Geländer. Er rannte hin und schaute hinein. Sie war fast leer. Er setzte den Seesack ab, hob die Tonne über seinen Kopf, nahm Anlauf und warf sie übers Geländer, so weit er konnte. Sie flog über die Köpfe der beiden Angler unten hinweg und landete im Wasser. Dabei klatschte sie laut auf, und Gladden hörte, wie ein Junge »Hey!« rief.

»Mann über Bord!« brüllte Gladden. »Mann über Bord!«

Dann nahm er seinen Seesack und bewegte sich rasch zum hinteren Geländer der Plattform. Er hielt nach der Polizistin Ausschau. Sie war immer noch unter ihm, hatte aber offensichtlich das Aufklatschen und die Schreie gehört. Ein paar Kinder rannten um die Köderbude herum, um herauszufinden, was es mit dem Geschrei und der Aufregung auf sich hatte. Nach kurzem Zögern folgte ihnen die Frau. Gladden warf sich den Seesack über die Schulter, kletterte rasch über das Geländer, ließ sich hinab und sprang dann den letzten Meter zu Boden. Dann begann er, die Pier in Richtung Land entlangzurennen.

Als er die halbe Strecke hinter sich gebracht hatte, kamen ihm die beiden Strandpolizisten auf Fahrrädern entgegen. Sie trugen Shorts und blaue Polohemden. Lächerlich. Er hatte sie bereits am Vortag beobachtet und sich darüber amüsiert, daß sie sich für Cops hielten. Jetzt rannte er auf sie zu und winkte heftig mit den Armen, um sie zum Anhalten zu bewegen.

»Sind Sie die Verstärkung?« rief er, als sie ihn erreicht hatten. »Sie sind am Ende der Pier! Der Verdächtige ist im Wasser! Er ist gesprungen. Sie brauchen Ihre Hilfe, und sie brauchen ein Boot. Sie haben mich geschickt, damit ich es Ihnen ausrichte.«

»Los!« rief einer der Cops seinem Partner zu.

Während der eine davonstrampelte, löste der andere sein Funksprechgerät vom Gürtel und forderte ein Rettungsboot an. Gladden sprach ihnen seinen Dank für ihr rasches Reagieren aus und machte sich wieder auf den Weg. Nach ein paar Sekunden schaute er zurück und stellte fest, daß auch der zweite Cop inzwischen auf das Ende der Pier zuradelte. Gladden begann erneut zu rennen.

Auf dem höchsten Punkt der Brücke, die den Strand mit der Ocean Avenue verband, schaute er abermals auf das Gewimmel am Ende der Pier zurück. Er zündete sich eine weitere Zigarette an und nahm die Sonnenbrille ab. Cops sind so dämlich, dachte er. Sie bekommen, was sie verdienen. Er lief weiter, überquerte die Ocean Avenue und ging dann die Third Street Promenade entlang, wo er, da war er ganz sicher, in der Menschenmenge untertauchen konnte. Scheißcops, dachte er. Sie hatten ihre Chance gehabt und Mist gebaut. Noch eine bekommen sie nicht.

Auf der Promenade durchquerte er eine Passage, die zu mehreren kleinen Fast-Food-Restaurants führte. Die Aufregung hatte Gladden hungrig gemacht, und er betrat eines dieser Lokale, um ein Stück Pizza zu essen und eine Cola zu trinken. Während er darauf wartete, daß die Frau die Pizza in der Mikrowelle heiß machte, dachte er an das kleine Mädchen auf dem Karussell und wünschte sich, er hätte die Aufnahmen in der Kamera nicht gelöscht. Aber woher hätte er wissen sollen, daß er ihnen so leicht würde entkommen können?

»Ich hätte es wissen müssen«, sagte er laut und wütend. Dann schaute er sich um. Ob die Frau hinter dem Tresen ihn gehört hatte? Er musterte sie einen Moment lang und fand sie unattraktiv. Sie war zu alt. Sie hätte praktisch schon eigene Kinder haben können.

Er sah, wie sie das Stück Pizza mit ihren Fingern aus der Mikrowelle holte und auf einen Pappteller legte. Danach leckte sie sich die Finger ab – sie hatte sich verbrannt – und stellte das Essen vor Gladden auf den Tresen. Er nahm es mit an seinen Tisch, aß aber nicht. Er mochte es nicht, wenn andere Leute sein Essen anfaßten.

Gladden fragte sich, wie lange er wohl warten mußte, bis es sicher war, an den Strand zurückzukehren und den Wagen zu holen. Glücklicherweise stand er auf einem Parkplatz, auf dem er auch über Nacht bleiben konnte. Sicherheitshalber. Sie durften auf keinen Fall an seinen Wagen gelangen. Wenn sie seinen Wagen fanden, würden sie den Kofferraum öffnen und den Computer finden. Und wenn sie das taten, würden sie ihn nie wieder freilassen.

Je mehr er über die Episode mit den Cops nachdachte, desto wütender wurde er. Mit dem Karussell war es jetzt vorbei. Er konnte nicht dorthin zurückkehren. Jedenfalls für lange Zeit nicht. Er würde den anderen im Netzwerk eine Nachricht zukommen lassen müssen.

Er konnte sich immer noch nicht erklären, wie es passiert war. In Gedanken spielte er mehrere Möglichkeiten durch, erwog sogar jemanden innerhalb des Netzes, aber dann mußte er immer wieder an die Frau denken, die die Tickets entgegennahm. Sie war die einzige, die ihn an beiden Tagen gesehen hatte. Sie war es gewesen.

Er schloß die Augen und lehnte den Kopf an die Wand. In Gedanken war er beim Karussell und näherte sich der Frau.

Er hatte sein Messer dabei. Er würde ihr beibringen, daß die Angelegenheiten anderer Leute sie nichts angingen. Wenn sie sich einbildete, sie könne einfach …

Er spürte, daß irgend jemand in der Nähe war. Jemand sah ihn an.

Gladden öffnete die Augen. Die beiden Cops von der Pier standen vor ihm. Der Mann, in Schweiß gebadet, bedeutete Gladden, sich zu erheben.

»Aufstehen, Arschloch.«

Auf dem Weg in die Stadt sprachen sie kaum mit Gladden. Sie hatten den Seesack an sich genommen, ihn durchsucht, ihm Handschellen angelegt und ihm gesagt, er sei verhaftet, weigerten sich aber, ihm zu sagen, aus welchem Grund. Sie nahmen ihm seine Zigaretten und seine Brieftasche ab. Die Kamera war das einzige, wofür sie sich wirklich interessierten. Glücklicherweise hatte er diesmal seine Bücher nicht bei sich gehabt.

Gladden überlegte, was sich in der Brieftasche befand. Nichts von Bedeutung, entschied er. Der Alabama-Führerschein wies ihn als Harold Brisbane aus. Er hatte ihn über das Netzwerk bekommen und für die Papiere Fotos geliefert. Er hatte weitere Papiere im Wagen und würde sich mit Handkuß von Harold Brisbane verabschieden, sobald sie ihn wieder laufenließen.

Die Autoschlüssel bekamen sie nicht. Die waren im Radkasten versteckt. Gladden war gut darauf vorbereitet, möglicherweise geschnappt zu werden. Er wußte, daß er die Cops von dem Wagen fernhalten mußte. Die Erfahrung hatte ihn gelehrt, derartige Vorsichtsmaßnahmen zu ergreifen, immer auf das schlimmstmögliche Szenarium vorbereitet zu sein. Das hatte ihm Horace in Raiford beigebracht.

In der Dienststelle der Detectives der Polizei von Santa Monica wurde er grob, aber wortlos in ein kleines Verhörzimmer gestoßen. Sie drückten ihn auf einen der grauen Stahlstühle und lösten eine Handschelle, die sie dann an einen Eisenring schlossen, der auf der Mitte des Tisches mit einer Krampe befestigt war. Dann verschwanden die Detectives, und er blieb über eine Stunde lang allein.

An der ihm gegenüberliegenden Wand war ein Spiegelfenster, und daraus entnahm Gladden, daß er in einem Zimmer war, in dem man ihn besichtigen konnte. Er wußte nur nicht mit Gewißheit, wer auf der anderen Seite des Fensters stand. Er hielt es allerdings für ausgeschlossen, daß sie seine Spur bis nach Denver oder Phoenix oder sonstwohin verfolgt hatten.

Einmal glaubte er, auf der anderen Seite des Fensters Stimmen zu hören. Sie waren da drüben, beobachteten ihn, musterten ihn, flüsterten. Er schloß die Augen und senkte das Kinn auf die Brust, damit sie sein Gesicht möglichst nicht sehen konnten. Dann hob er das Gesicht plötzlich mit einem höhnischen, irrsinnigen Grinsen und brüllte: »Das wird euch Scheißkerlen noch verdammt leid tun!«

Damit habe ich die Person, die die Cops da drüben haben, mächtig verunsichert, dachte er. Diese verdammte Ticket-Einsammlerin. Dann kehrte er zu seinen Rache-Tagträumen zurück.

Nachdem er neunzig Minuten lang in dem Zimmer eingesperrt gewesen war, ging endlich die Tür auf, und dieselben beiden Cops kamen herein. Sie setzten sich, die Frau ihm gegenüber und der Mann links neben ihn. Die Frau stellte zusammen mit seinem Seesack einen Kassettenrecorder auf den Tisch. Sie haben nichts, sagte er sich immer und immer wieder, wie ein Mantra. Sie würden ihn laufenlassen, noch bevor die Sonne untergegangen war.

»Tut mir leid, daß Sie warten mußten«, sagte die Frau freundlich.

»Kein Problem«, sagte er. »Kann ich meine Zigaretten haben?«

Er nickte in Richtung Seesack. Im Grunde wollte er gar nicht rauchen, er wollte nur wissen, ob die Kamera noch darin steckte. Diesen verdammten Cops konnte man nicht trauen. Das hatte ihm nicht einmal Horace beibringen müssen. Die Frau ignorierte seine Bitte jedoch und schaltete das Gerät ein. Dann informierte sie ihn, daß sie Detective Constance Delpy war und ihr Partner Detective Ron Sweetzer. Beide gehörten dem Dezernat für Kindesmißbrauch an.

Gladden war überrascht, daß sie hier den Ton anzugeben schien. Sie sah ungefähr fünf bis acht Jahre jünger aus als Sweetzer. Sie hatte blondes Haar, das sie kurzgeschnitten trug, und ein paar Kilo Übergewicht, vor allem an den Hüften und den Oberarmen. Gladden vermutete, daß sie an Kraftmaschinen trainierte. Außerdem vermutete er, daß sie lesbisch war. Für so etwas hatte er einen Blick.

Sweetzer hatte ein schlappes Gesicht und schien ziemlich wortkarg zu sein. Die Haare waren ihm in einem Muster ausgefallen, das sich in einem schmalen Streifen quer über seinen Schädel zog.

Gladden beschloß, sich auf Delpy zu konzentrieren. Sie hatte das Sagen.

Delpy holte eine Karte aus der Tasche und las Gladden seine verfassungsmäßigen Rechte vor.

»Wozu brauche ich die?« fragte er, als sie damit fertig war. »Ich habe nichts verbrochen.«

»Haben Sie diese Rechte verstanden?«

»Was ich nicht verstehe, ist, weshalb ich hier bin.«

»Mr. Brisbane, haben Sie ...«

»Ja.«

»Gut. Übrigens, Ihr Führerschein wurde in Alabama ausgestellt. Was tun Sie hier?«

»Das geht Sie nichts an. Ich möchte sofort einen Anwalt anrufen. Ich beantworte keine Fragen. Ich sagte es bereits – ich kenne meine Rechte.«

Er wußte, daß sie herausbekommen wollten, wo er hier wohnte und wo sein Wagen stand. Sie hatten nichts gegen ihn in der Hand.

»Über Ihren Anwalt reden wir gleich«, sagte Delpy. »Aber ich möchte Ihnen die Chance geben, die Angelegenheit hier aufzuklären und vielleicht sogar wieder auf freien Fuß gesetzt zu werden, ohne daß Sie Ihr Geld an einen Anwalt verschwenden.«

Sie öffnete den Seesack und holte die Kamera heraus sowie die Tüte mit Starburst-Bonbons, die die Kinder so gerne mochten.

»Was ist das?« fragte sie.

»Das erscheint mir ziemlich eindeutig.«

Sie hielt die Kamera hoch und betrachtete sie, als hätte sie noch nie eine gesehen.

»Wozu benutzen Sie die?«

»Um Fotos zu machen.«

»Von Kindern?«

»Ich möchte sofort einen Anwalt anrufen.«

»Was ist mit diesen Bonbons? Was tun Sie mit denen? Geben Sie die den Kindern?«

»Ich möchte *sofort* mit einem Anwalt sprechen.«

»Scheiß auf den Anwalt«, sagte Sweetzer wütend. »Wir haben Sie am Kanthaken, Brisbane. Sie haben die Kinder beim Duschen fotografiert. Nackte kleine Kinder mit ihren Müttern. Sie kotzen mich an.«

Gladden räusperte sich und sah Delpy mit gleichgültigem Gesichtsausdruck an.

»Davon weiß ich nichts. Aber ich habe eine Frage. Ich frage Sie, worin besteht das Verbrechen? Ich sage damit nicht, daß ich es getan habe, aber selbst wenn ich es getan hätte: Mir ist nicht bekannt, daß das Fotografieren von Kindern am Strand neuerdings gegen das Gesetz verstößt.«

Gladden schüttelte den Kopf, als sei er verwirrt. Delpy schüttelte den Kopf, als sei sie angewidert.

»Detective Delpy, ich kann Ihnen versichern, daß es zahlreiche Präzedenzfälle gibt, denen zufolge das Betrachten harmloser öffentlicher Nacktheit – in diesem Fall eine Mutter, die ein kleines Kind am Strand wäscht – nicht als lüsternes Interesse angesehen werden kann. Verstehen Sie, wenn der Fotograf, der eine solche Aufnahme gemacht hat, ein Verbrechen begangen hätte, dann müßten Sie auch die Mutter anklagen, weil sie ihm die Gelegenheit dazu verschafft hat. Aber das wissen Sie vermutlich alles. Ich bin sicher, Sie haben die letzten anderthalb Stunden damit verbracht, den zuständigen Staatsanwalt zu konsultieren.«

Sweetzer beugte sich vor, kam ihm ganz nahe. Gladden registrierte den Geruch nach Zigaretten und Pommes frites mit Barbecue-Sauce in seinem Atem.

Er vermutete, daß Sweetzer die Pommes absichtlich gegessen hatte, nur damit sein Atem bei dem Verhör unerträglich war.

»Jetzt hören Sie mir einmal zu, Sie Arschloch. Wir wissen genau, wer Sie sind und was Sie tun. Ich habe schon mit Mord und Vergewaltigung zu tun gehabt – aber *ihr* Kerle, ihr seid die niedrigste Lebensform, die auf diesem Planeten existiert. Sie wollen nicht mit uns reden? Na schön, kein Problem. Dann tun wir eben folgendes. Wir bringen Sie heute abend nach Biscailuz und stecken Sie in eine Gemeinschaftszelle. Ich kenne ein paar von den Leuten dort, Brisbane. Und ich werde ihnen

Bescheid sagen. Wissen Sie, was dort mit Pädosexuellen passiert?«

Gladden drehte langsam den Kopf, bis er schließlich zum ersten Mal gelassen in Sweetzers Augen schaute.

»Detective, ich bin mir nicht sicher, aber ich glaube, Ihr Atem allein könnte eine grausame und unübliche Form der Mißhandlung darstellen. Falls ich je dafür verurteilt werden sollte, daß ich am Strand Fotos gemacht habe, könnte mir das einen Berufungsgrund liefern.«

Sweetzer riß wütend seinen Arm hoch.

»Ron!«

Er erstarrte, sah Delpy an und senkte den Arm dann langsam wieder. Gladden war bei der Drohgebärde nicht einmal zusammengezuckt. Er hätte den Schlag begrüßt. Er wußte, daß er ihm vor Gericht geholfen hätte.

»Prima«, sagte Sweetzer. »Wir haben hier also einen Knastanwalt, der sich einbildet, alle Tricks zu kennen. Das ist reizend. Nun, heute abend werden Sie ein paar neue Schriftsätze verfassen können, wenn Sie wissen, was ich meine.«

»Kann ich jetzt einen Anwalt anrufen?« fragte Gladden mit gelangweilter Stimme.

Er wußte, wie sie vorgehen wollten. Sie hatten nichts, und sie versuchten, ihm soviel Angst einzujagen, daß er einen Fehler machte. Aber den Gefallen würde er ihnen nicht tun, denn er war viel zu smart für sie. Und er vermutete, daß sie das tief in ihrem Innern auch wußten.

»Hören Sie, ich gehe nicht nach Biscailuz, und das wissen Sie genausogut wie ich. Was haben Sie denn schon gegen mich in der Hand? Sie haben meine Kamera, die, wie Sie inzwischen bestimmt festgestellt haben, keine Aufnahmen enthält. Und Sie haben eine Karussellbesitzerin oder einen Strandwächter oder sonst jemanden, der behauptet, ich hätte ein paar Fotos gemacht. Aber dafür gibt es keinerlei Beweise. Und wenn Sie mich eben durch dieses Fenster hindurch von jemandem haben betrachten lassen, dann ist auch diese Identifikation praktisch wertlos, weil man sie beim besten Willen nicht als unbeeinflußte Gegenüberstellung bezeichnen kann.«

Er verstummte. Jetzt hatte er die Oberhand.

»Aber der Kern der Sache ist, daß derjenige, der hinter der Scheibe stand, Zeuge von etwas war, das nicht einmal ein Verbrechen ist. Wieso das also eine Nacht im County-Gefängnis rechtfertigen sollte, begreife ich nicht. Aber vielleicht können Sie es mir erklären, Detective Sweetzer, falls das keine zu hohen Ansprüche an Ihre Intelligenz stellt.«

Sweetzer sprang auf. Sein Stuhl stieß gegen die Wand.

Delpy streckte einen Arm aus und hielt ihn abermals zurück.

»Laß das, Ron«, befahl sie ihm. »Setz dich wieder hin.«

Sweetzer tat, was sie verlangte. Dann sah Delpy Gladden an.

»Wenn Sie so weitermachen, muß ich tatsächlich noch anrufen«, sagte er. »Wo ist das Telefon, bitte?«

»Sie bekommen Ihr Telefon. Gleich nachdem wir Sie formell verhaftet haben. Aber die Zigaretten können Sie vergessen. Im County-Gefängnis ist Rauchen verboten. Wir kümmern uns um Ihre Gesundheit.«

»Sie wollen mich verhaften? Mit welcher Begründung?«

»Verschmutzung öffentlicher Wasserstraßen, Vandalismus an städtischem Eigentum. Flüchten vor Polizeibeamten.«

Gladdens Augenbrauen hoben sich fragend. Delpy lächelte ihn an.

»Sie haben etwas vergessen«, sagte sie. »Die Mülltonne, die Sie in die Bucht von Santa Monica geworfen haben.«

Sie nickte siegesbewußt und stellte das Bandgerät ab.

In der Haftzelle der Polizeistation durfte Gladden telefonieren. Als er den Hörer ans Ohr hielt, roch er die Industrieseife, die sie ihm zum Abwaschen der Stempelfarbe an seinen Fingern gegeben hatten. Das erinnerte ihn daran, daß er unbedingt hier herauskommen mußte, bevor sie seine Fingerabdrücke durch den nationalen Computer laufen ließen. Er wählte eine Nummer, die er seinem Gedächtnis gleich am ersten Abend nach seinem Eintreffen an der Küste einverleibt hatte. Krasner stand auf der Netzwerk-Liste.

Anfangs wollte die Sekretärin des Anwalts ihn abwimmeln, aber Gladden sagte, sie solle Mr. Krasner ausrichten, der Anrufer sei ihm von Mr. Pederson empfohlen worden. Dieser Name war auf dem Schwarzen Brett des Netzwerks angegeben. Danach kam Krasner rasch an den Apparat.

»Ja, hier ist Arthur Krasner, was kann ich für Sie tun?«

»Mr. Krasner, mein Name ist Harold Brisbane, und ich habe ein Problem.«

Dann berichtete Gladden Krasner detailliert, was passiert war.

Er sprach leise, weil er nicht allein war. In der Haftzelle befanden sich noch zwei weitere Männer, die auf ihre Überführung ins County-Gefängnis in Biscailuz warteten. Einer lag schlafend auf dem Boden, ein Junkie, der völlig hinüber war. Der andere saß auf der gegenüberliegenden Seite der Zelle, aber er beobachtete und belauschte Gladden, weil es sonst nichts zu tun gab. Gladden hatte den Verdacht, daß er vielleicht ein Spitzel war, ein Cop, der so tat, als sei er ein Häftling.

Gladden ließ kein Detail aus, außer seinem wirklichen Namen. Als er fertig war, schwieg Krasner für lange Zeit.

»Was ist das für ein Geräusch?« fragte er schließlich.

»Ein Mann. Er schläft hier auf dem Boden und schnarcht.«

»Harold, das ist wirklich kein Umgang für Sie«, lamentierte Krasner auf eine herablassende Art, die Gladden mißfiel. »Wir müssen etwas unternehmen.«

»Deshalb rufe ich ja an.«

»Das Honorar für meine Arbeit heute und morgen beträgt eintausend Dollar. Das ist ein großzügiger Preis. Ich gewähre ihn nur den Leuten, die mir von ... Mr. Pederson empfohlen werden. Wenn ich länger als bis morgen mit der Sache beschäftigt bin, müssen wir neu verhandeln. Ist es ein Problem für Sie, das Geld bereitzustellen?«

»Nein, kein Problem.«

»Was ist mit Kaution? Was können Sie nach Zahlung meines Honorars an Kaution aufbringen? Es hört sich so an, als käme Verpfändung von Besitztümern nicht in Frage. Kautionssteller erhalten zehn Prozent der vom Richter festgesetzten Kaution. Dieser Betrag ist ihre Gebühr. Sie bekommen sie nicht zurück.«

»Sie haben recht, Besitztümer können wir vergessen. Nach Zahlung Ihres stattlichen Honorars kann ich vermutlich noch weitere fünftausend aufbringen. Jedenfalls im Augenblick. Ich kann mehr bekommen, aber nicht sofort. Ich möchte es also auf maximal fünf beschränken, und ich möchte so schnell wie möglich hier raus.«

Krasner ignorierte die Bemerkung über sein Honorar.

»Heißt das fünftausend?« fragte er.

»Ja, natürlich. Was können Sie damit erreichen?«

Gladden vermutete, daß Krasner sich inzwischen ärgerte, daß er nicht noch mehr Honorar verlangt hatte.

»Okay, das bedeutet, daß Sie eine Kaution von fünfzigtausend stellen können. Ich finde, damit stehen wir recht gut da. Im Augenblick sind Sie wegen eines Verbrechens inhaftiert. Aber Flucht und Verschmutzung sind keine eindeutigen Geschichten, was bedeutet, daß sie entweder als Verbrechen oder als Vergehen betrachtet werden können. Ich bin sicher, daß sie keine große Sache daraus machen werden. Es ist eine völlig haltlose Sache, die sich die Cops aus den Fingern gesogen haben. Wir müssen Sie nur vor Gericht bringen und gegen Kaution freibekommen.«

»Ja.«

»Ich nehme an, fünfzigtausend sind in diesem Fall viel, aber sie werden Bestandteil meiner Verhandlung mit dem zuständigen Deputy sein. Wir werden sehen, wie die Sache läuft. Ich nehme an, Sie haben nicht vor, eine Adresse anzugeben?«

»So ist es. Ich brauche eine neue.«

»Dann müssen wir vermutlich die ganzen fünfzigtausend anbieten. Bis dahin werde ich mich um eine Adresse kümmern. Es kann sein, daß mir dadurch weitere Unkosten entstehen, aber sie werden nicht besonders hoch sein. Ich kann Ihnen versprechen ...«

»Gut. Tun Sie es.«

Gladden warf einen Blick auf den Mann auf der anderen Seite der Zelle.

»Was ist mit heute nacht?« fragte er leise. »Ich sagte es bereits, diese Cops wollen dafür sorgen, daß man mir weh tut.«

»Ich glaube, sie bluffen nur, aber ...«

»Für Sie ist es leicht, das zu ...«

»Aber ich gehe kein Risiko ein. Lassen Sie mich ausreden, Mr. Brisbane. Heute kann ich Sie nicht mehr herausholen, aber ich werde ein paar Leute anrufen. Ihnen wird nichts passieren. Ich werde Sie mit einer K-9-Jacke ausstatten.«

»Was ist das?«

»Das ist ein Hände-weg-Status im Gefängnis. Er ist normalerweise Informanten oder sehr einflußreichen Häftlingen vorbehalten. Ich werde im Gefängnis anrufen und den Leuten sagen, daß Sie ein Informant in einer von Washington ausgehenden Bundes-Ermittlung sind.«

»Werden die das nicht überprüfen?«

»Natürlich, aber dafür wird es heute zu spät sein. Sie verpassen Ihnen eine K-9-Jacke, und wenn sie morgen registrieren, daß das ein Schwindel war, stehen Sie schon längst vor Gericht und sind danach hoffentlich ein freier Mann.«

»Das ist ein hübscher Trick, Krasner.«

»Stimmt, aber danach kann ich ihn leider nicht noch einmal verwenden. Vielleicht muß ich mein Honorar, über das wir gerade gesprochen haben, doch noch ein bißchen anheben, um den Verlust wettzumachen.«

»Das könnte Ihnen so passen. Ich schlage Ihnen einen Deal vor. Ich kann maximal sechs Riesen lockermachen. Sie holen mich hier raus, und Sie bekommen das, was noch übrig ist, nachdem der Kautionssteller seinen Anteil hat. Das sollte Sie doch motivieren.«

»Abgemacht. Noch etwas. Sie erwähnten, daß Sie die Sache mit den Fingerabdrücken umgehen müssen. Ich muß wissen, was es damit auf sich hat. Damit ich vor Gericht nicht in bester Absicht irgendeine Bemerkung mache, die ...«

»Ich habe eine Geschichte, wenn es das ist, was Sie wissen wollten. Aber ich glaube nicht, daß Sie und ich auf Details eingehen müssen.«

»Ich verstehe.«

»Wann werde ich dem Richter vorgeführt?«

»Am späten Vormittag. Nach Beendigung unseres Gesprächs werde ich dafür sorgen, daß Sie für den Frühbus nach Santa Monica eingeteilt werden. Es ist besser, in der Haftzelle des Gerichts zu warten, als in Biscailuz.«

»Das kann ich nicht beurteilen. Ich bin zum ersten Mal in dieser Gegend.«

»Mr. Brisbane, ich muß noch einmal auf mein Honorar und das Geld für die Kaution zurückkommen. Es tut mir leid, aber ich muß das Geld haben, bevor ich morgen vor Gericht gehe.«

»Haben Sie ein Konto für Eilüberweisungen?«

»Ja.«

»Geben Sie mir die Nummer. Ich überweise es Ihnen morgen früh. Darf ich in K 9 Ferngespräche führen?«

»Nein. Sie müssen mein Büro anrufen. Ich werde Judy darauf vorbereiten, daß Sie anrufen werden. Dann wählt sie von einem anderen Apparat aus die Nummer, die Sie ihr nennen, und stellt eine Querverbindung für Sie her. Das ist kein Problem. Das haben wir schon öfter so gemacht.«

Krasner nannte ihm die Nummer seines Kontos, und Gladden verleibte sie mit Hilfe der Technik, die Horace ihn gelehrt hatte, seinem Gedächtnis ein.

»Mr. Krasner, Sie würden sich einen großen Gefallen tun, wenn Sie die Unterlagen über diese Eilüberweisung vernichten und das Honorar als Barzahlung verbuchen würden.«

»Ich verstehe. Haben Sie sonst noch etwas auf dem Herzen?«

»Ja. Ich würde empfehlen, daß Sie etwas ins PTL-Netz setzen, daß Sie die anderen darüber informieren, was passiert ist, ihnen sagen, sie sollen sich von diesem Karussell fernhalten.«

»Wird gemacht.«

Nachdem er den Hörer aufgelegt hatte, ließ Gladden sich mit dem Rücken an der Wand hinuntergleiten, bis er auf dem Boden saß. Er vermied es, den Mann gegenüber anzusehen. Er registrierte, daß das Schnarchen aufgehört hatte, und überlegte, ob der Mann auf dem Fußboden vielleicht tot war. Überdosis. Doch dann bewegte er sich ein wenig. Einen Augenblick lang dachte Gladden daran, hinüberzulangen, dem Mann sein Plastikarmband abzunehmen und es mit seinem eigenen zu vertauschen. Dann würde er vielleicht am Morgen entlassen werden, ohne das Anwaltshonorar und fünfzigtausend Dollar Kaution aufbringen zu müssen.

Doch er kam zu dem Schluß, daß es zu riskant war. Gladden beschloß, sich lieber auf Krasner zu verlassen. Schließlich hatte er seinen Namen aus dem Netzwerk. Der Anwalt mußte wissen, was er tat. Trotzdem machten ihm die sechstausend zu schaffen. Er wurde vom juristischen System erpreßt. Sechstausend wofür? Was hatte er denn verbrochen?

Seine Hand wollte eine Zigarette aus der Tasche ziehen, aber dann erinnerte er sich, daß man sie ihm weggenommen hatte. Das ließ seine Wut noch weiter steigen. Und sein Selbstmitleid. Er wurde von der Gesellschaft verfolgt, und weshalb? Er hatte sich seine Instinkte und Begierden schließlich nicht ausgesucht. Weshalb konnten sie das nicht begreifen?

Gladden wünschte, er hätte seinen Laptop bei sich. Er wollte sich einklinken und mit den Leuten im Netzwerk reden. Denen, die genau so waren wie er. Er fühlte sich einsam in der Zelle. Er hätte womöglich sogar geweint, wenn da nicht der Mann auf der anderen Seite gewesen wäre, der ihn beobachtete. Vor ihm würde er nicht weinen.

8

Ich schlief nicht gut nach jenem Tag mit den Akten. Ich mußte immer wieder an die Fotos denken. Zuerst an die von Theresa, dann an die von meinem Bruder. Beide für alle Zeiten in grauenhaften Posen festgehalten, in Umschlägen abgelegt. Ich hätte die Fotos am liebsten gestohlen und dann verbrannt. Ich wollte nicht, daß sie jemand noch einmal betrachtete.

Nachdem ich am nächsten Morgen Kaffee gemacht hatte, schaltete ich meinen Computer ein und wählte das System der *Rocky* an, um festzustellen, ob irgendwelche Nachrichten für mich vorlagen. Während ich darauf wartete, daß die Verbindung zustande kam, aß ich ein paar Cheerios aus der Schachtel. Mein Laptop und mein Drucker standen auf dem Eßzimmertisch, weil ich häufig aß, während ich daran arbeitete. Das war besser, als allein am Tisch zu sitzen und darüber nachzudenken, daß ich schon viel länger allein gegessen hatte, als mir lieb war.

Ich hatte eine kleine Wohnung, seit neun Jahren mit demselben Mobiliar. Sie war nicht schlecht, aber auch nichts Besonderes. Abgesehen von Sean konnte ich mich nicht erinnern, wer mein letzter Besucher gewesen war. Eine Frau nahm ich nie mit dorthin. Es waren ohnehin nicht viele Frauen gewesen.

Als ich einzog, hatte ich gedacht, ich würde nur ein oder zwei Jahre bleiben, mir dann vielleicht ein Haus kaufen und heiraten oder mir einen Hund oder sonst etwas anschaffen. Aber dazu war es nicht gekommen, und ich weiß nicht recht, warum nicht. Wegen des Jobs vermutlich. Das jedenfalls redete ich mir ein. Ich konzentrierte meine ganze Energie auf meine Arbeit. In jedem Zimmer der Wohnung lagen Stapel von Zeitungen mit Stories von mir. Ich liebte es, sie von Zeit zu Zeit erneut zu lesen.

Auf dem Bildschirm erschienen nur zwei Nachrichten. Die neuste stammte von Greg Glenn, der fragte, wie ich vorankäme. Er hatte sie am Vorabend um halb sieben eingegeben.

Das ärgerte mich; der Mann hatte am Montag morgen sein Okay zu meinem Vorhaben gegeben, und am Montag abend wollte er bereits wissen, was ich erreicht hatte. »Wie kommen Sie voran?« war die Redakteur-Version von: »Wo bleibt die Story?«

Der Teufel soll ihn holen, dachte ich. Ich schickte ihm eine kurze Antwort, teilte ihm mit, daß ich den Montag bei den Cops verbracht hatte und vom Selbstmord meines Bruders überzeugt war.

Nachdem ich das erledigt hatte, konnte ich damit anfangen, mich mit den Gründen für Polizisten-Selbstmorde und ihrer Häufigkeit zu beschäftigen.

Die vorher eingegangene Nachricht stammte nämlich von Laurie Prine in der Bibliothek. Sie war am Montag um halb fünf aufgegeben worden. Sie lautete nur: »Interessantes Zeug im Nexis. Liegt auf dem Tresen.«

Ich schickte ihr eine E-Mail, in der ich ihr für die schnelle Arbeit dankte und sagte, daß ich unvermutet in Boulder festgehalten worden sei, das Ergebnis ihrer Recherchen aber sobald wie möglich abholen würde. Ich hatte den Eindruck, daß sie sich für mich interessierte, obwohl ich nie anders als auf beruflicher Ebene mit ihr verkehrt hatte. Man muß vorsichtig und sich seiner Sache sicher sein. Macht man erwünschte Annäherungsversuche, ist man cool. Macht man unerwünschte, handelt man sich eine Menge Ärger ein. Meiner Meinung nach tut man gut daran, sie überhaupt zu vermeiden.

Als nächstes ließ ich die AP- und UPI-Meldungen durchlaufen, um zu sehen, ob irgend etwas Interessantes geschehen war. Es gab eine Meldung über einen Arzt, auf den vor einer Frauenklinik in Colorado Springs geschossen worden war. Man hatte einen militanten Abtreibungsgegner verhaftet, und der Arzt lebte noch. Ich kopierte die Meldung in meine private Ablage-Datei, aber ich glaubte nicht, daß ich je etwas damit anfangen würde, es sei denn, der Arzt starb.

Jemand klopfte an meine Tür. Ich schaute durch den Spion, bevor ich sie öffnete. Es war Jane, die die Wohnung unter meiner hatte. Sie wohnte seit ungefähr einem Jahr im Haus, und ich hatte sie kennengelernt, als sie bei ihrem Einzug um Hilfe beim Aufstellen der Möbel bat. Sie war beeindruckt, als ich ihr erzählte, daß ich Zeitungsreporter sei, hatte aber keine Ahnung, was ich genau tat. Wir waren zweimal zusammen ins Kino und einmal zum Essen gegangen und einen Tag in Keystone zum Skilaufen gewesen, aber mehr war nicht dabei herausgekommen. Ich glaube, es lag an meiner Zurückhaltung, und nicht ihrer. Sie war attraktiv, aber ziemlich umtriebig, und da ich selbst auch nicht besonders ruhig bin – jedenfalls innerlich nicht –, wollte ich wohl jemanden, der anders war.

»Hallo, Jack. Ich habe deinen Wagen in der Garage gesehen, daher wußte ich, daß du wieder da bist. Wie war der Urlaub?«

»Sehr schön. Es hat gutgetan, einmal wegzukommen.«

»Bist du Ski gelaufen?«

»Ein bißchen. Ich war in Telluride.«

»Hört sich gut an. Übrigens, wenn du wieder einmal unterwegs bist, kann ich gerne deine Pflanzen versorgen oder deine Post reinlegen oder sonst etwas. Du brauchst nur Bescheid zu sagen.«

»Danke, aber ich habe keine Pflanzen. Mein Job bringt es mit sich, daß ich viel unterwegs bin, deshalb schaffe ich mir gar nicht erst welche an.«

Ich hätte sie auf einen Kaffee hereinbitten müssen, aber ich tat es nicht.

»Bist du auf dem Weg zur Arbeit?« fragte ich statt dessen.

»Ja.«

»Ich muß auch gleich los. Aber wenn ich wieder richtig Fuß gefaßt habe, können wir gern mal etwas zusammen unternehmen. Vielleicht ins Kino gehen.«

Wir mochten beide De-Niro-Filme. Das war das einzige, das wir gemeinsam hatten.

»Okay, ruf mich an.«

»Mach ich.«

Nachdem ich die Tür geschlossen hatte, hatte ich ein schlechtes Gewissen, weil ich sie nicht hereingebeten hatte. Ich schaltete den Computer aus, und mein Blick fiel auf den gut zwei Zentimeter dicken Stapel Papier neben dem Drucker. Mein unvollendeter Roman. Ich hatte vor mehr als einem Jahr damit angefangen, kam aber einfach nicht weiter. Er sollte von einem Schriftsteller handeln, der nach einem Motorradunfall vollständig gelähmt ist. Mit dem Geld aus der Abfindung heuert er eine schöne junge Frau von der Universität an, die tippen soll, was er ihr diktiert. Aber schon bald wird ihm klar, daß sie seine Sätze redigiert und umformuliert, bevor sie sie überhaupt eintippt. Und ihm dämmert, daß sie die bessere

Schriftstellerin ist. Schließlich sitzt er stumm in seinem Zimmer, während sie schreibt. Er möchte sie umbringen, sie erwürgen. Aber er kann die Hände nicht bewegen. Die wahre Hölle.

Der Stapel Blätter auf dem Tisch war eine ständige Herausforderung, es noch einmal zu versuchen. Ich weiß nicht, warum ich ihn nicht zu dem anderen Roman in die Schublade warf, den ich Jahre zuvor begonnen und ebenfalls nicht fertiggeschrieben hatte. Aber ich tat es nicht. Vermutlich wollte ich, daß er da liegenblieb, damit ich ihn immer sehen konnte.

Der Redaktionssaal der *Rocky* war fast leer, als ich eintraf. Der Morgenredakteur und die Reporter der Frühschicht waren bei der Arbeit, aber sonst sah ich niemanden. Die meisten Leute kamen erst um neun oder noch später. Ich holte mir noch einen Kaffee, dann machte ich mich auf den Weg zur Bibliothek. Auf dem Eingangstresen lag ein dicker Computerausdruck mit meinem Namen darauf. Ich warf einen Blick in Richtung Lauries Schreibtisch, um ihr persönlich zu danken, aber sie war auch noch nicht da.

Von meinem Arbeitsplatz aus konnte ich in Greg Glenns Büro sehen. Er telefonierte wie gewöhnlich. Ich machte mich an die übliche parallele Lektüre der *Rocky* und der *Post*. Die tägliche Beurteilung des Kleinkriegs zwischen den beiden Zeitungen von Denver machte mir immer Spaß.

Aber gewöhnlich brachten beide Zeitungen dieselben Stories, und der eigentliche Kampf war eine Art Grabenkrieg. Ich pflegte erst unsere Story zu lesen und dann ihre, und stellte danach fest, welche besser geschrieben war, wer die besseren Informationen hatte. Ich gab beileibe nicht immer der *Rokky* die Palme. Das tat ich sogar nur höchst selten. Ich arbeitete mit ein paar ausgemachten Arschlöchern zusammen und hatte nichts dagegen, wenn ihnen die *Post* einen Tritt in den Hintern versetzte. Aber das würde ich nie laut sagen. Es lag in der Natur unserer Branche und der Konkurrenz. Wir konkurrierten mit der anderen Zeitung, wir konkurrierten untereinander. Für einige der jüngeren Reporter war ich beinahe eine Art Held – ich hatte lange Stories, Talent und ein spezielles Ressort. Für andere war ich wiederum nichts als ein erbärmlicher Schreiberling mit einem unverdient gemütlichen Job. Ein Dinosaurier. Sie hätten mich gern abgeschossen. Aber das war okay. Das verstand ich. Wenn ich in ihrer Position gewesen wäre, hätte ich vermutlich dasselbe gesagt.

Die Zeitungen von Denver lieferten den größeren Tageszeitungen in New York, Los Angeles, Chicago und Washington den Stoff. Ich hätte Denver wahrscheinlich schon vor langer Zeit den Rücken kehren sollen, und vor ein paar Jahren hatte ich sogar ein Angebot der *Los Angeles Times* bekommen – und abgelehnt. Aber nicht, bevor ich es als Druckmittel bei Glenn benutzt hatte, um mein Mordressort zu bekommen. Er glaubte, das Angebot bezöge sich auf einen tollen Job als Polizeireporter. Ich sagte ihm nicht, daß es sich um einen Job bei einer Vorstadt-Beilage, der sogenannten Valley Edition, handelte. Er erbot sich, das Mordressort für mich zu schaffen, wenn ich bliebe. Manchmal glaube ich, einen Fehler gemacht zu haben, indem ich Glenns Angebot annahm. Vielleicht würde es mir guttun, wenn ich irgendwo einen neuen Anfang wagte.

Ich legte die Zeitungen beiseite und griff nach dem Computerausdruck. Laurie Prine hatte in Zeitungen von der Ostküste mehrere Artikel gefunden, die die Pathologie von Polizisten-Selbstmorden eingehend analysierten, und eine Handvoll kleinerer Berichte über einzelne Selbstmorde überall im Lande. Sie war so rücksichtsvoll gewesen, den Artikel aus der *Denver Post* über meinen Bruder nicht mit auszudrucken.

Die meisten der längeren Artikel betrachteten Selbstmorde als ein Jobrisiko, das mit der Polizeiarbeit einherging. Jeder Journalist begann mit dem Selbstmord eines bestimmten Cops und steuerte die Story dann in eine Diskussion mit Psychiatern und Polizeiexperten, in der es darum ging, was Cops dazu brachte, sich das Lebenslicht auszublasen. Sämtliche Stories gelangten zu dem Schluß, daß zwischen dem Selbstmord von Polizisten, Streß bei der Arbeit und einem traumatischen Erlebnis des Opfers ein kausaler Zusammenhang bestand.

Die Artikel waren deshalb wertvoll, weil in ihnen die Experten benannt wurden, die ich für meine eigene Story brauchen würde. Und in mehreren von ihnen wurde eine vom FBI gesponserte und noch laufende Untersuchung über Polizisten-Selbstmorde durch die Law Enforcement Foundation in Washington, D. C., erwähnt. Das strich ich an, weil ich glaubte, die neuesten Statistiken vom FBI oder der Foundation könnten dazu beitragen, meiner Story Frische und Glaubwürdigkeit zu verleihen.

Das Telefon läutete. Es war meine Mutter. Wir hatten seit der Beerdigung nicht mehr miteinander gesprochen. Nach ein paar einleitenden Fragen über meinen Urlaub und wie es mir ging, kam sie zur Sache.

»Riley hat mir erzählt, daß du vorhast, über Sean zu schreiben.«

Das war keine Frage, aber ich antwortete, als sei es eine gewesen.

»Ja, das habe ich vor.«

»Warum, John?«

Sie war die einzige, die mich John nannte.

»Weil ich es tun muß. Ich … kann nicht einfach so tun, als sei es nicht passiert. Ich muß zumindest versuchen, es zu verstehen.«

»Als Kind hast du immer alles in einzelne Bestandteile zerlegt. Erinnerst du dich? An all die Spielsachen, die du kaputtgemacht hast?«

»Wovon redest du, Mom? Das ist …«

»Was ich damit sagen will, ist, wenn du Dinge in ihre Bestandteile zerlegst, kannst du sie nicht immer wieder zusammensetzen. Und was hast du dann? Nichts, Johnny, du hast dann überhaupt nichts.«

»Mom, du redest Unsinn. Hör zu, ich *muß* einfach schreiben.«

Mir war nicht klar, weshalb ich immer so schnell wütend wurde, wenn ich mit ihr sprach.

»Hast du dabei außer an dich selbst auch mal an andere Leute gedacht? Weißt du, daß du Menschen weh tust, wenn du das in die Zeitung bringst?«

»Meinst du Dad? Vielleicht hilft es ihm sogar.«

Es folgte ein langes Schweigen, und ich stellte mir vor, wie sie am Küchentisch saß, mit geschlossenen Augen und dem Hörer am Ohr. Mein Vater saß vermutlich mit am Tisch und fürchtete sich davor, mit mir darüber zu reden.

»Hast du eine Ahnung gehabt?« fragte ich leise. »Oder Dad?«

»Natürlich nicht«, sagte sie traurig. »Niemand hat es gewußt.«

Erneutes Schweigen. Dann brachte sie ein letztes Mal ihre Bitte vor.

»Denk noch einmal darüber nach, John. Über so etwas kommt man im stillen besser hinweg.«

»Wie bei Sarah?«
»Wie meinst du das?«
»Ihr habt nie darüber gesprochen ... habt nie mit *mir* darüber gesprochen.«
»Ich kann jetzt nicht darüber reden.«
»Das hast du noch nie gekonnt. Schließlich ist es erst zwanzig Jahre her.«
»Mach nicht solche sarkastischen Bemerkungen darüber.«
»Tut mir leid. Ich bemühe mich, nicht sarkastisch zu sein.«
»Denk einfach über das nach, worum ich dich gebeten habe.«
»Das werde ich tun«, sagte ich. »Ich melde mich wieder.«
Sie legte auf. Vermutlich war sie so wütend auf mich, wie ich auf sie. Es ärgerte mich, daß sie nicht wollte, daß ich über Sean schrieb. Es war fast so, als ob sie ihn immer noch bevorzugte und ihn beschützen wollte. Doch er war fort. Ich hingegen war noch da.

Ich reckte meinen Hals, bis ich über die Trennwand der Nische hinwegschauen konnte, in der mein Schreibtisch stand. Der Redaktionssaal begann sich zu füllen. Glenn hatte sein Büro verlassen und sprach mit dem Morgenredakteur über die Berichterstattung über das Attentat auf den Abtreibungsarzt. Ich sackte schnell auf meinem Stuhl zusammen, damit sie mich nicht sahen und womöglich auf die Idee kamen, mir das Umschreiben aufzudrücken. Ich versuchte immer, mich vor dieser Arbeit zu drücken. Sie schickten einen Haufen Reporter zum Schauplatz eines Verbrechens oder einer Katastrophe, und diese Leute gaben mir telefonisch ihre Informationen durch. Dann mußte ich die Story bis Redaktionsschluß schreiben und darüber entscheiden, welche Namen darüber stehen sollten. Es war der hektischste und gleichzeitig der intensivste Job in der Branche, aber ich hatte die Nase voll davon. Ich wollte nur meine Stories über Morde schreiben und in Ruhe gelassen werden.

Ich hätte mich beinahe mit meinen Unterlagen in die Cafeteria verzogen, um außer Sichtweite zu sein, aber dann beschloß ich, das Risiko einzugehen.

Ich kehrte zu meiner Lektüre zurück. Der beeindruckendste Artikel war vor fünf Monaten in der *New York Times* erschienen. Das war nicht weiter überraschend. Die *Times* war der heilige Gral des Journalismus. Die beste Zeitung. Ich las den Artikel an und legte ihn dann beiseite, um ihn mir bis zuletzt aufzusparen. Nachdem ich das restliche Material gelesen oder überflogen hatte, machte ich mich wieder an die Lektüre des *Times*-Artikels. Ich ließ mir viel Zeit.

Als Aufhänger hatte der Journalist drei anscheinend in keinerlei Zusammenhang stehende Selbstmorde von New Yorker Polizisten im Laufe von sechs Wochen gewählt. Die Opfer hatten einander nicht gekannt, aber alle erlagen dem »Polizei-Blues«, wie es in dem Artikel genannt wurde. Zwei erschossen sich zu Hause mit ihrer Dienstwaffe, einer erhängte sich in einem Fixerraum, unter den fassungslosen Augen von sechs zugedröhnten Junkies. Der Artikel berichtete ausführlich über die noch laufende Untersuchung über Polizisten-Selbstmorde, die von den Behavioral Science Services des FBI in Quantico, Virginia, und der Law Enforcement Foundation gemeinschaftlich angestellt wurde. Der Artikel zitierte Nathan Ford, den Direktor der Foundation, und bevor ich weiterlas, notierte ich seinen Namen. Ford sagte, bei diesem Projekt seien sämtliche gemeldeten Polizisten-Selbstmorde im Laufe der letzten fünf Jahre auf Ähnlichkeiten hin untersucht worden. Im Grunde liefe es darauf hinaus, daß man unmöglich vorhersagen könne, wer möglicherweise dem Polizisten-Blues erliegen würde. Aber wenn er einmal diagnostiziert worden war, konnte er behandelt werden, sofern ein darunter leidender Polizist um Hilfe bat. Ford sagte weiterhin, Ziel des Projekts sei es, eine Datenbank aufzubauen, die es den Polizeiführungsstäben ermöglichte, Mitarbeiter mit dem Polizisten-Blues zu erkennen, bevor es zu spät war.

Zu dem Artikel in der *Times* gehörte eine Begleitstory über einen ein Jahr zurückliegenden Fall in Chicago, bei dem ein Polizist professionelle Hilfe gesucht hatte, aber trotzdem nicht gerettet worden war. Während ich sie las, krampfte sich mein Magen zusammen. Dort stand, daß der Chicagoer Police Detective John Brooks einen Psychiater aufgesucht hatte, weil ihm ein spezieller, ihm zugewiesener Mordfall schwer zu schaffen machte. Es ging um die Entführung und Ermordung eines zwölfjährigen Jungen namens Bobby Smathers. Der Junge wurde bereits seit zwei Tagen vermißt, als man seine Überreste auf einem Schneehaufen in der Nähe des Lincoln Park Zoos fand. Er war erwürgt worden. Acht seiner Finger fehlten.

Eine Autopsie ergab, daß die Finger abgetrennt worden waren, bevor der Junge starb. Das und die Tatsache, daß es ihm nicht gelang, den Killer zu schnappen, war offensichtlich mehr, als Brooks verkraften konnte.

Mr. Brooks, ein hochgeschätzter Ermittler, nahm den Tod des frühreifen, braunäugigen Jungen ungewöhnlich schwer.

Nachdem Vorgesetzte und Kollegen festgestellt hatten, daß seine Arbeit darunter litt, trat er einen vierwöchigen Urlaub an und begab sich bei Dr. Ronald Cantor, der ihm von einem Psychologen der Polizei von Chicago empfohlen worden war, in intensive psychiatrische Behandlung.

Zu Beginn der Behandlung sprach Brooks Dr. Cantor zufolge ganz offen von seinen Selbstmordgedanken und sagte, er würde von Träumen über den vor Qualen schreienden Jungen geplagt.

Nach zwanzig therapeutischen Sitzungen in einem Zeitraum von vier Wochen war Dr. Cantor damit einverstanden, daß der Detective zu seiner Arbeit bei der Mordkommission zurückkehrte. Allen Berichten zufolge hatte er keinerlei Probleme mehr und bearbeitete und löste mehrere neue Mordfälle. Freunden erzählte er, daß seine Alpträume verschwunden seien.

Mr. Brooks, wegen seines Übereifers »Jumpin' John« genannt, setzte letzten Endes sogar seine fruchtlose Suche nach den Killer von Bobby Smathers fort.

Aber irgendwann im Laufe des kalten Chicagoer Winters schien sich etwas geändert zu haben. Am 13. März – dem Tag, an dem Bobby Smathers dreizehn Jahre alt geworden wäre – saß Mr. Brooks in seinem Lieblingssessel im Arbeitszimmer, wo er gern Gedichte verfaßte, um sich von seinem Job bei der Mordkommission abzulenken. Er hatte mindestens zwei Tabletten Percocet eingenommen, die noch von der Behandlung einer Rückenverletzung im Vorjahr übriggeblieben waren. Er schrieb eine einzelne Zeile in sein Gedichtheft. Dann steckte er den Lauf seines .38er Special in den Mund und drückte ab. Er wurde von seiner Frau gefunden, als sie von der Arbeit heimkehrte.

Der Tod von Mr. Brooks hat seine Angehörigen und Freunde tief getroffen und viele Fragen aufgeworfen. Was hätten sie unternehmen können? Wo hatte es Anzeichen gegeben, die ihnen entgangen waren? Cantor schüttelte betrübt den Kopf, als er bei einem Interview gefragt wurde, ob es Antworten auf diese qualvollen Fragen gäbe.

»Das Denken ist eine seltsame, unvorhersehbare und manchmal furchtbare Sache«, sagte der Psychiater in seiner Praxis. »Ich glaub-

te, daß John mit mir sehr weit gekommen war. Aber doch nicht weit genug.«

Mr. Brooks und was immer ihn gequält haben mag, bleiben ein Rätsel. Sogar seine letzte Botschaft ist rätselhaft. Die Zeile, die er in das Heft schrieb, liefert keinerlei Aufschlüsse darüber, weshalb er seine Waffe gegen sich selbst richtete.

»Durch des Tores fahlen Bogen« waren seine letzten schriftlichen Worte. Die Zeile stammte nicht von ihm. Mr. Brooks hatte sie von Edgar Allan Poe entliehen. In seinem Gedicht »Das verzauberte Schloß«, das in einer von Poes bekanntesten Erzählungen, »Der Untergang des Hauses Usher«, enthalten ist, hat Poe geschrieben:

Wie gespenst'gen Flusses Wogen
durch des Tores fahlen Bogen
drängt sich jetzt ein widrig Heer,
Lachen – doch kein Lächeln mehr.

Was diese Worte für Mr. Brooks bedeuteten, ist unklar, aber aus ihnen spricht ganz eindeutig die mit seiner letzten Tat einhergehende Melancholie.

Der Mord an Bobby Smathers ist nach wie vor unaufgeklärt. In der Mordkommission, in der Mr. Brooks arbeitete und in dem seine Kollegen den Fall weiterverfolgen, sagen die Detectives, sie müßten jetzt zwei Opfern Gerechtigkeit widerfahren lassen.

»Meiner Meinung nach ist das ein Doppelmord«, erklärte Lawrence Washington, ein Detective, der mit Brooks aufgewachsen ist und sein Partner war. »Wer immer den Jungen umgebracht hat, der hat auch John umgebracht. Das lasse ich mir nicht ausreden.«

Ich richtete mich auf und ließ den Blick über den Redaktionssaal schweifen. Niemand schaute in meine Richtung. Ich beugte mich wieder über den Ausdruck und las den Schluß der Story noch einmal. Ich war wie betäubt, fast so wie an dem Abend, an dem Wexler und St. Louis mich abgeholt hatten.

Ich hörte mein Herz schlagen, spürte einen kalten, quetschenden Griff um meine Eingeweide. Ich starrte wie gebannt auf den Titel der Erzählung. Usher. Ich hatte sie auf der High School gelesen und dann noch einmal auf dem College. Und ich wußte, wie die Hauptfigur hieß. Roderick Usher.

Ich schlug mein Notizheft auf und betrachtete die paar Namen, die ich mir am Vortag nach meinem Besuch bei Wexler aufgeschrieben hatte. Der Name stand da. Sean hatte ihn in seinem chronologischen Bericht festgehalten. Es war sein letzter Eintrag.

RUSHER

Ich wählte die Nummer der Redaktionsbibliothek und fragte nach Laurie Prine.

»Laurie, hier ist ...«

»Jack. Ja, ich weiß.«

»Hören Sie, ich brauche ganz dringend eine Recherche. Das heißt, es ist eher eine Suche. Ich weiß nicht, wie ...«

»Worum geht es, Jack?«

»Edgar Allan Poe. Haben wir etwas über ihn?«

»Natürlich. Ich bin sicher, wir haben massenhaft Kurzbiographien. Ich könnte ...«

»Ich meine, haben wir irgendwelche von seinen Erzählungen oder sonstigen Werken? Ich suche nach dem ›Untergang des Hauses Usher‹. Und entschuldigen Sie, daß ich Sie unterbrochen habe.«

»Das macht nichts. Aber ich weiß nicht, ob wir das haben, was Sie suchen. Ich sagte es bereits, das meiste ist biographisch. Ich kann natürlich nachschauen. Ansonsten bekommen Sie seine Werke bestimmt in jeder Buchhandlung.«

»Okay, danke. Ich laufe gleich hinüber zum Tattered Cover.«

Ich wollte schon den Hörer auflegen, als sie mich noch einmal ansprach.

»Ja?«

»Mir ist gerade etwas eingefallen. Für den Fall, daß jemand eine Zeile oder so zitieren möchte, haben wir hier eine CD-ROM mit Zitaten. Die könnte ich schnell einlegen.«

»Okay. Tun Sie das bitte.«

Sie legte für eine Ewigkeit den Hörer beiseite. Ich las den Schluß des *Times*-Artikels noch einmal. Was ich dachte, schien ziemlich weit hergeholt, aber die Übereinstimmungen in der Art, wie mein Bruder und Brooks gestorben waren, und in den Namen Roderick Usher und RUSHER konnte ich nicht ignorieren.

»Okay, Jack«, sagte Laurie schließlich. »Ich habe gerade in unseren Registern nachgeschaut. Wir haben die Werke von Poe nicht in Buchform hier. Aber ich habe jetzt eine Diskette mit seinen Gedichten eingelegt, also schießen Sie los. Was suchen Sie?«

»Es gibt ein Gedicht mit dem Titel ›Das verzauberte Schloß‹. Es findet sich in der Erzählung ›Der Untergang des Hauses Usher‹. Können Sie das finden?«

Sie antwortete nicht. Ich hörte sie tippen.

»Okay, ja, hier sind mehrere Zitate aus der Erzählung und dem Gedicht. Drei Seiten.«

»Okay, gibt es da eine Zeile, die ›Jenseits von Raum, jenseits von Zeit‹ lautet?«

»Jenseits von Raum, jenseits von Zeit.«

»Richtig. Die Zeichensetzung weiß ich nicht.«

»Das macht nichts.«

Sie tippte.

»Äh, nein, das stammt nicht aus …«

»Verdammt!«

Ich weiß nicht, weshalb ich so herausplatzte. Es tat mir sofort leid.

»Aber, Jack, es ist aus einem anderen Gedicht.«

»Was? Auch von Poe?«

»Ja. Es steht in einem Gedicht, das ›Traumland‹ heißt. Soll ich es Ihnen vorlesen? Ich habe hier die ganze Strophe.«

»Lesen Sie vor.«

»Okay, ich bin nicht besonders gut im Vortragen von Gedichten, aber bitte. ›Auf einem Wege, finster, einsam / heimgesucht von bösen Engeln / wo ein Eidolon DIE NACHT / übt auf schwarzem Throne Macht / fand aus fernstem, düstrem Thule / jüngst erst her ich in dies Land / aus einer Gegend wild und weit, / jenseits von RAUM, jenseits von ZEIT. ‹ Das war's. Aber hier ist noch ein Vermerk des Herausgebers. Er sagt, ein Eidolon ist ein Phantom.«

Ich sagte nichts.

»Jack?«

»Bitte, lesen Sie es noch einmal vor. Aber langsamer.«

Ich schrieb die Strophe in mein Notizheft. Ich hätte sie genausogut bitten können, sie mir auszudrucken. Und ich hätte sie abholen können. Aber ich wollte in diesem kurzen Moment völlig allein damit sein. Ich konnte nicht anders.

»Jack, was bedeutet das?« fragte sie, als sie mit dem Vorlesen fertig war. »Ihnen scheint sehr viel daran zu liegen.«

»Das weiß ich noch nicht. Ich melde mich wieder.«

Ich legte den Hörer auf. In Sekundenschnelle wurde mir furchtbar heiß, und ich bekam Platzangst. Es kam mir vor, als drängten die Wände ringsum auf mich ein. Mein Herz hämmerte. Eine Vision von meinem Bruder in seinem Wagen flammte vor meinem inneren Auge auf.

Glenn war am Telefon, als ich in sein Büro stürzte und mich vor seinem Schreibtisch niederließ. Er deutete auf die Tür und nickte. Er wollte, daß ich draußen wartete, bis er sein Gespräch beendet hatte. Doch ich rührte mich nicht. Er deutete wieder auf die Tür, aber ich schüttelte den Kopf.

»Hören Sie, hier tut sich etwas«, sagte er in den Hörer. »Kann ich Sie zurückrufen? Sehr schön. Okay.«

Er legte auf.

»Was ist ...«

»Ich muß nach Chicago«, sagte ich. »Noch heute. Und dann wahrscheinlich nach Washington und vielleicht auch nach Quantico, Virginia. Zum FBI.«

Glenn sah mich entgeistert an, nachdem ich ihm die Geschichte erzählt hatte.

»Jenseits von Raum? Jenseits von Zeit? Also, Jack, das wird ein Gedanke sein, der vielen Leuten durch den Kopf geht, die an Selbstmord denken oder ihn tatsächlich begehen. Die Tatsache, daß diese Worte in einem Gedicht stehen, das irgendein morbider Kerl vor hundertfünfzig Jahren geschrieben hat, und daß dieser Kerl auch noch ein anderes Gedicht schrieb, das dieser andere tote Cop zitiert hat, ist nicht der Stoff, aus dem Verschwörungen gemacht werden.«

»Was ist mit Rusher und Roderick Usher? Halten Sie das auch für einen Zufall? Damit haben wir immerhin drei Hinweise, und Sie sind der Ansicht, es lohne sich nicht, das zu überprüfen?«

»Ich habe nicht gesagt, daß sich eine Überprüfung nicht lohnen würde.« Seine Stimme hob sich ein wenig und signalisierte Entrüstung. »Natürlich sollen Sie es überprüfen. Hängen Sie sich ans Telefon, überprüfen Sie es. Aber ich denke nicht daran, Sie auf der Basis dessen, was Sie bis jetzt haben, auf eine Reise durchs ganze Land zu schicken.«

Er drehte seinen Stuhl so, daß er einen Blick auf seinen Computer werfen konnte, um festzustellen, ob irgendwelche Nachrichten eingegangen waren. Es gab keine. Also wandte er sich wieder mir zu.

»Wo ist das Motiv?«

»Wie bitte?«

»Wer hätte ein Motiv gehabt, Ihren Bruder und diesen Mann in Chicago zu ermorden? Es macht ... Wie kommt es, daß den Cops das entgangen ist?«

»Ich weiß es nicht.«

»Schließlich waren Sie einen ganzen Tag dort und haben die Akte gelesen. Also, wo paßt etwas nicht zu Selbstmord? Wie hätte jemand das tun und dann einfach verschwinden können? Wie kommt es, daß Sie gestern noch davon überzeugt waren, es sei Selbstmord gewesen? Wie kommt es, daß die Cops davon überzeugt sind?«

»Darauf habe ich noch keine Antworten. Deshalb will ich ja nach Chicago und dann zum FBI.«

»Hören Sie, Jack, Sie haben hier einen gemütlichen Job. Sie glauben gar nicht, wie oft Reporter hier hereinkommen und sagen, sie möchten Ihr Ressort. Sie ...«

»Wer?«

»Was ...«

»Wer will mein Ressort?«

»Das tut nichts zur Sache. Darüber sprechen wir jetzt nicht. Aber worauf es hinausläuft – Sie haben es gut hier, und Sie können innerhalb dieses Staates fahren, wohin Sie wollen. Aber eine solche Reise muß ich vor Neff und Neighbors rechtfertigen können. Außerdem arbeiten hier jede Menge Reporter, die von Zeit zu Zeit auch gern einer Story wegen eine Reise unternehmen würden. Und ich würde sie gern fahren lassen. Es trägt zu ihrer Motivation bei. Aber wir müssen Kosten sparen, und ich kann nicht jede Reise genehmigen, die mir jemand vorschlägt.«

Ich haßte diese Predigten, und ich fragte mich, ob Neff und Neighbors, der kaufmännische Direktor und der Herausgeber der Zeitung, sich überhaupt dafür interessierten, wer wohin reiste, solange sie gute Stories bekamen. Das war eine gute Story. Glenn verzapfte Blödsinn, und er wußte es.

»Okay, dann nehme ich eben Urlaub und mache es auf eigene Faust.«

»Sie haben Ihren gesamten Urlaub nach der Beerdigung aufgebraucht. Außerdem werden Sie nicht im Lande herumrennen und sagen, Sie seien Reporter bei der *Rocky Mountain News*, wenn Sie keinen Auftrag von der *Rocky Mountain News* haben.«

»Was ist mit unbezahltem Urlaub? Gestern haben Sie noch gesagt, wenn ich mehr Zeit brauche, würden Sie etwas arrangieren.«

»Ich meinte Zeit zum Trauern, nicht zum Reisen. Außerdem kennen Sie die Regeln für unbezahlten Urlaub. Ich kann Ihre Stelle nicht schützen. Sie nehmen Urlaub, und wenn Sie zurückkommen, kann es sein, daß Sie Ihr Ressort los sind.«

Ich hätte am liebsten auf der Stelle gekündigt, aber ich war nicht tapfer genug, und ich wußte, daß ich die Zeitung brauchte. Ich brauchte die Institution der Zeitung als Eintrittskarte bei Cops, Rechercheuren, bei allen Beteiligten. Ohne meinen Presseausweis wäre ich nicht mehr als der Bruder eines Selbstmörders und würde nicht vorgelassen.

»Jack, um das zu rechtfertigen, brauche ich mehr, als was Sie bisher haben«, sagte Glenn. »Wir können uns keine teuren Erkundungsreisen leisten, wir brauchen Fakten. Wenn Sie mehr hätten, wäre eine Reise nach Chicago vielleicht denkbar. Aber mit dieser Foundation und mit dem FBI können Sie auch am Telefon sprechen. Und wenn das nicht funktioniert, könnte ich vielleicht jemanden aus unserem Büro in Washington bitten, es zu übernehmen.«

»Es ist mein Bruder und meine Story. Sie werden Sie nicht jemand anders geben.«

Er hob beschwichtigend die Hände. Er wußte, daß sein Vorschlag inakzeptabel war.

»Dann hängen Sie sich ans Telefon und kommen mit irgend etwas wieder.«

Zurück an meinem Schreibtisch, machte ich eine neue Computer-Datei auf und begann, alles einzutippen, was ich über den Tod von Theresa Lofton und meinem Bruder wußte. Ich hielt sämtliche Details fest, an die ich mich aus den Akten erinnerte. Das Telefon läutete, aber ich hob nicht ab. Ich wußte, daß ich mit einer stabilen Basis aus Informationen anfangen mußte. Danach würde ich diese Basis benutzen, um den Fall meines Bruders zu klären.

Glenn war schließlich doch noch auf einen Handel mit mir eingegangen. Wenn ich die Cops dazu bringen konnte, die Ermittlungen über den Tod meines Bruders wiederaufzunehmen, konnte ich nach Chicago fliegen. Er sagte, über Washington müßten wir noch reden, aber ich wußte, wenn ich nach

Chicago flog, dann würde ich auch nach Washington fliegen.

Während ich tippte, drängte sich mir immer wieder das Bild meines Bruders auf. Inzwischen machten mir diese sterilen, leblosen Fotos von ihm schwer zu schaffen. Denn ich hatte das Unmögliche geglaubt. Ich hatte ihn im Stich gelassen, und nun quälten mich Schuldgefühle. In jenem Wagen hatte mein Bruder gesessen, mein Zwillingsbruder. Ich selbst.

9

Als ich fertig war, besaß ich vier Seiten voller Notizen, aus denen ich im Laufe einer Stunde intensiven Nachdenkens sechs kurze Fragen herausdestillierte, auf die ich Antworten finden mußte. Ich hatte festgestellt, daß ich etwas sah, was den Cops möglicherweise entgangen war, sobald ich davon ausging, daß Sean nicht Selbstmord begangen hatte, sondern ermordet worden war. Ihr Fehler war, daß sie zu sehr geneigt gewesen waren, an den Selbstmord zu glauben. Sie kannten Sean und wußten, wie sehr ihm der Lofton-Fall zu schaffen machte. Vielleicht hatten sie auch alle zu viele Tote gesehen, und die einzige Überraschung bestand darin, daß die meisten sich *nicht* umbrachten. Aber als ich die Fakten mit den Augen des Ungläubigen studierte, sah ich, was sie nicht gesehen hatten.

Ich betrachtete erneut meine Liste und schrieb die Fragen in mein Notizheft ab.

Pena:	seine Hände?
	danach – wie lange?
Wexler / Scalari:	der Wagen?
	Heizung?
	Verriegelung?
Riley:	Handschuhe?

Ich kam zu dem Schluß, daß es genügen würde, wenn ich Riley anrief. Ich wählte ihre Nummer und wollte nach sechsmaligem Läuten gerade auflegen, als sie den Hörer abnahm.

»Riley? Hier ist Jack. Hast du gerade keine Zeit zu telefonieren?«

»Was bedeutet mir schon Zeit?«

Es hörte sich an, als hätte sie getrunken.

»Soll ich zu dir kommen, Riley? Ich kann jederzeit kommen.«

»Nein, das brauchst du nicht, Jack. Ich bin okay. Es ist nur einer dieser schwarzen Tage. Ich muß immerzu an ihn denken.«

»Ja, ich denke auch ständig an ihn.«

»Wie kommt es dann, daß du so lange nicht aufgekreuzt bist, bevor er ... Tut mir leid, das hätte ich nicht sagen sollen.«

Ich schwieg für einen Moment.

»Ich weiß es nicht, Riles. Wir hatten Streit über etwas gehabt. Ich habe ein paar Dinge gesagt, die ich besser nicht gesagt hätte. Und er vermutlich auch. Ich glaube, wir waren gerade in einer Art Beruhigungsphase ... Er hat es getan, bevor wir wieder reinen Tisch machen konnten.«

Mir wurde bewußt, daß ich sie schon lange nicht mehr Riles genannt hatte. Ich fragte mich, ob es ihr aufgefallen war.

»Worüber seid ihr euch in die Haare geraten? Über das Mädchen, das in zwei Teile gehackt worden ist?«

»Weshalb fragst du das? Hat er dir davon erzählt?«

»Nein, es ist nur eine Vermutung. Sie hatte ihn um den Finger gewickelt, weshalb also nicht auch dich?«

»Riley, du mußt ... Hör zu, du solltest versuchen, davon loszukommen. Versuch, an die *guten* Zeiten zu denken.«

Fast hätte ich mich dazu hinreißen lassen, ihr zu erzählen, worauf ich aus war. Ich hätte ihr gern etwas gegeben, was ihren Schmerz gelindert hätte. Aber es war noch zu früh.

»Das ist nicht gerade leicht.«

»Ich weiß, Riley. Es tut mir leid. Ich weiß nicht, was ich dir sagen soll.«

In der Leitung trat eine lange Stille ein. Ich hörte nichts im Hintergrund. Keine Musik. Kein Fernsehen. Ich fragte mich, was sie so allein im Haus tat.

»Mom hat mich heute angerufen. Du hast ihr erzählt, was ich vorhabe.«

»Ja. Ich fand, sie sollte es wissen.«

Ich sagte nichts.

»Weshalb rufst du an, Jack?« fragte sie schließlich.

»Nur eine Frage. Sie mag dir ein bißchen absurd vorkommen, aber ... Haben die Cops dir Seans Handschuhe gezeigt oder zurückgegeben?«

»Seine Handschuhe?«

»Die, die er an jenem Tag anhatte.«

»Nein, ich habe sie nicht. Bisher hat mich auch niemand nach ihnen gefragt.«

»Also, was für Handschuhe hatte Sean an?«

»Lederne. Warum?«

»War nur so ein Gedanke. Ich erzähle es dir später, falls etwas dabei herauskommen sollte. Welche Farbe hatten sie? Schwarz?«

»Ja, schwarzes Leder. Ich glaube, sie waren pelzgefüttert.«

Ihre Beschreibung stimmte mit den Tatortfotos überein. Das hatte vorerst nichts zu bedeuten. Nur ein Punkt von vielen, die nachgeprüft werden mußten.

Wir unterhielten uns noch ein paar Minuten, und ich fragte, ob sie am Abend mit mir essen gehen wollte, weil ich nach Boulder kommen würde, aber sie sagte nein. Danach legten wir auf. Ich machte mir Sorgen um sie und überlegte, ob ich nicht trotzdem bei ihr hereinschauen sollte, nachdem ich alles andere erledigt hatte.

Als ich durch Boulder fuhr, konnte ich sehen, daß sich Schneewolken über den Gipfeln der Flatirons bildeten. Da ich hier aufgewachsen war, wußte ich, wie schnell es schneien konnte, sobald die Wolken in Bewegung gerieten. Ich hoffte, daß im Kofferraum des Firmen-Tempo, den ich fuhr, Schneeketten lagen, wußte aber, daß es unwahrscheinlich war.

Am Bear Lake traf ich Pena vor der Ranger-Hütte im Gespräch mit einer Gruppe von Leuten an, die auf einer Skiwanderung waren. Ich vertrieb mir die Zeit am See. An ein paar Stellen war der Schnee geräumt und das Eis freigelegt worden.

Ich betrachtete das schwarze Eis und erinnerte mich, irgendwo gehört zu haben, daß einige Fische in diesem See im Winter gefrieren, aber im Frühjahr, wenn das Tauwetter einsetzt, wieder aufwachen. Ich fragte mich, ob das stimmte. Welch ein Jammer, daß Menschen das nicht auch können.

»Ach, Sie sind's wieder.«

Ich drehte mich zu Pena um.

»Ja, tut mir leid, daß ich Sie noch einmal belästigen muß. Ich habe noch ein paar Fragen.«

»Das macht nichts. Ich wünschte mir, ich hätte rechtzeitig etwas tun können. Sie wissen schon.«

Wir hatten uns auf den Rückweg zu seiner Hütte gemacht.

»Ich glaube nicht, daß irgend jemand etwas hätte tun können«, sagte ich, nur um überhaupt etwas zu sagen.

»Also, was wollen Sie wissen?«

Ich zog das Heft mit meinen Notizen aus der Tasche.

»Erstens, als Sie beim Wagen ankamen, haben Sie da seine Hände gesehen? Wo sie waren, zum Beispiel?«

Er ging wortlos weiter. Vermutlich rief er sich die Szene wieder vor Augen.

»Wissen Sie«, sagte er schließlich, »ich glaube, ich habe auf seine Hände geschaut. Weil ich sah, daß nur er im Wagen saß, und sofort an Selbstmord dachte. Deshalb bin ich ziemlich sicher, daß ich auf seine Hände geschaut habe, um zu sehen, ob er die Waffe in der Hand hatte.«

»Hatte er?«

»Nein. Sie ist neben ihn auf den Sitz gefallen.«

»Erinnern Sie sich, ob er Handschuhe trug?«

»Handschuhe ... Handschuhe«, murmelte er, als versuche er, seinem Erinnerungsspeicher eine Antwort zu entlocken. Nach einer weiteren langen Pause sagte er: »Ich weiß es nicht. Ich kann es vor meinem inneren Auge nicht erkennen. Was sagt die Polizei?«

»Im Augenblick möchte ich lieber nur herausfinden, ob Sie sich erinnern können.«

»Tut mir leid, ich weiß es nicht.«

»Wenn die Polizei es wollte, würden Sie sich dann hypnotisieren lassen? Um festzustellen, ob Sie sich auf diese Weise erinnern?«

»Mich hypnotisieren? So etwas tun die?«

»Manchmal. Wenn es wichtig ist.«

»Also, wenn es wichtig ist, würde ich es wohl tun.«

Wir waren inzwischen vor der Hütte angekommen. Ich schaute zum Parkplatz hinüber.

»Das andere, was ich Sie fragen wollte, betrifft den zeitlichen Ablauf. Im Polizeibericht steht, daß Sie den Wagen nur fünf Sekunden nachdem Sie den Schuß gehört hatten, im Blickfeld hatten. Und bei nur fünf Sekunden ist es ausgeschlossen, daß jemand aus dem Wagen und in den Wald hätte flüchten können, ohne von Ihnen gesehen zu werden.«

»Richtig. Völlig ausgeschlossen. Ich hätte ihn gesehen.«

»Okay, aber was ist mit danach?«

»Wonach?«

»Nachdem Sie zu dem Wagen gerannt sind und gesehen haben, daß der Mann tot ist. Neulich haben Sie mir erzählt, Sie wären hierher zurückgerannt und hätten telefoniert.«

»Ja, ich habe neun eins eins angerufen und meinen Boß.«

»Also waren Sie hier in dieser Hütte und konnten den Wagen nicht sehen, richtig?«

»Richtig.«

»Für wie lange?«

Pena nickte. Er begriff, worauf ich hinauswollte.

»Aber das spielt doch keine Rolle, weil er allein in dem Wagen saß.«

»Ich weiß, aber antworten Sie mir bitte trotzdem. Wie lange?«

Er zuckte die Achseln, als wollte er sagen: na wenn schon.

Dann ging er in die Hütte und deutete ein Abheben des Telefonhörers an.

»Bei neun eins eins bin ich sofort durchgekommen. Das ging sehr schnell. Sie haben meinen Namen notiert und was ich zu melden hatte, und das dauerte eine kleine Weile. Dann rief ich im Büro an und fragte nach Doug Paquin, das ist mein Boß. Ich sagte, es handele sich um einen Notfall, und sie stellten mich sofort zu ihm durch. Er meldete sich, und ich berichtete ihm, was passiert war, und er sagte, ich solle hinausgehen und den Wagen im Auge behalten, bis die Polizei eingetroffen sei. Das war's. Danach bin ich wieder hinausgegangen.«

Ich gelangte zu dem Schluß, daß er den Caprice vermutlich mindestens dreißig Sekunden lang nicht im Auge gehabt hatte.

»Als Sie das erste Mal hinausrannten, haben Sie da alle Türen überprüft, um zu sehen, ob sie verriegelt waren?«

»Nur die Fahrertür. Aber sie waren alle verriegelt.«

»Woher wissen Sie das?«

»Als die Cops ankamen, haben sie sie alle ausprobiert, und sie waren zu. Sie mußten sie mit einer Art Spezialschlüssel öffnen.«

Ich nickte und fragte: »Was ist mit den Rücksitzen? Sie sagten gestern, die Scheiben seien beschlagen gewesen. Haben Sie genau auf die Rücksitze geschaut? Auf den Boden davor?«

Jetzt begriff Pena. Er dachte einen Moment lang nach, dann schüttelte er verneinend den Kopf.

»Nein, ich habe nicht direkt in den hinteren Teil des Wagens geschaut. Ich nahm einfach an, da wäre nur der eine Mann.«

»Haben die Cops Ihnen diese Fragen auch gestellt?«

»Nein, nicht direkt. Aber ich verstehe, worauf Sie hinauswollen.«

Ich nickte.

»Eine letzte Frage. Als Sie neun eins eins anriefen, haben Sie da gesagt, jemand habe sich umgebracht oder nur, daß Sie jemanden erschossen aufgefunden hätten?«

»Ich ... Ja, ich sagte, jemand hätte sich erschossen. Ja, das habe ich gesagt. Ich nehme an, es gibt eine Aufzeichnung von dem Gespräch.«

»Vermutlich. Ich danke Ihnen sehr.«

Ich machte mich auf den Rückweg zu meinem Wagen. Die ersten Schneeflocken begannen zu wirbeln. Pena rief mir nach.

»Was ist mit dem Hypnotisieren?«

»Die Cops werden Sie anrufen, wenn sie es tun wollen.«

Vor dem Einsteigen warf ich einen Blick in den Kofferraum. Es lagen keine Schneeketten darin.

In Boulder hielt ich bei einer Buchhandlung an, die passenderweise The Rue Morgue hieß, und kaufte mir einen Band mit sämtlichen Erzählungen und Gedichten von Edgar Allan Poe. Ich hatte vor, noch am selben Abend mit der Lektüre zu beginnen. Auf der Rückfahrt nach Denver versuchte ich, Penas Antworten in die Theorie einzufügen, an der ich arbeitete. Und ganz gleich, wie ich seine Antworten auch drehte und wendete, sie enthielten nichts, was meine neue Überzeugung hätte erschüttern können.

In der Polizeizentrale von Denver sagte man mir, daß Scalari nicht im Hause sei, also ging ich zur Mordkommission und traf Wexler hinter seinem Schreibtisch an. St. Louis konnte ich nirgendwo entdecken.

»Mist«, sagte Wexler. »Sind Sie gekommen, um mir ans Bein zu pinkeln?«

»Nein«, sagte ich. »Haben Sie das etwa bei mir vor?«

»Kommt drauf an, was Sie von mir wollen.«

»Wo ist der Wagen meines Bruders? Wird er wieder benutzt?«

»Was soll das, Jack? Glauben Sie allen Ernstes, daß wir nicht wissen, wie man Ermittlungen anstellt?«

Er schleuderte seinen Kugelschreiber wütend in den Mülleimer in der Ecke des Zimmers. Dann wurde ihm bewußt, was er getan hatte, und er stand auf und holte ihn wieder heraus.

»Hören Sie, ich will Ihnen keins auswischen oder Ihnen Probleme zu machen«, sagte ich ruhig. »Ich versuche lediglich, Antworten auf meine Fragen zu finden, und je länger ich das versuche, desto mehr Fragen habe ich.«

»Zum Beispiel?«

Ich erzählte ihm von meinem Besuch bei Pena und stellte fest, daß er ziemlich wütend wurde. Sein Gesicht rötete sich, und die linke Seite seines Kinns zitterte leicht.

»Ihr habt den Fall abgeschlossen«, sagte ich. »Deshalb können Sie nichts dagegen haben, daß ich mit Pena rede. Außerdem ist Ihnen oder Scalari oder sonst jemandem etwas entgangen. Der Wagen war für mehr als eine halbe Minute außer Sichtweite, während Pena Meldung machte.«

»Na und?«

»Ihr Cops habt euch nur für die Zeit davor interessiert. Fünf Sekunden, in denen niemand hätte davonrennen können. Fall abgeschlossen, Selbstmord. Aber Pena hat mir erzählt, daß die Fenster beschlagen waren. Logisch, sonst hätte niemand die Worte auf die Windschutzscheibe schreiben können. Und Pena hat nicht in den hinteren Teil des Wagens geschaut, nicht auf den Boden. Dann verschwindet er für mindestens dreißig Sekunden. Jemand hätte ohne weiteres hinten auf dem Boden liegen, aussteigen und in den Wald rennen können, während er telefonierte. Das wäre ohne weiteres möglich gewesen.«

»Haben Sie nicht mehr alle Tassen im Schrank? Was ist mit der Nachricht? Was ist mit den Pulverrückständen an seinem Handschuh?«

»Jeder hätte sie auf die Windschutzscheibe schreiben können. Und den Handschuh mit den Pulverrückständen hätte auch der Mörder getragen haben können. Dann zog er ihn aus und streifte ihn Sean über. Dreißig Sekunden sind eine lange Zeit. Möglich, daß es sogar länger gedauert hat. *Wahrscheinlich* hat es länger gedauert. Er hat zweimal telefoniert, Wex.«

»Das wäre zu riskant gewesen. Der Killer hätte sich darauf verlassen müssen, daß Pena sich soviel Zeit ließ.«

»Vielleicht auch nicht. Vielleicht ging er davon aus, daß er genügend Zeit haben würde. Und sonst hätte er eben auch Pena umgebracht. In Anbetracht dessen, wie ihr Cops die Sache behandelt habt, hättet ihr später einfach gesagt, Sean hätte ihn umgebracht und danach sich selbst.«

»Das ist Blödsinn, Jack. Ich habe Ihren Bruder geliebt, als wäre er mein eigener verdammter Bruder gewesen. Meinen Sie, mir gefällt der Gedanke, daß er sich den verdammten Lauf in den Mund gesteckt hat?«

»Eine Frage. Wo waren Sie, als Sie von Seans Tod erfuhren?«

»Hier, an meinem Schreibtisch. Warum?«

»Wer hat es Ihnen gesagt? Bekamen Sie einen Anruf?«

»Ja, der Captain rief an. Die Parkverwaltung hatte den Captain vom Bereitschaftsdienst angerufen, und der hat unseren Captain informiert.«

»Was hat er zu Ihnen gesagt? Seine genauen Worte, bitte.«

Wexler zögerte einen Moment, während er sich zu erinnern versuchte.

»Ich weiß es nicht mehr. Er hat einfach gesagt, daß Mac tot ist.«

»Hat er *das* gesagt, oder hat er gesagt, daß Mac sich umgebracht hat?«

»Ich weiß es nicht mehr. Kann sein, daß er das gesagt hat. Worauf wollen Sie hinaus?«

»Der Ranger da draußen, der hier angerufen hat, teilte mit, Sean habe sich erschossen. Das brachte die ganze Sache ins Rollen. Sie alle sind in Erwartung eines Selbstmords hinausgefahren. Und die Teile des Puzzles paßten in das Bild. Jeder hier wußte, wie sehr der Lofton-Fall Sean zusetzte. Verstehen Sie jetzt, worauf ich hinauswill? Sie waren alle prädisponiert, es zu glauben. Auf der Fahrt nach Boulder an jenem Abend haben Sie sogar mich dazu gebracht, es zu glauben.«

»Das ist doch alles Blödsinn, Jack. Und für Blödsinn habe ich keine Zeit. Es gibt keinerlei Beweise für das, was Sie sagen, Sie sind einfach nur nicht imstande, die Fakten zu akzeptieren.«

Ich schwieg für einen Moment, damit er sich wieder beruhigen konnte.

»Also, wo ist der Wagen, Wex? Wenn Sie Ihrer Sache so sicher sind, dann zeigen Sie mir den Wagen. Ich weiß, wie ich es Ihnen beweisen kann.«

Jetzt schwieg Wexler. Ich nahm an, er überlegte, ob er sich da hineinziehen lassen sollte. Wenn er mir den Wagen zeigte, gab er damit zu, daß ich zumindest einen kleinen Zweifel in sein Denken gesät hatte.

»Er steht immer noch auf dem Hof«, sagte er schließlich. »Ich komme jeden Tag daran vorbei.«

»Ist er immer noch in demselben Zustand wie an dem Tag, an dem er gefunden wurde?«

»Ja. Er ist versiegelt. Jedesmal, wenn ich hierherkomme, sehe ich das ganze Blut auf der Scheibe.«

»Lassen Sie uns zu dem Wagen gehen, Wex. Ich glaube, es gibt eine Möglichkeit, Sie zu überzeugen. In der einen oder anderen Richtung.«

Das Schneetreiben war inzwischen von Boulder bis hierher vorgedrungen. Wexler holte den Schlüssel vom Verwalter des Fuhrparks. Er überprüfte auch eine Inventarliste, um herauszufinden, ob jemand außer den Ermittlern ihn angefordert hatte. Die Antwort lautete nein. Der Wagen befand sich noch in demselben Zustand wie zu dem Zeitpunkt, an dem er hergeschleppt worden war.

»Sie haben auf eine Anweisung vom Chef gewartet, um ihn säubern zu lassen. Dazu hätten sie ihn wegbringen müssen. Sie wissen sicher, daß es Firmen gibt, die sich auf die Reinigung von Häusern und Autos und dergleichen spezialisiert haben, in denen jemand getötet worden ist. Scheißjob.«

Ich glaube, Wexler redete soviel, weil er nervös war. Wir näherten uns dem Wagen, dann blieben wir stehen und betrachteten ihn. Der Schnee wirbelte um uns herum. Die Blutspritzer auf der Innenseite des hinteren Fensters waren zu einem dunklen Braun getrocknet.

»Es wird stinken, wenn wir ihn öffnen«, sagte Wexler. »Himmel, ich kann einfach nicht glauben, daß ich das tue! Ich werde keinen Handgriff tun, bevor Sie mir gesagt haben, worauf Sie aus sind.«

Ich nickte.

»Okay. Es gibt zwei Dinge. Ich will sehen, ob die Heizung ganz hochgedreht ist und ob die Sicherheitsverriegelung an den hinteren Türen ein- oder ausgeschaltet ist.«

»Warum?«

»Die Fenster waren beschlagen, und es war kalt, aber nicht allzu kalt. Ich habe auf den Fotos gesehen, daß Sean warm angezogen war. Er hätte die Heizung nicht voll aufdrehen müssen. Wie beschlagen sonst die Fenster, wenn man mit ausgeschaltetem Motor irgendwo parkt?«

»Ich weiß nicht ...«

»Denken Sie an Überwachungen, Wex. Was verursacht das Beschlagen von Fenstern? Mein Bruder hat mir einmal von der Überwachung erzählt, die ihr beide vermasselt habt, weil die Fenster beschlagen waren und ihr nicht gesehen habt, daß der Kerl aus dem Haus kam.«

»Wir haben geredet. Es war die Woche nach der Super Bowl, und wir haben uns darüber unterhalten, daß die verdammten Broncos wieder einmal verloren hatten, und die warme Luft ließ sämtliche Scheiben beschlagen.«

»Genau. Soweit mir aber bekannt ist, hat mein Bruder keine Selbstgespräche geführt. Also wenn die Heizung nicht ganz hochgestellt ist, die Fenster aber dennoch so stark beschlagen waren, daß jemand darauf schreiben konnte, dann bedeutet das meiner Meinung nach, daß jemand bei ihm war. Und daß die beiden miteinander geredet haben.«

»Das ist verdammt weit hergeholt und beweist überhaupt nichts. Was ist mit der Verriegelung?«

Ich erläuterte meine nächste Theorie. »Jemand ist bei Sean. Irgendwie eignet er sich Seans Waffe an. Vielleicht kommt er mit seiner eigenen Kanone und entwaffnet meinen Bruder. Außerdem verlangt er, daß er ihm seine Handschuhe gibt. Der Kerl zieht die Handschuhe an, dann erschießt er Sean mit seiner eigenen Waffe. Danach springt er über den Sitz und versteckt sich hinten auf dem Boden. Er wartet, bis Pena kommt und wieder geht, dann beugt er sich über den Sitz, schreibt die Nachricht auf die Windschutzscheibe und zieht Sean die Handschuhe wieder an. Schließlich steigt der Täter durch die hintere Tür aus, verriegelt sie von außen und rennt in den Wald. Keine Fußabdrücke, weil der Parkplatz geräumt ist. Als Pena wiederkommt, um den Wagen im Auge zu behalten, wie sein Boß verlangt hat, ist er längst verschwunden.«

Wexler schwieg für eine Weile.

»Okay, es ist eine Theorie«, sagte er schließlich. »Nun beweisen Sie sie.«

»Sie kannten meinen Bruder. Sie haben mit ihm gearbeitet. Wie lautet die Anweisung für die Sicherheitsverriegelung? Immer geschlossen halten. Richtig? Auf diese Weise gibt es kein Risiko mit Gefangenen. Keine Pannen. Wenn jemand im Wagen sitzt, der kein Gefangener ist, können Sie die Verriegelung schließlich jederzeit für ihn lösen. Wie Sie selbst es getan haben, als Sie mich abholten. Als mir schlecht wurde, waren die Türen verriegelt. Erinnern Sie sich? Sie mußten die Verriegelung lösen, damit ich die Tür öffnen konnte.«

Wexler sagte nichts, aber seinem Gesicht war anzusehen, daß ich einen Punkt gemacht hatte. Wenn die Sicherheitsverriegelung in dem Caprice nicht eingeschaltet war, würde das zwar kein felsenfester Beweis für irgend etwas sein. Aber da Wexler meinen Bruder sehr gut gekannt hatte, würde er wissen, daß Sean nicht allein in dem Wagen gesessen hatte. Schließlich sagte er: »Das kann man aber nicht feststellen, indem man nur den Knopf anschaut. Jemand muß hinten einsteigen und versuchen, ob er auch wieder rauskommt.«

»Schließen Sie auf. Ich steige ein.«

Wexler öffnete den Wagen, drückte auf den Schalter für die Sicherheitsverriegelung, und ich machte die Tür hinter dem Beifahrersitz auf. Der widerlich süßliche Geruch von getrocknetem Blut schlug mir entgegen. Ich stieg in den Wagen und schloß die Tür.

Für einen langen Moment bewegte ich mich nicht. Ich hatte die Fotos gesehen, aber das war etwas anderes, als selbst im Wagen zu sein. Der Geruch, das Blut überall. Meines Bruders Blut. Ich warf einen kurzen Blick auf das Armaturenbrett und den Heizungsschalter. Dann sah ich durch das rechte Fenster zu Wexler hinaus. Für einen Moment trafen sich unsere Blikke, und ich fragte mich, ob ich wirklich wollte, daß die Sicherheitsverriegelung ausgeschaltet war. Mir kam der Gedanke, daß es leichter wäre, die Dinge einfach auf sich beruhen zu lassen, aber ich verdrängte ihn rasch wieder. Ich wußte, wenn ich das auf sich beruhen ließ, würde es mich für den ganzen Rest meines Lebens verfolgen.

Ich streckte die Hand aus und zog den Verriegelungsknopf an meiner Tür hoch. Die Tür ging auf. Ich stieg aus und sah Wexler in die Augen. Der Schnee blieb mittlerweile auf seinen Haaren und Schultern liegen.

»Und die Heizung ist ausgeschaltet. Davon waren die Scheiben also nicht beschlagen. Ich glaube, daß jemand bei Sean im Wagen saß. Sie haben miteinander geredet. Und dann hat das Schwein, wer immer es gewesen ist, ihn umgebracht.«

Wexler sah aus, als habe er ein Gespenst gesehen. In seinem Kopf fügte sich scheinbar alles zusammen. Jetzt war es mehr als nur eine Theorie, und er wußte es.

»Gottverdammt«, sagte er.

»Wir haben es alle übersehen.«

»Nein, es geht um etwas anderes. Ein Cop läßt seinen Partner nicht auf diese Weise im Stich. Wozu sind wir denn überhaupt nütze, wenn wir sogar bei unseren eigenen Kollegen versagen? Wenn ein Scheißreporter ...«

Er sprach nicht weiter, aber ich ahnte, was er empfand. Er hatte das Gefühl, Sean irgendwie verraten zu haben. Ich kannte dieses Gefühl.

»Noch ist alles offen«, sagte ich. »Noch können wir wiedergutmachen, daß wir das Falsche geglaubt haben.«

Wexler schaute immer noch verzweifelt drein. Aber ich konnte ihn nicht trösten. Das mußte er selbst in den Griff bekommen.

»Wir haben bisher nur ein bißchen Zeit verloren, Wex«, sagte ich trotzdem. »Lassen Sie uns wieder hineingehen. Es ist kalt hier draußen.«

Ich fuhr zu Riley, um es ihr zu sagen. Das ganze Haus war dunkel. Ich hielt einen Moment inne, bevor ich klopfte, überlegte, wie absurd es war, daß ich mir einbildete, die Nachricht könnte sie auf irgendeine Art aufmuntern. Gute Neuigkeiten, Riley. Sean hat nicht Selbstmord begangen, wie wir alle geglaubt haben, er wurde von irgendeinem Wahnsinnigen ermordet, der so etwas vermutlich schon früher getan hat und es wahrscheinlich wieder tun wird.

Ich klopfte trotzdem. Es war noch nicht spät. Ich stellte mir vor, daß sie irgendwo im Dunkeln saß oder vielleicht in einem der hinteren Zimmer. Das Licht der Laterne über meinem Kopf ging an, und Riley öffnete die Tür, bevor ich Zeit hatte, ein zweites Mal zu klopfen.

»Jack!«

»Hallo Riley, darf ich reinkommen?«

Ich wußte, daß sie noch keine Ahnung hatte. Ich hatte mit Wexler einen Handel abgeschlossen. Ich wollte es ihr persönlich sagen. Er hatte nichts dagegen gehabt. Er war viel zu sehr damit beschäftigt, die Ermittlungen wieder aufzunehmen, Listen von möglichen Verdächtigen zu erstellen, Seans Wagen noch einmal auf Fingerabdrücke und andere Beweise hin untersuchen zu lassen. Ich hatte ihm nichts von Chicago erzählt, hatte das für mich behalten und wußte nicht so recht, warum. War es die Story? Wollte ich die Story für mich allein? Das war die bequeme Antwort, und ich benutzte sie, um mein Unbehagen darüber zu beschwichtigen, daß ich ihm nicht alles erzählt hatte. Aber tief drinnen war ich überzeugt, daß da noch etwas anderes war. Etwas, das ich nicht für jedermann sichtbar ans Licht bringen wollte.

»Komm herein«, sagte Riley. »Ist etwas passiert?«

»Eigentlich nicht.«

Sie führte mich in die Küche, wo sie die Lampe über dem Tisch einschaltete. Sie trug Blue jeans, dicke Wollsocken und ein Colorado-Buffaloes-Sweatshirt.

»Es gibt nur ein paar Neuigkeiten, was Sean angeht, und ich wollte dir davon erzählen. Persönlich, nicht am Telefon.«

Wir ließen uns beide am Tisch nieder. Die Ringe unter ihren Augen waren immer noch da, und sie hatte nichts getan, um sie zu verbergen. Ihr Kummer erfüllte jeden Winkel des Hauses und war ansteckend.

»Hast du geschlafen?«

»Nein, ich habe gelesen. Was gibt es, Jack?«

Ich erzählte es ihr, und zwar alles. Von Chicago, von den Gedichten, davon, was ich zu tun gedachte. Sie nickte gelegentlich, während ich sprach, zeigte aber sonst keinerlei Reaktion. Keine Tränen, keine Fragen. All das würde kommen, wenn ich fertig war.

»Also das ist die ganze Geschichte«, sagte ich schließlich. »Ich fahre nach Chicago, sobald ich kann.«

Nach langem Schweigen sprach sie endlich.

»Es ist komisch. Ich fühle mich so schuldig.«

Tränen stiegen in ihren Augen auf, aber sie weinte nicht.

»Schuldig? Warum?«

»Die ganze Zeit über bin ich so wütend auf ihn gewesen! Du weißt schon, wegen dem, was er getan hat. Als ob er es *mir* angetan hätte, nicht sich selbst. Ich fing an, ihn zu hassen, die Erinnerung an ihn zu hassen. Und nun kommst du … und nun das.«

»So haben wir alle reagiert. Es war der einzige Weg, damit zu leben.«

»Hast du es Millie und Tom schon gesagt?«

»Noch nicht. Aber ich werde es tun.«

»Weshalb hast du Wexler nichts von Chicago erzählt?«

»Ich weiß es nicht. Vermutlich wollte ich einen kleinen Vorsprung haben. Morgen werden sie es selbst herausfinden.«

»Jack, wenn wahr ist, was du sagst, dann sollten sie alles wissen. Ich will nicht, daß derjenige, der das getan hat, davonkommt, nur damit du einer Story nachgehen kannst.«

»Riley«, sagte ich und versuchte, ganz ruhig zu bleiben, »derjenige, der das getan hat, war bereits davongekommen, bis ich aufkreuzt bin. Ich möchte Wexler nur bei den Cops in Chicago zuvorkommen. Einen Tag.«

Wir schwiegen für einen Moment, dann sprach ich weiter.

»Und täusche dich nicht. Ich will die Story, das stimmt. Aber es geht um mehr als nur um die Story. Es geht um mich und Sean.«

Sie nickte, und ich ließ das Schweigen zwischen uns verharren. Ich wußte nicht, wie ich ihr meine Motive erklären sollte. Doch ich wußte, daß sie mehr von mir hören wollte, und ich versuchte, ihr die Erklärung zu geben, die ich selbst nicht völlig verstand.

»Ich erinnere mich, daß wir beide nach unserem High-School-Abschluß ziemlich genau wußten, was wir tun wollten. Ich wollte Bücher schreiben und reich oder berühmt oder beides werden. Sean wollte der Chef sämtlicher Detectives bei der Polizei von Denver werden und alle Geheimnisse der Stadt lösen ... Wir haben es beide nicht ganz geschafft, aber Sean ist seinem Ziel am nächsten gekommen.«

Sie versuchte, über meine Worte zu lächeln, aber es gelang ihr nicht ganz.

»Jedenfalls«, fuhr ich fort, »am Ende jenes Sommers bin ich nach Paris gegangen, um dort den großen amerikanischen Roman zu schreiben. Als wir uns voneinander verabschiedeten, schlossen Sean und ich einen Handel ab. Es war ziemlich albern. Der Handel besagte, wenn ich reich werden würde, würde ich ihm einen Porsche mit Ski-Halterung kaufen. So einen, wie Redford in *Downhill Race* hatte. Mehr wollte er nicht. Er würde das Modell aussuchen, aber ich mußte ihn bezahlen. Ich sagte, das wäre ein schlechter Handel für mich, weil er nichts dagegenzusetzen hätte. Aber er sagte, da gäbe es doch etwas. Er sagte, wenn mir je etwas passieren würde – du weißt schon, wenn ich ermordet oder verletzt oder ausgeraubt werden würde –, dann würde er herausfinden, wer es getan hatte. Er würde dafür sorgen, daß niemand damit durchkam. Und das Seltsame ist, daß ich ihm schon damals geglaubt habe. Und etwas daran war sehr tröstlich.«

Die Geschichte schien auf die Art, wie ich sie erzählt hatte, nicht viel Sinn zu ergeben. Ich war nicht einmal sicher, worauf ich hinauswollte.

»Aber das war *sein* Versprechen, nicht deines«, sagte Riley.

»Ja, ich weiß.« Ich schwieg für eine Weile.

Riley musterte mich.

»Es ist nur so, daß … Ich kann mich nicht einfach zurücklehnen und zuschauen und abwarten. Ich muß …«

Mir fehlten die Worte, um das erklären.

»Etwas unternehmen?«

»Vielleicht. Ich weiß es nicht. Ich kann einfach nicht darüber reden, Riley. Ich muß es einfach tun. Ich fliege nach Chicago.«

10

Gladden und fünf andere Männer wurden in eine gläserne Kabine in einer Ecke des großen Gerichtssaals geführt. Ein dreißig Zentimeter breiter Schlitz zog sich auf ganzer Länge quer durch das Glas; er erlaubte es den Angeklagten, die Vorgänge im Gerichtssaal zu verfolgen und Fragen ihres Anwalts oder des Richters zu beantworten.

Gladden war die schlaflose Nacht anzusehen. Er hatte sie in einer Einzelzelle verbracht, aber der Lärm ringsum hatte ihn wachgehalten und zu sehr an Raiford erinnert. Er schaute sich im Gerichtssaal um, entdeckte jedoch niemanden, den er kannte. Nicht einmal die Cops Delpy und Sweetzer. Außerdem sah er weder Fernsehkameras noch normale Fotografen. Er nahm das als Zeichen dafür, daß seine wahre Identität bisher noch nicht entdeckt worden war. Das ermutigte ihn. Ein Mann mit lockigem rotem Haar und dicken Brillengläsern ging um die Tische der Anwälte herum und näherte sich der Glaskabine. Er war ziemlich klein und mußte das Kinn heben, damit sein Mund bis an die Öffnung im Glas heranreichte.

»Mr. Brisbane?« fragte er und musterte dabei erwartungsvoll die Männer.

Gladden kam herbei und schaute durch den Schlitz.

»Krasner?«

»Ja. Wie geht es Ihnen?«

Er streckte die Hand hoch zum Schlitz. Gladden ergriff sie widerstrebend. Er mochte es nicht, von jemandem berührt zu werden, es sei denn, es handelte sich um ein Kind. Er beantwortete Krasners Frage nicht. So etwas durfte man einen Mann, der gerade eine Nacht im County-Gefängnis verbracht hatte, nicht fragen.

»Haben Sie schon mit dem Ankläger gesprochen?« fragte er statt dessen.

»Ja. Es ist ziemlich laut hergegangen. Ihre Pechsträhne scheint nicht abzureißen. Die Anklage wird von einer stellvertretenden Staatsanwältin erhoben, mit der ich schon öfter zu tun hatte. Sie geht verdammt scharf ran, und die Cops, die Sie verhaftet haben, haben sie über die – äh – Situation an der Pier informiert.«

»Also hat sie vor, Kleinholz aus mir zu machen.«

»So ist es. Aber der Richter ist in Ordnung. Von dem haben wir nichts zu befürchten. Ich glaube, er ist hier im Hause der einzige, der nicht Ankläger war, bevor er zum Richter gewählt wurde.«

»Wenigstens etwas Gutes. Ist das Geld angekommen?«

»Ja, alles in Ordnung. Es kann also losgehen. Eine Frage vorweg: Wollen Sie schon heute vorbringen, daß Sie nicht schuldig sind?«

»Spielt das eine Rolle?«

»Keine große. Beim Aushandeln der Kaution könnte es den Richter ein oder zwei Zentimeter in unsere Richtung bewegen, in psychologischer Hinsicht, meine ich, wenn er weiß, daß Sie die Klage bereits zurückgewiesen haben und bereit sind, sich auf einen Kampf einzulassen.«

»Okay, nicht schuldig. Hauptsache, Sie holen mich hier raus.«

Harold Nyberg, Richter der Stadt Santa Monica, rief den Namen Harold Brisbane, und Gladden trat wieder an den Schlitz. Krasner kam abermals um die Tische herum und stellte sich vor die Öffnung, um, falls erforderlich, mit seinem Mandanten reden zu können. Nachdem er auf eine ausführliche Verlesung der Anklagen verzichtet hatte, informierte er den Richter, daß sein Mandant auf nicht schuldig plädiere. Richter Nyberg zögerte einen Moment.

»Sind Sie sicher, daß Mr. Brisbane schon heute plädieren möchte?«

»Ja, Euer Ehren. Er möchte schnell reagieren, weil er sich hundertprozentig sicher ist, daß er, was die gegen ihn erhobenen Anklagen betrifft, nicht schuldig ist.«

»Ich verstehe ...« Der Richter schwieg, während er etwas las, das vor ihm lag. Bisher hatte er noch keinen einzigen Blick in Gladdens Richtung geworfen. »Gut, dann gehe ich davon aus, daß Sie nicht vorhaben, auf Ihre zehn Tage zu verzichten.«

»Einen Moment, Euer Ehren«, sagte Krasner. Dann wandte er sich Gladden zu und flüsterte: »Sie haben ein Recht auf eine

Vorverhandlung über die gegen Sie erhobenen Anklagen binnen zehn Gerichtstagen. Sie können darauf verzichten, dann wird er eine Anhörung vornehmen und danach die Vorverhandlung festsetzen. Wenn Sie nicht verzichten, setzt er die Vorverhandlung gleich an, für heute in zehn Tagen. Wenn Sie nicht verzichten, ist das ein weiteres Zeichen dafür, daß Sie kämpfen wollen, daß Sie nicht auf einen Gnadenerweis der Staatsanwältin aus sind. Das könnte ebenfalls bei der Kaution helfen.«

»Verzichten Sie nicht.«

»Danke, Euer Ehren. Wir verzichten nicht. Mein Mandant glaubt nicht, daß diese Anklagen eine Vorverhandlung überleben werden, und bittet deshalb das Gericht, sie für so bald wie möglich anzusetzen, damit er ...«

»Mr. Krasner, Ms. Feinstock erhebt vielleicht keine Einwände gegen Ihre Zusatzbemerkungen, aber ich tue es. Hier geht es nur um die Vorführung eines Angeklagten. Ein Plädoyer ist an dieser Stelle unangebracht.«

»Ja, Euer Ehren.«

Der Richter wandte sich ab und studierte einen Kalender, der über einem der Tische der Gerichtsdiener an der Wand hing. Er wählte den entsprechenden Tag aus und ordnete eine Vorverhandlung in Abteilung 110 an. Krasner schlug einen Terminkalender auf und notierte sich das Datum. Gladden sah, daß die Anklägerin dasselbe tat. Sie war jung, aber unattraktiv. In den wenigen Minuten, die bisher vergangen waren, hatte sie noch nichts gesagt.

»Gut«, sagte der Richter. »Ist Kaution vorgesehen?«

»Ja, Euer Ehren«, sagte Feinstock und stand zum ersten Mal auf. »Das Volk bittet das Gericht, vom üblichen Kautionsschema abzuweichen und einen Betrag von zweihundertfünfzigtausend Dollar festzusetzen.«

Richter Nyberg schaute von seinen Papieren hoch und sah zuerst Feinstock und dann zum ersten Mal Gladden an. Es war, als versuche er anhand einer physischen Inspektion des Angeklagten herauszufinden, warum er für ziemlich geringfügige Vergehen eine derart hohe Kaution zahlen sollte.

»Aus welchem Grund, Ms. Feinstock?« fragte er. »Mir liegt nichts vor, was eine Abweichung rechtfertigen würde.«

»Wir glauben, daß bei dem Angeklagten ein Fluchtrisiko besteht, Euer Ehren. Er hat sich geweigert, den Beamten, die ihn verhaftet haben, eine hiesige Adresse oder auch nur die Zulassungsnummer eines Wagens anzugeben. Sein Führerschein wurde in Alabama ausgestellt, und wir konnten noch nicht überprüfen, ob er echt ist. Also wissen wir im Grunde nicht einmal, ob Harold Brisbane der wirkliche Name des Mannes ist. Wir wissen weder, wer er ist, noch wo er wohnt, ob er einen Job oder Frau und Kinder hat, und solange wir das nicht wissen, besteht ein Fluchtrisiko.«

»Euer Ehren«, unterbrach Krasner ihren Redefluß. »Ms. Feinstock stellt die Fakten unrichtig dar. Der Name meines Mandanten ist der Polizei bekannt. Er hat einen legitimen Führerschein aus Alabama vorgelegt, der nicht angezweifelt worden ist. Mr. Brisbane ist erst vor kurzem auf der Suche nach Arbeit aus Mobile hierher gekommen und hat noch keine dauerhafte Adresse. Sobald es soweit ist, wird er die Behörden gern darüber informieren. Bis dahin können sie sich, falls erforderlich, über meine Kanzlei mit ihm in Verbindung setzen. Er hat sich bereit erklärt, sich täglich zweimal bei mir oder bei einem von Euer Ehren bestimmten Vertreter des Gerichts zu melden. Wie Euer Ehren gehört hat, soll eine Abweichung vom Kautionsschema die Fluchtgefahr verringern. Die nicht existierende dauerhafte Adresse ist jedoch keinesfalls ein Hinweis darauf, daß Mr. Brisbane die Absicht hat, zu fliehen. Im Gegenteil, Mr. Brisbane hat sich für nicht schuldig erklärt und auf jede Verzögerung in seinem Fall verzichtet. Es ist ganz eindeutig sein Wunsch, zu den Anklagen Stellung zu nehmen und seinen Namen so rasch wie möglich reinzuwaschen.«

»Daß er sich in Ihrer Kanzlei meldet, ist in Ordnung, aber was ist mit der Adresse?« fragte der Richter. »Wo gedenkt er sich aufzuhalten? Sie scheinen bei Ihren Ausführungen die Tatsache außer acht gelassen zu haben, daß dieser Mann schon vor seiner Verhaftung versucht hat, sich der Polizei zu entziehen.«

»Euer Ehren, wir bestreiten diesen Vorwurf. Diese Beamten waren in Zivil und haben sich zu keinem Zeitpunkt als Polizisten zu erkennen gegeben. Mein Mandant hatte eine ziemlich teure Kameraausrüstung bei sich – mit der er, nebenbei gesagt, seinen Lebensunterhalt verdient –, und befürchtete, das Opfer eines Raubüberfalls zu werden. Deshalb ist er vor diesen Leuten weggerannt.«

»Das ist alles sehr interessant«, sagte der Richter. »Was ist mit einer Adresse?«

»Mr. Brisbane hat ein Zimmer im Holiday Inn am Pico Boulevard. Von dort aus bemüht er sich um eine Arbeit. Er ist ein freiberuflich arbeitender Fotograf und Graphik-Designer und ist sicher, daß er hier eine Arbeit finden wird. Er hat nicht vor, diese Stadt zu verlassen. Wie ich bereits sagte, wird er gegen diese ...«

»Ja, Mr. Krasner, wie Sie bereits sagten. Welche Kaution würden Sie für angemessen halten?«

»Nun, Sir, eine Viertelmillion Dollar angesichts der vorliegenden Anklage ist völlig abwegig. Ich bin der Ansicht, daß eine bescheidene Kaution von fünf- bis zehntausend Dollar der Sache wesentlich angemessener wäre. Mein Mandant verfügt nur über begrenzte Mittel. Wenn er mit diesen eine Kaution stellen muß, dann hat er nichts mehr, wovon er leben oder seinen Anwalt bezahlen kann.«

»Sonst noch etwas?«

»Nein, Euer Ehren.«

»Ms. Feinstock?«

»Ja, Euer Ehren. Das Volk bittet das Gericht nochmals, ein Abweichen vom Kautionsschema zu erwägen. Die beiden Hauptanklagepunkte gegen Mr. Brisbane sind Verbrechen und haben als solche Bestand. Trotz Mr. Krasners Versicherungen ist das Volk nach wie vor nicht davon überzeugt, daß bei dem Angeklagten kein Fluchtrisiko vorliegt und daß er wirklich Harold Brisbane heißt. Meine Detectives berichteten, daß der Angeklagte gefärbtes Haar hat, und daß es auch zu dem Zeitpunkt gefärbt war, als das Foto für seinen Führerschein aufgenommen wurde. Das deutet auf einen Versuch hin, die wahre Identität zu verbergen. Wir hoffen, noch heute Zugang zum Fingerabdruck-Computer der Polizei von Los Angeles zu erhalten. Dann können wir sehen, ob wir eine ...«

»Euer Ehren, ich erhebe Einspruch ...«

»Mr. Krasner«, unterbrach ihn der Richter, »Sie waren bereits an der Reihe.«

»Außerdem«, fuhr Feinstock fort, »wurde Mr. Brisbane auch verhaftet, weil er anderen verdächtigen Aktivitäten nachgegangen ist. Nämlich ...«

»Einspruch.«

»... dem Fotografieren von kleinen Kindern – die zum Teil unbekleidet waren –, ohne ihr Wissen oder Zustimmung ihrer Eltern. Das Ereignis, für das ...«

»Euer Ehren!«

»... die Ihnen vorliegenden Anklagen erhoben wurden, ist eingetreten, als Mr. Brisbane versuchte, sich den Beamten zu entziehen, die einer Beschwerde über ihn nachgingen.«

»Euer Ehren«, sagte Krasner laut. »Es sind keine diesbezüglichen Anklagen gegen meinen Mandanten erhoben worden. Die Staatsanwältin versucht lediglich, diesen Mann vor dem Gericht in Mißkredit zu bringen. Das ist höchst unschicklich und unethisch. Falls Mr. Brisbane diese Dinge getan hat – wo ist dann die Anklage?«

Schweigen erfüllte den großen Gerichtssaal. Krasners Ausbruch hatte sogar dazu geführt, daß die anderen Anwälte, die mit ihren Mandanten flüsterten, den Mund hielten. Der Blick des Richters wanderte langsam von Feinstock über Krasner zu Gladden, bevor er schließlich zu der Staatsanwältin zurückkehrte.

»Ms. Feinstock, wird gegenwärtig in Ihrem Büro erwogen, weitere Anklagen gegen diesen Mann zu erheben? Und ich meine tatsächlich, zum gegenwärtigen Zeitpunkt?«

Feinstock zögerte und sagte dann widerstrebend: »Im Augenblick liegen uns keine weiteren Informationen vor, aber die Polizei setzt, wie ich bereits sagte, ihre Ermittlungen hinsichtlich der wahren Identität und der Aktivitäten des Angeklagten fort.«

Der Richter betrachtete wieder die vor ihm liegenden Papiere und begann zu schreiben. Krasner öffnete den Mund, um etwas zu sagen, dann überlegte er es sich anders. Das Verhalten des Richters ließ keinen Zweifel daran, daß er seine Entscheidung bereits getroffen hatte.

»Das Kautionsschema verlangt eine Festsetzung der Kaution auf zehntausend Dollar«, sagte Richter Nyberg. »Ich werde leicht davon abweichen und setze hiermit die Kaution auf fünfzigtausend Dollar fest. Mr. Krasner, ich bin gern zu einer späteren Änderung bereit, wenn es Ihrem Mandanten bis dahin gelungen ist, die Bedenken der Staatsanwältin hinsicht Identität, Adresse etcetera auszuräumen.«

»In Ordnung, Euer Ehren. Danke.«

Der Richter rief den nächsten Fall auf. Feinstock schloß die vor ihr liegende Akte, legte sie auf den Stapel rechts von ihr, holte eine weitere von dem Stapel zu ihrer Linken und schlug sie auf.

Krasner wendete sich mit einem leichten Lächeln im Gesicht an Gladden.

»Tut mir leid, ich dachte, er würde fünfundzwanzig verlangen. Das Hübsche daran ist, daß sie wahrscheinlich glücklich ist. Sie hat eine Viertelmillion verlangt, wahrscheinlich in der Hoffnung auf fünf oder zehn Cent. Sie hat die fünf Cent bekommen.«

»Und wenn schon. Wie lange dauert es, bis ich hier rauskomme?«

»Keine Panik. In einer Stunde habe ich Sie draußen.«

11

Der Michigansee war am Rand zugefroren, und ein Sturm hatte dafür gesorgt, daß das Eis zerklüftet, tückisch und schön anzusehen war. Die oberen Stockwerke des Sears Tower waren verschwunden, von dem grauweißen Leichentuch verschluckt, das über der Stadt hing. All das sah ich, als ich auf dem Stevenson Expressway in die Stadt hineinfuhr. Es war später Vormittag, und ich vermutete, daß es noch vor dem Abend wieder schneien würde. Hier war es sogar noch kälter als in Denver.

Ich war seit drei Jahren nicht mehr in Chicago gewesen. Ich hatte Anfang der achtziger Jahre dort Journalistik studiert und dabei die Stadt lieben gelernt. Danach hatte ich gehofft, bleiben und bei einer der Lokalzeitungen arbeiten zu können, aber sowohl die *Tribune* als auch die *Sun-Times* wiesen mich ab. Die zuständigen Redakteure erklärten mir, ich solle erst einmal losziehen, ein bißchen Erfahrung sammeln und dann mit den Belegen meiner Stories wiederkommen. Das war eine bittere Enttäuschung gewesen – weniger die Ablehnung an sich als die Tatsache, daß ich die Stadt verlassen mußte. Natürlich hätte ich beim City News Bureau bleiben können, wo ich während meines Studiums gejobbt hatte, aber das war nicht die Art von Erfahrungen, die diese Reakteure meinten, und außerdem hatte ich keine Lust, für eine Presseagentur zu arbeiten, die einen bezahlte, als sei man noch ein Student, der mehr vorweisbare Texte als Geld brauchte. Also kehrte ich nach Hause zurück und bekam den Job bei der *Rocky*.

Die Zeit verging. Anfangs flog ich mindestens zweimal jährlich nach Chicago, um Freunde zu besuchen und in meinen Lieblingslokalen zu essen, aber im Laufe der Jahre geschah das immer seltener.

Mein letzter Besuch lag inzwischen drei Jahre zurück. Damals war mein Freund Larry Bernard gerade bei der *Tribune* gelandet. Seither war ich nicht mehr dort gewesen. Vermutlich hatte ich jetzt für Zeitungen wie die *Tribune* genügend vorzuweisen, aber irgendwie war ich nicht dazu gekommen, Belegexemplare nach Chicago zu schicken.

Das Taxi setzte mich vor dem Hyatt ab. Ich konnte mein Zimmer frühestens um drei beziehen, also ließ ich meinen Koffer an der Rezeption und suchte die Münzfernsprecher. Nachdem ich mich eine Weile mit dem Telefonbuch herumgeschlagen hatte, wählte ich die Nummer der Area-Three-Mordkommission der Polizei von Chicago und fragte nach Detective Lawrence Washington. Als er sich meldete, legte ich auf. Ich hatte ihn nur ausfindig machen und mich vergewissern wollen, daß er da war. Meine Erfahrung als Reporter hatte mich gelehrt, mit Cops nie eine Verabredung zu treffen. Die meisten redeten höchst ungern mit Journalisten, und fast alle scheuten sogar eher davor zurück, sich mit ihnen sehen zu lassen. Und bei den wenigen, bei denen das nicht der Fall war, mußte man sehr vorsichtig sein. Man mußte sich an sie heranschleichen. Es war ein Spiel.

Nachdem ich den Hörer aufgelegt hatte, schaute ich auf die Uhr. Kurz zur zwölf. Mir blieben noch zwanzig Stunden. Meine Maschine nach Dulles startete um acht Uhr am folgenden Morgen.

Vor dem Hotel schnappte ich mir ein Taxi und wies den Fahrer an, mich zur Belmont und Western zu bringen und dabei durch den Lincoln Park zu fahren. Auf diese Weise konnte ich einen Blick auf die Stelle werfen, wo der Smathers-Junge gefunden worden war. Die Entdeckung seiner Leiche lag genau ein Jahr zurück.

Ich öffnete meine Computertasche, nahm meinen Laptop heraus, schaltete ihn ein und holte mir die Artikel aus der *Tribune* auf den Bildschirm, die ich am Abend zuvor in der Bibliothek der *Rocky* kopiert hatte. Ich ließ die Berichte über den Smathers-Fall durchlaufen, bis ich den Absatz gefunden hatte, in dem die Entdeckung der Leiche durch einen Zoo-Dozenten beschrieben wurde, der seinen Heimweg von der Wohnung seiner Freundin durch den Park abgekürzt hatte. Der Junge war auf einer schneebedeckten Lichtung gefunden worden, auf der im Sommer die Boccia-Turniere der Italian-American League abgehalten wurden. In dem Artikel hieß es, die Lichtung befände sich in der Nähe der Wisconsin Ecke Clark und in Sichtweite einer roten Scheune, die zu der städtischen Farm im Zoo gehörte.

Es gab nur wenig Verkehr, und binnen zehn Minuten waren wir im Park. Ich bat den Fahrer, bis zur Clark weiterzufahren und am Straßenrand zu halten, sobald wir die Wisconsin erreicht hatten.

Der Schnee im Park war frisch, und es gab nur wenige Fußspuren. Auf den Brettern der Bänke am Gehweg lag er ungefähr acht Zentimeter hoch. Dieser Teil des Parks machte einen menschenleeren Eindruck. Ich stieg aus dem Taxi und wußte, daß ich nichts erwarten konnte, und erwartete dennoch etwas. Nichts Bestimmtes. Vielleicht war es nur ein Gefühl. Auf halbem Wege stieß ich auf eine Reihe von Fußspuren, die meinen Pfad von links nach rechts und auch von rechts nach links kreuzten. Dies deutete darauf hin, daß eine Gruppe von Leuten auf demselben Weg zurückgekehrt war, auf dem sie gekommen war. Kids, dachte ich. Vielleicht auf dem Weg zum Zoo. Falls er geöffnet war. Ich hielt nach der roten Scheune Ausschau – und entdeckte die Blumen am Fuße einer ungefähr zwanzig Meter entfernten hohen Eiche.

Ich lief auf den Baum zu und wußte instinktiv, worum es ging. Einen mit Blumen begangenen Jahrestag. Die Blumen – leuchtendrote Rosen, die aussahen wie auf den Schnee gespritztes Blut – waren künstlich. Jemand hatte ein kleines Atelierfoto eines lächelnden Jungen in die Gabel des untersten Baumastes gestellt. Seine Ellenbogen waren auf einen Tisch gestützt, die Hände umfaßten seine Wangen. Er trug eine rote Jacke und ein weißes Hemd mit einer sehr kleinen blauen Fliege. Ich fragte mich, weshalb die Angehörigen ihre Gedenkgaben nicht auf das Grab des Jungen gelegt hatten.

Ich sah mich um. Auf den Teichen in der Nähe der Scheune vergnügten sich ein paar Schlittschuhläufer. Sonst war niemand zu sehen.

Ich schaute hinüber zur Clark Street, wo das Taxi wartete. Auf der anderen Straßenseite ragte ein hohes Ziegelsteingebäude auf, auf dessen Markise HEMINGWAY HOUSE stand. Von dort war der Zoo-Dozent gekommen, als er die Leiche des kleinen Jungen fand.

Ich griff nach dem Foto. Es war zum Schutz vor der Witterung wie ein Führerschein in Plastikfolie versiegelt. Auf der Rückseite stand der Name des Jungen, sonst nichts. Ich schob das Foto in die Manteltasche. Vielleicht würde ich es eines Tages zum Illustrieren meiner Story brauchen.

Das Taxi kam mir so warm und behaglich vor wie ein Wohnzimmer mit Kamin. Während wir zur Area Three fuhren, ließ ich abermals die Artikel aus der *Tribune* über den Bildschirm laufen.

Die Fakten waren bei dem Fall ebenso grauenhaft wie die beim Lofton-Mord. Der Junge war von dem eingezäunten Spielplatz einer Grundschule in der Division Street fortgelockt worden. Er und zwei andere Jungen hatten eine Schneeballschlacht gemacht. Als die Lehrerin das Fehlen der Jungen bemerkte, ging sie hinaus und wollte sie holen. Aber da war Bobby Smathers bereits verschwunden. Die beiden zwölfjährigen Zeugen waren nicht in der Lage, den Ermittlern der Polizei zu sagen, was geschehen war. Ihrer Aussage zufolge war Bobby Smathers einfach verschwunden. Sie hatten im Schnee herumgetobt, und als sie sich bewußt nach ihm umschauten, war er nicht zu sehen gewesen. Sie nahmen an, daß er sich versteckt hatte und sie aus dem Hinterhalt überfallen wollte, also suchten sie nicht nach ihm.

Bobby wurde einen Tag später in der Nähe der Boccia-Lichtung im Lincoln Park gefunden. Wochenlange Ermittlungen unter der Leitung von Detective John Brooks kamen nie über die Erklärung der beiden Zwölfjährigen hinaus: Bobby Smathers war an jenem Tag einfach verschwunden.

Während ich die Artikel überflog, hielt ich nach Ähnlichkeiten mit dem Lofton-Fall Ausschau. Es gab nur wenige. Sie war eine weiße Erwachsene und er ein schwarzer Junge. Ganz verschiedene Opfer. Aber beide waren länger als vierundzwanzig Stunden verschwunden gewesen, bevor man sie entdeckt hatte, und beide Leichen wurden in städtischen Parks gefunden. Und schließlich hatten sich beide an ihrem letzten Lebenstag in Einrichtungen für Kinder aufgehalten. Der Junge in seiner Schule, die Frau in der Kindertagesstätte, in der sie arbeitete. Ich wußte nicht, ob diese Übereinstimmungen etwas zu bedeuten hatten, aber mehr Gemeinsamkeiten gab es nicht.

Die Zentrale der Area Three war eine Festung aus orangefarbenen Ziegelsteinen, untergebracht in einem weitläufigen zweigeschossigen Gebäude, das auch das Bezirksgericht von Cook County beherbergte. Durch die Rauchglastüren schob sich ein ständiger Strom von Bürgern. Ich drängte mich hindurch und gelangte in eine Halle, deren Fußboden naß war von geschmolzenem Schnee. Die Rezeption war aus denselben Ziegelsteinen gebaut wie das Gebäude. Jemand hätte mit einem Wagen durch die Glastüren fahren können und wäre trotzdem nicht an die Cops hinter dem Empfangstresen herangekommen.

Ich erinnerte mich, daß die Treppe zu meiner Rechten zu den Büros der Detectives hinaufführte, und war versucht, einfach hinaufzugehen. Aber ich entschied mich dagegen. Wenn man bei den Cops auch nur gegen die simpelsten Regeln verstößt, können sie ungemütlich werden. Ich trat also vor einen der Cops, die hinter dem Tresen saßen. Er musterte meine Computertasche.

»Wollen Sie bei uns einziehen?«

»Nein, da ist nur ein Laptop drin«, sagte ich. »Ich würde gern mit Detective Lawrence Washington sprechen.«

»Und wer sind Sie?«

»Mein Name ist Jack McEvoy. Er kennt mich nicht.«

»Sind Sie mit ihm verabredet?«

»Nein. Es geht um den Smathers-Fall. Bitte sagen Sie ihm das.«

Die Brauen des Cops kletterten zwei Zentimeter an seiner Stirn empor.

»Hören Sie zu, öffnen Sie diese Tasche und lassen Sie mich einen Blick auf den Computer werfen, während ich anrufe.«

Ich tat, was er verlangte und öffnete den Laptop, wie ich es auch an Flughäfen tun mußte. Ich schaltete ihn ein und wieder aus, dann packte ich ihn wieder ein. Der Cop schaute zu, hatte den Hörer am Ohr und redete gleichzeitig mit einer Frau, von der ich annahm, daß sie eine Sekretärin war. Ich hoffte, daß meine Erwähnung des Smathers-Falls mich zumindest über die erste Runde bringen würde.

»Hier ist jemand, der Larry Legs wegen dem Jungen sprechen möchte.«

Er hörte ein paar Augenblicke lang zu, dann legte er auf.

»Erster Stock. Die Treppe hinauf, dann links, den Korridor entlang, letzte Tür. Steht Mordkommission daran. Es ist der Schwarze.«

»Danke.«

Während ich die Treppe hinaufging, fiel mir wieder ein, daß er von Smathers einfach als von »dem Jungen« gesprochen hatte und derjenige, mit dem er telefoniert hatte, hatte genau gewußt, wen er meinte. Das sagte mir eine Menge über den Fall, jedenfalls mehr als das, was in den Zeitungen gestanden hatte. Cops versuchen immer nach Kräften, ihre Fälle zu entpersonalisieren. In dieser Hinsicht sind sie mit Serienmördern zu vergleichen. Wenn das Opfer für sie nicht eine Person ist, die gelebt und geatmet hat und verletzt wurde, dann kann die Sache ihnen nicht den Schlaf rauben. Ein Opfer »der Junge« zu nennen ist jedoch das genaue Gegenteil dieser Praxis. Es sagte mir, daß der Fall die Area Three auch nach einem Jahr noch nicht losgelassen hatte.

Das Dienstzimmer der Mordkommission war ungefähr halb so groß wie ein Tennisplatz und mit einem dunkelgrünen Teppichboden ausgelegt. Es enthielt drei Arbeitsnischen mit jeweils fünf Schreibtischen. An der Wand zu meiner Linken gab es reihenweise Aktenschränke, durch deren Griffe Sperrstangen geschoben waren. An der gegenüberliegenden Wand, hinter den Arbeitsnischen, lagen zwei Büros mit Fenstern, von denen aus man das Dienstzimmer überblicken konnte. Das eine war das Büro des Lieutenants. Das andere sah aus wie ein Verhörzimmer. Es stand ein Tisch darin, und ich konnte erkennen, daß ein Mann und eine Frau daran saßen und Sandwiches aßen. Außer diesen beiden waren noch drei weitere Leute anwesend sowie eine Sekretärin an einem Schreibtisch neben der Tür.

»Sie möchten Larry sprechen?« sagte sie zu mir.

Ich nickte, und sie deutete auf einen Mann, der an einem Schreibtisch am anderen Ende des Raums saß. Er war allein in seiner Nische. Ich ging auf ihn zu. Er schaute nicht einmal dann von seinem Papierkram auf, als ich vor ihm stand.

»Schneit es draußen?« fragte er.

»Noch nicht. Aber vermutlich geht es bald los.«

»Ich bin Washington. Was wollen Sie?«

Ich schaute zu den beiden Detectives in den anderen Nischen. Niemand verschwendete einen Blick auf mich.

»Nun, ich würde gern allein mit Ihnen reden, wenn sich das einrichten läßt. Es geht um den Smathers-Jungen. Ich habe ein paar Informationen darüber.«

Ich wußte, daß das die anderen dazu veranlaßte, mich anzusehen. Auch Washington legte jetzt seinen Kugelschreiber beiseite und sah zu mir auf. Er schien etwas älter als dreißig zu sein, aber er hatte bereits ein paar graue Haare. Washington machte einen sehr intelligenten Eindruck. Er trug einen dunkelbraunen Anzug, ein weißes Hemd und eine gestreifte Krawatte. Das Jackett konnte den massigen Brustkorb kaum verbergen. Offensichtlich war er in guter körperlicher Verfassung.

»Sie möchten mit mir allein reden? Was wissen Sie?«

»Genau das ist es, worüber ich allein mit Ihnen reden möchte.«

»Sie sind nicht einer von diesen Typen, die ein Geständnis ablegen wollen, oder?«

Ich lächelte.

»Also gut, gehen wir dort drüben hinein. Aber ich hoffe, Sie haben nicht vor, meine Zeit zu verschwenden. Wie war noch Ihr Name?«

»Jack McEvoy.«

Jetzt stand er auf, und ich stellte fest, daß er kleiner war, als ich angenommen hatte. Kurze, stämmige Beine unter einem breiten und kräftigen Rumpf. Daher wohl der Name, den der Cop am Tresen benutzt hatte: Larry Legs.

Ich setzte die Tasche mit dem Laptop ab und streckte ihm die Hand entgegen, aber Washington ergriff sie nicht.

»Lassen Sie uns dort drüben in das Zimmer gehen.«

»Gern.«

Ich ging hinter ihm her auf die Tür des Raumes zu, in dem der Mann und die Frau ihren Lunch verzehrten. Er drehte sich einmal kurz um und warf einen Blick auf meine Tasche.

»Was haben Sie da drin?«

»Einen Computer. Ich habe darauf ein paar Informationen gespeichert, die ich Ihnen zeigen möchte, falls es Sie interessiert.«

Er öffnete die Tür, und der Mann und die Frau schauten auf.

»Tut mir leid, Leute, das Picknick ist vorbei«, sagte Washington.

»Können Sie uns nicht noch zehn Minuten Zeit lassen, Legs?« fragte der Mann, bevor er aufstand.

»Geht nicht. Ich habe einen Kunden.«

Die beiden wickelten das, was von ihren Sandwiches noch übrig war, wieder ein, und verließen das Zimmer ohne ein weiteres Wort. Der Mann warf mir einen verärgerten Blick zu. Es kümmerte mich nicht. Washington winkte mich herein, und ich stellte die Tasche mit meinem Computer auf den Tisch. Wir setzten uns. Es roch nach schalem Rauch und italienischem Salatdressing.

»Also, was kann ich für Sie tun?« fragte Washington.

Ich versuchte, mich zu konzentrieren und gelassen zu wirken. Mir war nie sonderlich behaglich zumute, wenn ich es mit Cops zu tun hatte, obwohl ihre Welt mich faszinierte. Ich hatte immer das Gefühl, daß sie mich irgendwie beargwöhnten, irgendeinen verräterischen Makel an mir entdeckten.

»Ich weiß nicht recht, wie ich anfangen soll. Ich komme aus Denver. Ich bin Reporter, und ich bin auf etwas gestoßen, das mich ...«

»Einen Moment. Sie sind Reporter? Was für eine Art von Reporter?«

Unter der dunklen Haut seines linken Oberkiefers begann es leicht zu pulsieren. Ich war darauf vorbereitet.

»Zeitungsreporter. Ich arbeite für die *Rocky Mountain News*. Bitte, hören Sie sich erst an, was ich zu sagen habe, dann können Sie mich meinetwegen hinauswerfen. Aber ich glaube nicht, daß Sie es tun werden.«

»Mann, ich habe von Kerlen wie Ihnen so ziemlich jeden Quatsch in der Welt gehört. Dafür habe ich keine Zeit. Ich habe ..«

»Was ist, wenn John Brooks ermordet wurde?«

Ich suchte in seinem Gesicht nach irgendeinem Anzeichen dafür, daß er das ohnehin bereits glaubte. Er ließ sich jedoch nichts anmerken.

»Ihr Partner«, sagte ich. »Ich vermute, daß er ermordet wurde.«

Washington schüttelte den Kopf.

»Wollen Sie mir Märchen erzählen? Von wem denn? Wer hat ihn ermordet?«

»Dieselbe Person, die auch meinen Bruder umgebracht hat.« Ich schwieg für einen Moment, um sicherzugehen, daß ich seine ungeteilte Aufmerksamkeit hatte. »Er war Cop bei der Mordkommission. Er hat in Denver gearbeitet und wurde vor einem Monat ermordet. Auch seine Kollegen glaubten anfangs, er hätte Selbstmord begangen. Ich habe mich mit der Sache beschäftigt und bin deshalb hier gelandet. Ich bin Reporter, aber darum geht es nicht. Es geht um meinen Bruder. Und um Ihren Partner.«

Washington zog seine Brauen zu einem dunklen V zusammen und starrte mich lange an. Ich wartete geduldig. Er stand an der Klippe. Entweder würde er hinunterspringen – oder mich hinauswerfen. Schließlich hörte er auf, mich anzustarren, und lehnte sich zurück. Er holte aus der Innentasche seines Jacketts eine Schachtel Zigaretten, zündete sich eine an und zog einen stählernen Abfalleimer näher. Beim Ausatmen neigte er den Kopf zur Seite, so daß der blaue Qualm hochstieg und unter der Decke schwebte. Dann beugte er sich über den Tisch. »Ich weiß nicht einmal, ob Sie irgendein Spinner sind oder nicht. Zeigen Sie mir einen Ausweis.«

Wir balancierten über die Klippe. Ich gab ihm meinen Führerschein, meinen Presseausweis und den Paß, der mir bei der Polizei von Denver Zugang gewährte. Er betrachtete alles ganz genau, aber ich wußte, daß er bereits beschlossen hatte, sich meine Geschichte anzuhören. Etwas am Tod von Brooks schien Washington zu drängen, sich eine Geschichte von einem Reporter anzuhören, den er nicht einmal kannte.

»Okay«, sagte er und gab mir meine Papiere zurück. »Sie sind also in Ordnung. Aber das bedeutet immer noch nicht, daß ich auch nur ein Wort von dem glauben werde, was Sie mir erzählen.«

»Natürlich nicht. Trotzdem habe ich den Eindruck, Sie glauben es schon jetzt.«

»Wollen Sie nun Ihre Geschichte erzählen oder nicht? Was wissen Sie überhaupt von der ganzen Sache?«

»Nicht viel. Nur das, was in den Zeitungen gestanden hat.«

Washington drückte die Zigarette an der Seitenwand des Mülleimers aus und warf dann den Stummel hinein.

»Also, Jack, schießen Sie los. Andernfalls sind Ihre Minuten hier zu Ende.«

Ich brauchte meine Notizen nicht. Es dauerte eine halbe Stunde, während der Washington zwei weitere Zigaretten rauchte, aber keine einzige Frage stellte. Jedesmal behielt er die Zigarette im Mund, so daß der Rauch sich emporkräuselte und seine Augen verbarg. Aber ich wußte Bescheid. Es war genau wie bei Wexler. Ich bestätigte etwas, das er schon die ganze Zeit im Bauch gespürt hatte.

»Wollen Sie Wexlers Nummer?« fragte ich, als ich fertig war. »Er wird Ihnen bestätigen, daß alles, was ich Ihnen eben erzählt habe, den Tatsachen entspricht.«

»Nein, ich beschaffe sie mir, wenn ich sie brauche.«
»Haben Sie noch irgendwelche Fragen?«
»Nein, im Moment nicht.«
Er starrte mich nur an.
»Ich werde es überprüfen. Wo finde ich Sie?«
»Im Hyatt unten am Fluß.«
»Okay. Ich rufe Sie an.«
»Detective Washington, damit ist es nicht getan.«
»Was soll das heißen?«

»Das soll heißen, daß ich hergekommen bin, um Informationen zu erhalten, nicht nur, um Ihnen welche zu geben und mich dann in mein Zimmer zurückzuziehen. Ich möchte etwas über Brooks wissen.«

»Hören Sie, Junge, wir haben keinerlei Deal abgeschlossen. Sie sind freiwillig gekommen, Sie haben Ihre Geschichte erzählt. Es hat kein ...«

»Ich mag es nicht, daß Sie mich ›Junge‹ nennen, als wäre ich irgendein Bauerntölpel. Ich habe Ihnen etwas gegeben, und ich möchte etwas dafür bekommen. Deshalb bin ich hier.«

»Im Augenblick habe ich nichts für Sie, Jack.«

»Das ist Blödsinn. Sie können gerne versuchen, mich anzulügen, Larry Legs, aber ich weiß, daß Sie etwas haben. Und ich brauche es.«

»Um eine große Story daraus zu machen, die den Rest der Medien-Schakale herbringt?«

Jetzt war ich derjenige, der sich vorbeugte.

»Ich habe Ihnen bereits gesagt, daß es hier nicht um eine Story geht.«

Ich lehnte mich zurück, und wir musterten uns gegenseitig. Ich hätte gern eine Zigarette geraucht, aber ich hatte keine dabei und wollte ihn nicht um eine bitten. Das Schweigen wurde unterbrochen, als einer der Detectives, die ich im Dienstzimmer gesehen hatte, die Tür öffnete.

»Hau ab, Rezzo«, sagte Washington. Nachdem sich die Tür wieder geschlossen hatte, sagte er: »Neugieriger Kerl. Sie wissen, was die denken, stimmt's? Die denken, Sie wären vielleicht hier, um den Mord an dem Jungen zu gestehen. Heute ist es genau ein Jahr her. Es passieren die komischsten Dinge. Nun, die Jungs müssen sich noch etwas gedulden, bis sie diese Geschichte hören.«

Ich dachte an das Foto des Jungen in meiner Tasche.

»Ich bin auf dem Weg hierher am Park vorbeigekommen«, sagte ich. »Es waren Blumen da.«

»Da liegen immer Blumen«, sagte Washington. »Die Angehörigen gehen ständig zu dieser Stelle.«

Ich nickte und empfand zum ersten Mal ein Schuldgefühl, weil ich das Foto mitgenommen hatte. Ich sagte nichts. Ich wartete auf eine Reaktion von Washington. Er schien ein bißchen weicher zu werden. Sein Gesicht entspannte sich.

»Hören Sie, Jack, ich muß einiges überprüfen. Und ein bißchen nachdenken. Wenn ich sage, daß ich Sie anrufen werde, dann tue ich es auch. Gehen Sie in Ihr Hotel zurück, lassen Sie sich eine Massage oder sonst was verpassen. Ich rufe Sie auf jeden Fall innerhalb der nächsten paar Stunden an.«

Ich nickte widerstrebend und stand auf. Er streckte den Arm über den Tisch und hielt mir die rechte Hand entgegen. Ich ergriff sie.

»Verdammt gute Arbeit. Für einen Reporter, meine ich.«

Ich nahm meinen Computer und ging. Es waren inzwischen mehr Leute im Dienstzimmer, und viele von ihnen schauten mir nach. Draußen war es noch kälter geworden, und es schneite heftig. Nach einer Viertelstunde erwischte ich endlich ein Taxi.

Unterwegs bat ich den Fahrer, an der Ecke Wisconsin und Clark zu halten. Ich sprang hinaus, rannte durch den Schnee zu dem Baum und legte das Foto von Bobby Smathers dahin zurück, wo ich es gefunden hatte.

12

Larry Legs ließ mich den Rest des Nachmittags hängen. Um fünf versuchte ich, ihn anzurufen, konnte ihn aber weder in der Area Three noch in Eleven-Twenty-One erreichen, wie die Polizeizentrale genannt wurde. Die Sekretärin bei der Mordkommission weigerte sich, mir zu sagen, wo er war, und auch, ihn anzupiepsen.

Um sechs hatte ich mich fast damit abgefunden, aufs Kreuz gelegt worden zu sein, als jemand an meine Tür klopfte. Es war Washington.

»Hey, Jack«, sagte er, ohne hereinzukommen. »Lassen Sie uns ein bißchen spazierenfahren.«

Washington hatte seinen Wagen in der Lieferanteneinfahrt des Hotels geparkt. Er hatte einen Polizeiausweis auf das Armaturenbrett gelegt, deshalb gab es keine Probleme. Wir fuhren los. Er überquerte den Fluß und fuhr dann auf der Michigan Avenue in Richtung Norden. Es schneite unvermindert heftig, und an beiden Seiten der Straße hatten sich hohe Schneewehen gebildet.

»Da, wo Sie herkommen, gibt es vermutlich auch eine Menge Schnee, Jack.«

»Ja.«

Er bemühte sich, Konversation zu machen. Ich hätte zu gern gewußt, was er in Wirklichkeit zu sagen hatte, hielt es aber für besser, abzuwarten, bis er von selbst zur Sache kam. Danach konnte ich immer noch die Reportermasche abziehen und Fragen stellen.

Auf der Division bog er nach rechts ab, vom See fort. Das Gefunkel der Miracle Mile und der Gold Coast lagen bald hinter uns, und die Gebäude wurden schäbiger und vernachlässigter. Ich nahm an, daß wir vielleicht zu Bobby Smathers' Schule fuhren, aber Washington sagte nichts.

Inzwischen war es völlig dunkel geworden. Wir fuhren unter der El hindurch und kamen kurz darauf tatsächlich an einer Schule vorbei. Washington zeigte darauf.

»Die hat der Junge besucht. Dort ist der Spielplatz. Und dann ist er verschwunden, einfach so.« Er schnippte mit den Fingern. »Ich bin gestern noch den ganzen Tag hier herumgewandert. Sie wissen schon, der Jahrestag. Nur für den Fall, daß etwas passierte oder der Kerl, der Täter, wieder vorbeigekommen wäre.«

»Und?«

Washington schüttelte den Kopf und verfiel in düsteres Schweigen.

Aber wir hielten nicht an, sondern fuhren weiter nach Westen, und bald näherten wir uns einer Reihe von verwahrlosten Hochhäusern. Ich wußte, daß dies Häuser mit Sozialwohnungen waren, schwach beleuchtete Monolithen, die sich vor dem blauschwarzen Himmel abzeichneten. Sie wirkten kalt und hoffnungslos, die Habenichtse der städtischen Skyline.

»Was wollen wir hier?« fragte ich.

»Sie wissen, wo wir hier sind?«

»Ja. Ich habe hier studiert – in Chicago, meine ich. Jeder kennt Cabrini-Green. Was ist damit?«

»Ich bin hier aufgewachsen. Und Jumpin' John Brooks auch.«

Ich dachte sofort an die Probleme, die das vermutlich mit sich gebracht hatte. Zuerst in einer solchen Umgebung zu überleben, und dann als Überlebender auch noch Cop zu werden.

»Senkrechte Gettos, jedes einzelne von ihnen. John und ich pflegten zu sagen, es sei der einzige Ort, an dem man mit dem Fahrstuhl nach oben fährt, um in die Hölle zu kommen.«

Ich nickte nur.

»Und das auch nur, wenn die Fahrstühle funktionierten.«

Mir wurde bewußt, daß ich nie auf die Idee gekommen war, daß Brooks ein Schwarzer gewesen sein könnte. Die Computer-Ausdrucke hatten kein Foto enthalten, und die Journalisten hatten keinerlei Veranlassung gehabt, seine Hautfarbe zu erwähnen. Ich war einfach davon ausgegangen, daß er weiß gewesen war – eine Annahme, die ich später würde analysieren müssen. Im Augenblick versuchte ich herauszufinden, was Washington mir damit sagen wollte, daß er mich hierhergebracht hatte.

Er steuerte auf einen Parkplatz neben einem der Hochhäuser zu. Zwei mit Schichten von Graffiti aus vielen Jahren verkrustete Mülltonnen. Ein verrostetes Basketballbrett ohne Korb. Washington zog die Handbremse an, ließ den Motor aber laufen. Ich wußte nicht, ob er das tat, damit die Heizung in Betrieb blieb oder damit wir notfalls schnell flüchten konnten. Eine kleine Gruppe von Teenagern, mit Gesichtern, die so schwarz waren wie der Himmel, rannten aus einem Gebäude über einen gefrorenen Hof in ein anderes.

»Und jetzt fragen Sie sich, was zum Teufel Sie hier sollen«, sagte Washington, als sie verschwunden waren. »Das verstehe ich. Schließlich sind Sie ein weißer Junge.«

Ich reagierte nicht. Er sollte sagen, was er zu sagen hatte.

»Sehen Sie das da drüben, das dritte von rechts? Dort haben wir gewohnt. Ich im vierzehnten Stock mit meiner Großtante, und John mit seiner Mutter im zwölften, ein Stockwerk darunter. Einen dreizehnten Stock gab es nicht, wir brauchten hier nicht noch mehr Unglück. Wir hatten beiden keinen Vater. Jedenfalls keinen, der aufkreuzte.«

Ich hatte das Gefühl, daß er auf eine Erwiderung wartete, aber ich wußte nicht, was ich hätte sagen sollen. Ich hatte nicht die blasseste Idee, was es die beiden Freunde gekostet hatte, aus einer Gruft wie dieser hier herauszukommen. Ich blieb stumm.

»Wir blieben ein Leben lang Freunde. Er hat sogar meine erste Freundin geheiratet, Edna. Dann, bei der Polizei, nachdem wir beide es bis zur Mordkommission geschafft und ein paar Jahre lang die älteren Detectives begleitet hatten, beantragten wir, als Partner arbeiten zu dürfen. Es wurde genehmigt. Die *Sun-Times* hat einmal eine Story über uns gebracht. Sie steckten uns in Three, weil es auch für diesen Ort hier zuständig ist. Sie gingen davon aus, daß wir uns hier auskennen. Eine Menge unserer Fälle stammt von hier. Aber wir wechseln uns natürlich alle ab. Und so war es Zufall, daß wir an jenem Tag Dienst hatten, als dieser Junge ohne Finger gefunden wurde. Scheiße, der Anruf kam genau um acht Uhr. Zehn Minuten früher, und er wäre vermutlich bei der Nachtschicht gelandet.«

Er schwieg für eine Weile. Vermutlich dachte er darüber nach, welchen Unterschied es gemacht hätte, wenn jemand anders den Anruf entgegengenommen hätte.

»Manchmal, wenn wir nachts an einem Fall gearbeitet oder jemanden überwacht hatten, sind John und ich nach unserer Schicht noch hier herausgefahren, haben genau an dieser Stelle gehalten und uns einfach umgeschaut.«

Jetzt wurde mir klar, worin die Botschaft bestand. Larry Legs war sicher, daß Jumpin' John nicht Selbstmord begangen hatte, weil er ganz genau wußte, was Brooks hatte durchstehen müssen, um von einem Ort wie diesem fortzukommen. Brooks hatte sich seinen Weg aus der Hölle erkämpft und wäre nie auf die Idee gekommen, durch eigene Hand dorthin zurückzukehren. Das war die Botschaft.

»Deshalb wußten Sie Bescheid, stimmt's?«

Washington sah mich an und nickte kurz.

»Manches weiß man eben einfach. Er hat es nicht getan. Ich habe das den Leuten von MIU gesagt, aber sie wollten die Sache nur so schnell wie möglich hinter sich bringen.«

»Sie hatten es also lediglich im Gefühl? Es gab nichts, was nicht ins Bild paßte?«

»Doch, aber für die anderen hat es nicht gereicht. Ich meine, sie hatten seine Nachricht, die Besuche bei dem Therapeuten, alles so, wie es sein sollte. Es paßte wunderbar in ihr Bild. Er war ein Selbstmörder, noch bevor sie den Sack zumachten und ihn wegbrachten. Fall erledigt.«

»Und was war dieses eine?«

»Die zwei Schüsse.«

»Was meinen Sie damit?«

»Lassen Sie uns von hier verschwinden und etwas essen.«

Er beschrieb mit dem Wagen auf dem Parkplatz einen großen Bogen und kehrte auf die Straße zurück. Wir fuhren nordwärts durch Gegenden, in denen ich nie gewesen war. Aber ich hatte eine Ahnung, wohin wir fuhren. Nach fünf Minuten war ich es leid, auf den nächsten Teil der Geschichte zu warten.

»Was ist mit den zwei Schüssen?«

»Er hat zwei Schüsse abgegeben, okay?«

»Wirklich? Das stand nicht in den Zeitungen.«

»Die Zeitungen bringen nie sämtliche Details. Aber ich war dort. Im Haus. Edna rief mich an, nachdem sie ihn gefunden hatte. Ich war noch vor der MIU da. Ein Schuß in den Boden und einer in den Mund. Die offizielle Erklärung lautete, er habe den ersten Schuß abgefeuert, um festzustellen, ob er es tun konnte oder nicht. Eine Art Übung. Um den Mut aufzubringen. Mit dem zweiten Schuß habe er sich dann umgebracht. Das ergab keinen Sinn. Jedenfalls für mich nicht.«

»Weshalb nicht? Was hatten Ihrer Meinung nach die zwei Schüsse zu bedeuten?«

»Ich glaube, der erste ging in seinen Mund. Der zweite war für die Pulverrückstände. Der Täter legte Johns Hand um die Waffe und schoß sie in den Boden ab. Der Fall wird als Selbstmord abgetan. Ende der Geschichte.«

»Aber niemand war derselben Meinung wie Sie?«

»Bis heute nicht. Nicht, bis Sie mit dieser Edgar-Allan-Poe-Geschichte aufgetaucht sind. Vorhin bin ich zur MIU gegangen, zu den Leuten, die den Fall bearbeitet haben, und habe ihnen Ihre Geschichte erzählt. Ich habe sie daran erinnert, daß ich Probleme mit der Selbstmord-Theorie hatte. Sie haben vor, den Fall wiederaufzunehmen und gründlich zu untersuchen. Morgen früh findet eine Besprechung drüben in Eleven-Twenty-One statt. Der Chef der MIU will mich in seine Abteilung versetzen lassen, damit ich mitarbeiten kann.«

»Das ist ja großartig.«

Ich schaute aus dem Fenster und schwieg für eine Weile. Ich war ein wenig aufgeregt. Es geschah etwas. Ich hatte es geschafft, daß die Untersuchungen über die vermeintlichen Selbstmorde von Polizisten in zwei verschiedenen Städten wiederaufgenommen wurden und jetzt als mögliche Morde und möglicherweise miteinander zusammenhängend betrachtet wurden. Das war eine Story. Eine verdammt gute sogar. Und es war etwas, das ich in Washington benutzen konnte, um an die Unterlagen der Foundation und vielleicht sogar an die des FBI heranzukommen. Das heißt, wenn ich als erster dort eintraf. Wenn mir Chicago oder Denver beim FBI zuvorkam, würden sie mich vermutlich hinauswerfen, weil sie mich nicht mehr brauchten.

»Warum?« sagte ich laut.

»Warum was?«

»Warum tut jemand so etwas? *Was* genau tut er?«

Washington antwortete nicht. Er fuhr einfach durch die kalte Nacht.

Wir aßen in einer Nische im hinteren Raum des Slammer, eines Polizistenlokals in der Nähe von Area Three, und zwar beide das Spezialgericht, Truthahnbraten mit Sauce, gutes Kaltwetter-Essen. Während des Essens gab Washington mir einen kurzen Überblick über die Pläne von MIU. Er erklärte mir, daß alles inoffziell wäre, und wenn ich etwas darüber schreiben wolle, müsse ich mich an den Lieutenant wenden,

den man mit der Leitung der Ermittlungen beauftragen würde. Damit hatte ich kein Problem. Schließlich wurde die Sonderkommission wegen mir gebildet. Der Lieutenant würde mit mir reden müssen.

Während wir aßen lagen Washingtons Ellenbogen immer auf dem Tisch. Es sah aus, als bewache er sein Essen. Manchmal redete er mit vollem Mund, aber nur deshalb, weil er aufgeregt war. Und ich war es auch.

»Wir werden mit Denver anfangen«, sagte Washington. »Wir werden zusammenarbeiten, unsere Fakten vergleichen und dann sehen, was passiert. Haben Sie inzwischen mit Wexler gesprochen? Er ist stocksauer auf Sie.«

»Warum?«

»Was glauben Sie denn? Sie haben ihm nichts von Poe, Brooks, Chicago erzählt. Ich glaube, damit haben Sie einen Informanten verloren, Jack.«

»Vielleicht. Gibt es dort etwas Neues?«

»Ja, den Ranger.«

»Was ist mit ihm?«

»Sie haben ihn hypnotisiert. Er hat gesagt, Ihr Bruder hätte nur einen Handschuh angehabt, als er durchs Wagenfenster nach der Waffe Ausschau hielt. Dann ist der andere Handschuh, der mit den Pulverrückständen, danach irgendwie wieder an seine Hand gekommen. Wexler sagte, daran bestünden jetzt keine Zweifel mehr.«

Ich nickte, wie zu meiner eigenen Bestätigung.

»Chicago und Denver – Sie werden das FBI hinzuziehen müssen, stimmt's? Schließlich geht es um Verbrechen, die die Staatsgrenzen überschreiten.«

»Das findet sich. Wissen Sie, unseren Leuten hier hat es noch nie viel Spaß gemacht, mit denen zusammenzuarbeiten. Wenn wir uns an sie wenden, werden wir regelrecht untergebuttert. Und zwar jedesmal. Aber Sie haben recht, es ist wahrscheinlich die einzige Möglichkeit. Wenn diese Sache so ist, wie wir beide glauben, dann wird das FBI sie in die Hand nehmen.«

Ich erzählte Washington nicht, daß ich selbst zum FBI gehen wollte. Ich wußte, daß ich als erster dort sein mußte. Ich schob meinen Teller beiseite, sah Washington an und schüttelte den Kopf. Diese Story war unglaublich.

»Was für ein Gefühl haben Sie dabei? Was halten Sie von dieser Geschichte?«

»Nun«, sagte Washington. »Erstens, es gibt einen Mann, der durch die Gegend läuft und Leute umbringt. Als nächstes kreuzt er wieder auf und erledigt den Cop, der die Ermittlungen leitet.«

Ich nickte. Ich war derselben Ansicht wie er.

»Zweite Möglichkeit: Die ursprünglichen Morde stehen in keinerlei Beziehung zueinander, und unser Täter wartet einfach auf einen Fall, der ihm gefällt oder über den im Fernsehen berichtet wird, und bringt den Leiter der Ermittlungen um.«

»Möglich.«

»Dritte Variante: Wir haben zwei Killer. In beiden Städten begeht einer die ersten Morde, und der zweite erscheint und begeht die zweiten, die an den Cops. Von den drei Möglichkeiten gefällt mir diese am wenigsten. Zu viele Fragen. Kennen sie sich? Arbeiten sie zusammen? Das scheint mir doch ziemlich weit hergeholt.«

»Sie müßten sich kennen. Wie sollte der zweite Mann sonst wissen, wo der erste gewesen ist?«

»Genau. Also konzentrieren wir uns auf die Möglichkeiten eins und zwei. Wir haben noch nicht entschieden, ob jemand aus Denver hierher kommt oder ob wir ein paar Leute dorthin schicken, aber wir müssen uns mit dem Jungen und der Studentin beschäftigen, prüfen, ob es irgendwelche Gemeinsamkeiten gibt, und wenn wir welche finden, von da aus weiterarbeiten.«

Ich nickte. Ich dachte an die erste Möglichkeit. *Eine* Person, *ein* Killer, der dies alles tat.

»Wenn es sich nur um einen einzigen Mann handelt, auf wen hat er es dann in Wirklichkeit abgesehen?« fragte ich. Ich stellte die Frage mehr mir selbst als Washington. »Auf das erste Opfer oder auf den Cop?«

Washington zog seine Brauen zusammen.

»Vielleicht«, sagte ich, »haben wir es mit jemandem zu tun, der Cops umbringen möchte. Darum geht es ihm, okay? Also benutzt er den ersten Mord – Smathers, Lofton – zum Anlokken seiner Beute. Des Cops.«

Ich ließ den Blick über den Tisch wandern. Dieser Gedanke war mir im Flugzeug durch den Kopf gegangen, aber jetzt, wo ich ihn laut aussprach, lief mir ein kalter Schauder über den Rücken.

»Gespenstisch, wie?« fragte Washington.

»Ja. Wirklich gespenstisch.«

»Und wissen Sie, weshalb? Weil, wenn es so ist, es noch andere geben muß. Jedesmal, wenn ein Cop Selbstmord begeht, wird schnell und in aller Stille ermittelt. Keine Dienststelle möchte, daß so etwas publik wird. Also tun sie hastig das Allernotwendigste, und damit hat es sich. Das heißt, es muß irgendwo noch weitere Fälle geben. Wenn die erste Möglichkeit zutrifft, dann hat dieser Kerl nicht mit Brooks angefangen und nicht mit Ihrem Bruder aufgehört, da gehe ich jede Wette ein.«

Er schob seinen Teller beiseite. Der Appetit schien ihm vergangen zu sein.

Eine halbe Stunde später setzte er mich vor dem Hyatt ab. Der vom See kommende Wind war eiskalt. Ich wollte nicht draußen stehenbleiben, aber Washington sagte, er käme nicht mehr mit hinauf in mein Zimmer. Er gab mir eine Karte.

»Hier ist meine Adresse und meine private Telefonnummer. Rufen Sie mich an.«

»Das werde ich tun.«

»Also dann, Jack.« Er streckte mir die Hand entgegen, und ich ergriff sie. »Und danke, Mann.«

»Wofür?«

»Daß Sie sie bekehrt haben. Dafür schulde ich Ihnen Dank. Und Jumpin' John auch.«

13

Gladden starrte mehrere Sekunden lang auf den leuchtendblauen Bildschirm, bevor er begann. Das war etwas, was er routinemäßig tat, um seinen Kopf von dem Druck und dem Haß zu befreien. Aber diesmal fiel es ihm schwer. Er steckte bis oben hin voller Haß.

Gladden zog den Laptop auf seinen Schoß. Er bewegte mit Hilfe des Trackballs den Pfeil auf das TERMINAL-Symbol.

Er klickte doppelt und startete damit das Programm. Dann klickte er auf DIAL, wartete kurz und lauschte dann den schrillen Tönen, mit denen der Computer die Verbindung zum Satelliten herstellte.

Es ist wie eine Geburt, dachte er, jedesmal. Das fürchterliche Kreischen eines Neugeborenen. Sobald die Verbindung hergestellt war, erschien die ersehnte Anzeige auf dem Bildschirm.

```
************************************************************
                WILLKOMMEN BEIM PTL-CLUB
************************************************************
```

Nach ein paar Sekunden bewegte sich die Schrift nach oben, und es erschien eine Aufforderung, das Paßwort einzugeben. Er tippte die Buchstaben, wartete, bis sie akzeptiert waren, und gab dann auf die entsprechende Aufforderung hin das zweite Paßwort ein. Einen Augenblick später wurde sein Eintrag akzeptiert, und die Warn-Anzeige erschien auf dem Bildschirm.

```
************************************************************
                    PRAISE THE LORD
************************************************************
                    VERKEHRSREGELN

1.     NIEMALS DEN ECHTEN NAMEN BENUTZEN
2.     NIEMALS SYSTEMNUMMERN AN BEKANNTE WEITERGEBEN
```

3. NIEMALS ZU EINEM TREFFEN MIT EINEM ANDEREN USER BEREIT SEIN
4. DARAN DENKEN, DASS ANDERE USER FREMDKÖRPER SEIN KÖNNEN
5. SYSOP BEHÄLT SICH DAS RECHT VOR, JEDEN USER ZU LÖSCHEN
6. SCHWARZE BRETTER DÜRFEN NICHT ZUR ERÖRTERUNG ILLEGALER AKTIVITÄTEN BENUTZT WERDEN – DAS IST VERBOTEN!
7. PTL NETWORK ÜBERNIMMT KEINERLEI VERANTWORTUNG FÜR INHALTE
8. ZUM FORTFAHREN BELIEBIGE TASTE DRÜCKEN

****

Gladden drückte ENTER, und der Computer informierte ihn, daß eine private Nachricht für ihn eingegangen war. Er drückte die entsprechenden Tasten, und die Nachricht des Systembedieners füllte die obere Hälfte des Laptop-Bildschirms.

****

DANKE FÜR DIE WARNUNG. HOFFE, ALLES IST WIEDER IN ORDNUNG. HAT MIR SEHR LEID GETAN, VON IHREM UNGEMACH ZU HÖREN. AN DIESEM ENDE KEINE PROBLEME. WENN SIE DIES LESEN, SIND SIE VERMUTLICH WIEDER FREI UND GUTER DINGE. BRAVO! VIEL GLÜCK, UND HALTEN SIE VERBINDUNG MIT SICH SELBST UND ANDEREN (HE, HE)!

PTL

****

Gladden tippte R ein und drückte dann auf ENTER, und die Eingabemaske für eine Antwort erschien auf dem Bildschirm. Er gab eine Nachricht an den Absender ein.

****

MACHEN SIE SICH UM MICH KEINE SORGEN. ES IST FÜR ALLES GESORGT. IHR ERGEBENER IST FREI UND GUTER DINGE.

****

Nachdem das erledigt war, gab Gladden Befehle ein, um zum Inhaltsverzeichnis des Schwarzen Brettes zu gelangen. Schließlich füllte sich der Bildschirm mit dem Verzeichnis. Bei jeder

Eintragung war die Anzahl der vorhandenen Nachrichten angegeben.

****

1.	Allgem. Forum	89	6.	Alles bestens	51
2.	J + 9	46	7.	Anmerkungen	76
3.	J – 9	23	8.	Rechtsberater	24
4.	M + 9	12	9.	Dienstleistungen	56
5.	M – 9	6	10.	Tauschbörse	91

****

Er tippte eine 7 ein, um in die Rubrik Anmerkungen zu gelangen. Es war eine der beliebtesten Rubriken. Er hatte die meisten Einträge bereits gelesen und selbst einige hinzugefügt. Die Verfasser klagten alle darüber, wie unfair das Leben war, und hoffen daß ihre Vorlieben und Bedürfnisse eines Tages vielleicht als normal akzeptiert werden würden. Mehr Wehklagen als vernünftige Gedanken, hatte Gladden immer gedacht. Er rief eine mit Eidolon markierte Datei auf und begann, sie abermals zu lesen.

****

Ich glaube, sie werden bald über mich Bescheid wissen. Die Zeit, in der ich die Öffentlichkeit faszinieren und ängstigen werde, ist nahe. Ich bin bereit. Irgendwann müssen wir uns alle einmal öffnen. Die Anonymität ist dann dahin. Man wird mir einen Namen geben, eine Bezeichnung, die nichts damit zu tun hat, wer ich bin oder was ich kann, sondern lediglich auf dem beruht, was sich in den Schlagzeilen der Regenbogenpresse gut macht und bei den Massen ein Gefühl der Angst auslöst. Wir interessieren uns für das, wovor wir Angst haben. Mit Angst lassen sich Zeitungen und Fernseh-Shows verkaufen. Bald werde *ich* mit Verkaufen an der Reihe sein.

Bald wird man Jagd auf mich machen, und ich werde berüchtigt sein. Aber sie werden mich nicht finden. Niemals. Dabei werden sie nie begreifen, daß ich immer für sie bereit gewesen bin.

Ich bin zu dem Schluß gelangt, daß es an der Zeit ist, meine Geschichte zu erzählen. Ich werde sie erzählen. Ich werde alles eingeben, was ich habe, alles, was ich bin. Durch diese Fenster werden Sie alle sehen, wie ich lebe und sterbe. Mein Laptop Boswell fällt keine Urteile, zuckt bei keinem Wort zusammen. Wer wäre besser geeignet, mein Geständnis zu hören, als Laptop Boswell? Wer wäre ein exakterer Biograph als Laptop Boswell? Ich werde jetzt damit beginnen, Ihnen alles zu erzählen. Schalten Sie Ihre Taschenlampen ein. Ich werde hier im Dunkeln leben und sterben.

Der Mensch ist gelegentlich außerordentlich, leidenschaftlich ins Leiden verliebt.

Ich bin nicht der erste, der das geschrieben hat, aber ich wollte, ich wäre es. Doch das spielt keine Rolle, weil ich davon überzeugt bin. Mein Leiden ist meine Passion, meine Religion. Es verläßt mich nie. Es lenkt mich. Es ist ich. Das ist mir jetzt klar. Ich glaube, diese Worte bedeuten, daß unser Leiden der Pfad ist, auf dem wir die Reisen unseres Lebens unternehmen und auf dem wir unsere Entscheidungen treffen. Es pflastert gewissermaßen den Weg für alles, was wir tun und werden. Deshalb heißen wir es willkommen. Wir beschäftigen uns eingehend mit dem Leiden und lieben es, all seinen Härten zum Trotz. Uns bleibt keine andere Wahl.

Ich empfinde, was das betrifft, eine große Klarheit, ein völliges Verständnis. Wenn ich kehrtmache und auf meinem Pfad zurückblicke, kann ich erkennen, wie der Schmerz all meine Entscheidungen getroffen hat. Jetzt wandere ich im Grunde nicht mehr auf dem Pfad. Er bewegt sich unter mir, wie ein großes Band durch die Zeit. Er hat mich hierher befördert.

Mein Schmerz ist der Fels, auf dem ich stehe. Ich bin der Täter. Das Eidolon. Wahre Identität ist Schmerz. Mein Schmerz. Bis daß der Tod uns scheidet.

Fahrt vorsichtig, meine Freunde.

****

Gladden las es noch einmal und fühlte sich zutiefst bewegt. Es rührte an sein wahres Herz.

Er kehrte zum Haupt-Menü zurück und klinkte sich in die Tauschbörse ein, um zu sehen, ob es irgendwelche neuen Angebote gab. Es gab keine. Er tippte auf G für Good-bye. Dann schaltete er den Laptop aus und klappte ihn zusammen.

Gladden wünschte sich, die Cops hätten ihm nicht seine Kamera weggenommen. Er konnte es nicht riskieren, sie von ihnen zurückzuverlangen, aber mit dem Geld, das ihm geblieben war, konnte er es sich auch kaum leisten, eine neue zu kaufen. Doch ohne Kamera konnte er keine Aufträge erfüllen und damit auch kein Geld verdienen. Die Wut, die sich in ihm aufgestaut hatte, fühlte sich an wie Rasierklingen, die sich durch sein Blut bewegten und ihn von innen her zerschnitten. Er beschloß, sich weiteres Geld aus Florida kommen zu lassen und dann eine neue Kamera zu kaufen.

Gladden trat ans Fenster und betrachtete die auf dem Sunset langsam dahinkriechenden Wagen. Ein endloser sich bewegender Parkplatz. All dieser qualmende Stahl, dachte er. All dieses Fleisch. Wo wollte es hin? Er fragte sich, wie viele von den Leuten in diesen Autos so waren wie er. Wie viele hatten den Drang, und wie viele spürten die Rasierklingen? Wie viele hatten den Mut, es durchzustehen? Wieder drängte die Wut durch seine Gedanken. Jetzt war sie etwas Greifbares, eine schwarze Blüte, die ihre Blätter in seiner Kehle ausbreitete und ihn zu ersticken drohte.

Er ging ans Telefon und wählte die Nummer, die Krasner ihm gegeben hatte. Nach viermaligem Läuten nahm Sweetzer den Hörer ab.

»Beschäftigt, Sweetzer?«

»Wer sind Sie?«

»Ich bin's. Wie geht's den Kindern?«

»Was … mit wem spreche ich?«

Seine Instinkte befahlen Gladden, sofort aufzulegen. Laß dich nicht mit ihrer Sorte ein. Aber er war so neugierig.

»Sie haben meine Kamera«, sagte er.

Es folgte ein kurzes Schweigen.

»Mr. Brisbane, und wie geht es Ihnen?«

»Besten Dank, Detective, mir geht es gut.«

»Ja, wir haben Ihre Kamera, und Sie haben ein Recht darauf, sie zurückzuerhalten, weil Sie sie für Ihren Lebensunterhalt brauchen. Sollen wir einen Termin für die Abholung vereinbaren?«

Gladden schloß die Augen und umklammerte den Telefonhörer, bis er das Gefühl hatte, er würde ihn zermalmen. Sie wußten Bescheid. Andernfalls hätten sie gesagt, er solle die Kamera vergessen. Aber sie wußten etwas. Und sie wollten, daß er zu ihnen kam. Die Frage war nur, wieviel sie wußten. Gladden wollte schreien, aber das Bedürfnis wurde von einem klaren Gedanken überlagert, der ihn anwies, nicht die Beherrschung zu verlieren. Keine falsche Bewegung, befahl er sich.

»Darüber muß ich noch nachdenken.«

»Also, es ist wirklich eine schöne Kamera. Ich weiß nicht genau, wie sie funktioniert, aber ich hätte nichts dagegen, so eine zu haben. Sie ist hier, wenn Sie ...«

»Fuck you, Sweetzer.«

Die Wut gewann die Oberhand. Gladden zischte die Worte durch zusammengebissene Zähne.

»Hören Sie, Brisbane, ich tue nur meinen Job. Wenn Sie damit ein Problem haben, dann kommen Sie zu mir, und wir werden etwas dagegen unternehmen. Wenn Sie Ihre Scheißkamera haben wollen, brauchen Sie nur herzukommen und sie abzuholen. Aber ich denke nicht daran, mich mit Ihnen zu unterhalten, wenn Sie ...«

»Haben Sie Kinder, Sweetzer?«

Es blieb für einen langen Augenblick still, aber Gladden wußte, daß der Detective noch am Apparat war.

»Was haben Sie gesagt?«

»Das haben Sie doch gehört.«

»Soll das eine Drohung gegen meine Familie sein, Sie widerlicher Scheißkerl?«

Jetzt war es Gladden, der für einen Moment schwieg. Dann bildete sich tief in seiner Kehle ein leises Geräusch, das zu einem irren Gelächter wuchs. Er ließ es unkontrolliert heraus, konnte nichts anderes mehr hören, an nichts anderes mehr denken. Dann knallte er plötzlich den Hörer auf die Gabel und schnitt das Gelächter wie mit einem Messer in seiner Kehle ab. Auf seinem Gesicht lag eine häßliche Grimasse, und er brüllte: »Fuck you!«

Gladden öffnete abermals seinen Laptop und schaltete sich ins Inhaltsverzeichnis für Fotos ein. Der Bildschirm des Computers war das Beste, was man bei einem Laptop bekommen konnte, trotzdem hatten die Graphik-Chips nicht die Qualität, die ein stationärer PC zu bieten hatte. Aber die Bilder waren klar genug, und er konnte sich damit behelfen. Er ging die Datei Foto um Foto durch. Es war eine makabre Kollektion von Toten und Lebenden. Irgendwie gelang es ihm, in den Fotos Trost zu finden, das Gefühl zu verspüren, daß er die Dinge in seinem Leben unter Kontrolle hatte.

Trotzdem löste das, was er vor sich sah und was er getan hatte, Trauer in ihm aus. Diese kleinen Opfer! Dargeboten, damit er seine Wunden salben konnte. Er wußte, wie selbstsüchtig, wie grotesk verderbt das war. Und die Tatsache, daß er mit diesen Opfern auch noch Geld machte, entriß ihm den Trost, verwandelte ihn in den Selbsthaß und den Abscheu, die ihn immer wieder überkamen. Sweetzer und die anderen hatten recht. Er verdiente es, daß man ihn jagte.

Er legte sich auf den Rücken und betrachtete die wasserfleckige Decke. Tränen füllten seine Augen. Er schloß sie und versuchte zu schlafen, versuchte zu vergessen. Aber in der Dunkelheit stand hinter seinen Augen sein Best Pal. Er war wie immer da. Mit starrem Gesicht und einem grauenhaften Schlitz anstelle von Lippen.

Gladden öffnete die Augen und schaute zur Tür. Jemand hatte angeklopft. Als er das metallische Kratzen eines Schlüssels hörte, der von außen ins Schloß gesteckt wurde, setzte er sich schnell auf. Plötzlich war ihm klar, welchen Fehler er gemacht hatte. Sweetzer hatte dem Anruf nachgespürt. Sie hatten gewußt, daß er anrufen würde!

Die Zimmertür schwang auf. Eine kleine schwarze Frau in einer weißen Uniform stand mit zwei über den Arm drapierten Handtüchern auf der Schwelle.

»Zimmerservice«, sagte sie. »Tut mir leid, daß ich heute so spät dran bin, aber ich hatte viel zu tun. Morgen kümmere ich mich um Ihr Zimmer zuerst.«

Gladden stieß erleichtert den Atem aus und stellte fest, daß er versäumt hatte, das NICHT-STÖREN-Schild an die Tür zu hängen.

»Schon gut«, sagte er und stand schnell auf, um zu verhindern, daß sie ins Zimmer kam. »Ich brauche ohnehin nur die Handtücher.«

Als er vor ihr stand, sah er, daß in ihre Uniform der Name Evangeline eingestickt war. Sie hatte ein hübsches Gesicht, und es tat ihm sofort leid, daß es ihr Job war, hinter anderen Leuten herzuräumen.

»Danke, Evangeline.«

Er registrierte, daß ihr Blick an ihm vorbei ins Zimmer ging und auf dem Bett landete. Es war noch gemacht. Er hatte in der Nacht zuvor die Überdecke nicht heruntergezogen. Dann sah sie wieder ihn an und nickte mit einem Gesichtsausdruck, den er für ein Lächeln hielt.

»Sonst brauchen Sie nichts?«

»Nein, Evangeline.«

»Schönen Tag noch.«

Gladden schloß die Tür und drehte sich um. Auf dem Bett stand der offene Laptop. Auf dem Bildschirm war eines der Fotos zu sehen. Er trat ans Bett und betrachtete es, ohne den Computer zu bewegen. Dann kehrte er zur Tür zurück, öffnete sie und stellte sich in den Türrahmen, dahin, wo sie gestanden hatte. Er schaute auf den Computer. Das Bild war eindeutig. Der Junge auf der Erde, und was hätte das auf der strahlendweißen Leinwand aus Schnee anderes sein können als Blut?

Er ging rasch zurück zum Bett und drückte auf die Notfall-Ausschalttaste, die er selbst einprogrammiert hatte. Die Tür stand immer noch offen.

Gladden versuchte sich zu sammeln. Himmel, dachte er, was für ein Fehler.

Er trat auf den Flur hinaus. Evangeline stand ein Stück entfernt neben einem Putzwagen. Sie warf ihm einen Blick zu, aber ihr Gesicht verriet nichts. Gladden wußte, daß er sich vergewissern mußte. Er konnte nicht alles riskieren, indem er nur im Gesicht dieser Frau las.

»Evangeline«, sagte er. »Ich habe es mir anders überlegt. Das Zimmer könnte doch eine kleine Reinigung brauchen. Außerdem brauche ich Seife und Toilettenpapier.«

Sie legte das Klemmbrett beiseite, auf dem sie gerade geschrieben hatte, und bückte sich, um Seife und Papier vom Wagen zu nehmen. Gladden schob seine Hände in die Taschen.

Als Evangeline auf ihn zukam, trat er einen Schritt beiseite, damit sie das Zimmer betreten konnte. Gladden eilte zu dem Wagen und warf einen Blick auf das Klemmbrett, das sie obenauf gelegt hatte. Hinter Zimmer 112 stand die Notiz »Nur Handtücher«.

Gladden sah sich um, während er zu seinem Zimmer zurückging. Das Motel war um einen Innenhof gebaut, mit jeweils ungefähr vierundzwanzig Zimmern auf zwei Etagen. Der Pool im Innenhof war leer. Zu kalt. Sonst konnte er nirgendwo jemanden entdecken.

Er trat ins Zimmer und machte die Tür hinter sich zu, als Evangeline gerade mit dem Müllbeutel aus dem Badezimmer kam.

»Sir, die Tür muß offenbleiben, wenn wir in einem Zimmer arbeiten. Das ist Vorschrift.«

Er versperrte ihr den Weg.

»Haben Sie das Foto gesehen?«

»Wie bitte, Sir? Ich muß die Tür …«

»Haben Sie das Foto auf dem Computer gesehen? Auf dem Bett?«

Er zeigte auf den Laptop und beobachtete ihre Augen. Sie machte einen verwirrten Eindruck, senkte aber nicht den Blick.

»Was für ein Foto? Ich habe nichts gestohlen. Sie können gerne Mr. Barrs kommen lassen, wenn Sie glauben, ich hätte etwas gestohlen. Ich bin eine ehrliche Lady. Er kann mich von einem der anderen Mädchen durchsuchen lassen. Ich habe Ihr Foto nicht. Ich weiß nicht einmal, was für ein Bild Sie meinen!«

Gladden musterte sie für einen Moment, dann lächelte er.

»Wissen Sie, Evangeline, es mag ja stimmen, daß Sie eine ehrliche Lady sind. Aber ich muß sicher sein. Das verstehen Sie doch?«

14

Die Law Enforcement Foundation hatte ihre Räume in einem großen öffentlichen Gebäude an der Ninth Street in Washington, D. C., ein paar Blocks vom Justizministerium und der Zentrale des FBI entfernt. In der Eingangshalle warf ich einen Blick auf den Wegweiser und fuhr dann mit dem Fahrstuhl in den zweiten Stock, der offensichtlich der Foundation vorbehalten war. Nachdem ich aus dem Fahrstuhl getreten war, wurde ich von einer Frau hinter einem großen Empfangsschreibtisch begrüßt. In unserer Branche nennen wir so etwas einen Hemmschuh, weil die Frauen, die dort sitzen, nur selten zulassen, daß man da hingeht, wo man hingehen möchte, oder mit den Leuten spricht, mit denen man sprechen möchte. Ich sagte ihr, ich würde gerne Dr. Ford aufsuchen, den Direktor der Foundation, der in dem *New York Times*-Artikel über Polizisten-Selbstmorde zitiert worden war. Ford war der Hüter der Datenbank, zu der ich unbedingt Zugang erhalten mußte.

»Er ist zum Essen. Haben Sie einen Termin?«

Ich verneinte, legte meine Karte vor sie auf den Schreibtisch und schaute auf die Uhr. Viertel vor eins.

»Ach so, ein Journalist«, sagte sie, als sei das dasselbe wie ein verurteilter Krimineller. »Das ist etwas anderes. Sie müssen ins Büro für öffentliche Angelegenheiten. Erst danach wird darüber entschieden, ob Sie Dr. Ford sprechen können.«

»Ich verstehe. Glauben Sie, daß im Büro für öffentliche Angelegenheiten jetzt jemand anwesend ist?«

Sie griff nach dem Telefonhörer und rief jemanden an.

»Michael? Sind Sie da, oder sind Sie zum Essen? Hier ist ein Mann, der sagt, er käme von der *Rocky Mountain News* in – nein, eigentlich wollte er Dr. Ford sprechen.«

Sie hörte für ein paar Augenblicke zu, dann sagte sie »okay« und legte auf.

»Michael Warren wird mit Ihnen reden. Er sagt, er hat um halb zwei einen Termin, also sollten Sie sich rasch auf den Weg machen.«

»Auf den Weg wohin?«

»Zimmer drei null drei. Gehen Sie dort den Korridor entlang, dann die erste Abzweigung nach rechts, und dann ist es die erste Tür auf der rechten Seite.«

Während meiner Wanderung dachte ich daran, daß mir der Name Michael Warren bekannt vorkam, aber ich wußte nicht, wo ich ihn unterbringen sollte. Die Tür von Zimmer 303 ging auf, noch ehe ich den Griff berührt hatte. Ein Mann von ungefähr vierzig Jahren verharrte auf seinem Weg nach draußen.

»Sind Sie der Mann von der *Rocky*?«

»Ja.«

»Ich wollte gerade nachschauen, ob Sie irgendwo falsch abgebogen sind. Kommen Sie herein. Ich habe nur ein paar Minuten Zeit. Ich bin Mike Warren. Michael, wenn Sie meinen Namen in einem Artikel verwenden wollen, aber mir wäre lieber, wenn Sie es nicht täten und statt dessen mit anderen Leuten in diesem Hause reden würden. Vielleicht kann ich Ihnen dabei behilflich sein.«

Sobald er sich hinter seinem Schreibtisch niedergelassen hatte, stellte ich mich vor, und wir gaben uns die Hand. Er forderte mich auf, Platz zu nehmen. Auf der einen Seite seines Schreibtischs stapelten sich Zeitungen. Auf der anderen Seite standen Fotos von einer Frau und zwei Kindern, gut sichtbar für Warren *und* seine Besucher. Auf einem niedrigen Tisch links neben ihm stand ein Computer, und an der Wand darüber hing ein Foto von Warren, wie er dem Präsidenten die Hand schüttelte. Warren war rasiert und trug ein weißes Hemd mit einer kastanienbraunen Krawatte. Der Kragen war an der Stelle, an der sein Nachmittagsbart dagegenscheuerte, ein bißchen abgeschabt. Sein Jackett hing über der Lehne seines Stuhls. Warrens Haut war sehr blaß und bildete einen scharfen Kontrast zu den intelligenten dunklen Augen und dem glatten schwarzen Haar.

»Also, was liegt an? Gehören Sie zum Washingtoner Büro von Scripps?«

Er sprach von unserem Dachverband. Dieser unterhielt in Washington ein Büro mit Reportern, das sämtliche angeschlossenen Zeitungen mit Stories aus Washington versorgte. Es war das Büro, von dem Greg Glenn zu Beginn der Woche gesprochen hatte.

»Nein, ich komme aus Denver.«

»Also, was kann ich für Sie tun?«

»Ich muß mit Nathan Ford sprechen oder vielleicht mit jemand anders, der mit der Untersuchung über die Polizisten-Selbstmorde befaßt ist.«

»Polizisten-Selbstmorde. Das ist ein Projekt des FBI. Oline Frederick ist bei uns dafür zuständig.«

»Ja, ich weiß, daß das FBI beteiligt ist.«

»Einen Moment.« Er griff nach dem Telefonhörer, doch dann ließ er ihn wieder los. »Sie haben nicht vorher angerufen, oder? Ihr Name ist mir unbekannt.«

»Nein, ich bin gerade erst in Washington eingetroffen. Es geht um eine brandheiße Story, kann man sagen.«

»Eine brandheiße Story? Polizisten-Selbstmorde? Das hört sich nicht gerade an, als müsse sie noch gestern fertig werden. Weshalb die Eile?«

Plötzlich fiel mir ein, wer er war.

»Haben Sie nicht für die *L. A. Times* gearbeitet? Im Washingtoner Büro? Sind Sie *der* Michael Warren?«

Er lächelte.

»Stimmt. Woher wissen Sie das?«

»Ich lese sie seit Jahren. Daher kenne ich den Namen. Ihr Ressort war das Justiziministerium, stimmt's? Sie haben gute Sachen geschrieben.«

»Bis vor einem Jahr. Seitdem bin ich hier.«

Ich nickte. Es trat immer ein Augenblick unbehaglichen Schweigens ein, wenn man jemanden wiedertraf, der die Seite gewechselt hatte. Gewöhnlich waren das Ausgebrannte, Reporter, die es satt hatten, ständig unter Termindruck zu arbeiten, ständig Stories produzieren zu müssen. Ich habe einmal ein Buch über einen Reporter gelesen, der das Journalistenleben so beschrieb, als müsse man ständig vor einer Dreschmaschine herrennen. Ich fand dieses Bild sehr treffend. Manchmal haben die Leute es satt, vor der Maschine herzurennen, und manchmal werden sie auch hineingezerrt und zerfetzt. Andere wiederum schaffen es, ihr rechtzeitig zu entkommen. Sie benutzen ihre Berufserfahrung für die Suche nach einem ruhigen Job, bei dem sie die Medien manipulieren können, anstatt ein Teil von ihnen zu sein. Das war es, was auch Warren getan hatte, und irgendwie tat er mir leid. Er war verdammt gut gewesen. Ich hoffte, daß er nicht das gleiche Bedauern empfand.

»Vermissen Sie es?«

Ich fragte nur aus Höflichkeit.

»Noch nicht. Hin und wieder taucht eine gute Story auf, und dann wünsche ich mir, ich säße noch mit all den anderen zusammen, auf der Suche nach dem ungewöhnlichen Blickwinkel. Aber es kann einen kaputtmachen.«

Er log, und ich glaube, er wußte, daß ich es wußte. Er wollte liebend gern zurück.

»Ja, das Gefühl habe ich auch manchmal.«

Ich erwiderte die Lüge, nur damit er sich besser fühlte.

»Also, was ist mit den Polizisten-Selbstmorden? Worauf wollen Sie hinaus?«

Er schaute auf die Uhr.

»Bis vor ein paar Tagen war die Story noch nicht brandheiß. Das hat sich geändert. Ich weiß, daß Sie nur ein paar Minuten Zeit haben, aber ich kann es Ihnen ziemlich schnell erklären. Allerdings ... ich möchte Sie nicht beleidigen, aber mir wäre es sehr lieb, wenn Sie mir versprechen würden, daß Sie das, was ich Ihnen sage, vertraulich behandeln werden. Es ist meine Story, und ich will der erste sein, der sie herausbringt.«

Er nickte.

»Keine Sorge, ich verstehe vollkommen. Ich werde über das, was Sie mir zu erzählen gedenken, mit keinem anderen Journalisten reden, es sei denn, dieser andere fragt mich ausdrücklich nach derselben Sache. Es *kann* allerdings sein, daß ich mit anderen Leuten hier bei der Foundation oder bei anderen Behörden sprechen muß. In dieser Hinsicht kann ich Ihnen nichts versprechen, bevor ich nicht weiß, worüber wir reden.«

»Das ist fair.«

Ich hatte das Gefühl, ihm vertrauen zu können. Außerdem wollte ich gerne das, was ich herausgefunden hatte, jemandem erzählen, der imstande war, seinen Wert als Story zu erkennen. Über diese Art Angeberei war auch ich nicht erhaben. Ich begann.

»Anfang der Woche habe ich mit der Arbeit an einer Story über Polizisten-Selbstmorde begonnen. Ich weiß, darüber haben schon andere Leute geschrieben. Aber ich hatte einen neuen Ausgangspunkt. Mein Bruder war ein Cop, und vor einem Monat hat er angeblich Selbstmord begangen. Ich ...«

»Oh, das tut mir sehr leid.«

»Danke, aber das war nicht der eigentliche Grund. Ich beschloß, darüber zu schreiben, weil ich begreifen wollte, was er getan hatte, was er laut Aussage der Polizei von Denver getan hatte. Ich fing ganz routinemäßig an, ließ im Nexis recherchieren und stieß dabei natürlich auch auf ein paar Hinweise auf die Untersuchung der Foundation.«

Er sah verstohlen auf die Uhr, und ich beschloß, sein Interesse zu wecken.

»Um es kurz zu machen, im Laufe meiner Recherche fand ich heraus, daß er sich nicht umgebracht hat.«

Ich sah ihn an. Er war neugierig geworden.

»Wie meinen Sie das, er hat es nicht getan?«

»Meine bisherigen Nachforschungen haben ergeben, daß der Selbstmord meines Bruders ein sorgfältig getarnter Mord war. Die Ermittlungen wurden wiederaufgenommen. Ich habe außerdem eine Verbindung hergestellt zu einem vermeintlichen Polizisten-Selbstmord voriges Jahr in Chicago. Auch in diesem Fall wird wieder ermittelt. Ich komme gerade von dort. Die Cops in Chicago und Denver und ich glauben, daß irgend jemand durchs Land zieht und Cops umbringt und dabei dafür sorgt, daß es wie Selbstmord aussieht. Vielleicht kann die Untersuchung der Foundation den Schlüssel zur Enttarnung noch weiterer Fälle liefern. Sie besitzen doch die Unterlagen über sämtliche Polizisten-Selbstmorde im ganzen Land im Laufe der letzten fünf Jahre?«

Wir saßen ein paar Minuten lang schweigend da. Warren starrte mich an.

»Ich glaube, Sie sollten mir die Geschichte ausführlich erzählen«, sagte er schließlich. »Nein, warten Sie.«

Er griff nach dem Telefonhörer und wählte.

»Drex? Hier ist Mike. Hör mal, ich weiß, es ist ziemlich spät für eine Absage, aber heute wird es nichts mehr. Mir ist etwas dazwischengekommen ... Nein ... Wir treffen uns ein andermal. Ich rufe dich morgen wieder an. Danke. Bis dann.«

Er legte den Hörer auf und sah mich an.

»Es war nur eine Verabredung zum Lunch. Und nun erzählen Sie mir Ihre Geschichte.«

Eine halbe Stunde und einige Anrufe später führte Warren mich durch das Labyrinth der Korridore zu einem Zimmer mit der Nummer 383. Es war ein Konferenzzimmer, in dem bereits Dr. Nathan Ford und Oline Frederick saßen. Eine kurze Vorstellung, dann setzten wir uns.

Oline Frederick sah aus wie Mitte Zwanzig. Sie hatte lockiges blondes Haar und schien völlig desinteressiert. Ich konzentrierte mich sofort auf Ford. Warren hatte mich davon in Kenntnis gesetzt, daß sämtliche Entscheidungen von Ford getroffen wurden. Der Direktor der Foundation war ein kleiner Mann in einem dunklen Anzug, und dennoch eine Persönlichkeit, die den Raum beherrschte. Er trug eine Brille mit einem dicken schwarzen Gestell und rosa getönten Gläsern. Sein Vollbart war genauso grau wie seine Haare. Als wir unsere Plätze an dem großen, ovalen Tisch einnahmen, regte er sich nicht. Nur seine Augen folgten unseren Bewegungen. Er hatte die Ellenbogen auf den Tisch gestützt und die Hände vor sich verschränkt.

»Lassen Sie uns anfangen«, sagte er, sobald ich ihnen vorgestellt worden war.

»Sie sollten zunächst die Geschichte hören«, sagte Warren. »Jack, macht es Ihnen etwas aus, sie noch einmal zu erzählen?«

»Durchaus nicht.«

»Diesmal werde ich mir Notizen machen.«

Ich erzählte das, was ich herausgefunden hatte, ungefähr ebenso detailliert, wie ich es Warren erzählt hatte. Ich wußte, daß ich Ford beeindrucken mußte, denn er würde derjenige sein, der darüber entschied, ob ich Oline Fredericks Hilfe bekam oder nicht.

Die einzige Unterbrechung während meines Berichts kam von Frederick.

Als ich vom Tod meines Bruders sprach, erwähnte sie, daß das Protokoll der Polizei von Denver über den Fall in der vorigen Woche eingegangen sei. Ich sagte ihr, das könne sie jetzt in den Papierkorb werfen. Als ich mit meiner Story fertig war, sah ich Warren an und hob die Hände.

»Habe ich etwas vergessen?«

»Ich glaube nicht.«

Dann warteten wir beide auf Fords Reaktion. Er hatte sich die ganze Zeit über nicht bewegt. Jetzt tippte er sich mehrmals mit seinen verschränkten Händen gegen das Kinn. Ich fragte mich, worin er wohl promoviert hatte. Was mußte man sein, um eine solche Institution zu leiten? Eher Politiker als Doktor, dachte ich.

»Das ist eine sehr interessante Geschichte«, sagte er schließlich mit ruhiger Stimme. »Ich kann verstehen, weshalb Sie so aufgeregt sind. Ich kann verstehen, weshalb Mr. Warren so aufgeregt ist. Er war viele Jahre lang ein Reporter, und ich glaube, die Begeisterung für eine Story steckt ihm noch im Blut. Möglicherweise zum Nachteil seiner jetzigen Profession.«

Er sah Warren nicht an, während er diesen Hieb landete. Sein Blick ruhte auf mir.

»Was ich nicht verstehe und was gleichzeitig der Grund dafür ist, daß ich Ihrer beider Aufregung nicht teilen kann, ist, was die ganze Sache mit der Foundation zu tun hat. Können Sie mir das erklären, Mr. McEvoy?«

»Also, Dr. Ford«, begann Warren, »Jack muß ...«

»Nein«, unterbrach Ford ihn. »Ich möchte es von Mr. Mc Evoy hören.«

Ich versuchte, mich exakt auszudrücken. Ford wollte nicht einen Haufen Blödsinn hören. Er wollte nur wissen, auf welche Weise er davon profitieren konnte.

»Ich nehme an, das Selbstmord-Projekt steckt in einem Computer.«

»So ist es«, sagte Ford. »Die meisten unserer Untersuchungen sind im Computer gespeichert. Wir verlassen uns bei unserer Arbeit auf eine große Zahl von Polizeibehörden überall im Lande. Ihre Berichte – die Protokolle, die Ms. Frederick vorhin erwähnte –, sie werden in den Computer eingegeben. Aber das allein hat nichts zu bedeuten. Erfahrene Rechercheure verarbeiten diese Fakten und sagen uns, was sie bedeuten. In diesem Fall arbeiten unsere Rechercheure mit Experten vom FBI gemeinsam an der Auswertung des Rohmaterials.«

»Das verstehe ich alles«, sagte ich. »Was ich sagen wollte, ist, daß Sie über eine riesige Datenbank über Polizisten-Selbstmorde verfügen.«

»Aus den letzten fünf oder sechs Jahren, glaube ich. Mit der Arbeit wurde begonnen, bevor Oline zu uns stieß.«

»Ich brauche Zugang zu Ihrem System.«

»Warum?«

»Wenn wir recht haben – und damit meine ich nicht nur mich und Warren, die Detectives in Chicago und Denver sind derselben Ansicht –, haben wir es mit zwei Fällen zu tun, zwischen denen eine Verbindung besteht. Die ...«

»Möglicherweise.«

»Richtig, möglicherweise. Aber wenn es stimmt, muß damit gerechnet werden, daß es noch weitere gibt. Wir reden von einem Serienmörder. Vielleicht sind es viele Fälle, vielleicht wenige oder auch gar keine mehr. Aber ich möchte das überprüfen, und Sie haben das Material hier im Haus. Sämtliche gemeldeten Selbstmorde aus den letzten sechs Jahren. Ich möchte an Ihren Computer und danach suchen, ob noch weitere vorgetäuschte Selbstmorde darunter sind. Fälle, bei denen es sich um denselben Täter handeln könnte.«

»Und wie wollen Sie das anstellen?« fragte Frederick. »Wir haben mehrere hundert Fälle registriert.«

»Die Protokolle, die die jeweiligen Polizeibehörden verfassen und Ihnen schicken – enthalten die den Rang und die Position des Opfers in seiner Abteilung?«

»Ja.«

»Dann suchen wir zuerst nach allen Detectives aus Mordkommissionen, die Selbstmord begangen haben. Ich gehe von der Theorie aus, daß diese Person Cops aus Mordkommissionen umbringt. Vielleicht ist es eine Art Jäger-wird-zum-Gejagten-Geschichte. Ich weiß nicht, welche Psychologie dahintersteckt, aber damit würde ich anfangen. Mit Polizisten aus Mordkommissionen. Sobald wir die Liste beisammen haben, betrachten wir jeden Fall einzeln. Wir lesen die Botschaften, die die Opfer hinterlassen haben, danach …«

»Die sind nicht im Computer erfaßt«, sagte Frederick. »Falls wir überhaupt Kopien der Botschaften haben, dann befinden sie sich bei den ursprünglichen Protokollen in der Registratur. Solche Nachrichten sind nicht Teil unserer Untersuchung, sofern sie nicht irgendwelche Hinweise auf die Pathologie des Opfers enthalten.«

»Aber Sie haben die Protokolle aufbewahrt?«

»Ja, alle. In der Registratur.«

»Dann laßt uns nachsehen!« rief Warren aufgeregt.

Sein Zwischenruf löste Schweigen aus. Alle Blicke richteten sich auf Ford.

»Eine Frage noch«, sagte der Direktor schließlich. »Ist das FBI über diese Sache informiert?«

»Im Augenblick kann ich das nicht mit Gewißheit sagen«, erklärte ich. »Ich weiß allerdings, daß die Polizei in Chicago und in Denver vorhat, meinen Hinweisen nachzugehen. Und sobald sie überzeugt sind, daß ich mich auf dem richtigen Weg befinde, wollen sie das FBI informieren, damit es die Sache übernimmt.«

Ford nickte und sagte: »Mr. McEvoy, würde es Ihnen etwas ausmachen, draußen am Empfang auf mich zu warten? Ich möchte mich noch kurz mit Ms. Frederick und Mr. Warren allein unterhalten, bevor ich in dieser Sache eine Entscheidung treffe.«

»Natürlich nicht«, sagte ich, stand auf und ging auf die Tür zu. Dort blieb ich kurz stehen und sah Ford an. »Ich hoffe... ich meine ... ich hoffe, Sie geben mir diese Chance. Jedenfalls vielen Dank.«

Michael Warrens Gesicht sagte alles. Ich saß auf einer mit Vinyl bezogenen Couch im Empfangsbereich. Er kam mit gesenktem Blick auf mich zu. Als er mich sah, schüttelte er lediglich den Kopf.

»Lassen Sie uns wieder in mein Büro gehen«, sagte er resigniert.

Ich folgte ihm stumm und ließ mich auf demselben Stuhl nieder, auf dem ich auch vorher gesessen hatte. Er sah so niedergeschlagen aus, wie ich mich fühlte.

»Warum?« fragte ich.

»Weil er ein Arschloch ist«, flüsterte er. »Weil das Justizministerium unsere Brötchen bezahlt, und das FBI ist das Justizministerium. Es ist ihre Untersuchung – sie haben den Auftrag erteilt. Bevor er sie nicht informiert hat, läßt er Sie nicht an die Unterlagen heran. Er will sich nicht die Butter vom Brot nehmen lassen. Sie haben eben das Falsche gesagt, Jack. Sie hätten sagen sollen, das FBI wüßte Bescheid und hätte bereits Schritte unternommen.«

»Das hätte er mir nicht geglaubt.«

»Entscheidend ist, daß er so hätte tun können, als glaube er Ihnen. Wenn man ihm dann den Vorwurf gemacht hätte, daß er einem Reporter Informationen gegeben hat, bevor das FBI Bescheid wußte, hätte er Ihnen die Schuld geben können.«

»Und was jetzt? Ich kann diese Sache nicht einfach fallenlassen.«

Die Frage war gar nicht an ihn gerichtet, sondern an mich selbst.

»Haben Sie irgendwelche Informanten im FBI? Ich garantiere, daß er jetzt in seinem Büro sitzt und mit jemandem telefoniert. Wahrscheinlich sogar mit Bob Backus.«

»Wer ist das?«

»Eines von den hohen Tieren da unten. Das Selbstmord-Projekt wird von seinem Team betreut.«

»Der Name kommt mir bekannt vor.«

»Sie kennen wahrscheinlich Bob Backus senior. Seinen Vater. Er war eine Art Supercop, den das FBI von vielen Jahren zum Aufbau der Behavioral Science Services und des Violent Criminal Apprehension Program – den Abteilungen für Verhaltenswissenschaften und Verbrechensforschung – geholt hat. Ich nehme an, Bobby junior versucht, in seine Fußtapfen zu treten. Aber wie ich die Sache sehe, wird Backus, sobald Ford den Hörer aufgelegt hat, der Geschichte einen Riegel vorschieben. Ihr einziger Weg hinein führt über das FBI.«

Ich konnte nicht mehr klar denken. Ich fühlte mich vollständig in die Ecke gedrängt. Schließlich stand ich auf und begann, in dem kleinen Büro herumzuwandern.

»Herrgott, ich kann es einfach nicht glauben. Das ist meine Story ... und ich werde von so einem blöden Kerl mit Bart hinausgedrängt, der sich für J. Edgar Hoover hält.«

»Das stimmt nicht. Nat Ford zieht keine Kleider an.«

»Mir ist nicht nach Witzen zumute.«

»Ich weiß. Tut mir leid.«

Ich setzte mich wieder. Er traf keine Anstalten, mich zu verabschieden, obwohl wir eigentlich fertig waren. Plötzlich wurde mir klar, was er von mir erwartete. Ich wußte nur nicht so recht, wie ich ihn darum bitten sollte. Ich hatte noch nie in Washington gearbeitet und wußte nicht, wie die Dinge hier liefen. Deshalb beschloß ich, es auf die Denver-Methode zu versuchen. Ohne Umschweife.

»Sie können trotzdem in den Computer gelangen, stimmt's?«

Ich deutete mit einem Kopfnicken auf das Terminal zu seiner Linken. Er musterte mich für einen Moment, bevor er reagierte.

»Völlig ausgeschlossen. Ich bin kein Deep Throat, Jack. Hier geht es um nichts anderes als eine Kriminalstory. Machen Sie sich nichts vor. Sie wollen nur vor dem FBI an die Sache herankommen.«

»Sie sind doch auch Journalist.«

»Ein ehemaliger. Jetzt arbeite ich hier, und ich denke nicht daran, meine Stellung aufs Spiel zu setzen, nur um ...«

»Sie wissen so gut wie ich, daß es eine Story ist, die erzählt werden muß. Wenn Ford tatsächlich mit dem FBI telefoniert, dann tauchen hier morgen ein paar Leute auf, und die Story ist im Eimer. Sie wissen, wie schwer es ist, Informationen von ihnen zu bekommen. Diese Sache wird entweder gleich hier zu Grabe getragen oder in einem Jahr oder vielleicht noch später als höchst dubiose Story mit mehr Vermutungen als Fakten publiziert. Das heißt, wenn Sie mir nicht Zugang zu diesem Computer verschaffen.«

»Ich habe nein gesagt.«

»Sie haben recht. Alles, was ich will, ist eine Story. Den großen Knüller. Aber den habe ich verdient! Und das wissen Sie. Wenn ich nicht wäre, würde das FBI die Sache gar nicht aufgreifen. Aber nun werde ich ausgeschlossen ... Denken Sie darüber nach. Stellen Sie sich vor, Sie wären an meiner Stelle. Stellen Sie sich vor, es wäre Ihr Bruder gewesen, dem das passiert ist.«

»Ich habe nein gesagt, klar und deutlich.«

»Nun, wenn Sie Ihre Meinung ändern sollten ...«

»Das werde ich nicht tun.«

»Ich fahre von hier aus zum Hilton und nehme mir dort ein Zimmer. In dem, vor dem aus man auf Reagan geschossen hat.«

Mehr sagte ich nicht. Ich ging, und auch er sprach kein einziges Wort mehr.

15

Um mir in meinem Zimmer im Hilton die Zeit zu vertreiben, brachte ich meine Computer-Dateien mit dem bißchen, das ich in der Foundation erfahren hatte, auf den neuesten Stand. Dann rief ich Greg Glenn an und informierte ihn über alles, was sich in Chicago und Washington ergeben hatte. Als ich fertig war, pfiff er laut vor sich hin, und ich stellte mir vor, wie er sich auf seinem Stuhl zurücklehnte und darüber nachdachte, wie es weitergehen sollte.

Tatsache war, daß ich schon jetzt eine gute Story hatte, aber ich war unzufrieden. Ich wollte in der vordersten Reihe dabeisein. Ich wollte mich nicht mit dem begnügen müssen, was das FBI und andere Ermittler mir erzählten, wenn sie gerade Lust dazu hatten. Ich wollte selbst ermitteln. Ich hatte zahllose Stories über die Ermittlungen in Mordfällen geschrieben, aber dabei war ich immer Beobachter gewesen. Diesmal steckte ich mittendrin, und dort wollte ich auch bleiben.

»Sind Sie noch da, Jack?«

»Ja, natürlich. Ich habe nur gerade an etwas anderes gedacht.«

»Wann bekommen wir die Story?«

»Das weiß ich noch nicht. Morgen ist Freitag. Lassen Sie mir Zeit bis morgen. Ich habe ein komisches Gefühl, was diesen Mann bei der Foundation angeht. Wenn ich bis morgen am späten Vormittag nichts von ihm gehört habe, versuche ich es beim FBI. Wenn mich das auch nicht weiterbringt, komme ich zurück und schreibe am Samstag die Story für Sonntag.«

Sonntag war der Tag mit der größten Auflage. Ich wußte, daß Glenn sie gern am Sonntag groß herausbringen würde.

»Also gut«, sagte er, »selbst wenn wir uns damit begnügen müssen – Sie haben schon jetzt eine ganze Menge. Eine staatenübergreifende Suche nach einem Serienmörder, der schon wer weiß wie lange sein Unwesen treibt. Das wird...«

»So stark ist das gar nicht. Bisher ist nichts bestätigt. Im Augenblick ist es eine Ermittlung in *zwei* Staaten und die *Möglichkeit*, daß es sich um einen Serienmörder handelt.«

»Es ist trotzdem verdammt gut. Und sobald das FBI eingeschaltet ist, wird die Ermittlung aufs ganze Land ausgedehnt. Die *New York Times*, die *Post*, alle werden sich an uns dranhängen.«

An *mich* dranhängen, hätte ich gern gesagt, aber ich tat es nicht. Glenns Worte offenbarten, was heute eigentlich hinter dem Journalismus steckt. Es ging nicht mehr um den Dienst an der Öffentlichkeit und um das Recht der Leute auf Information. Es ging um Konkurrenz, ums Austeilen von Tritten und um das Einsammeln von Namen, darum, welche Zeitung die Story hatte und welche ins Hintertreffen geraten war. Und welche am Ende des Jahres den Pulitzerpreis erhielt.

Trotzdem wäre es gelogen, wenn ich behauptete, die Vorstellung nicht zu genießen, eine Story von nationalem Interesse herauszubringen und dann zuzuschauen, wie alle anderen sie abdruckten. Ich wollte nur nicht wie Glenn laut darüber reden. Und dann war da noch Sean. Das hatte ich nicht aus dem Blickfeld verloren. Ich wollte den Mann finden, der ihm das angetan hatte. Das wollte ich mehr als alles andere.

Ich versprach Glenn, ihn anzurufen, sobald sich etwas getan hatte, und legte auf.

Ich hatte das Bedürfnis nach frischer Luft, aber ich konnte das Zimmer wegen des Telefons nicht verlassen. Also schaltete ich den Fernseher ein. Doch es gab nur jede Menge miteinander konkurrierender Talkshows mit der üblichen Auswahl von Arme-Leute-Geschichten. Die Kinder von Stripperinnen auf einem Kanal, Porno-Stars mit eifersüchtigen Ehemännern auf einem anderen, Männer, die der Ansicht waren, daß Frauen hin und wieder Prügel bekommen mußten, damit sie nicht aus der Reihe tanzten, auf einem dritten. Ich schaltete wieder ab und hatte eine Idee. Ich brauchte nichts anderes zu tun, als das Zimmer zu verlassen. Dann würde Warren schon anrufen. Weil ich nicht da war, um das Gespräch entgegenzunehmen. Das funktionierte immer. Ich hoffte nur, daß er eine Nachricht hinterlassen würde.

Das Hotel stand an der Connecticut Avenue in der Nähe des Dupont Circle. Ich ging ein Stück in Richtung Circle und betrat dann eine Buchhandlung, um mir das neue Buch von Alan Russell zu kaufen. Ich hatte irgendwo eine gute Rezension darüber gelesen und dachte, daß mich die Lektüre vielleicht auf andere Gedanken bringen würde.

Bevor ich ins Hilton zurückkehrte, lief ich noch eine Weile außen um das Hotel herum und suchte nach der Stelle, an der Hinckley mit einer Waffe auf Reagan gewartet hatte. Ich erinnerte mich ganz deutlich an die Fotos von dem Chaos, konnte die Stelle aber nicht finden. Das brachte mich auf den Gedanken, daß das Hotel vielleicht inzwischen ein paar bauliche Veränderungen vorgenommen hatte, um zu verhindern, daß die Stelle zu einer Touristenattraktion wurde.

Als Polizeireporter war ich ein Tourist auf den Spuren des Makabren. Ich bewegte mich von Mord zu Mord und von Horror zu Horror, ohne eine Miene zu verziehen. Angeblich. Während ich im Hotelfoyer auf die Fahrstühle zuging, dachte ich darüber nach, was das über mich aussagte. Vielleicht stimmte etwas nicht mit mir. Weshalb war die Stelle, an der Hinckley gewartet hatte, so wichtig für mich?

»Jack?«

Ich drehte mich um. Es war Michael Warren.

»Hey.«

»Ich habe in Ihrem Zimmer angerufen ... Ich dachte, Sie wären da.«

»Ich habe nur einen kleinen Spaziergang gemacht. Ich hatte schon befürchtet, Sie würden mich im Stich lassen.«

Das sagte ich mit einem hoffnungsvollen Lächeln. In Kürze würde sich eine Menge Dinge für mich entscheiden. Warren trug nicht mehr den Anzug, den er im Büro angehabt hatte. Sondern Blue jeans und einen Pullover. Über seinem Arm hing ein Tweedmantel – der klassische Informant, der höchstpersönlich erscheint.

»Möchten Sie mit hinauffahren, oder sollen wir hier unten reden?«

Doch er bewegte sich schon auf den Fahrstuhl zu und sagte: »In Ihrem Zimmer.«

Auf dem Weg nach oben betrachtete ich abermals seine Kleidung und sagte: »Sie sind inzwischen zu Hause gewesen.«

»Ich wohne in der Nähe der Connecticut, auf der anderen Seite der Umgehungsstraße. In Maryland. Nicht sehr weit von hier.«

Ich vermutete, daß das Hotel auf dem Weg von seinem Haus zur Foundation lag. Ich spürte ein leises Ticken der Erregung in meiner Brust. Warren war im Begriff, erneut die Seite zu wechseln.

Auf dem Korridor herrschte der typische muffige Hotelgeruch. Ich holte meine Schlüsselkarte hervor, öffnete und ließ ihn in mein Zimmer vorgehen. Mein Laptop stand noch geöffnet auf dem kleinen Schreibtisch, und Mantel und Krawatte lagen auf dem Bett. Davon abgesehen sah das Zimmer ordentlich aus. Er warf seinen Mantel ebenfalls aufs Bett, und wir ließen uns auf den beiden einzigen Stühlen im Zimmer nieder.

»Also, wie stehen die Dinge?«

»Ich habe eine Suche durchlaufen lassen.«

Er zog ein zusammengefaltetes Blatt Papier aus der Gesäßtasche.

»Kurz vor Feierabend habe ich mich in den Hauptcomputer eingeklinkt und nach Unterlagen über Opfer gesucht, die Detectives in Mordkommissionen waren. Es handelt sich um dreizehn Personen. Ich habe hier einen Ausdruck mit ihren Namen, Abteilungen und Todesdaten.«

Er streckte mir das nach wie vor zusammengefaltete Papier entgegen, und ich nahm es ihm so behutsam ab, als sei es ein Blatt pures Gold.

»Danke«, sagte ich. »Wird Ihre Suche irgendwie registriert?«

»Ich habe keine Ahnung. Aber ich glaube nicht. Es ist ein ziemlich offenes System. Ich weiß nicht, ob irgendwelche Sicherheitsprogramme eingebaut sind.«

»Danke«, sagte ich abermals. Mir fiel nichts Besseres ein.

»Jedenfalls war das der leichtere Teil«, sagte er. »Das Durchsehen der Protokolle in der Registratur wird ein bißchen länger dauern ... Ich wollte Sie fragen, ob Sie mitkommen wollen. Sie wissen vermutlich besser als ich, welche davon wichtig sind.«

»Wann?«

»Heute abend. Das ist die einzige Möglichkeit. Die Registratur wird abgeschlossen, aber ich habe einen Schlüssel, weil ich manchmal für die Medien irgend etwas ausgraben muß. Es kann durchaus sein, daß die Akten morgen schon verschwunden sind. Womöglich hat das FBI etwas dagegen, wenn sie dort herumliegen, jetzt, nachdem Sie nach diesen Akten gefragt haben.«

»Hat Ford das gesagt?«

»Nicht direkt. Ich habe es von Oline erfahren. Ford hat mit Rachel Walling telefoniert, nicht mit Backus. Er hat gesagt, sie ist ...«

»Einen Moment. Rachel Walling?«

Der Name kam mir bekannt vor. Es dauerte einen Moment, aber dann erinnerte ich mich, daß die Überprüfung der Checkliste, die mein Bruder im Fall Theresa Lofton ans FBI geschickt hatte, von ihr unterschrieben gewesen war.

»Ja, Rachel Walling. Sie erstellt dort unten Verbrechensprofile. Warum?«

»Nichts. Ihr Name ist mir schon einmal begegnet.«

»Sie arbeitet für Backus. Als eine Art Kontaktperson zwischen dem Center und der Foundation bei dem Selbstmord-Projekt. Jedenfalls hat Oline Ford gesagt, sie würde einen Blick auf die Akten werfen. Kann sogar sein, daß sie mit Ihnen reden will.«

»Wenn ich ihr nicht zuvorkomme.« Ich stand auf. »Gehen wir.«

»Hören Sie, noch etwas.« Warren stand ebenfalls auf. »Ich habe dies alles hier nicht getan, okay? Sie benutzen diese Akten nur als Ermittlungshilfe. Sie veröffentlichen nie eine Story, in der es heißt, Sie hätten Zugang zu den Akten der Foundation gehabt. Sie geben nie zu, daß Sie eine dieser Akten auch nur gesehen haben. Es könnte mich den Job kosten. Einverstanden?«

»Voll und ganz.«

»Dann sagen Sie es.«

»Ich bin damit einverstanden. Mit allem.«

Wir gingen zur Tür.

»Es ist schon komisch«, sagte er. »Mir ist früher nie richtig klar gewesen, was meine Informanten für mich riskiert haben. Jetzt weiß ich es. Es ist irgendwie beängstigend.«

Ich nickte wortlos. Ich hatte Angst, daß er vielleicht seine Meinung ändern und nach Hause gehen würde, wenn ich etwas sagte.

Auf dem Weg zur Foundation fügte er noch ein paar weitere Grundregeln hinzu.

»Sie werden mich in Ihrer Story nicht als Informanten nennen, okay?«

»Okay.«

»Und keine meiner Informationen darf mit ›Quelle: Foundation‹ bezeichnet werden. Nur mit ›eine mit den Ermittlungen vertraute Quelle‹, okay? Das gibt mir ein bißchen Schutz.«

»Okay.«

Er schwieg für ein paar Sekunden. Offenbar schlichen sich immer wieder irgendwelche Zweifel in seine Überlegungen ein.

»Er wird trotzdem wissen, daß ich es war.«

»Warum lassen wir es dann nicht? Ich möchte nicht Ihren Job gefährden. Dann muß ich eben zusehen, was ich aus dem FBI herausholen kann.«

Ich sagte das nur ungern, aber ich mußte ihm diesen Ausweg anbieten. Ich war noch nicht so tief gesunken, daß ich einen Mann zu etwas überreden wollte, was ihn den Job kosten konnte, nur um Informationen für eine Story zu bekommen.

»Das FBI können Sie vergessen, solange es Wallings Fall ist.«

»Sie kennen sie? Ein zäher Brocken?«

»Ja, eine von denen, die so hart sind wie lackierte Fingernägel. Ich habe einmal versucht, mich mit ihr anzulegen. Sie hat mich plattgemacht. Nach dem, was ich von Oline gehört habe, ist sie vor einiger Zeit geschieden worden. Vermutlich lebt sie immer noch nach dem ›Männer sind Schweine‹-Motto, und ich habe die Befürchtung, das wird zum Dauerzustand.«

Ich schwieg erneut. Warren mußte einen Entschluß fassen, und dabei konnte ich ihm nicht helfen.

»Machen Sie sich wegen Ford keine Gedanken«, sagte er schließlich. »Er wird vielleicht annehmen, daß ich es war, aber er wird deswegen nichts unternehmen können. Ich werde es abstreiten. Wenn Sie Ihr Versprechen halten, hat er nichts gegen mich in der Hand, außer seinem Verdacht.«

»Was mich betrifft, können Sie ganz beruhigt sein.«

Einen halben Block von der Foundation entfernt fand er einen Parkplatz an der Connecticut. Ich glaube, wir waren beide ziemlich nervös.

Kein Wachmann, den wir täuschen mußten. Keine Angestellten, die Überstunden machten und uns überraschen konnten. Warren schloß die Eingangstür auf und wußte genau, wohin wir gehen mußten.

Die Registratur hatte ungefähr die Größe einer Doppelgarage und war mit zweieinhalb Meter hohen Stahlregalen voller Aktendeckel mit Markierungen in unterschiedlichen Farben zugestellt.

»Und jetzt?« flüsterte ich.

Warren holte den zusammengefalteten Ausdruck aus der Tasche.

»Die Unterlagen für die Selbstmord-Untersuchung stehen dort drüben zusammen. Wir suchen diese Namen heraus, nehmen die Protokolle mit in mein Büro und kopieren die Seiten, die wir brauchen. Ich habe den Kopierer angelassen, als ich ging. Er braucht nicht einmal erst warm zu werden. Und Sie brauchen nicht zu flüstern. Außer uns ist niemand hier.«

Mir fiel auf, daß er zu oft »wir« sagte, aber ich machte keine Bemerkung darüber. Er führte mich zu einem der Gänge zwischen den Regalen. Die Akten für die Selbstmord-Studie trugen rote Markierungen.

»Da sind sie«, sagte Warren und richtete den Finger darauf.

Jede einzelne Akte war dünn, trotzdem nahmen sie insgesamt drei Regalfächer ein. Oline Frederick hatte recht gehabt, es waren Hunderte. Jede einzelne bedeutete einen Tod. Jetzt blieb nur noch zu hoffen, daß ein paar von ihnen nicht in dieses Regal gehörten. Warren händigte mir den Ausdruck aus, und ich überflog die dreizehn Namen.

»Von all diesen Akten betreffen nur dreizehn Cops in Mordkommissionen?«

»Ja. Das Projekt hat die Daten von mehr als sechzehnhundert Selbstmorden gesammelt. Ungefähr dreihundert pro Jahr. Aber die meisten waren Streifenbeamte. Die Männer von den Mordkommissionen bekommen auch diese Toten zu sehen, aber ich nehme an, wenn sie an den Tatort kommen, ist für sie das Schlimmste schon vorüber. Sie sind gewöhnlich die Besten, die Intelligentesten und die Zähesten. Deshalb begehen nicht viele Selbstmord. Ich bin auch auf Ihren Bruder und Brooks in Chicago gestoßen, aber ich dachte, über die wissen Sie bereits Bescheid.«

Ich nickte nur.

»Sie sind alphabetisch geordnet«, sagte er. »Lesen Sie mir die Namen auf der Liste vor, und ich ziehe die Akten heraus. Und geben Sie mir Ihr Notizbuch.«

Die Aktion dauerte weniger als fünf Minuten. Warren riß leere Seiten aus meinen Notizbuch und markierte die Stellen in den Stapeln, damit wir die Akten schnell wieder hineinschieben konnten. Unsere Arbeit hatte keinerlei Ähnlichkeit damit, einen Informanten wie Deep Throat in einer Garage zu treffen, um mit seiner Hilfe einen Präsidenten zur Strecke zu bringen. Dennoch galten dieselben Regeln. Ein Informant, ganz gleich, was er zu bieten hat, hat ein Motiv dafür, daß er sich in Gefahr begibt. Bei Warren konnte ich das wahre Motiv nicht erkennen. Es war eine gute Story, aber es war nicht *seine*. Wenn er mir half, brachte ihm das nichts ein außer dem guten Gefühl, der Wahrheit ans Licht geholfen zu haben. Reichte das aus? Ich wußte es nicht, gelangte aber zu dem Schluß, daß ich ihn von dem Moment an, in dem dieses geheiligte Band zwischen Journalist und geheimem Informanten zustande kam, auf Abstand halten mußte. So lange, bis ich sein wahres Motiv kannte.

Als alle Akten beisammen waren, gingen wir rasch zwei Korridore entlang, bis wir Zimmer 303 erreicht hatten. Dort blieb Warren plötzlich stehen, und ich wäre fast gegen ihn geprallt. Die Tür zu seinem Büro stand fünf Zentimeter weit offen. Er deutete darauf und schüttelte den Kopf, um mir zu signalisieren, daß er sie nicht so hinterlassen hatte. Ich zuckte mit den Schultern. Er war hier der Boß. Er näherte sich dem Spalt und lauschte. Ich konnte auch etwas hören. Es klang wie das Knistern von Papieren, dann wie eine Art Wischgeräusch. Kurz darauf wurde die Tür plötzlich aufgerissen.

Warren machte als erster eine erschrockene Bewegung, danach ich und dann der Asiate, der mit einem Staubwedel in der einen und einem Müllbeutel in der anderen Hand auf der Schwelle stand. Wir brauchten alle einen Moment, bis wir wieder normal atmen konnten.

»Sorry, Mister«, sagte der Mann. »Ich muß Ihr Büro putzen.«

»Ach ja«, sagte Warren lächelnd. »Das ist schön. Das ist gut.«

»Sie angelassen Kopiermaschine.«

Danach trug er seine Utensilien bis zum nächsten Zimmer und benutzte einen an seinem Gürtel befestigten Schlüssel dazu, die Tür aufzuschließen. Ich sah Warren an und lächelte.

»Sie haben recht, Sie sind kein Deep Throat.«

»Und Sie sind kein Robert Redford. Jetzt aber los.«

Er wies mich an, die Tür zu schließen, dann schaltete er den Kopierer wieder ein und ließ sich mit den Akten in der Hand an seinem Schreibtisch nieder. Ich setzte mich auf den Stuhl, auf dem ich schon einmal gesessen hatte.

»Also«, sagte er, »bei jedem Protokoll müßte es eine Zusammenfassung geben. Wenn irgendwelche Botschaften oder andere wichtige Details entdeckt wurden, müßten sie dort erwähnt werden. Wenn Sie meinen, daß etwas für Sie wichtig ist, dann kopieren Sie sie.«

Wir begannen, die Akten durchzusehen. Obwohl er mir sympathisch war, mißfiel mir die Idee, daß bei der Hälfte der Fälle *er* entscheiden würde, ob sie in meine Theorie paßten. Ich wollte sie mir alle anschauen.

»Denken Sie daran«, sagte ich, »wir suchen nach allen möglichen Arten von poetischer Sprache, etwas, das sich anhört, als stamme es aus einem Roman oder einem Gedicht oder etwas dergleichen.«

Er klappte eine Akte zu und legte sie auf den Stapel.

»Was ist?«

»Sie trauen mir nicht.«

»Nein. Es ist nur ... Ich wollte nur sicherstellen, daß wir nach derselben Sache suchen.«

»Hören Sie, das ist Blödsinn«, sagte er. »Lassen Sie uns einfach alle Akten kopieren und von hier verschwinden. Dann können Sie sie in Ihr Hotel mitnehmen und sie dort in Ruhe durchsehen. Das geht schneller und ist sicherer. Mich brauchen Sie dazu nicht.«

Ich nickte erleichtert. In der nächsten Viertelstunde bediente er den Kopierer, während ich die Protokolle aus den Akten holte und, sobald sie kopiert waren, wieder hineinlegte.

Als wir fertig waren, stellte er das Gerät ab und sagte: »Ich hatte nicht an das Reinigungspersonal gedacht. Vielleicht ist es besser, wenn ich das Zeug allein in die Registratur zurückbringe und Sie dann hier wieder abhole.«

»Okay.«

Während er fort war, fing ich an, mir die Kopien anzusehen, aber ich war zu nervös, um mich darauf konzentrieren zu können. Ich wäre am liebsten zur Tür hinausgerannt und verschwunden, bevor etwas schiefgehen konnte. Um mir die Zeit zu vertreiben, sah ich mich in seinem Büro um. Ich nahm das Foto mit Warrens Familie in die Hand. Eine hübsche, zierliche Frau und zwei Kinder, ein Junge und ein Mädchen. Auf dem Foto waren beide noch im Vorschulalter. Die Tür ging auf. Es war Warren. Er nahm meine Verlegenheit nicht zur Kenntnis.

»Okay, wir können.«

Wie zwei Spione schlichen wir uns im Schutz der Dunkelheit aus dem Haus.

Während der ganzen Rückfahrt zum Hotel sagte Warren kaum ein Wort. Ich glaube, der Grund dafür war, daß seine Beteiligung vorbei war und er das wußte. Ich war der Reporter. Er war der Informant. Es war meine Story. Ich spürte seine Eifersucht und sein Verlangen. Nach der Story. Nach dem Job. Nach dem, was er früher gewesen war und getan hatte.

»Weshalb haben Sie in Wahrheit aufgehört, Mike?« fragte ich.

Diesmal verzichtete er auf Ausreden.

»Wegen meiner Frau und den Kindern. Ich war nie zu Hause. Eine Krise nach der anderen, Sie wissen schon. Ich wollte allen gerecht werden und mußte schließlich eine Entscheidung treffen. An manchen Tagen glaube ich, daß es die richtige war. An anderen glaube ich das nicht. Heute ist einer von den Tagen, an denen ich es nicht glaube. Das ist eine tolle Story, Jack.«

Jetzt war ich es, der für eine Weile schwieg. Warren bog in die Haupteinfahrt des Hotels ein. Er zeigte durch die Windschutzscheibe auf die rechte Seite des Hotels.

»Sehen Sie die Tür dort? Das ist die Stelle, an der es Reagan erwischt hat. Ich war dabei. Kaum einen Meter von Hinckley entfernt. Er hat mich sogar gefragt, wie spät es ist. Außer mir waren fast keine anderen Reporter dort. Damals machten sich die meisten nicht die Mühe, beide Ausgänge im Auge zu behalten. Das änderte sich danach natürlich.«

»Wow.«

»Ja, das war eine tolle Sache.«

Ich sah ihn an und nickte ernsthaft. Dann lachten wir gleichzeitig auf. Eine tolle Sache war das nur in der Welt eines Reporters. Wir wußten beide, daß es für einen Reporter vermutlich nur noch eins gab, das besser war, als Augenzeuge eines Mordversuchs an einem Präsidenten zu sein: Augenzeuge eines gelungenen Mords zu sein. Solange man sich im Kreuzfeuer nicht selbst eine Kugel einfing.

Er hielt vor dem Eingang, und ich stieg aus und steckte den Kopf noch einmal in den Wagen.

»Gerade ist Ihre wahre Identität zum Vorschein gekommen, mein Freund.«

Er lächelte.

»Kann sein.«

16

Alle dreizehn Akten waren dünn. Sie enthielten den vom FBI und der Foundation ausgearbeiteten fünfseitigen Protokoll-Fragebogen und in der Regel nur ein paar weitere Seiten mit zusätzlichen Anmerkungen oder Aussagen von Kollegen des Verstorbenen.

Die meisten Geschichten waren sich sehr ähnlich. Streß bei der Arbeit, Alkohol, Eheprobleme, Depressionen. Grundformeln für den Polizisten-Blues. Aber die Depressionen waren der Schlüssel. In fast sämtlichen Akten hieß es, daß das Opfer unter jobbedingten Depressionen der einen oder anderen Art gelitten habe. Aber nur in einigen wenigen wurde erwähnt, daß ein spezieller, zumeist ungelöster Fall dem Kollegen besonders zu schaffen gemacht hatte.

Ich überflog die Zusammenfassungen sämtlicher Protokolle und sortierte rasch etliche Fälle aus verschiedenen Gründen aus. Entweder waren die Selbstmorde vor Zeugen begangen worden oder unter Umständen erfolgt, die eine Vortäuschung ausschlossen. Acht Fälle blieben übrig. Zumindest der Zusammenfassung nach schienen sie zu passen. Bei jedem dieser Selbstmorde wurde erwähnt, daß ein spezifischer Fall das Opfer belastet hatte.

Meine Vorgaben waren die Last eines ungelösten Falls und die Poe-Zitate. Deshalb konnte ich zwei weitere Fälle ausscheiden, bei denen ich nämlich Hinweise auf Abschiedsbriefe fand. In beiden Fällen waren sie an eine bestimmte Person gerichtet gewesen, in einem Fall an die Mutter, im anderen an die Ehefrau, und enthielten Bitten um Verständnis und Verzeihung. Nichts, was einer Verszeile oder etwas ähnlichem gleichkam. Ich legte sie beiseite. Damit blieben noch sechs.

Bei der Lektüre von einer dieser restlichen Akten stieß ich in einer Anlage auf die Abschiedsworte des Opfers – nur eine Zeile, genau wie bei meinem Bruder und bei Brooks. Als ich die Worte las, durchfuhr mich ein eiskalter Schauder. Denn ich kannte sie.

Ich werde heimgesucht von bösen Engeln

Ich schlug rasch mein Notizbuch an der Stelle auf, wo ich die Strophe aus »Traumland« festgehalten hatte, die Laurie Prine mir diktiert hatte.

Auf einem Wege, finster, einsam,
heimgesucht von bösen Engeln,
wo ein Eidolon DIE NACHT
übt auf schwarzem Throne Macht,
fand aus fernstem, düstrem Thule
jüngst erst her ich in dies Land,
aus einer Gegend, wild und weit,
jenseits von RAUM – jenseits von ZEIT.

Da hatte ich es schwarz auf weiß. Mein Bruder und Morris Kotite, ein Detective in Albuquerque, der sich angeblich mit einem Schuß in die Brust und einem weiteren in die Schläfe umgebracht hatte, hatten Selbstmord-Nachrichten hinterlassen, die aus ein und derselben Gedichtstrophe stammten. Das war das Bindeglied.

Aber meine Gefühle des Triumphs und der Erregung wichen rasch einer tiefen, unglaublichen Wut. Ich war wütend über das, was meinem Bruder und diesen anderen Männern passiert war. Ich war wütend auf die lebenden Cops, weil sie das nicht früher erkannt hatten, und mir fielen Wexlers Worte wieder ein, nachdem ich ihn überzeugt hatte, daß mein Bruder ermordet worden war.

Ein Scheißreporter. Jetzt verstand ich seine Wut. Aber in erster Linie empfand ich einen ohnmächtigen Zorn gegenüber dem Kerl, der das getan hatte, und über den ich so wenig wußte. Der Mörder war, seinen eigenen Worten zufolge, ein Eidolon. Ich jagte ein Phantom.

Das Durchsehen der letzten fünf Akten kostete mich eine Stunde. Bei dreien von ihnen machte ich mir Notizen, die anderen beiden sortierte ich aus. Eine davon kam nicht in Frage, weil der Tod am selben Tag eingetreten war, an dem John Brooks in Chicago umgebracht wurde. In Anbetracht der Planung, die jedem dieser Morde vorausgegangen sein mußte, war es höchst unwahrscheinlich, daß zwei an einem Tag begangen worden waren.

Der andere Fall schied aus, weil der Selbstmord des Cops unter anderem seiner Verzweiflung über die grauenhafte Entführung und anschließende Ermordung eines jungen Mädchens auf Long Island, New York, zugeschrieben worden war. Obwohl es keine Botschaft gab, hatte es zuerst so ausgehen, als könne der Fall in mein Schema passen. Doch als ich die ganze Akte gelesen hatte, wußte ich, daß dieser Detective den Entführungs- und Mordfall mit der Verhaftung eines Verdächtigen abgeschlossen hatte. Das paßte nicht in mein Schema und natürlich auch nicht zu der Theorie, die Larry Washington in Chicago aufgestellt und die ich akzeptiert hatte: nämlich, daß dieselbe Person sowohl das erste Opfer als auch den Detective umbrachte.

Zu den letzten dreien, die – neben dem Kotite-Fall – in Frage zu kommen schienen, gehörte Garland Petry, ein Detective in Dallas, der angeblich selbst einen Schuß in seine Brust und einen weiteren in sein Gesicht abgegeben hatte. Er hatte eine Notiz hinterlassen. Sie lautete: »Wohl weiß ich genau, meine Kraft ist besiegt.«

Natürlich hatte ich Petry nicht gekannt, aber ich hatte noch nie gehört, daß ein Cop solche Worte gebraucht hatte. Ich konnte mir einfach nicht vorstellen, daß solch eine Zeile von der Hand und aus den Gedanken eines Cops stammen konnte, der Selbstmord begehen wollte.

Auch im zweiten der verbleibenden drei Fälle spielte ein Einzeiler eine Rolle. Clifford Beltran, ein Detective, der im Büro des Sheriffs von Sarasota County in Florida gearbeitet hatte, hatte angeblich vor drei Jahren Selbstmord begangen und eine Notiz hinterlassen, auf der lediglich »Gott helfe meiner armen Seele« stand. Es war nur eine Ahnung, aber ich fügte Beltran meiner Liste hinzu.

Den dritten und letzten Fall nahm ich mit auf, obwohl John P. McCafferty, Detective bei der Mordkommission der Polizei von Baltimore, keine Nachricht hinterlassen hatte. Doch sein Tod hatte eine unheimliche Ähnlichkeit mit dem von John Brooks. McCafferty hatte angeblich einen Schuß in den Fußboden seiner Wohnung abgefeuert, bevor er den zweiten und tödlichen Schuß in seinen Mund abgab.

Vier Namen. Ich dachte noch eine Weile über mögliche Zusammenhänge nach, bevor ich das Buch mit Poes Werken aus meiner Reisetasche holte.

Es war eine Gesamtausgabe. Ich warf einen Blick auf das Inhaltsverzeichnis und stellte fest, daß seine Gedichte sechsundsiebzig Seiten füllten. Mir stand eine lange Nacht bevor. Ich bestellte beim Zimmerservice eine große Kanne Kaffee und bat gleichzeitig um ein paar Aspirin – gegen das Kopfweh, das ich von den Unmengen Koffein bekommen würde. Schließlich begann ich zu lesen.

Ich habe nie zu den Leuten gehört, die sich vor der Dunkelheit oder dem Alleinsein fürchten. Ich lebe seit zehn Jahren allein, habe sogar schon allein in Nationalparks kampiert, habe in dunklen Wagen auf noch dunkleren Straßen gesessen, um Kandidaten oder Kriminelle abzufangen oder mit ängstlichen Informanten zu reden. Die Kriminellen haben mir natürlich Angst gemacht, nicht aber die Tatsache, daß ich ganz allein im Dunkeln saß. Doch ich muß gestehen, daß mir Poes Worte an jenem Abend Schauder über den Rücken jagten. Vielleicht lag es daran, daß ich von Tod- und Morddokumenten umgeben war oder die Gegenwart meines toten Bruders spürte. Vielleicht war es auch einfach das Wissen darüber, wofür einige dieser Worte, die ich gerade las, benutzt worden waren.

Was immer es war, es flößte mir ein Grauen ein, das nicht einmal dann schwand, als ich den Fernseher anstellte, damit er beruhigende Hintergrundgeräusche lieferte.

Ich las gerade ein Gedicht mit dem Titel »Ein Rätsel«, als das Telefon läutete und mich hochfahren ließ. Es war halb eins, und ich nahm an, daß es Greg Glenn in Denver war. Doch als ich nach dem Hörer griff, wußte ich, daß das nicht sein konnte. Ich hatte Glenn nicht gesagt, in welchem Hotel ich wohnen würde.

Der Anrufer war Michael Warren.

»Ich dachte mir, daß Sie noch wach sind, und wollte mich nur erkundigen, was Sie herausgefunden haben.«

Wieder verspürte ich Unbehagen über sein großes Interesse, seine vielen Fragen. Er verhielt sich so völlig anders als ein gewöhnlicher Informant. Aber in Anbetracht des Risikos, das er auf sich genommen hatte, konnte ich ihn nicht einfach abwimmeln.

»Ich bin noch bei der Arbeit«, sagte ich. »Ich lese Gedichte von Edgar Allan Poe. Sie jagen mir eine Heidenangst ein.«

Er lachte höflich.

»Paßt denn irgend etwas – was die Selbstmorde angeht?«

In dem Augenblick kam mir ein Gedanke.

»Von wo rufen Sie an?«

»Von zu Hause. Weshalb?«

»Sagten Sie nicht, daß Sie in Maryland wohnen?«

»Ja. Warum?«

»Dann ist dies ein Ferngespräch, stimmt's? Auf Ihrer Telefonrechnung wird verzeichnet sein, daß Sie mich hier angerufen haben. Haben Sie daran nicht gedacht?«

Ich konnte seine Unvorsichtigkeit nicht verstehen, vor allem in Anbetracht dessen, was er mir über das FBI und Agentin Walling erzählt hatte.

»Oh, verdammt, ich ... Ach, ich glaube, das macht nichts. Niemand wird meine Telefonrechnung überprüfen. Schließlich habe ich ja keine Staatsgeheimnisse verraten.«

»Das kann ich nicht beurteilen. Sie kennen diese Leute besser als ich.«

»Zerbrechen wir uns darüber nicht den Kopf. Was haben Sie gefunden?«

»Ich sagte es bereits, ich bin noch dabei. Ich habe ein paar Fälle gefunden, die ins Bild passen könnten.«

»Gut. Ich freue mich, daß es das Risiko wert war.«

Ich nickte, doch dann wurde mir klar, daß er das nicht sehen konnte.

»Nochmals vielen Dank.«

»Dann überlasse ich Sie jetzt wieder Ihrer Lektüre. Vielleicht können Sie mich morgen ja über den neuesten Stand informieren.«

»Ich weiß nicht, ob das eine gute Idee ist, Michael. Ich glaube, wir sollten jedes Aufsehen vermeiden.«

»Na schön, wie Sie meinen. Vermutlich werde ich ohnehin alles eines Tages lesen können. Haben Sie schon einen Ablieferungstermin?«

»Nein. Darüber haben wir überhaupt noch nicht geredet.«

»Netter Chef. Na dann, viel Erfolg.«

Bald war ich wieder in die Worte des Dichters versunken. Poe war ein Meister der Stimmung und des Tempos gewesen. Eine düstere Stimmung, ein stürmisches Tempo.

Ich ertappte mich dabei, wie ich die Worte und Redewendungen auf mein eigenes Leben übertrug. »Ich weilt' allein /

in Welten voll Pein«, hatte Poe geschrieben. »Meine Seele ein regloses Meer.« Worte, die, jedenfalls im Augenblick, auf mich gemünzt zu sein schienen.

Ich hatte bald das Gefühl, ganz im Banne der Melancholie des Dichter zu stehen, vor allem bei den Strophen von »Der See«.

Doch wenn die Nacht warf ihr Gewand
auf jenen Fleck wie alles Land,
und der Wind strich lau vorbei,
mystisch murr'nde Melodei,
dann – ah dann – erblickt' ich jäh
den tiefsten Schrecken am einsamen See.

Poe hatte meine eigene entsetzliche, immer wieder aufflackernde Erinnerung beschrieben. Meinen Alptraum. Er hatte über anderthalb Jahrhunderte hinweg nach mir gegriffen und mir seine kalten Finger auf die Brust gelegt.

Tod war in der finstern Schlucht,
in gift'gen Wellen eine Gruft.

Ich beendete die Lektüre des letzten Gedichts um drei Uhr in der Frühe. Ich hatte nur eine weitere Übereinstimmung zwischen den Gedichten und den Selbstmord-Botschaften gefunden. Die Zeile von Detective Garland Petry – »Wohl weiß ich genau, meine Kraft ist besiegt.« – entstammte einem Gedicht mit dem Titel »Für Annie«.

Aber für die letzten Worte, die Beltran, der Detective in Saratoga, angeblich hinterlassen hatte, fand ich keine Quelle. »Gott helfe meiner armen Seele.« So hatten die Worte gelautet. Inzwischen nahm ich an, daß es das letzte, inbrünstige Gebet eines zum Selbstmord entschlossenen Mannes gewesen war. Ich strich Beltran also von der Liste, studierte noch einmal meine Notizen, während ich gegen den Schlaf ankämpfte, und kam zu dem Schluß, daß der Fall McCafferty in Baltimore und der Fall Brooks in Chicago so viele Ähnlichkeiten aufwiesen, daß man sie nicht ignorieren konnte. Ich wußte, was als nächstes zu tun war. Ich würde nach Baltimore fliegen.

In jener Nacht träumte ich wieder. Den einzigen Alptraum, der in meinem Leben immer wiederkehrte. Ich träumte, daß ich auf einem riesigen zugefrorenen See herumwanderte, blauschwarzes Eis unter meinen Füßen. In allen Richtungen war ich gleich weit von Nirgendwo entfernt, und alle Horizonte waren grellweiß. Ich senkte den Kopf und ging weiter und weiter. Mein Schritt wurde erst langsamer, als ich die Stimme eines Mädchens hörte. Ein Hilfeschrei. Ich schaute mich um, aber es war nichts zu sehen. Ich ging weiter. Einen Schritt. Zwei Schritte. Da kam plötzlich eine Hand aus dem Eis hervor und packte mich. Zerrte mich auf das größer werdende Loch zu. Wollte sie mich hinunterziehen, oder versuchte sie, sich selbst zu befreien? Ich habe es nie erfahren. Sooft ich diesen Traum auch träumte, ich habe es nie erfahren.

Alles, was ich sah, waren die Hand und der schlanke Arm, die aus dem schwarzen Wasser kamen. Ich wußte, daß die Hand der Tod war. Dann wachte ich auf.

Das Licht und der Fernseher waren noch eingeschaltet. Ich setzte mich auf, zuerst orientierungslos, bis mir wieder einfiel, wo ich war und was ich dort tat. Ich wartete darauf, daß die Kälte nachließ. Dann stand ich auf, schaltete den Fernseher aus, ging zur Minibar, löste das Siegel und öffnete die Tür. Ich entschied mich für eine kleine Flasche Amaretto. Ich suchte auf der kleinen Liste nach dem Preis. Sechs Dollar. Ich studierte die Liste und die unverschämt hohen Preise, nur um beschäftigt zu sein.

Endlich spürte ich, wie der Alkohol mich wärmte. Ich setzte mich auf das Bett und sah auf die Uhr. Es war Viertel vor fünf. Ich brauchte Schlaf. Mußte zu mir kommen. Ich schlüpfte unter die Decke und holte das Buch vom Nachttisch. Ich schlug »Der See« auf und las das Gedicht noch einmal. Meine Augen kehrten immer wieder zu den beiden Zeilen zurück:

> Tod war in der finstern Schlucht,
> in gift'gen Wellen eine Gruft.

Endlich gewann die Erschöpfung die Oberhand über meine quälenden Gedanken. Ich legte das Buch beiseite und ließ mich tiefer sinken. Danach schlief ich den Schlaf der Toten.

17

Es verstieß gegen Gladdens Instinkte, in der Stadt zu bleiben, aber noch konnte er nicht verschwinden. Es gab Dinge, die er erledigen mußte. Die Eilüberweisung würde in ein paar Stunden bei der Filiale der Wells Fargo eingehen, und er brauchte eine neue Kamera. Das war unerläßlich, und er konnte sich keine besorgen, wenn er nach Fresno unterwegs war oder sonstwohin flüchtete. Also mußte er in L. A. bleiben.

Er schaute in den Spiegel über dem Bett und betrachtete sich. Seine Haare waren jetzt schwarz. Er hatte sich seit Mittwoch nicht mehr rasiert, und die Bartstoppeln waren schon ziemlich dicht. Er holte die Brille vom Nachttisch und setzte sie auf. Die farbigen Kontaktlinsen hatte er in dem In N Out, wo er am Abend zuvor gegessen hatte, in die Mülltonne geworfen. Er schaute wieder in den Spiegel und lächelte über sein verändertes Aussehen. Er war ein neuer Mann.

Dann warf er einen Blick auf den Fernseher. Eine Frau praktizierte mit einem Mann oralen Sex, während ein anderer sie gleichzeitig von hinten nahm. Der Ton war ausgeschaltet, aber er wußte, wie er sich anhören würde. Der Fernseher war die ganze Nacht über an gewesen. Die Pornofilme, die im Zimmerpreis inbegriffen waren, erregten ihn kaum, weil die Akteure alle zu alt waren und einen weltverdrossenen Eindruck machten. Sie waren widerlich. Trotzdem ließ er den Fernseher laufen. Er half ihm, sich zu erinnern, daß alle Menschen unheilige Gelüste hatten. Er schaute wieder in sein Buch und begann, das Gedicht von Poe abermals zu lesen. Inzwischen kannte er es längst auswendig. Trotzdem liebte er es, die Worte auf dem Papier zu sehen und das Buch in der Hand zu halten. Er empfand es irgendwie als tröstlich.

In Visionen der dunklen Mitternacht
träumt' ich vergang'ner Freuden Pracht –
doch ein Wachtraum von Leben, Licht und Glück
ließ mich gebroch'nen Herzens zurück.

Gladden setzte sich auf und legte das Buch beiseite. Er hatte einen Wagen gehörte, der vor seinem Zimmer anhielt. Er trat ans Fenster und lugte durch die Vorhänge hinaus auf den Parkplatz. Die Sonne tat seinen Augen weh. Der Wagen gehörte irgendwelchen Leuten, die gerade ein Zimmer gemietet hatten. Einem Mann und einer Frau. Beide schienen betrunken zu sein, und dabei war es noch nicht einmal Mittag.

Gladden wußte, daß es Zeit zum Ausgehen war. Zuerst brauchte er eine Zeitung, um nachzuschauen, ob etwas über Evangeline darin stand. Oder über ihn selbst. Dann zur Bank. Dann die Kamera besorgen. Danach würde er vielleicht, sofern noch Zeit dazu war, auf Suche gehen.

Er wußte, je öfter er sich drinnen aufhielt, desto besser standen seine Chancen, nicht entdeckt zu werden. Doch er hatte auch das Gefühl, seine Spuren ausreichend verwischt zu haben.

Seit dem Verlassen des Star Motel in Hollywood hatte er zweimal das Motel gewechselt. Das erste Zimmer in Culver City hatte er nur dazu benutzt, sich die Haare zu färben. Danach hatte er saubergemacht, sämtliche Fingerabdrücke abgewischt und war wieder verschwunden. Dann war er im Valley in die Absteige gezogen, in der er jetzt saß, das Bon Soir Motel am Ventura Boulevard in Studio City. Vierzig Dollar pro Nacht, drei Kanäle mit Erwachsenenfilmen inbegriffen.

Als Namen hatte er Richard Kidwell angegeben. So lautete der Name auf seinem letzten Satz Papiere. Er würde sich ins Netz einklinken und ein paar neue einhandeln müssen. Gleichzeitig brauchte er eine Deckadresse, an die die neuen Papiere geschickt werden konnten. Das war ein weiterer Grund, weshalb er in L. A. bleiben mußte, zumindest noch eine Zeitlang. Er setzte die Deckadresse auf die Liste der zu erledigenden Dinge.

Während er seine Hose anzog, warf er erneut einen Blick auf den Fernseher. Eine Frau mit einem Gummipenis, der mit einem Riemen vor ihrem Bauch befestigt war, hatte Sex mit einer anderen Frau. Gladden band seine Schuhe zu, stellte den Fernseher ab und verließ das Zimmer.

Beim Anblick der Sonne zuckte er zusammen. Er ging über den Parkplatz zum Büro des Motels. Gladden trug ein weißes T-Shirt mit einem Bild von Pluto darauf. Der Hund war seine liebste Cartoon-Figur. Früher hatte das T-Shirt ihm dabei geholfen, die Ängste der Kinder zu beschwichtigen. Es schien immer zu funktionieren.

Hinter der Glasscheibe im Büro saß eine schäbig aussehende Frau. Sie war an einer Stelle tätowiert, die einmal die obere Rundung ihrer linken Brust gewesen war. Jetzt sackte dort die Haut herunter, und die Tätowierung war so alt und verunstaltet, daß man sie kaum von einem blauen Fleck unterscheiden konnte. Die Frau trug eine große blonde Perücke, grellrosa Lippenstift und soviel Make-up, daß es ausgereicht hätte, einen Napfkuchen damit zu glasieren. Oder sie für eine Fernseh-Evangelistin zu halten. Sie war diejenige, die am Vortag seine Anmeldung entgegengenommen hatte. Er legte einen Dollarschein in die Durchreiche und bat um drei Vierteldollar, zwei Zehn- und eine Fünfcentmünze. Er wußte nicht, was die Zeitungen in L. A. kosteten. In den anderen Städten lag der Preis zwischen einem Vierteldollar und fünfzig Cents.

»Tut mir leid, Baby, ich habe kein Kleingeld«, sagte sie.

»Scheiße«, knurrte Gladden wütend. Er schüttelte den Kopf. Was für ein schlechter Service! »Was ist mit Ihrem Portemonnaie? Ich habe keine Lust, wegen einer verdammten Zeitung meilenweit zu laufen.«

»Warten Sie. Und halten Sie Ihre Zunge im Zaum. Sie brauchen hier nicht den wilden Mann zu markieren.«

Als sie aufstand, musterte er sie. Sie trug einen kurzen, engen schwarzen Rock, der auf der Rückseite ihrer Oberschenkel ein Netzwerk von Krampfadern zur Schau stellte. Ihm wurde bewußt, daß er keine Ahnung hatte, wie alt sie sein mochte, eine verbrauchte Dreißigjährige oder eine Fünfundvierzigjährige, die die besten Jahre bereits hinter sich hatte. Als sie sich bückte, um ihre Handtasche aus einer der unteren Schreibtischschubladen zu holen, sah es so aus, als böte sie ihm absichtlich ihr Hinterteil dar. Dann kramte sie nach ihrem Portemonnaie. Dabei fixierte sie ihn durch die Scheibe mit einem abschätzigen Blick.

»Haben Sie etwas gesehen, das Ihnen gefällt?« fragte sie.

»Nein, eher nicht«, erwiderte Gladden. »Haben Sie nun Wechselgeld?«

Sie öffnete das Portemonnaie und betrachtete ihr Kleingeld. »Sie brauchen nicht patzig zu werden. Außerdem habe ich nur einundsiebzig Cent.«

»Geben Sie her.«

Er schob den Dollar durch.

»Sind Sie sicher? Sechs davon sind Einer.«

»Ja, ich bin sicher. Nun geben Sie schon her.«

Sie ließ das Kleingeld in die Durchreiche fallen, und er hatte sehr viel Mühe, es aufzuklauben, weil seine Fingernägel restlos abgekaut waren.

»Sie haben Zimmer sechs, stimmt's?« sagte sie, nachdem Sie einen Blick auf die Belegliste geworfen hatte. »Immer noch ohne Begleitung?«

»Was soll das?«

»Ich wollte mich nur vergewissern. Was tun Sie so allein in Ihrem Zimmer? Ich hoffe, Sie besorgen es sich nicht selbst auf der Bettdecke.«

Sie grinste. Jetzt hatte sie es ihm heimgezahlt. Seine Wut flammte auf, aber er wußte, daß er ruhig bleiben mußte und keinen falschen Eindruck erwecken durfte. Dennoch konnte er nicht an sich halten.

»Wer wird jetzt patzig, hmmm? Sie sind wirklich zum Kotzen. Diese Krampfadern, die zu Ihrem Arsch hochlaufen, sehen genauso aus wie eine Straßenkarte zur Hölle, Lady.«

»Hey! Seien Sie vorsichtig, oder ...«

»Oder was? Sie werfen mich hinaus?«

»Passen Sie einfach auf, was Sie sagen.«

Gladden klaubte die letzte Münze, ein Zehncentstück, auf und verließ das Büro ohne ein weiteres Wort. Draußen ging er zum Zeitungsautomaten und kaufte die Morgenausgabe.

In der beruhigenden Einsamkeit seines dunklen Zimmers wühlte sich Gladden durch die Zeitung, bis er den Lokalteil gefunden hatte. Rasch überflog er die acht Seiten, fand jedoch nichts über den Mord im Motel. Enttäuscht gelangte er zu dem Schluß, daß der Tod eines schwarzen Zimmermädchens in dieser Stadt wohl keinen Bericht wert war.

Er warf die Zeitung aufs Bett. In dem Augenblick, als sie dort landete, erregte ein Foto auf der Titelseite des Lokalteils seine Aufmerksamkeit. Es war ein Schnappschuß von einem Jungen auf einem Skateboard. Er nahm die Seiten wieder auf und las den Text, der unter dem Foto stand. Da hieß es, daß im MacArthur-Park endlich wieder Schaukeln und andere Geräte für Kinder aufgestellt worden waren, nachdem man sie wegen des Baus einer U-Bahnstation hatte abbauen und den größten Teil des Parks hatte schließen müssen.

Gladden betrachtete das Foto noch einmal. Der Junge auf dem Skateboard hieß Miguel Arax und war sieben Jahre alt. Gladden kannte die Gegend nicht, in der der Park lag, vermutete aber, daß eine neue U-Bahnstation nur für eine Gegend genehmigt worden war, in der Leute mit niedrigem Einkommen lebten. Das bedeutete, daß die meisten Kinder arm sein und dunkelbraune Haut haben würden wie der Junge auf dem Foto. Er beschloß, diesen Park einmal aufzusuchen, sobald er alles erledigt und eine Bleibe gefunden hatte. Mit den Armen war es immer viel leichter.

Eine Unterkunft, dachte Gladden. Er wußte, daß eine Unterkunft von allergrößter Wichtigkeit war. Er konnte nicht in diesem Motel oder irgendeinem anderen wohnen bleiben, einerlei, wie gut er seine Spuren verwischt hatte. Es war nicht sicher. Das Risiko wurde von Tag zu Tag größer. Schon bald würden sie nach ihm suchen, das spürte er instinktiv. Bald würden sie nach ihm suchen, deshalb mußte er einen sicheren Ort finden.

Er legte die Zeitung fort und ging zum Telefon. Die verrauchte Stimme, die sich meldete, nachdem er die Null gewählt hatte, war unverwechselbar.

»Hier ist, äh, Richard ... in sechs. Ich wollte nur sagen, daß mir meine Worte von vorhin leid tun. Ich war grob, und ich bitte um Entschuldigung.«

Sie sagte nichts, also redete er weiter.

»Aber Sie hatten recht, es ist verdammt einsam hier, und da habe ich mich gefragt, ob das Angebot, das Sie mir vorhin gemacht haben, wohl noch gilt.«

»Welches Angebot?«

Sie wollte es ihm offensichtlich schwermachen.

»Sie wissen schon, Sie haben gefragt, ob ich etwas sehe, das mir gefällt. Also, stimmt, ich habe etwas gesehen.«

»Ich kann's kaum glauben. Sie waren ziemlich grob. Woran haben Sie gedacht?«

»Ich weiß nicht. Aber ich habe hundert Dollar, damit sollten wir es uns doch nett machen können.«

Sie schwieg für einen Moment.

»Also, um vier habe ich Feierabend und danach das ganze Wochenende frei. Ich könnte zu Ihnen kommen.«

Gladden lächelte, sorgte aber dafür, daß man es seiner Stimme nicht anhörte.

»Ich kann es kaum abwarten.«

»Dann tut es mir auch leid. Daß ich so patzig war und was ich gesagt habe.«

»Schön zu hören. Also, bis bald – oh, sind Sie noch da?«

»Natürlich, Baby.«

»Wie heißen Sie eigentlich?«

»Darlene.«

»Also, Darlene, ich kann kaum erwarten, daß es vier Uhr ist.«

Sie lachte und legte auf. Gladden lachte nicht.

18

Am nächsten Morgen mußte ich wegen der Zeitverschiebung bis zehn Uhr warten, um Laurie Prine an ihrem Schreibtisch in Denver zu erreichen. Ich war sehr ungeduldig, als ich sie endlich an der Strippe hatte, aber ich mußte erst die Begrüßung und die Fragen, wo ich war und was ich tat, hinter mich bringen, bevor ich endlich zur Sache kommen konnte.

»Als Sie für mich nach Polizisten-Selbstmorden suchten – haben Sie da in der *Baltimore Sun* nachgesehen?«

»Ja.«

»Okay, könnten Sie sich die *Sun* bitte noch einmal vornehmen und nach dem Namen John McCafferty suchen?«

Ich buchstabierte ihn für sie.

»Natürlich. Wie weit zurück?«

»Ich weiß nicht genau. Fünf Jahre müßten reichen.«

»Wann brauchen Sie es?«

»Gestern abend.«

»Das bedeutet vermutlich, daß Sie am Telefon warten wollen.«

»So ist es.«

Ich zog den Poe-Band auf den Schoß und las einige der Gedichte, während ich wartete. Bei Tageslicht schlugen die Worte mich nicht mehr so stark in ihren Bann wie in der Nacht zuvor.

»Okay – Donnerwetter – es gibt eine Menge Material über ihn, Jack. Achtundzwanzig Artikel. Suchen Sie nach etwas Bestimmtem?«

»Äh, nein. Welches ist der neueste?«

Ich wußte, daß sie das feststellen konnte, indem sie einfach die Schlagzeilen über ihren Bildschirm laufen ließ.

»›Detective wegen Behinderung der Ermittlungen im Todesfall McCafferty entlassen‹.«

»Das ist merkwürdig«, sagte ich. »Das hätte bereits bei Ihrer ersten Suche auftauchen müssen. Können Sie mir den Artikel vorlesen?«

Ich hörte, wie sie ein paar Tasten anschlug.

»So, jetzt hab ich's. ›Ein Detective der Polizei von Baltimore wurde am Montag entlassen, weil er versucht hat, den Eindruck zu erwecken, sein langjähriger Partner habe sich im Frühjahr nicht selbst umgebracht. Zu diesem Zweck veränderte er den Tatort. Die Entscheidung gegen Detective Daniel Bledsoe wurde nach zweitägiger nichtöffentlicher Anhörung vom Board of Rights getroffen. Bledsoe war für einen Kommentar nicht erreichbar, aber ein Kollege, der ihn bei der Anhörung vertrat, erklärte, der hochdekorierte Detective würde von seiner Dienststelle, der er dreiundzwanzig Jahre gut gedient hatte, mit ungerechtfertigter Härte behandelt. Offiziellen Verlautbarungen zufolge starb Bledsoes Partner, Detective John McCafferty, am 8. Mai an einer Schußverletzung, die er sich selbst beigebracht hatte. Sein Leichnam wurde von seiner Frau Susan gefunden, die als erstes Bledsoe anrief. Bledsoe, so verlautete, begab sich in die Wohnung seines Partners, vernichtete eine Nachricht, die er in der Hemdtasche des Toten fand, und veränderte auch andere Aspekte des Tatorts so, daß es aussah, als sei McCafferty von einem Eindringling erschossen worden, der sich der Waffe des Detectives bemächtigt hatte. Die Polizei teilte mit …‹ Soll ich weiterlesen, Jack?«

»Ja, bitte, machen Sie weiter.«

»›Die Polizei teilte mit, Bledsoe sei sogar soweit gegangen, einen zusätzlichen Schuß in McCaffertys Leichnam abzugeben, und zwar in den Oberschenkel. Dann wies Bledsoe Susan an, den Notruf zu wählen, und verließ die Wohnung. Als man ihm später mitteilte, daß sein Partner tot sei, heuchelte er Überraschung. Allem Anschein nach hatte McCafferty, bevor er sich umbrachte, bereits einen Schuß in den Boden abgefeuert, bevor er sich den Lauf der Waffe in den Mund schob und den tödlichen Schuß abgab. Die Ermittler gehen davon aus, daß Bledsoe versuchte, den Tod als Mord erscheinen zu lassen, weil Susan McCafferty mehr Sterbegeld, Krankenversicherung und Rente erhalten hätte, wenn bewiesen worden wäre, daß ihr Mann sich nicht selbst getötet hatte. Entdeckt wurde die Sache, als die Ermittler Susan McCafferty ausführlich über den Todestag ihres Mannes verhörten. Sie gab schließlich zu, mit angesehen zu haben, was Bledsoe tat.‹ Lese ich zu schnell? Machen Sie sich Notizen?«

»Nein, es ist gut so. Lesen Sie weiter.«

»Okay. ›Bei der Untersuchung weigerte sich Bledsoe, irgendeine Beteiligung an dem Plan zuzugeben, und lehnte auch jede Aussage in eigener Sache während der Anhörung durch das Board of Rights ab. Jerry Liebling, Bledsoes Kollege und Verteidiger bei der Anhörung, sagte, Bledsoe habe nur getan, was jeder loyale Partner für einen toten Kameraden und seine Hinterbliebenen getan hätte, und wäre viel zu hart dafür bestraft worden. Andere, am Montag interviewte Polizisten gaben ähnlichen Gefühlen Ausdruck. Höhergestellte Beamte behaupteten jedoch, Bledsoe sei fair behandelt worden, und wiesen darauf hin, daß das Department aus Mitgefühl beschlossen habe, weder gegen Bledsoe noch gegen Susan McCafferty Anklage zu erheben.

McCafferty und Bledsoe haben sieben Jahre lang als Partner unter anderem in einigen aufsehenerregenden Mordfällen ermittelt. Einer dieser Fälle trug vermutlich zu McCaffertys Tod bei. Die Polizei behauptete nämlich, McCafferty habe unter Depressionen gelitten wegen des unaufgeklärten Mordes an Polly Amherst, einer Grundschullehrerin, die vom Gelände der privaten Hopkins School entführt, sexuell mißbraucht, verstümmelt und erwürgt wurde. Diese Depressionen sollen den Gedanken an den Tod durch eigene Hand ausgelöst haben. Außerdem hatte McCafferty mit einem Alkoholproblem zu kämpfen.

Damit hat das Department nicht nur einen guten Ermittler verloren, sagte Liebling nach der Anhörung am Montag, *sondern zwei. Das Department hat heute wirklich Mist gebaut.*‹ Das war's, Jack.«

»Okay. Könnten Sie das bitte auf meinen Computer überspielen? Ich habe meinen Laptop dabei.«

»Okay. Was ist mit den anderen Stories?«

»Kehren Sie bitte noch einmal zu den Schlagzeilen zurück. Geht es bei ihnen auch um McCaffertys Tod, oder betreffen sie nur seine Ermittlungen?«

Sie brauchte eine halbe Minute, um die Schlagzeilen durchlaufen zu lassen. »Sieht aus, als beträfen sie alle seine Fälle. Eine Menge über die Lehrerin. Nichts weiter über den Selbstmord. Und wissen Sie was – der Grund dafür, daß ich nicht schon am Montag auf diese Story gestoßen bin, ist, daß das Wort ›Selbstmord‹ darin nicht vorkommt. Das war das Stichwort, das ich eingegeben hatte.«

Das hatte ich mir bereits selbst zusammengereimt. Ich bat sie, auch die Artikel über die Lehrerin auf meinen Computer zu überspielen, dankte ihr und legte den Hörer auf.

Ich rief das Büro der Detectives der Polizei von Baltimore an und fragte nach Jerry Liebling.

»Liebling, Mordkommission.«

»Detective Liebling, mein Name ist Jack McEvoy. Ich hoffe, Sie können mir helfen. Ich versuche, Dan Bledsoe ausfindig zu machen.«

»Und was wollen Sie von ihm?«

»Das würde ich ihm lieber selbst sagen.«

»Tut mir leid, da kann ich Ihnen nicht helfen. Im übrigen bin ich in Eile.«

»Hören Sie, ich weiß, was er für McCafferty zu tun versucht hat. Ich möchte ihm etwas erzählen, von dem ich glaube, daß es ihm helfen wird. Mehr kann ich im Augenblick nicht sagen. Aber wenn Sie *mir* nicht helfen, wird nichts daraus. Ich werde Ihnen meine Nummer geben. Bitte nennen Sie sie ihm, damit er selbst entscheiden kann.«

Es folgte ein langes Schweigen, und ich hatte plötzlich das Gefühl, in eine tote Leitung gesprochen zu haben.

»Hallo?«

»Ja, ich bin noch da. Hören Sie, wenn Dan mit Ihnen reden will, dann wird er es auch tun. Rufen Sie ihn an. Er steht im Telefonbuch.«

»Was, im Telefonbuch?«

»So ist es. Und jetzt muß ich Schluß machen.«

Er legte auf.

Ich kam mir blöd vor. An das Telefonbuch hatte ich überhaupt nicht gedacht, weil ich keinen Cop kannte, dessen Nummer darin stand. Ich wählte abermals die Nummer der Auskunft für Baltimore und nannte den Namen des ehemaligen Detectives.

»Ich habe keinen Eintrag für Daniel Bledsoe«, sagte der Mann am anderen Ende der Leitung. »Ich habe Bledsoe Insurance und Bledsoe Investigations.«

»Okay, geben Sie mir die Nummern und bitte auch die Adressen.«

»Die Nummern sind verschieden, aber die Adresse ist dieselbe, in Fells Point.«

Ich versuchte es bei der Investigations-Nummer. Eine Frau meldete sich.

»Könnte ich bitte mit Dan sprechen?«

»Tut mir leid, das geht leider nicht.«

»Wissen Sie, ob er später noch hereinkommen wird?«

»Er ist bereits da, aber er führt gerade ein anderes Gespräch. Hier ist sein Auftragsdienst. Wenn er unterwegs oder am Telefon ist, läutet es bei mir. Für seinen Terminkalender bin ich allerdings nicht zuständig.«

Fells Point liegt auf einer Landzunge östlich des Inner Harbour von Baltimore. Zuerst kommen die Touristenläden und die Hotels, dann eher altmodische Lokale und Geschäfte und schließlich alte Fabrikgebäude und Klein-Italien. Auf manchen Straßen ist der Asphalt bis auf den darunterliegenden Schotter abgefahren, und wenn der Wind aus der richtigen Richtung weht, riecht man den feuchten Tanggeruch des Meeres oder die Zuckerfabrik auf der anderen Seite der Bucht. Bledsoe Investigations und Bledsoe Insurances befanden sich in einem eingeschossigen Ziegelsteinbau an der Ecke Caroline und Fleet.

Es war kurz nach eins. An der Tür eines kleinen, direkt an der Straße liegenden Büros hing eine Plastikuhr mit verstellbaren Zeigern und den Worten BIN ZURÜCK UM. Die Uhr war auf eins gestellt. Ich beschloß, auf ihn zu warten. Ich hatte nichts Besseres zu tun.

Ich wanderte zu dem Markt auf der Fleet, kaufte mir eine Cola und kehrte dann zu meinem Wagen zurück. Vom Fahrersitz aus konnte ich die Tür von Bledsoes Büro sehen. Ich behielt sie zwanzig Minuten im Auge. Dann endlich sah ich einen Mann mit kohlschwarzem Haar, einem aus dem Jackett hervorquellenden Bauch und einem leichten Hinken näher kommen. Er schloß die Tür auf und ging hinein. Ich nahm meinen Laptop und folgte ihm.

Drinnen sah es aus wie in einer alten Arztpraxis. Es gab eine kleine Diele mit zwei Türen, einem Schiebefenster in der Wand und einem Tresen, hinter dem vermutlich die Sprechstundenhilfe gesessen hatte. Das Milchglasfenster war geschlossen. Die Tür war mit einem Summen aufgegangen, aber niemand reagierte darauf. Ich sah mich ein paar Augenblicke lang um. Es gab eine alte Couch und einen niedrigern Tisch. Für viel mehr hätte auch der Platz nicht ausgereicht. Auf dem Tisch lagen aufgefächert etliche Zeitschriften, keine weniger als sechs Monate alt. Ich war gerade im Begriff, Hallo zu rufen oder an die Tür zum inneren Heiligtum zu klopfen, als ich irgendwo auf der anderen Seite des Schiebefensters eine Toilettenspülung hörte. Dann sah ich hinter dem Milchglas eine verschwommene Gestalt, und kurz darauf wurde die Tür links von mir geöffnet. Der schwarzhaarige Mann stand vor mir. Jetzt erst sah ich, daß er einen Schnurrbart trug, so dünn wie ein Freeway auf einer Karte.

»Kann ich etwas für Sie tun?«

»Daniel Bledsoe?«

»Der bin ich.«

»Mein Name ist Jack McEvoy. Ich würde gern mit Ihnen über John McCafferty sprechen. Ich glaube, wir könnten uns gegenseitig helfen.«

»Die Sache ist lange her.«

Er betrachtete mißtrauisch meine Computertasche.

»Das ist nur ein Laptop«, sagte ich. »Können wir uns irgendwo hinsetzen?«

»Klar. Warum nicht?«

Ich folgte ihm durch die Tür und einen schmalen Korridor entlang, von dem an der rechten Seite drei weitere Türen abgingen. Er öffnete die erste, und wir betraten ein mit imitiertem Ahorn getäfeltes Zimmer. An der Wand hingen seine gerahmte Lizenz und einige Fotos aus seiner Zeit als Cop. Der ganze Raum kam mir ebenso dürftig vor wie sein Schnurrbart, aber ich war entschlossen, trotzdem zur Sache zu kommen.

Bledsoe ließ sich hinter einem Schreibtisch mit einer schwarzen Resopalplatte nieder, vermutlich aus einem Laden für gebrauchte Büromöbel. Man sah deutlich den Staub, der sich auf der glänzenden Oberfläche abgelagert hatte. Ich ließ mich Bledsoe gegenüber auf dem einzigen Stuhl nieder. Mein Erstaunen blieb ihm nicht verborgen.

»Das hier war früher eine Abtreibungspraxis. Der Mann wurde eingebuchtet, weil er es noch im letzten Drittel gemacht hat. Ich habe die Räume übernommen, der Staub und das Aussehen sind mir egal. Ich erledige den größten Teil meiner Arbeit am Telefon, verkaufe Versicherungspolicen an Cops. Und Kunden, für die ich etwas herausfinden soll, suche ich auf. Sie kommen nicht zu mir. Und jetzt erzählen Sie mir, weshalb Sie hier sind.«

Ich erzählte ihm von meinem Bruder und danach von John Brooks in Chicago. Ich sah, wie sich Skepsis auf seinem Gesicht breitmachte, während ich redete. Sie verriet mir, daß mir vielleicht noch zehn Sekunden blieben, bevor er mich zur Tür hinauswarf.

»Was soll das?« fragte er. »Wer hat Sie geschickt?«

»Niemand. Aber ich vermute, daß ich nur ungefähr einen Tag Vorsprung vor dem FBI habe. Sie kommen garantiert. Ich dachte nur, Sie würden vorher vielleicht gern mit mir reden. Ich weiß nämlich, wie Ihnen zumute sein muß. Mein Bruder und ich waren Zwillinge. Und ich habe schon oft gehört, daß langjährige Partner, besonders in einer Mordkommission, ein regelrecht brüderliches Verhältnis entwickeln.«

Ich schwieg für ein paar Sekunden. Ich hatte alles ausgespielt bis auf mein As, und dafür mußte ich den richtigen Augenblick abwarten. Bledsoe schien ein wenig abzukühlen. Vermutlich trat Verwirrung an die Stelle seines Zorns.

»Und was wollen Sie von mir?«

»Die Nachricht. Ich will wissen, was auf dem Zettel stand, den McCafferty hinterlassen hat.«

»Es gab keine Nachricht. Ich habe nie gesagt, daß es eine Nachricht gegeben hat.«

»Aber seine Frau hat davon gesprochen.«

»Dann reden Sie mit ihr.«

»Nein, ich glaube, ich rede lieber mit Ihnen. Ich will Ihnen etwas erzählen. In all diesen Fällen bringt der Täter das Opfer irgendwie dazu, ein oder zwei Zeilen als eine Art Abschiedsbrief zu hinterlassen. Ich weiß nicht, wie er das anstellt oder weshalb sie ihm zu Willen sind, aber sie tun es. Und jedesmal stammt der Text aus einem Gedicht. Aus einem Gedicht von ein und demselben Autor. Von Edgar Allan Poe.«

Ich zog den Band mit Poes Werken aus der Computertasche. Ich legte ihn auf den Schreibtisch, damit er ihn sehen konnte.

»Ich glaube, Ihr Partner wurde ermordet. Sie kamen an den Tatort, und es sah wie Selbstmord aus, weil es so aussehen sollte. Die Nachricht, die Sie vernichtet haben – ich wette um die Rente Ihres Partners, daß sie aus einem der Gedichte stammt, die in diesem Buch stehen.«

Bledsoe schaute auf das Buch, dann sah er wieder mich an.

»Offensichtlich waren Sie einmal der Ansicht, es ihm schuldig zu sein, Ihren Job zu riskieren, um das Leben für seine Witwe etwas angenehmer zu machen.«

»Ja, und sehen Sie, was es mir eingebracht hat! Ein Scheißbüro mit einer Scheißlizenz an der Wand. Ich sitze in einem Zimmer, in dem früher Babies aus Frauen herausgeschabt worden sind. Das ist nicht gerade nobel.«

»Aber alle Kollegen wußten, daß das, was Sie getan haben, ziemlich nobel war, sonst würden sie Ihnen keine Versicherungen abkaufen. Sie haben es für Ihren Partner getan. Und jetzt sollten Sie bei der Stange bleiben.«

Bledsoe wandte den Kopf und betrachtete eines der Fotos. Es zeigte ihn und einen anderen Mann in einer freundschaftlichen Umarmung und mit einem sorglosen Lächeln. Aufgenommen in den guten alten Zeiten.

»Das Fieber, das Leben heißt, ist endlich überwunden«, sagte er, ohne den Blick von dem Foto abzuwenden.

Ich schlug mit der Hand auf das Buch. Das Geräusch erschreckte uns beide.

»Verstanden«, sagte ich. Ich hatte die Seiten mit den Gedichten, aus denen die Zitate des Mörders stammten, eingeknickt. Ich überflog »Für Annie«, bis ich wußte, daß ich recht hatte. Dann legte ich das Buch auf den Schreibtisch und drehte es so, daß er darin lesen konnte.

»Erste Strophe«, sagte ich.

Bledsoe beugte sich vor und las das Gedicht.

Dem Himmel sei Dank! Die Krise –
die Gefahr ist vorbei,
und die schleichende Krankheit
ist endlich geschwunden –
und das Fieber, das »Leben« heißt,
endlich ist's überwunden.

19

Als ich um vier Uhr durch das Foyer des Hilton eilte, stellte ich mir vor, wie Greg Glenn jetzt gemächlich von seinem Schreibtisch aufstand und sich zur täglichen Besprechung der Lokalnachrichten in den Konferenzraum auf den Weg machte. Ich mußte mit ihm reden, und ich wußte, wenn ich ihn nicht vorher erwischte, würde er die nächsten beiden Stunden in dieser Besprechung und der daran anschließenden Wochenend-Konferenz festsitzen.

Als ich auf die Fahrstühle zuging, sah ich, daß eine Frau gerade den einzigen betrat, der sich zur Zeit im Erdgeschoß befand. Ich folgte ihr rasch. Sie hatte bereits auf den Knopf für die zwölfte Etage gedrückt. Ich stellte mich an die hintere Wand der Kabine und schaute abermals auf die Uhr. Ich würde es gerade noch schaffen. Die Redaktionskonferenzen begannen selten pünktlich.

Die Frau stand rechts von mir, und zwischen uns herrschte jenes unbehagliche Schweigen, das immer eintritt, wenn Fremde in einer Fahrstuhlkabine beisammen stehen. Ihr Gesicht spiegelte sich in dem polierten Messingbeschlag der Tür. Sie sah sehr gut aus, und es fiel mir schwer, den Blick von ihrem Spiegelbild abzuwenden, obwohl ich fürchtete, daß sie zu mir hinschauen und mich dabei ertappen könnte. Vermutlich wußte sie, daß ich sie betrachtete.

Als der Fahrstuhl in der zwölften Etage hielt, ließ ich sie zuerst aussteigen. Sie wandte sich nach links und eilte den Korridor entlang. Ich bog nach rechts ab. Als ich mich meiner Tür näherte und bereits die Schlüsselkarte aus meiner Hemdtasche zog, hörte ich leichte Schritte auf dem Teppichboden des Korridors. Ich drehte mich um. Die Frau war mir gefolgt. Sie lächelte. »Falsche Richtung.«

»Kann passieren«, sagte ich und lächelte ebenfalls. »Manchmal kommt man sich hier vor wie in einem Labyrinth.«

Blöde Bemerkung, dachte ich, als ich die Tür öffnete und sie hinter mir vorbeiging.

Doch als ich das Zimmer betrat, packte plötzlich eine Hand den Kragen meines Jacketts, und ich wurde in den Raum hineingestoßen. Gleichzeitig fuhr eine andere Hand unter mein Jackett, griff nach meinem Gürtel. Jemand schleuderte mich mit dem Gesicht nach unten aufs Bett.

Ich schaffte es dennoch, meine Computertasche festzuhalten. Doch kurz darauf wurde sie mir grob aus den Händen gerissen.

»FBI! Sie sind verhaftet. Keine Bewegung!«

Während die Hand in meinem Genick blieb und mich zur Bewegungslosigkeit verdammte, tastete die andere suchend meinen Körper ab.

»Was zum Teufel soll das?« fragte ich mit halb erstickter Stimme.

Genauso plötzlich, wie die Hände mich gepackt hatten, waren sie wieder verschwunden.

»Okay, hoch! Aufstehen!«

Ich drehte mich um. Es war die Frau aus dem Fahrstuhl. Mein Unterkiefer sackte nach unten. Doch gleichzeitig ließ die Tatsache, daß sie mich allein so mühelos überwältigt hatte, die Zornesröte ins Gesicht steigen.

»Machen Sie sich nichts daraus. Das habe ich schon mit größeren und gefährlicheren Männern als Ihnen gemacht.«

»Sie sollten mir ganz schnell einen Ausweis zeigen, sonst brauchen Sie einen Anwalt.«

Sie holte ihre Legitimation aus der Manteltasche und klappte sie vor meinem Gesicht auf.

»Sie sind derjenige, der einen Anwalt braucht. So, und jetzt möchte ich, daß Sie den Schreibtischstuhl nehmen, ihn in die Ecke stellen und so lange darauf sitzen bleiben, während ich mich hier umsehe. Es wird nicht lange dauern.«

Was sie mir hinhielt, sah aus wie eine echte FBI-Marke und ein Dienstausweis. Darauf stand Special Agent Rachel Walling. Sowie ich den Namen gelesen hatte, ahnte ich, was passiert war.

»Also los, hopp-hopp! In die Ecke mit Ihnen.«

»Zeigen Sie mir den Durchsuchungsbefehl.«

»Es gibt zwei Möglichkeiten«, sagte sie streng. »Entweder, Sie setzen sich in die Ecke, oder ich bringe Sie ins Badezimmer und schließe Sie am Abflußrohr unter dem Waschbecken an. Entscheiden Sie sich.«

Ich stand auf, zog den Stuhl in die Ecke und setzte mich darauf.

»Ich will trotzdem den Scheiß-Durchsuchungsbefehl sehen.«

»Ist Ihnen bewußt, daß Ihr Gebrauch unflätiger Ausdrücke nichts weiter als ein lahmer Versuch ist, Ihr Gefühl männlicher Überlegenheit wiederherzustellen?«

»Himmel! Ist Ihnen klar, was für einen Blödsinn Sie da reden? Wo ist der Durchsuchungsbefehl?«

»Ich brauche keinen Durchsuchungsbefehl. Sie haben mich hereingebeten und mir die Durchsuchung gestattet. Ich habe Sie verhaftet, nachdem ich das Diebesgut gefunden hatte.«

Sie tat ein paar Schritte zurück zur Tür und machte sie zu.

»Ich habe Sie keineswegs hereingebeten. Wenn Sie es mit dieser Masche versuchen, kommen Sie in Teufels Küche. Nehmen Sie etwa an, irgendein Richter würde glauben, ich wäre so dämlich, Sie hereinzubitten, wenn ich Diebesgut im Zimmer hätte?«

Sie sah mich an und lächelte süßlich.

»Mr. McEvoy, ich bin eins zweiundsechzig groß und wiege sechzig Kilo. Mit meiner Waffe. Glauben Sie etwa, ein Richter würde Ihre Version glauben? Würden Sie vor Gericht erzählen, was ich eben mit Ihnen gemacht habe?«

Ich wandte den Blick ab und schaute aus dem Fenster. Das Zimmermädchen hatte die Vorhänge aufgezogen. Das Licht begann bereits zu schwinden.

»Das dachte ich mir«, sagte sie. »So, und wollen Sie mir jetzt helfen, Zeit zu sparen? Wo sind die Protokolle, die Sie kopiert haben?«

»In der Computertasche. Ich habe kein Verbrechen begangen, indem ich sie mir beschaffte, und ihr bloßer Besitz ist ebenfalls kein Verbrechen.«

Ich mußte vorsichtig sein mit dem, was ich sagte. Ich wußte nicht, ob man bereits herausgefunden hatte, was Michael Warren getan hatte, oder nicht.

Walling durchsuchte meine Tasche.

Sie holte den Poe-Band heraus, betrachtete ihn spöttisch und warf ihn aufs Bett. Dann zog sie mein Notizbuch und den Pakken Kopien heraus. Warren hatte recht gehabt. Sie war eine schöne Frau. Eine harte Schale, aber trotzdem schön. Ungefähr in meinem Alter, vielleicht ein oder zwei Jahre älter, mit braunem Haar, das bis auf ihre Schultern herabfiel. Intelligente grüne Augen und eine starke Aura der Selbstsicherheit. Das war das Attraktivste an ihr.

»Einbruch ist ein Verbrechen«, sagte sie. »Es wurde zu meiner Angelegenheit, als sich herausstellte, daß die gestohlenen Dokumente dem FBI gehören.«

»Ich bin nirgendwo eingebrochen, und ich habe nichts gestohlen. Das ist pure Schikane. Es ist allgemein bekannt, daß ihr FBI-Leute nervös werdet, wenn jemand anders eure Arbeit tut.«

Walling beugte sich über das Bett und sah die Papiere durch. Dann richtete sie sich auf, griff in ihre Tasche und holte einen durchsichtigen Plastikumschlag mit einem einzigen Blatt Papier heraus. Sie hielt es hoch, damit ich es sehen konnte. Ich erkannte es. Sechs mit schwarzer Tinte geschriebene Zeilen standen darauf.

Pena:	seine Hände?
	danach – wie lange?
Wexler / Scalari:	der Wagen?
	Heizung?
	Verriegelung?
Riley:	Handschuhe?

Ich erkannte meine Handschrift, und dann wurde mir alles klar. Warren hatte Blätter aus meinem Notizbuch herausgerissen, um die Stellen zu markieren, an denen wir die Akten herausgezogen hatten. Er hatte wohl auch diese Seite genommen und sie später versehentlich zurückgelassen.

»Schludrige Arbeit. Wir werden die Handschrift analysieren und vergleichen, und dann – Volltreffer. Was meinen Sie dazu?«

Diesmal brachte ich nicht einmal mehr ein *fuck you* heraus.

»Ich beschlagnahme Ihren Computer, dieses Buch und Ihre Notizbücher als mögliche Beweisstücke. Was wir nicht brauchen, bekommen Sie zurück. Okay, und jetzt machen wir uns auf den Weg. Mein Wagen steht vor dem Hotel. Ich bin sogar bereit, Ihnen zu beweisen, daß ich doch kein so gemeines Mädchen bin. Deshalb werde ich Sie ohne Handschellen hinunterbringen. Wir haben eine lange Fahrt nach Virginia vor uns, aber vielleicht kommen wir dem Stoßverkehr noch zuvor. Versprechen Sie, sich gut zu benehmen? Eine falsche Bewegung, wie man so sagt, und ich verfrachte Sie auf den Rücksitz, mit Handschellen, die so stramm sitzen wie ein Ehering.«

Ich nickte nur und stand auf. Ich war regelrecht benommen, konnte ihr nicht in die Augen sehen. Ich ging mit gesenktem Kopf auf die Tür zu.

»Hey, was sagt man?« fragte sie.

Ich murmelte meinen Dank und hörte, wie sie leise lachte.

Sie hatte sich geirrt. Wir kamen dem Stoßverkehr nicht zuvor.

Es war Freitagabend. Mehr Leute als an anderen Abenden versuchten, aus der Stadt herauszukommen, und wir krochen mit ihnen dahin. Eine halbe Stunde lang sagte keiner von uns ein Wort, außer wenn sie über den Verkehr oder eine rote Ampel fluchte.

Ich saß neben ihr und dachte die ganze Zeit über nach. Ich mußte so bald wie möglich Glenn anrufen. Sie mußten mir einen Anwalt besorgen. Einen guten. Ich erkannte, daß mein einziger Ausweg darin bestand, einen Informanten preiszugeben, dem ich versprochen hatte, daß ich ihn nie preisgeben würde. Ich erwog die Möglichkeit, daß Warren auf meine Bitte hin mit der Sprache herausrückte und bestätigte, daß ich nicht in die Foundation eingebrochen war. Aber ich verwarf sie. Ich hatte mit ihm eine Vereinbarung getroffen, und an die mußte ich mich halten.

Als wir endlich südlich von Georgetown waren, wurde der Verkehr ein bißchen dünner, und Walling schien sich zu entspannen oder sich zumindest daran zu erinnern, daß ich neben ihr saß.

Ich beobachtete, wie sie in den Aschenbecher griff und eine weiße Karte herausholte. Sie schaltete die Deckenbeleuchtung ein und hielt die Karte oben vor das Lenkrad, damit sie beim Fahren lesen konnte, was darauf stand.

»Haben Sie einen Füllfederhalter?«

»Wie bitte?«

»Einen Füllfederhalter. Ich dachte, alle Reporter hätten einen Füllfederhalter.«

»Ja, ich habe einen.«

»Gut. Ich werde Ihnen jetzt Ihre verfassungsmäßigen Rechte vorlesen.«

»Was für Rechte? Sie haben doch schon gegen die meisten verstoßen.«

Sie las mir vor, was auf der Karte stand, und fragte dann, ob ich alles verstanden hätte. Ich murmelte ein Ja, und sie händigte mir die Karte aus.

»Okay, gut. Und nun möchte ich, daß Sie Ihren Federhalter nehmen und mit Namen und Datum unterschreiben.«

Ich tat, was sie verlangte, und gab ihr die Karte zurück. Sie blies über die Tinte, bis sie trocken war, dann steckte sie die Karte in ihre Tasche.

»So«, sagte sie. »Jetzt können wir uns unterhalten. Es sei denn, Sie wollen Ihren Anwalt anrufen. Wie sind Sie in die Foundation gekommen?«

»Ich bin nicht eingebrochen. Mehr kann ich nicht sagen, bevor ich mit einem Anwalt gesprochen habe.«

»Sie haben den Beweis gesehen. Wollen Sie behaupten, daß er nicht von Ihnen stammt?«

»Das läßt sich erklären ... Hören Sie, ich sage lediglich, daß ich nichts Illegales getan habe, um an diese Kopien zu kommen. Mehr kann ich nicht sagen, ohne preiszugeben ...«

Ich beendete den Satz nicht.

»Der alte Trick mit dem ›Ich kann meinen Informanten nicht preisgeben‹. Wo sind Sie heute den ganzen Tag über gewesen, Mr. McEvoy? Ich habe seit Mittag auf Sie gewartet.«

»Ich war in Baltimore.«

»Und was haben Sie dort gemacht?«

»Das geht nur mich etwas an. Sie haben die Originale von diesen Protokollen, also können Sie es sich selbst zusammenreimen.«

»Der McCafferty-Fall. Ihnen ist doch bekannt, daß Einmischung in eine Ermittlung des Bundes zur Erhebung zusätzlicher Anklagen führen kann?«

Ich bedachte sie mit meinem besten falschen Lachen.

»Ach, wirklich?« sagte ich sarkastisch. »Welche Ermittlung denn? Wenn ich nicht gestern mit Ford gesprochen hätte, würden Sie immer noch in Ihrem Büro sitzen und Selbstmorde zählen. Aber das ist wohl typisch für das FBI. Wenn es eine gute Idee ist, dann ist es *unsere* Idee. Wenn ein Fall erfolgreich aufgeklärt wird, haben *wir* ihn aufgeklärt. Doch bis dahin heißt es, nicht Böses hören, nichts Böses sehen und eine Menge Scheiße unbeachtet lassen.«

»Himmel, wer ist gestorben und hat Sie zum Experten gemacht?«

»Mein Bruder.«

Darauf war sie nicht gefaßt gewesen, und es ließ sie für ein paar Minuten verstummen. Außerdem schien es den Effekt zu haben, daß es die Schale durchbrach, mit der sie sich umgeben hatte.

»Das tut mir leid«, sagte sie schließlich.

»Mir auch.«

All die Wut über das, was Sean widerfahren war, wallte wieder einmal in mir hoch, aber ich schluckte sie herunter. Walling war eine Fremde, und ich konnte so etwas Persönliches nicht mit ihr teilen. Ich schob den Gedanken beiseite und dachte an etwas anderes.

»Vielleicht kennen Sie ihn sogar. Sie haben die VICAP-Expertise und das Profil unterschrieben, das er zu seinem Fall vom FBI bekommen hat.«

»Ja, ich weiß. Aber wir haben nie miteinander gesprochen.«

»Wie wäre es, wenn Sie zur Abwechslung mir eine Frage beantworten würden?«

»Mal sehen. Schießen Sie los.«

»Wie haben Sie mich gefunden?«

Ich fragte mich, ob Warren sie vielleicht irgendwie auf meine Spur gebracht hatte. Wenn sich herausstellen sollte, daß es so war, dann waren alle unsere Vereinbarungen hinfällig. Ich würde bestimmt nicht ins Gefängnis gehen, nur um die Person zu schützen, die mich verraten hatte.

»Das war die leichteste Aufgabe«, sagte sie. »Ich kannte Ihren Namen und Ihre Absichten von Dr. Ford in der Foundation. Er hat mich nach Ihrer kleinen Konferenz gestern angerufen, und so bin ich heute morgen hergekommen. Ich dachte, es sei empfehlenswert, diese Akten in Sicherheit zu bringen, und ich hatte recht. War nur ein bißchen spät dran. Sie arbeiten schnell. Doch sobald ich die Seite aus dem typischen Notizbuch eines Reporters gefunden hatte, war es kinderleicht, sich auszurechnen, daß Sie in der Registratur gewesen waren.«

»Ich bin dort nicht eingebrochen.«

»Nun, alle Beteiligten bestreiten, mit Ihnen geredet zu haben. Dr. Ford erinnert sich sogar, daß er Ihnen ausdrücklich erklärt hat, Sie könnten die Akten nicht einsehen, bevor das FBI es genehmigt hat. Und trotzdem haben Sie sie.«

»Und woher wußten Sie, daß ich im Hilton wohne? Stand das auch auf einem Blatt Papier?«

»Ich habe Ihren Chef geblufft und gesagt, ich hätte wichtige Informationen für Sie. Daraufhin teilte er mir sofort mit, wo ich Sie finden kann.«

Ich mußte lächeln, wandte aber den Kopf und schaute aus dem Fenster, damit sie es nicht sehen konnte. Sie hatte gerade einen Fehler gemacht, der ebenso verräterisch war, als wenn sie rundheraus gesagt hätte, daß Warren ihr mein Hotel verraten hatte.

Sobald ich meine Mimik wieder unter Kontrolle hatte, musterte ich sie zum ersten Mal, seit wir zusammen im Wagen saßen. Ich war zuversichtlich, ein Comeback zu schaffen. Meine Selbstsicherheit, die sie im Hotelzimmer so gekonnt in die Bettdecke gepreßt hatte, erwachte zu neuem Leben. Jetzt spielte ich mit ihr.

»Ich dachte, ihr Ermittler arbeitet immer zu zweit«, sagte ich.

Wir hielten abermals an einer roten Ampel. Ich konnte bereits die Auffahrt auf den Freeway sehen. Also mußte ich mich beeilen.

»Normalerweise ja«, sagte sie. »Aber heute war viel los, und als ich aus Quantico abfuhr, hatte ich nur vor, in der Foundation mit Oline und Dr. Ford zu sprechen und die Akten zu holen. Mit einer Verhaftung hatte ich nicht gerechnet.«

Jetzt hatte sie sich endgültig verraten. Keine Handschellen. Kein Partner. Ich auf dem Beifahrersitz. Und ich wußte, daß Greg Glenn nicht wußte, wo ich in Washington wohnte.

Meine Computertasche lag auf dem Sitz zwischen uns. Die Kopien der Protokolle, den Poe-Band und mein Notizbuch oben darauf.

Ich streckte die Hand aus und zog alles auf meinen Schoß. Noch war die Ampel rot.

»Was machen Sie da?« fragte sie.

»Ich steige aus.« Ich warf ihr die Protokolle in den Schoß. »Die können Sie behalten. Ich habe alle Informationen, die ich brauche.«

Ich drückte den Griff herunter und öffnete die Tür.

»Keine Bewegung, verdammt noch mal!«

Ich sah sie an und lächelte.

»Ist Ihnen bewußt, daß Ihr Gebrauch unflätiger Ausdrücke nichts weiter als ein lahmer Versuch ist, Ihre Überlegenheit wiederherzustellen? Es war ein hübsches Spielchen, aber leider haben Sie nicht die richtigen Antworten gegeben. Ich werde mir ein Taxi nehmen und ins Hotel zurückfahren. Ich muß die Story schreiben.«

Ich sprang mit meinen Sachen auf den Gehsteig, sah mich schnell um und entdeckte einen kleinen Supermarkt mit einer Telefonzelle davor. Ich lief darauf zu. Ihr Wagen bog auf den Parkplatz ein und schnitt mir den Weg ab. Sie brachte ihn mit einem Ruck zum Stehen und sprang heraus.

»Sie machen einen Fehler«, sagte sie, während sie rasch auf mich zukam.

»Einen Fehler? Den Fehler haben Sie gemacht. Was sollte das ganze Theater?«

Sie sah mich nur an. Sprachlos.

»Okay, ich werde Ihnen sagen, was ich glaube«, sagte ich. »Es war ein ausgemachter Schwindel.«

»Ein Schwindel? Aus welchem Grund sollte ich Sie beschwindeln?«

»Sie wollten wissen, was ich habe. Lassen Sie mich raten – später hätten Sie gesagt: ›Tut mir furchtbar leid, Ihr Informant hat gerade ausgepackt. Macht nichts, Sie sind frei und können gehen, wohin Sie wollen. Entschuldigen Sie das kleine Mißverständnis.‹ Ich finde, Sie sollten nach Quantico zurückkehren und Ihre Nummer noch ein bißchen üben.«

Ich ging um sie herum und steuerte auf die Telefonzelle zu. Ich nahm den Hörer von der Gabel, aber die Leitung war tot. Ich ließ mir nichts anmerken. Sie beobachtete mich. Ich wählte die Nummer der Auskunft.

»Ich brauche die Nummer eines Taxi-Unternehmens«, sagte ich zu niemanden.

Ich ließ einen Vierteldollar in den Schlitz fallen und wählte eine weitere Nummer. Dann las ich den Standort des Telefons ab und bat um ein Taxi. Schließlich legte ich auf und drehte mich um. Agent Walling stand dicht hinter mir. Sie langte an mir vorbei und nahm den Hörer ab. Nachdem sie ihn eine Sekunde lang ans Ohr gehalten hatte, lächelte sie leicht und legte wieder auf. Sie deutete auf das Kabel. Es war durchgetrennt und die einzelnen Drähte zu einem Knoten zusammengebunden.

»Sie sollten Ihre Nummer auch noch ein bißchen üben.«

»Na schön. Hauptsache, Sie lassen mich in Ruhe.«

Ich sah mich um auf der Suche nach einem weiteren Telefon. Es war nirgendwo eins zu sehen.

»Hören Sie, was hätte ich denn sonst tun sollen?« fragte sie. »Ich muß erfahren, was Sie wissen.«

Ich fuhr herum.

»Warum haben Sie mich dann nicht einfach gefragt? Weshalb mußten Sie ... versuchen, mich zu demütigen?«

»Sie sind Reporter, Jack. Wollen Sie etwa behaupten, Sie hätten so ohne weiteres Ihre Akten geöffnet und mich hineinschauen lassen?«

»Vielleicht.«

»Den Tag, an dem einer von euch so etwas tut, müßte man im Kalender rot anstreichen. Sehen Sie sich doch Warren an! Er ist nicht einmal mehr Reporter und hat sich trotzdem so verhalten, als wäre er einer. Das steckt im Blut.«

»Da Sie gerade von Blut sprechen – hier steht mehr auf dem Spiel als nur eine Story. Sie wissen nicht, wie ich reagiert hätte, wenn Sie sich mir wie ein menschliches Wesen genähert hätten.«

»Okay«, sagte sie leise. »Das gebe ich zu.«

Nach einer Weile sprach sie weiter.

»Also, was nun? Sie haben mich ertappt und haben jetzt zwei Möglichkeiten. Ich muß wissen, was Sie wissen. Entweder Sie erzählen es mir, oder Sie fahren nach Hause. Wenn Sie letzteres tun, ziehen wir beide den kürzeren. Und Ihr Bruder auch.«

Sie hatte mich geschickt in eine Ecke getrieben, und ich wußte es. Aus Prinzip hätte ich mich aus dem Staub machen sollen. Aber ich konnte es nicht. Trotz allem, was geschehen war. Ich mochte sie. Ich ging schweigend auf den Wagen zu, stieg ein und warf ihr durch die Windschutzscheibe einen Blick zu. Sie nickte kurz und ging rasch zur Fahrerseite. Nachdem sie ebenfalls eingestiegen war, wandte sie sich mir zu und streckte mir die Hand entgegen.

»Rachel Walling.«

Ich ergriff sie.

»Jack McEvoy.«

»Ich weiß. Schön, Sie kennenzulernen.«

»Ganz meinerseits.«

20

Zum Beweis, daß sie es ehrlich meinte, begann Rachel Walling zu erzählen – nachdem sie mir das Versprechen abgenommen hatte, daß unser Gespräch inoffiziell blieb, bis ihr Vorgesetzter entschieden hatte, in welchem Maße das FBI mit mir zusammenarbeiten würde. Wenn überhaupt. Es machte mir nichts aus, ihr das zu versprechen, weil ich wußte, daß ich sehr gute Karten hatte. Ich hatte bereits eine Story, und das FBI würde wahrscheinlich nicht wollen, daß sie schon jetzt publiziert wurde. Ich war überzeugt, daß ich damit am längeren Hebel saß.

In der halben Stunde, während der wir uns auf dem Freeway langsam nach Süden in Richtung Quantico bewegten, erzählte sie mir, was das FBI in den letzten achtundzwanzig Stunden unternommen hatte. Nathan Ford von der Law Enforcement Foundation hatte sie am Donnerstag um drei Uhr angerufen und über meinen Besuch in der Foundation informiert, und natürlich über die Ergebnisse meiner eigenen Ermittlungen bis zu jenem Zeitpunkt und mein Ersuchen, die Selbstmordakten einzusehen. Walling hieß seine Entscheidung, mir den Zugang zu den Akten zu verwehren, gut und informierte Bob Backus, ihren direkten Vorgesetzten. Backus wies sie an, sofort hinsichtlich der Behauptungen, die ich bei meinem Treffen mit Ford aufgestellt hatte, zu ermitteln. Zu diesem Zeitpunkt hatte das FBI weder von der Polizei in Denver noch der in Chicago irgendeine Nachricht bekommen. Walling klinkte sich in das Computersystem der Behavioral Science Services ein, das direkt mit dem System der Foundation verbunden war.

»Im Grunde führte ich die gleiche Suche durch, die Warren für Sie angestellt hat«, sagte sie. »Ich war in Quantico sogar online, als er sich einschaltete und konnte somit den User identifizieren. Schon da habe ich vermutet, daß er die Suche für Sie unternahm. Wie Sie sich vorstellen können, wurde das zu einem Problem der Schadensbegrenzung. Ich brauchte nicht nach Washington zu fahren, weil wir in Quantico Kopien sämtlicher Protokolle haben. Aber ich mußte herausfinden, was Sie vorhatten. Die zweite Bestätigung, daß Warren Ihnen geholfen hat und daß Sie Kopien der Protokolle besaßen, erhielt ich schließlich, als ich zwischen den Akten das Blatt aus Ihrem Notizbuch fand.«

Ich schüttelte den Kopf.

»Was passiert mit Warren?«

»Nachdem ich Ford informiert hatte, stellten wir ihn heute morgen zur Rede. Er gab alles zu und nannte mir sogar Ihr Hotel. Ford verlangte seine Kündigung, und Warren erklärte sich einverstanden.«

»Scheiße.«

Ich verspürte zwar ein leichtes Schuldgefühl, war aber von dem, was passiert war, nicht über alle Maßen betroffen. Wer weiß, ob Warren es nicht darauf angelegt hatte, daß er entlassen wurde. Vielleicht war es eine von ihm selbst herbeigeführte Entgleisung gewesen. Das jedenfalls redete ich mir ein, weil es auf diese Weise leichter war, damit fertig zu werden.

»Übrigens«, fragte sie, »woran haben Sie gemerkt, daß ich nur eine Schau abgezogen habe?«

»Mein Chef weiß nicht, in welchem Hotel ich abgestiegen bin. Das wußte nur Warren.«

Sie schwieg für ein paar Augenblicke, bis ich sie bat, mit ihrem Bericht fortzufahren. Sie erzählte mir, daß sie bei ihrer Computer-Suche am Donnerstag nachmittag auf dieselben dreizehn Namen gestoßen war, die auch Warren für mich gefunden hatte. Plus mein Bruder und John Brooks in Chicago.

Sie hatte sich die Kopien der Protokolle besorgt und nach Bindegliedern gesucht, unter besonderer Beachtung der Selbstmord-Notizen, die mich, wie sie von Ford wußte, vor allem interessierten. Dabei hatten ihr ein Kryptologe und der Chiffrier-Computer des FBI geholfen, der über eine Datenbank verfügte, neben dem sich die der *Rocky* wie ein Comic-Heft ausnahm.

»Wir sind anhand der Notizen auf insgesamt fünf direkte Zusammenhänge gestoßen. Ihr Bruder und Brooks sind auch dabei«, sagte sie.

»Also haben Sie in rund drei Stunden geschafft, wozu ich eine ganze Woche gebraucht habe. Wie sind Sie auf McCafferty gekommen, ohne eine entsprechende Notiz in der Akte?«

»Wir haben McCafferty nicht mitgerechnet. Damit beschäftigen sich jetzt Agenten vom Field Office in Baltimore.«

Das war merkwürdig, denn ich hatte mit McCafferty fünf Fälle.

»Welche fünf haben Sie? Mein Bruder und Brooks, das sind zwei.«

Ich schlug mein Notizbuch auf.

»Richtig.«

Ich fragte: »Haben Sie Kotite in Albuquerque? ›Heimgesucht von bösen Engeln‹?«

»Ja, den haben wir. Dann den in …«

»Dallas. Garland Petry. ›Wohl weiß ich genau, meine Kraft ist besiegt.‹ Aus ›Für Annie‹ …«

»Ja, habe ich auch.«

»Und dann hatte ich McCafferty. Wer ist Ihr fünfter Mann?«

»Ach, ein Cop in Florida. Es war eine alte Sache. Er war ein Deputy Sheriff. Näheres muß ich nachschauen.«

»Einen Augenblick.« Ich blätterte kurz in meinem Notizbuch und fand, was ich suchte. »Clifford Beltran, Sarasota County Sheriff's Department. Er …«

»Ja, der war's.«

»Moment mal! Hier steht, daß seine Nachricht ›Gott helfe meiner armen Seele‹ gelautet hat. Ich habe sämtliche Gedichte gelesen. Diese Zeile kam in keinem vor.«

»Sie haben recht. Wir haben es woanders gefunden.«

»Wo? In einer der Erzählungen?«

»Nein. Das waren seine letzten Worte. Poes letzte Worte. ›Gott helfe meiner armen Seele.‹«

Ich nickte. Es war kein Gedicht, aber es paßte. Also waren es jetzt sechs Fälle.

Ich schwieg für einen Moment, wie aus Respekt vor dem neuen Mann auf der Liste. Dann konsultierte ich meine Notizen. Beltran war seit drei Jahren tot. Eine lange Zeit für einen unentdeckten Mord.

»Hat Poe Selbstmord begangen?«

»Nein, obwohl ich finde, daß man seine Art zu leben als langen Selbstmord betrachten könnte. Er war ein Frauenheld und ein starker Trinker. Er starb mit vierzig, angeblich nach einer ausgedehnten Sauftour in Baltimore.«

Ich nickte, dachte an den Killer, das Phantom, und fragte mich, ob er persönliche Schlüsse aus Poes Leben zog.

»Jack, was ist mit McCafferty?« fragte sie. »Er hätte ins Muster gepaßt, aber dem Protokoll zufolge gab es keine Nachricht. Was wissen Sie darüber?«

Jetzt hatte ich ein weiteres Problem. Bledsoe. Er hatte mir etwas anvertraut, was er vorher noch keinem Menschen verraten hatte. Das konnte ich nicht einfach ans FBI weitergeben.

»Bevor ich Ihnen das sagen kann, muß ich erst jemanden anrufen.«

»Himmel, Jack! Nach allem, was ich Ihnen erzählt habe, können Sie doch jetzt nicht mit dieser Masche kommen! Ich dachte, wir hätten einen Deal abgeschlossen.«

»Das haben wir auch. Ich muß nur vorher jemanden anrufen und etwas klären. Beschaffen Sie mir ein Telefon, dann erledige ich es sofort. Ich glaube nicht, daß es ein Problem sein wird. Aber eins ist offensichtlich – McCafferty gehört auf die Liste. Er hatte eine Nachricht hinterlassen.«

Ich blätterte wieder in meinem Notizbuch, dann las ich vor.

»›Das Fieber, das *Leben* heißt, ist endlich überwunden.‹ Aus ›Für Annie‹. Genau wie bei Petry in Dallas.«

Ich sah sie an und stellte fest, daß sie immer noch ärgerlich war.

»Hören Sie, Rachel – ich darf Sie doch so nennen? –, ich habe nicht vor, etwas zu verbergen. Ich rufe den Mann an. Wahrscheinlich sind Ihre Agenten vom Field Office ohnehin bereits auf ihn gestoßen.«

»Anzunehmen«, sagte sie mit einer Stimme, die ausdrückte: *Was Sie können, können wir auch, nur besser.*

»Okay, also weiter. Was taten Sie als nächstes?«

Sie erzählte mir, daß sie und Backus für sechs Uhr am Donnerstag abend eine Versammlung von Agenten der Behavioral Science Services und der Critical Incident Unit einberufen hatten, bei der ihre bis dahin vorliegenden Erkenntnisse diskutiert worden waren. Nachdem sie die fünf Namen aufgezählt und den Zusammenhang erklärt hatte, hatte Backus sofort eine Prioritäts-Ermittlung in ganz großem Rahmen angeordnet. Walling wurde zur Leiterin des Teams bestimmt und sollte ihm direkt berichten. Andere BSS- und CIU-Agenten sollten sich eingehend mit den Opferprofilen beschäftigen. VICAP-Agenten in den Field Offices der fünf Städte, in denen die Polizisten zu Tode gekommen waren, wurden angewiesen, schleunigst Material über die Todesfälle zusammenzutragen und zu übermitteln, über die die Ermordeten recherchiert hatten. Das Team hatte buchstäblich die Nacht durchgearbeitet.

»Der Poet.«

»Wie bitte?«

»Wir nennen ihn den Poeten. Jede Sonderermittlung bekommt einen Codenamen.«

»Himmel«, sagte ich. »Die Boulevardzeitungen werden begeistert sein. Ich sehe die Schlagzeile schon vor mir. ›Der Poet mordet mit Gedichten.‹ Ihr fordert so etwas geradezu heraus.«

»Die Boulevardzeitungen werden es überhaupt nicht erfahren. Backus ist entschlossen, diesen Kerl zu schnappen, bevor er durch irgendwelche Presseveröffentlichungen kopfscheu wird.«

Es herrschte Schweigen, während ich mir eine Antwort darauf überlegte.

»Vergessen Sie da nicht etwas?« fragte ich schließlich.

»Jack, ich weiß, Sie sind Reporter und derjenige, der die ganze Sache ins Rollen gebracht hat. Aber Sie müssen verstehen – wenn Sie eine Medien-Lawine über diese Geschichte lostreten, werden wir ihn nie erwischen. Er bekommt es mit der Angst zu tun und verkriecht sich unter einem Stein. Dann haben wir unsere Chance vertan.«

»Nun, ich stehe nicht auf der Gehaltsliste des Staates. Aber ich werde dafür bezahlt, daß ich recherchiere und Artikel schreibe ... Das FBI kann mir nicht befehlen, *was* ich schreibe und *wann* ich es schreibe.«

»Sie dürfen nichts von dem verwenden, was ich Ihnen gerade erzählt habe.«

»Das weiß ich. Ich habe mich damit einverstanden erklärt, und ich werde mein Wort halten. Aber ich brauche es auch gar nicht zu verwenden. Die meisten Informationen hatte ich bereits. Alles, bis auf Beltran, und ich brauche nichts anderes zu tun, als Poes Biographie zu lesen und seine letzten Worte zu finden ... Für diese Story benötige ich also weder die Informationen des FBI noch seine Erlaubnis.«

Wir schwiegen erneut. Ich wußte, daß sie wütend war, aber ich mußte mich behaupten. Ich mußte meine Karten so geschickt wie möglich ausspielen. In dieser Art von Spiel bekommt man keine zweite Chance. Ein paar Minuten später kamen wir an dem Schild vorbei, das die Ausfahrt nach Quantico anzeigte. Jetzt war es nicht mehr weit.

»Hören Sie«, sagte ich. »Über meine Story reden wir später. Ich habe nicht vor, sofort hektisch mit dem Schreiben anzufangen. Mein Chef und ich werden uns in aller Ruhe darüber unterhalten, und dann lasse ich Sie wissen, wie es weitergeht. Ist das okay?«

»Also gut, Jack. Ich hoffe, Sie denken an Ihren Bruder, wenn Sie dieses Gespräch führen. Ihr Chef wird es vermutlich nicht tun.«

»Tun Sie mir einen Gefallen, halten Sie mir keine Vorträge über meinen Bruder und meine Motive. Weil Sie nämlich nicht die geringste Ahnung von mir oder ihm haben oder davon, wie ich darüber denke.«

»Zugegeben.«

Wir fuhren abermals ein paar Minuten in völligem Schweigen. Mein Zorn ließ ein wenig nach, und ich fragte mich, ob ich zu grob gewesen war. Schließlich war es ihr Bestreben, diesen Menschen dingfest zu machen, der jetzt »Der Poet« genannt wurde, genau wie meins.

»Entschuldigen Sie den Vortrag«, sagte ich. »Ich bin immer noch der Ansicht, daß wir uns gegenseitig helfen können. Wir könnten zusammenarbeiten und diesen Kerl erwischen.«

»Ich weiß nicht recht«, erwiderte sie. »Sie haben recht, ich weiß nicht, was Sie denken. Ich kenne Sie nicht, und ich glaube nicht, daß ich Ihnen vertrauen sollte.«

Sie sagte kein Wort mehr, bis wir den Schlagbaum von Quantico erreicht hatten.

21

Es war bereits dunkel, als wir auf das Gelände fuhren. Ich konnte kaum etwas erkennen. Die FBI Academy und das Ermittlungszentrum lagen im Herzen einer U. S. Marine Basis. Sie waren in drei weitläufigen Ziegelsteingebäuden untergebracht, die durch gläserne Gänge und Innenhöfe miteinander verbunden waren. Agent Walling fuhr auf einen für FBI-Agenten reservierten Parkplatz.

Sie blieb immer noch stumm, als wir ausstiegen. Ihre Schweigsamkeit begann mir auf die Nerven zu gehen. Ich wollte nicht, daß sie meinetwegen ein ungutes Gefühl hatte oder mich für selbstsüchtig hielt.

»Mir geht es in erster Linie darum, diesen Kerl zu erwischen«, versuchte ich es noch einmal. »Lassen Sie mich telefonieren. Dann rufe ich meinen Informanten und meinen Chef an, und wir handeln irgend etwas aus. Okay?«

»Okay«, sagte sie widerstrebend.

Ich war froh, endlich etwas aus ihr herausgeholt zu haben. Wir betraten das mittlere Gebäude und gingen durch mehrere Korridore bis zu einer Treppe, die zum National Center for the Analysis of Crime hinabführte. Es war im Kellergeschoß untergebracht. Walling führte mich an einem Empfangsbereich vorbei in ein großes Zimmer, das sich kaum von einem Redaktionssaal unterschied. Es gab zwei Reihen von Schreibtischen und Arbeitsplätzen mit schallschluckenden Trennwänden, und an der rechten Seite lag eine Reihe von Einzelbüros. Sie bat mich in eines der Privatbüros. Ich vermutete, daß es ihres war, obwohl es karg und unpersönlich wirkte. Das einzige Foto, das ich entdecken konnte, war das des Präsidenten an der Rückwand.

»Sie können von hier aus telefonieren«, sagte sie. »Ich werde inzwischen feststellen, wo Bob ist und was sich inzwischen getan hat. Und keine Angst, das Telefon ist nicht angezapft.«

Ich registrierte den Sarkasmus in ihrer Stimme und sah, wie ihre Augen den Schreibtisch musterten. Offenbar wollte sie sich vergewissern, daß keine wichtigen Dokumente herumlagen. Schließlich ging sie. Ich ließ mich hinter dem Schreibtisch nieder, schlug mein Notizbuch auf und suchte die Nummern heraus, die Dan Bledsoe mir gegeben hatte. Ich erreichte ihn zu Hause.

»Hier ist Jack McEvoy. Von heute mittag.«

»Ja, richtig.«

»Hören Sie, bei meiner Rückkehr nach Washington bin ich vom FBI aufgegriffen worden. Sie haben eine großangelegte Suche nach diesem Kerl gestartet und haben inzwischen fünf miteinander in Zusammenhang stehende Fälle identifiziert. Aber McCafferty ist noch nicht dabei, wegen der fehlenden Botschaft. Ich könnte sie ihnen geben, dann wird auch in seinem Fall ermittelt. Aber ich wollte vorher mit Ihnen sprechen. Wenn ich sie ihnen sage, werden sie vermutlich mit Ihnen reden wollen. Sie werden aber vermutlich auch kommen, wenn ich es nicht tue.«

Während Bledsoe darüber nachdachte, ließ ich meinen Blick über den Schreibtisch schweifen, wie Walling es getan hatte. Er war sehr ordentlich. Der größte Gegenstand darauf war ein Monatskalender, der gleichzeitig als Schreibunterlage diente. Ich stellte fest, daß sie offenbar gerade aus dem Urlaub zurückgekehrt war – sämtliche Felder der vergangenen Woche trugen eine entsprechende Notiz. In den Feldern für die restlichen Tage des Monats standen abgekürzte Notizen, die ich nicht entschlüsseln konnte.

»Erzählen Sie es ihnen«, sagte Bledsoe schließlich.

»Sind Sie sicher?«

»Ganz sicher. Wenn die Leute vom FBI sagen, Johnny Mac ist ermordet worden, dann bekommt seine Frau die Kohle. Genau das habe ich von Anfang an gewollt, also sagen Sie es ihnen. Mir können sie nichts anhaben. Was passiert ist, ist passiert. Ich habe inzwischen schon von einem Freund gehört, daß sie sich die Berichte wieder vorgenommen haben.«

»Okay, Mann, vielen Dank.«

»Springt dabei etwas für Sie heraus?«

»Das weiß ich noch nicht. Ich arbeite daran.«

»Es ist Ihr Fall. Lassen Sie nicht locker. Aber trauen Sie den Leuten vom FBI nicht über den Weg. Sie werden Sie und Ihre Informationen benutzen und Sie dann wie einen Haufen Hundedreck auf dem Gehsteig liegenlassen.«

Ich dankte ihm für den Rat, legte auf und wählte dann Greg Glenns Nummer. In Denver war es jetzt kurz nach fünf, und ich wußte, daß er vollauf damit beschäftigt sein würde, den Redaktionsschluß zu überwachen. Aber ich konnte mir die Zeit für meinen Anruf nicht aussuchen.

»Jack, kann ich Sie zurückrufen?«

»Nein. Ich muß jetzt mit Ihnen sprechen.«

»Okay, dann machen Sie schnell. Es hat wieder ein Attentat auf die Klinik gegeben, und wir sind ohnehin schon sehr spät dran.«

Ich brachte ihn rasch auf den neuesten Stand über das, was ich herausgefunden hatte und was beim FBI passiert war. Er schien das Klinik-Attentat und den Redaktionsschluß völlig zu vergessen, und sagte mehrfach, das wäre phantastisch und würde eine phantastische Story ergeben. Daß Warren seinen Job verloren und Agent Walling versucht hatte, mich aufs Kreuz zu legen, ließ ich aus. Ich sagte ihm, wo ich war und was ich als nächstes tun wollte. Er war einverstanden.

»Wir werden ohnehin allen verfügbaren Platz für diese Klinik-Geschichte verwenden«, sagte er. »Zumindest in den nächsten zwei oder drei Tagen. Hier geht alles drunter und drüber. Wir könnten Sie gut zum Umschreiben brauchen.«

»Tut mir leid.«

»Mm. Also, machen Sie so weiter. Sehen Sie zu, was Sie kriegen können, und geben Sie mir dann Bescheid. Das wird eine große Sache, Jack.«

»Das hoffe ich.«

Glenn begann sich über die Folgen auszulassen – Journalismus-Preise, einen Tritt in den Hintern der Konkurrenz, eine Story, die nationales Aufsehen erregte. Während ich zuhörte, trat Walling mit einem Mann ins Zimmer, von dem ich annahm, daß er Bob Backus war. Er trug einen grauen Anzug und besaß die Aura eines Mannes, der das Sagen hat. Er war ungefähr Mitte bis Ende Dreißig und immer noch in guter Form. Backus hatte kurzgeschnittenes braunes Haar, durchdringende blaue Augen und trug eine freundliche Miene zur Schau. Ich hob einen Finger, um zu signalisieren, daß ich gleich fertig war. Dann unterbrach ich Glenn.

»Greg, tut mir leid, ich muß Schluß machen.«

»Okay, halten Sie mich auf dem laufenden. Und noch etwas, Jack.«

»Ja?«
»Beschaffen Sie mir ein paar Fotos.«
»Wird gemacht.«
Ich legte auf. In dieser Hinsicht machte er sich wohl zu große Hoffnungen. Ich hielt es für ziemlich ausgeschlossen, daß ich hier einen Fotografen würde einschleusen können. Daß ich selbst richtig reinkam, war schon schwierig genug.
»Jack, das ist Bob Backus, stellvertretender Leiter unserer Dienststelle. Bob, Jack McEvoy von der *Rocky Mountain News*.«
Wir gaben uns die Hand. Backus' Griff glich einem Schraubstock. Während er sprach, streckte er unwillkürlich die Hand aus und rückte den Terminkalender gerade.
»Ich freue mich immer, einen Angehörigen der vierten Gewalt kennenzulernen. Vor allem einen, der aus der Ferne kommt.«
Ich nickte nur. Es war Geschwätz, und alle Anwesenden wußten es.
»Jack, was halten Sie davon, wenn wir in den Besprechungsraum gehen und eine Tasse Kaffee trinken?« sagte Backus. »Es ist ein langer Tag gewesen.«
Auf dem Weg die Treppe hinauf sagte Backus nichts von Bedeutung, allerdings sprach er mir sein Beileid zum Tod meines Bruders aus. Nachdem wir uns alle drei mit unserem Kaffee an einem der Tische im Besprechungsraum, wie sie die Cafeteria nannten, niedergelassen hatten, kam er zur Sache.
»Jack«, sagte er, »alles, was Sie während Ihres Aufenthalts hier in Quantico hören und sehen, ist nicht zur Veröffentlichung bestimmt. Ist das klar?«
»Ja. Fürs erste.«
»Okay. Wenn Sie über eine Änderung dieser Abmachung reden wollen, dann tun Sie es mit mir oder Rachel, und wir überlegen dann gemeinsam, wie es weitergeht. Wären Sie bereit, eine dementsprechende Vereinbarung zu unterschreiben?«
»Natürlich. Aber ich will den Wortlaut selbst aufsetzen.«
Backus nickte, als hätte er in einem Debattier-Wettbewerb einen Pluspunkt erzielt.
»Das ist nur fair.« Er schob seine Kaffeetasse beiseite, wischte irgendwelchen unsichtbaren Schmutz von seinen Händen und beugte sich dann über den Tisch. »Jack, in fünfzehn Minuten haben wir eine Lagebesprechung. Wie Ihnen Rachel bestimmt erzählt hat, arbeiten wir auf Hochtouren. Meiner Ansicht nach

wäre alles andere eine geradezu kriminelle Nachlässigkeit. Ich habe mein gesamtes Team darauf angesetzt, außerdem sind acht weitere BBS-Agenten leihweise sowie zwei Vollzeit-Techniker und sechs Field Offices mit der Sache befaßt. Ich kann mich nicht erinnern, daß wir uns bei einer Ermittlung schon jemals dermaßen ins Zeug gelegt hätten.«

»Freut mich, das zu hören ... Bob.«

Er zuckte nicht sichtbar zusammen, als ich ihn mit seinem Vornamen anredete. Es war ein kleiner Test gewesen. Er tat so, als behandele er mich wie einen Gleichrangigen, sprach mich mit dem Vornamen an. Ich wollte wissen, wie ernst es ihm war. Soweit, so gut.

»Sie haben hervorragende Arbeit geleistet«, fuhr Backus fort. »Was Sie getan haben, liefert uns eine exzellente Vorlage. Sie ist ein Ausgangspunkt, und Sie sollen wissen, daß wir uns seit über vierundzwanzig Stunden eingehend mit der Sache beschäftigen. Aber im Augenblick steht Geheimhaltung an oberster Stelle.«

Es lief genauso, wie ich es mir vorgestellt hatte. Ich hatte Mühe, mir nicht anmerken zu lassen, daß ich wußte, daß das FBI und die Ermittler auf mich angewiesen waren. Ich konnte Druck ausüben. Ich war ein Insider.

»Sie wollen nicht, daß ich darüber schreibe«, sagte ich ruhig.

»Ja, genauso ist es. Jedenfalls vorerst nicht. Wir wissen, daß Sie auch ohne das, was Sie von uns erfahren haben, über genügend Material verfügen, um eine tolle Story zu schreiben. Es ist eine explosive Story, Jack. Wenn Sie in Denver darüber schreiben, wird sie großes Aufsehen erregen. Im Handumdrehen wird sie von den Agenturen und jeder Zeitung übernommen werden. Als nächstes kommen ›Hard Copy‹ und die übrigen Sensationssender. Jeder wird sich logischerweise daranhängen. Ganz ehrlich, Jack – das können wir einfach nicht zulassen. Sobald der Täter erkennt, daß wir über ihn Bescheid wissen, könnte er untertauchen. Wenn er schlau ist, und wir wissen schon jetzt, daß er verdammt schlau ist, werden wir ihn nie erwischen. Und das wollen Sie doch sicher nicht. Schließlich reden wir hier von dem Menschen, der Ihren Bruder umgebracht hat. Das wollen Sie doch nicht, oder?«

Ich nickte, um zu zeigen, daß ich das Dilemma verstand, und schwieg für einen Moment, um mir meine Antwort zurechtzulegen. Ich ließ den Blick von Backus zu Walling und dann zurück zu Backus schweifen.

»Meine Zeitung hat schon jetzt eine Menge Zeit und Geld investiert«, sagte ich. »Ich habe alles, was ich brauche, um eine Exklusiv-Story zu schreiben. Also, was schlagen Sie vor? Ich verzichte einfach darauf, verschwinde von hier und warte ab, ob Sie eines Tages eine Pressekonferenz abhalten, wenn und *falls* Sie diesen Kerl erwischt haben?«

Backus räusperte sich und lehnte sich zurück. Ich warf einen Blick auf Walling, aber ihr Gesicht verriet nichts.

»Ich will nicht um den heißen Brei herumreden«, sagte Backus. »Ja, ich möchte, daß Sie die Story noch eine kleine Weile zurückhalten.«

»Was verstehen Sie unter einer ›kleinen Weile‹?«

»Bis wir diese Person haben.«

Ich pfiff leise.

»Und was bekomme ich dafür, daß ich die Story zurückhalte? Was bekommt die *Rocky Mountain News?*«

»Zuerst einmal würden Sie uns damit helfen, den Mörder Ihres Bruders zu erwischen. Falls Ihnen das nicht genügen sollte, könnten wir uns bestimmt auf eine Art Exklusiv-Bericht über die Verhaftung des Verdächtigen einigen.«

Ein paar Sekunden sprach niemand, weil der Ball jetzt eindeutig in meinem Feld lag. Ich erwog meine Worte sorgfältig.

»Nun, Bob, ich glaube, dies ist einer der seltenen Fälle, in denen das FBI nicht sämtliche Karten in der Hand hält und nicht allein bestimmen kann, wo es langgeht. Das ist nämlich *meine* Ermittlung. Ich habe sie begonnen, und ich denke nicht daran, mich zurückzuziehen. Ich fliege *nicht* zurück nach Denver, setze mich an meinen Schreibtisch und warte darauf, daß das Telefon läutet. Ich bin in der Sache drin, und wenn Sie mich nicht teilhaben lassen, dann fliege ich zurück und schreibe die Story. Sie wird Sonntag morgen in der Zeitung stehen. Das ist bei uns der Tag mit der größten Auflage.«

»Das würden Sie Ihrem eigenen Bruder antun?« sagte Walling mit vor Zorn erstickter Stimme. »Der ist Ihnen wohl scheißegal, was.«

»Rachel, bitte«, sagte Backus. »Das ist ein gutes Argument. Was wir …«

»Ich war der einzige Mensch, dem sein Tod nicht scheißegal war«, sagte ich. »Also versuchen Sie bitte nicht, mir Schuldgefühle aufzuhalsen. Mein Bruder bleibt tot, ob Sie diesen Kerl finden oder nicht und ob ich diese Story schreibe oder nicht.«

»Hören Sie, Jack, wir stellen hier nicht Ihre Motive in Frage«, sagte Backus mit einer beschwichtigenden Geste. »Es sieht so aus, als hätten wir plötzlich gegnerische Positionen inne ... und das will ich nicht. Warum sagen Sie mir nicht offen heraus, was Sie wollen? Ich bin sicher, daß wir zu einer Übereinkunft kommen werden, und zwar noch bevor der Kaffee kalt ist.«

»Ganz einfach«, sagte ich rasch. »Lassen Sie mich an Ihren Ermittlungen teilnehmen. Ich möchte kompletten Zugang als Beobachter. Dann schreibe ich kein Wort, bevor wir entweder das Schwein haben oder aufgeben.«

»Das ist Erpressung«, sagte Walling.

»Nein, es ist die Vereinbarung, die ich anzubieten habe«, erwiderte ich. »Es ist im Grunde sogar ein Zugeständnis, weil die Story bereits steht. Darauf sitzenbleiben zu müssen läuft meinen Instinkten und meinem Job zuwider.«

Ich sah Backus an. Rachel Walling war wütend, aber das spielte keine Rolle. Backus war derjenige, der das Sagen hatte.

»Ich glaube nicht, daß das geht, Jack«, sagte er schließlich. »Es verstößt gegen die Vorschriften des FBI, jemanden von außen mit einzubeziehen. Außerdem könnte es gefährlich für Sie werden.«

»Das eine ist mir so egal wie das andere. Es ist unser Deal. Sie können ihn akzeptieren oder es bleiben lassen. Rufen Sie an, wen immer Sie um Genehmigung bitten müssen. Aber unser Deal kommt *so* zustande oder gar nicht.«

Backus zog seine Tasse zu sich heran und schaute in die immer noch dampfende schwarze Flüssigkeit. Bisher hatte er noch keinen Schluck getrunken.

»Diese Entscheidung übersteigt meine Kompetenzen«, sagte er. »Ich kann Ihnen jetzt keine Antwort darauf geben.«

»Und wann?«

»Ich rufe gleich an.«

»Was ist mit der Lagebesprechung?«

»Die fängt nicht ohne mich an. Am besten warten Sie beide hier. Es wird nicht lange dauern.«

Backus stand auf und schob seinen Stuhl unter den Tisch.

»Ich fasse noch einmal zusammen«, sagte ich, bevor er ging. »Wenn ich als Beobachter zugelassen werde, schreibe ich, von zwei Vorbehalten abgesehen, nicht über den Fall, bevor wir jemanden verhaftet haben oder Sie zu dem Schluß gelangt sind, daß eine weitere Verfolgung zwecklos ist.«

»Und was sind die Vorbehalte?«

»Erstens, wenn Sie mich auffordern, darüber zu schreiben. Es kann sein, daß Sie diesen Kerl irgendwann mit einer Story aufscheuchen wollen. Dann schreibe ich sie. Zweitens, wenn die Story durchsickert. Wenn sie in einer anderen Zeitung oder im Fernsehen auftaucht, dann ist Schluß. Und zwar sofort. Das ist und bleibt meine Story.«

Backus sah mich an und nickte.

»Es dauert nicht lange.«

Nachdem er gegangen war, sagte Walling leise: »Ich hätte Ihren Bluff sofort durchschaut.«

»Das war kein Bluff«, sagte ich. »Das war echt.«

»Wenn Sie wirklich die Verfolgung des Kerls, der Ihren Bruder umgebracht hat, für eine Story einhandeln wollen, dann tun Sie mir sehr leid. Ich hole noch Kaffee.«

Sie stand auf und machte sich auf den Weg zum Tresen. Meine Gedanken wanderten von dem, was sie gesagt hatte, zu den Zeilen von Poe, die ich am Vorabend gelesen hatte und die mir seither nicht mehr aus dem Kopf gegangen waren.

Ich weilt' allein
in einer Welt voll Pein
und meine Seele war ein regloses Meer

22

Als ich mit Backus und Walling den Konferenzraum betrat, in dem die Lagebesprechung stattfinden sollte, waren nur noch wenige Stühle leer. Die Agenten hatten um einen langen Tisch herum Platz genommen. Zusätzlich stand noch eine Reihe von Stühlen an den Wänden entlang. Backus signalisierte mir, daß ich mich dorthin setzen sollte. Er und Walling begaben sich zu den letzten beiden freien Stühlen am Kopfende des Tisches. Sie waren offensichtlich für sie reserviert worden. Ich spürte eine Menge Blicke auf mir ruhen, deshalb bückte ich mich und hantierte an meiner Computertasche herum, damit ich ihrer Anstarrerei entging. Backus war auf den Deal eingegangen. Besser gesagt, derjenige, den er angerufen hatte, war darauf eingegangen. Ich saß mit im Boot – mit Agent Walling als Babysitter, wie sie es nannte. Ich hatte eine Vereinbarung aufgesetzt und unterschrieben, in der ich mich verpflichtete, nicht über die Ermittlungen zu schreiben, bis sie von Erfolg gekrönt waren oder aufgegeben wurden. Auch die beiden Ereignisse, die ich als Vorbehalte genannt hatte, wurden erwähnt. Ich hatte Backus wegen eines Fotografen gefragt, und er hatte geantwortet, das gehöre nicht zu dem Handel. Aber er erklärte sich bereit, Bitten nach konkreten Fotos nachzukommen. Das war das Beste, was ich für Glenn hatte herausholen können.

Nachdem Backus und Walling ihre Plätze eingenommen und das Interesse an mir nachgelassen hatte, sah ich mich um. Im Zimmer waren ein Dutzend weiterer Männer und drei Frauen versammelt, Walling eingeschlossen. Die meisten Männer waren in Hemdsärmeln, und alle schienen bereits seit geraumer Zeit mit ihren Angelegenheiten beschäftigt gewesen zu sein. Es gab eine Menge Styroporbecher und eine Menge Papierkram. Eine Frau ging gerade um den Tisch und händigte jedem Agenten ein neues Bündel Papiere aus.

»Okay, Leute«, sagte Backus. »Sehen wir zu, daß wir die Sache in Gang bringen. Es ist ein langer Tag gewesen, aber von jetzt an werden die Tage vermutlich noch länger werden.«

Das Gemurmel verstummte sofort. Ich griff so unauffällig wie möglich in meine Computertasche, holte ein Notizbuch heraus, schlug eine frische Seite auf und bereitete mich darauf vor, mir Notizen zu machen.

»Zuerst ein kurzer Hinweis«, sagte Backus. »Der neue Mann dort drüben ist Jack McEvoy. Er ist Reporter bei der *Rocky Mountain News*, und er wird bei uns bleiben, bis alles vorbei ist. Seine hervorragende Arbeit hat zu unseren Ermittlungen geführt. Er hat unseren Poeten entdeckt. Er hat sich bereit erklärt, nicht über diesen Fall zu schreiben, bis wir den Täter gefaßt haben. Ich möchte, daß Sie ihm jedes nur erdenkliche Entgegenkommen beweisen. Seine Anwesenheit ist vom leitenden Special Agent abgesegnet.«

Ich spürte wieder alle Blicke auf mir und saß wie erstarrt da.

»Wenn er nicht vorhat zu schreiben, warum hat er dann sein Notizbuch gezückt?«

Ich schaute in die Richtung, aus der die Stimme gekommen war, und entdeckte einen scharfgesichtigen Mann, der die Frage gestellt hatte.

»Er muß sich Notizen machen, damit er für später die Fakten beisammen hat«, kam Walling mir zu Hilfe.

»Den Tag möchte ich erleben, wo einer von denen tatsächlich Fakten berichtet«, warf ihr der Agent an den Kopf.

»Gordon, hacken Sie nicht auf Mr. McEvoy herum«, sagte Backus lächelnd. »Ich bin überzeugt, daß er gute Arbeit leisten wird. Und der leitende Special Agent ist gleichfalls davon überzeugt. Und er hat bisher gute Arbeit geleistet, also werden wir ihm vertrauen und mit ihm kooperieren.«

Ich beobachtete, wie der Mann, den er Gordon genannt hatte, angewidert den Kopf schüttelte. Sein Gesicht hatte sich verdunkelt. Zumindest wußte ich von Anfang an, daß es sich empfahl, einen großen Bogen um ihn zu machen. Und die Frau mit den Papieren konnte ich gleich dazuzählen – sie ging an mir vorbei, ohne mir etwas auszuhändigen.

»Das wird unsere letzte gemeinsame Konferenz sein«, sagte Backus. »Morgen werden die meisten von uns abreisen, und das Operationszentrum wird nach Denver verlegt, dem Schauplatz des jüngsten Falles. Rachel ist auch weiterhin für die Koordination zuständig. Brass und Brad bleiben hier und kümmern sich um den Papierkram. Ich möchte, daß alle Agenten täglich um achtzehn Uhr östlicher Zeit einen Bericht nach Denver und nach Quantico liefern. Fürs erste müssen Sie dazu das Fax des Field Office in Denver benutzen. Die Nummer sollte auf den Ausdrucken stehen, die Sie gerade erhalten haben. Wir werden jedoch unsere eigenen Leitungen einrichten und Ihnen die Nummern zukommen lassen, sobald dies geschehen ist. So, und jetzt fassen wir zusammen, was wir haben. Es ist wichtig, daß wir alle auf dem gleichen Stand sind. Ich will nicht, daß bei diesem Fall irgend etwas schiefgeht.«

»Wir sollten wirklich aufpassen, daß wir keinen Mist bauen«, sagte Gordon sarkastisch. »Schließlich werden wir von der Presse beobachtet.«

Ein paar Leute lachten, aber Backus schnitt das Gelächter ab.

»Okay, okay, Gordon, Sie haben Ihr Mißfallen laut und deutlich erklärt. Jetzt gebe ich für ein paar Minuten Brass das Wort, sie informiert Sie über den letzten Stand der Dinge.«

Eine Frau, die Backus am Tisch gegenübersaß, räusperte sich. Sie breitete drei Papiere vor sich aus und stand dann auf.

»Also«, sagte sie. »Wir haben sechs tote Detectives in sechs Staaten. Es gibt außerdem sechs ungeklärte Morde, an denen die Detectives unabhängig voneinander zum Zeitpunkt ihres eigenen Todes gearbeitet haben. Der entscheidende Punkt ist, daß wir uns bisher nicht darauf festlegen können, ob wir es mit einem Täter zu tun haben oder mit zweien – oder vielleicht sogar mehreren, obwohl das unwahrscheinlich ist. Wir vermuten zwar, daß wir es mit nur einem zu tun haben, aber im Moment gibt es nicht viel, das diese Annahme stützt. Eines dürfte allerdings feststehen, nämlich, daß es zwischen den Morden an den sechs Detectives einen Zusammenhang gibt und sie deshalb höchstwahrscheinlich das Werk einer Hand sind. Im Moment konzentrieren sich unsere Ermittlungen auf diesen Täter, den wir den Poeten nennen. Was die Verbindung zu den anderen Fällen angeht, haben wir nur eine Theorie. Über die reden wir später. Fangen wir mit den Detectives an. Werfen Sie bitte einen Blick auf den Computerausdruck, die erste Liste in Ihren Papieren, danach werde ich noch einige Dinge erklären.«

Ich sah, wie alle die Liste studierten, und ärgerte mich, daß ich übergangen worden war. Ich beschloß, nach der Konferenz mit Backus darüber zu reden. Ich warf einen Blick auf

Gordon und stellte fest, daß er mich ansah. Er zwinkerte mir zu, dann wandte er sich wieder dem vor ihm liegenden Bericht zu. Plötzlich stand Walling auf und kam um den Tisch herum zu mir. Sie händigte mir einen Stapel Unterlagen aus. Ich nickte dankend, aber sie war bereits wieder auf dem Weg zu ihrem Platz. Mir fiel auf, daß sie Gordon im Vorübergehen einen langen Blick zuwarf, und er zurückstarrte.

Ich betrachtete die Blätter in meiner Hand. Die erste Seite enthielt lediglich organisatorische Informationen wie die Namen der beteiligten Agenten und ihre Aufgaben. Außerdem standen da die Telefon- und Faxnummern der Field Office in Denver, Baltimore, Tampa, Chicago, Dallas und Albuquerque. Ich fuhr mit dem Finger über die Liste der Agenten und fand nur einen Gordon. Gordon Thorson. Ich sah, daß seine Anweisung einfach »Quantico – weitermachen« lautete.

Als nächstes suchte ich Brass auf der Liste. Die Vermutung lag nahe, daß es sich bei ihr um Brasilia Doran handelte, neben deren Name auf dem Papier stand: Opfer-Koordinatorin / Profile erstellen. Auch bei weiteren Agenten waren die ihnen zugewiesenen Aufgaben angegeben. Dazu gehörten Handschriften prüfen und Kryptologie, aber hinter den meisten Namen standen die Namen von Städten und Opfern. Offensichtlich sollten jeweils zwei BBS-Agenten in alle Städte reisen, in denen der Poet gemordet hatte, und dort die von den Field Offices und der örtlichen Polizei angestellten Ermittlungen koordinieren.

Ich schlug das nächste Blatt auf. Es war dasjenige, das alle anderen gerade lasen.

```
              VORLÄUFIGER OPFER-BERICHT
                 DER POET, BSS 95-17

OPFER:
1.   Clifford Beltran, Sarasota Sheriff's
     Department, Mordkommission.
     WM. geb. 14-3-34. gest. 1-4-92
     Waffe: S & W Schrotflinte, Kaliber 13
     ein Schuß - Kopf
     Tatort: Wohnung. Keine Zeugen.
2.   John Brooks, Chicago Police Dept.,
     Mordkommission, Area Three.
```

SM, geb. 21-7-54. gest. 30-10-93
Waffe: Dienst, Glock 19
zwei Schüsse, ein Treffer - Kopf
Tatort: Wohnung. Keine Zeugen.

3. Garland Petry, Dallas Police Dept., Mordkommission
WM, geb. 11-11-51. gest. 28-3-94
Waffe: Dienst, Beretta 38
zwei Schüsse, zwei Treffer - Brust und Kopf
Tatort: Wohnung. Keine Zeugen

4. Morris Kotite, Albuquerque Police Dept., Mordkommission
LM, geb. 14-9-56, gest. 24-9-94
Waffe: Dienst. S & W 38
zwei Schüsse, ein Treffer - Kopf
Tatort: Wohnung. Keine Zeugen

5. Sean McEvoy, Denver Police Dept., Mordkommission
WM, geb. 21-5-61, gest. 10-2-95
Waffe: Dienst, S & W 38
ein Schuß - Kopf
Tatort: Auto. Keine Zeugen

Das erste, was mir auffiel, war, daß sie McCafferty nicht auf ihrer Liste hatten. Er würde an zweiter Stelle stehen. Dann registrierte ich, daß viele der Augen im Zimmer wieder auf mich gerichtet waren – nachdem die Leute den letzten Namen gelesen und offensichtlich begriffen hatten, wer ich war. Ich hielt den Blick gesenkt und starrte auf die Bemerkungen unter dem Namen meines Bruders. Sein Leben war auf kurze Beschreibungen und Daten reduziert worden. Schließlich rettete mich Brasilia Doran.

»Okay, Leute, diese Liste ist ausgedruckt worden, bevor der sechste Fall bestätigt wurde«, sagte sie. »Wenn Sie ihn nachtragen möchten – er gehört zwischen Beltran und Brooks. Der Name ist John McCafferty, ein Mord-Detective vom Baltimore Police Department. Weitere Details bekommen wir später. Jedenfalls gibt es, wie Sie sehen können, nicht viel, was all diesen Fällen gemeinsam ist. Die verwendeten Waffen sind unterschiedlich, die Tatorte sind unterschiedlich, und wir haben drei Weiße, einen Schwarzen und einen Lateinamerikaner als Opfer ... Das zusätzliche Opfer, McCafferty, war ein Weißer, siebenundvierzig Jahre alt.

Aber es gibt, was die Tatorte und das Beweismaterial angeht, immerhin beschränkte Gemeinsamkeiten. Jedes Opfer war ein Detective, der in einer Mordkommission gearbeitet hat und an einem Kopfschuß starb, und in keinem der Fälle gab es irgendwelche Zeugen. Von hier aus gelangen wir zu den beiden Schlüssel-Gemeinsamkeiten, auf denen unsere Ermittlungen basieren werden. In sämtlichen Fällen gibt es einen Hinweis auf Edgar Allan Poe. Das ist der eine Schlüssel. Der andere ist, daß die Kollegen der Opfer überzeugt waren, daß diesen ein spezieller Mordfall schwer zu schaffen machte – zweien von ihnen so sehr, daß sie sich in psychiatrische Behandlung begaben.

Und nun schlagen Sie bitte die nächste Seite auf ...«

Papier raschelte. Ich spürte förmlich, wie alle Anwesenden von einer grimmigen Faszination ergriffen wurden. Für mich war es ein unwirklicher Moment. Ich kam mir vor wie ein Drehbuchautor, der seinen Film endlich auf der Leinwand sieht. Bis dahin war dies alles nur in meinen Notizbüchern, meinem Computer und meinem Kopf versteckt gewesen und hatte ins ferne Reich der Möglichkeiten gehört. Jetzt aber saßen hier Ermittler, die offen darüber redeten, Listen betrachteten, die Realität dieses Horrors bestätigten.

Die nächste Seite enthielt die hinterlassenen Botschaften, all die Zitate aus Gedichten von Poe, die ich in der Nacht zuvor gefunden und rausgeschrieben hatte.

»Das ist etwas, das die Fälle unwiderlegbar miteinander verbindet«, sagte Doran. »Unser Poet liebt Edgar Allan Poe. Den Grund dafür kennen wir noch nicht, aber wir werden hier in Quantico daran arbeiten. Alles weitere erklärt euch jetzt Brad.«

Auf dieses Stichwort hin stand der Agent auf, der direkt neben Doran saß. Ich blätterte zurück zur ersten Seite und fand darauf einen Agenten Bradley Hazelton. Brass und Brad. Was für ein Team, dachte ich. Hazelton, ein schlaksiger Mann mit einem Gesicht voller Akne-Narben, schob seine Brille hoch, bevor er sprach.

»Ähem, wir wissen inzwischen, daß die sechs Zitate – den Fall in Baltimore eingeschlossen – aus drei von Poes Gedichten stammen beziehungsweise seine angeblich letzten Worte waren. Wir beschäftigen uns eingehend mit diesen Zitaten, um herauszufinden, ob es in dem, wovon die Gedichte handeln, irgendeinen gemeinsamen Tenor gibt oder ob sie uns irgendwelche Hinweise auf den Täter liefern können. Es erscheint mir ziemlich offensichtlich, daß dies der Punkt ist, an dem der Täter mit uns spielt und an dem er das größte Risiko eingeht. Ich glaube nicht, daß irgend jemand den Zusammenhang zwischen diesen Fällen herausgefunden hätte, wenn der Täter nicht immer wieder denselben Autor zitieren würde. Diese Gedichte sind so etwas wie seine Signatur. Wir werden versuchen, herauszufinden, weshalb er sich für Poe entschied statt für – sagen wir – Walt Whitman, aber ich ...«

»Das kann ich Ihnen sagen«, rief ein am entgegengesetzten Ende des Tisches sitzender Agent. »Poe war ein morbides Arschloch, und das ist unser Mann auch.«

Ein paar Leute lachten.

»Nun ja, in einem allgemeineren Sinn mag das zutreffen«, sagte Hazelton, dem entgangen war, daß diese Bemerkung die Stimmung ein wenig lockern sollte. »Trotzdem werden Brass und ich daran weiterarbeiten, und wenn Sie irgendwelche Ideen haben, würde ich sie gern hören. Einiges steht jetzt schon fest: Poe gilt als der Vater des Kriminalromans. Er hat den ›Doppelmord in der Rue Morgue‹ geschrieben, in dem es um einen mysteriösen Fall geht. Es gibt also irgendwo da draußen einen Täter, der das alles als ein Kriminalrätsel betrachtet. Es macht ihm anscheinend Spaß, uns mit diesem Rätsel zu verspotten, indem er Poes Worte als Hinweise benutzt. Ich habe begonnen, einige Standardwerke über Poes Werk zu lesen, und dabei etwas Interessantes gefunden. Eines der Gedichte, das der Täter zitiert hat, trägt den Titel ›Das verzauberte Schloß‹. Dieses Gedicht findet sich in der Erzählung ›Der Untergang des Hauses Usher‹. Sie kennen sie bestimmt. Die Interpretation dieses Gedichtes besagt, daß es, oberflächlich betrachtet, als Darstellung des Hauses von Usher gelten kann, gleichzeitig jedoch eine hintergründige Charakterisierung von Roderick Usher, der Hauptfigur der Erzählung, ist. Und dieser Name tauchte, wie Sie seit der gestrigen Lagebesprechung wissen, im Zusammenhang mit dem Tod von Opfer Nummer sechs auf. Tut mir leid, er ist nicht nur eine Nummer, es war Sean McEvoy.«

Er sah mich an und nickte, ich erwiderte das Nicken.

»Die Beschreibung in dem Gedicht … einen Moment.« Hazelton blätterte in seinen Notizen, fand, was er suchte, schob abermals seine Brille hoch und fuhr dann fort: »Okay, hier ist es. ›Gelbe Banner, glorreich, golden / wehten flatternd auf dem Dach‹, und später heißt es dann ›Längs der Mauern, bleich befiedert‹«. Und noch ein paar Zeilen später haben wir dann ›zwei erleuchtete Fenster‹ bla, bla, bla. Also, dieser Darstellung zufolge haben wir es mit einem einsiedlerisch lebenden weißen Mann zu tun mit blondem Haar, vielleicht mit langem oder lockigem blondem Haar, und einer Brille. Das ist immerhin ein Ausgangspunkt für das Profil über sein Aussehen.«

Von allen Seiten erscholl Gelächter, und Hazelton schien es persönlich zu nehmen.

»So steht es in der Sekundärliteratur«, protestierte er. »Ich meine es völlig ernst, und ich finde, es wäre ein Ansatz.«

»Einen Moment, einen Moment«, sagte eine Stimme aus dem äußeren Kreis. Ein Mann stand auf. Er war älter als die meisten anderen Agenten und machte einen ziemlich abgebrühten Eindruck. »Wovon reden wir hier eigentlich? Flatternde gelbe Banner – was soll der Scheiß? Dieser Poe-Kram ist großartig, er wird dem jungen Mann da drüben vermutlich helfen, die Auflage seiner Zeitung in die Höhe zu treiben, aber mich hat in den letzten vierundzwanzig Stunden nichts davon überzeugt, daß da irgendwo ein Irrer rumlaufen soll, der fünf, sechs erfahrene Cops überwältigt und ihnen den Lauf ihrer eigenen Waffe in den Mund gesteckt hat. Das kann ich einfach nicht nachvollziehen! Wie ist eure Meinung?«

Es gab eine Menge gemurmelter Zustimmung und Nicken. Ich hörte, wie jemand den Agenten, der zuletzt gesprochen hatte, »Smitty« nannte, und entdeckte ihn auf der Personalliste unter dem Namen Chuck Smith. Er sollte nach Dallas fliegen.

Brass Doran stand auf, um dazu Stellung zu nehmen.

»Wir wissen, daß das der Haken ist«, sagte sie. »Die Vorgehensweise des Täters ist etwas, wozu wir zu diesem Zeitpunkt am wenigsten sagen können. Aber meiner Ansicht nach ist der Poe-Zusammenhang offensichtlich, und Bob ist der gleichen Meinung. Was ist unsere Alternative? Zu sagen, es ist einfach unmöglich, und die Sache fallenzulassen? Nein, wir müssen uns so verhalten, als könnten weitere Leben auf dem Spiel stehen, weil das durchaus im Bereich des Möglichen liegt. Ihre Fragen werden hoffentlich im Laufe der weiteren Ermittlungen beantwortet werden. Aber ich stimme mit Ihnen darin überein, daß wir das Problem gründlich diskutieren müssen, und eine gewisse Portion Skepsis ist immer angebracht. Die Frage lautet: Wie hat der Poet diese Männer unter seine Kontrolle gebracht?«

Sie ließ ihren Blick durch das Zimmer schweifen. Smitty hatte nichts mehr zu sagen.

»Brass«, sagte Backus, »lassen Sie uns jetzt zu den anderen Opfern übergehen.«

»Okay, Leute, nächste Seite.«

Die Seite, der wir uns nun widmeten, enthielt Informationen über jene Morde, von denen die Detectives, die der Poet umgebracht hatte, besessen gewesen waren. In dem Bericht wurden sie als sekundäre Opfer bezeichnet, obwohl sie jeweils zuerst gestorben waren. Mir fiel auf, daß auch diese Liste nicht auf dem neuesten Stand war. Polly Amherst, die Frau, deren Ermordung John McCafferty geplagt hatte, stand noch nicht darauf.

```
            LISTE DER SEKUNDÄREN OPFER
                    VORLÄUFIG

1.    Gabriel Ortiz, Sarasota, FL
      Schüler
      LM, geb. 1-6-82, gest. 14-2-92
      Schnur-Strangulation, sexueller
      Mißbrauch (Kapokfasern)
2.    Robert Smathers, Chicago
      Schüler
      SM, geb. 11-8-81, gest. 15-8-93
      Manuelle Strangulation,
      Verstümmelung ante mortem
3.    Althea Granadine, Dallas
      Schülerin
      SW, geb. 10-10-84, gest. 4-1-94
      Multiple Stichwunden, Brust,
      Verstümmelung ante mortem
5.    Manuela Cortez, Albuquerque, NM
      Haushälterin
```

LW, geb. 11-4-46, gest. 16-8-94
Multiple stumpfe Gewalteinwirkung, Verstümmelung post mortem (Kapokfasern)

5. Theresa Lofton, Denver, CO
Studentin, Angestellte einer Kindertagesstätte
WW, geb. 4-7-75, gest. 16-12-94
Schnur-Strangulation, Verstümmelung post mortem (Kapokfasern)

»Auch auf dieser Liste fehlt ein Opfer«, sagte Doran. »Baltimore. Soweit ich informiert bin, war das Opfer kein Kind, sondern eine Lehrerin. Polly Amherst. Schnur-Strangulation und Verstümmelung post mortem.«

Sie wartete einen Moment für den Fall, daß die Kollegen es notieren wollten. »Wir sind noch dabei, uns Akten und Daten über diese Fälle zufaxen zu lassen«, fuhr sie fort. »Diese Liste wurde nur für die heutige Besprechung zusammengestellt. Aber schon jetzt läßt sich sagen, daß es in all diesen sekundären Fällen direkt oder indirekt um Kinder geht. Drei Opfer waren Kinder, zwei arbeiteten direkt mit Kindern zusammen, und die letzte, Manuela Cortez, war eine Haushälterin, die auf dem Weg zu jener Schule entführt und ermordet wurde, von der sie die Kinder ihres Arbeitgebers abholen wollte. Demnach steht zu vermuten, daß es der Täter ursprünglich auf Kinder abgesehen hatte, daß aber bei der Hälfte der Fälle etwas schiefgegangen ist, und der Täter irgendwie von den Erwachsenen gestört wurde und sie deshalb umbrachte.«

»Was ist von den Verstümmelungen zu halten?« fragte ein im äußeren Kreis sitzender Agent. »Bei einigen erfolgten sie post, und bei den Kindern … nicht.«

»Das wissen wir noch nicht, aber eine Vermutung ist, daß es Teil seiner Tarnung ist. Indem er sich unterschiedlicher Methoden und Vorgehensweisen bediente, versucht er einer Entdeckung zu entgehen. Auf dieser Liste mögen die Fälle ähnlich erscheinen, aber je vollständiger die Analyse wird, desto mehr Verschiedenheiten weisen sie auf. Es ist, als seien diese Opfer von sechs verschiedenen Männern mit unterschiedlichen Mordmethoden umgebracht worden. In allen Fällen wurden von den zuständigen Dienststellen VICAP-Fragebögen ausgefüllt, aber nirgendwo Übereinstimmungen entdeckt.

Wie Sie wissen, umfaßt der Fragebogen inzwischen achtzehn Seiten.

Worauf es hinausläuft – ich glaube, dieser Täter kennt unsere Vorgehensweise. Ich glaube, er wußte, daß er bei jedem seiner Opfer hinreichend anders vorgehen mußte, damit unsere Computer nie eine Übereinstimmung feststellen konnten. Der einzige Fehler, den er gemacht hat, waren die Kapokfasern. Damit haben wir ihn erwischt.«

Ein weiterer Agent im äußeren Kreis hob die Hand, und Doran nickte ihm zu.

»Wenn in drei Fällen Kapokfasern am Opfer festgestellt wurden – weshalb hat dann der VICAP-Computer nicht reagiert, wenn, wie Sie sagten, alle Fälle eingegeben wurden?«

»Menschliches Versagen. Im ersten Fall, dem Ortiz-Jungen, handelte es sich um eine Gegend, in der Kapok heimisch ist. Deshalb wurde er nicht beachtet und war auch nicht in dem Fragebogen enthalten. Im Albuquerque-Fall wurden die Fasern erst identifiziert, nachdem das VICAP-Protokoll eingereicht worden war. Und später wurde das Protokoll nicht ergänzt. Ein Versehen. Die Übereinstimmung ist uns einfach entgangen. Wir haben es erst heute vom Field Office erfahren. Nur im Denver-Fall wurde der Kapok als wichtig genug erkannt, um in dem VICAP-Protokoll aufgelistet zu werden.«

Mehrere Agenten stöhnten leise, und auch mir wurde ein bißchen schlecht. Es war schlicht und einfach die Chance vertan worden, schon bei dem Albuquerque-Fall festzustellen, daß ein Serienkiller sein Unwesen trieb. Wie wäre die Sache sonst weitergegangen? Vielleicht würde Sean dann noch leben!

»Das bringt uns zu der großen Frage«, sagte Doran. »Mit wie vielen Killern haben wir es zu tun? Einem, der die ersten Opfer umbringt, und einem zweiten, der die Detectives ermordet? Oder nur mit einem? Einem, der sie alle auf dem Gewissen hat? Im Augenblick gehen wir von einer Verknüpfungstheorie aus. Wir vermuten, daß in all diesen Städten zwischen den beiden Morden irgendein Zusammenhang besteht.«

»Welches sind die Motive?«

»Da können wir vorerst nur Vermutungen anstellen. Die naheliegendste ist, daß er in der Ermordung des Detectives eine Methode sieht, seine Spuren zu verwischen, sein Entkommen sicherzustellen. Aber wir haben noch eine andere Theorie. Nämlich die, daß der erste Mord begangen wurde, um einen Detective ins Spiel zu bringen. Mit anderen Worten, der erste Mord ist ein Köder, auf derart grauenvolle Art präsentiert, daß er einem Detective schlaflose Nächte bereitet. Wir nehmen an, daß der Poet dann jeden dieser Männer beobachtet und sich mit seinen Gewohnheiten vertraut gemacht hat. Das ermöglichte es ihm, nahe an sie heranzukommen und sie schließlich zu ermorden, ohne entdeckt zu werden.«

Diese Ansicht brachte alle im Raum zum Verstummen. Ich hatte das Gefühl, daß viele der Agenten, selbst die, die schon häufig bei Serienmorden ermittelt hatten, noch nie mit einem Unmenschen wie dem zu tun gehabt hatten, den sie den Poeten nannten.

»Natürlich«, sagte Brass, »sind Theorien im Augenblick alles, was wir haben.«

Backus stand auf.

»Danke, Brass«, sagte er, dann wandte er sich an alle. »Und jetzt schnell, weil ich noch eine Menge zu tun habe. Gordon, Sie hatten noch etwas für uns.«

»Ja, ganz kurz nur«, sagte Thorson. Er stand auf und trat vor ein Flip-chart. »Die Karte in Ihren Unterlagen ist überholt, wegen der Sache in Baltimore. Deshalb bitte ich für einen Moment um Ihre Aufmerksamkeit.«

Er zeichnete rasch mit einem dicken schwarzen Stift die Umrisse der Vereinigten Staaten. Dann begann er, mit einem roten Stift die Spur des Poeten zu verfolgen. Er begann in Florida, führte die Linie hinauf nach Baltimore, dann hinüber nach Chicago, dann hinunter nach Dallas, dann hinüber nach Albuquerque und schließlich noch weiter hinauf nach Denver. Er griff wieder nach dem schwarzen Stift und trug die Todesdaten sämtlicher Opfer ein.

»Ich meine, das spricht für sich«, sagte Thorson. »Unser Mann ist auf dem Weg nach Westen, und er hat offensichtlich aus irgendeinem Grund eine Stinkwut auf Detectives in Mordkommissionen.«

Er fuhr mit der Hand über die westliche Hälfte des Landes.

»Dort müssen wir nach seinen nächsten Mordopfern Ausschau halten, es sei denn, wir haben Glück und erwischen ihn vorher.«

Das Betrachten des Endpunktes der roten Linie, die Thorson gezeichnet hatte, flößte mir ein unbehagliches Gefühl ein.

Wo war der Poet? Wer war der nächste?

»Warum lassen wir ihn nicht einfach nach Kalifornien reisen, damit er unter seinesgleichen ist? Ende des Problems.«

Alle lachten über den Witz, der von einem im äußeren Kreis sitzenden Agenten gekommen war. Hazelton griff ihn auf.

»Hey, Gordo«, sagte er, langte nach hinten zur Staffelei und tippte mit einem Stift auf Florida, das ein bißchen klein geraten war. »Ich hoffe, diese Karte war nicht eine Freudsche Fehlleistung von Ihnen.«

Diese Bemerkung löste noch lauteres Gelächter aus, und Thorsons Gesicht rötete sich, obwohl er gequält lächelte. Rachel Wallings Gesicht strahlte vor Schadenfreude.

»Sehr komisch, Hazel«, entgegnete Thorson laut. »Wie wär's, wenn Sie wieder Gedichte analysieren würden. *Darin* sind Sie gut.«

Das Gelächter verstummte rasch, und ich vermutete, daß Thorson mit seinen Worten einen Pfeil auf Hazelton abgeschossen hatte, der eher persönlich als witzig gemeint war.

»Wenn ich fortfahren darf«, sagte Thorson. »Wir werden noch heute abend alle Field Offices, besonders die im Westen, anweisen, die Augen offenzuhalten. Es würde uns eine Menge helfen, wenn wir frühzeitig über einen möglichen weiteren Mord informiert werden und unsere Spurensicherung sofort an den Tatort schicken könnten. Wir werden ein Team bereitstellen. Aber bis dahin müssen wir uns in jeder Hinsicht auf die Leute vor Ort verlassen. Bob?«

Backus räusperte sich und ergriff wieder das Wort.

»Wenn sonst nichts anliegt, kommen wir zur Personenbeschreibung. Was können wir über diesen Täter sagen? Ich würde den Leuten, die Gordon ausschickt, gern etwas an die Hand geben.«

Es folgte ein Sammelsurium an Hinweisen, viele davon völlig aus der Luft gegriffen, und einige lösten sogar Gelächter aus.

Das Profil, das auf diese Weise zustande kam, würde bei der Suche nach dem Poeten nicht viel nützen. Die Verallgemeinerungen, die die Agenten in den Ring warfen, waren überwiegend Beschreibungen des seelischen Zustands. Wut. Isolation. Überdurchschnittliche Bildung und Intelligenz. Wie identifiziert man diese Dinge an einzelnen in Menschenmassen? fragte ich mich. Aussichtlos.

Hin und wieder warf Backus eine Bemerkung in die Runde, um die Diskussion wieder auf den richtigen Kurs zu bringen.

»Wenn Sie Brass' letzter Theorie zustimmen, weshalb tötet er dann Cops aus Mordkommissionen?«

»Wenn Sie diese Frage beantworten können, haben Sie ihn in der Tasche. Das ist das eigentliche Geheimnis. Das mit den Gedichten ist nur ein Ablenkungsmanöver.«

»Reich oder arm?«

»Er hat Geld. Muß welches haben. Wo auch immer er hinreist – er bleibt nicht lange dort. Kein Job – Morden ist sein Job.«

»Er muß also ein dickes Bankkonto haben oder reiche Eltern. Und er hat ein Auto, und er braucht Geld für Benzin im Tank.«

So ging es noch ungefähr zwanzig Minuten weiter. Brass machte sich Notizen für das vorläufige Profil. Dann beendete Backus die Sitzung und gab allen für die Nacht frei.

Als sich die Versammlung auflöste, kamen ein paar Leute zu mir, stellten sich vor und gaben ihrem Beileid zum Tod meines Bruders und ihrer Bewunderung für meine Ermittlungen Ausdruck. Aber es waren sehr wenige, und zu ihnen gehörten Doran und Hazelton. Nach ein paar Minuten stand ich allein da und sah mich nach Walling um. Da kam Gordon Thorson auf mich zu. Er streckte mir die Hand entgegen, und nach kurzem Zögern ergriff ich sie.

»Ich wollte Ihnen nicht zu nahe treten«, sagte er mit einem freundlichen Lächeln.

»Das ist schon in Ordnung. Es hat mir nichts ausgemacht.«

Er hatte einen festen Griff, und als ich nach dem üblichen Zwei-Sekunden-Händeschütteln versuchte, meine Hand zurückzuziehen, ließ er sie nicht los. Statt dessen zog er mich näher zu sich heran und beugte sich vor, damit nur ich hören konnte, was er als nächstes zu sagen hatte.

»Nur gut, daß Ihr Bruder nicht hier ist und das mit ansehen muß«, flüsterte er. »Wenn ich getan hätte, was Sie getan haben, um in diesen Fall hineinzukommen, würde ich mich schämen. Ich könnte mir selbst nicht mehr ins Gesicht sehen.«

Er richtete sich wieder auf, immer noch mit dem Lächeln im Gesicht. Ich sah ihn an und nickte aus einem mir unerfindlichen Grund. Da ließ er meine Hand fallen und verschwand. Ich fühlte mich gedemütigt, weil ich mich nicht gewehrt hatte.

»Worum ging es?«

Ich drehte mich um. Es war Rachel Walling.

»Oh, nichts. Er hat nur ... nichts.«

»Was immer er gesagt hat, vergessen Sie's. Er ist ein Arschloch.«

Ich nickte.

»Ja, der Gedanke ist mir auch schon gekommen.«

»So, und jetzt lassen Sie uns ins Besprechungszimmer zurückkehren. Ich bin halb verhungert.«

Unterwegs informierte sie mich über die Reisepläne.

»Wir brechen morgen ganz früh auf. Es ist besser, wenn Sie heute nacht hierbleiben, anstatt die ganze Strecke zum Hilton zurückzufahren. Die meisten Besucher reisen Freitag ab, es sind also Zimmer frei. Wir könnten Sie in einem davon unterbringen, und das Hilton kann Ihre Sachen nach Denver schicken. Wäre das ein Problem?«

»Oh, nein, ich glaube ...

Ich dachte immer noch an Thorson.

»Scheiß drauf.«

»Wie bitte?«

»Dieser Kerl, Thorson. Er ist wirklich ein Arschloch.«

»Denken Sie nicht mehr an ihn. Wir reisen morgen ab, und er bleibt hier. Was ist mit dem Hilton?«

»Ja, in Ordnung. Meinen Laptop und alle wichtigen Unterlagen habe ich sowieso bei mir.«

»Ich werde zusehen, daß Sie morgen früh ein frisches Hemd bekommen.«

»Oh, mein Wagen. Ich habe einen Mietwagen in der Garage des Hilton.«

»Wo sind die Schlüssel?«

Ich zog sie aus der Hosentasche.

»Geben Sie sie mir. Wir kümmern uns darum.«

23

In den frühen Morgenstunden, als die Dämmerung erst eine schwache Andeutung hinter den Vorhängen war, schlich Gladden durch Darlenes Wohnung, zu nervös, um zu schlafen, zu aufgeregt, um es auch nur zu wollen. Er wanderte durch die kleinen Zimmer, denkend, planend, wartend. Er ging ins Schlafzimmer, schaute ein paar Augenblicke auf Darlene hinab und kehrte dann ins Wohnzimmer zurück.

Ungerahmte Plakate von alten Pornofilmen klebten an den Wänden. Die ganze Wohnung war voll von kitschigen Andenken an ein wertloses Leben. Auf allem lag ein Nikotinfilm. Gladden war Raucher, fand es aber trotzdem widerlich. Die Wohnung war ein Saustall.

Er blieb vor einem der Plakate stehen, für einen Film, der *Inside Darlene* hieß. Sie hatte ihm erzählt, daß sie in den frühen Achtzigern ein Star gewesen war, bevor die Video-Revolution einsetzte, ihr Körper alterte und um ihren Mund und die Augen herum die Strapazen des Lebens sichtbar wurden. Sie hatte mit einem traurigen Lächeln auf die Plakate gedeutet, auf deren retuschierten Fotos ihr Körper und ihr Gesicht noch glatt und faltenfrei aussahen. Sie wurde einfach als Darlene angepriesen. Nachname nicht erforderlich. Er fragte sich, wie es war, in einer Wohnung zu leben, in der die Fotos von einem glanzvollen früheren Selbst das gegenwärtige verspotteten.

Er wandte sich ab, und sein Blick fiel auf ihre Handtasche, die auf einem kleinen Tisch im Eßzimmer lag. Er leerte sie aus. Sie enthielt vor allem Make-up, leere Zigarettenschachteln und Streichholzheftchen. Zudem eine kleine Sprühdose zur Abwehr von Angreifern und ihr Portemonnaie. Es enthielt sieben Dollar. Er betrachtete ihren Führerschein und erfuhr zum ersten Mal ihren vollen Namen. »Darlene Kugel«, sagte er laut. »Freut mich, Sie kennenzulernen.«

Er nahm das Geld und stopfte alles andere wieder in die Handtasche. Sieben Dollar waren nicht viel, aber es waren immerhin sieben Dollar. Der digiTime-Händler hatte Vorauszahlung verlangt, als Gladden seine Kamera bestellte. Sein Vermögen belief sich jetzt nur noch auf ein paar hundert Dollar, und er war der Ansicht, daß sieben weitere nicht schaden konnten.

Nach einer Weile verdrängte er seine Geldsorgen und setzte sich wieder in Bewegung. Er hatte ein Zeitproblem. Die Kamera mußte in New York bestellt werden. Sie würde nicht vor Mittwoch eintreffen. Fünf weitere Tage. Er wußte, daß er diese Zeit zur Sicherheit in Darlenes Wohnung abwarten mußte. Und er wußte, daß er es konnte.

Er beschloß, eine Einkaufsliste zu erstellen. Darlenes Regale waren fast leer, abgesehen von Thunfisch, und das Zeug haßte er. Er mußte sich etwas zu essen besorgen und dann bis Mittwoch in Deckung bleiben. Er würde nicht viel brauchen. Mineralwasser – Darlene trank offenbar Leitungswasser. Außerdem Fruit Loops, vielleicht ein paar Chef Boyardee.

Gladden hörte das Geräusch eines vorbeifahrenden Wagens. Er schlich zur Tür, um zu lauschen, und vernahm schließlich auch das Geräusch, auf das er gewartet hatte. Das Aufklatschen der Zeitung. Darlene hatte ihm erzählt, daß der Mieter im Nebenhaus die Zeitung bekam. Gladden war stolz auf sich, daß er daran gedacht hatte, sie danach zu fragen. Jetzt trat er ans Fenster und lugte durch die Vorhänge auf die Straße. Die Dämmerung brach grau und neblig an. Er konnte niemanden entdecken.

Nachdem er die beiden Schlösser entriegelt hatte, öffnete Gladden die Tür und trat hinaus in die kühle Morgenluft. Er schaute sich um und entdeckte die zusammengefaltete Zeitung auf dem Gehsteig vor der Wohnung nebenan. Hinter der Wohnungstür brannte kein Licht. Gladden eilte hin, hob die Zeitung auf und kehrte in Darlenes Wohnung zurück.

Auf der Couch suchte er rasch den Lokalteil und überflog die Seiten. Es stand nichts darin. Nichts über das Zimmermädchen. Er warf den Lokalteil beiseite und griff nach dem allgemeinen Teil. Und da war es endlich, ein Foto von ihm, in der rechten unteren Ecke der Titelseite. Es war die Aufnahme, die bei seiner Verhaftung in Santa Monica gemacht worden war. Er zwang seine Augen, sich von dem Foto abzuwenden, und fing an, die Story zu lesen. Er war überglücklich. Er hatte es wieder geschafft, auf die Titelseite zu kommen. Nach so vielen Jahren. Sein Gesicht rötete sich, während er las.

MOTEL-MÖRDER DER POLIZEI IN FLORIDA ENTWISCHT
Von Keisha Russell
ständige Mitarbeiterin der Times

Ein Mann aus Florida, den Behörden zufolge ein Kinderschänder, der sich der Festnahme durch die Polizei von Florida entziehen konnte, ist als Hauptverdächtiger bei der brutalen Ermordung und Verstümmelung eines Zimmermädchens in Los Angeles identifiziert worden, teilte die Polizei von Los Angeles am Freitag mit.

William Gladden, 29, wird im Zusammenhang mit dem Tod von Evangeline Crowder gesucht, deren Leiche in Gladdens Zimmer im Star Motel in Hollywood gefunden wurde. Der Leichnam des 19jährigen Opfers war in Stücke zerschnitten und in drei Schubladen der Kommode in diesem Zimmer gestopft worden.

Der Leichnam wurde entdeckt, nachdem Gladden aus dem Motel ausgezogen war. Ein Motel-Angestellter, der nach dem vermißten Mädchen suchte, betrat das Zimmer und sah, daß Blut aus der Kommode heraussickerte, ließ die Polizei verlauten. Crowder war Mutter eines kleinen Jungen.

Gladden hatte sich in dem Motel unter dem Namen Richard Kidwell eingetragen. Die ermittelnden Behörden erklärten jedoch, daß die Analyse eines in dem Zimmer gefundenen Fingerabdrucks ergab, daß es sich bei dem Verdächtigen um Gladden handelt.

Gladden war vor sieben Jahren bei einem aufsehenerregenden Kindesmißbrauchs-Prozeß in Tampa, Florida, zu 70 Jahren Gefängnis verurteilt worden.

Allerdings wurde er nach nur zwei Jahren wieder entlassen, weil das Urteil bei einem Revisionsverfahren aufgehoben worden war. Dem Gericht zufolge hatten sich die Behörden das Haupt-Beweismaterial – Fotos von nackten Kindern – auf illegale Weise beschafft. Nach diesem juristischen Rückschlag gestattete die Anklage Gladden, sich in geringeren Anklagepunkten für schuldig zu erklären. Er wurde unter Anrechnung der Zeit, die er bereits im Gefängnis verbracht hatte, auf Bewährung entlassen.

Drei Tage, bevor der Motel-Mord entdeckt wurde, war Gladden von der Polizei von Santa Monica verhaftet worden. Er wurde wegen einer Reihe geringfügiger Anklagen in Gewahrsam genommen, nachdem er angezeigt worden war, weil er Fotos von Kindern gemacht hatte, die unter den Duschen am Strand gewaschen wurden oder auf dem Karussell an der Pier fuhren. Er wurde jedoch auf

Kaution entlassen, bevor seine wahre Identität festgestellt werden konnte.

Fortsetzung auf Seite 14 A

Gladden mußte die Zeitung aufschlagen und auf einer Innenseite weiterlesen. Dort entdeckte er ein weiteres Foto von sich. Diesmal war es das des schmalgesichtigen, rothaarigen Einundzwanzigjährigen, der er gewesen war, bevor in Florida die Hetzjagd auf ihn begonnen hatte. Es gab sogar noch einen weiteren Artikel über ihn. Er las rasch die erste Story zu Ende.

Fortsetzung von Seite 1 A
Der Polizei zufolge konnte noch kein Motiv für die Ermordung von Crowder gefunden werden. Obwohl in dem Motelzimmer, in dem Gladden fast eine Woche gewohnt hatte, alle Fingerabdrücke sorgfältig abgewischt worden waren, machte Gladden, wie LAPD Detective Ed Thomas erklärte, einen Fehler, der zu seiner Identifizierung führte. Er hatte einen einzelnen Fingerabdruck an der Unterseite des Griffs der Toilettenspülung hinterlassen.

»Das war ein Glückstreffer«, sagte Thomas. »Mit diesem einen Abdruck haben wir ihn identifiziert.«

Der Abdruck wurde in das Automated Fingerprint Identification System der Polizei von Los Angeles eingegeben, das Teil einer landesweiten Datenbank von Fingerabdrücken ist. Dabei wurde eine Übereinstimmung mit Gladdens Fingerabdrücken festgestellt, die im Computer des Department of Law Enforcement in Florida gespeichert waren.

Thomas zufolge wird Gladden seit fast vier Jahren wegen Verstoßes gegen die Bewährungsauflagen gesucht. Der Haftbefehl wurde erlassen, nachdem er seine regelmäßigen Besuche bei einem Bewährungshelfer in Florida eingestellt hatte und verschwunden war.

In Santa Monica wurde Gladden am Sonntag verhaftet. Bei dem Versuch, vor der Polizei zu flüchten, inszenierte er einen Unfall im Wasser. Doch er wurde schließlich in einem Restaurant auf der Third Street Promenade festgenommen.

Gladden, der sich bei seiner Verhaftung Harold Brisbane nannte, wurde der Verschmutzung öffentlichen Gewässers, des Vandalismus an städtischem Eigentum und des Entzugs der Festnahme angeklagt.

Die Staatsanwaltschaft lehnte es jedoch ab, Anklage wegen seines angeblichen Fotografierens von Kindern zu erheben, weil für ein derartiges Verbrechen keine ausreichenden Beweise vorlagen.

Gladden wurden zwar bei seiner Verhaftung Fingerabdrücke abgenommen, aber Santa Monica hat keinen eigenen Zugang zum Netz und ist für Vergleiche mit dem AFIS-Netzwerk auf einen Computer des Justizministeriums und auf die Computer anderer Behörden angewiesen, darunter auf den der Polizei von Los Angeles. Diese Art Ermittlungen dauern gewöhnlich mehrere Tage, weil bei den Behörden die eigenen Untersuchungen Vorrang haben.

In diesem Fall wurden die in Santa Monica genommenen Fingerabdrücke des Mannes, der sich als Brisbane ausgab, von der Polizei von Los Angeles erst am Dienstag untersucht. Bis dahin war Gladden – der die Nacht auf Montag im County-Gefängnis verbracht hatte – bereits gegen eine Kaution von 50 000 Dollar entlassen worden. Die Polizei von Los Angeles identifizierte Gladden am Donnerstag gegen Abend anhand des Abdrucks, den er in dem Motelzimmer hinterlassen hatte.

»Wenn derartige Dinge passieren, weiß man es hinterher immer besser«, sagte Delpy von der Abteilung Kindesmißbrauch der Polizei von Santa Monica. »Was hätten wir denn tun sollen? Wir mußten ihn freilassen. Manchmal gewinnt man, und manchmal verliert man.« Thomas sagte, das eigentliche Verbrechen sei in Florida begangen worden, wo man Gladden freigelassen hatte.

»Dieser Mann ist eindeutig pädosexuell, und das System läßt ihn laufen«, sagte Thomas. »Anscheinend funktioniert das System immer in Fällen wie diesem nicht, wo dann ein unschuldiger Mensch dafür bezahlen muß.«

Gladden wandte sich rasch der anderen Story zu. Er verspürte nach wie vor ein seltsames Hochgefühl, während er über sich selbst las. Er schwelgte förmlich in seinem Ruhm.

VERDÄCHTIGER ENTKAM JUSTIZ IN FLORIDA
Von Keisha Russell
ständige Mitarbeiterin der Times

William Gladden, den Behörden zufolge ein talentierter Knastanwalt, benutzte die Schliche, die er im Gefängnis gelernt hatte, um das Justizsystem auszutricksen und danach zu verschwinden – bis zu dieser Woche.

Gladden arbeitete im Little Ducks Kindergarten in Tampa, als er vor acht Jahren verhaftet und des Mißbrauchs von nicht weniger als elf Kindern im Laufe von drei Jahren angeklagt wurde.

Die Verhaftung hatte einen großes Aufsehen erregenden Prozeß zur Folge, und zwei Jahre später wurde der Angeklagte in achtundzwanzig Punkten der Anklage für schuldig befunden. Den Berichten zufolge bestand das entscheidende Beweismaterial in erster Linie aus einem Stapel Polaroidfotos von neun der jungen Opfer. Auf den Fotos waren die Kinder wenig oder gar nicht bekleidet in einer Kammer des inzwischen geschlossenen Kindergartens zu sehen.

Das Aufschlußreiche an den Fotos war jedoch nicht, daß einige der Kinder nackt waren, sondern der Ausdruck auf ihren Gesichtern, wie Charles Hounchell, der damalige Ankläger von Hillsborough County, erklärte.

»All diese Kinder waren verängstigt«, sagte Hounchell bei einem Telefon-Interview am Freitag in Tampa, wo er als Anwalt praktiziert. »Diesen Kindern gefiel nicht, was mit ihnen angestellt wurde, und es war ihnen deutlich anzusehen. Das war die Substanz des Falles. Was ihre Gesichter auf den Fotos demonstrierten, entsprach genau den Dingen, die sie den Anwälten erzählten.«

Doch bei dem Prozeß zählten die Fotos mehr als die Anwälte und das, was die Kinder ihnen erzählt hatten. Ungeachtet aller Einwände Gladdens, daß die Fotos bei einer illegalen Durchsuchung seiner Wohnung von einem Polizisten entdeckt worden waren, dessen Sohn eines der mutmaßlichen Opfer war, ließ der Richter die Fotos als Beweismaterial zu.

Gladden wurde zu 70 Jahren Gefängnis verurteilt, die er im Union Correctional Institute in Raiford verbüßen sollte.

Im Gefängnis studierte Gladden, der bereits einen akademischen Grad in englischer Literatur besaß, Poetik, Psychologie und Jura. Allem Anschein nach lag ihm Jura besonders. Der verurteilte Kinderschänder entwickelte sich, Hounchell zufolge, sehr rasch zu einem gewieften Knastanwalt, half anderen Häftlingen beim Verfassen von Schriftsätzen für ihre Revisionsverfahren und arbeitete gleichzeitig an seinem eigenen.

Zu seinen berühmten »Mandanten« im Trakt für Sexualverbrecher in Raiford gehörten Donel Forks, der sogenannte Kissen-Vergewaltiger aus Orlando, der frühere Surf-Champion Alan Jannine aus Miami und der Bühnen-Hypnotiseur Horace Gomble aus Las Vegas. Alle drei sitzen wegen zahlreicher Vergewaltigungen ein, und Gladden hatte mit seinen Versuchen, ihnen die Freiheit oder ein Wiederaufnahme-Verfahren zu beschaffen, keinen Erfolg.

Binnen eines Jahres nach seiner Inhaftierung hatte Gladden, wie Hounchell sagte, jedoch eine gründlich recherchierte Beschwerde gegen seine Verurteilung eingelegt, in der er abermals auf die Unrechtmäßigkeit der Durchsuchung verwies, die zur Entdeckung der belastenden Fotos geführt hatte.

Hounchell erklärte, daß Raymond Gomez, der Polizist, der die Fotos gefunden hatte, wutentbrannt zu Gladdens Wohnung fuhr, nachdem ihm sein fünfjähriger Sohn erzählt hatte, daß er von einem Mann mißbraucht worden war, der im Kindergarten des Jungen arbeitete.

Als niemand auf sein Klopfen reagierte, stellte der Beamte, der nicht im Dienst war, fest, daß die Tür unverschlossen war, und betrat die Wohnung. Gomez sagte später bei einer Anhörung aus, daß die Fotos ausgebreitet auf einer Bettdecke gelegen hätten. Er verließ das Haus rasch wieder und informierte Detectives über seinen Fund, die sich daraufhin einen Durchsuchungsbefehl verschafften.

Gladden wurde verhaftet, als die Detectives später mit dem Durchsuchungsbefehl in seiner Wohnung erschienen und die Fotos in einem Schrank versteckt fanden. Gladden hatte im Prozeß behauptet, er habe die Tür keineswegs unverschlossen gelassen, und die Fotos hätten nicht offen herumgelegen. Doch selbst wenn, argumentierte er, so war die Durchsuchung durch Gomez ganz eindeutig ein Verstoß gegen seine verfassungsmäßigen Rechte auf Schutz vor illegitimer Durchsuchung und Beschlagnahme.

Der vorsitzende Richter entschied jedoch, daß Gomez als Vater gehandelt hätte und nicht als Polizist, als er die Wohnung betrat. Deshalb stelle die zufällige Entdeckung des Haupt-Beweismaterials keinen Verstoß gegen verfassungsmäßige Rechte dar.

Ein Berufungsgericht pflichtete später Gladden bei, mit der Begründung, daß Gomez, der aufgrund seiner polizeilichen Ausbildung die Gesetze über Durchsuchung und Beschlagnahme kannte, hätte wissen müssen, daß er die Wohnung nicht unbefugt betreten durfte. Der Oberste Gerichtshof des Staates Florida lehnte es später ab, die Entscheidung des Berufungsgerichts aufzuheben, und machte damit den Weg frei für einen neuen Prozeß, bei dem die Fotos nicht als Beweismaterial herangezogen werden durften.

Angesichts der schwierigen Aufgabe, einen Fall ohne jenes Beweismaterial zu gewinnen, von dem die erste Jury erklärt hatte, daß es ausschlaggebend gewesen war, wurde Gladden gestattet, sich in einem Fall für schuldig zu erklären, einem Kind gegenüber sexuelle Handlungen vorgenommen zu haben.

Die Höchststrafe für ein solches Verbrechen sind fünf Jahre Gefängnis und anschließend fünf Jahre Bewährung. Zu diesem Zeitpunkt hatte Gladden bereits 33 Monate im Gefängnis abgesessen und ebenso viele Monate aufgrund guter Führung erlassen bekommen. Der Prozeß endete damit, daß er zur Höchststrafe verurteilt wurde, das Gericht aber trotzdem als freier Mann verließ.

»Er hat die Justiz regelrecht ausgetrickst«, erinnerte sich Hounchell, der Ankläger. »Wir wußten, daß er schuldig war, konnten aber das Beweismaterial, das wir in Händen hatten, nicht verwenden. Nach diesem Urteil ist es mir sehr schwer gefallen, den betroffenen Eltern und ihren Kindern ins Gesicht zu sehen. Ich wußte, daß dieser Kerl frei herumlief und es vermutlich wieder tun würde.«

Ungefähr ein Jahr nach seiner Freilassung verschwand Gladden, und es wurde ein Haftbefehl wegen Verstoßes gegen die Bewährungsauflagen erlassen. Nun ist er diese Woche in Südkalifornien wieder aufgetaucht, mit, wie die hiesigen Behörden es formulierten, »tödlichen Konsequenzen«.

Gladden las den Artikel sorgfältig ein zweites Mal. Er war fasziniert von der gründlichen Recherche und der Anerkennung, die dieser Artikel ihm zollte. Außerdem gefiel ihm, wie die Journalistin, wenn man zwischen den Zeilen las, die Geschichte des Bullen Gomez anzweifelte. Dieser Lügner, dachte Gladden. Er war eingebrochen und hatte alles verdorben. War ihm recht geschehen. Gladden war fast versucht, nach dem Telefon zu greifen und die Journalistin anzurufen, um ihr für den Artikel zu danken, aber dann ließ er es doch. Zu riskant. Er dachte an Hounchell, den jungen Ankläger.

»Ausgetrickst«, sagte er laut. Dann brüllte er es hinaus: »Ausgetrickst!«

Seine Gedanken überschlugen sich, und er war überglücklich. Es gab so vieles, was sie nicht wußten, und trotzdem stand er schon auf der Titelseite. Sie würden es bestimmt bald erfahren. Sie würden Bescheid wissen. Sein Moment des endgültigen Ruhms war nahe. Sehr nahe.

Gladden stand auf und ging ins Schlafzimmer, um sich auf den Weg zum Supermarkt vorzubereiten. Er hielt es für das beste, wenn er zeitig ging. Er warf abermals einen Blick auf Darlene. Er beugte sich über ihr Bett, ergriff ihr Handgelenk und versuchte, ihren Arm anzuheben. Die Totenstarre war vollständig eingetreten. Er betrachtete ihr Gesicht. Die Kiefermuskeln zogen sich bereits zusammen und verzerrten ihre Lippen zu einem häßlichen Grinsen. Ihre Augen schienen ihr eigenes Bild im Spiegel über dem Bett anzustarren.

Er streckte die Hand aus und zog ihr die Perücke vom Kopf. Ihr eigenes Haar war rötlichbraun und kurz, unansehnlich. Er sah, daß etwas von dem Blut auf den unteren Rand der blonden Locken geraten war, und nahm die Perücke mit ins Badezimmer, um es abzuwaschen und sich fertigzumachen. Danach kehrte er ins Schlafzimmer zurück und holte die Sachen aus dem Kleiderschrank, die er brauchen würde. Beim Verlassen des Zimmers fiel Gladden ein, daß er sie gar nicht gefragt hatte, was die Tätowierung darstellen sollte. Jetzt war es zu spät.

Bevor er die Tür hinter sich zumachte, drehte er die Klimaanlage auf, und während er sich im Wohnzimmer umzog, dachte er, daß er nicht vergessen durfte, in dem Supermarkt noch mehr Räucherstäbchen zu kaufen. Er beschloß, daß er dazu die sieben Dollar benutzen würde, die er aus ihrem Portemonnaie genommen hatte. Sie ist schuld an dem Problem, dachte er, also soll sie auch für seine Beseitigung zahlen.

24

Am Samstag morgen flogen wir mit einem Hubschrauber von Quantico zum National Airport und gingen dort an Bord eines kleinen FBI-Jets. Unser Ziel war Colorado. Wo mein Bruder gestorben war. Wo die Spur am frischesten war. Außer mir saßen Backus, Walling und ein Kriminaltechniker namens Thompson in der Maschine, den ich von der Besprechung am Vorabend her wiedererkannte. Unter meinem Jackett trug ich ein hellblaues Polohemd mit dem FBI-Emblem auf der linken Brust. Walling hatte am Morgen an die Tür meines Gästezimmers geklopft und es mir mit einem Lächeln präsentiert. Es war eine nette Geste, aber ich konnte es kaum abwarten, nach Denver zu kommen und meine eigenen Sachen anzuziehen. Es war ein ruhiger Flug. Ich saß drei Reihen hinter Backus und Walling.

Ungefähr auf halber Strecke stand Rachel auf und kam zu mir nach hinten. Sie trug Jeans, eine grüne Cordbluse und schwarze Wanderstiefel. Als sie sich auf dem Sitz neben mir niederließ, schob sie ihr Haar hinters Ohr. Sie war wunderschön, und mir wurde klar, daß sich meine Gefühle für sie im Laufe von vierundzwanzig Stunden von Haß zu Verlangen gewandelt hatten.

»Woran denken Sie?«

»An nicht viel. An meinen Bruder zum Beispiel. Ich kann es immer noch kaum glauben.«

»Standen Sie einander nahe?«

»Meistens.« Ich wollte ihr die Wahrheit sagen. »Aber in den letzten paar Monaten, nein … Es ist schon früher mal passiert. Es war eine Art Zyklus. Wir kamen eine Weile gut miteinander aus, und dann konnten wir uns nicht ausstehen.«

»War er älter oder jünger?«

»Älter.«

»Wieviel älter?«

»Drei Minuten. Wir waren Zwillinge.«

»Das habe ich nicht gewußt.«

Ich nickte, und sie runzelte die Stirn, als dächte sie, daß diese Tatsache den Verlust noch schmerzlicher gemacht hatte. Vielleicht stimmte es ja auch.

»Das ist mir in den Berichten entgangen.«

»Es ist vermutlich nicht wichtig.«

»Nun, es würde erklären, weshalb Sie ... Ich habe schon oft über Zwillinge nachgedacht.«

»Sie meinen, ob ich an jenem Abend, an dem er ermordet wurde, eine psychische Botschaft von ihm erhalten habe? Die Antwort lautet nein. Derartiges Zeug hat es zwischen uns nie gegeben. Oder wenn es das gegeben hat, dann ist es mir nie bewußt geworden, und er hat es auch nie erwähnt.«

Sie nickte, und ich schaute ein paar Sekunden lang aus dem Fenster. Es tat gut, mit ihr zusammenzusein, trotz unserer unerquicklichen ersten Begegnung am Tag zuvor. Aber ich begann zu argwöhnen, daß Rachel Walling imstande war, auch ihrem schlimmsten Feind Vertrauen einzuflößen.

Um den Spieß umzudrehen, versuchte ich, sie auszufragen. Sie erwähnte ihre Ehe, von der ich bereits von Warren gehört hatte, sagte aber nicht viel über ihren Ex-Mann. Sie sei nach Georgetown gegangen, um dort Psychologie zu studieren, und wäre in ihrem letzten Jahr vom FBI rekrutiert worden, erzählte sie. Nachdem sie eine Zeitlang als Agentin beim Field Office in New York gearbeitet hatte, war sie zur Columbia University gegangen und hatte in Abendkursen Jura studiert. Sie gab offen zu, daß die Tatsache, daß sie eine Frau war und außerdem ein abgeschlossenes Jurastudium vorzuweisen hatte, sie auf die Schnellspur des FBI befördert und ihr einen sehr begehrten Posten eingebracht hatte.

»Ihre Eltern müssen sehr stolz auf Sie sein«, sagte ich.

Sie schüttelte den Kopf.

»Nein?«

»Meine Mutter hat mich verlassen, als ich noch ziemlich klein war. Ich habe sie seit langem nicht mehr gesehen. Sie weiß nichts von mir.«

»Und Ihr Vater?«

»Er starb, als ich noch ein Kind war.«

Ich wußte, daß ich die Grenzen eines Small talks überschritten hatte. Aber mein journalistischer Instinkt drängte mich, immer die nächste Frage zu stellen. Außerdem spürte ich, daß sie bereit war, mehr zu erzählen.

»Was ist passiert?«
»Er war Polizist. Wir lebten in Baltimore. Er hat Selbstmord begangen.«
»Oh, du liebe Güte, Rachel. Das tut mir sehr leid. Ich hätte nicht …«
»Nein, das ist schon in Ordnung. Ich wollte, daß Sie es wissen. Ich glaube, es ist der Grund für das, was ich bin und was ich tue. Vielleicht verhält es sich ebenso wie mit Ihrem Bruder und seiner Geschichte. Deshalb wollte ich Ihnen sagen, daß es mir leid tut, wenn ich Sie gestern zu grob angepackt habe.«
»Machen Sie sich deshalb keine Sorgen.«
»Danke.«
Wir schwiegen für ein paar Augenblicke, aber ich spürte, daß das Thema noch nicht erledigt war.
»Diese Selbstmord-Studie bei der Foundation, ist das …«
»Ja, mein Vater ist der Grund, warum ich sie veranlaßt habe.«
Es folgte abermals ein Schweigen, aber es flößte mir kein Unbehagen ein und ihr vermutlich auch nicht. Schließlich stand sie auf, ging zu einem Kühlschrank am hinteren Ende der Maschine und holte für alle Cola. Als Backus endlich aufhörte, Witze darüber zu machen, was für eine prächtige Stewardeß sie war, setzte sie sich wieder neben mich. Ich versuchte, sie von den Erinnerungen an ihren Vater abzulenken.
»Haben Sie es nie bedauert, daß Sie keine psychiatrische Praxis eröffnet haben?« fragte ich. »War das nicht ursprünglich der Grund für Ihr Studium?«
»Keineswegs. Dies hier ist wesentlich befriedigender. Ich habe vermutlich schon jetzt mehr Erfahrungen mit Psychopathen sammeln können als die meisten Psychiater in ihrem ganzen Leben.«
»Na ja, bei *den* Agenten, mit denen Sie zusammenarbeiten.«
Ihr Lachen kam ungezwungen.
»Mann, wenn Sie wüßten …«
Vielleicht lag es nur daran, daß sie eine Frau war, aber ich hatte das Gefühl, daß sie anders war als die Agenten, mit denen ich im Laufe der Jahre zu tun gehabt hatte. Sie war nicht so hart. Sie konnte gut zuhören, dachte nach, bevor sie reagierte.
»Thorson zum Beispiel«, sagte ich. »Man hat den Eindruck, als sei ihm der Kopf ein bißchen zu fest aufgeschraubt worden.«

»Stimmt«, sagte sie. Dann lächelte sie gezwungen und schüttelte den Kopf.

»Was ist los mit ihm?«

»Er ist wütend.«

»Worüber?«

»Über eine Menge Dinge. Er schleppt jede Menge Gepäck mit sich herum. Ich gehöre auch dazu. Er war mein Mann.«

Im Grunde war es keine Überraschung. Die Spannung zwischen ihnen war nicht zu übersehen gewesen. Ich hatte den Eindruck gehabt, daß er sich auf einem Plakat der Männer-sind-Schweine-Gesellschaft gut machen würde.

»Dann tut es mir leid, daß ich die Sprache auf ihn gebracht habe«, sagte ich. »Ich wollte nicht ins Fettnäpfchen treten.«

Sie lächelte. »Geht in Ordnung. Diesen Eindruck macht er auf viele Leute.«

»Muß schwer für Sie sein, mit ihm zusammenzuarbeiten. Wie kommt es, daß Sie beide in der gleichen Abteilung sind?«

»Das sind wir im Grunde nicht. Er gehört zur Critical Incident Response. Ich pendele zwischen Behavioral Science und CIR. Wir müssen nur bei Fällen wie diesem zusammenarbeiten. Wir waren Partner, bevor wir heirateten. Wir arbeiteten beide im VICAP-Team und verbrachten auf Reisen eine Menge Zeit miteinander. Später haben wir uns einfach auseinandergelebt.«

Sie trank einen Schluck von ihrer Cola, und ich stellte keine weiteren Fragen. Aber sie sprach unaufgefordert weiter. »Als wir geschieden waren, habe ich das VICAP-Team verlassen und danach vorwiegend für BSS recherchiert, Profile erstellt und gelegentlich einen Fall übernommen. Er wechselte in eine andere Abteilung. Aber wir begegnen uns immer noch in der Cafeteria und bei Fällen wie diesem.«

»Warum lassen Sie sich dann nicht in eine andere Stadt versetzen?«

»Weil es, wie ich bereits sagte, keinen besseren Job gibt als die Arbeit im National Center. Ich möchte sie nicht aufgeben, und er auch nicht. Entweder ist es das, oder er bleibt einfach, um mich zu ärgern. Bob Backus hat einmal mit uns gesprochen und gesagt, es wäre besser, wenn einer von uns sich versetzen ließe, aber das wollten wir beide nicht. Sie können Gordon nicht versetzen, weil er schon dabei ist, seit das Center eingerichtet wurde. Und wenn sie mich versetzen, dann verliert der Verein eine von nur drei Frauen, und sie wissen, daß ich dann einen Aufstand machen würde.«

»Was könnten Sie tun?«

»Nun, ich könnte zum Beispiel sagen, ich würde nur deshalb versetzt, weil ich eine Frau bin. Ich könnte mit der *Post* reden. Das Center ist eines der Glanzstücke des FBI. Wenn wir in eine Stadt kommen, um den Jungs vor Ort zu helfen, sind wir Helden, Jack. Die Medien überschlagen sich, und das FBI will nicht, daß irgendein Schatten auf unsere weiße Weste fällt. Also werfen Gordon und ich uns auch weiterhin wütende Blicke über den Tisch hinweg zu.«

Das Flugzeug beschrieb eine Kurve und setzte zur Landung an. Durch das Fenster entdeckte ich am Horizont die vertrauten Rockies. Wir hatten es fast geschafft.

»Waren Sie auch an den Gesprächen mit Bundy und Manson oder anderen dieser Typen beteiligt?«

Ich hatte irgendwo von dem BSS-Projekt gehört oder gelesen, alle bekannten Serien-Vergewaltiger und -mörder in den Gefängnissen überall im Lande zu interviewen. Aus diesen Interviews war die psychologische Datenbank entstanden, mit deren Hilfe die BSS wiederum Profile anderer Mörder erstellte. Das Interview-Projekt hatte sich über Jahre hingezogen, und ich erinnerte mich, daß es geheißen hatte, daß es an den Agenten, die diesen Männern gegenübertreten mußten, nicht spurlos vorübergegangen war.

»Das war eine Reise, die ich nicht vergessen werde«, sagte sie. »Gordon, Bob und ich sind zusammen hingefahren. Ich bekomme noch heute hin und wieder einen Brief von Charlie Manson. Gewöhnlich um die Weihnachtszeit. Als Verbrecher bestand seine größte Leistung im Manipulieren seiner weiblichen Gefolgschaft. Deshalb glaube ich, daß er überzeugt ist, wenn er irgend jemanden dazu bringen kann, mit ihm zu sympathisieren, dann eine Frau. Mich.«

Die Logik leuchtete mir ein, und ich nickte.

»Und die Vergewaltiger«, sagte sie. »Weitgehend dieselbe Pathologie wie bei den Killern. Es waren ein paar reizende Typen darunter, das kann ich Ihnen versichern. Ich konnte regelrecht spüren, wie sie mich abschätzten, wenn ich hereinkam. Ich konnte spüren, daß sie überlegten, wieviel Zeit sie wohl haben würden, bevor der Wärter erschien. Sie wissen schon, ob sie mich nehmen konnten, ehe Hilfe kam. Das war typisch für sie. Sie dachten nur daran, daß Hilfe kommen und mich retten könnte, aber nicht, daß ich mich selbst verteidigen könnte. Mich selbst retten. Sie betrachten alle Frauen nur als Opfer. Als Beute.«

»Heißt das, daß Sie ganz allein mit diesen Leuten geredet haben?«

»Die Interviews waren informell und fanden gewöhnlich in einem Anwaltszimmer statt. Keine Trennwand, aber gewöhnlich ein Spion.«

»Ein Spion?«

»Ein Fenster, durch das einer der Wärter aufpassen konnte. Den Vorschriften zufolge sollten immer zwei Agenten die Interviews führen, aber es gab einfach zu viele von diesen Kerlen. Also fuhren wir meistens gemeinsam zu einem Gefängnis und trennten uns dann dort. Auf diese Weise ging es schneller. Die Interview-Räume wurden immer überwacht, aber von Zeit zu Zeit jagte mir einer von diesen Kerlen trotzdem einen Schauer über den Rücken.«

»Scheiße.«

»Nun, zu einigen der besonders gewalttätigen Täter sind mein Partner und ich gemeinsam gegangen. Gordon oder Bob oder wer immer mit von der Partie war. Aber es ging einfach schneller, wenn wir uns trennten und die Interviews einzeln führten.«

Ich konnte mir gut vorstellen, daß man nach einer Reihe solcher Interviews selbst eine gehörige Portion psychisches Gepäck mit sich herumschleppen mußte. Ich fragte mich, ob sie das gemeint hatte, als sie von ihrer Ehe mit Thorson sprach.

»Haben Sie dieselben Sachen getragen?« fragte sie.

»Wie bitte?«

»Sie und Ihr Bruder. Sie wissen schon, so wie manche Zwillinge es tun.«

»Ach so. Nein, Gott sei Dank nicht. Meine Eltern haben es nie darauf angelegt, uns wie Zwillinge aussehen zu lassen.«

»Und wer war das schwarze Schaf in der Familie? Er oder Sie?«

»Eindeutig ich. Sean war der Heilige, und ich war der Sünder.«

»Und was sind Ihre Sünden?«

Ich sah sie an.

»Zu viele, um sie hier alle aufzuzählen.«

»Wirklich? Und was war das Heiligste, das er je getan hat?«

Als die Erinnerung an das, was ich ihr hätte antworten müssen, mir das Lächeln aus dem Gesicht wischte, beschrieb das Flugzeug eine scharfe Linkskurve und begann plötzlich zu steigen. Rachel vergaß sofort ihre Frage und beugte sich in den Gang hinaus, so daß sie nach vorn schauen konnte. Einen Moment später sah ich, wie Backus nach hinten kam und sich dabei an den Spanten festhielt, um nicht das Gleichgewicht zu verlieren. Er bedeutete Thompson, daß er ihm folgen sollte.

»Was ist los?« fragte Rachel.

»Wir haben den Kurs geändert«, sagte Backus. »Ich habe gerade einen Anruf aus Quantico bekommen. Heute morgen hat das Field Office in Phoenix auf unseren Alarm reagiert. Vor einer Woche wurde ein Detective der Mordkommission in seiner Wohnung tot aufgefunden. Zuerst hielt man es für Selbstmord, aber irgend etwas stimmte nicht. Jetzt glauben sie, es sei Mord gewesen. Sieht so aus, als hätte der Poet einen Fehler gemacht.«

»Phoenix?«

»Ja, die frischeste Spur.« Backus sah auf die Uhr. »Und wir müssen uns beeilen. Er soll in vier Stunden beerdigt werden, und ich möchte vorher noch einen Blick auf die Leiche werfen.«

25

Zwei Regierungswagen und vier Agenten vom Field Office warteten auf uns, als der Jet auf dem Sky Harbor International landete. Verglichen mit dort, von wo wir herkamen, war es in Phoenix recht warm, und wir zogen unsere Jacken aus. Jeder trug seine Computer- und Reisetaschen selbst. Thompson hatte außerdem einen Kasten mit seinem Werkzeug bei sich.

Ich fuhr mit Walling und zwei Agenten, die Matuzak und Mize hießen, zwei Weißen, die aussahen, als hätten beide zusammen erst weniger als zehn Jahre Berufserfahrung. Aus ihrem ehrerbietigen Verhalten Walling gegenüber war klar zu ersehen, daß die BSS-Einheit bei ihnen höchstes Ansehen genoß. Entweder waren sie über die Tatsache informiert worden, daß ich Journalist war, oder in Anbetracht meines Bartes und meines Haars zu dem Schluß gelangt, daß ich ungeachtet des FBI-Emblems auf meinem Hemd kein Agent sein konnte. Jedenfalls widmeten sie mir nur sehr wenig Aufmerksamkeit.

»Wo fahren wir hin?« fragte Walling, während unser unauffälliger grauer Ford dem unauffälligen grauen Ford folgte, der Backus und Thompson vom Flughafen wegbeförderte.

»Zum Scottsdale-Bestattungsinstitut«, sagte Mize. Er saß auf dem Beifahrersitz, und Matuzak am Steuer. Er sah auf die Uhr. »Die Beisetzung findet um zwei statt. Ihr Kollege hat nur vermutlich eine knappe halbe Stunde, bevor sie den Toten anziehen und unter die Erde bringen.«

»Ist es ein offener Sarg?«

»Ja«, antwortete Matuzak. »Er ist bereits einbalsamiert und geschminkt. Ich weiß nicht, was Sie erwarten.«

»Wir erwarten überhaupt nichts. Wir wollen nur einen Blick auf ihn werfen. Ich nehme an, Agent Backus wird im Wagen vor uns bereits informiert. Könntet ihr uns bitte auch ins Bild setzen?«

»*Das* ist Robert Backus?« sagte Mize. »Er sieht so jung aus.«

»Robert Backus junior.«

»Ach so.« Mize machte ein Gesicht, als sei ihm jetzt klar, weshalb ein so junger Mann das Kommando hatte. »Deswegen.«

»Sie wissen nicht, wovon Sie reden«, sagte Walling. »Er trägt zwar diesen Namen, aber er ist außerdem der beharrlichste und gründlichste Agent, mit dem ich je gearbeitet habe. Er hat sich die Position, in der er jetzt ist, selbst verdient. Wahrscheinlich wäre es für ihn sogar einfacher gewesen, wenn er einen Namen wie Mize hätte. So, würden Sie uns jetzt bitte erzählen, was passiert ist?«

Ich sah, daß Matuzak sie im Spiegel musterte. Dann richtete er den Blick auf mich, was Rachel nicht entging.

»Er ist in Ordnung«, sagte sie. »Seine Anwesenheit wurde von oberster Stelle genehmigt. Er weiß alles, was wir wissen. Haben Sie ein Problem damit?«

»Wenn es geregelt ist, nicht«, sagte Matuzak. »John, erzähl du.«

Mize räusperte sich.

»Da gibt es nicht viel zu berichten, weil wir nicht hinzugezogen wurden. Wir wissen, daß sie diesen Mann, William Orsulak, am Montag in seinem Haus gefunden haben. Er war Cop bei der Mordkommission. Montag war er vermutlich schon seit drei Tagen tot. Er hatte Freitag frei, weil er Überstunden abfeiern mußte, und niemand konnte sich erinnern, ihn später als Donnerstag abend in einem Lokal gesehen zu haben.«

»Wer hat ihn gefunden?«

»Ein Kollege, als er Montag nicht zum Dienst erschien. Er war geschieden und lebte allein. Jedenfalls haben sie die ganze Woche nicht gewußt, woran sie sind. Selbstmord oder Mord? Schließlich haben sie sich für Mord entschieden. Das war gestern. Anscheinend gab es zu viel, was gegen einen Selbstmord sprach.«

»Was wissen Sie über den Tatort?«

»Es tut mir leid, Ihnen das sagen zu müssen, Agent Walling, aber wir wissen auch nur, was in den Zeitungen stand. Wie ich bereits sagte, die Polizei von Phoenix hat uns zu dem Ball nicht eingeladen. Nachdem wir heute morgen das Fax aus Quantico bekommen hatten, hat Jamie Fox, der dort vorn in dem Wagen mit Agent Backus sitzt, sich eingehend mit dem Papierkram beschäftigt. Es schien zu dem zu passen, woran Sie arbeiten, und daraufhin hat er angerufen. Dann wurden auch Bob und ich für die Sache eingeteilt, aber, wie gesagt, wir haben keine sicheren Informationen.«

»Danke.« Rachel hörte sich deprimiert an. Ich wußte, daß sie gern mit im vorderen Wagen gesessen hätte. »Ich bin sicher, wir werden im Bestattungsinstitut alles Erforderliche erfahren. Was ist mit der hiesigen Polizei?«

»Sie wartet dort auf uns.«

Wir näherten uns dem Scottsdale-Beerdigungsinstitut an der Camelback von hinten. Der Parkplatz war schon jetzt voll besetzt, obwohl die Beerdigung erst in zwei Stunden stattfinden sollte. Etliche Männer standen herum oder lehnten an ihren Wagen. Ganz offensichtlich Detectives, die vermutlich darauf warteten, was das FBI zu sagen hatte. Am hinteren Ende des Parkplatzes entdeckte ich einen Fernseh-Übertragungswagen mit einer Satellitenschüssel auf dem Dach.

Walling und ich stiegen aus und traten zu Backus und Thompson. Kurz darauf wurden wir durch eine Hintertür des Bestattungsinstituts in einen großen, bis zur Decke weiß gekachelten Raum geführt. In der Mitte standen zwei Edelstahltische mit Abspritzschläuchen darüber, und drei Wände waren von Edelstahltresen mit allen möglichen Utensilien gesäumt. Eine Gruppe von fünf Männern kam auf uns zu, um uns zu begrüßen. Auf dem hinteren Tisch lag der Tote. Ich nahm zumindest an, daß es Orsulak war, obwohl an seinem Kopf keine Anzeichen für eine Schußwunde zu sehen waren. Der Tote war nackt, und jemand hatte ein Stück Papier von der Rolle auf dem Tresen abgerissen und damit die Genitalien des toten Cops bedeckt. Der Anzug, den Orsulak auf dem Weg ins Grab tragen sollte, hing an einem Haken an der Wand.

Es folgte ein allgemeines Händeschütteln. Dann wurde Thompson an den Toten verwiesen. Er trug seinen Koffer hinüber und machte sich an die Arbeit.

»Ich glaube nicht, daß Sie noch auf etwas stoßen werden, was wir nicht schon entdeckt haben«, sagte der Mann, der Grayson hieß und die Ermittlungen der einheimischen Polizei leitete. Er war ein untersetzter, braungebrannter Mann mit selbstsicherem und verbindlichem Auftreten.

»Wir auch nicht«, sagte Walling taktvoll. »Sie haben ihn sicher gründlich untersucht. Und er ist schon gewaschen und für die Beerdigung vorbereitet worden.«

»Aber das gehört nun einmal zu unserem Job«, fügte Backus hinzu.

»Wie wäre es, wenn Sie uns sagen würden, worauf Sie aus sind«, warf Grayson ein. »Dann könnten wir uns vielleicht einen Reim auf dies alles machen.«

»Natürlich«, sagte Backus.

Während er einen Kurzbericht über die Ermittlungen im Fall Poet lieferte, schaute ich Thompson bei der Arbeit zu. Er war in seinem Element und hatte keinerlei Hemmungen, den Toten zu berühren. Er verbrachte geraume Zeit damit, mit seinen behandschuhten Fingern durch das grau-weiße Haar des Toten zu fahren und es dann mit einem Kamm aus seiner eigenen Tasche wieder in die ursprüngliche Lage zu bringen. Danach untersuchte er mit Hilfe einer beleuchteten Lupe sorgfältig den Mund und die Kehle. Einmal legte er die Lupe beiseite und holte eine Kamera aus seinem Koffer. Er machte ein Foto von der Kehle, und das Blitzlicht erregte die Aufmerksamkeit der anderen.

»Nur zur Dokumentation, meine Herren«, sagte Thompson, ohne von seiner Arbeit aufzusehen.

Kurz darauf begann er, die Extremitäten des Toten zu untersuchen, zuerst den rechten Arm samt Hand und dann den linken. Beim Betrachten der linken Handfläche und der Finger benutzte er abermals die Lupe. Dann machte er zwei Fotos von der Handfläche und zwei vom Zeigefinger. Die Cops schienen sich nichts mehr dabei zu denken. Doch mir war aufgefallen, daß er keine Fotos von der rechten Hand gemacht hatte, deshalb wußte ich, daß er an der linken etwas gefunden hatte, das möglicherweise wichtig sein konnte. Thompson verstaute die Kamera wieder in seinem Koffer und legte die vier neuen Polaroids auf den Tresen. Schließlich setzte er seine Untersuchung des Toten fort, machte aber keine weiteren Fotos. Er unterbrach Backus und bat ihn, ihm beim Umdrehen des Toten zu helfen. Danach begann die Untersuchung von Kopf bis Fuß von vorn. Ich konnte am Hinterkopf des Toten eine dunkle, wachsartige Stelle erkennen, und nahm an, daß sich an dieser Stelle die Austrittswunde befunden hatte. Thompson machte sich nicht die Mühe, eine Aufnahme davon zu machen. Er war mit dem Toten ungefähr zur gleichen Zeit fertig wie Backus mit seinem Bericht, und ich fragte mich, ob sie das etwa so geplant hatten.

»Was gefunden?« fragte Backus.

»Nichts von Bedeutung, glaube ich«, sagte Thompson. »Ich würde gern den Autopsiebericht sehen. Haben Sie ihn dabei?«

»Wie gewünscht«, sagte Grayson. »Hier sind Kopien von allem.«

Er händigte ihm eine Akte aus. Thompson zog sich damit an einen der Tresen zurück, schlug sie auf und begann, sie durchzublättern.

»So, meine Herren, jetzt habe ich Ihnen erzählt, was ich weiß«, sagte Backus. »Und nun wüßte ich gern, was Sie davon überzeugt hat, daß es sich nicht um einen Selbstmord handelte.«

»Also, ich glaube, ich war noch nicht völlig überzeugt, bis ich eben Ihre Geschichte gehört habe«, sagte Grayson. »Jetzt glaube ich, daß dieser ... Poet auch in unserem Fall der Täter ist. Wir hatten zunächst lediglich Bedenken und entschieden uns schließlich dafür, es als Mord einzustufen – aus drei Gründen. Der eine war, daß Bills Haar, als wir ihn fanden, auf der falschen Seite gescheitelt war. Während der ganzen zwanzig Jahre, die er bei uns gearbeitet hat, trug er seinen Scheitel immer links. Jetzt war er plötzlich rechts. Nur eine Kleinigkeit, aber es gab noch zwei andere Dinge. Die nächste Unstimmigkeit ergab sich bei der gerichtsmedizinischen Untersuchung. Wir ließen den Mund auf Pulverrückstände untersuchen, um zu erfahren, ob die Waffe in seinem Mund gewesen oder ein paar Zentimeter davon entfernt abgefeuert worden war. Wir fanden die Pulverrückstände, aber wir fanden auch Waffenöl und eine Substanz, die wir bisher noch nicht eindeutig identifizieren konnten. Solange wir keine Erklärung dafür haben, widerstrebt es mir, seinen Tod für Selbstmord zu halten.«

»Was können Sie mir über die Substanz sagen?« fragte Thompson.

»Irgendein Extrakt aus einem tierischen Fett. Außerdem enthielt sie pulverisiertes Silikon. Es steht auch in dem Autopsiebericht.«

Die Art, wie Thompson Backus einen Blick zuwarf und dann wieder wegschaute, schien ein stummer Hinweis darauf zu sein, daß er Bescheid wußte.

»Sie wissen, worum es sich handelt?« fragte Grayson, der den Blick offensichtlich ebenfalls bemerkt hatte.

»Nicht auf Anhieb«, sagte Thompson. »Ich werde die Details an das Labor in Quantico übermitteln und die Kollegen bitten, sie durch den Computer laufen zu lassen. Sobald ich Genaueres weiß, geben ich Ihnen Bescheid.«

»Was war der dritte Grund?« wechselte Backus das Thema.

»Der dritte Grund wurde von Jim Beam geliefert, Orsulaks altem Partner. Er ist jetzt im Ruhestand.«

»Heißt er wirklich Jim Beam?« fragte Walling.

»Ja, der Beamer. Er hat mich von Tucson aus angerufen, als er das mit Bill erfuhr, und fragte, ob wir die Kugel gefunden hätten. Ich sagte natürlich, daß wir sie aus der Wand hinter seinem Kopf herausgeholt haben. Da wollte er wissen, ob sie aus Gold sei.«

»Aus Gold?« fragte Backus. »Aus echtem Gold?«

»Ja. Eine goldene Kugel. Ich sagte, nein, es sei eine Bleikugel gewesen, wie alle anderen in seinem Magazin. Genau wie die, die wir aus dem Fußboden geholt haben. Wir vermuten, daß der Schuß in den Boden der erste war, ein Nimm-deinen-Mut-zusammen-Schuß. Aber dann behauptete der Beamer, daß es kein Selbstmord gewesen sei, sondern Mord.«

»Und woher wußte er das?«

»Er und Orsulak haben viele Jahre lang zusammengearbeitet, und er wußte, daß Orsulak hin und wieder … Verdammt, es gibt vermutlich keinen Cop, der nicht von Zeit zu Zeit daran denkt.«

»Sich umzubringen«, sagte Walling. Eine Feststellung, keine Frage.

»Stimmt. Und Jim Beam erzählte mir, daß Orsulak ihm einmal eine goldene Kugel gezeigt hat, die er sich irgendwoher beschafft hatte, von einem Versandhaus oder so. Und er hat zu Beam gesagt: ›Das ist mein goldener Fallschirm. Wenn ich es nicht mehr aushalte, dann nehme ich die.‹ Also, wie der Beamer gesagt hat – keine goldene Kugel, kein Selbstmord.«

»Haben Sie die goldene Kugel gefunden?«

»Ja. Nachdem wir mit Beam gesprochen hatten, haben wir sie gefunden. Sie lag im Nachttisch neben seinem Bett. Griffbereit, falls er sie je brauchen sollte.«

»Und das hat Sie überzeugt.«

»Die drei Dinge zusammengenommen deuteten auf Mord hin. Aber wie ich bereits sagte, restlos überzeugt war ich nicht, bis Sie Ihre Geschichte erzählten. Jetzt habe ich einen Ständer wegen diesem Poeten, so groß wie … Entschuldigen Sie, Agent Walling.«

»Sie brauchen sich nicht zu entschuldigen. Was diesen Kerl betrifft, haben wir alle einen Ständer. Hat ihr Kollege eine Botschaft hinterlassen?«

»Ja, und aus diesem Grund ist es mir auch schwergefallen, es für Mord zu halten. Es gab eine Botschaft, und zwar in Bills eigener Handschrift.«

Walling nickte, als sei das, was er gerade gesagt hatte, keine Überraschung.

»Wie lautete die Botschaft?«

»Sie war irgendwie unverständlich. Wie aus einem Gedicht. Sie hieß – einen Moment. Agent Thomas, würden Sie mir bitte für einen Augenblick die Akte überlassen?«

»Thompson«, sagte Thompson, als er sie ihm aushändigte.

»Entschuldigung.«

Grayson überflog ein paar Seiten, bis er gefunden hatte, was er suchte. Er las laut vor.

»›Berge, stürzend ohne Ende / tief in Meere ohne Strände.‹ Das war es.«

Walling und Backus sahen mich an. Ich zog das Buch hervor und blätterte in den Gedichten.

»Ich erinnere mich an diese Zeilen, aber ich weiß nicht mehr genau, wo sie stehen.«

Ich las die Gedichte, die der Poet benutzt hatte, rasch durch und fand die Worte in »Traumland«, dem Gedicht, das er schon zweimal verwendet hatte, auch in der Botschaft, die er auf der Windschutzscheibe meines Bruders hinterlassen hatte.

»Ich habe es«, sagte ich.

Ich hielt das Buch so, daß Rachel das Gedicht lesen konnte. Die anderen drängten näher.

»Scheißkerl«, murmelte Grayson.

»Können Sie uns kurz sagen, wie es sich Ihrer Meinung nach abgespielt hat?« fragte Rachel ihn.

»Natürlich. Unsere Theorie ist, daß dieser Kerl, wer immer er war, eindrang und Bill im Schlaf überraschte. Er zwang ihn, aufzustehen und sich anzuziehen. Dabei hat Bill sein Haar falsch gescheitelt. Ich meine, er wußte zwar nicht, was passieren würde, aber vielleicht ahnte er es. Jedenfalls wollte er uns ein kleines Zeichen hinterlassen. Dann wurde er ins Wohnzimmer geführt, auf den Stuhl gesetzt und gezwungen, diese Botschaft auf ein Stück Papier zu schreiben, ein Blatt aus seinem eigenen Notizbuch, das er immer in der Tasche seines

Jacketts hatte. Daraufhin erledigt ihn der Kerl mit einem Schuß in den Mund. Drückt Bill die Waffe in die Hand, schießt in den Boden, und somit haben wir die Pulverrückstände an der Hand. Der Täter verschwindet, und wir finden den armen Bill erst drei Tage später.«

Grayson warf über die Schulter einen Blick auf den Toten, stellte fest, daß sich niemand mehr mit ihm beschäftigte, und sah auf die Uhr.

»Hey, wo bleibt der Mann?« sagte er. »Jemand muß ihm sagen, daß wir fertig sind. Sie sind doch fertig, oder?«

»Ja«, sagte Thompson.

»Wir müssen ihn fertigmachen.«

»Detective Grayson«, sagte Walling. »Gab es einen speziellen Fall, an dem Detective Orsulak gerade arbeitete?«

»Ja, und ob. Die Sache mit dem kleinen Joaquin. Achtjähriger Junge, vor einem Monat entführt. Alles, was von ihm gefunden wurde, war sein Kopf.«

Die Erwähnung des Falles und seine Brutalität hatte ein allseitiges Schweigen zur Folge. Schon vor diesem Augenblick hatte ich keinerlei Zweifel daran gehabt, daß zwischen Orsulaks Tod und den anderen ein Zusammenhang bestand, aber nachdem ich von dem Verbrechen an dem Jungen gehört hatte, verspürte ich eine unumstößliche Gewißheit und die inzwischen allzu vertraute Wut in meinen Eingeweiden.

»Vermutlich nehmen Sie alle an der Beerdigung teil?« sagte Backus.

»So ist es.«

»Können wir uns für einen späteren Zeitpunkt verabreden? Wir würden gern die Berichte über diesen Jungen sehen.«

Sie verabredeten sich für neun Uhr am Sonntag morgen in der Zentrale der Polizei von Phoenix. Grayson glaubte offenbar, daß es ihm in seinem eigenen Revier noch am ehesten gelingen würde, ein Stück des Falles für sich selbst zu behalten.

»Noch etwas. Die Presse«, sagte Walling. »Ich habe draußen einen Übertragungswagen gesehen.«

»Ja, die sind ständig in der Nähe, vor allem, nachdem sie ...«

Er beendete den Satz nicht.

»Nachdem sie was?«

»Nun ja, jemand hat über die Polizeifrequenz verraten, daß wir uns hier mit dem FBI treffen.«

Rachel stöhnte, und Grayson nickte, als hätte er das erwartet.

»Hören Sie, die Sache muß unbedingt geheim bleiben«, sagte Rachel. »Wenn irgend etwas von dem, was wir Ihnen eben erzählt haben, an die Öffentlichkeit gelangt, wird der Poet untertauchen, und wir werden den Mann, der das getan hat, nie erwischen.«

Sie deutete mit einem Kopfnicken auf den Toten, und ein paar der Cops drehten sich um, als wollten sie sich vergewissern, daß er noch da war. Der Bestattungsunternehmer hatte gerade den Raum betreten und griff nach dem Kleiderbügel. Er musterte uns alle und wartete offenbar darauf, daß wir verschwanden, damit er den Toten ankleiden konnte.

»Wir sind schon so gut wie weg, George«, sagte Grayson. »Sie können anfangen.«

Backus mahnte: »Sagen Sie den Medienvertretern, daß das Interesse des FBI reine Routine war und daß Sie mit Ihren Ermittlungen über einen mutmaßlichen Mord fortfahren werden. Versuchen Sie so zu tun, als seien Sie sich Ihrer Sache keineswegs sicher.«

Als wir über den Parkplatz zu den Dienstfahrzeugen zurückkehrten, kam eine junge Frau mit blondgebleichtem Haar, entschlossener Miene und einem Mikrofon auf uns zu, gefolgt von einem Kameramann. Sie hielt das Mikrofon an ihren eigenen Mund und fragte: »Weshalb ist das FBI heute hier?«

Dann hielt sie es in Erwartung einer Antwort direkt unter mein Kinn. Ich öffnete den Mund, aber es kam kein Ton heraus. Ich hatte keine Ahnung, wieso sie ausgerechnet auf mich verfallen war, doch dann begriff ich, daß es an meinem Hemd lag.

»Diese Frage werde ich beantworten«, sagte Backus schnell, und das Mikrofon wanderte zu seinem Kinn. »Wir kamen auf Bitten der Polizei von Phoenix, um eine Routine-Untersuchung des Toten vorzunehmen und über Einzelheiten des Falles informiert zu werden. Wir gehen davon aus, daß unsere Arbeit damit erledigt ist. Weitere Fragen sollten an die örtliche Polizei gerichtet werden. Darüber hinaus habe ich nichts zu sagen, vielen Dank.«

»Aber Sie sind überzeugt, daß Detective Orsulak einem Mord zum Opfer gefallen ist?« beharrte die Reporterin.

»Tut mir leid«, sagte Backus. »Sie müssen Ihre Fragen der Polizei von Phoenix stellen.«

»Und Ihr Name ist?«

»Den möchte ich hier heraushalten, vielen Dank.«

Er schob sich an ihr vorbei und stieg in einen der Wagen. Ich folgte Walling zu dem anderen. Wenige Minuten später befanden wir uns auf der Rückfahrt nach Phoenix.

»Machen Sie sich Sorgen?« fragte Walling.

»Worüber?«

»Über die Exklusivität Ihrer Story.«

»Ein bißchen. Aber ich hoffe, sie ist wie die meisten Fernseh-Reporterinnen.«

»Und wie sind die?«

»Sie haben weder Informanten noch Verstand. Wenn das auf die hier auch zutrifft, dann habe ich nichts zu befürchten.«

26

Das Field Office befand sich im Gebäude des Bundesgerichts an der Washington, nur ein paar Blocks von der Polizeizentrale entfernt, wo wir am folgenden Tag erneut mit den örtlichen Cops zusammentreffen wollten. Als wir Mize und Matuzak den gebohnerten Korridor entlang zu einem Konferenzraum folgten, spürte ich bei Rachel eine gewisse Ungeduld, und ich glaubte den Grund dafür zu kennen. Weil sie mit mir gefahren war, hatte sie nicht hören können, was Thompson bei der Untersuchung der Leiche entdeckt hatte.

Der Konferenzraum war wesentlich kleiner als der, in dem wir in Quantico gesessen hatten. Als wir eintraten, hatten sich Backus und Thompson bereits am Tisch niedergelassen. Bakkus telefonierte. Bei unserem Erscheinen deckte er die Sprechmuschel ab und sagte – an Matuzak und Mize gewandt: »Jungs, ich muß ein paar Minuten allein mit meinen Leuten reden. Ihr könntet uns vielleicht inzwischen ein paar Wagen besorgen. Außerdem müssen für uns Zimmer reserviert werden. Sechs Zimmer, wie es aussieht.«

Die beiden Cops sahen sich an, als hätten sie gerade von ihrer Degradierung erfahren. Doch sie nickten verdrossen und verließen das Zimmer. Ich wußte nicht, ob ich bleiben durfte oder gleichfalls verschwinden sollte, da ich ja im Grunde nicht zu Backus' Leuten gehörte.

»Jack, Rachel, setzt euch«, sagte Backus. »Laßt mich eben mein Gespräch beenden, dann kann James euch sagen, was er herausgefunden hat.«

Wir nahmen Platz und hörten dem einseitigen Telefongespräch zu. Offensichtlich erhielt Backus irgendwelche Nachrichten. Nicht alle schienen etwas mit den Ermittlungen in Sachen Poet zu tun zu haben.

»Okay, was ist mit Gordon und Carter?« fragte er schließlich, nachdem sein Gesprächspartner anscheinend alles ausgerichtet hatte. »Wann kommen sie hier an? So spät? Verdammt. Okay, hören Sie zu, drei Dinge. Rufen Sie Denver an, sie sollen sich dort das Beweismaterial im McEvoy-Fall noch einmal genau anschauen. Sagen Sie ihnen, sie sollen die Innenseiten seiner Handschuhe auf Blut untersuchen. Wenn sie tatsächlich Blut finden, sollen sie Vorbereitungen für eine Exhumierung treffen ... richtig. Wenn es ein Problem gibt, rufen Sie mich unverzüglich an. Zum zweiten sollen sie sich auch erkundigen, ob die Polizei Abstriche vom Mund des Opfers gemacht hat, und wenn ja, sollen sie alles nach Quantico schikken. Das gilt für sämtliche Fälle. Das dritte ist, daß James Thompson von hier aus ein FedEx-Päckchen ans Labor schikken wird. Sobald es eintrifft, brauchen wir eine sofortige Substanz-Identifizierung. Das gleiche gilt für Denver, wenn sie Abstriche haben. Sonst noch etwas? Für wann ist die Konferenzschaltung mit Brass vorgesehen? Okay, dann reden wir weiter.«

Er legte den Hörer auf und sah uns an. Ich wollte fragen, was er mit Exhumierung meinte, aber Rachel kam mir zuvor.

»Sechs Zimmer? Kommt Gordon hierher?«

»Ja, er und Carter kommen hierher.«

»Warum, Bob? Sie wissen ...«

»Wir brauchen sie, Rachel. Wir sind bei dieser Ermittlung auf kritische Masse gestoßen, und die Dinge geraten in Bewegung. Der Abstand zwischen uns und dem Täter beträgt jetzt nur noch zehn Tage. Wir brauchen mehr Leute, um alle richtigen Schritte unternehmen zu können. So einfach ist das, und mehr ist darüber nicht zu sagen. Also, Jack, Sie wollten etwas fragen?«

»Diese Exhumierung, von der Sie sprachen ...«

»Dazu kommen wir in ein paar Minuten. James, erzählen Sie den beiden, was Sie an der Leiche gefunden haben.«

Thompson holte die vier Polaroidfotos aus der Tasche und breitete sie vor mir und Rachel auf dem Tisch aus.

»Das sind die linke Handfläche und der linke Zeigefinger. Die beiden links wurden in Normalgröße aufgenommen. Die anderen beiden sind zehnfache Vergrößerungen.«

»Perforationen«, sagte Rachel.

»Richtig.«

Ich hatte sie nicht entdeckt, bis sie es gesagt hatte, aber dann sah ich die winzigen Einstichlöcher in der Haut. Drei auf der Handfläche, zwei auf der Spitze des Zeigefingers.

»Was ist das?« fragte ich.

»Oberflächlich betrachtet scheint es sich um bloße Nadelstiche zu handeln«, sagte Thompson. »Aber die Wunden sind weder verschorft noch geschlossen. Sie sind fast gleichzeitig mit dem Eintritt des Todes entstanden. Kurz vorher oder kurz danach, aber danach würde wenig Sinn machen.«

»In welcher Hinsicht?«

»Jack, wir suchen nach Mitteln und Wegen, auf die die Verbrechen getan werden konnten«, sagte Backus. »Wie konnten kräftige, erfahrene Cops auf diese Weise ermordet werden? Wie bekam er die Kontrolle über sie. Sie ist einer der Schlüssel.«

Ich wies mit einer Hand auf die Fotos.

»Und was sagt Ihnen das?«

»Das und andere Dinge sagen uns, daß Hypnose im Spiel gewesen sein könnte.«

»Wollen Sie damit sagen, daß dieser Kerl meinen Bruder und diese anderen Männer hypnotisiert und so dazu gebracht hat, sich eine Waffe in den Mund zu stecken und auf den Abzug zu drücken?«

»Nein, ich glaube nicht, daß es so einfach war. Sie dürfen nicht vergessen, daß es äußerst schwierig ist, den instinktiven Selbsterhaltungtrieb, der jedem Menschen zu eigen ist, mit hypnotischer Suggestion auszuschalten. Den meisten Experten zufolge ist es sogar unmöglich. Aber wenn ein Mensch für Hypnose anfällig ist, kann man ihn in unterschiedlichem Ausmaß unter Kontrolle bringen. Man kann ihn gefügig, lenkbar machen. Im Moment ist das nur eine Möglichkeit. Aber es gibt immerhin fünf Perforationen an der Hand dieses Opfers. Eine Standardmethode zum Testen auf hypnotische Trance besteht darin, jemandem mit einer Nadel in die Haut zu stechen, nachdem man ihm suggeriert hat, daß er keinen Schmerz empfinden wird. Wenn der Patient reagiert, funktioniert die Hypnose nicht. Wenn er dagegen keinerlei Anzeichen von Schmerz erkennen läßt, dann befindet er sich im Zustand der Trance.«

»Und ist kontrollierbar«, setzte Thompson hinzu.

»Sie möchten sich also die Hände meines Bruders ansehen.«

»So ist es«, sagte Backus. »Wir brauchen eine Exhumierungs-Genehmigung. Soweit ich mich erinnere, stand in der Akte, daß er verheiratet war. Wird seine Witwe es gestatten?«

»Das weiß ich nicht.«

»In dieser Beziehung werden wir vielleicht Ihre Hilfe brauchen.«

Ich nickte nur. Das Ganze wurde immer merkwürdiger.

»Was sind die anderen Dinge? Sie sagten, die Perforationen und andere Dinge deuteten darauf hin, daß möglicherweise Hypnose im Spiel war.«

»Die Autopsien«, antwortete Rachel. »Bei keinem der Opfer war das Blut völlig sauber. Alle hatten irgend etwas im Blut. Ihr Bruder ...«

»Hustensaft«, sagte ich abwehrend. »Aus dem Handschuhfach seines Wagens.«

»Richtig. Die Skala reicht von frei verkäuflichen Dingen wie Hustensaft bis hin zu verschreibungspflichtigen Medikamenten. Einer von ihnen hatte Percocet genommen, das ihm achtzehn Monate zuvor wegen einer Rückenverletzung verschrieben worden war. Ich glaube, das war der Fall in Chicago. Ein anderer – dieser Petry in Dallas – hatte Codein im Blut. Es stammte von kodeinhaltigem Tylenol. Die Flasche mit den Tabletten stand in seiner Hausapotheke.«

»Okay, und was hat das zu bedeuten?«

»Nun, individuell betrachtet hatte es zum Zeitpunkt des Todes nichts zu bedeuten. Ich meine, man konnte ohne weiteres davon ausgehen, daß jemand, der sich umbringen will, vielleicht ein paar Percocet nimmt, die er im Hause hat, um sich zu beruhigen. Also wurde diesen Dingen keine weitere Beachtung geschenkt.«

»Aber jetzt haben sie etwas zu bedeuten?«

»Möglicherweise«, sagte sie. »Die Entdeckung dieser Perforationen läßt auf Hypnose schließen. Wenn dann noch eine chemische Substanz im Blut festgestellt wird, beginnt man zu begreifen, wie diese Männer kontrolliert werden konnten.«

»Mit Hustensaft?«

»Er könnte die Empfänglichkeit eines Menschen für Hypnose steigern. Kodein ist ein erprobtes Steigerungsmittel. Frei verkäufliche Hustensäfte enthalten heute kein Kodein mehr, trotzdem haben einige der Ersatz-Ingredienzien dieselbe Wirkung.«

»Haben Sie das schon die ganze Zeit gewußt?«

»Nein, bis jetzt stand diese Geschichte mit den Substanzen in keinem Kontext.«

» Woher wissen Sie eigentlich soviel darüber?«

»Hypnose wird ziemlich oft als Instrument bei der Strafverfolgung eingesetzt«, sagte Backus. »Aber auch die andere Seite profitiert davon.«

»Da gab es einen Fall vor etlichen Jahren«, sagte Rachel. »Ein Mann, der in Nachtclubs in Las Vegas als Hypnotiseur auftrat. Außerdem war er ein Pädosexueller. Und wenn er auf Jahrmärkten oder sonstwo auftrat, hat er immer zugesehen, daß er an Kinder herankam. Er hatte in den Nachmittagsvorstellungen eine Kindernummer und sagte zum Publikum, daß er eine junge Versuchsperson brauche. Die Eltern warfen ihm ihre Kinder praktisch in die Arme. Er gab dann vor, hinter der Bühne das Kind vorbereiten zu müssen, während vorne irgendeine andere Nummer gezeigt wurde. In der Zeit hat er das Mädchen dann hypnotisiert und vergewaltigt und schließlich durch hypnotische Suggestion seine Erinnerung daran ausgelöscht. Am Ende kam er mit dem Mädchen wieder auf die Bühne, zog seine Schau ab und holte sie dann aus der Trance heraus. Er benutzte Kodein als Steigerungsmittel. Schüttete es in eine Cola.«

»Ich erinnere mich«, sagte Thompson nickend. »Harry, der Hypnotiseur.«

»Nein, es war Horace, der Hypnotiseur«, sagte Rachel. »Er gehörte zu den Leuten, die wir im Rahmen des Vergewaltigungs-Projekts interviewt haben. In Raiford, unten in Florida.«

»Einen Moment«, sagte ich. »Könnte er …«

»Nein, er kann es nicht gewesen sein. Er sitzt bestimmt noch in Florida ein. Soweit ich mich erinnere, wurde er zu fünfundzwanzig Jahren verurteilt. Und das ist erst sechs oder sieben Jahre her. Er ist noch im Gefängnis. Es kann gar nicht anders sein.«

»Ich werde es trotzdem überprüfen lassen«, sagte Backus. »Sicherheitshalber. Aber davon abgesehen – begreifen Sie jetzt, welche Möglichkeiten wir in Betracht ziehen müssen? Mir wäre es sehr lieb, wenn Sie Ihre Schwägerin anriefen. Machen Sie ihr klar, wie wichtig es ist.«

Ich nickte.

»Okay, Jack, wir wissen es zu würdigen. So, und jetzt schlage ich vor, daß wir eine Pause machen und schauen, was es in dieser Stadt zu essen gibt. Bis zur Konferenzschaltung mit den anderen Field Offices haben wir noch eine Stunde und zwanzig Minuten Zeit.«

»Was ist mit dieser anderen Sache?« fragte ich.

»Mit welcher anderen Sache?« fragte Backus zurück.

»Der Substanz im Mund des Detectives. Es sah so aus, als wüßten Sie, was das war.«

»Nein. Ich habe gerade veranlaßt, daß die Abstriche, die sie gemacht haben, in unser Labor geschickt werden, und dann werden wir hoffentlich weitersehen.«

Es war mir klar, daß er log, aber ich ließ es durchgehen. Wir standen auf und traten auf den Korridor hinaus. Ich sagte ihnen, daß ich keinen Hunger hätte und mir statt dessen ein paar neue Kleidungsstücke kaufen würde. Ich wollte mir ein Taxi nehmen, falls es in der Nähe keine Geschäfte gab.

»Ich glaube, ich werde Jack begleiten«, tat Rachel kund.

Ich wußte nicht, ob sie tatsächlich Lust dazu hatte oder ob ihr Job darin bestand, auf mich aufzupassen. Sich zu vergewissern, daß ich nicht davonlief und eine Story schrieb. Ich gab ihr zu verstehen, daß ich nichts dagegen hatte.

Mit den entsprechenden Empfehlungen von Matuzak machten wir uns zu Fuß auf den Weg zu einem Einkaufszentrum, das Arizona Center hieß. Es war ein schöner Tag, und der Spaziergang war eine angenehme Unterbrechung der Hektik der voraufgegangenen Tage. Rachel und ich unterhielten uns über Phoenix – es war auch ihr erster Aufenthalt in dieser Stadt –, und schließlich lenkte ich das Gespräch wieder auf meine letzte Frage an Backus.

»Er hat gelogen, und Thompson auch.«

»Sie meinen hinsichtlich der Mundabstriche?«

»Ja.«

»Ich glaube, Bob möchte nicht, daß Sie mehr wissen, als unbedingt nötig ist. Und zwar nicht, weil sie Reporter sind, sondern auch der Bruder eines Opfers.«

»Wenn es etwas Neues gibt, möchte ich es erfahren. Wir haben abgemacht, daß ich dabei bin. Nicht einmal ja und einmal nein – wie bei diesem Hypnose-Blödsinn.«

Sie blieb stehen und drehte sich zu mir um.

»Ich werde es Ihnen sagen, wenn Sie es unbedingt wissen wollen, Jack. Doch wenn es das ist, was wir glauben, und wenn all diese Morde nach einem gemeinsamen Muster geschehen sind, dann wird das für Sie alles andere als erfreulich sein.«

Ich schaute geradeaus. Das Einkaufszentrum war bereits in Sichtweite. Ein sandsteinfarbenes Gebäude mit einladenden Arkaden.

»Sagen Sie es mir«, sagte ich.

»Nichts ist sicher, bevor der Abstrich analysiert worden ist. Aber es scheint so, als sei uns die Substanz, die Grayson beschrieben hat, schon öfter begegnet. Diese Serientäter sind schlau. Sie wissen, daß sie keine Beweise zurücklassen dürfen. Beweise wie Samenflüssigkeit zum Beispiel. Also benutzen sie Kondome. Aber wenn es sich um ein Kondom mit Gleitbeschichtung handelt, kann etwas von der Beschichtung zurückbleiben. Und entdeckt werden. Manchmal ist es Zufall … aber manchmal wollen sie auch, daß wir wissen, was sie getan haben.«

Ich sah sie an und konnte nur mit Mühe ein gequältes Stöhnen unterdrücken.

»Wollen Sie damit sagen, daß der Poet … Sex mit ihm hatte?«

»Möglicherweise. Um ganz offen zu sein – wir haben es von Anfang an vermutet. Serienmörder … Jack, es geht fast immer um sexuelle Befriedigung. Es geht um Macht und Kontrolle, und das sind Bestandteile sexueller Befriedigung.«

»Die Zeit hätte dazu nicht ausgereicht.«

»Wie meinen Sie das?«

»Bei meinem Bruder. In der Beziehung hatte der Ranger recht. Es wäre nicht …« Ich brach ab, weil mir bewußt wurde, daß er nur hinterher keine Zeit dazu gehabt hätte. »Himmel … Oh, Mann.«

»Das war es, was Bob Ihnen ersparen wollte.«

Ich wandte mich ab und blickte zu dem blauen Himmel empor. Der einzige Makel waren die Kondenzstreifen eines Jets, der längst verschwunden war.

»Ich begreife es nicht. Weshalb tut der Kerl so etwas?«

»Das werden wir vielleicht nie erfahren, Jack.« Sie legte eine Hand auf meine Schulter. »Diese Leute, auf die wir Jagd machen – manchmal gibt es einfach keine Erklärung. Das ist das Allerschwierigste, eine Motivation zu entdecken, zu verstehen, was sie zu dem treibt, was sie tun. Wir haben einen Ausdruck dafür. Wir sagen, diese Leute kommen vom Mond. Manchmal ist das die einzige Möglichkeit, es zu beschreiben, wenn wir keine Antworten finden. Der Versuch, zu begreifen, was in diesen Leuten vorgeht, gleicht dem, einen zerbrochenen Spiegel wieder zusammensetzen zu wollen. Das Verhalten dieser Leute läßt sich nicht erklären, also sagen wir einfach, daß sie keine normalen Menschen sind. Wir sagen, sie kommen vom Mond. Und auf dem speziellen Mond, von dem der Poet kommt, sind seine Triebe ganz normal und natürlich. Er folgt diesen Trieben, schafft Szenen, die ihm Befriedigung einbringen. Unser Job ist es, den Mond des Poeten zu erfassen. Danach wird es uns leichterfallen, ihn zu finden und dorthin zurückzuschicken.«

Ich konnte nichts anderes tun, als zuzuhören und zu nikken. In ihren Worten lag kein Trost. Ich wußte nur, daß ich, wenn ich die Chance dazu bekam, den Poeten auf den Mond zurückschicken würde. Ich wollte es selbst tun.

»Kommen Sie«, sagte sie. »Versuchen Sie, es fürs erste zu vergessen. Wir wollen ein paar Sachen für Sie kaufen. Ich kann nicht zulassen, daß diese Reporter auch weiterhin denken, Sie wären einer von uns.«

Sie lächelte. Ich erwiderte das Lächeln zögernd und ließ mich von ihr auf das Einkaufszentrum zuschieben.

27

Um halb sieben waren wir wieder in dem Konferenzraum im Field Office. Backus versuchte bereits, mit Hilfe des Telefons die Logistik auszuarbeiten. Außerdem waren Thompson, Matuzak, Mize und drei andere Agenten da, die ich nicht kannte. Ich stellte meine Einkaufstüte unter den Tisch. Sie enthielt zwei neue Hemden, eine Hose und je ein Paket Unterwäsche und Socken. Ich wünschte mir sofort, ich hätte eines der neuen Hemden angezogen, weil die fremden Agenten mich und mein FBI-Hemd mit finsteren Blicken musterten. Offensichtlich unterstellten sie mir, daß ich mich fälschlicherweise als Agent ausgab. Backus wies seinen Telefonpartner an, ihn zurückzurufen, wenn alles erledigt sei, und legte auf.

»Okay«, sagte er. »Wir fangen an, sobald die Konferenzschaltung steht. Bis dahin laßt uns über den hiesigen Fall reden. Ich möchte, daß morgen mit einer gründlichen Untersuchung der Todesfälle des Detectives und des Jungen begonnen wird. Von Grund auf. Ich möchte – oh, bitte entschuldigen Sie, Rachel, das ist Vince Pool, SAC Phoenix. Er wird uns in jeder Hinsicht unterstützen.«

Pool, der aussah, als habe er fünfundzwanzig Dienstjahre hinter sich, mehr als alle anderen im Raum, nickte uns zu und sagte nichts. Backus machte sich nicht die Mühe, uns die anderen Männer vorzustellen.

»Mit den hiesigen Cops treffen wir morgen früh um neun zusammen«, sagte Backus.

»Ich nehme an, wir können sie unauffällig beiseite schieben«, sagte Pool.

»Nun, wir wollen keine Animositäten. Schließlich haben sie Orsulak am besten gekannt. Sie können uns eine Menge erzählen. Ich finde, wir sollten sie mit einbeziehen, aber gleichzeitig die Dinge fest in der Hand behalten.«

»Kein Problem.«

»Dieser Fall hier könnte unsere Chance sein. Er ist noch frisch. Wir können nur hoffen, daß der Täter einen Fehler gemacht hat und wir ihn über einen dieser Morde, den an dem Detective oder dem an den Jungen, finden. Ich würde gern ...«

Das Telefon auf dem Tisch summte. Backus nahm den Hörer ab und meldete sich.

»Einen Moment.«

Er drückte eine Taste am Telefon und legte den Hörer auf.

»Brass, Sind Sie da?«

»Ja, Boß.«

»Okay, ich gehe jetzt die Liste durch. Mal sehen, wer sonst noch zugeschaltet ist.«

Agenten von sechs Field Offices meldeten ihre Anwesenheit in der Konferenzschaltung.

»Okay, gut, ich möchte dies so informell wie möglich halten. Am besten ist wohl, wenn wir der Reihe nach berichten, was wir haben. Brass, Sie kommen zum Schluß daran. Also zuerst Florida. Sind Sie da, Ted?«

»Ja, Sir, und Steve ist auch bei mir. Wir haben gerade die ersten Erkundigungen eingezogen und hoffen, morgen mehr zu wissen. Aber es gibt ein paar Anomalien hier, die uns schon jetzt bedeutsam erscheinen.«

»Erzählen Sie.«

»Also, Florida war die erste – oder *vermutlich* die erste – Station des Poeten. Clifford Beltran. Der zweite Mord – der in Baltimore – wurde erst ungefähr zehn Monate später begangen. Das ist der längste Zwischenraum, den wir haben, und es wirft die Frage auf, ob es sich in diesem Fall nicht eher um einen zufälligen Mord gehandelt hat.«

»Sie glauben, daß der Poet Beltran kannte?« fragte Rachel.

»Möglich. Im Augenblick ist es aber nur eine Vermutung. Doch es gibt noch ein paar andere Dinge, die einer genaueren Untersuchung wert sind. Erstens, dies ist der einzige Mord mit einer Schrotflinte. Wir haben uns heute den Autopsiebericht angesehen. Es waren keine hübschen Fotos. Totale Zerstörung mit beiden Läufen. Wir alle kennen die symbolische Pathologie, die so etwas bewirkt.«

»Overkill«, sagte Backus. »Läßt darauf schließen, daß der Täter das Opfer kannte oder etwas von ihm wußte.«

»Richtig. Dann die Waffe selbst: Den Berichten zufolge handelt es sich um eine alte Smith & Wesson, die Beltran in einem Schrank aufbewahrte, außer Sicht auf dem obersten Bord. Diese

Information stammt von seiner Schwester. Beltran hatte nie geheiratet und wohnte in dem Haus, in dem er aufgewachsen war. Wir haben bisher noch nicht selbst mit der Schwester gesprochen. Wenn es also Selbstmord war, na schön, dann ist er eben an den Schrank gegangen und hat die Schrotflinte herausgeholt. Aber jetzt tauchen wir auf und sagen, es sei kein Selbstmord gewesen.«

»Woher wußte der Poet, daß die Schrotflinte in dem Schrank lag?«

»Genau ... Woher wußte er das?«

»Gute Arbeit, Ted und Steve«, sagte Backus. »Das gefällt mir. Was gibt es sonst noch?«

»Der letzte Punkt ist ziemlich heikel. Ist der Journalist bei euch?«

Alle Anwesenden sahen mich an.

»Ja«, sagte Backus. »Aber alles ist nach wie vor nicht zur Veröffentlichung bestimmt. Sie können unbesorgt sagen, was Sie zu sagen haben. Stimmt's, Jack?«

Ich nickte. »Das stimmt«, sagte ich. »Es bleibt unter uns.«

»Okay, also, im Augenblick ist es bloße Spekulation, und wir wissen noch nicht, wie es ins Bild paßt, aber es gibt folgendes: Bei der Autopsie des ersten Opfers, Gabriel Ortiz, gelangte der Coroner anhand der Untersuchung der Analdrüsen und -muskeln zu dem Schluß, daß der Junge das Opfer eines langanhaltenden Mißbrauchs gewesen war. Wenn der Mörder des Jungen gleichzeitig derjenige war, den ihn lange Zeit mißbraucht hat, dann paßt das nicht in unser Bild der zufälligen Auswahl von Opfern. Deshalb kommt uns das unwahrscheinlich vor.

Aber wenn man die Sache wie Beltran vor drei Jahren betrachtet, der damals nicht wußte, was wir heute wissen, dann gibt es eine Ungereimtheit. Er kannte nur diesen einen Fall, wußte nichts von den anderen. Als der Autopsiebericht kam und es darin hieß, daß der Junge lange Zeit mißbraucht worden war, hätte man doch annehmen sollen, daß Beltran sich darauf gestürzt und nach dem Mißbraucher als Verdächtigem Nummer eins gesucht hätte.«

»Und das hat er nicht getan?«

»Nein. Er leitete ein Team von drei Detectives und richtete das Interesse bei der Ermittlungsarbeit ausschließlich auf den Park, in dem der Junge nach der Schule entführt worden war.

Das habe ich vertraulich von einem der Männer des Teams erfahren. Er sagte, er habe damals eine eingehendere Untersuchung der Vorgeschichte des Jungen vorgeschlagen, aber Beltran habe das abgelehnt.

Und nun kommt's. Mein Informant im Büro des Sheriffs hat mir erzählt, daß Beltran ausdrücklich darum gebeten hatte, daß ihm dieser Fall übertragen wurde. Nachdem er dann angeblich Selbstmord begangen hatte, stellte mein Informant ein paar Ermittlungen an, und dabei stellte sich heraus, daß Beltran den Jungen im Rahmen eines lokalen Programms gekannt hatte, das Best Pals genannt wird und bei dem vaterlose Jungen mit Erwachsenen zusammengebracht werden. So eine Art Großer-Bruder-Verhältnis. Beltran war ein Cop, also hatte er im Auswahlverfahren keine Probleme. Er war der Best Pal des Jungen. Ich bin sicher, den Rest können Sie sich zusammenreimen.«

»Sie glauben, daß Beltran selbst den Jungen mißbraucht hat?« fragte Backus.

»Es wäre möglich. Ich glaube, daß mein Informant dies andeuten wollte, aber er will es nicht an die große Glocke hängen. Alle Beteiligten sind tot. Der Fall wurde zu den Akten gelegt. Sie wollen nicht, daß eine derartige Geschichte an die Öffentlichkeit dringt. Schließlich geht es um einen von ihnen, und zum Sheriff wird man gewählt.«

Ich sah, wie Backus nickte.

»Das war zu erwarten.«

Ein paar Augenblicke lang herrschte Schweigen.

»Ted, Steve, das ist alles wirklich sehr interessant«, sagte Backus schließlich. »Aber paßt es ins Bild? Ist es nur eine interessante Geschichte, oder sehen Sie mehr darin?«

»Darüber sind wir uns selbst noch nicht sicher. Aber wenn man davon ausgeht, daß Beltran ein Kinderschänder war, und hinzunimmt, daß er mit einer Schrotflinte umgebracht wurde, von der jemand wußte, daß sie im Schrank lag, weil er Beltran kannte, dann sollten wir diese Angelegenheit meiner Ansicht nach gründlicher untersuchen.«

»Ganz meine Meinung. Was hat Ihr Informant sonst noch über Beltran und Best Pals gewußt?«

»Er sagte, er habe gehört, daß Beltran lange Zeit an dem Programm beteiligt war. Wir vermuten, daß er mit einer Menge Jungen zusammen war.«

»Und das ist es, was Sie weiter zu verfolgen gedenken, richtig?«

»Wir machen uns gleich morgen früh an die Arbeit. Heute abend können wir nichts mehr tun.«

Backus nickte und legte nachdenklich einen Finger über den Mund.

»Brass?« sagte Backus. »Was halten Sie davon? Wie würde das zu der Psychopathologie passen?«

»Kinder ziehen sich wie ein roter Faden durch die Geschichte. Und Cops von Mordkommissionen gleichfalls. Wir wissen nur noch nicht, was es mit diesem Mann auf sich hat. Ich glaube, das ist etwas, das gründlich untersucht werden sollte.«

»Ted, Steve, brauchen Sie Verstärkung?« fragte Backus.

»Ich glaube, wir kommen zurecht. Alle im Tampa Field Office wollen mitmachen. Wir haben dort also reichlich Unterstützung.«

»Sehr gut. Haben Sie übrigens schon mit der Mutter des Jungen über sein Verhältnis zu Beltran gesprochen?«

»Wir versuchen noch, sie ausfindig zu machen, genau wie Beltrans Schwester. Schließlich ist das drei Jahre her. Ich hoffe, wir finden sie morgen, nachdem wir uns eingehender mit den Best Pals beschäftigt haben.«

»Okay, und nun Baltimore. Sheila?«

»Ja, Sir. Wir haben den größten Teil des Tages damit verbracht, die Ermittlungsergebnisse der örtlichen Polizei zu überprüfen. Wir haben mit Bledsoe gesprochen. Seine Theorie in dem Polly-Amherst-Fall war von Anfang an, daß sie nach einem Kinderschänder suchen müßten. Amherst war Lehrerin. Bledsoe sagte, er und McCafferty hätten immer gedacht, daß sie im Schulumfeld jemanden im Verdacht und beschuldigt hatte, und dann entführt, erwürgt und verstümmelt wurde, um das wahre Motiv des Verbrechens zu verschleiern.«

»Weshalb sollte es ein Kinderschänder gewesen sein?« fragte Rachel. »Sie hätte doch ebensogut über einen Einbrecher, einen Drogendealer oder sonst jemanden gestolpert sein können.«

»Polly Amherst hatte an dem Tag, an dem sie verschwand, nach der dritten Stunde die Aufsicht auf dem Schulhof. Die Polizei hat sämtliche Kinder befragt, die sich auf dem Hof aufhielten. Es gab eine Menge einander widersprechender Stories, aber eine Handvoll Kinder erinnerte sich an einen

Mann am Zaun. Er hatte strähniges blondes Haar und eine Brille. Ein Weißer. Hört sich an, als hätte Brad mit seiner Beschreibung von Roderick Usher gar nicht so falsch gelegen. Sie haben außerdem gesagt, dieser Mann hätte eine Kamera gehabt. Das war alles, was sie an Beschreibung herausholen konnten.«

»Okay, Sheila, sonst noch etwas?« fragte Backus.

»Das einzige Stück Beweismaterial, das bei der Toten gefunden wurde, war eine Haarsträhne. Blond gefärbt. Naturfarbe rötlichbraun. Das ist im Augenblick alles. Morgen treffen wir uns wieder mit Bledsoe.«

»Okay. Und nun Chicago.«

Die restlichen Berichte enthielten nichts Bemerkenswertes, soweit es die Identifizierung des Poeten oder Material für die wachsende Datenbank über ihn anging. Sogar der Bericht aus Denver enthielt fast ausschließlich alte Informationen. Aber am Ende erzählte der Agent am Telefon, daß sie die Handschuhe, die mein Bruder getragen hatte, untersucht und im Pelzfutter des rechten Handschuhs einen Blutstropfen gefunden hatten. Der Agent fragte, ob ich immer noch bereit sei, Riley anzurufen und zu bitten, einer Exhumierung zuzustimmen. Ich antwortete nicht direkt, weil ich nur daran denken konnte, was der Hinweis auf die Hypnose für die letzten Momente im Leben meines Bruders bedeutete. Erst als er seine Frage wiederholte, sagte ich, ich würde sie am Morgen anrufen.

Der Agent beendete seinen Bericht damit, daß er sagte, er habe die Abstriche vom Mund meines Bruders an das Labor in Quantico geschickt.

»Die Leute hier haben gute Arbeit geleistet, Boß, und ich glaube nicht, daß wir mehr herausbekommen werden, als sie bereits gefunden haben.«

»Und was war das?«

»Nur die Pulverrückstände, sonst nichts.«

Ich wußte nicht, was ich empfand, als ich diese Worte hörte. Ich nehme an, es war Erleichterung, aber es war noch kein Beweis dafür, daß etwas passiert war oder nicht passiert war. Und Sean war unwiderruflich tot. Ich versuchte mich auf die Konferenzschaltung zu konzentrieren. Backus hatte Brass gebeten, alles zusammenzufassen, was sie bisher über die Opfer wußten, und mir war bereits der größte Teil ihres Berichts entgangen.

»Also gehen wir davon aus, daß keinerlei Zusammenhänge bestanden haben«, sagte sie gerade. »Abgesehen von den Möglichkeiten, die vorhin in Florida erwähnt wurden, bin ich der Ansicht, daß sie zufällig ausgewählt wurden. Sie haben einander nicht gekannt, sie haben nie zusammen gearbeitet, und die Wege der sechs haben sich nie gekreuzt. Wir haben herausgefunden, daß vier von ihnen vor vier Jahren ein vom FBI gesponsertes Mord-Ermittlungs-Seminar besucht haben, aber die anderen beiden waren nicht dabei, und wir wissen nicht einmal, ob die vier sich bei dem Seminar kennengelernt oder miteinander gesprochen haben. All dies schließt Orsulak in Phoenix übrigens nicht ein. Wir hatten noch nicht die Zeit, uns mit ihm zu beschäftigen.«

»Also, wenn es keine Zusammenhänge gibt, müssen wir dann davon ausgehen, daß der Täter sich einfach deshalb für sie entschieden hat, weil sie den Köder schluckten?« fragte Rachel.

»Ich glaube, das ist der Fall.«

»Also wartet er ab und paßt auf und sieht sein Opfer zum ersten Mal nach dem Köder-Mord?«

»Auch richtig. Über all diese ersten Morde wurde in den lokalen Medien ausführlich berichtet. Durchaus möglich, daß er jeden dieser Detectives zum ersten Mal im Fernsehen oder auf einem Zeitungsfoto gesehen hat.«

»Subjektive körperliche Anziehung spielt keine Rolle.«

»Nein. Er nimmt einfach den, der den Fall bekommt. Der leitende Detective wird zum Opfer. Das bedeutet jedoch nicht, daß er nicht später womöglich feststellt, daß eines oder mehrere dieser Opfer eine größere Anziehungskraft auf ihn ausübten oder seine Phantasie mehr befriedigten als andere. So etwas kann immer passieren.«

»Welche Phantasie?« fragte ich, bemüht, mit dem Schritt zu halten, was Brass sagte.

»Ist das Jack? Also, Jack, wir wissen nicht, um welche Phantasie es sich handelt. Das ist das Problem. Wir nähern uns ihm aus der falschen Richtung. Wir wissen nicht, welche Phantasie den Killer motiviert, und was wir sehen und worüber wir Vermutungen anstellen, sind bloße Teilansichten. Wir werden vielleicht nie erfahren, was seine Welt in Bewegung versetzt. Er kommt vom Mond, Jack. Wirklich wissen werden wir es nur, wenn er beschließt, es uns eines Tages zu erzählen.«

Ich nickte, und mir fiel noch eine Frage ein. Doch ich wartete, bis klar war, daß sonst niemand etwas zu sagen hatte. »Äh, Agent Brass – ich meine, Doran?«

»Ja?«

»Sie haben es vielleicht schon erwähnt, aber was ist mit den Gedichten? Haben Sie eine Idee, wie die ins Bild passen?«

»Nun, sie werden ganz offensichlich als Zurschaustellung benutzt. Das wurde bereits gestern gesagt. Sind sind seine Signatur, und obwohl er sich natürlich einer Festnahme entziehen will, verlangt seine Psyche gleichzeitig, daß er irgend etwas hinterläßt, das besagt: *Hey, ich war hier*. Das ist der Punkt, an dem die Gedichte ins Spiel kommen. Was die Zeilen selbst betrifft, so besteht das verbindende Element darin, daß sie alle vom Tod handeln oder so interpretiert werden können. Außerdem wird in ihnen thematisiert, daß der Tod ein Portal zu anderen Dingen, anderen Orten ist. ›Durch des Tores fahlen Bogen‹ war, glaube ich, eines der Zitate, das er benutzt hat. Es könnte sein, daß der Poet glaubt, er habe diese Männer, die er umgebracht hat, in eine bessere Welt geschickt. Sie umgewandelt. An diesen Aspekt müssen wir denken, wenn wir uns mit der Psyche dieses Menschen beschäftigen. Aber auch in diesem Fall bewegen wir uns auf dünnem Eis. Wir wissen nicht, was dieser Mann tut, und wir werden es erst wissen, wenn wir ihn haben.«

»Brass? Hier ist wieder Bob. Wie denken Sie über die Planung dieser Verbrechen?«

»Die Frage wird Ihnen Brad beantworten.«

»Hier ist Brad. Äh, wir nennen diesen Kerl einen unsteten Reisenden. Er benutzt das ganze Land als sein Revier, aber er bleibt wochen- und manchmal monatelang unsichtbar. Das ist ungewöhnlich, und wir haben in anderen Täterprofilen nichts Entsprechendes gefunden. Der Poet ist kein Mann, der zuschlägt und dann die Flucht ergreift. Er schlägt zu, und dann bleibt er eine Weile in der Gegend. Wir vermuten, daß der Jäger in dieser Zeit den Gejagten beobachtet. Er muß sich mit der Lebensweise und den Gewohnheiten seines Opfers vertraut machen. Möglicherweise führt er sogar eine flüchtige Bekanntschaft herbei. Das ist etwas, wonach wir Ausschau halten müssen. Ein neuer Freund oder Bekannter im Leben sämtlicher Detectives. Vielleicht ein neuer Nachbar oder ein Mann, der ihn in der Lieblingsbar anspricht. Die Geschichte in Denver deutet außerdem darauf hin, daß er sich als jemand an sie heranmacht, der Informationen zu bieten hat.«

»Was uns zum nächsten Schritt führt«, sagte Backus. »Was passiert nach der Kontaktaufnahme?«

»Es geht um Macht«, sagte Hazelton. »Die Frage ist nur, wie bringt er seine Opfer unter Kontrolle? Nun, wir nehmen an, daß er irgendeine Waffe hat, mit deren Hilfe er sich ihrer eigenen Waffe bemächtigt, aber da steckt noch mehr dahinter. Wie bringt er sechs oder sogar sieben erfahrene Detectives dazu, ein oder zwei Zeilen aus einem Gedicht zu schreiben? Wie vermeidet er in all diesen Fällen Gegenwehr? Im Augenblick erkunden wir die Möglichkeiten von Hypnose, kombiniert mit chemischen Mitteln, die sich in den Wohnungen der Opfer fanden. Denn bis auf einen Fall wurden schließlich all diese Morde in den Wohnungen der Opfer begangen. Nur der McEvoy-Fall ist anders. Wir gehen der Sache mit den Hausapotheken weiter nach. Im Augenblick ist das alles.«

»Okay«, sagte Backus. »Sonst noch Fragen?«

Der Raum und die Lautsprecheranlage blieben stumm.

»Danke, Leute«, sagte er, beugte sich vor, legte die Hände auf den Tisch und ging mit dem Mund dicht ans Mikrofon. »Tut euer Bestes. Diesmal brauchen wir es wirklich.«

Rachel und ich folgten Backus und Thompson zum Hyatt, wo Matuzak Zimmer für uns hatte reservieren lassen. Ich mußte mich selbst anmelden und für mein Zimmer bezahlen, während Backus Schlüssel für die anderen fünf bekam, für die die Regierung zahlen würde. Immerhin erhielt ich den Rabatt, den das Hotel dem FBI zu geben pflegte. Vermutlich war es das Hemd.

Rachel und Thompson warteten im Foyer, wo wir vor dem Dinner noch einen Drink nehmen wollten. Als Backus ihr einen der Schlüssel gab, hörte ich ihn sagen, daß sie Zimmer 321 habe. Ich merkte mir die Nummer. Ich war vier Türen weiter in Zimmer 317 untergebracht und dachte schon jetzt an die vor uns liegende Nacht. Ich wollte ihr gerne näherkommen.

Nach einer halben Stunde belanglosen Geplauders stand Backus auf und sagte, er ginge jetzt in sein Zimmer, um die eingegangenen Berichte durchzusehen. Dann wollte er zum Flughafen hinausfahren, um Thorson und Carter abzuholen.

Er lehnte den Vorschlag, mit uns zu Abend zu essen, ab und machte sich auf den Weg zum Fahrstuhl. Ein paar Minuten später verabschiedete sich auch Thompson; er hatte vor, sich noch einmal eingehend mit dem Autopsiebericht über Orsulak zu beschäftigen.

»Nun, dann sind wir beide ja ganz allein, Jack«, sagte Rachel, als Thompson außer Hörweite war. »Worauf haben Sie Appetit?«

»Ich weiß es nicht. Wie steht es mit Ihnen?«

»Ich habe darüber noch nicht nachgedacht. Aber ich weiß, was ich vorher tun möchte. Ein heißes Bad nehmen.«

Wir verabredeten, uns eine Stunde später zum Dinner zu treffen. Wir fuhren im Fahrstuhl nach oben, schweigend. Die Luft zwischen uns knisterte vor erotischer Spannung.

In meinem Zimmer versuchte ich, meine Gedanken von Rachel abzulenken. Ich verband meinen Computer mit der Telefonleitung und sah nach, ob Botschaften aus Denver eingegangen waren. Es gab nur eine von Greg Glenn, der fragte, wo ich war. Ich beantwortete sie, bezweifelte aber, daß er meine Antwort zu Gesicht bekommen würde, bevor er am Montag wieder zur Arbeit erschien. Dann schickte ich eine Botschaft an Laurie Prine und bat sie um die Suche nach allen Artikeln über Horace den Hypnotiseur, die in den letzten sieben Jahren in Zeitungen in Florida erschienen waren. Ich bat sie, alles, was sie fand, an meinen Computer zu übermitteln, sagte aber, es sei nicht eilig.

Anschließend ging ich unter die Dusche und zog dann für das Dinner mit Rachel meine neuen Sachen an. Ich war zwanzig Minuten zu früh fertig und dachte daran, hinunterzufahren und zu sehen, ob es in der Nähe einen Drugstore gab. Aber dann bezweifelte ich, daß es einen guten Eindruck auf Rachel machen würde, wenn ich mit einem Kondom griffbereit in der Tasche in ihr Bett kam. Sollte es überhaupt dazu kommen. Ich entschied mich gegen den Drugstore. Ich würde den Dingen ihren Lauf lassen.

»Haben Sie CNN gesehen?«

»Nein«, sagte ich. Ich stand auf der Schwelle ihres Zimmers. Sie kehrte zum Bett zurück und setzte sich, um ihre Schuhe anzuziehen. Sie machte einen erfrischten Eindruck und trug eine cremefarbene Bluse und schwarze Jeans. Der Fernseher war noch eingeschaltet, aber es wurde ein Bericht über die

Schießerei vor der Klinik in Colorado gezeigt. Das war sicher nicht das, was sie meinte.

»Worum ging es?«

»Wir waren im Fernsehen. Sie, ich und Bob, als wir aus dem Bestattungsinstitut kamen. Irgendwie haben sie Bobs Namen herausgekriegt und auf den Bildschirm gebracht.«

»Hieß es, daß er beim BSS arbeitet?«

»Nein, nur FBI. Aber das ist unwesentlich. CNN muß das Material von dem Lokalsender übernommen haben. Wenn der Täter, wo immer er sich befinden mag, das gesehen hat, bekommen wir vermutlich ein Problem.«

»Wieso? Es ist doch nicht ungewöhnlich, daß das FBI einen Blick auf Fälle wie diesen wirft! Es steckt doch seine Nase oft in alle möglichen Dinge.«

»Das Problem ist, daß das Fernsehen dem Poeten in die Hände spielt. Wir erleben das bei fast allen dieser Fälle. Eine der Befriedigungen, auf die diese Art von Killern aus ist, besteht darin, ihre Taten im Fernsehen und in den Zeitungen geschildert zu sehen. Das ermöglicht es ihnen gewissermaßen, die Tat in der Phantasie noch einmal zu durchleben. Diese Mediengeilheit wirkt sich negativ auf die Verfolgung aus. Ich habe das Gefühl, daß dieser Kerl, der Poet, mehr über uns weiß, als wir über ihn. Wenn ich recht habe, dann hat er vermutlich Bücher über Serienmörder gelesen. Populärwissenschaftlichen Kram, vielleicht sogar einige seriösere Werke. Ihm sind vermutlich Namen bekannt. Bobs Vater wird in vielen Schriften erwähnt, Bob selbst in einigen. Und meiner auch. Unsere Namen, unsere Fotos, unsere Worte. Wenn er nun den CNN-Bericht gesehen und uns erkannt hat, dann vermutet er bestimmt, daß wir ihm dicht auf den Fersen sind. Durchaus möglich, daß wir ihn jetzt verloren haben. Daß er jetzt untertaucht.«

Ambivalenz bestimmte jenen Abend. Da wir uns nicht entscheiden konnten, wo oder was wir essen wollten, begnügten wir uns mit dem Hotelrestaurant. Das Essen war zufriedenstellend, und wir teilten uns eine Flasche hervorragenden Buehler Cabernet. Ich sagte ihr, sie brauche sich wegen der von der Regierung bewilligten Tagesspesen keine Sorgen zu machen. Die Zeitung würde zahlen. Nachdem ich ihr das gesagt hatte, bestellte sie flambierte Kirschen auf Vanilleeis zum Nachtisch.

»Ich habe das Gefühl, daß Sie wesentlich glücklicher wären, wenn es in der Welt keine freien Medien gäbe«, sagte ich schließlich. Die Auswirkungen des CNN-Berichts waren während des Essens unser Hauptthema gewesen.

»Durchaus nicht. Ich respektiere die Medien als Notwendigkeit in einer freien Gesellschaft. Was ich nicht respektiere, ist die Unverantwortlichkeit, mit der sie viele Fälle behandeln.«

»Was war an diesem Bericht denn jetzt unverantwortlich?«

»Mich ärgert, daß sie die Aufnahmen gebracht haben, ohne sich zu fragen, welche Auswirkungen dies haben könnte. Ich wünsche mir manchmal, die Medien würden sich zurückhalten und dann die komplexere Story bringen, anstatt Befriedigung in kleineren Sensationsmeldungen zu suchen.«

»Nun, das ist immerhin nicht jedesmal so. Ich habe euch zum Beispiel nicht ans Messer geliefert. Ich habe mich für die größere Story entschieden.«

»Oh, wie nobel, wenn es aus dem Mund von jemandem kommt, der sich seinen Zugang zu diesen Ermittlungen erpreßt hat.«

Sie lächelte, und ich auch.

Schließlich sagte sie: »Können wir mal über etwas anderes reden? Ich habe all das gründlich satt. Ich würde es mir am liebsten gemütlich machen und die ganze Geschichte eine Weile vergessen.«

Da war es wieder. Die Wahl ihrer Worte, die Art, wie sie mich anschaute, während sie sie aussprach. Deutete ich sie richtig, oder las ich in ihnen nur, was ich mir wünschte?

»Okay, vergessen wir den Poeten«, sagte ich. »Lassen Sie uns über Sie reden.«

»Über mich? Was gibt es über mich zu reden?«

»Diese Geschichte mit Thorson gleicht einer Sitcom im Fernsehen.«

»Das ist privat.«

»Nicht, wenn ihr euch ständig mit Blicken erdolcht, und Sie versuchen, Backus dazu zu bringen, ihn aus dem Fall herauszuhalten.«

»Ich will ihn nicht aus dem Fall raushalten. Ich will nur meine Ruhe vor ihm haben, und ich will nicht, daß er hierherkommt. Er findet immer einen Weg, sich einzuschleichen, und dann versucht er, das Kommando zu übernehmen. Sie werden es erleben.«

»Wie lange waren Sie verheiratet?«
»Fünfzehn grandiose Monate.«
»Und wann war es zu Ende?«
»Vor drei Jahren.«
»Das ist eine lange Zeit für anhaltende Feindseligkeiten.«
»Ich möchte nicht darüber reden.«

Aber ich hatte das Gefühl, daß sie es im Grunde doch wollte. Ich ließ ein wenig Zeit verstreichen. Der Kellner kam und füllte unsere Kaffeetassen wieder auf.

»Was ist passiert?« fragte ich dann leise. »Sie haben es nicht verdient, unglücklich zu sein.«

Sie streckte die Hand aus und zupfte sanft an meinem Bart, die erste Berührung, seit sie in Washington mein Gesicht ins Bett gerammt hatte.

»Nett von Ihnen, das zu sagen.« Sie schüttelte den Kopf. »Es war einfach für beide die falsche Entscheidung. Heute weiß ich nicht einmal mehr, wie wir uns gegenseitig gesehen haben. Es hat einfach nicht funktioniert.«

»Wie kam das?«

»Einfach so. Es war eine Einfach-so-Sache. Ich sagte es schon, wir schleppten beide eine Menge Gepäck mit uns herum. Seines war schwerer. Er trug eine Maske, und ich habe die Wut, die dahintersteckte, erst gesehen, als es zu spät war. Danach machte ich mich aus dem Staub, so schnell ich konnte.«

»Worüber war er so wütend?«

»Über eine Menge Dinge. Über andere Frauen, Beziehungen. Ich war seine zweite gescheiterte Ehe. Über den Job. Manchmal brach sie hervor wie ein Großfeuer.«

»Hat er Sie je geschlagen?«
»Nein. Dafür bin ich nicht lange genug bei ihm geblieben.«
»Und er ist immer noch scharf auf Sie.«
»Wenn Sie das glauben, sind Sie verrückt.«
»Aber irgend etwas ist da noch.«

»Das einzige, was er in bezug auf mich empfindet, ist das Verlangen, mich unglücklich zu sehen. Er will es mir heimzahlen, weil er glaubt, daß ich schuld bin an der mißglückten Ehe, seinem schlechten Leben, an allem.«

»Wie kommt es, daß ein solcher Mensch seinen Job behält?«

»Ich sagte es bereits, er trägt eine Maske. Er kann seine Gefühle gut verbergen. Sie haben ihn bei der Besprechung erlebt. Er hat sich beherrscht. Außerdem müssen Sie wissen, daß man es beim FBI soweit wie möglich vermeidet, Agenten hinauszuwerfen. Solange er gute Arbeit leistet, spielt es keine Rolle, was ich fühle oder sage.«

»Sie haben sich über ihn beschwert?«

»Nicht direkt. Damit hätte ich mir nur selbst geschadet. Ich habe eine beneidenswerte Stellung beim BSS, aber täuschen Sie sich nicht – das FBI ist eine Männerwelt. Und da geht man nicht zum Boß und beklagt sich über Dinge, von denen man *annimmt*, daß der Ex-Mann sie tun könnte. Wenn ich das versuchte, würde ich wahrscheinlich bei der Abteilung Bankraub in Salt Lake City landen.«

»Was können Sie also tun?«

»Nicht viel. Indirekt habe ich Backus gegenüber genügend Andeutungen fallengelassen, so daß er weiß, was vorgeht. Aber wie Ihnen aus dem, was Sie heute gehört haben, klar sein dürfte, hat er nicht vor, etwas dagegen zu unternehmen. Ich befürchte, daß Gordon ebenfalls irgendwelche Andeutungen macht. Wenn ich Bob wäre, würde ich mich genauso zurücklehnen, wie er es tut, und darauf warten, daß einer von uns Mist baut. Der erste, der es tut, wird versetzt.«

»Und wie würde es aussehen, wenn jemand Mist baut?«

»Ich weiß es nicht. Beim FBI weiß man das nie. Aber bei mir muß er vorsichtiger sein als bei ihm. Wegen der besonderen Umstände. Er muß schon sehr gute Gründe haben, wenn er versucht, eine Frau hinauszuwerfen. Das ist mein Vorteil.«

Ich nickte. Die Unterhaltung war an ihrem natürlichen Ende angelangt. Aber ich wollte nicht, daß Rachel in ihr Zimmer zurückkehrte. Ich wollte mir ihr zusammensein.

»Sie sind ein verdammt guter Interviewer, Jack. Ziemlich gerissen.«

»Wie bitte?«

»Wir haben die ganze Zeit nur über mich und das FBI geredet. Was ist mit Ihnen?«

»Mit mir? Nie verheiratet, nie geschieden. Ich habe nicht einmal Zimmerpflanzen in meiner Wohnung. Ich sitze den ganzen Tag lang am Computer. Ich spiele nicht in derselben Liga wie Sie und Thorson.«

Sie lächelte, dann kicherte sie ein bißchen mädchenhaft.

»Ja, wir sind tatsächlich ein Paar. *Waren* eins. Ist Ihnen nach der heutigen Konferenz etwas wohler zumute? Nach dem, was sie in Denver gefunden haben?«

»Sie meinen nach dem, was sie *nicht* gefunden haben? Ich weiß es nicht. Vermutlich ist es besser, anzunehmen, daß er das nicht auch durchmachen mußte. Aber trotzdem gibt es nichts, was bewirken könnte, daß mir wohler zumute ist.«

»Haben Sie Ihre Schwägerin angerufen?«

»Nein, noch nicht. Das mache ich morgen früh. Ich finde, das ist etwas, worüber man bei Tageslicht sprechen sollte.«

»Ich habe nie viel mit Angehörigen der Opfer zu tun gehabt«, sagte sie. »Das FBI wird immer erst später hinzugezogen.«

»Aber ich ... Ich bin Meister im Befragen der frischgebackenen Witwe, der Mutter, deren Kind gestorben ist, des Vaters der toten Braut und was es sonst noch gibt. Ich habe schon alle interviewt.«

Wir schwiegen beide für einen Moment.

Der Kellner erschien abermals mit seiner Kaffeekanne, aber wir lehnten ab. Ich bat um die Rechnung. Ich wußte, daß es heute nacht nicht passieren würde. Ich hatte den Mut verloren. Ich wollte nicht riskieren, von ihr abgewiesen zu werden. Mein Schema war immer dasselbe. Wenn es mir gleichgültig war, ob eine Frau mich zurückwies oder nicht, dann nutzte ich immer die Gelegenheit. Wenn es mir etwas ausmachte und ich wußte, daß die Zurückweisung mir weh tun würde, hielt ich mich stets zurück.

»Woran denken Sie?« fragte sie.

»An nichts«, log ich. »Das heißt, an meinen Bruder natürlich.«

»Erzählen Sie mir doch die Geschichte!«

»Welche Geschichte?«

»Von neulich. Sie waren im Begriff, mir etwas Gutes über ihn zu erzählen. Über das Netteste, was er je für Sie getan hat. Das, was ihn zu einem Heiligen machte.«

Ich sah sie über den Tisch hinweg an. Ich wußte natürlich sofort, was sie meinte. Ich hätte ohne weiteres lügen und ihr erzählen können, das Netteste sei gewesen, daß er mich vorbehaltlos liebte, aber ich vertraute ihr. Wir vertrauen den Menschen, die uns gefallen, den Menschen, nach denen uns verlangt. Und vielleicht wollte ich es mir nach so vielen Jahren auch endlich von der Seele reden.

»Das Netteste, was er je getan hat, war, daß er mir nicht die Schuld gab.«

»Wofür?«

»Unsere Schwester starb, als wir noch Kinder waren. Es war meine Schuld. Er wußte es. Er war der einzige, der es wußte. Aber er hat mir nie einen Vorwurf daraus gemacht, hat es nie jemanden erzählt. Im Gegenteil, er nahm sogar die Hälfte der Schuld auf sich. Das war das Netteste.«

Sie beugte sich mit einem mitfühlenden Gesichtsausdruck über den Tisch. Ich glaube, sie wäre eine gute Psychologin geworden, wenn sie sich für diesen Beruf entschieden hätte.

»Was war passiert, Jack?«

»Sie ist auf einem zugefrorenen See eingebrochen. Demselben See, an dem Seans Leiche gefunden wurde. Sie war größer und älter als ich. Wir waren mit unseren Eltern dort. Wir hatten einen Wohnwagen, und unsere Eltern kochten gerade oder so etwas. Sean und ich waren draußen, und Sarah paßte auf uns auf. Ich lief hinaus auf den See. Sarah rannte hinter mir her, um mich daran zu hindern, zu weit hinauszulaufen, dahin, wo das Eis zu dünn war. Aber sie war älter und größer und schwerer, und sie brach ein. Ich fing an zu schreien. Sean fing an zu schreien. Mein Vater und ein paar andere Leute kamen angestürzt, konnten sie aber nicht mehr rechtzeitig erreichen ...«

Ich setzte die Kaffeetasse an den Mund, aber sie war leer. Ich sah Rachel an und fuhr fort: »Alle fragten natürlich, wie das passieren konnte, aber ich konnte nicht ... konnte nicht reden. Und er – Sean – sagte, wir seien beide draußen auf dem Eis gewesen, und Sarah sei eingebrochen, als sie uns holen wollte. Das war eine Lüge, und ich weiß nicht, ob meine Eltern sie je geglaubt haben. Ich glaube es nicht. Aber er hat es für mich getan. Es war, als wolle er die Schuld mit mir teilen, sie um die Hälfte leichter machen.«

Ich starrte in meine leere Tasse. Rachel sagte nichts.

»Diese Geschichte habe ich bis jetzt noch nie jemandem erzählt.«

»Vielleicht haben Sie inzwischen das Gefühl, daß Sie es Ihrem Bruder schuldig sind, sie zu erzählen. Vielleicht als eine Methode, ihm zu danken.«

Der Kellner legte die Rechnung auf den Tisch. Ich öffnete meine Brieftasche und zog eine Kreditkarte heraus. Ich kann mir noch eine bessere Methode vorstellen, ihm zu danken, dachte ich.

Als wir aus dem Fahrstuhl traten, war ich vor Angst wie gelähmt. Ich konnte mich nicht dazu bringen, so zu handeln, wie ich es so gerne gewollt hätte. Wir gingen zuerst zu ihrer Tür. Sie holte den Kartenschlüssel aus ihrer Tasche und sah dann zu mir auf. Ich zögerte, sagte jedoch nichts.

»Also«, seufzte sie nach einem langen Augenblick, »morgen geht es wieder früh los. Frühstücken Sie?«

»Gewöhnlich trinke ich nur Kaffee.«

»Okay, dann rufe ich Sie an, und wenn die Zeit reicht, können wir vielleicht zusammen runtergehen.«

Ich nickte stumm, überwältigt von meiner Feigheit.

»Gute Nacht, Jack.«

»Nacht«, brachte ich heraus und machte mich eilends auf den Weg zu meinem Zimmer.

Ich saß eine halbe Stunde lang auf der Bettkante und sah CNN, in der Hoffnung, auf irgend etwas, das meine Gedanken von dem katastrophalen Ende des Abends ablenkte. Weshalb, fragte ich mich, fällt es mir gerade bei denjenigen, die mir etwas bedeuten, so schwer, die Hand auszustrecken? Ich hatte den richtigen Augenblick verpaßt. Ich hatte ihn ignoriert. Ich war vor ihm davongelaufen.

Es klopfte.

Aufgeschreckt schaltete ich rasch den Fernseher aus und ging zur Tür. Öffnete sie, ohne erst durch den Spion zu schauen. Sie stand davor.

»Rachel!«

»Hi.«

»Hi.«

»Ich – ich würde Ihnen gern eine Chance zur Wiedergutmachung geben. Das heißt, wenn Sie es wollen.«

Ich sah sie an, und ein Dutzend Antworten schossen mir durch den Kopf, die alle darauf abzielten, den Ball wieder in ihre Hälfte zurückzuspielen, sie den entscheidenden Schritt tun zu lassen. Aber plötzlich wußte ich, was sie wollte – und was ich tun mußte.

Ich trat vor, legte einen Arm um ihren Rücken und küßte sie. Dann zog ich sie ins Zimmer und schloß die Tür.

»Danke«, flüsterte ich.

Danach sagten wir fast nichts mehr. Sie schaltete das Licht aus. Dann führte sie mich zum Bett, schlang die Arme um meinen Hals und zog mich in einem langen, tiefen Kuß hinunter. Wir nestelten gegenseitig an unserer Kleidung.

»Hast du etwas?« flüsterte sie. »Du weißt schon, zum Verhüten.«

Ich schüttelte den Kopf, niedergeschlagen. Wäre ich doch vor dem Essen ...

»Aber ich, glaube ich«, sagte sie.

Sie zog ihre Handtasche aufs Bett, und ich hörte, wie der Reißverschluß einer Innentasche aufgezogen wurde. Dann drückte sie mir das Kondom in die Hand.

»Ich habe für Notfälle immer eines dabei«, sagte sie mit einem Lächeln in der Stimme.

Danach liebten wir uns. Im Schatten des Zimmers, langsam, lächelnd. Wenn ich jetzt daran zurückdenke, kommt es mir wie ein wunderbarer Moment vor, wie die erotischste und leidenschaftlichste Stunde meines Lebens. Aber ich weiß, daß wir beide sehr nervös waren, uns zu sehr bemühten, den anderen zu befriedigen, und uns damit vielleicht des wahren Genusses beraubten. Ich hatte das Gefühl, daß Rachel sich nach der Intimität des Aktes sehnte, nicht so sehr nach dem sinnlichen Genuß als vielmehr nach der Nähe zu einem anderen Menschen. Bei mir war es ebenso, aber ich verspürte auch ein tiefes, lustvolles Verlangen nach ihrem Körper. Sie hatte kleine Brüste mit großen, dunklen Höfen, einen schönen, rundlichen Bauch mit weichem Haar darunter. Als wir unseren gemeinsamen Rhythmus fanden, rötete sich ihr Gesicht und wurde warm. Sie war wunderschön, und ich sagte es ihr. Ich vergrub mein Gesicht in ihrem Haar und roch den Duft von Äpfeln.

Hinterher drehte sie sich auf den Bauch, und ich streichelte ihr sanft über den Rücken.

»Ich möchte, daß du hierbleibst«, sagte ich.

Sie antwortete nicht, aber das war okay. Ich wußte, daß die vergangene Stunde echt gewesen war.

Sie drehte sich langsam um und setzte sich auf.

»Was hast du?«

»Ich kann nicht bleiben. Ich täte es gern, aber es geht nicht. Ich muß morgen früh in meinem eigenen Zimmer sein, falls Bob anruft. Er will vor dem Treffen mit der hiesigen Polizei mit mir sprechen, und er hat gesagt, er würde anrufen.«

Enttäuscht schaute ich zu, wie sie sich anzog. Sie bewegte sich geschickt in der Dunkelheit. Als sie fertig war, beugte sie sich zu mir nieder und gab mir einen leichten Kuß auf die Lippen.

»Schlaf gut.«

»Das werde ich. Und du auch.«

Doch ich konnte nicht schlafen. Ich fühlte mich zu wohl. Ich fühlte mich meiner selbst wieder sicher, verspürte ein unerklärliches Glücksgefühl. Jeden Tag bekämpft man den Tod mit dem Leben, und was gibt es im Leben Vitaleres als den körperlichen Akt der Liebe? Mein Bruder und alles, was passiert war, schienen weit weg zu sein.

Ich rollte mich zur Bettkante und griff nach dem Telefon. Ich war so von mir selbst erfüllt, daß ich sie an diesen Gedanken teilhaben lassen wollte. Aber nach achtmaligem Läuten hatte sie den Hörer immer noch nicht abgenommen, und die Telefonistin meldete sich.

»Sind Sie sicher, daß das Rachel Wallings Zimmer war?«

»Ja, Sir. Dreieinundzwanzig. Möchten Sie eine Nachricht hinterlassen?«

»Nein, danke.«

Ich setzte mich auf und machte Licht. Dann schaltete ich den Fernseher ein und zappte ein paar Minuten durch die Kanäle, ohne richtig hinzusehen. Ich wählte ihre Nummer noch einmal. Sie meldete sich nicht.

Ich zog mich an und redete mir ein, daß ich eine Cola wollte. Ich nahm Kleingeld und meine Schlüsselkarte von der Kommode und ging den Korridor entlang zu einer Nische, in der die Automaten standen. Auf dem Rückweg blieb ich vor 321 stehen und lauschte an der Tür. Ich hörte nichts. Ich klopfte leise an und wartete. Klopfte abermals. Sie meldete sich nicht.

An meiner Tür versuchte ich, mit der Cola in der Hand den Knauf zu drehen. Es ging nicht. Schließlich stellte ich die Dose auf den Boden und öffnete gerade die Tür, als ich Schritte hörte. Ich drehte mich um und sah, daß ein Mann den Korridor entlang auf mich zukam. Die Beleuchtung war um diese Uhrzeit gedämpft. Es war ein großer Mann, und ich erkannte, daß er etwas in der Hand trug. Vielleicht eine Tüte. Er war noch drei Meter entfernt.

»Hallo, Sportsfreund.«

Thorson. Seine Stimme jagte mir einen Schrecken ein, und ich glaube, er sah es meinem Gesicht an. Ich hörte ihn leise kichern, als er an mir vorbeiging.

»Angenehme Träume.«

Ich sagte nichts. Ich hob die Dose auf und schob mich langsam in mein Zimmer, um Thorson noch eine Weile beobachten zu können. Er passierte Zimmer 321 ohne jedes Zögern und blieb vor einer Tür ein Stück weiter entfernt stehen. Während er sie öffnete, schaute er den Korridor entlang zu mir zurück. Unsere Blicke trafen sich für einen Augenblick, dann verschwand ich wortlos in meinem Zimmer.

28

Gladden wünschte sich, Darlene gefragt zu haben, wo die Fernbedienung war, bevor er sie umbrachte. Es ärgerte ihn, daß er aufstehen mußte, um die Kanäle zu wechseln. Sämtliche Fernsehsender von Los Angeles hatten die Artikel in der *Times* aufgegriffen. Aber er mußte direkt vor dem Apparat sitzen und von Hand umschalten, um alle Berichte mitzubekommen. Er hatte gesehen, wie Detective Thomas aussah. Er war von sämtlichen Sendern interviewt worden.

Gladden lag auf der Couch, zu aufgeregt, um schlafen zu können. Er wollte auf CNN umschalten, hatte aber keine Lust, schon wieder aufzustehen. Er war auf irgendeinem Kabelkanal. Eine Frau mit französischem Akzent bereitete mit Joghurt gefüllte Crêpes zu. Gladden wußte nicht, ob das ein Nachtisch oder ein Frühstück sein sollte, aber es machte ihn hungrig, und er zog in Erwägung, noch eine Dose Ravioli aufzumachen. Doch er entschied sich dagegen. Er wußte, daß er mit seinen Vorräten sparsam umgehen mußte. Es lagen immer noch vier Tage vor ihm.

»Wo ist die verdammte Fernbedienung, Darlene?« rief er.

Er stand auf, schaltete auf CNN um, dann löschte er das Licht und kehrte auf die Couch zurück. Dann dachte er über die vor ihm liegende Arbeit und seine Pläne nach. Sie wußten jetzt über ihn Bescheid, und er mußte vorsichtiger sein als je zuvor.

Er versank in eine Art Halbschlaf, seine Augen fielen zu. Doch plötzlich registrierte sein Unterbewußtsein einen Bericht aus Phoenix über den Mord an einem Polizei-Detective. Gladden öffnete die Augen wieder.

29

Am Morgen rief Rachel mich an, noch bevor ich aufgestanden war. Ich schaute verschlafen auf die Uhr und sah, daß es halb acht war. Ich fragte sie nicht, warum sie in der Nacht weder auf meine Anrufe noch auf mein Klopfen reagiert hatte. Ich hatte bereits einen großen Teil der Nacht damit verbracht, darüber nachzugrübeln, und war zu dem Schluß gelangt, daß sie vermutlich gerade unter der Dusche gestanden hatte.

»Bist du wach?«

»Jetzt ja.«

»Gut. Ruf deine Schwägerin an.«

»Wird gemacht.«

»Möchtest du Kaffee trinken? Wie lange dauert es, bis du fertig bist?«

»Ich muß anrufen und dann duschen. Eine Stunde?«

»Dann wirst du allein frühstücken.«

»Okay, eine halbe Stunde. Bist du schon länger auf?«

»Nein.«

»Mußt du denn nicht auch noch duschen?«

»Ich brauche keine halbe Stunde, um mich fertigzumachen, nicht einmal, wenn ich frei habe.«

»Okay, okay. In einer halben Stunde.«

Als ich aufstand, entdeckte ich die aufgerissene Kondom-Verpackung auf dem Fußboden. Ich hob sie auf und merkte mir die Marke, da sie diese ja wohl offensichtlich bevorzugte. Dann warf ich sie in den Mülleimer im Badezimmer.

Ich hoffte beinahe, daß Riley nicht zu Hause war, weil ich nicht genau wußte, wie ich ihr beibringen sollte, daß man den Leichnam ihres Mannes wieder ausgraben wollte. Oder wie sie reagieren würde. Aber ich wußte, daß um fünf Minuten vor neun an einem Sonntag morgen kaum damit zu rechnen war, daß sie sich irgendwo anders aufhielt. Soweit ich wußte, hatten sich ihre Kirchgänge in den letzten Jahren auf ihre Hochzeit und Seans Beerdigung beschränkt.

Sie meldete sich nach dem zweiten Läuten mit einer Stimme, die mir etwas fröhlicher vorkam als im den letzten Wochen. Anfangs war ich nicht einmal sicher, daß sie es war.

»Riles?«

»Jack, wo bist du? Ich habe mir schon Sorgen gemacht.«

»Ich bin in Phoenix. Worüber sorgst du dich?«

»Ach, du weißt schon. Ich wußte nicht, was vor sich geht.«

»Tut mir leid, daß ich nicht angerufen habe. Es ist alles okay. Ich arbeite mit dem FBI zusammen. Ich kann dir nicht viel erzählen, aber sie beschäftigen sich eingehend mit Seans Tod. Mit seinem und noch ein paar weiteren.«

Ich schaute aus dem Fenster und erkannte die Konturen eines Berges am Horizont. In der Touristen-Broschüre auf dem Nachttisch stand, daß er Camelback Mountain hieß, und der Name paßte – er sah wirklich aus wie der Rücken eines Kamels. Ich wußte nicht, ob ich zuviel erzählte. Aber es war kaum damit zu rechnen, daß Riley die Geschichte an den *National Enquirer* verkaufen würde.

»Äh, es hat sich etwas Neues ergeben. Sie glauben, daß ihnen bei Sean irgendwelche Beweise entgangen sind … Äh, sie möchten … Riley, sie müssen ihn aus der Erde holen, um ihn sich noch einmal anzusehen.«

Es kam keine Antwort. Ich wartete eine lange Zeit.

»Riley?«

»Jack, warum?«

»Es würde sehr helfen. Den Ermittlungen.«

»Aber was wollen sie tun? Wollen sie … ihn noch einmal aufschneiden?«

Die letzten Worte waren nur mehr ein verzweifeltes Flüstern. Mir wurde klar, daß ich den Job, es ihr schonend mitzuteilen, vermasselt hatte.

»Oh nein! Durchaus nicht. Äh, sie wollen nur seine Hände betrachten. Sonst nichts. Aber sie brauchen deine Erlaubnis. Sonst müßten sie vor Gericht gehen, und das ist ein langwieriges Verfahren.«

»Seine Hände? Weshalb, Jack?«

»Das ist eine lange Geschichte. Ich darf dir das eigentlich nicht erzählen, deshalb nur soviel: Sie glauben, daß der Kerl …, derjenige, der das getan hat, versucht hat, Sean zu hypnotisieren. Sie wollen seine Hände untersuchen, um zu sehen, ob es dort Nadelstiche gibt. Das ist der Test, mit dem der Täter möglicherweise festgestellt hat, ob Sean wirklich unter Hypnose stand.«

Es folgte ein weiteres Schweigen.

»Da ist noch etwas«, sagte ich. »Hatte Sean Husten oder eine Erkältung? Du weißt schon, an dem Tag, an dem es passiert ist.«

»Ja«, sagte sie nach kurzem Zögern. »Es ging ihm nicht gut. Mir übrigens auch nicht, und ich bat ihn, an dem Tag bei mir zu bleiben. Jack, weißt du was?«

»Hm?«

»Mir war wohl schlecht, weil ich schwanger bin. Ich habe es am Mittwoch erfahren.«

Das traf mich völlig unvorbereitet. Ich zögerte.

»Oh, Riley«, sagte ich schließlich. »Das ist ja wunderbar! Wissen es die Eltern schon?«

»Ja, sie wissen es, und sie sind sehr glücklich. Es ist beinahe ein Wunder, weil ich es nicht gewußt habe und wir es im Grunde überhaupt nicht versucht hatten.«

»Das ist eine großartige Neuigkeit.«

Ich hatte keine Ahnung, wie ich auf das andere Thema zurückkommen sollte. Schließlich ging ich den kürzesten Weg.

»Ich muß jetzt Schluß machen, Riles. Was soll ich ihnen sagen?«

Rachel war bereits im Foyer, als ich aus dem Fahrstuhl trat. Sie hatte ihre Computertasche und ihr Handgepäck bei sich.

»Du ziehst aus?« fragte ich verständnislos.

»Eine Grundregel des FBI. Lasse nie etwas in deinem Zimmer zurück, weil du nie weißt, wann die Reise weitergeht. Wenn sich etwas Wichtiges ergibt, habe ich nicht die Zeit, hierher zurückzukommen und meine Sachen zusammenzupacken.«

Ich nickte. Für mich war es zu spät zum Packen, aber ich hatte ohnehin fast nichts, was ich hätte packen können.

»Hast du sie angerufen?«

»Ja. Sie hat zugestimmt. Und sie hat auch gesagt, daß er sich an jenem Tag nicht wohl fühlte. Der Hustensaft gehörte ihm. Mir ist übrigens auch klargeworden, weshalb Sean in seinem Wagen umgebracht wurde und nicht zu Hause wie die anderen.«

»Warum?«

»Seine Frau war zu Hause, weil es ihr auch nicht gutging. Mein Bruder hätte alles getan, was in seinen Kräften stand, um diesen Kerl nicht mit in sein Haus zu nehmen. Nicht, während sie da war.«

Ich verstummte traurig.

»Ich glaube, du hast recht, Jack. Das paßt. Aber hör zu, es hat sich etwas getan. Bob hat es gerade erfahren und mich vom Field Office aus angerufen. Das Treffen mit der Polizei ist verschoben. Wir haben ein Fax vom Poeten bekommen.«

Die Stimmung im Konferenzraum war eindeutig düster. Nur die Agenten aus Quantico waren anwesend. Backus, Thompson, Thorson und ein Agent namens Carter, der auch an der Lagebesprechung in Quantico teilgenommen hatte. Mir fiel auf, daß sich Rachel und Thorson verächtliche Blicke zuwarfen, als wir eintraten. Ich konzentrierte mich auf Backus. Er schien tief in Gedanken versunken. Auf dem Tisch vor ihm stand sein Laptop, aber er schaute nicht auf den Monitor. Dann erschien auf seinem Gesicht ein nachdenkliches Lächeln, und er sah mich an. »Jack, jetzt können Sie genau sehen, warum uns soviel daran liegt, diese Story nicht publik werden zu lassen. Ein Fünf-Sekunden-Video, mehr war nicht nötig, und schon weiß der Täter, daß wir ihm auf der Spur sind.«

Ich nickte.

»Ich finde, er sollte hier nicht dabeisein«, sagte Thorson.

»Eine Abmachung ist eine Abmachung. Mit der CNN-Story hatte er eindeutig nichts zu tun.«

»Trotzdem glaube ich, daß es nicht …«

»Halt die Klappe, Gordon«, sagte Rachel. »Was du glaubst, spielt keine Rolle.«

»Okay, Schluß mit dem Hickhack. Wir müssen uns auf das Problem konzentrieren«, sagte Backus. »Ich habe das Fax kopiert.«

Er öffnete einen Aktendeckel und schob die Kopien über den Tisch. Ich bekam auch eine. Es herrschte Stille, während wir alle lasen.

Lieber Bob Backus, FBI Agent,
und hallo an Sie, Sir. Ich habe Nachrichten gehört und Sie in Phoenix gesehen, Sie Schlaumeier. Ihre Verschlossenheit gegenüber den dämlichen Reportern kann mich nicht täuschen. Ich kenne Ihr Gesicht,

Bob. Sie sind hinter mir her, und ich warte begierig auf Ihr Eintreffen. Aber seien Sie vorsichtig, mein Freund Bob. Nicht zu dicht herankommen! Denken Sie daran, was mit den armen Orsulak und den anderen passiert ist. Sie haben Orsulak heute unter die Erde gebracht, gute Arbeit. Aber ein FBI-Mann wie Sie – das wäre ein lohnendes Ziel. Ha, ha!
Aber machen Sie sich deshalb keine Sorgen. Sie sind sicher. Mein nächster ist bereits gesalbt. Ich habe meine Wahl getroffen, und ich habe ihn in Sichtweite, sogar während Sie diese Zeilen lesen.
Sitzen Sie jetzt mit Ihrer Truppe zusammen? Fragen Sie sich, was Ihren Opponenten antreibt? Das ist eine fürchterliche Unwissenheit, stimmt's? Quält einen wie Nadelstiche in die Handfläche. Aber ich gebe Ihnen einen Hinweis. (Wozu wären Freunde sonst da?) Ich bin der faule Apfel im Auge meines Best Pal. Wer bin ich? Wenn Sie die Antwort wissen, Bob, sagen Sie es immer und immer wieder. Dann kommen Sie darauf. Dann werden Sie es wissen. Sie sind ein Profi, und ich bin sicher, daß Sie der Herausforderung gewachsen sind. Ich zähle auf Sie, Bob!
Ich weile allein in einer Welt voll Pein, Bob, und meine Arbeit hat gerade erst begonnen. Und, Bob – möge der beste Mann gewinnen. Ich kann meine Korrespondenz nicht unterschreiben, weil Sie mich noch nicht beim Namen genannt haben. Was ist los, Bob? Ich warte darauf, daß Sie im Fernsehen erscheinen und meinen Namen nennen. Bis dahin schließe ich hiermit: Short and tall – I killed them all!
Fahren Sie vorsichtig!

Ich las das Fax zweimal, und beide Male jagte es mir einen kalten Schauder über den Rücken. Jetzt wußte ich, was sie damit meinten. Mit dem Mond. Der Brief war die Stimme eines Mannes, der nicht von dieser Welt stammte. Nicht von hier. Nicht von diesem Planeten.

»Sind wir uns alle über die Authentizität einig?« fragte Bakkus.

»Es enthält mehrere Dinge, die seine Authentizität beweisen«, sagte Rachel. »Die Nadelstiche. Das Poe-Zitat. Was ist mit dem Hinweis auf den Best Pal? Ist Florida hierüber bereits informiert?«

»Ja. Die Sache mit den Best Pals hat jetzt natürlich Priorität. Sie lassen alles andere stehen und liegen und konzentrieren sich darauf.«

»Was meint Brass dazu?«

»Daß es eindeutig unsere Theorie bestätigt. Das Fax enthält Hinweise auf beide Mord-Serien, auf die Detectives und die anderen. Sie und Brad hatten recht. Ein Täter. Sie geht jetzt davon aus, daß die Morde in Florida unser Modell sind. Alles Folgende ist nur eine Wiederholung der ursprünglichen Verbrechen. Eine Wiederholung des Rituals.«

»Mit anderen Worten, wir müssen herausfinden, warum er Beltran umbrachte, dann wissen wir, weshalb er all die anderen ermordet hat.«

»Richtig. Brass und Brad haben schon ausführlich mit Florida gesprochen. Wir hoffen, daß es nicht allzu lange dauert, bis wir ein paar Antworten haben und das Modell zusammensetzen können.«

Alle schienen für eine Weile darüber nachzugrübeln.

»Bleiben wir hier?« fragte Rachel.

»Ich halte es für das beste. Die Antworten mögen in Florida liegen, aber die Ereignisse dort sind Geschichte. Hier sind wir ihm immer noch am nächsten.«

»Er behauptet, er habe sein nächstes Opfer bereits ausgewählt«, sagte ich. »Glauben Sie, daß es sich dabei um den nächsten Cop handelt?«

»Genau das glaube ich«, sagte Backus düster. »Also läuft uns die Zeit davon. Während wir hier sitzen und reden, beobachtet er irgendwo wieder einen Mann, einen anderen Cop. Und wenn wir nicht schleunigst herausfinden, wo das ist, kommt er uns mit einem Mord zuvor.«

Er schlug mit der Faust auf den Tisch.

»Wir müssen vorankommen, Leute, wir müssen etwas unternehmen! Wir müssen ihn finden, bevor es zu spät ist!«

»Bob«, sagte Rachel. »In dem Fax ist die Rede davon, daß Orsulak *heute* begraben wurde. Wann ist es eingegangen, und wo?«

»Das weiß Gordon.«

Thorson räusperte sich und sprach, ohne Rachel oder mich anzusehen. »Es ist auf einer für Akademie-Angelegenheiten zuständigen Fax-Leitung in Quantico eingegangen«, sagte Thorson. »Ich brauche wohl kaum zu erwähnen, daß kein Absender draufstand. Keinerlei Hinweis. Es ist heute morgen um drei Uhr achtunddreißig östlicher Zeit eingegangen. Ich habe den zeitlichen Ablauf von Hazelton nachvollziehen lassen. Der

Fax-Anruf kam auf der allgemeinen Quantico-Nummer an, die Vermittlung hörte den Fax-Ton und schaltete den Anruf weiter. Da sie nicht wußte, für wen genau es bestimmt war, schaltete sie es auf ein Faxgerät der Akademie, und dort hat es dann bis heute morgen gelegen. Bis es endlich entdeckt und ins Center gebracht wurde.«

»Wir haben Glück, daß es nicht immer noch unbemerkt dort liegt«, setzte Backus hinzu.

»Richtig«, sagte Thorson. »Jedenfalls hat Hazelton das Fax ins Labor gebracht, und dort haben sie etwas herausgefunden. Man ist der Ansicht, daß es keine Übertragung von Faxgerät zu Faxgerät war. Es kam von einem Inboard-Fax.«

»Von einem Computer«, sagte ich.

»Mit einem Fax-Modem. Und da wir wissen, daß dieser Kerl immer unterwegs ist, dürfte er kaum einen Apple Mac auf seinem Rücken herumschleppen. Die Vermutungen gehen dahin, daß er einen Laptop mit einem Fax-Modem hat. Höchstwahrscheinlich zusammen mit einem Mobiltelefon. Das würde ihm die größte Bewegungsfreiheit geben.«

Alle dachten über diese Neuigkeit nach. Ich war mir nicht sicher, ob das für die Ergreifung des Täters etwas zu bedeuten hatte oder nicht.

»Er verfügt also über Computer-Zubehör auf dem neusten Stand der Technik«, sagte Rachel. »Wie sind wir auf das nächste Fax vorbereitet?«

»Wir haben Anstalten getroffen, jedem Fax an die allgemeine Nummer nachzuspüren«, sagte Thorson. »Bestenfalls finden wir das Herkunftsnetz. Näher kommen wir nicht heran.«

»Was bedeutet das?« fragte ich.

»Das bedeutet, wenn er ein Mobiltelefon benutzt, können wir die Spur nicht zu einer direkten Nummer oder einem Ort zurückverfolgen. Wir bekommen die Stadt und das Netz, über das der Anruf getätigt wurde. Im besten Fall engt das unsere Suche auf ein Areal mit mehr als hunderttausend Menschen ein.«

»Aber wir wüßten wenigstens die Stadt«, sagte Backus. »Wir wären imstande, uns mit der dortigen Polizei in Verbindung zu setzen und nach Fällen Ausschau zu halten, die als Ködermorde in Frage kämen. Es könnte sich nur um einen Mord handeln, der in der letzten Woche begangen wurde. Nach Orsulak.«

Er sah Thorson an.

»Gordon, ich möchte, daß an sämtliche Field Offices ein Fax geschickt wird. Sie sollen sich bei den örtlichen Cops nach sämtlichen neueren Mordfällen erkundigen. Nach Mordfällen im allgemeinen, aber nach der Ermordung von Kindern im besonderen, und nach allen mit ungewöhnlichen Tatmerkmalen oder Verstümmelung der Leiche vor oder nach dem Tod. Sehen Sie zu, daß das noch heute nachmittag hinausgeht. Verlangen Sie Bestätigung von den SACs bis morgen achtzehn Uhr. Ich will nicht, daß uns etwas durch irgendwelche Ritzen rutscht.«

»Wird gemacht.«

»Außerdem hat Brass noch auf etwas anderes hingewiesen«, setzte Backus hinzu. »Und zwar, daß die Behauptung, er hätte sein nächstes Opfer schon ausgewählt, ein Bluff sein könnte. Daß er damit bewirken will, daß wir reagieren und uns abstrampeln, während sich der Täter in Wirklichkeit aus dem Staub macht und untertaucht. Sie erinnern sich, das war unsere Hauptbefürchtung, falls etwas an die Öffentlichkeit dringt.«

»Da bin ich anderer Meinung«, sagte Rachel. »Wenn ich das lese, sehe ich einen Angeber vor mir, jemanden, der sich einbildet, er sei besser als wir. Der mit uns spielen will. Ich nehme ihn beim Wort. Irgendwo da draußen ist ein Cop, und er hat ihn im Visier.«

»Ich neige auch zu dieser Ansicht«, sagte Backus. »Und ich glaube, das tut Brass auch. Sie hatte nur das Gefühl, auch die andere Möglichkeit erwähnen zu müssen.«

»Und wie sieht nun unsere Strategie aus?«

»Ganz einfach«, sagte Backus. »Wir finden diesen Kerl und verhaften ihn, bevor er weiteren Schaden anrichten kann.«

Backus lächelte, und alle außer Thorson taten es ihm nach.

»Aber um genau zu sein – ich finde, wir sollten hierbleiben und unsere Anstrengungen verdoppeln, bis sich etwas Neues ergibt. Und das Fax bleibt unter uns. Wir sind auf dem Sprung, falls sich irgendwo etwas tun sollte Wir hoffen auf eine weitere Nachricht vom Täter, und Brass arbeitet an dieser Mitteilung an sämtliche Field Offices. Ich werde ihr sagen, daß sie vor allem die Field Offices in der Pazifischen Zeitzone auf ihre Wichtigkeit hinweisen soll.«

Er ließ den Blick durchs Zimmer schweifen und nickte. Er war fertig.

30

Das Treffen mit den örtlichen Cops kam erst kurz vor elf zustande. Es war kurz und verbindlich und glich in etwa der Situation, bei der ein Freier den künftigen Brautvater um Zustimmung zu der Ehe bittet. Meistens spielt es dabei nicht die geringste Rolle, was der alte Herr sagt. Es geschieht sowieso. Mit sorgfältig gewählten, freundlichen Worten teilte Backus den Cops mit, daß das FBI jetzt das Sagen hatte. Sie wanden sich ein bißchen, und mit einigen Dingen waren sie nicht einverstanden, aber schließlich fielen sie auf die leeren Versprechungen herein, die Backus ihnen machte.
Während dieses Treffens vermied ich auch weiterhin jeden Blickkontakt mit Thorson. Auf der Fahrt vom Bundesgebäude zur Polizei von Phoenix hatte mir Rachel den Grund für die bei der Besprechung deutlich erkennbaren Spannungen zwischen ihr und Thorson erklärt. Am Abend zuvor war sie beim Verlassen meines Zimmers auf dem Korridor mit ihm zusammengestoßen. Ihr Aussehen hatte ihm alles verraten, was er wissen mußte. Ich stöhnte angesichts dieser Komplikation. Rachel schien sich jedoch keinerlei Sorgen zu machen und fand die Situation sogar amüsant.

Sobald das Treffen mit den Cops beendet war, teilte Backus seine Truppe auf.

Rachel und Thompson erhielten den Auftrag, sich den Orsulak-Tatort noch einmal genau anzuschauen. Ich sollte mit ihnen fahren. Mize und Matuzak sollten sich noch einmal eingehend mit Orsulaks Freunden beschäftigen, die von den hiesigen Cops bereits vernommen worden waren, und versuchen, die Schritte des Detectives an seinem letzten Lebenstag nachzuvollziehen. Thorson und Carter bekamen den Fall des kleinen Joaquin zugeteilt; auch sie sollten alles nachprüfen, was die örtliche Polizei bereits herausgefunden hatte. Grayson würde als Verbindungsmann zu den Cops von Phoenix fungieren, und Backus würde natürlich die Ermittlungen vom Field Office aus leiten und in ständigem Kontakt mit Quantico und den anderen Field Offices bleiben, für den Fall, daß sich irgendwo etwas tat.

Orsulak hatte in einem kleinen gelben Ranchhaus in South Phoenix gewohnt. Es war nicht gerade eine feine Gegend. Ich zählte in den Vorgärten ringsum drei Autowracks und zwei Flohmärkte, auf denen Hochbetrieb herrschte.

Rachel zerschnitt den Versiegelungsstreifen und öffnete dann mit dem Schlüssel, den sie von Grayson erhalten hatte, die Tür. Bevor sie sie aufstieß, drehte sie sich zu mir um.

»Wie Sie wissen, ist er erst nach dreieinhalb Tagen gefunden worden. Fühlen Sie sich dem gewachsen?«

»Natürlich.«

Aus irgendeinem Grund ärgerte es mich, daß sie mich das in Gegenwart von Thompson gefragt hatte. Er lächelte, als sei ich ein blutiger Anfänger. Auch das ärgerte mich.

Wir hatten schon drei Schritte ins Haus getan, bevor mir der Geruch entgegenschlug. Als Journalist hatte ich schon viele Tote gesehen, aber ich hatte noch nie das Vergnügen gehabt, ein versiegeltes Gebäude zu betreten, in dem ein Toter drei Tage unentdeckt gelegen hatte. Der Verwesungsgeruch war fast greifbar. Rachel ließ die Haustür offen, damit etwas frische Luft hereinkam.

»Wonach suchen Sie?« fragte ich, sobald ich halbwegs sicher war, daß ich meine Kehle unter Kontrolle hatte.

»Ich weiß nicht«, erwiderte Rachel. »Die Cops, seine Freunde, haben bereits alles gründlich durchsucht.«

Sie trat an den Eßtisch in dem Zimmer rechts von der Haustür, legte eine Akte darauf und begann, darin zu blättern. Sie gehörte zu dem Material, das die Polizei von Phoenix den Agenten übergeben hatte.

»Schauen Sie sich um«, sagte sie. »Die Cops scheinen ziemlich gründlich gewesen zu sein, aber vielleicht stoßen Sie ja doch auf etwas Neues. Aber fassen Sie bitte nichts an.«

»Okay.«

Ich ließ meinen Blick langsam schweifen. Er blieb zuerst an dem Sessel im Wohnzimmer hängen. Er war dunkelgrün, aber die Kopfstütze war vom Blut noch dunkler gefärbt. Es war über die Lehne bis hinunter auf den Sitz geflossen. Orsulaks Blut.

Auf dem Fußboden vor dem Sessel und an der Wand dahinter waren mit Kreidekreisen die beiden Stellen markiert, an denen Kugeln herausgeholt worden waren. Thompson kniete vor ihnen nieder und öffnete seinen Werkzeugkasten. Er begann, mit einem dünnen Stahlstab in den Löchern herumzustochern. Ich überließ ihn seiner Arbeit und begab mich auf Erkundungsgang.

Es gab zwei Schlafzimmer, das von Orsulak und ein weiteres, das einen staubigen und unbenutzten Eindruck machte. Auf der Kommode in seinem standen Fotos von zwei halbwüchsigen Jungen, aber ich vermutete, daß seine Kinder das andere Schlafzimmer nie benutzt hatten, nie zu Besuch gekommen waren. Ich ging langsam durch diese Zimmer und dann ins Bad, entdeckte aber nichts, von dem ich glaubte, daß es für die Ermittlungen wichtig sein könnte. Insgeheim hatte ich natürlich genau das gehofft.

Als ich ins Wohnzimmer zurückkehrte, waren Rachel und Thompson nicht mehr dort.

»Rachel?«

Keine Antwort.

Ich ging durchs Eßzimmer in die Küche, aber auch sie war leer. Ich lief durch die Waschküche, öffnete eine Tür und schaute in die dunkle Garage, konnte aber auch dort niemanden entdecken. Als ich in die Küche zurückgekehrt war, sah ich, daß die Tür offenstand, und schaute aus dem Fenster. Rachel wanderte mit gesenktem Kopf durch das Gestrüpp am Ende des Gartens, Thompson folgte ihr.

Die Wiese war auf einer Länge von ungefähr zwanzig Metern gemäht und wurde an beiden Seiten von einem gut zwei Meter hohen Plankenzaun begrenzt. Doch am hinteren Ende gab es keinen Zaun, und der Garten fiel zu einem trockenen Bachbett ab, in dem eine Menge Gestrüpp wuchs. Rachel und Thompson gingen auf einem Trampelpfad hindurch.

»Danke, daß Sie gewartet haben«, sagte ich, als ich sie eingeholt hatte. »Was tun Sie hier?«

»Was meinen Sie, Jack?« sagte Rachel. »Hat der Poet einfach in der Einfahrt geparkt, an die Tür geklopft und Orsulak abgeknallt, nachdem dieser ihn hereingebeten hatte?«

»Ich weiß es nicht. Ich bezweifle es.«

»Ich auch. Er wird ihn beobachtet haben. Vielleicht tagelang. Aber die Cops haben alle Nachbarn befragt, und niemand hat einen Wagen gesehen, der nicht hierher gehörte. Niemand hat etwas Ungewöhnliches gesehen.«

»Also glauben Sie, er sei von hier hinten gekommen?«
»Es ist eine Möglichkeit.«
Sie suchte den Boden ab. Nach irgend etwas: nach einem Fußabdruck im Schlamm, einem abgebrochenen Zweig. Ein paarmal blieb sie stehen, bückte sich und betrachtete neben dem Pfad liegenden Müll. Eine Zigarettenschachtel, eine leere Coladose. Sie rührte nichts davon an. Falls erforderlich, konnte es später eingesammelt werden.
Der Pfad führte am Pfeiler einer Hochspannungsleitung vorbei und dann zu dichtem Strauchwerk am hinteren Ende einer Wohnwagensiedlung. Wir erreichten einen etwas höher gelegenen Punkt und schauten auf den Platz hinunter. Er war alles andere als gepflegt, und viele der Wohnwagen besaßen grobgezimmerte Anbauten, Veranden oder Werkzeugschuppen. An einigen waren die Veranden mit Plastikfolie umkleidet und dienten als zusätzliche Schlaf- oder Wohnzimmer. Von den ungefähr dreißig Behausungen, die auf dem Platz zusammengepfercht waren, ging eine Aura beengter Armut aus.
»Wollen wir?« fragte Rachel, als würden wir uns zum Abendessen in ein Restaurant begeben.
»Ladies first«, sagte Thompson.
Etliche Bewohner des Platzes saßen auf den Eingangsstufen ihrer Wohnwagen oder lungerten auf davor stehenden alten Sofas herum. Sie waren überwiegend Latinos. Ein paar Schwarze. Vielleicht auch einige Indianer. Sie beobachteten uns ohne eine Spur von Interesse, wie wir aus dem Gestrüpp kamen, was bedeutete, daß sie uns als Cops erkannt hatten.
»Was tun wir hier?« fragte ich.
»Wir sehen uns nur um«, sagte Rachel. »Fragen können wir später stellen. Wenn wir es langsam und ruhig angehen lassen, wissen sie, daß wir nicht hier sind, um ihnen Ärger zu machen. Das könnte hilfreich sein.«
Sie musterte jeden Wohnwagen, an dem wir vorüberkamen, ganz genau. Mir wurde bewußt, daß ich sie zum ersten Mal in der Praxis arbeiten sah. Kein grüner Tisch mehr und kein Versuch, Fakten zu interpretieren. »Er hat Orsulak beobachtet«, sagte Rachel, mehr zu sich selbst. »Und sobald er wußte, wo er wohnt, begann er zu planen. Wie man hineinkommt und wieder heraus. Er mußte eine Fluchtroute haben und ein Fluchtauto, und es wäre eine Dummheit gewesen, wenn er es irgendwo in Orsulaks Straße geparkt hätte.«

Wir gelangten über den Hauptweg zum vorderen Ende des Platzes und der Einfahrt.

»Also hat er irgendwo hier in der Nähe geparkt und ist dann zu Fuß weitergegangen.«

Am ersten Wohnwagen neben der Einfahrt hing ein Schild mit der Aufschrift OFFICE. Auf einem größeren Schild oben auf dem Dach eines Wohnwagens stand SUNSHINE ACRES MOBILE HOME PARK.

Rachel trat auf die Straße. Sie war vierspurig. Wir befanden uns in einem Industriegebiet. Der Wohnwagensiedlung genau gegenüber standen mehrere Lagerhäuser. Ich beobachtete, wie Rachel sich umschaute, sich einen Eindruck von der Umgebung verschaffte. Ihr Blick fiel auf eine Straßenlaterne, die einen halben Block entfernt stand. Ich wußte, was sie dachte. Daß es hier nachts ziemlich dunkel war.

Rachel ging am Bordstein entlang, ließ den Blick über den Asphalt schweifen, hielt Ausschau nach irgend etwas, vielleicht nach einem Zigarettenstummel oder einem bißchen Glück. Thompson stand neben mir und kickte mit einem Fuß in die Erde. Ich konnte den Blick nicht von Rachel abwenden. Sie blieb stehen, schaute nach unten und biß sich auf die Unterlippe. Ich ging zu ihr.

Neben dem Bordstein glitzerte wie Diamanten ein Haufen Scherben von Sicherheitsglas. Sie tippte sie mit der Schuhspitze an.

Der Verwalter der Wohnwagensiedlung hatte bereits mindestens drei Gläser gekippt, als wir die Tür öffneten und sein Büro betraten. Es war offensichtlich, daß es dem Mann gleichzeitig als Zuhause diente. Er saß in einem mit grünem Cord bezogenen Liegesessel mit ausgezogener Fußstütze. Die Seiten waren zerkratzt, vermutlich von Katzenkrallen. Dennoch war der Sessel das beste Einrichtungsstück, das er besaß. Vom Fernseher abgesehen. Es war ein neu aussehender Panasonic mit eingebautem Videorecorder. Der Verwalter schaute sich eine Home-shopping-Show an, und es dauerte ziemlich lange, bis er die Augen vom Bildschirm löste und uns zuwandte. Das Gerät, das gerade angeboten wurde, schnitt und hackte Gemüse und war hinterher kinderleicht zu reinigen.

»Sind Sie der Verwalter?« fragte Rachel.

»Das liegt doch wohl auf der Hand, oder nicht, Officer?«

Schlaues Kerlchen, dachte ich. Er war ungefähr sechzig und trug eine grüne Drillichhose und ein ärmelloses weißes T-Shirt mit Brandlöchern auf der Brust, aus denen seine graue Behaarung hervorquoll. Der Mann war fast kahl und hatte ein rotes Trinkergesicht. Der einzige Weiße unter all den Leuten, die ich bisher auf dem Platz gesehen hatte.

»Es heißt Agent«, sagte sie und klappte ihren Ausweis auf.

»FBI? Wieso interessiert sich das G für einen kleinen Autoeinbruch? Ich lese nämlich ziemlich viel. Ich weiß, daß ihr euch selbst auch G nennt. Das gefällt mir.«

Rachel sah mich und Thompson an. Dann wandte sie sich wieder dem Mann zu. Ich verspürte ein Kribbeln.

»Woher wissen Sie von dem Autoeinbruch?« fragte Rachel.

»Ich habe Sie dort draußen gesehen. Ich habe doch Augen im Kopf! Sie haben sich das Glas angeschaut. Ich habe es zusammengefegt. Die Straßenreinigung kommt nur ungefähr einmal im Monat hier vorbei. Im Sommer, wenn es sehr staubig ist, etwas öfter.«

»Nein, ich meine, woher wissen Sie überhaupt, daß ein Wagen aufgebrochen worden ist?«

»Weil ich hier im Hinterzimmer schlafe. Ich habe gehört, wie die das Fenster aufgebrochen haben. Ich habe gesehen, wie die sich an dem Wagen zu schaffen gemacht haben.«

»Wann war das?«

»Lassen Sie mich überlegen. Das muß letzten Donnerstag gewesen sein. Ich habe mich gefragt, wann der Mann wohl den Einbruch melden würde. Aber ich hätte nicht gedacht, daß eine FBI-Agentin erscheint. Was ist mit den beiden – gehören die auch zum G?«

»Das spielt jetzt keine Rolle, Mr … wie heißen Sie, Sir?«

»Adkins.«

»Okay, Mr. Adkins, wissen Sie, wessen Wagen aufgebrochen worden ist?«

»Nein, den Fahrer kenne ich nicht. Ich habe nur das Glas splittern gehört und die Kids gesehen.«

»Was ist mit einem Nummernschild?«

»Nein.«

»Sie haben nicht die Polizei angerufen?«

»Ich habe kein Telefon. Ich hätte das von den Thebedoux auf drei benutzen können, aber es war mitten in der Nacht, und ich wußte, daß die Cops nicht angerannt kommen würden, nur weil ein Wagen aufgebrochen worden war. Nicht hierher. Dazu haben sie zuviel anderes zu tun.«

»Also haben Sie den Besitzer des Wagens nie gesehen, und er hat auch nicht an Ihre Tür geklopft, um zu erfahren, ob Sie den Einbruch vielleicht gehört oder jemanden beobachtet haben?«

»So ist es.«

»Was ist mit den Kids, die den Wagen aufgebrochen haben?« fragte Thompson. »Kennen Sie sie, Mr. Atkins?«

»Adkins. Mit D, nicht mit T, Mr. G.«

Adkins lachte.

»Mr. Adkins«, sagte Thompson, sich selbst korrigierend. »Nun, kennen Sie sie?«

»Nein, ich weiß nicht, wer sie waren.«

Sein Blick wanderte an uns vorbei zum Fernseher. Dort wurde gerade ein Handschuh mit kleinen Gummiborsten auf der Handfläche zum Striegeln von Haustieren angeboten.

»Ich weiß, wozu man den sonst noch benutzen kann«, sagte Adkins. Er machte eine anzügliche Handbewegung und grinste Thompson an. »Das ist es, wofür er eigentlich verkauft wird.«

Rachel ging zu dem Fernseher und schaltete ihn ab. Adkins protestierte nicht. Sie sah ihn an.

»Wir untersuchen den Mord an einem Polizeibeamten. Wir wollen, daß Sie uns genau zuhören. Wir haben Grund zu der Annahme, daß der Wagen, in den eingebrochen wurde, einem Verdächtigen gehört. Wir sind nicht daran interessiert, die Jungs, die den Wagen aufgebrochen haben, vor Gericht zu bringen, aber wir müssen mit ihnen reden. Sie haben eben gelogen, Mr. Adkins. Ich habe es Ihren Augen angesehen. Die Jungs wohnen hier auf diesem Platz.«

»Nein, ich ...«

»Lassen Sie mich ausreden. Doch, Sie haben uns angelogen. Aber wir wollen Ihnen noch eine Chance geben. Sie können uns jetzt die Wahrheit sagen. Wenn nicht, verschwinden wir und kommen mit viel mehr Agenten und Polizisten zurück, und dann nehmen wir uns diese Müllhalde, die Sie einen Wohnwagenpark nennen, einmal gründlich vor. Was glauben Sie – ob wir in diesen Blechbuchsen Diebesgut finden? Ob wir auf Leute stoßen, die per Haftbefehl gesucht werden? Illegale? Verstöße gegen die Sicherheitsvorschriften? Einer ist uns schon aufgefallen. Ich habe die Verlängerungsschnur gesehen, die in den Schuppen führt. Da drin wohnt jemand, stimmt's? Und ich wette, Sie und Ihr Arbeitgeber kassieren extra dafür. Oder vielleicht auch nur Sie. Was wird Ihr Arbeitgeber sagen, wenn er das erfährt? Und was ist mit Ihnen selbst, Mr. *Ad*kins? Wollen Sie, daß ich die Seriennummer dieses Fernsehers hier mal durch den Computer laufen lasse?«

»Der Fernseher gehört mir. Den habe ich mit sauberem Geld gekauft. Es waren die Tyrell-Brüder, okay? Sie haben den Wagen aufgebrochen. Und wenn die jetzt hierherkommen und mich zusammenschlagen, dann verklage ich Sie. Kapiert?«

Mr. Adkins wies uns zu einer vier Plätze vom Eingang entfernten Behausung. Inzwischen hatte sich unsere Anwesenheit herumgesprochen. Es saßen noch mehr Leute auf den Vortreppen und den Sofas. Als wir bei Nummer 4 anlangten, warteten die Tyrell-Brüder bereits auf uns.

Sie saßen auf einer alten Hollywoodschaukel unter einer Segeltuchmarkise, die von der Seitenwand eines Wohnwagens mit doppelter Breite ausging. Neben der Tür des Wohnwagens standen eine Waschmaschine und ein Wäschetrockner, zum Schutz vor dem Regen mit gleichfalls blauem Segeltuch abgedeckt. Die beiden Brüder waren Teenager, vielleicht ein Jahr auseinander, und Farbige. Rachel trat in den Schatten der Markise. Thompson plazierte sich ungefähr einen Meter links von ihr.

»Jungs«, begann Rachel, »Ist eure Mutter zuhause?«

»Nö, ist sie nicht, Officer«, sagte der ältere.

Er warf seinem Bruder einen trägen Blick zu. Dieser setzte die Schaukel mit einem Fuß in Bewegung.

»Wir wissen«, sagte Rachel, »daß ihr cool seid. Wir wollen uns nicht mit euch anlegen. Wollen euch auch keinen Ärger machen. Das haben wir Mr. Adkins versprochen, als wir ihn fragten, wo euer Wohnwagen steht.«

»Adkins, Scheißkerl«, sagte der jüngere.

»Wir sind wegen dem Wagen hier, der letzte Woche draußen auf der Straße gestanden hat.«

»Haben wir nicht gesehen.«

»Nee, den haben wir nicht gesehen.«

Rachel ging auf den älteren zu und brachte ihren Mund ganz dicht an sein Ohr.

»Nun komm schon«, sagte sie leise. »Das ist einer der Momente, von denen eure Mutter immer gesprochen hat. Denk nach. Benutz deinen Grips. Denk daran, was sie dir gesagt hat. Du willst doch weder sie noch euch in Schwierigkeiten bringen, stimmt's. Du willst, daß wir verschwinden und euch in Ruhe lassen. Und es gibt nur einen Weg, um das zu erreichen.«

Als Rachel das Dienstzimmer des Field Office betrat, trug sie den Plastikbeutel wie eine Trophäe. Sie stellte ihn auf Muzaks Schreibtisch, und eine Handvoll Agenten scharten sich um sie und betrachteten ihn. Auch Backus kam herein und sah ihn an, als sei es der Heilige Gral. Dann blickte er zu Rachel, und die Begeisterung war ihm an den Augen abzulesen.

»Grayson hat sich mit der Polizei in Verbindung gesetzt«, sagte er. »In der Gegend dort ist kein Autoeinbruch gemeldet worden. Nicht an jenem Tag, nicht in jener Woche. Man sollte doch annehmen, daß ein ehrlicher Bürger, dessen Wagen aufgebrochen worden ist, Anzeige erstattet.«

Rachel nickte.

»Das sollte man annehmen.«

Backus wandte sich an Matuzak, der den Beutel mit dem Beweisstück ergriff.

»Sie wissen, was Sie zu tun haben?«

»Ja.«

»Bringen Sie uns gute Nachrichten. Wir brauchen sie.«

Der Beutel enthielt ein Autoradio, gestohlen aus einem Ford Mustang, neueres Modell, weiß oder gelb, je nachdem, welcher der Tyrell-Brüder im Dunkeln besser sehen konnte.

Das war alles, was wir aus ihnen hatten herausholen können, aber wir hofften, daß es ausreichte. Rachel und Thompson hatten sie getrennt voneinander vernommen. Sie sagten, sie hätten den Mann, der den Mustang am Bordstein vor Sunshine Acres abgestellt hatte, nicht zu Gesicht bekommen und nur blitzschnell das Radio herausgeholt. Sie hatten nicht einmal einen Blick auf das Nummernschild geworfen und wußten nicht, ob der Wagen überhaupt in Arizona zugelassen war.

Während Rachel den Rest des Nachmittags mit Schreibarbeiten verbrachte und Informationen über den Wagen zusammenstellte, die an sämtliche Field Offices übermittelt werden sollten, gab Matuzak die Seriennummer des Autoradios in den Fahrzeug-Zentralcomputer in Washington, D. C., ein. Dann brachte er das Radio selbst zur Untersuchung ins Labor. Thompson hatte den Tyrell-Brüdern vorher die Fingerabdrücke abgenommen.

Im Labor fand man an dem Gerät keine brauchbaren Fingerabdrücke außer denen, die die Tyrells hinterlassen hatten. Aber die Seriennummer war ein Volltreffer. Sie führte zu einem 1994er blaßgelben Mustang, der auf die Hertz Corporation zugelassen war. Daraufhin fuhren Matuzak und Mize sofort zum Sky Harbor International, um die Spur des Wagens weiter zu verfolgen.

Die Agenten im Field Office waren bester Stimmung. Rachel hatte ihnen etwas geliefert. Es gab keinerlei Garantie, daß der Fahrer des Mustang der Poet gewesen war. Aber die Zeit, während der er vor dem Sunshine Acres gestanden hatte, entsprach genau der Zeitspanne, in der Orsulak ermordet worden war. Und dann war da schließlich noch die Tatsache, daß der Einbruch nicht angezeigt worden war. Das alles fügte sich zu einer möglichen Spur zusammen. Ein wichtiger Fortschritt. Wir schienen ein Stückchen näher an ihm dran, wir rückten weiter vor.

Den größten Teil des Nachmittages hielt ich mich abseits und schaute Rachel bei der Arbeit zu.

»Macht es Ihnen Spaß, mich zu beobachten?« fragte sie irgendwann.

»Sie leisten gute Arbeit. Es ist immer interessant, so jemanden zu beobachten.«

»Danke. Ich habe einfach Glück gehabt.«

»Ich habe das Gefühl, daß Sie ziemlich oft Glück haben.«

Am Ende des Tages las Backus eine Kopie der Meldung, die sie hinausgeschickt hatte. Seine Augen verengten sich zu zwei schwarzen Murmeln.

»Ich frage mich, ob er sich absichtlich für diesen Wagen entschieden hat«, sagte er. »Für einen blaßgelben Mustang.«

»Wie kommen Sie darauf?« fragte ich.

Rachel nickte. Sie wußte die Antwort.

»Die Bibel«, sagte Backus. »Und ich sah ein fahles Pferd, und der darauf saß, des Name hieß Tod.«

»Und die Hölle folgte ihm nach«, beendete Rachel das Zitat.

Am Sonntag abend liebten wir uns wieder, und sie schien sogar noch hingebungsvoller zu sein, noch stärker nach Intimität zu verlangen. Wenn sich einer von uns zurückhielt, dann war ich es. Obwohl ich mir in diesem Moment nichts auf der Welt mehr wünschte, als mich den Gefühlen hinzugeben, die ich für sie empfand, war ein leises Wispern im Hintergrund meines Bewußtseins doch laut genug, um ihre Motive in Frage zu stellen. Vielleicht war es die Folge meines eigenen, nicht sonderlich gefestigten Selbstbewußtseins, aber ich konnte nicht anders, ich mußte auf diese Stimme hören. Sie sagte mir, daß es ihr ebensosehr darum ging, ihrem Ex-Mann weh zu tun, wie mich und sich zu befriedigen. Die Stimme bewirkte, daß ich mir schuldig und unehrlich vorkam.

Als wir einander hinterher in den Armen hielten, flüsterte sie mir zu, daß sie diesmal bis zum Morgen bleiben würde.

31

Das Telefon riß mich aus einem gesunden Schlaf. Ich schaute mich verwirrt um. Mein Blick fiel auf Rachel.

»»Melde dich«, sagte sie gelassen. »Das ist dein Zimmer.«

Das Wachwerden schien ihr bei weitem nicht so schwer zu fallen wie mir. Einen Moment lang hatte ich sogar das Gefühl, daß sie bereits nicht mehr geschlafen, sondern mich betrachtet hatte, als das Telefon läutete. Ich hob den Hörer ab. Gleichzeitig sah ich, daß es der Uhr auf dem Nachttisch zufolge Viertel nach sieben war.

»Ja?«

»Geben Sie mir Walling an den Apparat.«

Ich erstarrte. Die Stimme kam mir irgendwie bekannt vor, aber ich konnte sie in meinem benommenen Kopf nicht unterbringen.

»Sie haben das falsche Zimmer. Sie ist in ...«

»Quatschen Sie nicht dumm herum, Sie Schreiberling. Ich will mit ihr sprechen.«

Ich deckte die Sprechmuschel mit der Hand ab und drehte mich zu Rachel um.

»Es ist Thorson. Er sagt, er weiß, daß du da bist – hier.«

»Gib mir den Hörer«, sagte sie wütend und riß ihn mir aus der Hand.

»Was willst du?«

Es folgte eine kurze Stille.

»Wo ist das hergekommen?«

Wieder Stille.

»Weshalb rufst du mich an?« fragte sie, erneut mit zorniger Stimme. »Erzähl es ihm doch selbst, wenn du willst, daß er es weiß. Es sagt ebensoviel über dich aus wie über mich. Er würde bestimmt gern wissen, daß du eine Art Spanner bist.«

Sie streckte mir den Hörer entgegen, und ich legte auf. Sie zog sich ein Kissen übers Gesicht und stöhnte. Ich zog es wieder herunter.

»Was ist passiert?«

»Ich habe eine schlechte Nachricht für dich, Jack.«

»Was?«

»In der Frühausgabe der *Los Angeles Times* steht ein Artikel über den Poeten. Tut mir leid. Ich soll sofort mit dir ins Field Office kommen, zu einem Treffen mit Bob.«

Ich schwieg für einen Moment, völlig verwirrt.

»Wie haben sie ...«

»Wir wissen es nicht. Genau darüber wollen wir reden.«

»Hat er gesagt, wieviel drinsteht?«

»Nein. Aber offenbar hat es gereicht.«

»Ich habe gewußt, daß ich diese Story gestern hätte schreiben sollen. Verdammt! Sobald klar war, daß dieser Kerl über euch Bescheid weiß, gab es keinen Grund mehr, nicht darüber zu schreiben.«

»Du hast eine Vereinbarung getroffen und dich daran gehalten. Das war in Ordnung, Jack. Lassen wir das Thema, bis wir bei Bob sind.«

»Ich muß meinen Chef anrufen.«

»Das kannst du später tun. Bob ist offenbar bereits dort und wartet auf uns. Vermutlich hat er überhaupt nicht geschlafen.«

Das Telefon läutete abermals. Sie riß den Hörer von der Gabel.

»Was ist?« fragte sie mit einer Stimme, in der die Verärgerung unüberhörbar war. Dann sagte sie mit sanfterer Stimme: »Einen Moment bitte.«

Sie lächelte ein wenig verzagt und reichte mir den Hörer. Dann küßte sie mich leicht auf die Wange und flüsterte, daß sie in ihr Zimmer ginge, um sich fertigzumachen. Ich hielt den Hörer ans Ohr.

»Hallo?«

»Hier ist Greg Glenn. Wer war das?«

»Das war eine FBI-Agentin. Wir hatten eine Besprechung. Ich vermute, Sie haben die *L. A. Times* gelesen.«

»Worauf Sie Gift nehmen können.«

Das flaue Gefühl in meiner Brust wurde stärker. Glenn fuhr fort: »Sie haben eine Story über den Killer in der Zeitung. *Unseren* Killer! Die nennen ihn den Poeten. Sie haben doch gesagt, wir hätten ein Exklusivrecht darauf und wären geschützt.«

»Das waren wir auch.«

Mehr brachte ich nicht heraus. Während Rachel in ihre Kleider schlüpfte, beobachtete sie mich mit mitfühlenden Augen.

»Sie kommen sofort hierher zurück und schreiben unsere Story für morgen. Alles, was Sie wissen. Und ich kann nur hoffen, daß Sie mehr wissen als die. Wir hätten das in unserem Blatt haben können, Jack, aber Sie hatten mich überzeugt. Und jetzt jagen wir unserer eigenen Story hinterher, verdammt noch mal!«

»All right!« sagte ich scharf, nur um ihn zum Schweigen zu bringen.

»Und ich hoffe, ich muß nicht feststellen, daß Sie nur deshalb so lange in Phoenix geblieben sind, weil Ihnen dort ein hübsches Mädchen über den Weg gelaufen ist.«

»Sie können mich mal, Greg. Haben Sie die Story nun vorliegen oder nicht?«

»Natürlich habe ich sie. Es ist eine tolle Geschichte. Aber sie steht in der falschen Zeitung.«

»Lesen Sie sie mir schnell vor. Nein, einen Moment. Ich muß gleich zu einem Treffen. Ich möchte, daß Sie jemanden in der Bibliothek …«

»Hören Sie mir überhaupt nicht zu, Jack? Sie gehen zu keinem Treffen. Sie steigen ins nächste Flugzeug und kommen zurück, damit Sie das für morgen schreiben können.«

Rachel warf mir eine Kußhand zu und verließ dann das Zimmer.

»Ich verstehe. Sie bekommen sie für morgen. Aber ich kann sie hier schreiben und dann durchgeben.«

»Nein. Das ist eine Story, die Teamwork braucht. Ich will, daß wir hier zusammen daran arbeiten.«

»Lassen Sie mich erst zu diesem Treffen gehen, danach rufe ich zurück.«

»Warum?«

»Es hat sich etwas Neues ergeben«, log ich. »Lassen Sie mich hingehen, danach rufe ich Sie an. Inzwischen soll jemand in der Bibliothek die *Times*-Story aus dem Netz holen und in meinen Computer eingeben. Ich rufe sie hier ab. Und jetzt muß ich Schluß machen.«

Ich legte auf, bevor er protestieren konnte. Ich zog mich schnell an und verließ das Zimmer. Meinen Laptop nahm ich mit. Ich war wie vor den Kopf geschlagen. Ich hatte keine Ahnung, wie das passiert sein konnte. Aber ein Verdacht drängte sich beharrlich in den Vordergrund.

Thorson.

Wir nahmen uns beide zwei Becher Kaffee von einem Stand im Foyer und machten uns dann auf den Weg zum Bundesgebäude. Rachel hatte wieder ihre sämtlichen Sachen bei sich. Ich hatte vergessen, meine zusammenzupacken.

Wir sprachen nicht, bis wir im Auto unsere ersten Becher geleert hatten. Ich glaubte zu wissen, daß uns völlig unterschiedliche Gedanken durch den Kopf gingen.

»Fliegst du nach Denver zurück?« fragte sie.

»Ich weiß es noch nicht.«

»War es schlimm?«

»Ziemlich. Ich glaube nicht, daß er sich noch einmal auf meine Versprechungen verlassen wird.«

»Ich verstehe einfach nicht, wie das passieren konnte. Sie hätten Bob Backus anrufen und um eine Stellungnahme bitten müssen.«

»Vielleicht haben sie es getan.«

»Nein, dann hätte er es dir gesagt. Er hätte sich an euren Deal gehalten. Er gehört zur zweiten Generation des FBI. Ich kenne keinen Mann, der sich so strikt an den Buchstaben des Gesetzes hält wie er.«

»Nun, ich hoffe nur, daß er sich jetzt an unseren Handel hält. Weil ich nämlich heute schreiben werde.«

»Was hat in der Story gestanden?«

»Ich weiß es noch nicht. Aber ich werde sie vermutlich haben, sobald ich meinen Computer an ein Telefon anschließen kann.«

Wir waren beim Gerichtsgebäude angekommen. Sie fuhr in die Garage für Bundesbedienstete.

Nur Backus und Thorson waren im Konferenzraum.

Das Treffen begann damit, daß Backus sein Bedauern darüber aussprach, daß die Story durchgesickert war, bevor ich sie hatte schreiben können. Sein Mitgefühl schien echt zu sein, und es tat mir leid, daß ich mit meiner Bemerkung Rachel gegenüber seine Integrität in Zweifel gezogen hatte.

»Kennen Sie sie schon? Ich kann sie auf meinen Laptop holen, wenn ich eine Telefonleitung benutzen darf.«

»Tun Sie das. Ich warte immer noch darauf, daß jemand vom Field Office in L. A. sie mir faxt. Ich weiß nur darüber Bescheid, weil Brass mir mitgeteilt hat, daß in Quantico bereits Anrufe von anderen Medien eingehen.«

Ich schloß meinen Laptop an, schaltete ihn ein und wählte die Nummer des *Rocky*-Systems. Ich hielt mich nicht damit auf, die für mich eingegangenen Botschaften zu lesen. Ich wandte mich sofort meinem persönlichen Material zu und stellte fest, daß zwei neue Dateien dazugekommen waren: POETCOPY und HYPSTORIES. Da fiel mir wieder ein, daß ich Laurie Prine um Artikel über Hypnose und Horace den Hypnotiseur gebeten hatte, aber damit würde ich mich später beschäftigen. Ich rief POETCOPY auf – und erstarrte.

»Verdammt!«

»Was ist?« fragte Rachel.

»Warren hat ihn geschrieben. Er hat wahrscheinlich bei der Law Enforcement Foundation gekündigt, eine Kehrtwendung gemacht und benutzt jetzt meine Story, um wieder bei der *Times* zu landen.«

»Journalisten«, sagte Thorson mit unverhohlener Freude. »Man kann ihnen nicht trauen.«

Ich ignorierte ihn, aber es fiel mir schwer. Ich war wütend über das, was passiert war. Wütend auf Warren und auf mich selbst. Ich hätte damit rechnen müssen.

»Lesen Sie vor, Jack«, sagte Backus.

Ich tat es.

FBI UND POLIZEI SUCHEN POLIZISTEN-SERIENKILLER
Der Gejagte bringt die Jäger um
Von Michael Warren
Spezialkorrespondent der Times

Das FBI hat eine Menschenjagd nach einem Serienmörder eingeleitet, der in einer Orgie des Tötens, die schon vor drei Jahren begonnen hat, nicht weniger als sieben Detectives von Mordkommissionen im ganzen Land umgebracht hat.

Der Täter – »Der Poet« genannt, weil er an jedem Tatort eine Botschaft hinterlassen hat, die aus Gedichten von Edgar Allan Poe stammt – hat dabei immer versucht, den Tod seiner Opfer als Selbstmord zu tarnen.

Drei Jahre lang wurden seine Opfer also für Selbstmörder gehalten, bis die Ähnlichkeiten der Verbrechen, darunter die Poe-Zitate, einem Informanten zufolge in der vorigen Woche entdeckt wurden.

Diese Entdeckung veranlaßte das FBI, schnell zu handeln, damit der Poet identifiziert und dingfest gemacht werden kann. Dutzende von FBI-Agenten und Polizisten in sieben Städten ermitteln unter der Leitung der Behavioral Sciences Services des FBI. Im Augenblick konzentrieren sich diese Ermittlungen auf Phoenix, wo, dem Informanten zufolge, das jüngste der dem Poeten zuschriebenen Opfer gefunden wurde.

Der Informant, der unter der Bedingung der Anomymität mit der Times *gesprochen hat, lehnte jede Aussage darüber ab, wie die Aktivitäten des Poeten entdeckt wurden, sagte aber, daß eine vom FBI und der Law Enforcement Foundation angestellte Untersuchung von Polizisten-Selbstmorden die Schlüsselinformation geliefert hat.*

Dann wurden die Namen der Opfer aufgeführt und einige Details zu jedem Fall. Es folgten noch ein paar Absätze über BSS, und dann endete der Artikel mit einer Schlußbemerkung des ungenannten Informanten, derzufolge das FBI nicht besonders viel in der Hand hatte.

Als ich mit dem Vorlesen fertig war, brannten meine Wangen vor Zorn. Dieser Verräter! Ich fand den Artikel ziemlich schwach, eine Menge Worte um einige wenige Fakten, und alle einem anonymen Informanten zugeschrieben. Warren erwähnte weder das Fax noch die Ködermorde. Ich wußte, daß ich immer noch den enthüllenden Artikel über den Poeten schreiben konnte. Aber das half mir kaum, meinen augenblicklichen Zorn hinunterzuschlucken. Denn ungeachtet der Mängel der Story lag auf der Hand, daß Warren mit jemandem vom FBI gesprochen haben mußte. Und ich konnte nicht anders – ich war überzeugt, daß diese Person jetzt mit mir am Konferenztisch saß.

»Wir hatten eine Abmachung«, sagte ich, vom Bildschirm aufschauend. »Aber jemand hat diesen Kerl informiert. Er wußte nur das, was ich hatte, und für den Rest hat er sich an jemanden vom FBI gewendet. Vermutlich jemanden aus dem Team. Vermutlich jemanden …«

»Das mag stimmen, Jack, aber …«

»Das hat er alles von Ihnen erfahren«, mischte sich Thorson ein. »Es ist einzig und allein Ihre Schuld!«

»Falsch«, sagte ich und sah dabei Thorson ebenso wütend an, wie er mich. »Von mir weiß er viel, aber zum Beispiel nicht die Bezeichnung Poet. Als ich bei Warren war, hatte der Täter diesen Namen überhaupt noch nicht erhalten. Das kam aus dem Team. Und damit ist unsere Abmachung geplatzt. Es hat jemand geredet, der nicht hätte reden dürfen. Die Story ist publik. Und ich werde das, was ich weiß, für die morgige Ausgabe schreiben.«

Im Zimmer breitete sich eine gewisse Betroffenheit aus.

»Jack«, sagte Backus, »ich weiß, daß Ihnen das jetzt nicht viel nützt, aber ich versichere Ihnen, daß ich, sobald ich Zeit dafür habe, herausfinden werde, wer dieser Informant war. Und diese Person wird bestimmt nicht mehr für mich und vielleicht nicht einmal mehr für das FBI arbeiten.«

»Sie haben recht. Das nützt mir nicht viel.«

»Ich möchte Sie trotzdem um einen Gefallen bitten.«

Ich sah Backus an und fragte mich, ob er wirklich so töricht war, daß er noch einmal versuchte, mich zurückzuhalten.

»Welchen?«

»Wenn Sie das schreiben ... Ich möchte, daß Sie bitte daran denken, daß wir diesen Mann noch nicht erwischt haben. Sie verfügen über Informationen, die unsere Chancen sehr vermindern könnten. Ich rede über spezifische Dinge. Details unseres Täterprofils. Details über die mögliche Hypnose, die Kondome. Wenn Sie das drucken, Jack, und es wird im Fernsehen wiederholt oder in einer Zeitung, die er liest, dann wird er sofort seine Strategie ändern. Verstehen Sie, worauf ich hinauswill? Es würde die Sache für uns wesentlich schwerer machen.«

Ich nickte, starrte ihn jedoch unerbittlich an.

»Ich lasse mir von Ihnen nicht sagen, was ich schreiben soll.«

»Das weiß ich. Ich bitte Sie lediglich, an Ihren Bruder zu denken, und an uns, und bei dem, was Sie schreiben, *vorsichtig* zu sein. Ich vertraue Ihnen, Jack. Voll und ganz.«

Ich dachte ein paar Sekunden lang darüber nach, dann nickte ich abermals.

»Bob, ich hatte eine Abmachung mit Ihnen und habe den kürzeren gezogen. Wenn Sie wollen, daß ich Sie auch weiterhin schütze, müssen wir eine neue Abmachung treffen. Es werden sich heute massenhaft Reporter auf Sie stürzen. Aber ich möchte, daß Sie sie alle an die Abteilung für Öffentliche Angelegenheiten in Quantico verweisen. Ich bin der einzige, der mit Ihnen redet und Sie zitiert. Außerdem möchte ich das Fax des Poeten exklusiv haben. Wenn Sie mir das versprechen, dann erwähne ich in meiner Story weder die Details des Profils noch die Hypnose.«

»Abgemacht«, sagte Backus.

Er sagte es so schnell, daß mir der Verdacht kam, daß er bereits genau gewußt hatte, was ich fordern würde.

»Aber da ist noch eine Sache«, sagte Backus. »Ich möchte, daß Sie einen Satz aus dem Fax weglassen. Wenn jemand die Morde gesteht, können wir den ausgelassenen Satz dazu benutzen, seine Glaubwürdigkeit zu überprüfen.«

»Kein Problem«, sagte ich.

»Ich werde hier sein. Ich werde der Zentrale sagen, daß Ihre Anrufe durchgestellt werden, aber sonst keine von der Presse.«

»Es werden eine Menge Anrufe kommen.«

»Ich hatte ohnehin vor, sie nicht persönlich zu beantworten.«

»Falls in der öffentlichen Pressemitteilung von der Entstehungsgeschichte des Falls die Rede ist, möchte ich nicht, daß mein Name genannt wird. Sie sollen nur sagen, Ermittlungen der *Rocky Mountains News* hätten die Sache ins Rollen gebracht.«

Backus nickte.

»Noch ein letzter Punkt«, sagte ich. »Er betrifft die undichte Stelle. Wenn ich hinterher feststellen muß, daß die *L. A. Times* oder irgendein anderes Medienunternehmen das Fax heute gleichfalls bekommen hat, dann packe ich alles, was ich weiß, in meinen Artikel. Das Profil, alles. Okay?«

»Verstanden.«

»Sie Ratte«, sagte Thorson wütend. »Sie bilden sich wohl ein, Sie könnten einfach hier hereinmarschieren und uns diktieren, was ...«

»Fuck you, Thorson«, sagte ich. »Das habe ich schon seit Quantico zu Ihnen sagen wollen. Fuck you, okay? Ich könnte wetten, daß Sie Warrens Informant waren, also kommen Sie jetzt nicht daher und behaupten, ich wäre eine ...«

»FUCK YOU!« brüllte Thorson und sprang auf, um sich auf mich zu stürzen.

Aber Backus war ebenso schnell auf den Beinen und legte ihm eine Hand auf die Schulter. Er drückte ihn sanft wieder auf seinen Stuhl hinunter. Rachel beoachtete die Szene mit einem dünnen Lächeln.

»Immer mit der Ruhe, Gordon«, sagte Backus besänftigend. »Hier wird niemand beschuldigt, irgend etwas getan zu haben. Laßt uns cool bleiben. Wir sind heute alle ein bißchen aufgeregt und beunruhigt, aber das ist kein Grund, die Nerven zu verlieren. Jack, das ist eine gefährliche Anschuldigung. Wenn Sie irgendwelche Beweise dafür haben, lassen Sie sie hören. Wenn nicht, sollten Sie derartige Dinge ungesagt lassen.«

Ich erwiderte nichts. Ich hatte nur meinen Instinkt.

»Das war überaus unterhaltsam, meine Herren, aber ich würde heute gern noch ein bißchen arbeiten«, sagte Rachel schließlich.

»Und ich muß gehen«, sagte ich. »Welchen Satz aus dem Fax soll ich mir sparen?«

»Das Rätsel«, erwiderte Backus. »Erwähnen Sie nicht die Best Pals.«

Ich überlegte für einen Moment. Es war einer der interessanten Sätze.

»Okay. Kein Problem.«

Ich stand auf, und Rachel gleichfalls.

»Ich fahre Sie ins Hotel zurück.«

»Ist es denn sehr schlimm, wenn einem auf diese Weise ein Knüller weggeschnappt wird?« fragte sie mich unterwegs.

»Ziemlich schlimm. Ich nehme an, bei euch ist es ähnlich, wenn euch jemand durch die Lappen geht. Ich hoffe, Backus wirft Thorson deswegen hinaus. Dieses Arschloch.«

»Es dürfte ihm schwerfallen, etwas zu beweisen. Bisher ist es nur ein Verdacht.«

»Wenn du Backus von uns erzählen und ihm sagen würdest, daß Thorson Bescheid weiß, würde er es glauben.«

»Das geht nicht. Wenn ich Backus von uns erzähle, bin *ich* diejenige, die hinausgeworfen wird.«

Nach kurzem Schweigen kam sie zum Thema zurück.

»Du hättest wesentlich mehr gehabt als er.«

»Wie bitte? Wer?«

»Ich rede von Warren. Du hättest die bessere Story gehabt.«

»Der erste erntet den Ruhm, das ist eine alte Zeitungsweisheit. Und es stimmt. Bei den meisten Stories wird demjenigen, der sie zuerst herausbringt, die Anerkennung gezollt, selbst dann, wenn dieser erste Bericht voller Löcher und Ungereimtheiten ist.«

»Geht es darum? Um Anerkennung? Darum, daß man der erste ist, selbst wenn die Fakten nicht stimmen?«

Ich sah sie an und versuchte zu lächeln.

»Ja, manchmal. Meistens. Ziemlich verrückter Job, was?«

Sie antwortete nicht. Wir fuhren eine Weile schweigend weiter. Ich wünschte mir, daß sie etwas über uns sagen würde oder darüber, wie es weiterging, aber sie tat es nicht. Wir waren jetzt nicht mehr weit vom Hotel entfernt.

»Was ist, wenn ich Glenn nicht dazu bringen kann, daß er mich die Story hier schreiben läßt, und ich nach Denver zurück muß? Was passiert dann mit uns?«

Sie ließ sich viel Zeit mit ihrer Antwort.

»Ich weiß es nicht, Jack. Was wünschst du dir denn?«

»Ich weiß nicht, was ich mir wünsche, aber auf keinen Fall, daß es einfach so endet. Ich dachte ...«

Ich wußte nicht, wie ich das, was ich ihr sagen wollte, formulieren sollte.

»Ich möchte auch nicht, daß es so endet.«

Sie bog in die Einfahrt des Hotels ab, sagte, sie müsse gleich zurückfahren. Ein Mann in einem roten Jackett mit Goldkordeln auf den Schultern öffnete mir die Wagentür. Ich hätte Rachel gern geküßt, aber etwas an der Situation, und die Tatsache, daß wir in einem Regierungswagen saßen, ließen das unangebracht und peinlich erscheinen.

»Wir sehen uns wieder, wenn ich es einrichten kann«, sagte ich. »Sobald ich es einrichten kann.«

»Schön«, sagte sie lächelnd. »Mach's gut, Jack. Viel Glück mit der Story. Ruf mich im Field Office an und laß mich wissen, ob du sie hier schreiben kannst. Vielleicht können wir sogar schon heute abend wieder zusammensein.«

Das war ein besserer Grund, in Phoenix zu bleiben, als alle, die mir bisher eingefallen waren.

Sie streckte die Hand aus und berührte meinen Bart, wie sie es schon einmal getan hatte. Und als ich bereits im Begriff war, auszusteigen, sagte sie, ich solle noch einen Moment warten. Sie holte eine Karte aus ihrer Handtasche und schrieb eine Nummer auf die Rückseite. Dann gab sie sie mir.

»Das ist die Nummer meines Piepsers, für den Fall, daß sich irgend etwas tut. Es geht über Satellit, du kannst mich also überall anpiepsen.«

»Auf der ganzen Welt?«

»Auf der ganzen Welt. Bis der Satellit abstürzt.«

32

Gladden betrachtete die Worte auf dem Monitor. Sie waren herrlich, wie von der unsichtbaren Hand Gottes geschrieben. So richtig. So wissend. Er las sie noch einmal.

****

Sie wissen jetzt über mich Bescheid, und ich bin bereit. Ich erwarte sie. Ich rechne damit, meinen Platz im Pantheon der Gesichter einzunehmen. Mir ist zumute wie einst als Kind, als ich darauf wartete, daß die Schranktür geöffnet wurde, damit ich ihn empfangen konnte. Der Lichtstreifen am unteren Rand. Mein Leitstrahl. Ich beobachtete das Licht und den Schatten, den jeder seiner Schritte warf. Dann wußte ich, daß er da war und daß mir seine Liebe gewiß war. Seinem Augapfel.

Wir sind das, was sie aus uns machen, und dennoch wenden sie sich von uns ab. Wir sind Ausgestoßene. Wir werden zu Nomaden in der Welt voll Pein. Die Zurückweisung ist meine Pein und meine Motivation. Ich trage die Rachsucht all der Kinder in mir. Ich bin das Eidolon. Ich werde der Räuber genannt, derjenige, nachdem man Ausschau halten muß. Ich bin der Cucoloris, das Verschwimmen von Hell und Dunkel. Meine Geschichte ist nicht eine der Entbehrungen und des Mißbrauchs. Die Berührung war mir willkommen. Ich kann es eingestehen. Könnt ihr es auch? Ich wollte die Berührung, sehnte mich nach ihr, hieß sie willkommen. Es war die Zurückweisung – als meine Knochen zu groß wurden –, die mich so tief getroffen hat und mir das Leben eines Wanderers aufzwang. Ich bin der Ausgestoßene. Und die Kinder müssen ewig jung bleiben.

****

Er schaute auf, als das Telefon läutete. Es stand auf dem Tresen in der Küche, und er starrte es an. Es war der erste Anruf, den er bekam.

Nach dreimaligem Läuten schaltete sich der Anrufbeantworter mit Darlenes Meldung ein. Gladden hatte sie auf ein Stück

Papier geschrieben und sie gezwungen, sie dreimal vorzulesen, bevor sie beim vierten Mal aufgezeichnet wurde. Dämliche Person, dachte er, als er jetzt zuhörte. Sie war keine große Schauspielerin – jedenfalls nicht angezogen.

»Hallo, hier ist Darlene. Ich … ich bin nicht zu Hause. Es ist ein Notfall eingetreten, und ich mußte verreisen. Nach meiner Rückkehr werde ich die Nachrichten – äh, die Nachrichten abhören und so bald wie möglich zurückrufen.«

Sie hörte sich nervös an, und Gladden befürchtete, daß der Anrufer an der Wiederholung des einen Wortes merken würde, daß sie den Text ablas. Nach dem Piepton vernahm er eine wütende Männerstimme.

»Darlene, verdammt noch mal! Ruf mich gefälligst an, sobald du zurück bist. Du hast mich ganz schön in die Klemme gebracht. Du hättest Bescheid sagen müssen! Wenn du zurückkommst, Mädchen, kann es durchaus sein, daß du keinen Job mehr hast.«

Gladden war überzeugt, daß es funktioniert hatte. Er stand auf und löschte die Nachricht. Ihr Boß, vermutete er. Aber Darlene würde nicht zurückrufen.

Er bemerkte den Gestank, als er an der Küchentür stand. Er holte die Streichhölzer, die neben seinen Zigaretten auf dem Couchtisch im Wohnzimmer lagen, und ging ins Schlafzimmer. Er betrachtete die Leiche für ein paar Sekunden. Das Gesicht war blaßgrün, aber dunkler als beim letzten Mal. Körpersäfte sickerten aus Mund und Nase – der Körper entledigte sich der Zersetzungsflüssigkeit. Das wußte er aus einem der Bücher, die er beim Aufseher in Raiford mit Erfolg beantragt hatte. *Forensische Pathologie.* Gladden wünschte sich, er hätte eine Kamera, damit er die Veränderungen an Darlene dokumentieren konnte.

Er zündete vier weitere Jasmin-Räucherstäbchen an und deponierte sie in Aschenbechern an allen vier Ecken des Bettes.

Nachdem er das Schlafzimmer verlassen und die Tür zugemacht hatte, legte er diesmal ein nasses Handtuch auf die Schwelle, in der Hoffnung, daß es verhinderte, daß sich der Gestank in die übrigen Zimmer ausbreitete. Er mußte immer noch zwei Tage warten.

33

Ich brachte Greg Glenn dazu, daß er mich die Story in Phoenix schreiben ließ. Den Rest des Vormittags saß ich in meinem Zimmer, telefonierte, sammelte Kommentare von den Beteiligten, von Wexler in Denver bis Bledsoe in Baltimore. Danach schrieb ich volle fünf Stunden, und der einzige, der mich störte, war Greg Glenn selbst, der nervös fragte, wie ich zurechtkäme. Um fünf Uhr, eine Stunde vor dem Redaktionsschluß, schickte ich zwei Artikel an die Lokalredaktion. Danach kribbelten meine Nerven, und ich hatte fast unerträgliche Kopfschmerzen. Ich hatte anderthalb Kannen Kaffee getrunken und eine Schachtel Marlboro geraucht – soviel wie seit Jahren nicht mehr in so kurzer Zeit. Während ich im Zimmer umherwanderte und auf Greg Glenns Rückruf wartete, rief ich abermals den Zimmerservice an und bestellte eine Packung Aspirin.

Sobald ich es hatte, spülte ich drei Tabletten mit Mineralwasser aus der Minibar hinunter. Danach fühlte ich mich sofort besser. Anschließend rief ich meine Mutter und Riley an und sagte ihnen, daß meine Story am nächsten Tag in der Zeitung stehen würde. Ich wies sie darauf hin, daß Reporter von anderen Medien vielleicht versuchen würden, mit ihnen zu reden. Beide sagten, sie dächten nicht daran, mit irgendwelchen Journalisten zu reden, und ich sagte, das wäre gut so, wobei mir die Ironie nicht entging, daß ich selbst einer war.

Schließlich fiel mir ein, daß ich vergessen hatte, Rachel Bescheid zu sagen, daß ich immer noch in Phoenix war. Ich rief das Field Office des FBI an, aber der Agent, der den Anruf entgegennahm, teilte mir mit, sie sei fort.

»Was meinen Sie mit ›fort‹? Ist sie noch in Phoenix?«

»Das darf ich Ihnen nicht sagen.«

»Könnte ich dann mit Agent Backus sprechen?«

»Der ist auch fort. Mit wem spreche ich bitte?«

Ich legte auf und rief die Rezeption an. Sie war ausgezogen. Backus ebenfalls. Und auch Thorson, Carter und Thompson.

»Scheiße«, sagte ich, nachdem ich aufgelegt hatte.

Es hatte sich etwas getan. Etwas anderes war nicht denkbar. Dafür, daß alle fort waren, konnte es nur diesen Grund geben. Mir wurde bewußt, daß meine Zeit als Insider offensichtlich vorüber war. Ich stand auf und wanderte abermals im Zimmer umher, fragte mich, wohin sie wohl so eilig verschwunden waren. Dann erinnerte ich mich an die Karte, die Rachel mir gegeben hatte. Ich holte sie aus der Tasche und tippte am Telefon die Piepser-Nummer ein.

Ich war überzeugt, daß zehn Minuten mehr als genug waren, um meine Nachricht zum Satelliten und dann wieder zu ihr herunter zu befördern, wo auch immer sie sich befand. Aber zehn Minuten vergingen, und das Telefon läutete nicht. Weitere zehn Minuten, dann eine halbe Stunde. Nicht einmal Greg Glenn rief an. Ich untersuchte sogar das Telefon, um mich zu vergewissern, daß es nicht plötzlich kaputt war.

Rastlos schaltete ich den Laptop an und klinkte mich bei der *Rocky* ein. Ich rief meine Nachrichten auf, aber es gab nichts von Bedeutung. Ich ging meine privaten Dateien durch und rief dann die mit dem Namen HYPSTORIES auf. Die Datei enthielt mehrere Artikel über Horace Gomble, in chronologischer Reihenfolge. Ich begann mit dem ältesten Artikel und las dann weiter, wobei mir wieder einfiel, was ich über den Hypnotiseur wußte.

Es war eine interessante Geschichte. Gomble hatte in den Sechzigern als Arzt und Rechercheur für die CIA gearbeitet und danach als Psychiater in Beverly Hills, wo er sich auf Hypnotherapie spezialisiert hatte. Er hatte sein Wissen und seine Fähigkeiten in der Kunst der Hypnose, wie er es nannte, in Form einer Nachtclub-Nummer zu Geld gemacht und war als Horace der Hypnotiseur aufgetreten. Anfangs war er nur abends in irgendwelchen Clubs von Los Angeles aufgetreten. Aber seine Nummer wurde ungeheuer populär, und es folgten wochenlange Engagements in Las Vegas. Bald arbeitete Gomble nicht mehr als Psychiater, sondern war nur noch Entertainer und trat auf den Bühnen der besten Etablissements auf dem Strip von Las Vegas auf. Mitte der siebziger Jahre stand sein Name zusammen mit dem von Sinatra auf dem Plakat von Caesar's, wenn auch in kleinerer Schrift. Er trat viermal in Carsons Show auf, und beim letzten Mal versetzte er seinen Gastgeber in Trance und holte seine wahre Meinung über die anderen Gäste des Abends aus ihm heraus. Wegen Carsons ätzenden Bemerkungen dachte das Publikum, es sei ein Gag. Aber es war keiner. Nachdem Carson die Aufzeichnung gesehen hatte, untersagte er die Ausstrahlung der Show und setzte Horace den Hypnotiseur auf seine schwarze Liste. Er tauchte nicht wieder im Fernsehen auf, bis er verhaftet worden war.

Seit Carsons Ächtung begann Gombles Stern zu sinken. Die Bühnen, auf denen er auftrat, wurden immer zweitklassiger. Bald arbeitete er in Comedy Clubs und Kabaretts, und am Ende reiste er von einem Jahrmarkt zum anderen. Seine Verhaftung in Orlando beim Orange County Fair war das Ausrufezeichen am Ende dieses Absturzes.

Den Prozeßberichten zufolge wurde Gomble vorgeworfen, junge Mädchen mißbraucht zu haben, die er sich bei Nachmittagsvorstellungen auf den Jahrmärkten als freiwillige Assistentinnen ausgesucht hatte. Die Anklage behauptete, er habe sich stets ein zehn bis zwölf Jahre altes Mädchen aus dem Publikum gewählt und dann zur Vorbereitung mit hinter die Bühne genommen. In seiner Garderobe gab er dem Opfer eine Cola, die Kodein und Natrium-Pentothal enthielt – beide Substanzen wurden bei seiner Verhaftung gefunden –, und erklärte ihm, er müsse vor Beginn der Vorstellung feststellen, ob es hypnotisierbar sei. Das Mädchen wurde in Trance versetzt, wobei die Drogen als Hypnoseverstärker wirkten, und dann von Gomble mißbraucht. Die Anklage erklärte, daß der Mißbrauch überwiegend in Fellatio und Masturbation bestanden habe. Akte, die sich durch eine Untersuchung kaum nachweisen ließen. Hinterher löschte Gomble durch hypnotische Suggestion die Erinnerung an das Vorgefallene aus dem Bewußtsein des Opfers.

Wie viele Mädchen insgesamt von Gomble mißbraucht worden waren, konnte nicht festgestellt werden. Sein verbrecherisches Tun wurde erst entdeckt, als ein Psychiater, der ein dreizehn Jahre altes Mädchen wegen Verhaltensstörungen behandelte, bei einer hypnotherapeutischen Sitzung herausbekam, daß Gomble sich an ihm vergriffen hatte. Polizeiliche Ermittlungen wurden eingeleitet, und Gomble wurde schließlich des Mißbrauchs von vier Mädchen angeklagt.

Beim Prozeß argumentierte die Verteidigung, daß die von den Opfern und der Polizei beschriebenen Vorfälle gar nicht stattgefunden hatten. Gomble präsentierte nicht weniger als sechs hochqualifizierte Experten für Hypnose, die aussagten, daß es völlig ausgeschlossen sei, daß ein Mensch in hypnotischer Trance gezwungen oder dazu überredet werden könne, etwas zu tun oder auch nur zu sagen, das ihn in Gefahr brächte oder ihm moralisch zuwider sei. Und Gombles Anwalt ließ keine Gelegenheit aus, die Geschworenen darauf hinzuweisen, daß es keinerlei körperliche Beweise für einen Mißbrauch gab.

Aber die Anklage gewann den Prozeß mit nur einem Zeugen. Es handelte sich um Gombles früheren Vorgesetzten bei der CIA, der aussagte, daß Gomble Anfang der sechziger Jahre damit beschäftigt gewesen sei, mit Hypnose zu experimentieren und Drogenkombinationen auszuprobieren, die die moralischen und Sicherheitshemmungen des Gehirns außer Kraft setzen konnten. Das Ziel war die Kontrolle über den menschlichen Geist. Der frühere CIA-Vorgesetzte sagte weiterhin aus, Kodein und Natrium-Pentothal hätten zu den Drogen gehört, mit denen Gomble bei seinen Untersuchungen positive Resultate erzielte.

Die Jury brauchte zwei Tage, um Gomble des vierfachen Kindesmißbrauchs für schuldig zu befinden. Er wurde zu fünfundachtzig Jahren Gefängnis verurteilt, abzubüßen im Union Correctional Institute in Raiford. Einem Artikel zufolge hatte er Revision eingelegt, mit der Begründung, er sei von einem unfähigen Anwalt vertreten worden, aber der Antrag wurde von allen Instanzen bis hin zum Obersten Gericht von Florida abgewiesen.

Als ich am Ende der Datei angelangt war, fiel mir auf, daß der letzte Artikel nur wenige Tage alt war. Das kam mir merkwürdig vor, weil die Verurteilung von Gomble sieben Jahre zurücklag. Außerdem stammte dieser Artikel aus der *L. A. Times* und nicht wie alle vorausgegangenen aus dem *Orlando Sentinel.*

Neugierig begann ich zu lesen, und zuerst dachte ich, Laurie Prine sei einfach ein Irrtum unterlaufen. Ich dachte, sie habe mir einen Artikel übermittelt, der nichts mit meinem Thema zu tun hatte und der vielleicht von jemand anderes in der *Rokky* angefordert worden war.

Es war ein Bericht über einen Mann, der verdächtigt wurde, ein Zimmermädchen in einem Motel in Hollywood ermordet zu haben. Ich war schon im Begriff, die Lektüre abzubrechen, doch dann stieß ich auf Horace Gombles Namen. In dem Artikel hieß es, der Mann, der im Verdacht stand, das Zimmermädchen ermordet zu haben, hätte zusammen mit Gomble in Raiford eingesessen und ihm sogar als »Knastanwalt« bei nicht näher beschriebenen juristischen Formalitäten geholfen. Ich las den Text noch einmal, weil mir ein Gedanke im Kopf herumging, der schließlich immer festere Gestalt annahm.

Nachdem ich den Laptop ausgeschaltet hatte, wählte ich abermals die Nummer von Rachels Piepser. Diesmal zitterten meine Finger, als ich die Zahlen eintippte, und danach konnte ich kaum stillsitzen. Ich starrte unentwegt das Telefon an. Schließlich läutete es, und ich riß sofort den Hörer hoch.

»Rachel, ich glaube, ich habe etwas!«

»Hoffentlich ist es keine Syphilis, Jack.«

Es war Greg Glenn.

»Ich dachte, es sei jemand anders. Hören Sie, ich erwarte einen Anruf. Es ist sehr wichtig!«

»Vergessen Sie's, Jack. Das hier geht vor. Sind Sie bereit?«

Ich sah auf die Uhr. Es war zehn Minuten nach dem ersten Redaktionsschluß.

»Okay, ich bin bereit. Je schneller, desto besser.«

»Zuerst einmal, gute Arbeit, Jack. Das ist … nun ja, es ist keine vollständige Entschädigung dafür, daß wir nicht die ersten waren, aber es ist wesentlich besser geschrieben und enthält wesentlich mehr Informationen.«

»Okay, also was ist noch daran zu tun?« fragte ich rasch.

Seine Mischung aus Vorwurf und Kompliment interessierte mich nicht. Ich wollte einfach fertig sein, wenn Rachel sich meldete. Da es in meinem Zimmer nur eine Telefonleitung gab, konnte ich meinen Laptop nicht mit der *Rocky* verbinden und die revidierte Version des Artikels lesen. Statt dessen holte ich mir die ursprüngliche Fassung auf den Bildschirm, und Glenn las seine Änderungen vor.

»Ich wollte den Aufmacher etwas kürzer und konzentrierter und zudem etwas mehr Gewicht auf das Fax legen, und das ist dabei herausgekommen. ›Die rätselhafte Botschaft des Serienkillers, der scheinbar wahllos Kinder, Frauen und Detectives von Mordkommissionen umbringt, wurde am Montag von FBI-Agenten analysiert. Sie ist der neueste Hinweis bei den Ermittlungen über den Mörder, den sie den *Poeten* nennen.‹ Wie finden Sie das?«

»Gut.«

Er hatte das Wort »studiert« durch »analysiert« ersetzt. Es lohnte das Protestieren nicht. Wir verbrachten die nächsten zehn Minuten damit, die Hauptstory durchzugehen und hier und da kleine Änderungen vorzunehmen. Der zweite Artikel war ein kurzer, in Ich-Form geschriebener Bericht darüber, wie mein Versuch, den Selbstmord meines Bruders zu begreifen, zur Entdeckung der Spur des Poeten geführt hatte. Glenn hatte nichts daran auszusetzen. Als wir fertig waren, forderte er mich auf, am Apparat zu bleiben, während er die Artikel in die Redaktion übermittelte.

»Vielleicht sollten wir die Leitung offenhalten, für den Fall, daß sie noch auf etwas stoßen«, sagte Glenn.

»Wer macht die Schlußredaktion?«

»Brown hat den Hauptartikel und Bayer den anderen. Das Korrekturlesen werde ich selbst übernehmen.«

Ich war in guten Händen. Brown und Bayer waren zwei der besten Schlußredakteure.

»Und was planen Sie für morgen?« fragte Glenn, während wir warteten. »Ich weiß, es ist noch reichlich früh, aber wir müssen auch über die Wochenend-Ausgabe sprechen.«

»Darüber habe ich noch nicht nachgedacht.«

»Sie müssen einen Folgeartikel schreiben, Jack. Irgend etwas. Wir können nicht mit dieser Geschichte groß rauskommen und dann am nächsten Tag mit leeren Händen dastehen. Das Thema muß weiter verfolgt werden. Und zwar an diesem Wochenende. Ich hätte gern eine atmosphärische Sache. Sie wissen schon, mit dem FBI auf der Jagd nach einem Serienmörder, vielleicht etwas über die Persönlichkeiten der Leute, mit denen Sie es zu tun haben. Außerdem brauchen wir Fotos.«

»Ich weiß, ich weiß«, sagte ich. »Ich habe einfach noch nicht darüber nachgedacht.«

Ich wollte ihm nichts von meiner jüngsten Entdeckung und der neuen Theorie erzählen, die mir im Kopf herumging. Es war gefährlich, einem Redakteur derartige Informationen an die Hand zu geben. Ehe man sich's versah, würde es bei der täglichen Nachrichtenkonferenz heißen, daß ich Material hätte, welches eine Verbindung zwischen Horace dem Hypnotiseur und dem Poeten knüpfte. Ich beschloß, Glenn erst davon zu erzählen, nachdem ich mit Rachel gesprochen hatte.

»Was ist mit dem FBI? Läßt man Sie dort weiter mitmischen?«

»Gute Frage«, sagte ich. »Ich bezweifle es. Heute morgen hat man mich gewissermaßen verabschiedet. Im Augenblick weiß ich nicht einmal, wo sie sind. Ich glaube, sie haben die Stadt verlassen. Irgend etwas scheint sich zu tun.«

»Mist, Jack. Ich dachte, Sie wären…«

»Immer mit der Ruhe, Greg. Ich werde herausfinden, wohin sie verschwunden sind. Und wenn mir das gelungen ist, habe ich immer noch ein paar Hebel, die ich ansetzen kann. Und es gibt auch ein paar Dinge, die ich noch nicht in meinen heutigen Stories untergebracht habe. Morgen habe ich bestimmt wieder etwas für Sie, ich weiß nur noch nicht, was. Danach schreibe ich den atmosphärischen Bericht. Aber rechnen Sie nicht mit Fotos. Diese Leute lassen sich höchst ungern fotografieren.«

Ein paar Minuten später bekam Glenn grünes Licht von der Schlußredaktion, und die Artikel wurden in die Setzerei übermittelt. Glenn sagte, er würde persönlich dafür sorgen, daß nichts schiefging. Ich wäre für heute fertig. Er sagte, ich solle mir ein gutes Abendessen auf Kosten der Firma gönnen und ihn am nächsten Morgen anrufen. Ich antwortete, das würde ich gerne tun.

Während ich noch daran dachte, Rachel zum dritten Mal anzupiepsen, läutete das Telefon.

»Hi, Sportsfreund.«

Der in der Stimme mitschwingende Sarkasmus war mir vertraut.

»Thorson.«

»Sie haben's erfaßt.«

»Was wollen Sie?«

»Ihnen nur sagen, daß Agent Walling vollauf beschäftigt ist und Sie in nächster Zeit nicht anrufen wird. Also tun Sie uns und sich selbst einen Gefallen und hören Sie auf, dauernd die Piepser-Nummer anzurufen. Das wird allmählich lästig.«

»Wo ist sie?«

»Das geht Sie nichts an. Sie haben Ihr Pulver verschossen. Sie haben Ihre Story geschrieben. Das war's.«

»Sie sind in L. A.«

»Botschaft ausgerichtet, Gespräch beendet.«

»Warten Sie! Hören Sie, Thorson, ich glaube, ich bin auf etwas gestoßen. Lassen Sie mich darüber mit Backus sprechen.«

»Nein, Sir, Sie sprechen mit niemandem mehr. Sie sind draußen, McEvoy. Vergessen Sie das nicht. Für alle Medien-Anfragen zu dieser Ermittlung ist jetzt die Abteilung für Öffentlichkeitsarbeit in der Zentrale in Washington zuständig.«

Unsägliche Wut stieg in mir auf. Trotzdem schaffte ich es, einen Pfeil auf ihn abzuschießen.

»Betrifft das auch Michael Warrens Fragen? Oder hat er einen direkten Draht zu Ihnen, Thorson?«

»Sie sind auf dem Holzweg, Sie Scheißer. Von mir hat niemand etwas erfahren. Leute wie Sie machen mich krank.«

»Selber Scheißer.«

»Hören Sie, ihr habt überhaupt keinen Respekt vor ...«

»Sparen Sie sich den Quatsch. Lassen Sie mich mit Rachel oder Backus reden. Ich habe etwas herausgefunden, das sie wissen sollten.«

»Wenn Sie etwas haben, dann sagen Sie es mir. Die beiden sind beschäftigt.«

Es widerstrebte mir heftig, ihm überhaupt etwas zu sagen, aber ich schluckte meine Wut hinunter und tat das Notwendige.

»Ich habe einen Namen. Es könnte unser Mann sein. William Gladden. Es handelt sich um einen Pädosexuellen aus Florida, aber jetzt ist er in L. A. Zumindest war er kürzlich dort. Er ...«

»Ich weiß, wer er ist und was er ist.«

»Sie kennen ihn?«

»Ein alter Bekannter.«

Dann fiel es mir ein. Die Interviews in den Gefängnissen.

»Das Vergewaltigungs-Projekt? Rachel hat mir davon erzählt. Er war einer der Befragten?«

»Ja. Also vergessen Sie ihn, er ist nicht unser Mann. Haben Sie etwa geglaubt, Sie seien der Held, der den Fall löst?«

»Woher wissen Sie, daß er nicht der Richtige ist? Er paßt ins Bild, und es besteht die Möglichkeit, daß ihm Horace Gomble beigebracht hat, wie man Leute hypnotisiert. Wenn Sie über Gladden Bescheid wissen, dann kennen Sie auch Gomble. Es paßt alles zusammen. Gladden wird in L. A. gesucht. Er hat ein Zimmermädchen in Stücke geschnitten. Begreifen Sie das nicht? Das Zimmermädchen könnte der Ködermord sein. Der zuständige Detective – sein Name ist Ed Thomas – könnte das nächste Opfer sein, von dem er in seinem Fax gesprochen hat. Lassen Sie mich …«

»Sie irren sich«, unterbrach mich Thorson mit lauter Stimme. »Wir haben diesen Kerl bereits überprüft. Sie sind nicht der erste, der uns damit kommt, McEvoy. Wir haben Gladden überprüft, und er ist nicht der Täter, okay? Wir sind schließlich nicht dämlich. Und jetzt lassen Sie die Finger davon und sehen zu, daß Sie nach Denver zurückkommen. Wenn wir den Kerl geschnappt haben, werden Sie es erfahren.«

»Was soll das heißen, Sie haben Gladden überprüft?«

»Das geht Sie nichts an. Wir haben alle Hände voll zu tun, und Sie sind nicht mehr dabei. Sie sind draußen, und Sie bleiben draußen. Und wählen Sie nicht mehr die Piepser-Nummer. Wie ich bereits sagte – es wird allmählich lästig.«

Er legte auf, bevor ich ein weiteres Wort sagen konnte. Ich knallte den Hörer auf die Gabel. Ich war versucht, Rachel sofort abermals anzupiepsen, überlegte es mir dann aber anders. Ich fragte mich, was sie gerade tat und was sie veranlaßt haben könnte, Thorson bei mir anrufen zu lassen, anstatt es selbst zu tun. In meinem Kopf breiteten sich niederschmetternde Gedanken aus. Hatte sie lediglich bei mir den Babysitter gespielt? Mich beobachtet, während ich sie beobachtete? War bei ihr alles nur Show gewesen?

Ich schob diese Gedanken beiseite. Die Antworten darauf würde ich erst bekommen, wenn ich mit ihr redete. Ich mußte mich davor hüten, die Eindrücke, die ich aus Thorsons Bemerkungen gewonnen hatte, für sie sprechen zu lassen. Statt dessen begann ich zu analysieren, was Thorson mir erzählt hatte. Er hatte gesagt, Rachel könnte mich nicht anrufen. Sie sei zu beschäftigt. Was konnte das bedeuten? Hatten sie einen Verdächtigen festgenommen, und sie, als leitende Ermittlerin, führte das Verhör? Wurde der Verdächtige überwacht?

Es war mir unmöglich, alle Nuancen der Information auszuloten. Ich hörte auf, nach einem tieferen Sinn zu suchen, und dachte über Thorsons Reaktion auf meine Erwähnung von William Gladden nach. Der Name hatte bei ihm keinerlei Überraschung ausgelöst. Doch als ich mir das Gespräch noch einmal durch den Kopf gehen ließ, begriff ich, daß Thorson auf jeden Fall so reagiert hätte, ganz gleich, ob ich in bezug auf Gladden recht hatte oder nicht.

Der nächste Gedanke, auf den ich mich konzentrierte, war die Möglichkeit, daß ich in bezug auf Gladden die richtigen Schlüsse gezogen hatte und daß das FBI vielleicht einen Fehler machte, indem es ihn als Verdächtigen ausschied. Wenn das der Fall war, schwebte der Detective in Los Angeles in Gefahr und wußte es nicht einmal.

Es kostete mich zwei Anrufe bei der Polizei von Los Angeles, bis ich die Nummer von Detective Thomas bei der Hollywood Division erfahren hatte. Aber unter seiner Nummer meldete sich niemand, und der Anruf wurde auf das Bereitschaftszimmer umgeleitet. Der diensthabende Polizist teilte mir mit, daß Thomas nicht zu erreichen sei. Er nannte keinen Grund und sagte auch nicht, wann ich ihn erreichen konnte. Ich beschloß, keine Nachricht für ihn zu hinterlassen.

Nachdem ich den Hörer aufgelegt hatte, wanderte ich wieder einmal ein paar Minuten im Zimmer herum und dachte darüber nach, was ich als nächstes tun sollte. Wie ich die Sache auch betrachtete, immer wieder gelangte ich zu dem gleichen Schluß. Es gab nur eine Möglichkeit – ich mußte nach Los Angeles fliegen. Detective Thomas aufsuchen. Ich hatte nichts zu verlieren. Meine Artikel waren in Druck, und das FBI hatte mich entlassen. Ich tätigte einige Anrufe und buchte den nächsten Southwest-Flug von Phoenix nach Burbank, weil mir gesagt wurde, daß es von Burbank aus nach Hollywood nicht weiter sei als vom L. A. International.

An der Rezeption arbeitete der Mann, bei dem wir uns am Samstag angemeldet hatten.

»Ah, jetzt reisen Sie also auch ab.«

Ich begriff, daß er von den FBI-Leuten sprach, und nickte.

»Ja«, sagte ich. »Aber die anderen haben einen Vorsprung.«

Er lächelte.

»Ich habe Sie neulich im Fernsehen gesehen.«

Anfangs war ich verblüfft, doch dann wurde mir klar, was er meinte. Die Szene bei dem Bestattungsinstitut. Ich in einem FBI-Hemd. Jetzt begriff ich, daß der Mann mich für einen FBI-Agenten hielt. Ich machte mir nicht die Mühe, ihn zu korrigieren.

»Der Boß war nicht gerade glücklich darüber«, sagte ich.

»Damit müßt ihr nun einmal rechnen, wenn ihr plötzlich in einer Stadt aufkreuzt. Ich hoffe, Sie erwischen den Kerl.«

»Ja, das hoffen wir auch.«

Er machte sich daran, meine Rechnung auszudrucken. Er fragte, ob noch etwas dazukäme, und ich gab den Zimmerservice an und die Dinge, die ich aus der Minibar entnommen hatte.

»Außerdem«, sagte ich, »müssen Sie mir einen Kopfkissenbezug in Rechnung stellen. Ich mußte mir hier ein paar Sachen kaufen, und ich hatte keinen Koffer dabei, und ...«

Meine mißliche Lage brachte ihn zum Kichern. Da er aber keine Ahnung hatte, was er mir für den Bezug berechnen sollte, sagte er schließlich, ich solle ihn als Geschenk des Hauses betrachten.

»Mir ist klar, daß es bei euch oft ganz eilig zugeht«, sagte er. »Die anderen hatten nicht einmal Zeit, sich richtig abzumelden. Sind einfach aus der Stadt herausgefegt.«

»Nun«, sagte ich lächelnd, »ich hoffe, sie haben wenigstens bezahlt.«

»Ja, natürlich. Agent Backus rief vom Flughafen aus an und sagte, ich solle seine Kreditkarte mit allem belasten und ihm die Quittung zuschicken. Das ist kein Problem. Wir tun alles, um unsere Gäste zufriedenzustellen.«

Ich sah ihn an und gelangte zu einem Entschluß.

»Ich treffe heute abend mit den anderen zusammen«, sagte ich schließlich. »Möchten Sie, daß ich die Quittungen mitnehme?«

Er schaute von dem vor ihm liegenden Papierkram auf. Sein Zögern war unübersehbar.

»Also«, sagte er jedoch nach einer Weile, »eigentlich spricht nichts dagegen. Ich habe das Zeug schon in einen Umschlag gesteckt. Und Sie sind vermutlich ebenso vertrauenswürdig wie der Postbote.«

Er lächelte, und jetzt erwiderte ich sein Lächeln.

Er verschwand in einem Büro im Hintergrund und kehrte bald darauf mit einem großen Umschlag zurück, den er mir zusammen mit meiner eigenen Hotelrechnung aushändigte.

»Danke«, sagte ich. »Sie werden es zu schätzen wissen.«

»Kein Problem«, sagte der Mann. »Danke, daß Sie bei uns abgestiegen sind, Agent McEvoy.«

Ich nickte und schob den Umschlag wie ein Dieb in meine Computertasche. Dann eilte ich zum Ausgang.

34

Ich kam erst dazu, den Umschlag zu öffnen, als das Flugzeug schon fast eine Höhe von dreißigtausend Fuß erreicht hatte. Es steckten etliche mehrseitige Rechnungen darin. Auf einer Seite waren die für das Zimmer jedes Agenten angefallenen Nebenkosten aufgeführt. Das war genau das, worauf ich gehofft hatte.

Ich zog sofort die Rechnung heraus, auf der Thorsons Name stand, und begann, mir die Telefonrechnung genau anzusehen. Es waren keine Gespräche unter der Vorwahl 301 aufgeführt – Maryland, wo Warren wohnte. Aber es hatte ein Gespräch unter der Vorwahl 213, Los Angeles, gegeben. Ich wußte, daß es durchaus im Bereich des Möglichen lag, daß Warren nach L. A. geflogen war, um seinen früheren Redakteuren die Story anzubieten. Dann hätte er sie gleich dort schreiben können. Der Anruf war am Sonntag um 0.41 Uhr erfolgt, nur ungefähr eine Stunde nach Thorsons Ankunft in dem Hotel in Phoenix.

Nachdem ich mit Hilfe meiner VisaCard das Telefon aus der Rückenlehne vor mir herausgeklappt hatte, schob ich die Kreditkarte ein und wählte die auf der Hotelrechnung aufgeführte Nummer. Der Anruf wurde sofort von einer Frau entgegengenommen. Sie sagte: »New Otani Hotel, kann ich Ihnen helfen?«

Ich war eine Sekunde lang völlig verwirrt, faßte mich aber, bevor sie auflegen konnte, und bat sie, mich mit dem Zimmer von Michael Warren zu verbinden. Sie tat es, aber es meldete sich niemand. Als nächstes rief ich die Auskunft an und bat um die Nummer der *Los Angeles Times*. Dort verlangte ich den Redaktionssaal und dann Warren. Ich wurde verbunden.

»Warren«, sagte ich.

Es war eine Feststellung, eine Tatsache. Eine Verurteilung. Von Thorson ebenso wie von Warren.

»Ja, bitte?«

Er wußte nicht, mit wem er sprach.

»Ich wollte nur sagen, daß Sie ein Mistkerl sind, Warren. Und Sie wissen lassen, daß ich eines Tages über dies alles ein Buch schreiben werde. Darin wird auch stehen, was Sie getan haben.«

Ich verspürte das Bedürfnis, ihm zu drohen, und hatte doch eigentlich nichts, womit ich ihm drohen konnte. Nur Worte.

»McEvoy? Sind Sie das, McEvoy?« Er lachte höhnisch auf. »In welchem Buch? Mein Agent ist bereits mit einem Exposé unterwegs. Was haben Sie denn zu bieten? Hä? Was haben Sie zu bieten? Haben Sie überhaupt einen Agenten, Jack?«

Er wartete auf eine Antwort, aber ich empfand nur Wut. Ich schwieg.

»Nun, das habe ich mir gedacht«, sagte Warren. »Hören Sie, Jack, Sie sind ein netter Kerl, und es tut mir leid, wie die Dinge gelaufen sind. Wirklich. Aber ich konnte meinen Job einfach nicht mehr ausstehen. Das war meine Fahrkarte in ein anderes Leben, und ich habe sie gelöst.«

»Sie verdammtes Arschloch! Es war meine Story.«

Ich war laut geworden. Obwohl ich eine ganze Reihe für mich allein hatte, warf mir ein Mann auf der anderen Seite des Ganges einen wütenden Blick zu. Er saß neben einer älteren Frau, die vermutlich seine Mutter war und solche Ausdrücke noch nie gehört hatte. Ich wandte mich ab und schaute aus dem Fenster. Draußen war alles schwarz. Ich legte meine Hand auf das andere Ohr, damit ich Warrens Antwort trotz des stetigen Dröhnens der Triebwerke hören konnte. Seine Stimme war leise und gelassen.

»Die Story gehört dem, der sie schreibt, Jack. Das sollten Sie eigentlich wissen. Sie wollen es mir heimzahlen – mir soll's recht sein. Dann schreiben Sie die verdammte Story richtig, anstatt mich anzurufen und mir die Ohren vollzujammern. Versetzen Sie mir einen Tritt in den Hintern. Versuchen Sie es. Wir sehen uns auf der Titelseite wieder.«

Alles, was er gesagt hatte, war absolut richtig, und ich wußte es in dem Augenblick, als er es sagte. Ich ärgerte mich, daß ich überhaupt angerufen hatte, und war auf mich genau so wütend wie auf Warren und Thorson. Aber ich konnte den Mund nicht halten.

»Rechnen Sie nicht damit, in Zukunft noch irgendetwas von Ihrem Informanten zu bekommen«, sagte ich. »Ich werde Thorson ausschalten. Ich habe ihn bei den Eiern. Ich weiß, daß er

Sie am frühen Sonntag morgen in Ihrem Hotel angerufen hat. Ich habe ihn.«

»Ich weiß nicht, wovon Sie reden, und ich spreche nicht über meine Informanten. Mit niemandem.«

»Das brauchen Sie auch nicht. Ich habe ihn in der Tasche. Wenn Sie ihn irgendwann einmal wieder anrufen wollen, versuchen Sie es bei der Abteilung Bankraub in Salt Lake City. Dort wird er dann sein.«

Die Verwendung von Rachels Anspielung auf einen abgelegenen Außenposten trug nicht dazu bei, meine Wut zu dämpfen. Meine Kiefer waren immer noch verkrampft.

»Gute Nacht, Jack«, sagte er schließlich. »Sehen Sie zu, daß Sie darüber hinwegkommen. Ich wünsche Ihnen alles Gute. Mehr kann ich nicht sagen.«

»Einen Moment, Warren. Beantworten Sie mir noch eine Frage.« In meiner Stimme lag ein flehendes Winseln, das mir zuwider war. Als er nicht reagierte, redete ich weiter.

»Die Seite aus meinem Notizbuch, die Sie in der Registratur in der Foundation zurückgelassen haben – war das Absicht? Wollten Sie mich von Anfang an aufs Kreuz legen?«

»Das sind zwei Fragen«, sagte er, und ich konnte das Lächeln in seiner Stimme hören. »Ich muß jetzt Schluß machen.«

Er legte auf.

Zehn Minuten später, als das Flugzeug seine endgültige Reisehöhe erreicht hatte, kam auch ich allmählich wieder ins Gleichgewicht. Weitgehend mit Hilfe einer starken Bloody Mary. Auch die Tatsache, daß ich meine Anschuldigung gegen Thorson jetzt beweisen konnte, trug zu meiner Besänftigung bei. Im Grunde konnte ich Warren keinen Vorwurf machen. Er hatte mich benutzt, aber das ist nun einmal die Arbeitsweise von Journalisten. Wer wußte das besser als ich?

Aber Thorson konnte ich einen Vorwurf machen, und genau das würde ich tun. Ich wußte nicht, wie oder wann ich die Gelegenheit haben würde, aber ich würde dafür sorgen, daß Bob Backus Thorsons Hotelrechnung zu sehen bekam und erfuhr, was es mit dem Anruf auf sich hatte. Ich wollte sehen, wie Thorson unterging.

Nachdem ich mein Glas geleert hatte, wandte ich mich wieder den Rechnungen zu, die ich in die Sitztasche gestopft hatte. Mit müßiger Neugierde schaute ich mir an, welche Anrufe Thorson sonst noch getätigt hatte.

Während seines zweitägigen Aufenthalts in Phoenix hatte er nur drei Ferngespräche geführt, alle im Verlauf einer halben Stunde: den bei Warren am Sonntag um 0.41 Uhr, ein Anruf vier Minuten vorher bei einer Nummer mit der Vorwahl 703, und einen Anruf um 0.56 Uhr bei einer mit der Vorwahl 904. Ich vermutete, daß es sich bei der 703er-Nummer um das FBI-Center in Virginia handelte, und da ich sonst nichts zu tun hatte, probierte ich es aus. Ich bekam sofort Antwort.

»FBI, Quantico.«

Ich legte auf. Bingo. Als nächstes rief ich die dritte Nummer an, obwohl ich nicht einmal wußte, welcher Bezirk die Vorwahl 904 hatte. Nach dreimaligem Läuten wurde der Anruf mit einem schrillen Quiekton beantwortet – der Sprache, die nur Computer kennen. Ich lauschte, bis das elektronische Geräusch aufhörte. Da sich niemand meldete, unterbrach der Computer die Verbindung.

Verblüfft rief ich die Auskunft für die Vorwahl 904 an und fragte, welches die größte Stadt in dieser Zone sei. Jacksonville, wurde mir gesagt. Dann fragte ich, ob auch Raiford unter dieser Vorwahl zu erreichen sei, und bekam es bestätigt. Ich bedankte mich und legte auf.

Aus den Artikeln über Horace Gomble wußte ich, daß sich das Union Correctional Institute in Raiford befand. Das war der Ort, wo Horace Gomble gegenwärtig einsaß und wo auch William Gladden früher inhaftiert gewesen war. Ich fragte mich, ob Thorsons Anruf bei einem Computer unter der Vorwahl 904 in irgendeinem Zusammenhang mit dem Gefängnis oder Gladden oder Gomble stand.

Ich rief abermals die Auskunft für die Vorwahl 904 an. Diesmal bat ich um die Nummer der Zentrale des UCI in Raiford. Sie fing mit 431 an, genau wie die Nummer, die Thorson von seinem Hotelzimmer aus angerufen hatte. Ich lehnte mich zurück und dachte darüber nach. Weshalb hatte er das Gefängnis angerufen? Konnte es sein, daß er eine direkte Verbindung mit einem Gefängniscomputer hergestellt hatte, um sich über Gombles Status dort zu informieren oder einen Blick auf Gladdens Akte zu werfen? Ich erinnerte mich, daß Backus gesagt hatte, er wolle Gombles Status im Gefängnis überprüfen lassen. Vielleicht hatte er Thorson den Auftrag dazu erteilt, nachdem er ihm am Samstag abend am Flughafen abgeholt hatte.

Mir fiel noch eine weitere Möglichkeit ein. Thorson hatte mir vor weniger als einer Stunde gesagt, daß Gladden überprüft und als Verdächtiger ausgeschieden worden sei. Vielleicht war sein Anruf in Raiford ein Teil dieser Überprüfung gewesen. Doch einzige, was klar zu sein schien, war, daß die Agenten mich nicht in alles eingeweiht hatten, was sie taten.

Die anderen Hotelrechnungen brachten keine Überraschungen zutage. Die Zimmerrechnungen für Carter und Thompson waren sauber. Keine Anrufe. Backus hatte, der Rechnung zufolge, am Samstag und Sonntag kurz vor und kurz nach Mitternacht zweimal dieselbe Nummer in Quantico angerufen. Aus Neugierde wählte ich die Nummer.

»Quantico, Operationszentrale.«

Ich legte auf, ohne etwas zu sagen. Offensichtlich hatte Backus ebenso wie Thorson in Quantico angerufen, um Nachrichten zu hinterlassen oder zu empfangen oder sich um andere FBI-Angelegenheiten zu kümmern.

Als letztes nahm ich mir Rachels Rechnung vor, und plötzlich überkam mich ein merkwürdiges Angstgefühl. Als sei ich ein argwöhnischer Ehemann, der seiner Frau nachspioniert. Es war eine Mischung aus voyeuristischer Erregung und Schuldgefühl.

Sie hatte von ihrem Zimmer aus vier Gespräche geführt, alle mit Quantico, und zweimal hatte sie dieselbe Nummer angerufen wie Backus. Die Operationszentrale. Ich wählte eine der anderen Nummern, und ein Anrufbeantworter meldete sich mit ihrer Stimme.

»Hier ist FBI Special Agent Rachel Walling. Ich bin im Moment nicht zu erreichen, aber wenn Sie Ihren Namen und eine kurze Nachricht hinterlassen, werde ich so bald wie möglich zurückrufen. Vielen Dank.«

Sie hatte ihr eigenes Büro angerufen, um festzustellen, ob irgendwelche Nachrichten eingegangen waren. Ich tippte die letzte Nummer ein, die sie am Samstag abend um 18.10 Uhr angerufen hatte, und eine Frauenstimme meldete sich.

»Profilabteilung, Doran.«

Ich legte auf, ohne etwas zu sagen, und fühlte mich miserabel.

Kurze Zeit später faltete ich die Hotelrechnungen zusammen und verstaute sie wieder in meiner Computertasche. Dann klappte ich das Telefon in die Rückenlehne zurück.

35

Als ich die Abteilung Hollywood der Polizei von Los Angeles erreichte, war es fast halb neun. Ich betrachtete die Ziegelsteinfestung an der Wilcox Street und wußte nicht, was mich erwartete. Ich hatte keine Ahnung, ob Thomas so spät noch im Hause sein würde, aber ich hoffte es. Immerhin leitete er die Ermittlungen in einem frischen Fall – dem Motel-Mord.

Hinter der Eingangstür erstreckte sich eine Halle mit grauem Linoleumfußboden, zwei grünen Vinylsofas und einem Tresen, hinter dem drei uniformierte Polizisten saßen. Von dieser Halle zweigte nach links ein Korridor ab, und darüber hing ein Schild mit einem Pfeil, auf dem DETECTIVE BUREAU stand. Ich warf einen Blick auf den einzigen Polizisten, der nicht telefonierte, und nickte, als stattete ich meinen allabendlichen Besuch ab. Ich war kaum drei Schritte weit gegangen, als er mir zurief: »Einen Moment. Kann ich Ihnen helfen?«

Ich drehte mich zu ihm um und deutete auf das Schild.

»Ich möchte ins Büro der Detectives.«

»Warum?«

Ich trat an den Tresen heran, um zu vermeiden, daß die ganze Dienststelle unsere Unterhaltung mithörte.

»Ich möchte Detective Thomas sprechen.«

Ich holte meinen Presseausweis aus der Tasche.

»Denver«, sagte der Polizist – vermutlich für den Fall, daß ich vergessen hatte, wo ich herkam. »Ich werde fragen, ob er schon zurück ist. Erwartet er Sie?«

»Nicht, daß ich wüßte.«

»Was hat Denver mit – ja, ist Ed Thomas da? Hier ist jemand aus Denver, der ihn sprechen möchte.«

Er hörte ein paar Sekunden lang zu, hob leicht irritiert die Brauen und legte dann auf.

»Okay. Gehen Sie diesen Korridor entlang. Zweite Tür links.«

Ich dankte ihm und machte mich auf den Weg. An beiden Wänden hingen Dutzende von gerahmten Fotos von Leuten aus dem Showgeschäft, von Softball-Teams der Polizei und von Polizisten, die in Ausübung ihres Dienstes ums Leben gekommen waren. An der Tür, zu der ich gewiesen worden war, stand MORDKOMMISSION. Ich klopfte an, wartete eine Sekunde auf Antwort, und als sich nichts rührte, öffnete ich die Tür und trat ein.

Rachel saß hinter einem der sechs Schreibtische im Zimmer. Die anderen waren leer.

»Hallo, Jack.«

Ich nickte. Im Grunde war ich nicht überrascht, sie zu sehen.

»Was tust du hier?«

»Merkwürdige Frage, da du doch offensichtlich auf mich gewartet hast. Wo ist Thomas?«

»Er ist in Sicherheit.«

»Wozu all diese Lügen?«

»Welche Lügen?«

»Thorson hat gesagt, Gladden sei kein Verdächtiger. Er hat gesagt, er sei überprüft und dann ausgeschieden worden. Deshalb bin ich gekommen. Ich hatte das Gefühl, daß er sich entweder irrte oder gelogen hatte. Weshalb hast du nicht zurückgerufen, Rachel? Diese ganze Geschichte ...«

»Jack, ich hatte mit Thomas alle Hände voll zu tun, und ich wußte, wenn ich anrief, würde ich dich belügen müssen, und das wollte ich nicht.«

»Also hast du das von Thorson besorgen lassen. Großartig, danke. Das macht die Sache wesentlich besser.«

»Spiel nicht den Beleidigten, Jack. Es gab Dinge, um die ich mir mehr Sorgen machen mußte als um deine Gefühle. Es tut mir leid. Schließlich bin ich jetzt hier. Und was glaubst du, warum ich hier bin?«

Ich zuckte die Achseln.

»Ich wußte, daß du kommen würdest, ganz gleich, was Gordon dir erzählte«, sagte sie. »Ich kenne dich, Jack. Ich brauchte nur die Fluggesellschaften anzurufen. Ich hoffe allerdings, daß Gladden dieses Gebäude hier nicht beobachtet. Du warst mit uns zusammen im Fernsehen. Das bedeutet, daß er dich vermutlich für einen FBI-Agenten hält. Wenn er dich hier gesehen hat, weiß er, daß wir hinter ihm her sind.«

»Aber wenn dem so ist, dann habt ihr ihn jetzt, stimmt's? Weil ihr dieses Gebäude rund um die Uhr überwacht.«

Sie lächelte dünn. Ich hatte richtig geraten.

Rachel griff nach einem Funksprechgerät auf dem Tisch und rief ihre Kommandozentrale an. Ich erkannte die Stimme, die sich meldete. Es war die von Backus. Sie teilte ihm mit, daß sie mit einem Besucher kommen würde. Dann beendete sie das Gespräch und stand auf.

»Gehen wir.«

»Wohin?«

»Zur Kommandozentrale. Es ist nicht weit.«

Ihre Stimme war barsch, kurz angebunden. Sie gab sich mir gegenüber sehr kühl, und es fiel mir schwer, mir vorzustellen, daß es noch keine vierundzwanzig Stunden her war, seit ich mit dieser Frau im Bett gelegen hatte. Ich sagte nichts, während wir einen Korridor entlanggingen, das Gebäude durch eine Hintertür verließen und auf einen Parkplatz gelangten, wo ihr Auto stand.

»Ich habe einen Wagen vor dem Vordereingang«, sagte ich.

»Den mußt du fürs erste dort stehen lassen. Es sei denn, du willst allein weitermachen und deine Cowboy-Scheiße abziehen.«

»Rachel, das alles wäre vermutlich nicht passiert, wenn ihr mich informiert hättet. Ich wäre vielleicht nicht einmal hierhergekommen.«

»Klar.«

Sie stieg ein, ließ den Motor an und öffnete mir dann die Beifahrertür. Es ärgert mich immer, wenn Leute das tun, aber ich stieg wortlos ein. Sie verließ den Parkplatz und fuhr mit hoher Geschwindigkeit den Sunset Boulevard entlang. Sie schwieg, bis eine rote Ampel sie zum Anhalten zwang.

»Woher kennst du den Namen, Jack?«

»Welchen Namen?« fragte ich, obwohl ich wußte, wen sie meinte.

»Gladden, Jack. William Gladden.«

»Ich habe meine Hausaufgaben gemacht. Wie seid ihr auf ihn gekommen?«

»Das kann ich dir nicht sagen.«

»Rachel ... Hör zu, du sprichst mit *mir*, okay? Wir haben – äh ...« Ich konnte es einfach nicht laut aussprechen. »Ich dachte, zwischen uns wäre etwas, Rachel. Und jetzt tust du so, als sei ich ein Aussätziger oder so etwas ähnliches. Ich ... Bist du auf Informationen aus? Ich werde dir alles erzählen, was ich weiß. Ich habe es mir aus den Zeitungen zusammengereimt.

Am Samstag hat die *L. A. Times* einen großen Artikel über diesen Gladden gebracht. Verstehst du? Darin stand, daß er Horace den Hypnotiseur in Raiford gekannt hat. Ich habe nur zwei und zwei zusammengezählt. Das war nicht schwierig.«

»Okay, Jack.«

»Und nun du.«

Schweigen.

»Rachel?«

»Bleibt es unter uns?«

»Du weißt, daß du mich das nicht zu fragen brauchst.«

Sie zögerte einen Moment, dann schien sie einen Entschluß gefaßt zu haben. Sie begann: »Wir sind durch zwei verschiedene Hinweise auf Gladden gekommen, die wir zufällig fast gleichzeitig erhielten. Damit besteht ein hohes Maß an Wahrscheinlichkeit, daß er der Gesuchte ist. Erstens hat die Kraftfahrzeug-Identifizierungsstelle die Seriennummer des Autoradios einem Wagen zugeordnet, der Hertz gehörte. Du erinnerst dich?«

»Ja.«

»Matuzak und Mize sind zum Flughafen hinausgefahren und haben dem Auto nachgespürt. Er war inzwischen an ein paar Leute aus Chicago vermietet worden. Sie mußten bis nach Sedona fahren, um es zurückzubekommen. Der Wagen ist gründlich untersucht worden, aber es hat sich nichts Brauchbares ergeben. Das Autoradio und das Fenster waren ersetzt worden. Aber nicht von Hertz. Hertz hatte keine Ahnung von dem Einbruch. Wer auch immer den Wagen gemietet hatte, als er aufgebrochen wurde, hat das Fenster und das Radio auf eigene Kosten ersetzt. Jedenfalls, den Unterlagen zufolge war der Wagen in diesem Monat für fünf Tage, einschließlich dem, an dem Orsulak ermordet wurde, an einen N. H. Breedlove vermietet gewesen. Dieser Breedlove hat ihn am Tag danach zurückgegeben. Matuzak gab den Namen in den Computer ein und landete einen Treffer. Nathan H. Breedlove war ein Deckname, der während der Ermittlungen gegen Gladden in Florida vor sieben Jahren erwähnt wurde. Es war der Name eines Mannes, der mit Anzeigen in den Zeitungen von Tampa seine Dienste als Kinderfotograf anbot. Er mißbrauchte die Kinder, wenn er mit ihnen allein war, machte pornographische Fotos. Er trug Verkleidungen. Die Polizei in Tampa suchte zur selben Zeit nach diesem Breedlove, in der Gladden wegen seiner Taten in der Kindertagesstätte vor Gericht gestellt wurde. Die Ermittler waren davon überzeugt, daß Gladden Breedlove war, konnten es wegen der Verkleidungen aber nie beweisen. Außerdem verfolgten sie die Sache nicht weiter, weil sie glaubten, er würde wegen der anderen Geschichten sowieso für viele Jahre ins Gefängnis wandern.

Jedenfalls, sobald wir Gladdens Namen aus der Datenbank mit den Decknamen erfahren hatten, erinnerten wir uns an den Haftbefehl, den die Polizei von Los Angeles vorige Woche ins NCIC-Netz gegeben hat. Und das war's.«

»Es scheint mir ...«

»Zu einfach? Nun, manchmal muß man sich sein Glück selber machen.«

»Das hast du schon einmal gesagt.«

»Weil es wahr ist.«

»Weshalb sollte er einen Decknamen benutzt haben, von dem er wissen mußte, daß es irgendwo aktenkundig ist?«

»Leute wie er finden oft Trost in der Tradition. Außerdem ist er verdammt hochnäsig. Das wissen wir aus dem Fax.«

»Aber als er vorige Woche von der Polizei von Santa Monica verhaftet wurde, hat er einen ganz anderen Namen benutzt. Weshalb sollte er ...«

»Ich erzähle dir nur, was wir wissen, Jack. Wenn er so gerissen ist, wie wir glauben, dann hat er vermutlich einen ganzen Packen falsche Papiere. Die sind nicht sonderlich schwer zu beschaffen. Das Field Office in Phoenix arbeitet an einer Vorladung für Hertz. Wir wollen Breedloves gesamte Mietunterlagen aus den letzten drei Jahren einsehen. Er ist nämlich ein Gold-Kunde bei denen. Auch das beweist, wie gerissen er ist. An den meisten Flughäfen steigt man aus dem Flugzeug und geht zum Gold-Schalter, wo der Name im Computer steht. Man geht zu seinem Wagen, und die Schlüssel liegen darin. In den meisten Fällen braucht man nicht einmal mit einem Angestellten zu reden. Man steigt einfach ins Auto, zeigt am Ausgang seinen Führerschein vor und fährt davon.«

»Okay, und was ist die andere Sache? Du hast gesagt, es seien zwei Dinge gewesen, die euch auf Gladden gebracht haben.«

»Die Best Pals. Ted Vincent und Steve Raffa in Florida haben heute morgen endlich die Unterlagen dieser Organisation in die Hand bekommen, die Beltran betreffen. Er ist im Laufe der Jahre der Best Pal von neun Jungen gewesen. Der zweite, um den er sich vor rund sechzehn Jahren kümmerte, war Gladden.«

»Himmel.«

»Ja. Allmählich fügt sich alles zusammen.«

Ich schwieg für ein paar Augenblicke und dachte über die Neuigkeiten nach. Die Ermittlungen gingen mit Riesenschritten voran. Es war Zeit, sich anzuschnallen.

»Wie kommt es, daß das Field Office hier nicht auf diesen Kerl gestoßen ist? Alle Zeitungen haben über ihn berichtet.«

»Gute Frage. Bob hat vor, sich den SAC deswegen vorzuknöpfen. Gordon hat seine Ergebnisse gestern abend rausgehen lassen. Jemand hätte es sehen und zwei und zwei zusammenzählen müssen. Nun, wir waren die ersten, die es getan haben.«

Eine typische bürokratische Schlamperei. Ich fragte mich, wieviel früher sie auf Gladden gestoßen wären, wenn jemand im Field Office von L. A. ein bißchen aufmerksamer gewesen wäre.

»Du kennst Gladden, nicht wahr?«

»Ja. Er gehörte zu den Sexualverbrechern, die wir damals verhört haben. Vor sieben Jahren. Ich habe dir von dem Projekt erzählt. Er und Gomble und andere, in diesem Höllenloch da unten in Florida. Ich glaube, unser Team – Gordon, Bob und ich – war eine ganze Woche dort, weil es eine Unmenge von Kandidaten für unsere Interviews gab.«

Ich wollte ihr schon von Thorsons Anruf bei dem Gefängnis-Computer erzählen, aber dann ließ ich es bleiben.

Ich war froh, daß sie mit mir wieder wie mit einem Menschen redete. Und es war höchst fraglich, ob sie das auch weiterhin tun würde, wenn ich ihr gestand, daß ich mir die Hotelrechnungen angeschaut hatte.

»Glaubst du, daß irgendein Zusammenhang besteht zwischen Gombles Hypnosekünsten und dem, was ihr im Falle des Poeten vermutet?«

»Möglich.«

Zurück zu den Ein-Wort-Sätzen.

»Möglich«, wiederholte ich mit einem Anflug von Sarkasmus.

»Irgendwann werde ich in Florida noch einmal mit Gomble reden. Und ich werde ihn genau das fragen. Doch vorher ist es lediglich möglich, eine Annahme. Okay, Jack?«

Wir bogen in eine Gasse ein, die hinter einer Reihe von alten Motels und Ladengeschäften entlangführte. Sie verlangsamte die Fahrt soweit, daß ich die Sicherheitsgurte zu lokkern wagte.

»Aber im Augenblick kannst du nicht nach Florida fliegen, oder?«

»Das hat Bob zu entscheiden. Hier sind wir dicht an Gladden dran. Ich glaube, im Augenblick möchte Bob alle Leute auf L. A. konzentrieren. Gladden ist hier. Oder ganz in der Nähe. Wir spüren es. Wir müssen ihn erwischen. Erst wenn wir ihn haben, kann ich mir über die anderen Dinge den Kopf zerbrechen. Die psychische Motivation. Dann fliegen wir nach Florida.«

»Und warum dann? Um neues Material für die Untersuchungen über Serienmörder zu gewinnen?«

»Nein. Ich meine, ja, das auch, aber in erster Linie im Interesse der Anklage. Kerle wie der versuchen immer zu behaupten, sie seien geistesgestört. Ihnen bleibt keine andere Wahl. Und das bedeutet, daß wir die Anklage auf seiner psychischen Verfassung aufbauen und beweisen müssen, daß er sehr gut wußte, was er getan hat, daß er sehr wohl zwischen Gut und Böse unterscheiden kann. Es ist immer die gleiche Geschichte.«

Der Gedanke, daß der Poet in einem Gerichtssaal angeklagt werden würde, war mir nie gekommen. Mir wurde bewußt, daß ich immer davon ausgegangen war, daß man ihn nicht lebend fassen würde.

»Was ist los, Jack? Willst du nicht, daß es zum Prozeß kommt? Willst du, daß wir ihn töten, wenn wir ihn finden?«

Ich drehte den Kopf und sah sie an. Das Licht von einer Laterne schien in ihr Gesicht, und für einen Augenblick sah ich ihre Augen.

»Darüber habe ich noch nicht nachgedacht.«

»Natürlich hast du das. Würdest du ihn töten, Jack? Wenn du mit ihm allein wärst und keine Konsequenzen zu befürchten hättest, würdest du es dann tun? Glaubst du, das würde einiges wiedergutmachen?«

Mir widerstrebte es, dieses Thema mit ihr zu erörtern. Ich spürte, daß sie ihre Frage ernst meinte.

»Ich weiß es nicht«, antwortete ich schließlich. »Könntest du ihn töten? Hast du schon einmal jemanden umgebracht, Rachel?«

»Wenn ich die Gelegenheit dazu hätte, würde ich es tun, ohne auch nur eine Sekunde zu zögern.«

Ich wartete darauf, daß sie weitersprach, aber es kam nichts mehr. Sie hielt hinter einem der alten Motels an, wo bereits zwei andere Caprice standen.

»Du hast meine zweite Frage noch nicht beantwortet.«

»Nein, ich habe noch nie jemanden getötet.«

Wir gelangten durch eine Hintertür in einen in zwei Farben gestrichenen Korridor – schmutziggrün bis ungefähr in Augenhöhe, schmutzigweiß darüber. Rachel ging zur ersten Tür auf der linken Seite und klopfte. Wir wurden eingelassen. Es war ein Motelzimmer, das garantiert seit den sechziger Jahren nicht mehr renoviert worden war. Backus und Thorson saßen an einem alten Resopaltisch. Darauf standen zwei Telefone. Mein Blick fiel auf einen großen, geöffneten Aluminiumkoffer, hochkant aufgestellt. Von drei Video-Monitoren verliefen Kabel den Fußboden entlang und zum Fenster, das gerade so weit offenstand, daß sie hindurchpaßten.

»Jack, ich kann nicht unbedingt sagen, daß ich mich freue, Sie zu sehen«, stöhnte Backus.

Aber er sagte es mit einem schiefen Lächeln und stand auf, um mir die Hand zu geben.

»Tut mir leid«, sagte ich, ohne recht zu wissen, warum. Dann sah ich Thorson an und setzte hinzu: »Ich hatte nicht vor, hier hereinzuschneien, aber ich mag es nicht, wenn man mich schlecht informiert.«

Wieder schoß mir der Gedanke an die Telefonrechnungen durch den Kopf, aber ich schob ihn abermals beiseite. Dies war nicht der richtige Zeitpunkt.

»Also gut«, sagte Backus, »wir haben versucht, Sie ein bißchen in die Irre zu führen. Wir dachten, es sei besser, wenn wir ungestört arbeiten können.«

»Ich werde versuchen, Sie nicht zu stören.«

»Das tun Sie bereits«, sagte Thorson.

Ich ignorierte ihn und hielt den Blick weiterhin auf Backus gerichtet.

»Setzt euch«, sagte er.

Rachel und ich ließen uns auf den beiden freien Stühlen nieder.

»Ich nehme an, Sie wissen, was hier läuft«, sagte Backus.

»Ich nehme an, daß Sie Thomas überwachen.«

Ich drehte mich um, so daß ich die Video-Monitore im Blick hatte, und betrachtete zum ersten Mal die Bilder, die sie zeigten. Auf dem oberen Monitor war ein Korridor zu sehen, der dem vor unserem Zimmer ähnelte. Von beiden Seiten gingen mehrere Türen ab, alle geschlossen und numeriert. Der nächste Monitor lieferte das Bild der Vorderfassade eines Motels. In dem blaugrauen Dunst des Videos konnte ich mit einiger Mühe das Schild über der Tür entziffern: HOTEL MARK TWAIN. Der unterste Monitor zeigte eine Gasse, die hinter demselben Motel zu liegen schien.

»Sind wir hier?« fragte ich, auf die Bildschirme deutend.

»Nein«, sagte Backus. »Das ist der Ort, an dem sich Detective Thomas befindet. Wir sind ungefähr einen Block entfernt.«

»Sieht nicht sehr anheimelnd aus. Was zahlen sie den Polizisten in dieser Stadt?«

»Das ist nicht sein Zuhause. Aber die Hollywood-Detectives benutzen das Hotel oft, um dort Zeugen zu verstecken oder zu übernachten, wenn sie zwanzig Stunden am Tag an einem Fall arbeiten. Detective Thomas hat sich entschlossen, lieber hier zu schlafen als zu Hause. Er hat eine Frau und drei Kinder.«

»Nun, das beantwortet meine nächste Frage. Ich bin froh, daß sie ihm gesagt haben, daß er als Köder benutzt wird.«

»Es hat den Anschein, als seien Sie erheblich zynischer geworden, seit wir uns heute morgen getrennt haben, Jack.«

»Vielleicht liegt das ja daran, daß ich tatsächlich zynisch bin.«

Ich wandte den Blick von ihm ab und schaute wieder auf die Monitore. Backus erkärte weiter: »Die Bilder von den drei Überwachungskameras werden auf eine mobile Schüssel übertragen, die hier auf dem Dach montiert wurde. Außerdem wird Thomas von der Critical Response Unit des hiesigen Field Office und von einem speziellen Team der Polizei von Los Angeles rund um die Uhr bewacht. Niemand kann in seine Nähe kommen. Nicht einmal in der Dienststelle. Ihm kann nichts passieren.«

»Nun, das können Sie mir gern noch einmal erzählen, wenn alles vorbei ist.«

»Das werde ich tun. Aber bis dahin müssen Sie von hier verschwinden.«

Ich drehte mich wieder zu ihm um, meinen besten verständnislosen Ausdruck im Gesicht.

»Sie verstehen recht gut, was ich damit sagen will«, sagte Backus. »Wir befinden uns in einem höchst kritischen Stadium. Wir haben ihn im Visier, und dabei dürfen Sie uns nicht im Wege stehen, Jack.«

»Ich stehe Ihnen nicht im Wege, und dabei wird es bleiben. Dieselbe Abmachung wie vorher. Nichts, was ich mitkriege, kommt in die Zeitung, bevor Sie es genehmigen. Aber ich bleibe hier. Ich bin zu nahe dran, um … Das alles bedeutet mir zuviel. Ich will dabeisein.«

»Es kann Wochen dauern. Denken Sie an das Fax. Darin hat nur gestanden, daß er seinen nächsten Mann im Visier hat, aber nicht, wann er konkret zuschlagen wird. Wir haben keine Ahnung, wann er Thomas umbringen will.«

Ich schüttelte den Kopf.

»Das ist mir gleich. Einerlei, wie lange es dauert – ich will bei den Ermittlungen dabeisein. Ich habe meinen Teil der Abmachung eingehalten.«

Ein unbehagliches Schweigen legte sich über das Zimmer. Backus erhob sich und begann, hinter meinem Stuhl auf und ab zu wandern. Ich sah Rachel an. Sie betrachtete nachdenklich die Tischplatte. Ich spielte meine letzte Karte aus.

»Ich muß für morgen einen Artikel schreiben, Bob. Mein Redakteur rechnet fest damit. Wenn Sie nicht wollen, daß ich ihn schreibe, müssen Sie mich dabeisein lassen. Das ist der einzige Weg, meinen Chef dazu zu bringen, daß er auf den Artikel verzichtet. Sie haben die Wahl.«

Thorson gab ein verächtliches Geräusch von sich und schüttelte den Kopf.

»Das bedeutet Ärger«, sagte er. »Bob, wohin soll das führen, wenn Sie diesem Kerl abermals nachgeben?«

»Ärger gibt es nur«, sagte ich, »wenn man mich anlügt oder von den Ermittlungen fernhält, die es ohne mich überhaupt nicht gäbe.«

Backus sah Rachel an.

»Was meinen Sie?«

»Sie dürfen Sie nicht fragen«, warf Thorson ein. »Ich weiß jetzt schon, was sie sagen wird.«

»Wenn du etwas über mich zu sagen hast, dann tu es«, forderte Rachel ihn heraus.

»Das reicht«, sagte Backus und machte eine Handbewegung wie ein Schiedsrichter. »Ihr beide gebt wohl nie auf, wie? Jack, Sie können bleiben. Jedenfalls fürs erste. Gleiche Abmachung wie zuvor. Das heißt, morgen keine Story. Klar?«

Ich nickte. Dann sah ich Thorson an, der bereits aufgestanden und auf dem Weg nach draußen war. Geschlagen.

36

Das Wilcox Hotel – so hieß es, wie ich inzwischen erfahren hatte – hatte noch ein Einzelzimmer frei, zumal, nachdem der Nachtportier erfahren hatte, daß ich auch zu den Regierungsleuten gehörte und bereit war, den Höchstpreis von fünfunddreißig Dollar pro Nacht zu zahlen. Ich hatte ein ungutes Gefühl, als ich dem Mann hinter der Rezeption die Nummer meiner Kreditkarte nannte. Er sah aus, als habe er allein in dieser Schicht bereits eine halbe Flasche geleert. Während des ganzen Anmeldevorgangs schaute er mich nicht ein einziges Mal an, obwohl dieser ungewöhnlich lange dauerte, da er ganze fünf Minuten nach einem Kugelschreiber suchte, bis ich ihm meinen lieh.

»Was tut ihr überhaupt hier?« fragte er, als er mir einen Schlüssel mit einer fast vollständig abgeschabten Zimmernummer über den ebenso abgeschabten Resopaltresen zuschob.

»Haben die anderen das nicht erzählt?« fragte ich, Überraschung heuchelnd.

»Nein. Ich nehme nur die Anmeldungen entgegen.«

»Es geht um Betrug mit Kreditkarten. Der kommt in dieser Gegend hier ziemlich oft vor.«

»Oh.«

»Übrigens, welches Zimmer hat Agent Walling?«

Er brauchte eine halbe Minute, um seine eigenen Unterlagen zu entziffern.

»Das müßte Zimmer siebzehn sein.«

Mein Zimmer war klein, und als ich mich auf die Bettkante setzte, sackte sie mindestens fünfzehn Zentimeter nach unten, während die andere Seite, vom Knarren alter Sprungfedern begleitet, sich entsprechend hob. Es war ein Zimmer im Erdgeschoß mit nur wenigen, aber halbwegs anständigen Möbeln und dem schalen Geruch nach abgestandenem Zigarettenqualm. Die vergilbten Jalousien waren hochgezogen, und vor dem Fenster entdeckte ich ein Metallgitter. Wenn ein Feuer ausbrach und ich nicht schnell genug zur Tür hinauskam, würde ich gefangen sein wie ein Hummer in einer Reuse.

Ich nahm die Reisetube Zahnpasta und die zusammenklappbare Zahnbürste aus dem Kissenbezug und ging ins Badezimmer. Ich hatte immer noch den Geschmack der Bloody Mary im Mund und wollte ihn loswerden. Außerdem dachte ich an Rachel.

In alten Hotels sind die Badezimmer immer am deprimierendsten. Dieses hier war etwas größer als die Telefonzellen an Tankstellen. Waschbecken, Toilette und Duschkabine, alle mit identischen Rostflecken, drängten sich auf engstem Raum. Nach dem Zähneputzen kehrte ich in das vergleichsweise geräumige Zimmer zurück, betrachtete das Bett und hatte nicht die geringste Lust, mich noch einmal daraufzusetzen. Und schon gar nicht wollte ich darin schlafen. Ich beschloß, das Risiko einzugehen, meinen Laptop und den Kissenbezug voller Kleidungsstücke zurückzulassen, und verließ das Zimmer.

Rachel reagierte so schnell auf mein leises Klopfen, daß es fast so schien, als habe sie darauf gewartet. Sie bedeutete mir, rasch hereinzukommen.

»Bobs Zimmer liegt genau gegenüber«, flüsterte sie zur Erklärung. »Was ist?«

Ich antwortete nicht. Wir schauten einander lange an, und jeder wartete darauf, daß der andere etwas unternahm. Schließlich trat ich dicht vor sie, zog sie an mich und küßte sie liebevoll. Es schien ihr ebenso viel zu bedeuten wie mir. Sie umarmte mich heftig. Über ihre Schulter hinweg warf ich einen Blick auf ihr Zimmer. Es war größer als meines, und das Mobiliar war vielleicht ein Jahrzehnt jünger, aber nicht weniger deprimierend. Ihr Laptop und einige Papiere lagen auf dem gelben Überwurf des Bettes, in dem Tausende von Leuten gelegen, gefickt, gefurzt und sich gestritten hatten.

»Seltsam«, flüsterte sie. »Wir haben uns erst heute morgen getrennt, und trotzdem hast du mir schon gefehlt.«

»Du mir auch.«

»Jack, es tut mir leid, aber ich habe keine Lust, dich auf diesem Bett, in diesem Zimmer, in diesem Hotel zu lieben.«

»Ist schon in Ordnung«, sagte ich verständnisvoll, obwohl ich die Worte bedauerte, sobald ich sie ausgesprochen hatte. »Ich verstehe das. Auch wenn es so aussieht, als hättest du eine Luxussuite im Vergleich zu meinem Zimmer.«

»Wir holen alles später nach.«

»Na klar. Weshalb wohnen wir überhaupt hier?«

»Bob möchte in der Nähe sein, damit wir sofort reagieren können, wenn er gesichtet wird.«

Ich nickte.

»Können wir dann nicht wenigstens noch für eine Weile von hier verschwinden? Möchtest du einen Drink? Irgendwo in der Nähe muß es doch ein Lokal geben.«

»Wahrscheinlich ist es auch nicht besser als das hier. Laß uns einfach hierbleiben und reden.«

Sie ging zum Bett, räumte es leer und setzte sich mit einem Kissen im Rücken ans Kopfende. Ich ließ mich auf dem einzigen Stuhl des Zimmers nieder, dessen Sitzbezug offenbar einmal mit einem Messer aufgeschlitzt und dann mit Klebeband repariert worden war.

»Worüber möchtest du reden, Rachel?«

»Ich weiß es nicht. Du bist der Journalist. Ich dachte, du würdest mir gern Fragen stellen.«

Sie lächelte.

»Über den Fall?«

»Über irgend etwas.«

Ich betrachtete sie für ein paar Sekunden und beschloß dann, mit einer einfachen Frage anzufangen.

»Was ist dieser Thomas für ein Mensch?«

»Er ist in Ordnung. Für einen normalen Cop jedenfalls. Nicht sonderlich kooperativ, aber kein Arschloch.«

»Was meinst du mit ›nicht sonderlich kooperativ‹? Schließlich läßt er zu, daß ihr ihn als menschlichen Köder benutzt. Reicht das nicht?«

»Doch, vermutlich. Vielleicht liegt es an mir. Ich habe offenbar immer Probleme mit den örtlichen Polizisten.«

Ich verließ den Stuhl und setzte mich zu ihr aufs Bett.

»Na und? Es gehört nicht zu deinem Job, mit jedermann gut auszukommen.«

»Das stimmt«, sagte sie und lächelte abermals. »Im Foyer gibt es übrigens einen Getränkeautomaten.«

»Möchtest du etwas haben?«

»Nein, aber du hast von einem Drink angefangen.«

»Ich habe an etwas Stärkeres gedacht. Aber das muß nicht sein. Ich bin auch so zufrieden.«

Sie fuhr mit ihren Fingern durch meinen Bart.

Ich fing ihre Hand ab, als sie sie sinken ließ, und hielt sie einen Moment lang fest.

»Glaubst du, daß die Intensität von dem, was wir tun und womit wir uns beschäftigen, die Ursache hierfür ist?« fragte ich.

»Ich weiß, worauf du hinauswillst«, sagte sie nach kurzem Schweigen. »Und ich muß zugeben, daß ich noch nie mit jemandem, nur sechsunddreißig Stunden nachdem ich ihn zum ersten Mal zu Gesicht bekommen habe, ins Bett gegangen bin.«

Sie lächelte, und das löste einen wundervollen Schauder in mir aus.

»Ich auch nicht.«

Sie beugte sich vor, und wir küßten uns abermals. Wir versanken in einem Verdammt-in-alle-Ewigkeit-Kuß. Nur war unser Strand die alte Bettdecke in einem schäbigen alten Hotel, dessen beste Zeit drei Jahrzehnte zurücklag. Aber all das spielte jetzt keine Rolle mehr.

Wir paßten nicht beide gleichzeitig ins Badezimmer, geschweige denn in die Dusche, also ging sie zuerst. Während sie duschte, lag ich im Bett, dachte über sie nach und sehnte mich nach einer Zigarette.

Plötzlich war mir, als hörte ich ein leises Klopfen an der Tür. Erschrocken setzte ich mich auf und fing an, mir die Hose anzuziehen, während ich gleichzeitig auf die Tür starrte. Ich lauschte, konnte aber nichts mehr hören. Dann sah ich ganz deutlich, daß sich der Türknauf bewegte. Ich stand auf und schlich zur Tür. Dort neigte ich lauschend den Kopf, hörte aber nichts. In der Tür befand sich ein Spion, aber ich hielt es für falsch, hindurchzuschauen, wegen des Schattens.

In diesem Augenblick stellte Rachel die Dusche ab. Nach ein paar Augenblicken ohne ein weiteres Geräusch trat ich doch vor den Spion und schaute hindurch. Es war niemand zu sehen.

»Was tust du da?«

Ich drehte mich um. Rachel stand neben dem Bett und versuchte, sich mit dem winzigen hoteleigenen Handtuch zu bedecken.

»Ich dachte, ich hätte jemanden klopfen hören.«

»Wer war es?«

»Ich weiß es nicht. Vielleicht habe ich es mir nur eingebildet. Kann ich jetzt duschen?«

»Natürlich.«

Ich stieg aus meiner Hose, und gerade als ich an ihr vorbeiging, ließ sie das Handtuch fallen. Ich fand sie wunderschön. Ich trat vor sie hin, und wir hielten uns lang in den Armen.

»Bin gleich wieder da«, sagte ich schließlich. Dann ging ich unter die Dusche.

Rachel war bereits angezogen und wartete auf mich, als ich wieder herauskam. Ich schaute auf meine Uhr auf dem Nachttisch und stellte fest, daß es schon elf Uhr war. Mir wurde bewußt, daß ich nicht zu Abend gegessen hatte, aber ich war trotzdem nicht hungrig.

»Ich bin noch nicht müde«, sagte sie.

»Ich auch nicht.«

»Vielleicht sollten wir uns doch noch nach einem Lokal umsehen, wo wir einen Drink bekommen.«

Nachdem ich mich ebenfalls angezogen hatte, verließen wir leise das Zimmer. Wir begegneten niemandem, weder auf dem Korridor noch im Foyer, und auch die Straße draußen machte einen menschenleeren und dunklen Eindruck. Wir gingen in Richtung Sunset Boulevard.

»Hast du deine Kanone bei dir?« fragte ich, halb im Scherz, halb im Ernst.

»Immer. Außerdem sind unsere Leute in der Nähe. Sie haben wahrscheinlich gesehen, wie wir das Hotel verlassen haben.«

»Tatsächlich? Ich dachte, sie behielten nur Thomas im Auge.«

»Das tun sie auch. Aber wenn sie ihren Job richtig machen, wissen sie, wer sich sonst noch auf der Straße herumtreibt.«

Ich drehte mich um, ging ein paar Schritte zurück und schaute die Straße entlang zu der grünen Neonreklame des Mark Twain. Ich sah weder die Schatten noch die Silhouetten von irgendwelchen Aufpassern.

»Wie viele sind es?«

»Es sollten fünf sein. Zwei zu Fuß, zwei in parkenden Wagen. Einer mit dem Wagen unterwegs. Ständig.«

Ich schlug den Kragen meines Jacketts hoch. Hier draußen war es kälter, als ich erwartet hatte. Unser Atem kam in dünnen Wolken keraus, die sich miteinander vermischten und dann auflösten.

Auf dem Sunset Boulevard schaute ich in beide Richtungen und entdeckte schließlich einen Block weiter westlich über einem Torbogen ein Neonschild, auf dem CAT & FIDDLE BAR stand. Ich deutete in diese Richtung. Wir schwiegen, bis wir dort angekommen waren.

Durch einen Torbogen gelangten wir in einen Garten mit mehreren Tischen unter grünen Segeltuchschirmen, aber sie waren alle leer. Wir betraten das Lokal und ließen uns in einer leeren Nische dem Dartboard gegenüber nieder. Es war ein Pub im englischen Stil. Als die Kellnerin kam, bestellte ich einen Black and Tan, und Rachel tat es mir nach.

Wir schauten uns in dem Lokal um und redeten über dies und das, bis unsere Drinks kamen. Wir stießen an und tranken. Ich beobachtete sie. Ich hatte nicht den Eindruck, daß sie schon einmal einen Black and Tan getrunken hatte.

»Das Harp ist schwerer. Es bleibt immer auf dem Grund des Glases, und das Guinness obenauf.«

Sie lächelte.

»Als du Black and Tan sagtest, dachte ich, das sei eine Marke, die du kennst. Aber es ist gut. Es schmeckt mir, aber es ist sehr stark.«

»Die Iren verstehen sich wirklich auf das Brauen von Bier. Das müssen selbst die Engländer ihnen zugestehen.«

»Zwei von der Sorte, und ich muß Unterstützung für den Rückweg anfordern.«

»Das bezweifle ich.«

Wir verfielen in behagliches Schweigen. Im Kamin an der Rückwand loderte ein Feuer, und seine Wärme breitete sich durch den ganzen Raum aus.

»Ist dein eigentlicher Name John?«

Ich nickte.

»Ich bin keine Irin, aber ich dachte immer, Sean sei die irische Form von John.«

»Stimmt, es ist die gälische Version. Da wir Zwillinge waren, beschlossen meine Eltern …, das heißt, in erster Linie meine Mutter …«

»Ich finde es hübsch.«

Nach ein paar weiteren Schlucken dachte ich, daß es an der Zeit sei, ihr noch einige Fragen zu dem Fall zu stellen.

»Erzähl mir von Gladden.«

»Da gibt es nicht viel zu erzählen.«

»Du hast ihn doch kennengelernt. Du mußt einen Eindruck von ihm haben.«

»Er war nicht gerade kooperativ. Damals lief gerade sein Revisionsverfahren, und er befürchtete, daß wir das, was er sagte, gegen ihn verwenden könnten. Wir alle haben versucht, ihn zum Reden zu bringen. Schließlich – ich glaube, es war Bobs Idee gewesen – erklärte er sich bereit, in der dritten Person mit uns zu reden. So, als sei der Mann, der die Verbrechen begangen hatte, jemand anders gewesen.«

»Hat Bundy das nicht auch getan?«

Ich erinnerte mich daran, in einem Buch darüber gelesen zu haben.

»Ja. Und viele andere auch. Die meisten dieser Männer haben ein gewaltiges Ego. Sie wollten mit uns reden, aber sie mußten sicher sein, daß sie keine juristischen Konsequenzen zu befürchten brauchten. Gladden war auch so einer. Zumal seit er wußte, daß sein Revisionsverfahren einige Aussicht auf Erfolg hatte. Aber diese Leute bessern sich nicht, Jack, und sie fügen sich auch nicht wieder in die Gesellschaft ein. Sie bleiben, was sie sind.«

Sie sagte es wie eine Warnung, und es war ihre zweite derartige Andeutung. Ich dachte für einen Augenblick darüber nach und fragte mich, ob sie mir damit noch mehr sagen wollte. Oder warnte sie in Wirklichkeit sich selbst?

»Und was hat er gesagt? Hat er euch etwas über Beltran oder die Best Pals erzählt?«

»Natürlich nicht, sonst hätte ich mich sofort erinnert, als ich Beltrans Namen auf der Liste der Opfer sah. Gladden hat keine Namen genannt. Aber er hat die übliche Mißbrauchs-Entschuldigung geliefert. Sagte, er sei als Kind sexuell mißbraucht worden. Häufig. Er sei damals ungefähr ebenso alt gewesen wie die Kinder, die er später in Tampa mißbraucht hat. Das ist eine Art Zyklus, ein Muster, das uns oft begegnet. Es kommt zu einer Fixierung auf den Zeitpunkt in ihrem eigenen Leben, zu dem sie ... ruiniert worden sind.«

Ich nickte, sagte aber nichts, weil ich hoffte, daß sie fortfahren würde.

»Drei Jahre lang«, erzählte sie, »im Alter zwischen neun und zwölf. Es ist oft passiert und schloß orale und anale Penetration ein. Er sagte uns nicht, wer der Mann gewesen war, nur, daß es kein Verwandter gewesen war. Gladden zufolge hat er es seiner Mutter nie gesagt, weil er Angst vor diesem Mann hatte. Der Mann drohte ihm. Er war eine Art Autoritätsperson in seinem Leben. Hinterher hat Bob versucht, mehr herauszufinden, aber nichts erreicht. Gladdens Angaben waren nicht genau genug, als daß er ihnen hätte nachspüren können. Gladden war damals schon über Zwanzig, die Zeit, in der er mißbraucht worden war, lag also etliche Jahre zurück. Wir hätten Probleme mit der Verjährung gehabt, selbst wenn wir etwas herausgefunden hätten. Wir konnten nicht einmal seine Mutter ausfindig machen, um sie darüber zu befragen. Sie war nach seiner Verhaftung und der ganzen Publicity aus Tampa fortgezogen. Heute können wir natürlich davon ausgehen, daß der Mann, der ihn mißbraucht hat, Beltran war.«

Ich nickte. Ich hatte mein Bier ausgetrunken, aber Rachel hatte nur ein paarmal an ihrem genippt. Es schmeckte ihr nicht. Ich winkte die Kellnerin heran und bestellte ein Amstel Light für sie. Ich sagte, ich würde ihren Black and Tan austrinken.

»Und wie hat er aufgehört? Der Mißbrauch, meine ich.«

»Das ist die tragische Ironie, die uns so oft begegnet. Er hörte auf, als Gladden für Beltran zu alt wurde. Beltran stieß ihn beiseite und wendete sich seinem nächsten Opfer zu. Sämtliche Jungen, um die er sich im Rahmen des Best-Pal-Programms kümmerte, werden zur Zeit ausfindig gemacht und sollen vernommen werden. Ich wette, sie wurden alle von ihm mißbraucht. Beltran ist der böse Samen, der all dies hervorgebracht hat, Jack. Sieh zu, daß das klar wird, wenn du darüber schreibst. Beltran hat bekommen, was er verdient hat.«

»Das hört sich an, als brächtest du Mitgefühl für Gladden auf.«

Ich hatte etwas Falsches gesagt. Zorn flackerte in ihren Augen auf.

»Du hast verdammt recht, ich bringe Mitgefühl für ihn auf. Aber das bedeutet nicht, daß ich irgend etwas von dem, was er getan hat, entschuldige oder daß ich ihn nicht erschießen würde, wenn ich die Gelegenheit dazu bekäme. Aber er hat das Ungeheuer, das in ihm steckt, nicht erfunden. Das wurde von jemand anderes geschaffen.«

»Hör zu, ich wollte damit nicht andeuten ...«

Die Kellnerin kam mit dem Bier und bewahrte mich davor, dem falschen Pfad noch weiter zu folgen. Ich zog Rachels Black and Tan über den Tisch und nahm einen großen Schluck.

»Also, abgesehen von dem, was er dir erzählt hat«, wechselte ich das Thema, »welchen Eindruck hattest du von Gladden? War er wirklich so intelligent, wie jedermann hier zu glauben scheint?«

Sie schien ihre Gedanken zu ordnen, bevor sie antwortete. »William Gladden wußte, daß seine sexuellen Gelüste juristisch, gesellschaftlich und kulturell inakzeptabel waren. Ich glaube, er hat eindeutig darunter gelitten. Ich glaube, er lag im Clinch mit sich selbst und versuchte, seinen Drang und seine Gelüste zu verstehen. Er wollte uns seine Geschichte erzählen, und sei es in der dritten Person. Ich glaube, er war überzeugt, daß er dadurch sich selbst genauso helfen würde wie anderen Leuten, die ebenso veranlagt waren. Das alles deutet auf einen hochintelligenten Menschen hin. Die meisten der Männer, die wir interviewten, waren einfältig. Primitiv. Sie begingen ihre Taten fast instinktiv, oder als seien sie darauf programmiert worden. Sie taten es, ohne viel darüber nachzudenken. Gladden war anders.«

»Was du eben gesagt hast, ist merkwürdig. Daß er unter seiner Veranlagung gelitten hat. Das hört sich nicht nach dem Kerl an, hinter dem wir jetzt her sind. Der, nach dem wir suchen, scheint wegen seiner Taten ziemlich wenig Gewissensbisse zu haben.«

»Das stimmt. Aber wir haben eine Menge Beweise dafür, daß sich Verbrecher wie er verändern, weiterentwickeln. Es gibt Beispiele dafür, daß jemand mit William Gladdens Hintergrund – wenn er nicht behandelt wird, sei es mit einer medikamentösen Therapie oder auf andere Weise – sich zu jemandem wie dem Poeten entwickeln kann. Menschen können sich tatsächlich ändern. Nach den Interviews hat er noch ein weiteres langes Jahr im Gefängnis verbracht, bevor er sein Revisionsverfahren gewann und den Deal abschloß, der ihn herausbrachte. In den Gefängnissen haben Pädosexuelle am meisten auszustehen. Deshalb schließen sie sich eng zusammen – genau wie draußen. Und deshalb war Gladden viel mit Gomble und anderen Pädosexuellen in Raiford zusammen. Also, es überrascht mich keineswegs, daß der Mann, den ich vor vielen Jahren interviewt habe, zu dem Mann geworden ist, den wir heute den Poeten nennen. Ich kann es nachvollziehen.«

In der Nähe von einem der Dartboards brandete Gelächter und Applaus auf und lenkten mich ab. Offenbar war der Champion des Abends gekrönt worden.

»Laß uns jetzt nicht mehr über ihn sprechen«, sagte Rachel, als ich sie wieder ansah. »Es ist fürchterlich deprimierend.«

»Okay.«

»Was ist mit dir?«

»Ich bin auch deprimiert.«

»Nein, ich meine, hast du schon mit deinem Redakteur gesprochen, ihm gesagt, daß du wieder bei uns bist?«

»Nein, noch nicht. Ich muß ihn morgen früh anrufen und ihm beibringen, daß er aus diesem Grund vorerst keinen Fortsetzungs-Artikel von mir bekommt.«

»Und wie wird er das aufnehmen?«

»Er wird sauer sein. Wird trotzdem auf einer Fortsetzung bestehen. Aber was soll's. Er hat andere Reporter. Er kann einen von ihnen daransetzen und zusehen, was der herausbringt. Es wird nicht viel sein. Schließlich wird Michael Warren einen weiteren Exklusivbericht in die *L. A. Times* bringen, und dann stecke ich wirklich in der Scheiße.«

»Du bist ja mächtig zynisch.«

»Ich bin Realist.«

»Mach dir wegen Warren keine Sorgen. Gor – wer immer ihm Informationen zugespielt hat, wird es nicht noch einmal tun. Damit würde er bei Bob zuviel riskieren.«

Auf dem Rückweg kam es mir sogar noch kälter vor. Ich hätte gern meinen Arm um sie gelegt, wußte aber, daß sie es nicht zulassen würde. Die Straße hatte Augen, und so versuchte ich es gar nicht erst. Als wir uns dem Hotel näherten, fiel mir eine Geschichte ein, und ich erzählte sie ihr. »Weißt du noch, wie in der High School ständig Informationen darüber die Runde machten, wer wen mag und wer in wen verknallt ist?«

»Ja, ich erinnere mich.«

»Nun, ich war bis über beide Ohren in ein Mädchen verliebt. Und ... ich weiß nicht mehr, wie es passiert ist, aber alle schienen es zu wissen. Und wenn das der Fall war, wartete man für gewöhnlich ab, wie sie reagierte. Es war einfach so, daß ich wußte, daß sie wußte, daß ich sie begehrte, und sie wußte, daß ich es wußte. Verstehst du?«

»Ja.«

»Das Problem war nur, daß ich kein Selbstvertrauen hatte und ... ich weiß nicht. Eines Tages war ich in der Turnhalle, saß auf der Zuschauertribüne. Da kommt sie mit einer Freundin herein, und sie gehen auf der Tribüne entlang und suchen nach einem Platz. Es war einer dieser entscheidenden Momente, sie schaute mich direkt an und winkte ..., und ich erstarrte. Und ... dann ... dann drehte ich mich um und schaute hinter mich, um festzustellen, ob sie jemand anders zugewinkt hatte.«

»Jack, du Esel!« sagte Rachel lächelnd. Sie nahm sich die Geschichte nicht so sehr zu Herzen, wie ich es lange Zeit getan hatte.

»Als ich mich ihr wieder zuwandte, hatte sie den Blick gesenkt. Ich hatte sie in Verlegenheit gebracht, sie vor den Kopf gestoßen. Bald darauf ging sie mit jemand anders aus. Hat ihn schließlich geheiratet. Ich habe lange gebraucht, um darüber hinwegzukommen.«

Wir legten die letzten Schritte bis zur Hoteltür schweigend zurück. Ich öffnete Rachel die Tür und sah sie mit einem wehmütigen, verlegenen Lächeln an.

»Also«, sagte ich. »Diese Geschichte beweist, daß ich schon immer ein zynischer Esel war.«

Wir durchquerten das Foyer, und der Nachtportier schaute auf und nickte. Auf der Treppe blieb Rachel stehen und flüsterte mir so leise, daß er es nicht hören konnte, zu: »Ich finde, jeder sollte in sein eigenes Zimmer gehen.«

»Ich kann dich trotzdem hinaufbringen.«

»Nein, danke, lieber nicht.«

Sie schaute zurück zur Rezeption. Der Nachtportier hatte den Kopf gesenkt und las in einer Boulevardzeitung. Rachel drehte sich wieder zu mir um, küßte mich auf die Wange und flüsterte: »Gute Nacht.« Ich schaute ihr nach, wie sie die Treppe hinaufging.

Ich wußte, daß ich nicht würde schlafen können. Ich war mit einer wunderschönen Frau im Bett gewesen, hatte mich im Laufe des Abends in sie verliebt. Ich wußte nicht genau, was Liebe war, aber ich wußte, daß Akzeptiertwerden ein Teil davon war. Und genau das hatte ich bei Rachel gespürt. Etwas, das bisher in meinem Leben gefehlt hatte. Dieses Gefühl war aufregend und beunruhigend zugleich.

Als ich durch die Hoteltür auf die Straße trat, um noch eine Zigarette zu rauchen, steigerte sich dieses Gefühl der Beunruhigung noch. Ich hatte Rachel nicht alles über das Mädchen in der High School erzählt. Ich hatte ihr den Schluß der Geschichte verschwiegen. Daß das Mädchen Riley gewesen war und der Junge, mit dem sie ausging und den sie später heiratete, mein Bruder. Ich wußte nicht, weshalb ich das ausgelassen hatte.

Ich hatte keine Zigaretten mehr. Ich kehrte ins Foyer zurück und fragte den Nachtportier, wo ich eine Schachtel bekommen konnte. Er verwies mich ans Cat & Fiddle. Ich sah, daß neben seinem Stapel Zeitungen eine offene Schachtel Camel lag, aber er bot mir keine an, und ich bat ihn auch nicht darum.

Während ich allein den Sunset Boulevard entlangging, dachte ich wieder an Rachel, und dabei fiel mir etwas ein, was ich jedesmal registriert hatte, als wir uns liebten. Bei allen drei Malen, die wir bisher zusammengewesen waren, hatte sie sich voll und ganz hingegeben, und trotzdem hatte ich den Eindruck gehabt, daß sie ausgesprochen passiv gewesen war. Sie hatte die Kontrolle an mich abgetreten. Beim zweiten und dritten Mal hatte ich auf die kleinen Nuancen der Veränderung gewartet und mich sogar in meinen eigenen Bewegungen und Entscheidungen zurückgehalten, damit sie die Führung übernehmen konnte, aber sie hatte es nicht getan.

Daran war im Prinzip nichts auszusetzen, und es beunruhigte mich auch nicht im mindesten, aber es kam mir trotzdem seltsam vor. Denn ihre Passivität in diesen horizontalen Momenten stand in diametralem Gegensatz zu ihrem Verhalten in der Vertikalen. Außerhalb des Bettes übernahm eindeutig sie das Kommando oder versuchte es zumindest. Vermutlich war es genau diese Art von subtilem Widerspruch, die sie für mich so begehrenswert machte.

Als ich stehenblieb, um den Sunset zu überqueren, registrierte ich aus den Augenwinkeln eine Bewegung links von mir. Ich wandte rasch den Kopf und sah die Gestalt eines Menschen, die im dunklen Eingang eines geschlossenen Ladens verschwand. Ein Schauder lief mir über den Rücken, aber ich bewegte mich nicht. Der Ladeneingang lag ungefähr zwanzig Meter von mir entfernt. Ich war ziemlich sicher, daß es ein Mann gewesen war und daß er vermutlich noch dort stand.

Ich spürte, wie mein Herz schneller zu schlagen begann. Ich wußte, daß es vielleicht nur ein Obdachloser auf der Suche nach einem Schlafplatz gewesen war. Ich wußte, daß es hundert Erklärungen geben konnte. Trotzdem hatte ich Angst. Vielleicht war es ein harmloser Passant. Vielleicht der Poet. Ich war im Fernsehen gewesen. Der Poet sah fern. Der Poet hatte seine Wahl getroffen. Der dunkle Eingang lag auf dem Weg zwischen mir und dem Wilton Hotel. Ich konnte nicht umkehren. Ich überquerte rasch die Straße, um zu dem Pub zu gelangen.

Dort bestellte ich einen weiteren Black and Tan und eine Portion Hähnchenflügel und ließ mir sagen, wo ich den Zigarettenautomaten finden konnte. Ich bemerkte, wie meine Hände zitterten, als ich ein Streichholz anriß. Und wie geht es jetzt weiter? dachte ich. Ich stieß eine blaue Rauchwolke aus und sah zu, wie sie meinem Abbild im Spiegel hinter der Bar entgegenschwebte.

Ich verließ das Cat & Fiddle um zwei Uhr zusammen mit den letzten Gästen, weil ich zu dem Schluß gelangt war, daß ich in einer Gruppe sicher war. Ich hielt mich hinter ihnen, folgte ihnen mit ein paar Metern Abstand. Wir passierten den unheimlichen Ladeneingang. Ich konnte von der anderen Straßenseite nicht feststellen, ob dort jemand stand. An der Wilcox löste ich mich von meiner Eskorte, überquerte den Sunset Boulevard und ging auf das Hotel zu. Ich atmete erst wieder normal, als ich das Foyer erreicht hatte und das vertraute Gesicht des Nachtportiers sah.

Trotz der späten Stunde und des schweren Biers beraubte mich die Angst, die ich in mir hatte aufkommen lassen, jeder Müdigkeit. Ich konnte nicht schlafen. Ich zog mich aus, legte mich ins Bett und schaltete das Licht aus, aber ich wußte, daß es sinnlos war. Nach zehn Minuten schaltete ich das Licht wieder ein.

Ich brauchte eine Ablenkung. Irgend etwas, das meine Gedanken zur Ruhe brachte und mich schlafen ließ. Ich tat, was ich schon unzählige Male unter ähnlichen Umständen getan hatte. Ich holte meinen Laptop aufs Bett, schaltete ihn ein, verband das Modem mit dem Telefonanschluß im Zimmer und klinkte mich in das Netz der *Rocky* ein. Es waren keine Botschaften für mich eingegangen, und ich hatte auch keine erwartet, aber schon die erforderlichen Handgriffe begannen mich zu beruhigen. Ich surfte ein wenig herum und stieß im nationalen Netz von AP auf meine eigene Story, in verkürzter

Form. Sie würde am nächsten Morgen überall landen und wie eine Bombe explodieren. Redakteure von New York bis hierher nach Los Angeles würden meinen Namen als Verfasser zur Kenntnis nehmen.

Das hoffte ich jedenfalls.

Nachdem ich mich wieder ausgeklinkt hatte, spielte ich ein paar Runden Computer-Solitaire, aber das wurde rasch langweilig, weil ich immer verlor. Auf der Suche nach etwas anderem, mit dem ich mich ablenken konnte, griff ich in meine Computertasche, um die Quittungen aus Phoenix herauszuholen, aber ich konnte sie nicht finden. Ich durchsuchte sämtliche Fächer der Tasche, aber sie waren nicht da. Ich griff nach dem Kopfkissenbezug und durchsuchte ihn wie einen Verdächtigen, aber er enthielt nur Kleidungsstücke.

»Scheiße«, sagte ich laut.

Ich schloß die Augen und versuchte, mich zu erinnern, was ich im Flugzeug mit den Quittungen getan hatte. Panik stieg in mir hoch, als ich an die Sitztasche dachte. Aber dann fiel mir wieder ein, daß ich die Unterlagen wieder herausgeholt hatte, nachdem ich mit Warren gesprochen hatte. Ich war ganz sicher, daß ich sie nicht im Flugzeug gelassen hatte.

Die Alternative war, das wußte ich, daß jemand in meinem Zimmer gewesen war und sie an sich genommen hatte. Ich hatte keine Ahnung, was ich dagegen unternehmen konnte. Mir war etwas gestohlen worden, was man selbst als Diebesgut bezeichnen könnte. Bei wem konnte ich mich darüber beschweren?

Wütend öffnete ich die Tür und ging den Korridor entlang zur Rezeption. Der Nachtportier betrachtete eine Zeitschrift, die *High Society* hieß und auf deren Titelbild eine nackte Frau ihre Arme und Hände geschickt dazu benutzte, um soviel von ihrem Körper zu verdecken, daß die Zeitschrift offen verkauft werden konnte.

»Haben Sie jemanden gesehen, der zu meinem Zimmer gegangen ist?«

Er zog die Schultern hoch und schüttelte den Kopf.

»Wirklich nicht?«

»Die einzigen, die ich gesehen habe, waren die Lady, die mit Ihnen zusammen war, und Sie. Das war's.«

Ich sah ihn an, wartete auf mehr, aber er hatte seinen Text aufgesagt.

»Danke.«

Ich kehrte zu meinem Zimmer zurück, doch bevor ich hineinging, untersuchte ich das Schlüsselloch auf Spuren eines Dietrichs. Es ließ sich nichts feststellen. Das Schlüsselloch war abgenutzt und zerkratzt, aber das konnte schließlich schon seit Jahren so sein. Selbst wenn mein Leben davon abgehangen hätte – ich war nicht in der Lage, einem Schloß anzusehen, ob es unrechtmäßig geöffnet worden war. Aber ich untersuchte es trotzdem. Ich war wütend.

Drinnen überlegte ich, ob ich Rachel anrufen sollte und ihr von dem Einbruch in mein Zimmer erzählen. Doch mein Problem war, daß ich ihr nicht sagen konnte, was bei dem Einbruch gestohlen worden war. Sie sollte davon nichts wissen. Ich zog mich aus und legte mich wieder hin.

Schließlich kam der Schlaf. Natürlich träumte ich von Thorson, wie er in meinem Zimmer meine Sachen durchwühlte.

37

Ich wurde von einem lauten Klopfen an meine Tür geweckt. Ich öffnete die Augen und blinzelte ins Licht. Die Sonne stand bereits ziemlich hoch, und mir war klar, daß ich eigentlich auch längst auf den Beinen sein müßte. Ich schlüpfte in meine Hose und war noch dabei, ein Hemd zuzuknöpfen, als ich die Tür öffnete. Es war nicht Rachel.

»Morgen, Sportsfreund. Zeit zum Aufstehen. Sie sind heute mit mir zusammen, und wir müssen los.«

Ich starrte ihn verständnislos an. Thorson klopfte an die offene Tür.

»Hallo? Jemand zu Hause?«

»Was soll das heißen, ich bin mit Ihnen zusammen?«

»Ihre Freundin ist anderweitig beschäftigt, und Agent Backus hat angeordnet, daß Sie heute mit mir fahren.«

Offenbar war meinem Gesicht anzusehen, was ich von der Aussicht hielt, den Tag mit Thorson verbringen zu müssen.

»Ich bin auch nicht hellauf begeistert«, sagte er zu mir. »Aber ich tue, was mir gesagt wird. Und wenn Sie den ganzen Tag im Bett bleiben wollen, soll mir's auch recht sein. Ich werde dann einfach ...«

»Ich ziehe mich an. Lassen Sie mir ein paar Minuten Zeit.«

»Sie haben fünf Minuten. Ich warte beim Wagen auf Sie. Wenn Sie dann nicht unten sind, können Sie sehen, wo Sie bleiben.«

Nachdem er gegangen war, schaute ich auf meine Uhr auf dem Nachttisch. Es war halb neun, noch früher, als ich gedacht hatte. Ich brauchte zehn Minuten anstatt fünf. Ich hielt meinen Kopf unter die Dusche und dachte voller Unbehagen an den vor mir liegenden Tag mit Thorson. Aber vor allem dachte ich an Rachel und fragte mich, welchen Auftrag ihr Backus wohl erteilt haben mochte, und weshalb ich nicht dabeisein konnte.

Nachdem ich mein Zimmer verlassen hatte, ging ich die Treppe hinauf und klopfte an ihre Tür. Keine Antwort. Sie war fort.

Als ich auf die Gasse hinaustrat, lehnte Thorson am Kofferraum eines der Wagen.

»Sie haben Verspätung.«

»Ja, tut mir leid. Wo ist Rachel?«

»Danach müssen Sie Backus fragen, Sportsfreund. Sieht so aus, als sei er Ihr FBI-Rabbi.«

»Hören Sie, Thorson, mein Name ist nicht Sportsfreund, okay? Wenn Sie sich nicht dazu überwinden können, mich bei meinem richtigen Namen zu nennen, dann verzichten Sie lieber ganz auf eine Anrede. Ich komme zu spät, weil ich meinen Chef anrufen und ihm beibringen mußte, daß er heute keinen Artikel bekommt. Er war gar nicht glücklich.«

»Mir ist es scheißegal, ob Ihr Chef glücklich ist oder nicht«, sagte er über das Autodach hinweg, bevor er einstieg.

Auf dem Armaturenbrett standen zwei Becher mit Kaffee, dessen Dampf die Windschutzscheibe beschlagen ließ. Ich sah sie an wie ein Junkie den Löffel, den er an die Kerzenflamme hält, sagte aber nichts. Wahrscheinlich gehörten sie zu einem Streich, den Thorson mir zu spielen gedachte.

»Einer davon gehört Ihnen, Sp ... äh, Jack. Milch und Zukker finden Sie im Handschuhfach.«

Er ließ den Motor an. Dann griff nach einem der Becher und öffnete ihn. Er trank einen kleinen Schluck, wie ein Schwimmer, der einen Fuß ins Wasser taucht, um die Temperatur zu testen.

»Ah«, sagte er. »Ich nehme meinen heiß und schwarz. Genau wie meine Frauen.«

Er sah mich an und zwinkerte verschwörerisch.

»Voran, Jack, nehmen Sie Ihren Kaffee. Ich will nicht, daß er umkippt, wenn ich losfahre.«

Ich nahm den Becher und öffnete ihn. Thorson bog in die Straße ein. Ich trank einen kleinen Schluck, aber eher so, als sei ich der offizielle Vorkoster des Zaren. Er war gut, und das Koffein tat rasch seine Wirkung.

»Danke«, sagte ich.

»Gern geschehen. Ohne das Zeug komme ich nicht in Gang. Also was ist passiert – schlechte Nacht gehabt?«

»So könnte man es ausdrücken.«

»Kann mir nicht passieren. Ich kann überall schlafen, sogar in einer Absteige wie dieser.«

»Sie haben nicht zufällig geschlafwandelt?«

»Geschlafwandelt? Was wollen Sie damit sagen?«

»Hören Sie, Thorson, danke für den Kaffee und so weiter, aber ich weiß, daß Sie es waren, der Warren angerufen hat, und ich weiß, daß Sie gestern abend in meinem Zimmer waren.«

Thorson fuhr an den Bordstein, in einer Zone, in der nur Lieferwagen halten durften. Dann sah er mich an.

»Was haben Sie da eben gesagt?«

»Sie haben genau gehört, was ich gesagt habe. Daß Sie in meinem Zimmer waren. Ich habe noch keine Beweise dafür, aber wenn Warren wieder vor mir irgend etwas veröffentlicht, dann gehe ich zu Backus und sage ihm, was ich gesehen habe.«

»Hören Sie, Sportsfreund, dieser Kaffee war mein Friedensangebot. Wenn Sie ihn mir ins Gesicht kippen wollen, okay. Aber ich habe nicht die geringste Ahnung, was Sie sich da zusammenspinnen, und zum letzten Mal, ich rede nicht mit Reportern. Punktum. Mit Ihnen rede ich jetzt nur, weil Sie eine Spezialgenehmigung haben.«

Er rammte den Schalthebel auf Fahren und schoß hinaus in den Verkehr, was ihm ein wütendes Hupen eines anderen Fahrers einbrachte. Heißer Kaffee schwappte auf meine Hand, aber ich gab keinen Ton von mir. Wir fuhren mehrere Minuten lang schweigend weiter und gerieten schon bald in eine Schlucht aus Beton, Glas und Stahl. Wilshire Boulevard. Wir näherten uns den Hochhäusern der Innenstadt. Der Kaffee schmeckte mir nicht mehr, und ich drückte den Deckel wieder auf den Becher.

»Wo wollen wir hin?« fragte ich schließlich.

»Zu Gladdens Anwalt. Anschließend fahren wir nach Santa Monica zu diesem dynamischen Duo, das dieses Stück Scheiße eingebuchtet hat und es dann wieder laufen ließ.«

»Ich habe den Artikel in der *Times* gelesen. Sie wußten nicht, wen sie vor sich hatten. Daraus kann man ihnen keinen Vorwurf machen.«

»Ja, richtig, niemand ist je an irgend etwas schuld.«

Es war mir vollauf gelungen, Thorsons Friedensangebot zu akzeptieren und es dann in der Toilette hinunterzuspülen. Jetzt war er wieder arrogant und verdrossen. Sein normales Benehmen, soweit mir bekannt war, aber es war diesmal trotzdem meine Schuld.

»Hören Sie«, sagte ich, stellte meinen Kaffee auf den Boden und hob resignierend die Schultern. »Es tut mir leid, okay?

Wenn ich mich in bezug auf Sie und Warren und alles andere geirrt haben sollte, dann tut es mir leid. Die ganze Sache hat sich mir einfach so dargestellt. Wenn ich mich geirrt habe, bitte ich um Entschuldigung.«

Er sagte nichts, und das Schweigen wurde bedrückend. Ich hatte das Gefühl, daß sich der Ball immer noch in meinem Feld befand, daß ich daher noch mehr sagen mußte.

»Ich vergesse es, okay?« log ich. »Und es tut mir auch leid …, falls Sie wegen mir und Rachel wütend sind. Es ist einfach passiert.«

»Ich will Ihnen mal was sagen, Jack. Sie können sich Ihre Entschuldigungen sparen. Ich mache mir nichts aus Ihnen, und aus Rachel auch nicht. Sie glaubt das nicht, und ich bin sicher, daß sie Ihnen das gesagt hat. Aber sie irrt sich. Und wenn ich Sie wäre, würde ich bei ihr auf der Hut sein. Bei Rachel steckt immer etwas dahinter. Vergessen Sie das nicht.«

»Okay.«

Ich schlug seine Worte in den Wind, sobald er sie ausgesprochen hatte.

Ich dachte nicht daran, mir meine Gedanken an Rachel von seiner Bitterkeit vergiften zu lassen.

»Haben Sie schon einmal von der Painted Desert gehört, Jack?«

Verblüfft sah ich ihn an.

»Ja, ich habe davon gehört.«

»Waren Sie schon einmal dort?«

»Nein.«

»Also, wenn Sie mit Rachel zusammen sind, dann sind Sie jetzt genau dort. Sie ist die Painted Desert. Ein schöner Anblick, ja. Aber, Mann, dahinter ist Ödnis. Hinter der Schönheit steckt überhaupt nichts, und die Nächte in der Wüste sind sehr kalt.«

Ich hätte gern etwas erwidert, ein verbales Gegenstück zu einem Faustschlag. Aber die Tiefe seiner Bitterkeit und seine Wut bewirkten, daß ich kein Wort herausbrachte.

»Sie kann Sie manipulieren«, fuhr er fort. »Oder mit Ihnen spielen. In der einen Minute will sie alles mit Ihnen teilen, in der nächsten nichts mehr, und dann läßt sie Sie einfach sitzen.«

Ich antwortete immer noch nichts. Ich drehte den Kopf und schaute aus dem Fenster. Ein paar Minuten später sagte er, wir seien da, und steuerte den Wagen auf den Parkplatz vor einem der Bürogebäude der Innenstadt.

Nach einem Blick auf den Wegweiser im Foyer des Fuentes Law Center fuhren wir schweigend mit dem Fahrstuhl in die siebte Etage. Auf der rechten Seite fanden wir eine Tür mit einem Mahagonischild, das uns verkündete, daß hier die Kanzlei Krasner & Peacock residierte. Thorson legte seine aufgeklappte FBI-Marke und seinen Ausweis auf den Tresen der Empfangsdame und verlangte nach Krasner.

»Tut mir leid«, sagte sie. »Mr. Krasner ist heute morgen nicht da.«

»Sind Sie sicher?«

»Natürlich bin ich sicher. Er ist bei Gericht und kommt erst am frühen Nachmittag zurück.«

»Hier in der Nähe? Welches Gericht?«

»Hier in der Nähe. Das CCB.«

Wir ließen den Wagen stehen und gingen zu Fuß zum Criminal Courts Building. Die Anklageerhebungen fanden im fünften Stock in einem riesigen, mit Marmor verkleideten Gerichtssaal statt, in dem es von Anwälten, den Angeklagten und den Anhörigen der Angeklagten nur so wimmelte.

Thorson näherte sich einer Gerichtsangestellten, die an einem Schreibtisch in der ersten Reihe des Zuschauerbereichs saß, und fragte sie, welcher von den Anwesenden Krasner sei. Sie deutete auf einen kleinen Mann mit sich lichtendem rotem Haar und einem roten Gesicht, der in der Nähe der Gerichtsschranken stand und sich mit einem Mann im Anzug, vermutlich einem anderen Anwalt, unterhielt. Thorson strebte auf ihn zu.

»Mr. Krasner?« unterbrach er die beiden Männer.

»Ja?«

»Könnten wir draußen auf dem Flur ein paar Worte miteinander reden?«

»Wer sind Sie?«

»Das werde ich Ihnen draußen sagen.«

»Sie können es gleich hier sagen oder allein auf den Flur gehen.«

Thorson zog seine Brieftasche. Krasner betrachtete die Marke und den Ausweis, und ich sah, wie sich seine kleinen

Schweinsaugen hin und her bewegten. Offensichtlich dachte er nach.

»Jetzt wissen Sie wohl, worum es geht«, sagte Thorson. Dann sah er den anderen Anwalt an. »Würden Sie uns bitte entschuldigen?«

Auf dem Flur gewann Krasner seine anwaltliche Großspurigkeit zurück.

»Na schön, aber ich habe in fünf Minuten eine Anklageerhebung. Worum geht es?«

»Ich dachte, darüber wären wir bereits hinaus«, sagte Thorson. »Es geht um einen Ihrer Mandanten. William Gladden.«

»Der Name ist mir unbekannt.«

Schon wollte er sich an Thorson vorbei auf die Tür zum Gerichtssaal zubewegen. Thorson streckte gelassen die Hand aus und drückte sie dem anderen Mann auf die Brust, woraufhin dieser wie angewurzelt stehenblieb.

»Bitte«, sagte Krasner. »Sie haben kein Recht, mich anzurühren. Lassen Sie mich sofort los!«

»Sie wissen, über wen wir reden, Mr. Krasner. Sie stecken schwer in der Klemme, weil Sie die wahre Identität dieses Mannes vor der Polizei und dem Gericht geheimgehalten haben.«

»Nein, da irren Sie sich. Ich hatte keine Ahnung, wer er war. Ich habe den Fall so übernommen, wie er sich mir darbot. Wer er in Wirklichkeit war, ging mich nichts an. Und es gibt nicht das Fünkchen eines Beweises oder auch nur des Verdachts, daß ich Bescheid wußte.«

»Den Quatsch können Sie sich sparen, Herr Anwalt. Für den Richter. Wo ist Gladden?«

»Ich habe keine Ahnung, und selbst wenn ich sie hätte, würde ich ...«

»Dann würden Sie es nicht sagen? Das ist die falsche Einstellung, Mr. Krasner. Ich werde *Ihnen* etwas sagen. Ich habe mir die Unterlagen Ihrer Vertretung von Mr. Gladden angeschaut, und es sieht nicht gut für Sie aus, wenn Sie wissen, was ich meine. Nicht koscher. Das könnte ein Problem für Sie werden.«

»Ich weiß nicht, wovon Sie reden.«

»Wie ist er nach seiner Verhaftung auf Sie verfallen?«

»Das weiß ich nicht. Ich habe ihn nicht danach gefragt.«

»War es auf eine Empfehlung hin?«

»Ja, ich glaube.«

»Von wem?«

»Das weiß ich nicht. Ich habe ihn nicht gefragt.«

»Sind Sie pädophil, Mr. Krasner? Sind es kleine Mädchen oder kleine Jungen, die Sie scharf machen? Oder vielleicht sowohl als auch?«

»Wie bitte?«

Stück für Stück hatte Thorson ihn mit seiner verbalen Attakke an die Marmorwand des Flurs zurückgedrängt. Krasner sah inzwischen ziemlich mitgenommen aus. Er hielt den Aktenkoffer vor seinen Körper, als sei er ein Schild. Aber er war nicht dick genug.

»Sie wissen genau, wovon ich rede«, fuhr Thorson unerbittlich fort. »Weshalb ist Gladden bei all den Anwälten in der Stadt ausgerechnet auf Sie verfallen?«

»Das habe ich Ihnen schon gesagt«, brüllte Krasner und zog damit die Blicke aller Leute ringsum auf sich. »Ich weiß nicht, weshalb er gerade mich angerufen hat. Ich stehe im Telefonbuch. Das ist ein freies Land.«

Thorson schwieg, damit Krasner noch mehr sagen konnte, aber der Anwalt schluckte den Köder nicht.

»Ich habe mir die Unterlagen gestern angesehen«, wiederholte Thorson schließlich noch einmal. »Sie hatten ihn zwei Stunden und fünfzehn Minuten nach Festsetzung der Kaution draußen. Wie haben Sie die Kaution gestellt? Sie hatten das Geld von ihm bereits, stimmt's? Wie haben Sie das Geld von ihm bekommen, wenn er die Nacht im Gefängnis verbracht hat?«

»Durch Kabelüberweisung. Nichts Illegales. Wir haben uns am Abend vorher über mein Honorar unterhalten und darüber, wie hoch die Kaution sein könnte, und er hat es am nächsten Morgen überwiesen. Ich hatte nichts damit zu tun. Ich … Sie haben nicht das Recht, hier zu stehen und mich auf diese Weise zu verleumden.«

»Ich kann tun, was ich will. Sie widern mich an, Krasner. Ich habe mich bei der hiesigen Polizei erkundigt. Ich weiß über Sie Bescheid.«

»Wovon reden Sie?«

»Wenn Sie es noch nicht wissen, werden Sie es bald genug erfahren. Man wird Sie abholen, kleiner Mann. Sie haben diesem Kerl wieder zur Freiheit verholfen. Und nun sehen Sie sich an, was er verbrochen hat!«

»Das habe ich nicht gewußt!« sagte Krasner mit winselnder Stimme.

»Klar, niemand hat je etwas gewußt. Haben Sie ein Telefon?«

»Was?«

»Ein Telefon. Ein Handy.«

Thorson schlug mit der offenen Hand auf Krasners Aktenkoffer, eine Bewegung, die den kleinen Mann zusammenzukken ließ.

»Ja, ja, ich habe ein Handy. Sie brauchen nicht so ...«

»Gut. Rufen Sie Ihre Sekretärin an und sagen Sie ihr, sie soll die Unterlagen über die Kabelüberweisung raussuchen. Sagen Sie ihr, ich werde in fünfzehn Minuten bei ihr sein und mir eine Kopie abholen.«

»Sie können nicht einfach ... Ich stehe unter Schweigepflicht, was meinen Mandanten betrifft, egal was er getan hat. Ich ...«

Thorson schlug abermals auf den Aktenkoffer. Krasner verstummte mitten im Satz. Ich konnte sehen, daß es Thorson eine echte Befriedigung bereitete, den kleinen Anwalt einzuschüchtern.

»Rufen Sie an, Krasner, und ich werde den Cops sagen, daß Sie uns geholfen haben. Rufen Sie an, sonst haben Sie den nächsten Toten auf dem Gewissen. Sie wissen schließlich, über wen und was wir hier reden.«

Krasner nickte langsam und begann, seinen Aktenkoffer zu öffnen.

»So ist's richtig, Herr Anwalt«, sagte Thorson. »Allmählich kapieren Sie.«

Während Krasner seine Sekretärin anrief und ihr mit zittriger Stimme die Anweisung erteilte, stand Thorson schweigend daneben und beobachtete ihn. Ich war mir nicht sicher, ob ich Thorsons Raffinesse bewundern sollte oder ob sie mich abstieß. Als Krasner das Handy zuklappte, fragte Thorson, wieviel Geld ihm überwiesen worden war.

»Genau sechstausend Dollar.«

»Fünf für die Kaution und tausend für Sie. Wieso haben Sie nicht mehr herausgeholt?«

»Er hat gesagt, das sei alles, was er hätte. Ich habe ihm geglaubt. Kann ich jetzt gehen?«

Krasner blickte resigniert und geschlagen drein. Noch bevor Thorson auf seine Frage antworten konnte, wurde die Saaltür geöffnet, und ein Gerichtsdiener steckte den Kopf heraus.

»Artie, Sie sind dran.«

»Okay, Jerry.«

Krasner machte einen Schritt auf die Tür zu. Wieder hielt Thorson ihn auf. Diesmal protestierte Krasner nicht gegen seine Berührung. »Artie – ich darf Sie doch Artie nennen? Sie täten gut daran, ein bißchen in Ihrer Seele zu forschen. Das heißt, falls Sie überhaupt eine haben. Sie wissen mehr, als Sie hier gesagt haben. Wesentlich mehr. Und je mehr Zeit Sie vergeuden, desto größer ist die Gefahr, daß noch jemand umgebracht wird. Denken Sie darüber nach, und rufen Sie mich an.«

Er schob eine Visitenkarte in die Brusttasche von Krasners Jackett und klopfte dann sanft darauf.

»Meine hiesige Nummer steht auf der Rückseite. Rufen Sie mich an. Wenn ich die Informationen, die ich brauche, von jemand anders bekomme und dann feststelle, daß Sie über dieselben verfügt haben, dann können Sie sich auf einiges gefaßt machen, Herr Anwalt. Dann bin ich gnadenlos.«

Nach diesen Worten trat Thorson beiseite. Der Anwalt begab sich langsamen Schrittes zurück in den Gerichtssaal.

Thorson redete erst wieder mit mir, als wir auf die Straße hinaustraten.

»Glauben Sie, daß er kapiert hat?«

»Ganz bestimmt. Bleiben Sie in der Nähe des Telefons. Er wird anrufen.«

»Warten wir's ab.«

»Darf ich Sie etwas fragen?«

»Was?«

»Haben Sie ihn wirklich durch die hiesigen Cops überprüfen lassen?«

Thorsons Antwort bestand aus einem Lächeln.

»Und die Sache, daß er ein Pädosexueller ist. Woher haben Sie das gewußt?«

»Das war nur ein Schuß ins Blaue. Pädosexuelle umgeben sich gern mit ihresgleichen. Sie haben Telefonnetze, Computernetze, ein komplettes Kontaktsystem. Sie gegen den Rest der Welt. Eine mißverstandene Minorität und dergleichen Blödsinn mehr. Also habe ich vermutet, daß Krasners Name auf irgendeiner Liste steht. Es war den Versuch wert. Ich glaube, es war ein Volltreffer. Sonst würde er die Überweisungsunterlagen nicht herausrücken.«

»Vielleicht. Vielleicht hat er aber auch die Wahrheit gesagt, als er behauptete, nicht zu wissen, wer Gladden ist. Vielleicht hat er einfach ein Gewissen und will nicht, daß noch jemand zu Schaden kommt.«

»Offensichtlich kennen Sie nicht viele Anwälte.«

Fünf Minuten später warteten wir vor der Kanzlei von Krasner & Peacock bereits wieder auf den Fahrstuhl. Thorson betrachtete den Eingangsbeleg der Kabelüberweisung von 6000 Dollar.

»Das Geld kam von einer Bank in Jacksonville«, sagte er, ohne aufzuschauen. »Wir müssen Rach darauf ansetzen.«

Mir fiel auf, daß er die Kurzform ihres Namens benutzte. Es hörte sich irgendwie intim an.

»Warum sie?« fragte ich.

»Weil sie in Florida ist.«

Er schaute von dem Beleg zu mir auf und lächelte.

»Habe ich Ihnen das nicht gesagt?«

»Nein, das haben Sie nicht.«

»Backus hat sie heute morgen losgeschickt. Sie soll mit Horace dem Hypnotiseur reden und mit dem Team in Florida zusammenarbeiten. Wissen Sie was – unten im Foyer ist ein Telefon. Mal sehen, ob ich jemanden ausfindig machen kann, der ihr diese Kontonummer durchgibt.«

38

Auf dem Weg von der Innenstadt nach Santa Monica sprachen wir nicht viel. Ich dachte darüber nach, daß Rachel in Florida war. Ich konnte nicht verstehen, weshalb Backus sie dorthin geschickt hatte. Es gab zwei Möglichkeiten. Die eine war, daß Rachel aus irgendeinem Grund, möglicherweise meinetwegen, bestraft und vom Hauptschauplatz abgezogen worden war. Die andere war, daß es bei dem Fall einen Durchbruch gegeben hatte, von dem ich nichts wußte und der mir absichtlich verschwiegen wurde. Beide Möglichkeiten waren unerfreulich, aber ich stellte fest, daß mir die erste insgeheim noch lieber war.

Thorson schien während des größten Teils der Fahrt in Gedanken versunken; vielleicht hatte er es auch einfach satt, mit mir zusammensein zu müssen. Aber als wir vor der Polizeizentrale von Santa Monica parkten, beantwortete er mir meine Frage, bevor ich sie stellen konnte.

»Wir müssen die Sachen abholen, die sie Gladden bei seiner Verhaftung abgenommen haben. Wir wollen alles beisammen haben.«

»Und die werden sie Ihnen so ohne weiteres übergeben?«

Ich wußte, wie kleine und auch größere Polizeistationen zu reagieren pflegten, wenn das FBI auf der Bildfläche erschien.

»Das wird sich erweisen.«

Am Tresen im Vorzimmer des Büros der Detectives wurde uns gesagt, daß Constance Delpy bei Gericht wäre, aber ihr Partner Ron Sweetzer würde gleich kommen. Gleich bedeutete bei Sweetzer zehn Minuten, wie Thorson übel vermerkte. Ich bekam den Eindruck, daß das FBI, zumindest in Gestalt von Gordon Thorson, es gar nicht schätzte, auf jemanden warten zu müssen, und schon gar nicht auf einen Kleinstadt-Cop.

Endlich erschien Sweetzer und fragte, was er für uns tun könne.

Er warf einen Blick auf mich und wunderte sich vermutlich, weil mein Bart und meine Kleidung so gar nicht zu dem

Bild paßten, das er vom FBI hatte. Thorson reagierte mit seiner persönlichen Version von Unhöflichkeit. Er holte ein zusammengefaltetes Blatt Papier aus der Innentasche seines Jacketts und breitete es auf dem Tresen aus.

»Das ist die Liste der Dinge, die sich bei der Verhaftung von William Gladden alias Harold Brisbane in seinem Besitz befanden. Ich bin gekommen, um diese Dinge abzuholen.«

»Wovon reden Sie?« sagte Sweetzer.

»Das haben Sie doch gerade gehört. Das FBI hat den Fall übernommen und leitet die Ermittlungen gegen William Gladden auf nationaler Ebene. Wir müssen deshalb seine persönlichen Dinge von Experten untersuchen lassen.«

»Einen Moment, Mr. Agent. Wir haben unsere eigenen Experten, und wir ermitteln selbst gegen diesen Kerl. Wir denken nicht daran, das Beweismaterial irgend jemandem auszuhändigen. Nicht ohne einen Gerichtsbeschluß oder die Genehmigung des Staatsanwalts.«

Thorson holte tief Luft, aber ich hatte den Eindruck, daß er eine Schau abzog, die er schon viele Male abgezogen hatte.

»Erstens«, sagte er, »wissen Sie ebensogut wie ich, daß Ihre Ermittlungen ins Leere laufen. Und zweitens kann von Beweismaterial keine Rede sein. Sie haben eine Kamera, eine Tüte mit Bonbons. Die Anklage gegen ihn lautete Flucht vor Polizeibeamten, Vandalismus und Verschmutzung eines Gewässers. Was hat die Kamera damit zu tun?«

Sweetzer schien etwas Boshaftes sagen zu wollen, doch dann unterließ er es.

»Würden Sie bitte einen Moment hier warten?«

Er machte Anstalten, sich von dem Tresen zu entfernen.

»Ich habe nicht den ganzen Tag Zeit, Detective«, sagte Thorson. »Ich will diesen Kerl erwischen. Ein Jammer, daß er immer noch frei herumläuft.«

Sweetzer fuhr wütend herum.

»Was meinen Sie damit, verdammt noch mal?«

Thorson hob in einer beruhigenden Geste die Hände.

»Ich meine damit genau das, was ich gesagt habe. Und nun holen Sie Ihren Vorgesetzten. Vielleicht versteht er mich besser.«

Zwei Minuten später kehrte Sweetzer mit einem Mann zurück, der zehn Jahre älter, fünfzehn Kilo schwerer und doppelt so wütend war.

»Wo liegt das Problem?« fragte er barsch.

»Es gibt kein Problem, Captain.«

»Ich bin Lieutenant.«

»Also gut, Lieutenant, Ihr Mann hier scheint etwas verwirrt zu sein. Ich habe ihm erklärt, daß das FBI die Ermittlungen gegen William Gladden leitet und eng mit der Polizei von Los Angeles und anderen Departments überall im Lande zusammenarbeitet. Jetzt möchte das FBI auch die Polizei von Santa Monica einbeziehen. Aber Detective Sweetzer scheint zu glauben, daß er, wenn er sich an die Dinge klammert, die Mr. Gladden bei seiner Verhaftung abgenommen wurden, zu den Ermittlungen gegen Mr. Gladden und seiner Verhaftung beiträgt. In Wirklichkeit behindert er jedoch unsere Arbeit. Und ich bin, offen gestanden, überrascht, auf diese Weise behandelt zu werden. Ich habe einen Vertreter der überregionalen Medien bei mir, und ich habe nicht damit gerechnet, daß er so etwas erleben würde.«

Sweetzer und sein Lieutenant musterten mich. Es ärgerte mich, daß Thorson mich auf diese Weise benutzte. Der Lieutenant wandte sich wieder Thorson zu.

»Wir verstehen einfach nicht, wofür Sie diese Dinge brauchen. Ich habe mir die Liste angesehen. Es handelt sich um eine Kamera, eine Sonnenbrille, einen Seesack und eine Tüte Bonbons, sonst nichts. Kein Film, keine Fotos. Was will das FBI mit diesem Zeug?«

»Haben Sie die Bonbons in einem Labor untersuchen lassen?«

Der Lieutenant sah Sweetzer an, der leicht den Kopf schüttelte, als sei das eine Art geheimes Signal.

»Wir werden sie untersuchen lassen, Lieutenant«, sagte Thorson. »Um herauszufinden, ob die Bonbons irgendwelche Zusätze enthalten. Und was die Kamera betrifft – Sie können nicht wissen, daß wir im Laufe unserer Ermittlungen auf ein paar Fotos gestoßen sind. Ich will hier nicht ins Detail gehen und Ihnen nur sagen, daß sie höchst belastend sind. Aber der entscheidende Punkt ist, daß die Analyse dieser Fotos einen kleinen Fehler in der Linse der Kamera ergeben hat, mit der sie aufgenommen wurden. Er ist wie ein Fingerabdruck auf jedem Foto. Wir können diese Fotos also einer bestimmten Kamera zuordnen. Aber dazu brauchen wir die Kamera. Wenn Sie uns gestatten, sie mitzunehmen, und Fotos und Kamera tatsächlich zueinander passen, dann können wir beweisen, daß dieser Mann die Fotos gemacht hat. Dadurch könnten wir ihn weiterer Verbrechen anklagen, sobald wir ihn gefaßt haben. Und deshalb erbitten wir die Herausgabe seiner Besitztümer. Im Grunde, meine Herren, ziehen wir doch am selben Strang.«

Der Lieutenant blieb für einen langen Moment stumm. Dann sagte er zu Sweetzer: »Lassen Sie sich eine Quittung geben.«

Sweetzers Unterkiefer fiel nach unten, aber er folgte seinem Lieutenant. Nachdem die beiden verschwunden waren, trat ich ganz nahe an Thorson heran.

»Wenn Sie das nächste Mal vorhaben, mich so zu benutzen, dann fragen Sie mich gefälligst vorher«, flüsterte ich. »Das hat mir gar nicht gefallen.«

Thorson grinste.

»Der gute Ermittler bedient sich sämtlicher Instrumente, die gerade verfügbar sind. Und sie waren gerade verfügbar.«

»Stimmte das mit den Fotos und der Kamera-Analyse?«

»Hat sich doch gut angehört, oder etwa nicht?«

Die einzige Methode, wie Sweetzer etwas von seinem Stolz retten konnte, bestand darin, uns weitere zehn Minuten warten zu lassen. Endlich erschien er mit einem Karton und schob ihn über den Tresen. Dann forderte er Thorson auf, eine Quittung zu unterschreiben. Thorson wollte vorher den Karton öffnen, aber Sweetzer legte die Hand auf den Deckel, um ihn daran zu hindern.

»Es ist alles da drin«, sagte Sweetzer. »Unterschreiben Sie endlich die Quittung. Ich habe viel zu tun.«

Thorson, den den Krieg gewonnen hatte, ließ ihn die letzte Schlacht gewinnen und unterschrieb die Quittung.

»Ich vertraue Ihnen. Es ist bestimmt alles da drin.«

»Wissen Sie, früher wollte ich einmal FBI-Agent werden.«

»Seien Sie nicht traurig. Viele Leute bestehen den Test nicht.«

Sweetzers Gesicht lief rot an.

»Das war es nicht«, sagte er. »Ich war nur zu dem Schluß gekommen, daß ich lieber ein Mensch bleiben wollte.«

Thorson hob die Hand und zeigte mit einem Finger wie mit einer Waffe auf ihn.

»Ein guter Schuß«, sagte er. »Schönen Tag noch, Detective Sweetzer.«

Auf dem Rückweg zum Wagen konnte ich der Versuchung nicht widerstehen.

»Vermutlich haben Sie noch nie davon gehört, daß man mit Zucker mehr Fliegen fangen kann als mit Zitronensaft.«

»Weshalb Zucker an die Fliegen verschwenden?« erwiderte er.

Er öffnete den Karton erst, als wir im Wagen saßen. Er enthielt die bereits erwähnten Gegenstände in Plastikbeuteln und außerdem einen versiegelten Umschlag mit der Aufschrift: NUR FÜR DAS FBI BESTIMMT. Thorson riß den Umschlag auf und zog ein Foto heraus. Es war ein Polaroid, allem Anschein nach mit einer Tatortkamera aufgenommen: eine Nahaufnahme vom Hintern eines Mannes und Händen, die ihn gepackt hielten und so auseinanderzogen, daß der After deutlich zu sehen war. Thorson betrachtete das Foto für einen Moment, dann warf er es auf den Rücksitz.

»Das ist merkwürdig«, sagte er. »Wie kommt Sweetzer auf die Idee, ein Bild von seiner Mutter dazuzulegen?«

Ich lachte kurz auf, dann sagte ich: »Das ist das anschaulichste Beispiel von behördlicher Zusammenarbeit, das mir je begegnet ist.«

Aber Thorson ignorierte die Bemerkung oder hatte sie gar nicht gehört. Sein Gesicht wurde sehr ernst, und er holte den Plastikbeutel mit der Kamera aus dem Karton. Er drehte sie in den Händen, betrachtete sie von allen Seiten, und ich sah, wie sich seine Miene verdüsterte.

»Diese verdammten Arschlöcher«, sagte er langsam. »Haben die ganze Zeit darauf gesessen.«

Ich schaute ebenfalls auf die Kamera. Irgend etwas an ihr war merkwürdig. Sie sah aus wie eine Polaroid, war aber mit einer 35-mm-Linse augerüstet.

»Was ist? Stimmt etwas daran nicht?«

»Wissen Sie, was das ist?«

»Nein. Was?«

Thorson antwortete nicht. Er drückte auf einen Knopf und schaltete die Kamera ein. Dann betrachtete er das Display auf der Rückseite.

»Keine Fotos«, sagte er.

»Was ist es?«

Er antwortete nicht. Er verstaute die Kamera wieder in dem Karton, verschloß ihn und ließ den Motor an.

Thorson jagte den Wagen vom Polizei-Parkplatz herunter und dann die Straße entlang wie ein Feuerwehrfahrzeug bei Großalarm. Er fuhr aufs Gelände einer Tankstelle am Pico Boulevard, bremste und sprang hinaus. Er rannte zum Telefon und wählte eine auswärtige Nummer, ohne Münzen einzuwerfen. Während er auf Antwort wartete, holte er einen Stift und ein Notizbuch aus der Tasche.

Ich sah, wie er sich etwas notierte, nachdem er ein paar Worte in den Hörer gesprochen hatte. Als er daraufhin wieder kostenlos eine lange auswärtige Nummer wählte, vermutete ich, daß er sich von der Auskunft eine gebührenfreie 800er-Nummer hatte geben lassen.

Ich war versucht, auszusteigen und das Gespräch mitzuhören, entschied mich aber dafür, im Wagen zu warten. Nach ungefähr einer Minute sah ich, wie er etwas in sein Notizbuch schrieb.

»Macht es Ihnen etwas aus, mir zu sagen, was hier vorgeht?« fragte ich, sobald er wieder hinter dem Lenkrad saß.

»Es macht mir etwas aus, aber Sie werden es ja sowieso herausfinden.« Er öffnete den Karton und holte die Kamera wieder heraus. »Wissen Sie, was das ist?«

»Das haben Sie mich schon einmal gefragt. Eine Kamera.«

»Richtig, aber *was* für eine Kamera – das ist das Entscheidende.«

Als er sie in den Händen drehte, entdeckte ich das Herstellersymbol auf der Vorderseite. Ein ziemlich großes d in Hellblau. Ich wußte, daß das das Symbol einer Computerfirma war, die digiTime hieß. Unter dem Firmensymbol stand DIGISHOT 200.

»Das ist eine Digitalkamera, Jack. Dieser Hinterwäldler Sweetzer hat nicht die geringste Ahnung. Wir können nur hoffen, daß es noch nicht zu spät ist.«

»Ich verstehe nicht, worauf Sie hinauswollen. Wahrscheinlich bin ich auch ein Hinterwäldler, aber könnten Sie …«

»Sie wissen, was eine Digitalkamera ist?«

»Ja, man braucht dafür keinen Film. Bei unserer Zeitung wurde mal damit experimentiert.«

»Richtig, kein Film. Das Bild, das die Kamera aufnimmt, wird auf einem Mikrochip festgehalten. Es kann dann in einen Computer eingespeist, retuschiert, vergrößert oder sonstwie bearbeitet und dann ausgedruckt werden. Wenn Sie die entsprechende Ausrüstung haben – und das hier ist ein erstklassiger Apparat mit einer Nikon-Linse – können Sie gestochen scharfe Fotos liefern. Wirklichkeitsgetreu bis ins letzte Detail.«

Ich hatte in der *Rocky* Fotos gesehen, die mit einer Digitalkamera gemacht worden waren. Thorson hatte recht.

»Und was bedeutet das?«

»Zweierlei. Erinnern Sie sich, was ich Ihnen über Pädosexuelle erzählt habe? Daß sie sich vernetzen?«

»Ja.«

»Okay, wir wissen mit ziemlicher Sicherheit, daß Gladden einen Computer hat, wegen des Fax, richtig?«

»Richtig.«

»Und jetzt wissen wir, daß er außerdem eine Digitalkamera besaß. Mit der Digitalkamera, seinem Computer und demselben Modem, das er zum Übermitteln des Fax benutzt hat, hätte er ein Foto an jeden Ort der Welt schicken können, an jeden Menschen, der über ein Telefon, einen Computer und die erforderliche Software verfügt.«

Mir wurde schlagartig klar, was das bedeutete.

»Er schickt Leuten Fotos von Kindern?«

»Nein, er *verkauft* ihnen Fotos von Kindern. Das vermute ich jedenfalls. Die Frage lautete doch, wovon lebt er, wie verdient er seinen Lebensunterhalt? Was ist mit diesem Konto in Jacksonville, von dem er das Geld überwiesen hat? Jetzt kennen wir die Antwort. Der Poet lebt davon, daß er Fotos von Kindern verkauft, vielleicht sogar von den Kindern, die er umgebracht hat. Vielleicht sogar von den Cops, die er umgebracht hat.«

»Gibt es wirklich Leute, die ....«

Ich beendete den Satz nicht. Ich wußte, daß die Frage dämlich war.

»Wenn es etwas gibt, das dieser Job mich gelehrt hat, dann das, daß es einen Markt für alles und jedes gibt«, sagte Thorson. »Selbst mit Ihren dunkelsten Gedanken stehen Sie nicht allein da. Ich muß noch telefonieren und die Liste der Händler aufteilen.«

»Was war die zweite Sache?«

»Wie bitte?«

»Sie sagten, die Kamera wäre in zweierlei Hinsicht wichtig.«

»Sie bedeutet einen Durchbruch. Einen grandiosen Durchbruch. Das heißt, wenn wir nicht zu spät kommen, weil die

Cops hier auf dem verdammten Ding gesessen haben. Wenn Gladden sein Geld mit dem Verkauf von Fotos an andere Pädosexuelle verdient, sie durchs Internet oder irgendein privates Netzwerk schickt, dann hat er vorige Woche sein wichtigstes Handwerkszeug verloren.«

Er tippte auf den Deckel des Kartons.

»Er muß sich eine neue beschaffen«, sagte ich.

»Sie haben's kapiert.«

»Sie nehmen sich die digiTime-Händler vor.«

»Sie sind ein schlaues Kerlchen, Sportsfreund. Wieso sind Sie Journalist geworden?«

Diesmal protestierte ich nicht gegen die Anrede »Sportsfreund«. Es steckte nicht mehr die Bosheit dahinter wie zu Anfang.

»Ich habe die 800er Nummer von digiTime angerufen und die Namen von acht Händlern erhalten, die in Los Angeles die DIGISHOT 200 verkaufen. Ich gehe davon aus, daß er dasselbe Modell wiederhaben will. Das gesamte Zubehör dürfte er bereits haben. Ich muß die Läden aufteilen. Haben Sie einen Quarter, Jack? Mir ist das Kleingeld ausgegangen.«

Ich gab ihm einen Vierteldollar, und er sprang aus dem Wagen und lief wieder zum Telefon. Ich vermutete, daß er Backus anrief, ihn hocherfreut über den Durchbruch informierte und dann die Liste aufteilte. Ich saß da und hatte das Gefühl, daß eigentlich Rachel dort am Telefon stehen müßte. Nach ein paar Minuten kehrte Thorson zurück.

»Wir beide überprüfen drei Läden. Alle hier im Westen. Die anderen fünf gibt Bob an Carter und ein paar andere Leute vom Field Office.«

»Müssen solche Kameras bestellt werden, oder haben die Händler sie auf Lager?«

Thorson fädelte den Wagen wieder in den Verkehr ein und fuhr auf dem Pico Boulevard in Richtung Osten.

»Manche Läden halten sie auf Lager«, sagte er. »Wenn nicht, können sie sie ziemlich rasch beschaffen. Das jedenfalls hat man mir bei digiTime gesagt.«

»Weshalb fahren wir dann überhaupt zu den Läden? Es ist eine Woche her. Inzwischen wird er wohl eine neue bekommen haben.«

»Vielleicht, vielleicht auch nicht. Wir gehen von einer Vermutung aus. Das ist alles andere als ein billiger Apparat. Man kauft ihn normalerweise zusammen mit der Übertragungs- und Bearbeitungs-Software, dem seriellen Kabel zum Anschließen an den Computer, der Ledertasche, dem Blitzlicht und all den anderen Extras und muß dafür mehr als tausend Dollar auf den Tisch legen. Vermutlich so an die fünfzehnhundert. Aber …«

Er hob den Finger, um seinen Worten mehr Bedeutung zu verleihen.

»Aber was ist, wenn man die ganzen Extras bereits hat und nur die Kamera haben will? Kein Kabel, keine Software, nichts von alledem. Was ist, wenn man gerade sechs Riesen für Kaution und einen Anwalt ausgeben mußte und jetzt ganz knapp bei Kasse ist?«

»Man erteilt einen Spezialauftrag nur für die Kamera und spart eine Menge Geld.«

»Richtig. Davon gehe ich aus. Wenn die Kaution unseren Freund Gladden beinahe pleite gemacht hat, wie dieser Rechtsverdreher behauptet, dann versucht er zu sparen, wo er nur kann.«

Thorson war aufgekratzt, und es war ansteckend. Seine Begeisterung griff auf mich über, und ich begann, Thorson in einem anderen Licht zu sehen. Ich wußte, daß dies die Momente waren, für die er lebte. Momente des Begreifens und der Klarheit, des Wissens, daß er nahe daran war.

»McEvoy, wir sind in der Spur«, sagte er plötzlich. »Vielleicht haben Sie mir am Ende sogar Glück gebracht. Jetzt müssen Sie nur noch dafür sorgen, daß wir nicht zu spät kommen.«

Ich nickte zustimmend.

Wir fuhren ein paar Minuten lang schweigend weiter, dann stellte ich ihm die nächste Frage.

»Woher wissen Sie eigentlich soviel über Digitalkameras?«

»Sie sind in letzter Zeit immer mehr in Gebrauch gekommen. In Quantico haben wir jetzt eine Abteilung, die sich mit nichts anderem als Computerkriminalität beschäftigt. Bei vielem von dem, womit sie es zu tun haben, spielen Pornographie und Verbrechen an Kindern eine Rolle. Sie erstellen Berichte, um das ganze FBI auf dem laufenden zu halten. Und ich versuche immer, auf dem laufenden zu bleiben.«

Ich nickte.

»Es war einmal eine alte Dame – ausgerechnet eine Lehrerin – in der Nähe von Cornell in New York, die hatte eines

Tages die Eingangsdatei in ihrem Computer überprüft und eine neue Eintragung gefunden, mit der sie nichts anzufangen wußte. Sie druckt sie aus und hält plötzlich ein verschwommenes schwarzweißes, aber unmißverständliches Bild von einem ungefähr zehnjährigen Jungen in der Hand, der gerade am Glied eines alten Knackers lutscht. Sie ruft die Polizei an, und dort vermutet man, daß es versehentlich in ihren Computer geraten ist. Sie nehmen an, daß der Absender zwei Ziffern der Internet-Adresse vertauscht hat oder so. Aber sie können den Weg der Datei zurückverfolgen bis zu einem Pädosexuellen mit einem langen Vorstrafenregister. Übrigens einem hier in L. A. Sie sind mit einem Durchsuchungsbefehl bei ihm aufgekreuzt und haben einen Volltreffer gelandet. Der Mann hatte ungefähr fünfhundert verschiedene Fotos in seinem Computer. Für die brauchte er sogar eine extra große Festplatte. Ich rede hier von Kindern jeden Alters, die man dazu gebracht hatte, Dinge zu tun, die nicht einmal normale Erwachsene tun ... Jedenfalls ein Volltreffer. Er bekam lebenslänglich, keine vorzeitige Entlassung. Er hatte eine DIGISHOT, aber das kann ein 100er-Modell gewesen sein. Die Geschichte stand im vorigen Jahr im FBI-*Bulletin*.«

»Wieso war das Bild, das die Lehrerin bekam, so verschwommen?«

»Sie hatte nicht den richtigen Drucker dafür. Man braucht einen guten Farbdrucker und Hochglanzpapier. Das besaß sie beides nicht.«

Die ersten beiden Adressen waren Fehlanzeige. Ein Laden hatte seit zwei Wochen keine DIGISHOT verkauft, und der andere in der vergangenen Woche zwei – an einen bekannten Künstler in Los Angeles, dessen Collagen aus Polaroid-Fotos berühmt waren und in Museen auf der ganzen Welt hingen. Jetzt wollte er Experimente mit einer neuen Technik machen, deshalb die Digitalkameras. Thorson machte sich nicht einmal die Mühe, Namen und Adresse für weitere Nachforschungen zu notieren.

Die letzte Station auf unserer Liste war ein Laden auf dem Pico Boulevard, der Data Imaging Answers hieß und ungefähr zwei Blocks vom Westwood-Pavilion-Einkaufszentrum entfernt lag.

Thorson brachte den Wagen im Halteverbot vor dem Laden zum Stehen, lächelte und sagte: »Das ist er. Der muß es sein.«

»Woher wissen Sie das?« fragte ich.

»Ein Ladengeschäft an einer belebten Straße. Die anderen beiden waren eher Bestellbüros, keine Schaufenster. Gladden braucht die visuelle Stimulation. Leute, die draußen vorbeigehen, Leute, die reinkommen und wieder rausgehen, und andere Ablenkungen. Das ist besser für ihn. Er will nicht, daß man sich an ihn erinnert.«

Es war ein kleiner Laden mit zwei Schreibtischen im Verkaufsraum. Mehreren Stapeln nicht geöffneter Kartons standen herum. Es gab zwei runde Tresen, auf denen Computer-Terminals und Video-Kameras ausgestellt waren; daneben lagen Stapel von Katalogen für alle Arten von Computer-Zubehör.

Ein fast kahlköpfiger Mann, der eine Brille mit schwarzem Gestell und dicken Gläsern trug, saß an einem der Schreibtische und schaute auf, als wir eintraten. An dem anderen Schreibtisch saß niemand.

»Sind Sie der Geschäftsführer?« fragte Thorson.

»Nicht nur das, ich bin der Eigentümer.« Der Mann stand voller Besitzerstolz auf und lächelte. »Und darüber hinaus bin ich auch der leitende Angestellte.«

Da wir über seinen Witz nicht lachten, fragte er, was er für uns tun könne.

Thorson zeigte ihm seinen Ausweis.

»FBI?«

Der Mann schien verblüfft zu sein.

»Ja. Sie verkaufen die DIGISHOT, stimmt's?«

»Stimmt. Das Beste, was es an Digitalkameras gibt. Aber ich habe im Moment keine auf Lager. Habe meine letzte in der vorigen Woche verkauft.«

Ich spürte, wie sich meine Eingeweide verkrampften. Wir waren zu spät gekommen.

»Ich kann Ihnen in drei bis vier Tagen eine besorgen. Da Sie vom FBI sind, kann ich vielleicht veranlassen, daß es nur zwei Tage dauert. Natürlich ohne Extrakosten.«

Er lächelte und nickte, aber in seinen Augen hinter den dikken Brillengläsern lag ein unsicherer Ausdruck. Es machte ihn nervös, mit dem FBI zu tun zu haben, zumal er keine Ahnung hatte, worum es ging.

»Und wie heißen Sie?«

»Olin Coombs. Ich bin der Eigentümer.«

»Ja, das sagten Sie bereits. Okay, Mr. Coombs, ich bin nicht daran interessiert, irgend etwas zu kaufen. Kennen Sie den Namen der Person, die Ihre letzte digiShot gekauft hat?«

»Äh …« Er runzelte die Stirn und fragte sich offenbar, ob das FBI berechtigt war, solche Informationen zu verlangen. »Ich führe natürlich Buch. Ich kann die Unterlagen für Sie heraussuchen.«

Coombs setzte sich und öffnete eine Schublade in seinem Schreibtisch. Er sah eine Hängekartei durch, fand, was er suchte, zog ein Blatt Papier heraus und legte es auf den Schreibtisch. Dann drehte er es herum, damit Thorson es lesen konnte. Thorson beugte sich vor, las das Dokument und schüttelte leicht den Kopf. Er schob mir die Quittung zu, und ich erkannte, daß jemand zusammen mit der Kamera eine Menge Zubehör gekauft hatte.

»Das ist nicht das, wonach ich suche«, sagte Thorson. »Ich suche nach einem Mann, von dem wir glauben, daß er ausschließlich die Kamera kaufen wollte. Ist das die einzige, die Sie in der letzten Woche verkauft haben?«

»Ja – äh, nein. Es ist die einzige, die wir auf Lager hatten. Wir haben noch zwei weitere verkauft, aber die mußten bestellt werden.«

»Und sie sind noch nicht eingetroffen?«

»Nein. Morgen. Ich erwarte morgen früh eine Lieferung.«

»Hat einer der Kunden nur die Kamera bestellt?«

»Wie?«

»Nur die Kamera, ohne das ganze Zubehör. Ohne Software, Kabel und den ganzen Kram.«

»Oh, ja. Das war …«

Er beendete den Satz nicht, sondern öffnete abermals die Schublade und holte ein Klemmbrett mit mehreren rosa Formularen heraus. Er klappte einige davon um, dann begann er zu lesen.

»Es war ein Mr. Childs. Er wollte nur die Kamera, sonst nichts. Hat im voraus bar bezahlt. Neunhundertfünfundneunzig plus Mehrwertsteuer. Machte insgesamt …«

»Hat er eine Adresse angegeben?«

Mir stockte der Atem. Wir hatten ihn. Das mußte Gladden sein. Mir entging nicht die Ironie des Namens, den er benutzt hatte. Ich spürte, wie mir ein kalter Schauder über den Rükken lief.

»Nein, keine Adresse«, sagte Coombs. »Ich habe mir eine Notiz gemacht. Hier steht, daß Mr. Wilton Childs anrufen wird, um sich zu erkundigen, ob die Kamera da ist. Ich habe ihm gesagt, er soll morgen anrufen.«

»Will er sie dann abholen?«

»So haben wir es vereinbart. Wie ich bereits sagte, ich kenne seine Adresse nicht, also können wir sie ihm nicht liefern.«

»Erinnern Sie sich, wie er aussah, Mr. Coombs?«

»Wie er aussah? Äh – ja, ich glaube schon.«

»Können Sie ihn beschreiben?«

»Er ist ein Weißer. Er ...«

»Blondes Haar?«

»Nein, es war dunkel. Und er ließ sich einen Bart wachsen, daran erinnere ich mich genau.«

»Wie alt?«

»Ungefähr fünfundzwanzig, vielleicht auch dreißig.«

Das genügte. Es stimmte mit allem überein, was wir über den Mann wußten. Thorson deutete auf den leeren Schreibtisch.

»Wird dieser Schreibtisch von jemandem benutzt?«

»Im Augenblick nicht. Die Geschäfte gehen nicht sonderlich gut.«

»Hätten Sie etwas dagegen, wenn wir ihn vorübergehend benutzen?«

39

Es lag ein unverkennbares elektrisches Knistern in der Luft, als sich alle um einen Tisch in dem Konferenzzimmer mit der Million-Dollar-Aussicht versammelten. Nach dem Telefonanruf von Thorson, hatte Backus seine Kommandozentrale vom Wilcox Hotel in das FBI-Büro in Westwood verlegt. Wir trafen uns im siebzehnten Stock des Bundesgebäudes. Ich konnte Catalina Island sehen, das draußen in einem goldenen Ozean schwamm – leuchtendrot, orangefarben und grandios ging die Sonne unter. Es war halb fünf pazifischer Zeit, und die Konferenz war so spät angesetzt worden, damit Rachel genügend Zeit hatte, sich einen Durchsuchungsbefehl zu beschaffen, mit dem sie die Unterlagen von Gladdens Konto bei der Bank in Jacksonville einsehen konnte.

In dem Konferenzzimmer befanden sich außer Backus noch Thorson, Carter, Thompson und sechs Agenten, die mir nicht vorgestellt wurden, von denen ich aber annahm, daß sie aus L. A. kamen, und ich. Quantico und alle beteiligten Field Offices waren über eine Konferenzschaltung mit uns verbunden. Und sogar diese unsichtbaren Leute schienen aufgeregt zu sein. Brass Doran sagte immer wieder über die Sprechanlage: »Können wir jetzt endlich anfangen?«

Schließlich rief Backus, der in der Mitte des Tisches und der Sprechanlage am nächsten saß, alle zur Ordnung. Hinter ihm, auf einem Flip-chart, befand sich eine Skizze des Data-Imaging-Answers-Ladens und des Häuserblocks am Pico Boulevard, in dem er sich befand.

»Okay, Leute, die Sache gerät in Bewegung«, sagte er. »Wir hatten endlich Erfolg. Also laßt uns darüber reden, wie es weitergeht.«

Er stand auf.

»Diese Spur hat höchste Priorität, und wir wollen von Rachel und Brass hören, was sie zu sagen haben. Aber vorher soll uns Gordon eine kurze Zusammenfassung von dem geben, was wir für morgen planen.«

Während Thorson seiner gespannten Zuhörerschaft berichtete, was wir tagsüber getan und entdeckt hatten, gingen meine Gedanken auf Wanderschaft. Ich dachte an Rachel, die irgendwo in Jacksonville, zweieinhalbtausend Meilen von uns entfernt, zuhörte, wie ein Mann, den sie nicht ausstehen konnte, von dem großen Durchbruch berichtete, den er erzielt hatte. Ich hätte gern mit ihr gesprochen und versucht, sie irgendwie zu trösten, aber natürlich nicht, wenn fünfundzwanzig Leute zuhörten. Ich hätte Backus gern gefragt, wo sie war, damit ich sie später anrufen konnte, aber ich wußte, daß ich auch das nicht tun konnte. Doch dann erinnerte ich mich an die Nummer, die sie mir gegeben hatte. Ich würde sie später anpiepsen.

»Wir ziehen unser Critical Incident Team von Thomas ab«, sagte Thorson. »Die Überwachungs-Mannschaft der Polizei von Los Angeles wird verdoppelt und behält Thomas im Auge. Wir gruppieren unsere Leute so um, daß sie in einem zweigleisigen Plan zur Verhaftung des Täters eingesetzt werden können. Als erstes haben wir in den Telefonen von Data Imaging eine Fangschaltung installiert. Mit einem mobilen Empfangsgerät und einer LED-Anzeige überwachen wir alle auf beiden Leitungen eingehenden Gespräche, und das Field Office stellt die erforderlichen Leute für die Verfolgung ab. Wenn der Mann sich meldet, spüren wir seinem Anruf nach und versuchen, ihn am Telefon festzuhalten, bis unsere Leute bei ihm sind. Wenn das gelingt, wird er festgenommen. Irgendwelche Fragen bisher?«

»Luftunterstützung?« fragte ein Agent.

»Wir arbeiten daran. Mir wurde gesagt, daß wir mit einem Vogel rechnen können, aber wir möchten zwei haben. Also gut, der zweite Plan ist für den Fall, daß es uns nicht gelingt, den Mann mit Hilfe der Fangschaltung festzunehmen. Ich werde bei Digital Imaging Answers – nennen wir es kurz DIA – sitzen, zusammen mit Coombs, dem Besitzer des Ladens. Wenn der Mann anruft, wird ihm gesagt, daß die bestellte Kamera zur Abholung bereitliegt. Wir werden versuchen, eine bestimmte Zeit abzumachen, aber nicht zu sehr darauf drängen, damit er keinen Verdacht schöpft.

Der Laden ist verkabelt – Bild und Ton. Wenn er hereinkommt, gebe ich ihm zunächst seine Kamera. Die Verhaftung wird zu dem Zeitpunkt erfolgen, den Don Sample, er ist der

Leiter unseres Einsatzteams, für am besten geeignet hält. Das wird natürlich am ersten kontrollierbaren Ort sein, zu dem der Mann uns führt. Wir hoffen, daß das sein Wagen sein wird. Fragen?«

»Weshalb schnappen wir uns den Kerl nicht gleich in dem Laden?«

»Wir sind der Ansicht, daß Coombs anwesend sein muß, damit er nicht Lunte riecht. Aber ich möchte den Kerl nicht in seiner Nähe verhaften, schließlich ist er Zivilist. Außerdem ist es ein kleiner Laden, und es könnte schwierig werden, auch nur einen Agenten dort unterzubringen. Also schlage ich vor, daß wir ihm einfach die Kamera geben und ihn dann draußen auf der Straße schnappen, wo wir die Dinge ein wenig besser unter Kontrolle haben.«

Thorson, Backus und Sample berieten sich, um den Plan noch detaillierter auszuarbeiten. Coombs sollte gemeinsam mit Thorson im Laden stehen und den ganzen Tag über seine normalen Kunden bedienen. Doch sobald das draußen stationierte Überwachungsteam meldete, daß sich ein Kunde näherte, der auch nur entfernt der Beschreibung von Gladden entsprach, dann würde Coombs sich entschuldigen, sich in einen kleinen Lagerraum hinter dem Laden zurückziehen und dort einschließen. Ein anderer Agent, der sich als Kunde ausgab, würde kurz hinter Gladden als Verstärkung durch die Ladentür hereinkommen.

Das Innere des Geschäftsraums würde mit einer Videokamera überwacht werden, und die Straße vor dem Geschäft von Agenten, die imstande waren, auf alle erdenklichen Situationen zu reagieren, sobald Gladden identifiziert worden war. Außerdem würde eine Agentin in der Uniform der Politessen von Los Angeles ständig vor dem Block patrouillieren, in dem sich DIA befand.

»Ich glaube, ich brauche niemanden darauf hinzuweisen, wie gefährlich dieser Mann ist«, sagte Backus schließlich. »Alle Beteiligten sollten morgen eine Extraportion gesunden Menschenverstand einpacken. Paßt auf euch selbst und auf eure Partner auf. Noch Fragen?«

Ich wartete für einen kurzen Augenblick, doch da sich sonst niemand meldete, fragte ich: »Mr. Coombs rechnet zwar damit, daß die Kamera morgen geliefert wird, aber was ist, wenn das nicht der Fall ist?«

»Oh ja, gute Frage«, sagte Backus. »Wir gehen kein Risiko ein. Die Internet-Leute in Quantico haben eine dieser Kameras, und sie trifft heute abend mit einem Flugzeug hier ein. Die werden wir Gladden anbieten. Sie wird mit einem Sender ausgerüstet sein, für den Fall, daß er uns durch die Lappen geht, was Gott verhüten möge. Sonst noch etwas?«

»Hat jemand schon mal daran gedacht, ihn nicht festzunehmen?«

Das war Rachels Stimme.

»Wie meinen Sie das?«

»Ich spiele nur den Teufelsadvokaten. Offenbar stehen wir doch auf der ganz sicheren Seite. Folglich könnte dies eine der überaus seltenen Gelegenheiten sein, einem Serienkiller bei der Arbeit zuzuschauen, zu beobachten, wie er vorgeht und wie er sich an seine Opfer heranmacht. Überaus wertvoll für zukünftige Ermittlungen, finden Sie nicht?«

Ihre Frage löste eine hitzige Debatte aus.

»Sollen wir riskieren, daß er uns entwischt und noch ein Kind oder noch einen Polizisten umbringt?« rief Thorson. »Nein, danke – und schon gar nicht, wenn die vierte Gewalt dabei ist und uns zuschaut.«

Fast alle schlossen sich Thorsons Sicht der Dinge an. Das Risiko seines Entkommens wog wesentlich schwerer als die Erkenntnisse, die man vielleicht gewinnen konnte, wenn man ihn bei seinen verbrecherischen Handlungen beobachtete.

»Also, Leute, der Plan steht fest«, sagte Backus schließlich und beendete damit die Diskussion. »Wir haben die vorgeschlagenen Alternativen erwogen, und ich bin der Ansicht, daß der Plan, den wir ausgearbeitet haben, die beste und sicherste Methode ist. Also machen wir weiter. Rachel, was haben Sie für Neuigkeiten?«

»Lassen Sie mich mit der Bank anfangen«, antwortete sie. »Ich habe die Unterlagen erst vor anderthalb Stunden bekommen. Aber auf den ersten Blick sieht es so aus, als hätte es Überweisungen in drei unserer Städte gegeben. Chicago, Denver und L. A. Die Daten passen. Er erhielt das Geld in diesen Städten innerhalb von Tagen kurz vor oder nach dem jeweiligen Ködermord. Es gibt zwei Überweisungen nach L. A. Eine fällt zeitlich mit der Kaution vorige Woche zusammen, und dann wurden am Samstag weitere zwölfhundert überwiesen. Und zwar an dieselbe Bank, eine Filiale von Wells Fargo am

Ventura Boulevard in Sherman Oaks. Das ist vielleicht eine andere Möglichkeit, ihn zu ergreifen, falls er morgen nicht auftaucht, um seine Kamera abzuholen. Wir könnten die Beute überwachen und eingreifen, wenn er das nächste Mal Geld abheben will. Das Problem ist nur, daß er ziemlich knapp bei Kasse ist. Nach der Überweisung der zwölfhundert hat er nur noch ungefähr zweihundert Dollar auf dem Konto.«

»Sobald er die neue Kamera hat, will er ja sein Konto wieder auffüllen«, warf Thorson ein.

»Kommen wir zu den Eingängen«, fuhr Rachel fort. »Die sind sehr interessant, aber ich hatte einfach noch keine Zeit ... Äh, in den letzten beiden Jahren sind rund fünfundvierzigtausend Dollar auf das Konto überwiesen worden, und zwar von überall her. Maine, Texas, California – mehrere aus California, New York. Es scheint kein unseren Morden entsprechendes Muster zu geben. Außerdem habe ich eine Überschneidung gefunden. Im November letzten Jahres ist am selben Tag eine Überweisung aus New York und eine aus Texas eingegangen.«

»Er nimmt die Überweisungen offensichtlich nicht selbst vor«, sagte Backus. »Oder jedenfalls nicht alle.«

»Das sind Honorare«, sagte Brass über die Konferenzleitung. »Aus dem Verkauf der Fotos. Honorare, die von den Käufern überwiesen wurden.«

»Richtig«, sagte Rachel.

»Werden wir ... können wir diesen Überweisungen nachspüren und mit ihrer Hilfe an die Käufer herankommen?« fragte Thompson.

»Wir können es zumindest versuchen«, antwortete Rachel, als sonst niemand reagierte. »Ich meine, wir können sie zurückverfolgen, aber ich glaube nicht, daß viel dabei herauskommen wird. Wenn man Bargeld hat, kann man von fast jeder Bank im Land aus eine Kabelüberweisung veranlassen, solange man die Nummer des Empfängerkontos weiß und die anfallenden Gebühren bezahlt. Man muß zwar seinen Namen angeben, aber man braucht sich nicht auszuweisen. Leute, die Kinderpornographie und möglicherweise noch viel Schlimmeres kaufen, benutzen vermutlich falsche Namen.«

»Das stimmt.«

»Und sonst, Rachel?« fragte Backus. »Haben Sie sonst noch etwas herausgefunden?«

»Es gibt ein Postfach für die Kontoauszüge. Hier in Jacksonville. Darum werde ich mich gleich morgen früh kümmern.«

»Okay. Wollen Sie jetzt gleich über Horace Gomble berichten?«

»Ja, aber es hat nichts Besonderes gegeben. Mein alter Freund Horace war gar nicht glücklich, mich wiederzusehen. Wir tanzten eine Weile umeinander herum, dann gewann sein Ego die Oberhand. Er gab zu, daß er und Gladden im Gefängnis über Hypnosepraktiken gesprochen haben. Er gestand schließlich, daß er Gladden im Austausch für seine juristische Hilfe Lektionen erteilt hat. Aber weiter wollte er nicht gehen. Ich spürte ... ach, ich weiß nicht.«

»Was, Rachel?«

»Ich kann es nicht genau sagen. Ich spürte eine Art Bewunderung für das, was Gladden tut.«

»Sie haben es ihm erzählt?«

»Nein, erzählt habe ich es ihm nicht, aber für ihn schien auf der Hand zu liegen, daß ich aus einem bestimmten Grund gekommen war. Und es sah aus, als wüßte er noch etwas mehr. Vielleicht hatte ihm Gladden von seinen Plänen erzählt, bevor er Raiford verließ. Ihm von Beltran erzählt. Ich weiß es nicht. Es kann auch sein, daß er heute CNN gesehen hat, wenn die Zellen Kabelanschluß haben. Sie haben Jack McEvoys Story groß herausgebracht. Ich habe es auf dem Flughafen gesehen. Natürlich bringen sie den Poeten nicht mit Gladden in Verbindung, aber Gomble könnte es sich zusammengereimt haben. CNN hat auch die Aufnahmen aus Phoenix noch einmal gezeigt. Wenn er das gesehen hat, wußte er vermutlich Bescheid, auch ohne daß ich ein Wort sagte.«

Ich hörte zum ersten Mal von einer Reaktion auf meine Story. Die Ereignisse des Tages hatten bewirkt, daß ich sie völlig vergessen hatte.

»Besteht die Möglichkeit, daß Gladden und Gomble miteinander kommuniziert haben?« fragte Backus.

»Das glaube ich nicht«, sagte Rachel. »Ich habe mit den Wärtern gesprochen. Gombles Post wird immer noch zensiert. Eingehende ebenso wie ausgehende. Er hat es fertiggebracht, sich zum Vertrauenshäftling emporzuarbeiten und arbeitet jetzt in einer Abteilung, wo alle Lieferungen für das Gefängnis ankommen. Natürlich besteht immer die Möglichkeit, daß darin irgendwelche Botschaften enthalten sind, aber ich bezweifle es. Ich bezweifle außerdem, daß Gomble seine Position aufs Spiel setzen würde. Nach sieben Jahren Knast hat er es jetzt recht angenehm. Hübscher Job mit einem hübschen kleinen Büro. Angeblich ist er für die Belieferung der Gefängniskantine zuständig. Er hat jetzt eine Einzelzelle und seinen eigenen Fernseher. Ich kann keinen Grund erkennen, weshalb er mit einem gesuchten Mann kommunizieren und das alles aufs Spiel setzen sollte.«

»Okay, Rachel«, sagte Backus. »Sonst noch etwas?«

»Das war's, Bob.«

Alle schwiegen für ein paar Augenblicke und überdachten, was bisher gesagt worden war.

»Und damit kommen wir endlich zum psychologischen Modell«, sagte Backus. »Brass?«

Alle Augen wandten sich dem Telefon auf dem Tisch zu.

»Also, das Profil bildete sich langsam heraus, und gerade im Moment fügt Brad noch etliche neue Details hinzu. Es könnte sich um eine der Situationen handeln, wo der Täter zu dem Mann zurückkehrt, der ihn mißbrauchte und damit die abartigen Phantasien nährte, nach denen zu handeln er sich später, als Erwachsener, gedrängt fühlte.

Es ist eine Variante des Vatermord-Modells, das uns schon öfter begegnet ist. Wir konzentrieren uns fast ausschließlich auf die Vorgänge in Florida. Wir sehen einen Täter, der es auf seinen Nachfolger abgesehen hat. Das heißt, auf den Jungen Gabriel Ortiz, der damals der Liebling von Clifford Beltran war, der Vaterfigur, die ihn erst mißbraucht und dann verstoßen hatte. Möglicherweise ist es das Gefühl, verstoßen worden zu sein, das den Täter zu seinen gesamten Taten motivierte.

Gladden brachte das Objekt der damaligen Zuneigung seines Mißbrauchers um, dann kehrte er zurück und tötete den Mißbraucher selbst. Für mich sieht es aus wie eine Art Exorzismus, man könnte vielleicht auch sagen, eine Art kathartische Anwandlung, die Ursache von allem, was in seinem Leben falsch gelaufen ist, zu eliminieren.«

Es folgte eine lange Stille, und ich hatte den Eindruck, daß Backus und die anderen darauf warteten, daß Brass weitersprach. Doch schließlich ergriff Backus das Wort.

»Und dann, wollen Sie damit wohl sagen, hat er das Verbrechen ständig wiederholt.«

»So ist es«, sagte Brass. »Er tötet seinen Mißbraucher, Beltran, immer und immer wieder. Auf diese Weise gewinnt er seinen inneren Frieden. Aber dieser Friede hält natürlich nicht lange vor. Er muß abermals töten. Die anderen Opfer – die Detectives – sind Unschuldige. Sie haben nichts weiter getan als ihren Job, und trotzdem hat er sie umgebracht.«

»Was ist mit den Ködermorden in den anderen Städten?« fragte Thorson. »Sie passen nicht alle in das Schema des ersten Mordes.«

»Ich glaube nicht, daß die Ködermorde noch so wichtig sind«, sagte Brass. »Wichtig ist vielmehr, daß er einen Detective aufs Korn nimmt, einen guten Detective, einen beachtlichen Gegner. Damit riskiert er eine Menge, und das verschafft ihm die Katharsis, die er braucht. Was die Ködermorde angeht, so kann es durchaus sein, daß sie sich zu einer Art Mittel zum Zweck entwickelt haben. Er benutzt die Kinder, um Geld zu verdienen. Die Fotos.«

Nach der Hochstimmung, in der sich alle Anwesenden angesichts des großen Durchbruchs befunden hatten, ergriff jetzt Niedergeschlagenheit von ihnen Besitz. Es war das Wissen um den unsäglichen Horror in der Welt. Gladden war nur ein Fall unter vielen. Es würde immer wieder andere geben. Immer.

»Bleiben Sie dran, Brass«, sagte Backus schließlich. »Und schicken Sie mir bitte so bald wie möglich einen psychopathologischen Bericht.«

»Wird gemacht. Ach ja, noch etwas. Etwas Gutes.«

»Lassen Sie hören.«

»Ich habe mir gerade die Akte über Gladden geholt, die damals zusammengestellt wurde, im Rahmen der Beschaffung von Material über Vergewaltiger. Es war ein Foto dabei.«

»Richtig«, sagte Rachel. »Ich erinnere mich. Die Wärter haben uns nach dem Einschluß noch einmal in den Block gelassen, damit wir ein Foto von Gladden und Gomble in ihrer Zelle machen konnten.«

»Ja, das ist das Foto. Und auf dem Foto sind über der Toilette drei Bücherregale zu sehen. Ich vermute, daß sie Gemeinschaftsbesitz waren und die Bücher beider Männer enthielten. Wie dem auch sei, die Buchrücken sind deutlich zu erkennen. Die meisten davon sind juristische Werke. Außerdem stehen dort einige Titel über forensische Pathologie und Psychopathologie. Auch das Buch von Robert Backus senior. Ich kenne diese Bücher, und ich glaube, daß Gladden aus ihnen etliches gelernt haben kann. Zum Beispiel, daß er die Ködermorde und die Tatorte so stark voneinander unterscheiden mußte, daß bei unseren VICAP-Protokollen keine Übereinstimmungen auftauchten.«

»Scheiße«, sagte Thorson. »Wie zum Teufel ist er an diese Bücher gekommen?«

»Ich vermute, daß das Gefängnis von Gesetzes wegen verpflichtet war, ihm Zugriff auf diese Lektüre zu erlauben, damit er sein Wiederaufnahmeverfahren gründlich vorbereiten konnte«, erwiderte Doran. »Denken Sie daran, daß er sich selbst vertreten hat. Er wurde vor Gericht als sein eigener Anwalt zugelassen.«

»Okay, gute Arbeit, Brass«, sagte Backus. »Das hilft uns weiter.«

»Aber das ist noch nicht alles. Auf dem Regal standen noch zwei andere wichtige Bücher. *Die Gedichte von Edgar Allan Poe* und eine *Poe-Gesamtausgabe.*«

Backus stieß einen erfreuten Pfiff aus.

»Also, das ist wirklich eine tolle Entdeckung«, sagte er. »Wir können doch wohl davon ausgehen, daß wir in diesen Büchern sämtliche Zitate finden?«

»Ja. Eines davon ist das Buch, das auch Jack McEvoy benutzt hat, um die Gedichtzeilen nachzuschlagen.«

»Okay, können Sie uns eine Kopie dieses Fotos faxen?«

»Wird gemacht, Boß.«

Die Erregung im Zimmer und in der Leitung war fast greifbar. Jetzt fügten sich alle Teile zusammen. Und schon am nächsten Tag würden die Agenten losziehen und diesen Dreckskerl schnappen.

»Okay, Leute«, sagte Backus und klatschte zweimal in die Hände. »Ich glaube, fürs erste haben wir genug erfahren. Laßt uns in diesem Sinne weitermachen. Morgen könnte der entscheidende Tag sein. Sagen wir, es *ist* der entscheidende Tag.«

Ich verbrachte den Abend allein in meinem Zimmer, gab Notizen über die Konferenz in meinen Laptop ein und wartete auf Rachels Anruf. Ich hatte sie zweimal angepiepst.

Um neun – Mitternacht in Florida – rief sie endlich an.

»Ich kann nicht schlafen und wollte mich nur vergewissern, daß du keine andere Frau bei dir hast.«

Ich lächelte.
»Ziemlich unwahrscheinlich. Ich habe auf deinen Anruf gewartet. Hast du meine Nachrichten nicht bekommen, oder bist du mit einem anderen Mann beschäftigt?«
»Nein! Warte mal.«
Sie legte den Hörer für ein paar Augenblicke beiseite.
»»Verdammt, die Batterie ist leer. Ich muß mir einen anderen besorgen. Tut mir leid.«
»Meinst du den Piepser oder einen anderen Mann?«
»Spaßvogel.«
»Und weshalb kannst du nicht schlafen?«
»Ich muß ständig daran denken, daß Thorson morgen in diesem Laden ist.«
»Und?«
»Und ich muß zugeben, daß ich rasend eifersüchtig bin. Wenn er die Verhaftung vornimmt … Ich finde, es ist *mein* Fall, und ich bin zweitausend Meilen von ihm entfernt.«
»Vielleicht kommt es morgen gar nicht zu einer Verhaftung. Vielleicht bist du rechtzeitig zurück. Und selbst wenn nicht, wird nicht *er* den Kerl verhaften. Das wird das Einsatzteam besorgen.«
»Ich weiß nicht recht. Gordon hat so eine Art, immer mittendrin zu sein. Und ich habe ein ungutes Gefühl. Es wird morgen passieren.«
»Manche Leute würden das als ein gutes Gefühl bezeichnen!«
»Ich weiß, ich weiß. Aber warum ausgerechnet Thorson? Ich glaube, er und Bob … Mir ist nicht richtig klargeworden, warum Bob mich nach Florida geschickt hat, anstatt jemand anders, Gordon zum Beispiel. Er hat mir den Fall weggenommen, und ich habe es einfach zugelassen.«
»Vielleicht hat ihm Thorson von uns beiden erzählt.«
»Daran habe ich auch schon gedacht. Er wäre dazu imstande. Aber ich kann nicht begreifen, daß Bob mich fortgeschickt hat, ohne vorher mit mir zu reden und mir den Grund zu nennen. Das ist nicht seine Art. Er ergreift nicht für jemanden Partei, bevor er beide Seiten angehört hat.«
»Tut mir leid, Rachel. Aber schließlich wissen alle, daß es dein Fall ist. Und du hast die Sache mit dem Hertz-Wagen herausbekommen, was uns schließlich nach Los Angeles gebracht hat.«

»Danke, Jack. Aber es war nur ein Erfolg von vielen. Und es spielt keine Rolle. Die Verhaftung zählt. Was vorher passiert ist, ist unwesentlich.«

Ich wußte, daß ich nichts sagen konnte, damit sie sich besser fühlte. Also beschloß ich, das Thema zu wechseln.

»Übrigens, das war gutes Material, was du heute geliefert hast. Sieht aus, als fügte sich jetzt alles zusammen. Wir haben den Kerl noch nicht erwischt und wissen trotzdem bereits so viel über ihn.«

»Das stimmt. Du hast ja auch gehört, was Brass gesagt hat – empfindest du jetzt Mitgefühl für ihn, Jack?«

»Für den Mann, der meinen Bruder umgebracht hat? Nein. Überhaupt nicht.«

»Das dachte ich mir.«

»Aber dir tut er leid, nicht wahr?«

Sie ließ sich mit ihrer Antwort viel Zeit.

»Ich stelle ihn mir als Kind vor, aus dem alles mögliche hätte werden können, bis dieser Mann daherkam und ihn zerstörte. Beltran hat ihn auf diesen Pfad gedrängt. Er ist das wahre Monster. Ich sagte es bereits – wenn jemand bekommen hat, was er verdiente, dann war er es.«

»Okay, Rachel.«

Sie begann zu lachen.

»Entschuldige, ich glaube, ich werde jetzt endlich müde. Ich wollte gar nicht plötzlich so ernst werden.«

»Das ist schon in Ordnung. Ich weiß, was du gemeint hast. Es gibt ein Mittel zu jedem Zweck. Und jede Sache hat ihre Wurzel. Manchmal ist die Wurzel übler als die Sache, aber gewöhnlich wird die Sache am heftigsten verdammt.«

»Du kannst gut mit Worten umgehen, Jack.«

»Ich würde lieber mir dir umgehen.«

»Und ich mit dir.«

Ich lachte. Dann schwiegen wir für ein paar Sekunden über die ganze Entfernung hinweg. Ich fühlte mich wohl. Reden war nicht erforderlich.

»Ich weiß nicht, wie nahe sie dich morgen dabeisein lassen«, sagte sie schließlich. »Aber sei vorsichtig.«

»Das werde ich. Und du auch. Wann kommst du zurück?«

»Morgen nachmittag, hoffe ich. Ich habe gesagt, sie sollen den Jet für zwölf startklar machen. Ich werde noch Gladdens Postfach überprüfen und dann ins Flugzeug steigen.«

»Okay. Und jetzt versuch zu schlafen.«
»Bestimmt. Ich wollte, ich wäre bei dir.«
»Ich auch.«
Ich dachte, sie würde auflegen, aber sie tat es noch nicht.
»Hast du heute mit Gordon über mich gesprochen?«
Ich dachte an seine Bemerkungen und daran, daß er sie die Painted Desert genannt hatte.
»Nein. Wir hatten einen ziemlich hektischen Tag.«
Ich hatte nicht den Eindruck, daß sie mir glaubte, und mir war nicht wohl bei dem Gedanken, daß ich sie angelogen hatte.
»Bis morgen, Jack.«
»Schlaf gut, Rachel.«

Nachdem wir aufgelegt hatten, dachte ich noch eine Weile über das Telefongespräch nach. Unsere Unterhaltung hatte mich irgendwie traurig gemacht, aber es war mir unmöglich, den Grund dafür zu begreifen. Nach einer Weile stand ich auf und verließ das Zimmer. Es regnete. Vor dem Eingang des Hotels sah ich mich um, entdeckte aber niemanden. Ich schüttelte die Ängste des Vorabends ab und marschierte los.

Im Cat & Fiddle ließ ich mir an der Bar ein Bier geben. Trotz des Regens war das Lokal gut besucht. Meine Haare waren naß, und in dem Spiegel hinter der Bar entdeckte ich, daß ich dunkle Ringe unter den Augen hatte. Ich berührte meinen Bart auf die Art, wie Rachel es getan hatte. Als ich meinen Black and Tan ausgetrunken hatte, bestellte ich einen zweiten.

40

Mittwoch morgen. Die Räucherstäbchen waren längst verbrannt. Gladden hatte sich ein T-Shirt so um den Kopf gebunden, daß es Mund und Nase bedeckte. Er sah aus wie ein Bankräuber im Wilden Westen. Er hatte Parfum aus dem Badezimmer auf sein Hemd und in der Wohnung verspritzt – wie ein Priester sein Weihwasser. Aber genau wie Weihwasser half es kaum. Der Geruch war überall, verfolgte ihn. Aber das kümmerte ihn jetzt nicht mehr. Er hatte es durchgestanden. Es war Zeit zu gehen. Zeit, sich umzuziehen.

Im Badezimmer benutzte er abermals den rosa Plastik-Rasierapparat, den er auf der Wannenablage gefunden hatte.

Dann duschte er ausgiebig, zuerst heiß und dann kalt. Hinterher bewegte er sich nackt durch die Wohnung und ließ seinen Körper von der Luft trocknen. Eine Weile zuvor hatte er einen Spiegel von der Schlafzimmerwand abgenommen und an der Wand im Wohnzimmer aufgestellt. Jetzt übte er vor ihm abermals das Gehen, vor und zurück, vor und zurück, wobei er besonders auf seine Hüften achtete.

Als er mit dem Ergebnis seiner Bemühungen zufrieden war, ging er ins Schlafzimmer. Die von der Klimaanlage gekühlte Luft verursachte eine Gänsehaut auf seinem nackten Körper, und der Geruch bewirkte, daß er sich beinahe übergeben hätte. Aber er riß sich zusammen und schaute auf sie hinab. Sie war jetzt völlig hinüber. Ihr Körper war aufgetrieben, seine frühere Form war nicht mehr zu erkennen. Über den Augen lag ein milchiger Schleier. Überall war blutige Zersetzungsflüssigkeit ausgetreten, sogar aus dem Schädel. Und die Maden hatten inzwischen von ihr Besitz ergriffen. Er konnte sie nicht sehen, aber hören. Sie waren da. Er wußte es. Er hatte darüber gelesen.

Als er die Tür schloß, glaubte er, ein Flüstern zu hören, und schaute zurück. Nichts. Nur die Maden.

Er schloß die Tür und legte das Handtuch wieder davor.

41

Der Mann, von dem wir annahmen, daß er William Gladden war, rief am Mittwoch um 11.05 Uhr bei Data Imaging Answers an, stellte sich als Wilton Childs vor und fragte, ob die bestellte digiShot eingetroffen sei. Thorson nahm den Anruf entgegen und bat ihn plangemäß, in fünf oder zehn Minuten noch einmal anzurufen. Es sei gerade eine Lieferung gekommen, und er habe noch keine Zeit gehabt, alles durchzusehen. Childs sagte, er würde wieder anrufen.

Backus überwachte die Anzeigetafel der Fangschaltung und gab die Nummer, von der aus Gladden angerufen hatte, rasch an eine Technikerin der Nachforschungsstelle von AT & T weiter. Sie tippte die Nummer in ihren Computer ein und berichtete, noch bevor Thorson den Hörer aufgelegt hatte, daß es sich um ein Münztelefon am Ventura Boulevard in Studio City handele.

Zwei der in Alarmbereitschaft stehenden Wagen mit FBI-Teams befanden sich auf dem Freeway 101 in Sherman Oaks, ungefähr fünf Minuten von dem Münztelefon entfernt. Der Verkehr war nicht übermäßig dicht. Sie fuhren rasch, aber ohne Sirenen, zur Abfahrt Vineland Boulevard, gelangten auf den Ventura Boulevard und bezogen in Sichtweite des Telefons Position. Es hing vor dem Büro eines Motels für vierzig Dollar pro Nacht, Pornofilme inklusive. Es war niemand mehr am Telefon, als sie dort eintrafen, aber sie warteten. Ein weiteres Team war, von Hollywood kommend, zur Verstärkung unterwegs, und ein Hubschrauber kreiste über der Van Nuys.

Die Agenten vor Ort warteten. Und ich tat dasselbe. Ich saß mit Backus und Carter in einem Wagen, einen Block von Data Imaging Answers entfernt. Carter ließ den Motor an, damit er sofort losfahren konnte, wenn über Funk die Meldung kam, daß die anderen Gladden gesichtet hatten.

Fünf Minuten vergingen und dann zehn. Die Verstärkung hatte genügend Zeit gehabt, ein paar Blocks hinter den Wagen des ersten Teams auf dem Ventura Boulevard Position zu beziehen. Jetzt befanden sich acht Agenten in der näheren Umgebung des Münztelefons.

Um 11.33 Uhr läutete das Telefon auf Thorsons Schreibtisch in Data Imaging Answers. Backus griff nach dem Funksprechgerät, um den Kontakt zu den Agenten auf dem Ventura Boulevard herzustellen.

»Wir haben hier einen Anruf. Seht ihr rgend etwas?«

»Nein. Niemand benutzt dieses Telefon.«

»Haltet euch bereit.«

Backus legte das Funksprechgerät beiseite, griff nach dem Handy und drückte auf die Taste mit der eingespeicherten Nummer der Überwachungsstelle von AT & T. Ich beugte mich vor und schaute über die Rückenlehne auf den Monitor unter dem Armaturenbrett. Es zeigte ein schwarzweißes Fischaugen-Bild des gesamten Verkaufsraums von Data Imaging. Ich sah, wie Thorson nach dem siebten Läuten den Hörer abnahm. Obwohl beide in den Laden führenden Telefonleitungen angezapft waren, konnten wir im Wagen nur Thorson reden hören. Auf dem Monitor war zu sehen, daß er die Hand über den Kopf hob und mit den Fingern einen Kreis beschrieb. Das war das Zeichen dafür, daß Childs / Gladden wieder anrief. Abermals reagierte Backus sofort.

Da Thorson unbedingt vermeiden wollte, daß Gladden verschreckt wurde, zog er dieses zweite Gespräch nicht unnötig in die Länge. Außerdem konnte er ja nicht wissen, daß der Anruf diesmal von einem anderen Apparat kam.

Während Thorson dem Anrufer mitteilte, daß seine DIGISHOT 200 eingetroffen sei und zur Abholung bereitläge, erfuhr Backus von der AT & T-Technikerin, daß der Anruf diesmal von einem Münztelefon an der Ecke Hollywood Boulevard und Las Palmas Street kam.

»Scheiße«, sagte Backus, nachdem er aufgelegt hatte. »Er ist in Hollywood. Und ich habe gerade sämtliche Leute von dort abgezogen.«

Er schickte die Teams zwar zu der Kreuzung in Hollywood, aber ich konnte seiner Stimme anhören, daß er sich kaum etwas davon versprach. Der Anrufer war vermutlich längst über alle Berge, ehe sie dort ankamen. Die einzige Chance bestand jetzt darin, ihn im Laden zu fassen. Falls er kam.

Thorson versuchte beiläufig, den Anrufer auf eine Zeit festzulegen, zu der er die Kamera abholen wollte. Ich hatte den

Eindruck, daß Thorson ein guter Schauspieler war. Kurz darauf legte er den Hörer auf.

Danach schaute er sofort in die Kamera und sagte gelassen: »Und Leute? Was tut sich?«

Backus rief mit dem Mobiltefon im Laden an und berichtete Thorson von dem Fehlschlag. Ich sah auf dem Monitor, daß Thorson seine Hand zur Faust ballte und damit einmal leicht auf den Schreibtisch schlug. Ich vermochte nicht zu entscheiden, ob es ein Zeichen der Enttäuschung darüber war, daß die Verhaftung zunächst mißglückt war, oder auch ein Zeichen des Triumphes darüber, daß er jetzt die Chance bekommen würde, dem Poeten von Angesicht zu Angesicht gegenüberzutreten.

Ich verbrachte den größten Teil der nächsten vier Stunden mit Backus und Carter im Wagen. Wenigstens konnte ich mich auf dem Rücksitz ausstrecken. Die einzige Unterbrechung bestand darin, daß sie mich losschickten, um aus einem Geschäft auf dem Pico Sandwiches und Kaffee zu holen. Ich beeilte mich und verpaßte nichts.

Es war ein langer Tag, auch wenn Carter jede Stunde an dem Laden vorbeifuhr, und zu unterschiedlichen Zeiten mehrere Leute das Geschäft betraten. Immer stellte sich jedoch heraus, daß es sich um normale Kunden handelte, nicht um Gladden.

Um vier erörterte Backus mit Carter bereits Pläne für den nächsten Tag. Er ließ sich nicht anmerken, ob er es überhaupt in Erwägung zog, daß Gladden gar nicht kam, daß er vielleicht wußte, daß etwas nicht stimmte und daß er das FBI überlistet hatte. Er teilte Carter mit, daß er ein Funksprechgerät installiert haben wollte, damit er für seine Gespräche mit Thorson nicht eine der Telefonleitungen benutzen mußte.

»Ich will, daß das morgen zur Verfügung steht«, sagte er.

»Wird erledigt«, erwiderte Carter. »Sobald wir für heute Schluß gemacht haben, sorge ich dafür, daß die Techniker sofort an die Arbeit gehen.«

Danach herrschte wieder Schweigen. Es war offensichtlich, daß Backus und Carter, jahrelang an solche Überwachungsaktionen gewöhnt, mit der Stille gut zurechtkamen. Hin und wieder versuchte ich, eine Unterhaltung in Gang zu bringen, aber sie reagierten immer nur sehr einsilbig.

Kurz nach vier fuhr hinter uns ein Wagen an den Bordstein. Ich drehte mich um und sah, daß es Rachel war. Sie stieg aus, öffnete die hintere Tür an unserem Wagen und ließ sich neben mir nieder.

»Wen haben wir denn da?« sagte Backus. »Ich ahnte schon, daß Sie nicht lange fortbleiben würden. Sind Sie sicher, daß Sie in Florida alles erledigt haben, Rachel?«

Er gab sich gelassen, aber ich spürte, daß er sich über ihre schnelle Rückkehr ärgerte.

»Alles steht bestens, Bob. Hat sich hier etwas getan?«

»Nein, nichts Wesentliches.«

Als Backus ihr wieder den Rücken zudrehte, langte sie herüber, drückte meine Hand und schnitt eine Grimasse. Ich brauchte ein paar Augenblicke, um den Grund dafür zu begreifen.

»Haben Sie das Postfach überprüft, Rachel?«

»Ja, Bob, das habe ich getan«, sagte sie mit einer Stimme, in der ein Anflug von Erbitterung mitschwang. »Es war eine Sackgasse. In dem Postfach lag überhaupt nichts. Der Besitzer sagte, er glaube, eine Frau, eine ältere Frau, käme ungefähr einmal im Monat und leere es. Er sagte, die einzige Post, die je einträfe, sähe aus wie Kontoauszüge. Ich glaube, die Frau ist Gladdens Mutter. Sie lebt vermutlich irgendwo in der Nähe, aber sie steht nicht im Telefonbuch, und die Behörden in Florida hatten auch nichts über sie.«

»Vielleicht hätten Sie noch ein bißchen länger bleiben und ein bißchen intensiver nachforschen sollen.«

Sie schwieg für einen Moment. Die Art, wie Backus sie behandelte, irritierte sie offensichtlich.

»Vielleicht«, sagte sie. »Aber ich glaube, das ist etwas, worum sich die Agenten in Florida kümmern können. Ich bin die leitende Agentin in diesem Fall. So war es doch, nicht wahr, Bob?«

»Ja, so war es.«

Danach herrschte ein paar Minuten lang Schweigen. Den größten Teil dieser Zeit verbrachte ich damit, aus dem Fenster zu schauen. Als ich spürte, daß sich die Spannung ein wenig gelockert hatte, sah ich Rachel an und zog die Brauen hoch. Sie hob die Hand, um mein Gesicht zu berühren, überlegte es sich dann aber anders und ließ sie wieder sinken.

»Der Bart ist ab.«

»Ja.«

Backus drehte sich um und sah mich an, dann wandte er sich wieder nach vorn.

»Es war mir doch auch irgend etwas anders vorgekommen«, sagte er.

»Warum?« fragte Rachel.

Ich zuckte die Achseln.

»Weiß nicht.«

Eine Stimme kam knisternd aus dem Funkgerät.

»Kunde.«

Carter griff nach dem Mikrofon und fragte: »Wer?«

»Weißer Mann, über zwanzig, blonde Haare, trägt einen Karton bei sich. Kein Fahrzeug gesichtet. Er geht entweder zu Data oder nach nebenan, um sich die Haare schneiden zu lassen. Er könnte einen Haarschnitt brauchen.«

Direkt neben Data Imaging Answers gab es einen Friseursalon.

»Er geht hinein.«

Ich beugte mich über die Lehne, um auf den Monitor schauen zu können. Der Mann mit dem Karton betrat den Laden. Die Bildauflösung war zu grobkörnig, um feststellen zu können, ob es sich um Gladden handelte oder nicht. Ich hielt den Atem an, wie bisher jedesmal, wenn ein Kunde den Laden betreten hatte. Der Mann steuerte direkt auf den Schreibtisch zu, an dem Thorson saß. Ich sah, wie Thorson seine rechte Hand in die Taille stützte, damit er notfalls sofort seine Waffe ziehen konnte.

»Kann ich Ihnen helfen?« fragte er.

»Ja. Ich vertreibe Monatsplaner.« Er machte Anstalten, in den Karton zu greifen. Thorson versuchte, ihn daran zu hindern. »Ihre Nachbarn ringsum nehmen auch immer jede Menge.«

Thorson hielt den Arm des Mannes zurück. Dann kippte er den Karton so, daß er hineinschauen konnte.

»Kein Interesse«, sagte er, nachdem er den Inhalt inspiziert hatte.

Der Vertreter schien ein wenig bestürzt von Thorsons heftiger Art, erholte sich aber schnell und fuhr mit seinen Anpreisungen fort.

»Wirklich nicht? Nur zehn Dollar. So etwas kostet im Laden sonst dreißig oder fünfunddreißig Dollar. Es ist feinstes Kunstleder, und …«

» Kein Interesse. Vielen Dank.«

Der Vertreter wandte sich an Coombs, der an dem anderen Schreibtisch saß.

»Was ist mit Ihnen, Sir? Lassen Sie mich Ihnen das Luxusmo…«

»Wir sind nicht interessiert«, bellte Thorson. »Und jetzt verlassen Sie bitte den Laden, wir haben zu tun. Vertreter sind hier unerwünscht.«

»Ja, das merke ich. Einen schönen Tag noch, die Herren.«

Der Mann verließ den Laden.

»Leute gibt's«, sagte Thorson.

Er schüttelte den Kopf und setzte sich wieder hin. Dann sagte er nichts mehr. Dann gähnte er. Das löste auch bei mir ein Gähnen aus, und Rachel steckte sich an.

»Die Anspannung geht Gordo auf die Nerven«, bemerkte Backus.

Mir ging es nicht anders. Ich brauchte einen Schuß Koffein. In der Redaktion hätte ich um diese Tageszeit bereits mindestens sechs Tassen Kaffee getrunken.

Ich öffnete die Tür.

»Ich gehe Kaffee holen. Wollen Sie auch einen?«

»Sie werden alles verpassen, Jack«, scherzte Backus.

»Ja, bestimmt. Langsam begreife ich, wieso so viele Polizisten Hämorrhoiden bekommen. Sitzen den ganzen Tag da und warten auf nichts.«

Ich stieg aus, und als ich mich streckte, knackten meine Knie. Carter und Backus wollten keinen Kaffee. Rachel sagte, sie hätte gern einen Becher. Ich hoffte, sie würde nicht sagen, sie käme mit. Zum Glück tat sie es nicht.

»Wie möchten Sie ihn?« fragte ich, obwohl ich die Antwort kannte.

»Schwarz«, antwortete sie, über meine Schauspielerei lächelnd.

»Okay. Bin gleich wieder da.«

42

Mit vier Bechern schwarzem Kaffee in einem kleinen Karton trat ich durch die Tür von Data Imaging Answers und sah als erstes Thorsons entsetztes Gesicht. Noch bevor er etwas sagen konnte, begann das Telefon auf seinem Schreibtisch zu läuten. Er nahm den Hörer ab und sagte: »Ich weiß.«

Er streckte mir den Hörer entgegen.

»Für Sie, Sportsfreund.«

Es war Backus.

»Jack, verlassen Sie sofort den Laden!«

»Gleich. Ich wollte den beiden nur einen Kaffee bringen. Sie haben doch gesehen, daß Gordo bald einschläft, es ist so langweilig hier.«

»Sehr komisch, Jack, aber raus mit Ihnen. Sie haben versprochen, daß Sie sich meinen Anweisungen fügen. Und nun tun Sie bitte, was ich – ein Kunde. Sagen Sie Thorson, es ist eine Frau.«

Ich senkte den Hörer vor die Brust und sah Thorson an.

»Kunde im Anmarsch. Aber es ist eine Frau.«

Ich hob den Hörer wieder ans Ohr.

»Okay, ich komme gleich«, sagte ich zu Backus.

Ich legte den Hörer auf, holte einen der Becher aus dem Karton und stellte ihn auf Thorsons Schreibtisch. Ich hörte, wie hinter mir die Ladentür aufging, und die Verkehrsgeräusche auf dem Pico Boulevard für einen Moment lauter wurden. Ohne mich nach der Kundin umzusehen, ging ich hinüber zu dem Schreibtisch, an dem Coombs saß.

»Kaffee?«

»Vielen Dank.«

Ich stellte auch ihm einen Becher hin und kramte in dem Karton nach Tütchen mit Zucker und Milchpulver. Als ich mich umdrehte, sah ich die Frau vor Thorsons Schreibtisch stehen und in einer großen, schwarzen Handtasche wühlen. Sie hatte langes, blondes Haar, offensichtlich eine Perücke. Sie trug eine weiße Bluse über einem kurzen Rock und schwarze Strümpfe. Sie war groß, selbst wenn man die hohen Absätze einkalkulierte, und roch stark nach Parfum.

»Na endlich«, sagte sie, nachdem sie gefunden hatte, wonach sie suchte. »Ich soll das hier für meinen Boß abholen.«

Sie legte ein zusammengefaltetes gelbes Formular vor Thorson auf den Schreibtisch. Er warf einen Blick auf Coombs, ein Versuch, ihm zu signalisieren, daß er diese Transaktion übernehmen sollte.

»Bis dann, Gordo.«

Ich warf zum Abschied einen Blick auf Thorson und sah, wie er das Formular betrachtete. Er fixierte etwas mit den Augen. Dann richtete er den Blick kurz auf die Wand, wo sich die Kamera befand. Auf Backus. Und blickte wieder auf die Frau. Ich befand mich bereits hinter ihr und konnte über ihre Schulter hinweg nur Thorsons Gesicht sehen. Sein Mund öffnete sich plötzlich zu einem stummen O. Seine rechte Hand fuhr in sein Jackett. Und dann sah ich, daß in der Hand der Frau ein Messer blitzte. Sie ließ es niederfahren, noch bevor Thorson die Hand wieder aus dem Jackett herausgezogen hatte. Ich hörte seinen erstickten Schrei, als ihm das Messer in die Kehle fuhr. Er sackte nach hinten. Blut spritzte hervor, traf ihre Schulter. Sie beugte sich hastig über den Schreibtisch und ergriff etwas.

Dann richtete sie sich in Sekundenschnelle auf und wirbelte herum. Sie hatte Thorsons Waffe in der Hand.

»Keine Bewegung!«

Die Frauenstimme war verschwunden, und an ihre Stelle war die fast hysterische und angespannte Stimme eines in die Ecke getriebenen männlichen Tieres getreten. Er richtete die Waffe auf Coombs und schwang sie dann in meine Richtung.

»Fort von der Tür. Hierher!«

Ich ließ den Karton mit den beiden Kaffeebechern fallen, hob die Hände und bewegte mich von der Tür weg auf ihn zu. Der Mann in dem Kleid wirbelte wieder zu Coombs herum. Coombs kreischte.

»Nein! Bitte, sie beobachten uns, nein!«

»Wer beobachtet uns? Wer?«

»Sie beobachten uns mit der Kamera.«

»Wer?«

»Das FBI, Gladden«, sagte ich mit soviel Gelassenheit, wie ich aufzubringen vermochte, aber es klang vermutlich nicht viel anders als das Kreischen von Coombs.

»Können sie uns hören?«
»Ja, sie können uns hören.«
»FBI!« brüllte Gladden. »FBI, einer ist schon tot! Wenn ihr hereinkommt, gibt es noch zwei weitere Tote.«
Dann drehte er sich zu dem Ausstellungstisch um und richtete Thorsons Waffe auf die Videokamera mit dem eingeschalteten roten Licht. Er feuerte dreimal, bis er sie getroffen hatte und sie rückwärts vom Tisch fiel und zerbrach.
»Dort hinüber!« brüllte er mich an. »Wo sind die Schlüssel?«
»Welche Schlüssel?«
»Zu dem verdammten Laden!«
»Immer mit der Ruhe. Ich arbeite nicht hier.«
»Wer dann?«
Er richtete die Waffe auf Coombs.
»In meiner Tasche. Die Schlüssel sind in meiner Tasche.«
»Schließen Sie die Ladentür ab. Wenn Sie versuchen, rauszurennen, schieße ich Sie genauso ab wie die Kamera.«
»Ja, Sir.«
Coombs tat, was von ihm verlangt worden war, dann beorderte Gladden uns beide in den Hintergrund des Ladens, wo wir uns mit dem Rücken gegen die Tür des Lagerraums auf den Boden setzen mußten, damit niemand hindurchstürmen konnte. Dann kippte er beide Schreibtische um, damit sie als Sichtschutz und als Barrieren gegen Schüsse von draußen dienen konnten. Schließlich ging er hinter dem Schreibtisch, an dem Thorson gesessen hatte, in Deckung.
Von meiner Position aus konnte ich Thorsons Körper sehen. Der größte Teil seines weißen Hemdes war mit Blut getränkt. Er bewegte sich nicht. Seine Augen waren halb geschlossen und starr. Der Griff des Messers ragte aus seiner Kehle. Dieser Anblick jagte mir einen Schauder über den Rücken. Vor ein paar Minuten hatte der Mann noch gelebt. Ich hatte ihn gekannt, ob ich ihn nun mochte oder nicht. Und jetzt war er tot.
Dann kam mir der Gedanke, daß Backus in Panik geraten sein mußte. Vielleicht wußte er noch gar nicht, was mit Thorson passiert war. Wenn er glaubte, daß Thorson am Leben war und es eine Chance gab, ihn zu retten, war damit zu rechnen, daß das Einsatzkommando jeden Augenblick mit Schockgranaten und ähnlichem angriff. Wenn sie allerdings davon ausgingen, daß Thorson tot war, dann tat ich gut daran, mich auf eine lange Nacht einzurichten.

»Sie arbeiten nicht hier«, sagte Gladden zu mir. »Wer sind Sie? Kenne ich Sie?«

Ich zögerte. Wer ich war? Sollte ich diesem Mann die Wahrheit sagen?

»Sie sind vom FBI.«

»Nein, ich bin nicht vom FBI. Ich bin Journalist.«

» Journalist? Sie sind wegen meiner Story hier, stimmt's?«

»Wenn Sie sie mir erzählen wollen? Wenn Sie übrigens mit dem FBI reden wollen, legen Sie den Hörer da unten wieder auf die Gabel. Die rufen über diese Leitung an.«

Er betrachtete das Telefon. Es war auf den Boden gefallen, als er den Schreibtisch umgekippt hatte. Er konnte es erreichen, ohne seine Deckung zu verlassen. Er zog den Apparat zu sich und legte den Hörer auf. Dann sah er mich an.

»Ich kenne Sie«, sagte er. »Sie ...«

Das Telefon läutete, und er nahm den Hörer ab.

»Reden Sie«, befahl er.

Es folgte ein langes Schweigen, bevor er endlich reagierte.

»Ah, Agent Backus, wie schön, abermals Ihre Bekanntschaft zu machen! Ich habe eine Menge gelernt, seit wir uns in Florida begegnet sind. Unter anderem natürlich von Ihrem Dad. Habe sein Buch gelesen. Ich hatte immer gehofft, daß wir uns wieder einmal würden unterhalten können ... Sie und ich ... Nein, das wäre unmöglich, weil ich hier zwei Geiseln habe. Wenn Sie Mist bauen, Bob, dann nehme ich mir die beiden vor, und zwar auf eine Weise, daß Sie Ihren Augen nicht trauen, wenn Sie hier reinkommen. Erinnern Sie sich an Attica? Denken Sie darüber nach, Agent Backus. Denken Sie darüber nach, wie Dad diese Sache angehen würde. Das war's.«

Er legte den Hörer auf und sah mich an. Dann zerrte er die Perücke vom Kopf und schleuderte sie wütend durch den Laden.

»Wie zum Teufel sind Sie dazugestoßen, Reporter? Das FBI läßt doch ...«

»Sie haben meinen Bruder umgebracht. Deshalb bin ich hier.«

Gladden schaute mich für einen langen Moment an.

»Ich habe niemanden umgebracht.«

»Die wissen über Sie genau Bescheid. Ganz gleich, was Sie uns antun, die haben Sie, Gladden. Und die werden Sie hier nicht herauslassen. Sie ...«

»Okay, halten Sie die Schnauze! Keine Lust auf Ihr Gequatsche.«

Gladden nahm den Hörer ab und wählte eine Nummer.

»Ich will mit Krasner sprechen, es ist dringend ... William Gladden. Ja, genau der.«

Während er darauf wartete, daß der Anwalt an den Apparat kam, sahen wir uns unverwandt an. Ich versuchte, Gelassenheit zur Schau zu stellen, aber mein Gehirn lief auf Hochtouren. Ich sah keine Möglichkeit, hier herauszukommen, ohne daß noch jemand starb. Gladden schien nicht der Typ zu sein, den man dazu bringen konnte, aufzugeben, damit man ihn in ein paar Jahren auf den elektrischen Stuhl schnallen oder in die Gaskammer schicken konnte, je nachdem, welcher Staat ihn zuerst bekam.

In den nächsten zehn Minuten lieferte Gladden Krasner einen hitzigen Bericht über die Situation, in der er sich befand, und reagierte wütend auf jede Vorgehensweise, die Krasner ihm vorschlug. Schließlich knallte er den Hörer auf die Gabel.

»Scheißkerl!«

Ich verhielt mich still. Ich ging davon aus, daß jede weitere Minute für mich von Vorteil war. Das FBI traf draußen garantiert irgendwelche Vorkehrungen. Die Scharfschützen, der Sturmtrupp.

Es wurde dämmrig. Ich sah durch die Schaufensterscheibe zum Einkaufszentrum auf der anderen Straßenseite hinüber. Meine Augen suchten das Dach ab, aber ich sah keine Gestalten, nicht einmal den verräterischen Lauf eines Scharfschützengewehrs. Noch nicht.

Plötzlich wurde mir bewußt, daß auf dem Pico Boulevard keine Autos mehr fuhren. Sie hatten die Straße abgeriegelt. Bald würde etwas passieren, irgend etwas. Ich sah Coombs an.

Er hatte sein Hemd durchgeschwitzt. Der Knoten seiner Krawatte, Sammelpunkt von all dem Schweiß, der ihm übers Gesicht und den Hals rann, war klatschnaß. Er sah aus wie jemand, der den größten Teil der letzten Stunde damit verbracht hat, sich zu übergeben.

»Gladden, lassen Sie Mr. Coombs gehen. Er hat mit der ganzen Sache nichts zu tun.«

»Nein, das werde ich nicht tun.«

Das Telefon läutete, er nahm den Hörer ab, sagte nichts. Dann legte er ihn wieder auf. Ein paar Augenblicke später läutete es abermals. Er ging dran und drückte rasch auf den Warteknopf. Dann griff er nach dem anderen Telefon, wählte eine Nummer und schaltete auch diese Leitung auf Warten. Jetzt konnte ihn niemand mehr anrufen.

»Sie bauen Scheiße«, sagte ich. »Reden Sie mit denen, Mann, die werden sich etwas ausdenken.«

»Wenn ich Ihren Rat hören will, dann prügle ich ihn schon aus Ihnen raus. Und nun halten Sie die Klappe!«

»Okay.«

»Ich habe gesagt, Sie sollen die Klappe halten!«

Ich hob meine Hände in einer resignierenden Geste.

»Ihr verdammten Medien-Arschlöcher wißt ohnehin nicht, worüber ihr redet. Sie – wie heißen Sie übrigens?«

»Jack McEvoy.«

»Haben Sie einen Ausweis?«

»In meiner Tasche.«

»Werfen Sie ihn her.«

Ich zog langsam meine Brieftasche heraus und schob sie über den Boden zu ihm hin. Er öffnete sie und betrachtete den Presseausweis.

»Ich dachte, Sie – Denver? Was zum Teufel tun Sie dann in L. A.?«

»Das habe ich schon gesagt. Es geht um den Mord an meinem Bruder.«

»Stimmt, und ich habe Ihnen gesagt, daß ich niemanden umgebracht habe.«

»Und was ist mit dem da?«

Ich deutete mit dem Kopf auf Thorsons reglosen Körper. Gladden schaute erst den Toten an und dann wieder mich.

»Er hat das Spiel begonnen. Ich habe es beendet. Ganz normale Spielregeln.«

»Der Mann ist tot. Das ist kein Spiel.«

Gladden hob die Waffe und richtete sie auf mein Gesicht.

»Wenn ich aber sage, es ist ein Spiel, dann ist es ein Spiel.«

Ich erwiderte nichts.

»Bitte«, flehte Coombs. »Bitte …«

»Bitte was? Sie halten den Mund! Hören Sie … äh, Zeitungsfuzzi, was werden Sie schreiben, wenn das hier vorbei ist? Vorausgesetzt, daß Sie dann noch schreiben können.«

Ich dachte mindestens eine Minute lang nach. Er drängte mich nicht.

»Ich werde schreiben, warum Sie es getan haben, wenn Sie das wollen«, sagte ich schließlich. »Das ist immer die interessanteste Frage. Warum haben Sie es getan? Darüber werde ich schreiben. War es wegen diesem Kerl in Florida? Beltran?«

Er schnaubte höhnisch. Offenbar mißfiel ihm, daß ich den Namen genannt hatte.

»Das hier ist kein Interview. Und wenn es eines wäre: kein Kommentar.«

Gladden schaute auf die Waffe in seiner Hand. Ich glaube, in dem Moment erkannte er die Ausweglosigkeit der Situation, in der er sich befand. Er wußte, daß er nicht mehr rauskam, und ich nehme an, er hatte schon immer gewußt, daß sein Weg schließlich so oder ähnlich enden würde. Er schien Schwäche zu zeigen, und ich versuchte es abermals.

»Sie sollten denen da draußen sagen, daß Sie mit Rachel Walling reden wollen«, sagte ich. »Sie ist Agentin. Sie erinnern sich doch an sie? Sie hat in Raiford mit Ihnen gesprochen. Sie weiß alles über Sie, Gladden, und sie wird Ihnen helfen.«

Er schüttelte den Kopf.

»Ich mußte Ihren Bruder umbringen«, sagte er leise, ohne mich anzusehen. »Ich mußte es tun.«

Ich wartete, aber es kam nichts mehr.

»Warum?«

»Es war die einzige Art, ihn zu retten.«

»Wovor zu retten?«

»Verstehen Sie das denn nicht?« Jetzt sah er mich an, seine Augen drückten gleichzeitig Schmerz und Wut aus. »So zu werden wie ich. Sehen Sie mich an! So zu werden wie ich!«

Ich war im Begriff, eine weitere Frage zu stellen, als ich plötzlich das Geräusch von splitterndem Glas hörte. Ein dunkler Gegenstand, der ungefähr die Größe eines Baseballs hatte, rollte durch den Raum auf uns zu. Ich erkannte, was es war, krümmte mich zusammen, schirmte meinen Kopf, meine Augen mit Armen und Händen ab. Fast im selben Augenblick gab es eine gewaltige Detonation, einen grellen Lichtblitz, gleißend, und anschließend eine starke Erschütterung. Es fühlte sich an, als sei meinem ganzen Körper ein heftiger Schlag versetzt worden.

Ich riß mich zusammen und öffnete die Augen gerade weit genug, um einen Blick auf Gladden erhaschen zu können. Er wand sich stöhnend auf dem Boden, mit weit aufgerissenen Augen, blind. Die Hände hatte er auf seine Ohren gepreßt. Offensichtlich hatte er zu spät erkannt, was passierte. Die Pistole lag neben ihm auf dem Boden. Vorsichtig kroch ich darauf zu.

Gladden hörte mich, setzte sich auf. Er tastete hektisch den Boden ab. Wir griffen gleichzeitig nach der Waffe. Wir kämpften um sie, rollten übereinander. Mein einziger Gedanke war, den Abzug zu fassen zu bekommen und zu feuern. Es spielte keine Rolle, ob ich ihn traf. Ich wußte, daß die Agenten den Laden bald stürmen würden. Wenn ich das Magazin leeren konnte, würde es keine Rolle mehr spielen, wer die Pistole hatte. Es wäre vorbei.

Wir hatten sie genau zwischen uns, den Lauf nach oben gerichtet. Ich schaffte es, meinen linken Daumen hinter den Abzugsbügel zu quetschen. Mit der rechten Hand zog ich den Lauf zur Seite. Dann drückte ich ab. Die Waffe entlud sich. Ich spürte den scharfen Schmerz, als die Kugel das Gewebe zwischen meinem Daumen und meiner Handfläche durchschlug. Im gleichen Moment hörte ich Gladden aufheulen. Ich schaute zu seinem Gesicht hoch. Blut spritzte aus seiner Nase. Vielmehr aus dem, was davon noch übrig war. Die Kugel hatte den Rand seines linken Nasenlochs weggerissen und eine klaffende Furche durch seine Stirn gezogen.

Ich spürte, daß sein Griff vorübergehend locker wurde, und riß die Waffe mit Macht an mich. Ich war gerade dabei, mich von Gladden zu lösen, als das Geräusch von Tritten auf Glas und unverständliche Rufe zu hören waren. Da versuchte Gladden abermals, die Waffe an sich zu bringen.

Mein Daumen klemmte immer noch hinter dem Abzug. Die Pistole entlud sich abermals. Ich sah Gladden in die Augen und erkannte, daß er sich diese Kugel gewünscht hatte.

Sein Griff lockerte sich, und er kippte nach hinten. Eine große Wunde klaffte in seiner Brust. Gladden faßte hin und betrachtete das viele Blut an seiner Hand.

Plötzlich packte mich jemand von hinten und zog mich von ihm weg. Eine Hand ergriff meinen Arm, eine andere löste behutsam die Waffe aus meiner Hand. Ich schaute auf. Es war ein Mann, der einen schwarzen Helm, einen schwarzen Kampfanzug und darüber eine lange kugelsichere Weste trug. Er war mit einer Art Sturmgewehr und mit Kopfhörern ausgerüstet, an denen ein dünnes schwarzes Mikrofon befestigt war. Er schaute auf mich herab, dann drückte er auf den Sendeknopf an seinem Ohr.

»Alles unter Kontrolle«, sagte er. »Zwei liegen am Boden, und zwei sind in Ordnung. Kommt rein.«

43

Er hatte keine Schmerzen, und das wunderte ihn. Das Blut, das durch seine Finger und über seine Hände sprudelte, war warm und tröstlich. Er hatte das Gefühl, gerade einen Test absolviert zu haben. Er hatte ihn bestanden. Was für einer es auch immer gewesen sein mochte. Die Geräusche und die Bewegungen um ihn herum waren gedämpft. Die Menschen bewegten sich wie in Zeitlupe. Er sah sich um, entdeckte den, der auf ihn geschossen hatte. Denver. Für eine Sekunde trafen sich ihre Blicke, doch dann kam jemand dazwischen. Der Mann in Schwarz beugte sich über ihn. Handschellen. Gladden lächelte über diese Albernheit. Handschellen konnten ihn nicht daran hindern, dorthin zu gehen, wohin er jetzt ging.

Dann sah er sie. Eine Frau. Sie beugte sich über den aus Denver. Sie drückte seine Hand. Gladden erkannte sie wieder. Sie war diejenige, die zu ihm gekommen war, vor so vielen Jahren, im Gefängnis. Jetzt erinnerte er sich an sie.

Ihm wurde kalt. Seine Schultern, sein Hals. Seine Beine. Sie waren taub. Er wollte eine Decke, aber niemand beachtete ihn. Niemand kümmerte sich um ihn. Der Raum wurde heller, wie durch Fernsehkameras. Er glitt davon, und er wußte es.

»So ist das also«, flüsterte er, aber niemand schien es zu hören.

Außer der Frau. Sie drehte sich zu ihm um. Ihre Augen trafen sich, und Gladden glaubte ein leichtes Nicken, die Erkenntnis, zu sehen. Was für eine Erkenntnis? fragte er sich. Daß ich sterbe? Daß mein Hiersein einen Sinn hatte? Er drehte den Kopf in ihre Richtung, wartete darauf, daß das Leben endlich aus ihm wich. Jetzt würde er zur Ruhe kommen. Für immer.

Er sah sie noch einmal an, aber sie schaute wieder auf den anderen Mann. Gladden betrachtete ihn. Den Mann, der ihn getötet hatte. Ein merkwürdiger, letzter Gedanke bahnte sich seinen Weg in seinen Kopf. Er schien zu alt zu sein. Zu alt, um einen so jungen Bruder zu haben. Ein Irrtum.

Gladden starb mit offenen Augen. Starrte den Mann an, der ihm getötet hatte.

44

Es war eine unwirkliche Szene. Leute rannten in dem Laden herum, brüllten, beugten sich über den Toten und den Sterbenden. Meine Ohren dröhnten. Meine Hand pochte. Alles schien in Zeitlupe abzulaufen. Und dann tauchte Rachel auf, kam über das Glas wie ein Schutzengel, um mich davonzugeleiten. Sie bückte sich, ergriff meine unverletzte Hand und drückte sie. Ihre Berührung war wie ein elektrischer Schlag, der mich ins Bewußtsein zurückholte. Plötzlich begriff ich, was passiert war. Was ich getan hatte. Die Freude darüber, daß ich noch am Leben war, überwältigte mich. Gedanken an Gerechtigkeit und Rache waren weit weg.

Ich sah zu Thorson hinüber. Die Sanitäterinnen gaben sich alle Mühe – eine saß rittlings auf ihm, setzte ihr ganzes Gewicht bei der Herzmassage ein, eine zweite hielt ihm eine Sauerstoffmaske vors Gesicht. Eine dritte packte seinen leblosen Körper in einen Druckanzug. Backus kniete neben seinem Agenten, hielt seine Hand, rieb sein Handgelenk und rief immer wieder: »Atme, verdammt noch mal, atme! Los, Gordo, atme!«

Aber es sollte nicht sein. Sie konnten ihn nicht von den Toten zurückholen. Alle wußten es, aber niemand wollte es wahrhaben. Selbst als er auf der Tragbahre nach draußen gerollt wurde, bemühten sich die Sanitäterinnen noch, ihn wiederzubeleben.

Rachel beobachtete die Prozession mit nicht traurigem, aber mit abwesendem Blick.

Ich sah zu Gladden hinüber. Er trug jetzt Handschellen, und um ihn hatte sich noch niemand gekümmert. Sie ließen ihn sterben. Sämtliche Gedanken daran, was sie von ihm vielleicht hätten erfahren können, waren auf einen Schlag nebensächlich geworden, weil er Thorson das Messer in die Kehle gestochen hatte.

Ich glaubte, daß er bereits tot war. Seine Augen starrten leer zur Decke empor. Doch plötzlich bewegte sich sein Mund. Ich verstand nicht, was er sagte. Er richtete seine Augen auf Rachel. Ihre Blicke trafen sich. Vielleicht erinnerte er sich an sie. Dann ließ er seine Augen langsam auf mich schweifen. Wir schauten uns an, und sein Leben erlosch.

Ich wurde mit einem Krankenwagen in ein Krankenhaus gebracht, das Cedars-Sinai hieß. Als ich ankam, waren Thorson und Gladden bereits eingetroffen und ihr Tod bestätigt worden. In der Notaufnahme untersuchte ein Arzt meine Hand, reinigte die Wunde und nähte sie dann zu. Er strich eine Salbe auf die Brandstellen und wickelte zum Schluß einen Verband um die ganze Hand.

»Die Verbrennungen sind geringfügig«, sagte er währenddessen. »Darüber brauchen Sie sich keine Sorgen zu machen. Aber die Verletzung dürfte Ihnen zu schaffen machen. Es war zwar ein glatter Durchschuß, und es sind keine Knochen verletzt. Aber die Kugel hat eine Sehne völlig durchtrennt, und deshalb kann die Daumenbewegung eingeschränkt bleiben, wenn Sie nichts dagegen unternehmen. Ich kann Sie mit einem Spezialisten bekannt machen, der die Sehne wieder annähen oder ihnen zumindest eine neue einsetzen kann. Durch die Operation und entsprechende Reha-Übungen sollte die Sache eigentlich wieder in Ordnung kommen.«

»Was ist mit Tippen?«

»In der nächsten Zeit nicht.«

»Nein, ich meine, als Training.«

»Nun, vielleicht. Danach müssen Sie Ihren Arzt fragen.«

Er klopfte mir auf die Schulter und verließ das Zimmer. Ich saß zehn Minuten lang allein auf dem Untersuchungstisch, bevor Rachel und Backus hereinkamen. Backus sah völlig erledigt aus, wie ein Mann, dessen sämtliche Pläne gescheitert sind.

»Wie geht es Ihnen, Jack?« fragte er.

»Wird schon wieder. Das mit Agent Thorson tut mir sehr leid. Es war …«

»Ich weiß. Manchmal …«

Er verstummte. Ich sah Rachel an. Unsere Blicke trafen sich.

»Sind Sie sicher, daß es Ihnen gutgeht?«

»Ja. Ich werde meine Hand eine Weile nicht gebrauchen können, aber … Ich habe wirklich Glück gehabt. Was ist mit Coombs?«

»Er steht noch unter Schock, aber sonst ist ihm nichts passiert.«

Ich warf Backus einen unsicheren Blick zu.

»Bob, ich hätte nichts tun können. Irgendwie ist die Geschichte entgleist. Weshalb hat Thorson sich nicht an den Plan gehalten? Warum hat er ihm nicht einfach die Kamera gegeben, anstatt nach seiner Waffe zu greifen?«

»Weil er der Held sein wollte«, sagte Rachel. »Er wollte ihn verhaften. Oder töten.«

»Rachel, das wissen wir nicht«, sagte Backus. »Und wir werden es auch nie erfahren. Aber eine Frage kann mit Sicherheit beantwortet werden: Warum sind Sie überhaupt in den Laden gegangen Jack? *Warum?*«

Ich schaute auf meine bandagierte Hand hinab. Mit der gesunden berührte ich meine Wange.

»Ich weiß es nicht«, antwortete ich. »Ich sah auf dem Monitor, daß Thorson gähnte und dachte ... Ich weiß nicht, weshalb ich es getan habe. Er hat mich auch einmal mit Kaffee versorgt ... Ich wollte mich einfach revanchieren. Ich habe nicht geglaubt, daß Gladden noch kommen würde.«

Ich log. Aber ich konnte meine wahren Motive, meine Emotionen nicht in Worte fassen. Daß ich es heraufbeschwören wollte. Daß ich das Gefühl gehabt hatte, Gladden käme vielleicht, wenn ich in den Laden ging. Daß ich wollte, daß er mich sah. Wollte, daß er meinen Bruder sah.

»Nun ja«, sagte Backus nach längerem Schweigen. »Glauben Sie, daß Sie morgen fit genug für die Vernehmung sind? Wir hätten gern Ihre Aussage, damit wir die Sache abschließen können. Wir müssen dem hiesigen Staatsanwalt einen Bericht hinterlassen.«

Ich nickte.

»Ja, ich werde kommen.«

»Jack, als Gladden auf die Kamera schoß, hat er auch den Ton ausgeschaltet. Wir wissen also nicht, was in diesem verdammten Laden gesagt worden ist. Also, erinnern Sie sich an Gladdens Worte?«

Ich versuchte mich zu konzentrieren.

»Zuerst behauptete er, er habe niemanden umgebracht. Später hat er jedoch zugegeben, daß er Sean getötet hat. Er sagte, er habe meinen Bruder getötet.«

Backus zog die Brauen hoch. Dann nickte er.

»Okay, Jack, wir sehen uns morgen.« Er wandte sich an Rachel. »Sie bringen ihn zu seinem Zimmer?«

»Ja, Bob.«

»Okay.«

Backus verließ das Zimmer mit gesenktem Kopf, und mir war sehr unwohl. Ich glaubte nicht, daß er meine Erklärung geschluckt hatte, und fragte mich, ob er mir wohl für alle Zeiten die Schuld daran geben würde, daß alles so entsetzlich falsch gelaufen war.

»Was wird er jetzt tun?«

»Nun, zuerst einmal warten in der Halle jede Menge Medienleute, und er muß ihnen erzählen, daß alles in die Hose gegangen ist. Danach wird garantiert der Direktor wollen, daß Professional Standard seine Planung überprüft. Das wird die Sache für ihn nicht besser machen.«

»Es war Thorsons Plan. Können sie nicht einfach ...«

»Bob hat ihn genehmigt. Wenn jemand es ausbaden muß – nun, Gordon steht nicht mehr zur Verfügung.«

Sie wandte ihren Blick von der Tür ab und sah mich an.

»Geht es dir wirklich gut?«

Ich nickte.

»Ich bin so froh, daß dir sonst nichts passiert ist. Da hast du dir wirklich ein tolles Stück geleistet.«

»Ich dachte, er könnte den Kaffee brauchen. Ich hatte nicht ...«

»Ich meine, Gladden die Waffe abzunehmen.«

Ich zuckte die Achseln. Vielleicht war es töricht gewesen, aber möglicherweise hatte es mir das Leben gerettet.

Sie fuhr mit der Hand an meinem Kinn entlang, genauso, wie sie es getan hatte, als der Bart noch dran war. Dann hob sie mit ihren Fingern mein Kinn, bis ich sie anschaute. Sie drängte sich zwischen meine Beine und küßte mich innig. Es war heilsam und sinnlich zugleich. Ich schloß die Augen. Meine gesunde Hand glitt unter ihre Jacke. Kurze Zeit später löste sie sich von mir.

»Können wir jetzt gehen?«

»Ja, ich denke schon.«

»Hast du ein Rezept für Schmerztabletten bekommen?«

»Ich soll ein paar Tabletten bekommen, wenn ich mich abmelde.«

»Du kannst dich noch nicht abmelden. Die Journalisten werden sich auf dich stürzen.«

»Verdammt, das habe ich vergessen. Aber ich muß dringend telefonieren!«

Ich schaute auf die Uhr. In Denver war es jetzt fast acht Uhr. Greg Glenn wartete vermutlich händeringend auf meinen Anruf, gab die Titelseite nicht zum Druck frei, bevor er von mir gehört hatte. Ich wußte, daß er höchstens bis neun Uhr warten konnte.

Ich schaute mich um. An der hinteren Wand des Raums, über einer Anrichte mit medizinischen Instrumenten, hing ein Telefon.

»Könntest du Bescheid sagen, daß ich nicht rauskommen kann, um mich abzumelden?« fragte ich. »In der Zwischenzeit rufe ich bei der *Rocky* an und sage ihnen, daß ich noch am Leben bin.«

Glenn war fast von Sinnen, als ich zu ihm durchgestellt worden war.

»Jack, wo zum Teufel haben Sie gesteckt?«

»Ich war beschäftigt. Ich ...«

»Sind Sie okay? Die Agenturen melden, Sie seien angeschossen worden.«

»Es geht mir gut. Ich muß nur für eine Weile einhändig tippen.«

»Es heißt, der Poet sei tot. AP zitiert einen Informanten, der behauptet, Sie hätten ... äh, ihn getötet.«

»AP hat einen guten Informanten.«

»Großer Gott, Jack!«

Ich erwiderte nichts.

»CNN berichtet alle zehn Minuten live vom Ort des Geschehens, aber sie haben nichts zu bieten. Angeblich soll im Krankenhaus eine Pressekonferenz stattfinden.«

»Stimmt. Und wenn Sie mich jetzt mit jemandem verbinden, der meinen Text überarbeiten kann, dann liefere ich Ihnen genügend Material für die Titelseite. Es wird besser sein als alles, was die anderen präsentiert bekommen.«

Er schwieg.

»Greg?«

»Einen Moment, Jack, ich muß nachdenken. Sie ...«

Er beendete seinen Satz nicht, aber ich wartete.

»Jack, ich gebe Ihnen Jackson. Erzählen Sie ihm, was Sie zu sagen haben. Er wird sich auch Notizen über die Pressekonferenz machen, wenn CNN sie bringt.«

»Einen Moment. Ich möchte Jackson gar nichts erzählen. Verbinden Sie mich einfach mit jemandem, dem ich meine Story diktieren kann. Sie wird besser sein als alles, was bei der Pressekonferenz herauskommt.«

»Nein, Jack, das geht nicht mehr. Die Situation hat sich geändert.«

»Wovon reden Sie?«

»Sie können nicht mehr darüber schreiben. Sie gehören jetzt selbst zu der Story. Sie haben den Mann erschossen, der Ihren Bruder umgebracht hat. Sie haben den Poeten erschossen. Jetzt geht es in der Story um *Sie*. Ich verbinde Sie mit Jackson. Aber tun Sie mir einen Gefallen, halten Sie sich von den anderen Reportern da draußen fern. Geben Sie uns für mindestens einen Tag die Exklusivrechte.«

»Hören Sie, ich war von Anfang an ein Teil der Story!«

»Ja, aber da hatten Sie zumindest noch niemanden erschossen, Jack! So etwas tun Reporter normalerweise nicht. Sie sind aus der Story raus. Tut mir leid.«

»Es ging um Leben und Tod, Greg.«

»Daran zweifle ich nicht, und Gott sei Dank leben Sie noch. Aber das ändert nichts an der Sachlage, Jack.«

Ich sagte nichts mehr. Im Grunde wußte ich, daß er recht hatte. Ich konnte es nur einfach nicht glauben. Es war meine Geschichte gewesen, und jetzt war ich sie los. Gleichzeitig drinnen und draußen.

Gerade als Rachel mit einem Klemmbrett und mehreren Formularen zum Unterschreiben ins Zimmer zurückkehrte, kam Jackson an den Apparat. Er rief euphorisch, was für eine großartige Story das werden würde, und fing an, mir Fragen zu stellen. Ich beantwortete alle und erzählte ihm auch ein paar Dinge, nach denen er nicht gefragt hatte. Währenddessen unterschrieb ich an den Stellen, auf die Rachel zeigte.

Das Interview dauerte nicht lange. Jackson sagte, er wolle sich die Pressekonferenz ansehen, damit er meine Version der Ereignisse mit offiziellen Kommentaren und Bemerkungen ergänzen konnte. Er bat mich, in einer Stunde noch einmal anzurufen, für den Fall, daß er noch Fragen hatte, und ich erklärte mich dazu bereit. Dann legten wir auf, und ich war froh, daß das Gespräch beendet war.

»So. Da du jetzt mit deinen Unterschriften auf dein Leben und deinen erstgeborenen Sohn verzichtet hat, kannst du das

Krankenhaus verlassen«, sagte Rachel. »Bist du sicher, daß du die Formulare nicht lesen möchtest?«

»Ja. Laß uns von hier verschwinden. Hast du die Schmerztabletten? Meine Hand tut langsam wieder weh.«

»Hier sind sie.«

Sie zog ein Röhrchen aus der Jackentasche und händigte es mir aus, zusammen mit einem Packen rosafarbener Zettel, die offenbar von der Rezeption des Krankenhauses stammten.

»Was ist ...«

Es handelt sich um Anrufnotizen von den drei Presseagenturen, von »Nightline« mit Ted Koppel, von zwei Morgen-Shows und von Reportern der *New York Times* und der *Washington Post*.

»Du bist eine Berühmtheit, Jack«, sagte Rachel. »Du hast dem Teufel von Angesicht zu Angesicht gegenübergestanden, und du hast überlebt. Die Leute wollen dich fragen, was für ein Gefühl das war. Die Leute wollen immer alles über den Teufel wissen.«

Ich stopfte die Zettel in meine Hosentasche.

»Willst du sie anrufen?«

»Nein. Laß uns gehen.«

Auf der Rückfahrt nach Hollywood tat ich Rachel kund, daß ich die Nacht nicht im Wilcox Hotel verbringen wollte. Ich wollte beim Zimmerservice etwas zu essen bestellen und dann in einem bequemen Bett liegen und durch die Fernsehkanäle zappen, Annehmlichkeiten, die das Wilcox nicht zu bieten hatte.

Das leuchtete ihr ein.

Nachdem wir dort meine Sachen geholt und bezahlt hatten, fuhr Rachel den Sunset Boulevard in Richtung Strip entlang und hielt vor dem Château Marmont. Ich ging allein zur Rezeption. Ich sagte, ich wolle ein Zimmer mit einer schönen Aussicht, der Preis spiele keine Rolle. Sie gaben mir ein Zimmer mit Balkon, das mehr kostete, als ich jemals für ein Hotelzimmer ausgegeben hatte.

Vom Balkon aus konnte man den Marlboro-Mann und die anderen Reklametafeln auf dem Strip sehen. Das gefiel mir. Rachel machte sich gar nicht erst die Mühe, ein eigenes Zimmer zu nehmen.

Während des Abendessens redeten wir nicht viel. Es herrschte jenes behagliche Schweigen, wie es oft zwischen lange verheirateten Paaren herrschen kann. Hinterher nahm ich ein langes Bad und hörte mir dabei den CNN-Bericht über die Schießerei in Data Imaging Answers an. Er ergab nichts Neues. Mehr Fragen als Antworten. Ein großer Teil der Pressekonferenz drehte sich um Thorson und darum, welches Opfer er gebracht hatte. Zum ersten Mal fragte ich mich, wie Rachel damit fertig wurde. Sie hatte ihren Ex-Mann verloren. Einen Mann, den sie verachtete, dennoch jemanden, mit dem sie einmal ein intimes Verhältnis gehabt hatte.

Ich verließ das Badezimmer im Frottee-Bademantel des Hotels. Rachel lag auf dem Bett, von Kissen gestützt, und sah immer noch fern.

»Gleich fangen die Lokalnachrichten an«, sagte sie.

Ich kroch über das Bett und küßte sie.

»Alles in Ordnung?«

»Ja. Warum?«

»Nur so. Äh, das mit Thorson – es tut mir leid. Okay?«

»Mir auch.«

»Ich fragte mich gerade, ob – möchtest du mit mir Liebe machen?«

»Ja.«

Ich schaltete den Fernseher und die Lampen aus. Eine Weile später schmeckte ich im Dunkeln Tränen auf ihren Wangen, und sie hielt mich fester in den Armen als je zuvor. Es war ein bittersüßes Beisammensein. Als hätten sich die Wege von zwei traurigen, einsamen Menschen gekreuzt und sie wären übereingekommen, einander zu helfen. Hinterher kuschelte sie sich an meinen Rücken, und ich versuchte zu schlafen. Es ging aber nicht. Die Dämonen des Tages in mir waren nach wie vor hellwach.

»Jack?« flüsterte sie. »Warum hast *du* geweint?«

Ich schwieg eine Weile, versuchte die richtigen Worte zu finden.

»Ich weiß es nicht«, sagte ich schließlich. »Es ist schwer zu erklären. Ich glaube, ich habe die ganze Zeit irgendwie gehofft, daß sich mir eine Chance bieten würde, ihn ... Sei froh, daß du noch nie getan hast, was ich heute getan habe. Sei wirklich froh.«

Auch später wollte der Schlaf nicht kommen, obwohl ich eine der Tabletten genommen hatte. Auch Rachel war wach. Sie fragte mich, was ich dachte.

»Ich denke über die Worte nach, die er zuletzt an mich richtete. Ich habe nicht verstehen, was er meinte. Er sagte, er habe Sean getötet, um ihn zu retten.«

»Wovor?«

»So zu werden wie er. Das verstehe ich nicht.«

»Vermutlich werden wir es nie verstanden. Du solltest versuchen, es zu vergessen. Es ist vorbei. Sein allerletzter Satz lautete: ›So ist das also‹. Diese Erkenntnis ist vermutlich wichtiger.«

»Was bedeutet der Satz denn deiner Meinung nach?«

»Ich glaube, er hatte das Mysterium begriffen.«

»Den Tod.«

»Er sah ihn kommen. Er sah die Antworten. Er sagte: ›So ist das also‹. Und dann starb er.«

45

Am nächsten Morgen wartete Backus bereits in dem Konferenzzimmer im siebzehnten Stock des Bundesgebäudes auf uns. Es war abermals ein klarer Tag, und ich sah die Spitze von Catalina Island aus dem Morgendunst über der Santa Monica Bay herausragen. Es war erst halb neun, aber Backus sah aus, als sei er bereits seit mehreren Stunden bei der Arbeit. Sein Platz an dem Konferenztisch war mit einem Haufen Papiere, zwei offenen Laptops und einem Stapel Anrufnotizen übersät. Backus selbst wirkte mitgenommen und traurig.

»Hallo, Rachel, hallo, Jack«, sagte er zur Begrüßung. Es war kein guter Morgen, und deshalb sagte er es wohl auch nicht. »Was macht die Hand?«

»Es geht.«

Wir hatten uns Kaffee mitgebracht, aber ich stellte fest, daß er keinen hatte. Ich bot ihm meinen an, doch er lehnte ab.

»Was liegt an?« fragte Rachel.

»Seid ihr aus dem Wilcox ausgezogen? Ich habe heute morgen versucht, Sie zu erreichen, Rachel.«

»Ja«, sagte sie. »Jack wollte es ein bißchen komfortabler haben. Wir haben im Château Marmont übernachtet.«

»Mächtig komfortabel.«

»Keine Sorge, ich werde die Rechnung nicht zur Erstattung einreichen.«

Er nickte, und die Art, wie er sie ansah, ließ mich vermuten, daß er Bescheid wußte.

»Langsam fügt sich alles zusammen«, sagte er. »Wieder ein Fall fürs Lehrbuch. Diese Menschen – wenn man sie überhaupt so nennen kann – verblüffen mich immer wieder.«

Rachel rückte sich einen Stuhl zurecht und ließ sich ihm gegenüber nieder. Ich setzte mich neben sie. Wir sagten nichts. Wir wußten, daß er weitersprechen wollte. Er tippte mit einem Stift an einen der Laptops.

»Das war seiner«, sagte er. »Wir haben ihn gestern abend im Kofferraum seines Wagens gefunden.«

»Ein Hertz-Wagen?« fragte ich.

»Nein. Er hat für die Fahrt zu Data Imaging einen 84er Plymouth benutzt, zugelassen auf eine gewisse Darlene Kugel, sechsunddreißig, wohnhaft in North Hollywood. Wir sind gleich gestern abend zu ihrer Wohnung gefahren. Da sich niemand rührte, haben wir die Tür aufgebrochen. Sie lag im Bett, mit durchschnittener Kehle. Vermutlich dasselbe Messer wie bei Gordon. Sie ist bereits seit Tagen tot. Er hat Räucherstäbchen verbrannt und jede Menge Parfum verschüttet, um den Geruch zu übertünchen.«

»Er hat sich zusammen mit der Leiche in der Wohnung aufgehalten?« fragte Rachel ungläubig.

»Es sieht so aus.«

»Waren das ihre Kleider, die er getragen hat?« fragte ich.

»Und ihre Perücke.«

»Wieso hat er sich denn als Frau verkleidet?« fragte Rachel.

»Das wissen wir nicht und werden es wohl auch nie erfahren. Ich vermute, er wußte, daß er gesucht wurde. Von der Polizei. Vom FBI. Vielleicht hoffte er, auf diese Weise unerkannt die Kamera abholen und dann aus der Stadt verschwinden zu können.«

»Vermutlich. Was haben Sie in ihrer Wohnung gefunden?«

»Nicht viel von Bedeutung, aber zu der Wohnung gehören zwei Parkplätze in der Garage, und auf einem von ihnen stand ein 86er Pontiac Firebird. Mit Florida-Kennzeichen. Er ist auf eine gewisse Gladys Oliveros in Gainesville zugelassen.«

»Seine Mutter?« fragte ich.

»Ja. Sie ist dorthin gezogen, als er ins Gefängnis kam, wahrscheinlich, damit sie in seiner Nähe war. Hat wieder geheiratet und den Namen gewechselt. Wie dem auch sei, wir haben den Kofferraum des Pontiac geöffnet und darin den Computer und ein paar andere Dinge gefunden, darunter auch das Buch, das Brass auf dem Foto entdeckt hat. Und ein alter Schlafsack lag darin. Er war blutverschmiert und ist jetzt im Labor. Dem ersten Bericht zufolge enthält die Isolierung Kapok.«

»Das bedeutet, daß er einige seiner Opfer in den Kofferraum gelegt hat«, sagte ich.

»Und das erklärt auch, warum sie stundenlang vermißt wurden«, setzte Rachel hinzu.

»Einen Moment«, sagte ich. »Wenn er den Wagen seiner Mutter fuhr, was ist dann mit dem Wagen von Hertz in

Phoenix? Warum sollte er einen Wagen mieten, wenn er doch einen hat?«

»Eine Methode von vielen, seine Spur zu verwischen, Jack. Er fährt mit dem von seiner Mutter von Stadt zu Stadt, mietet aber jeweils einen, wenn er losfährt, um einen Polizisten zu ermorden.«

Mir war bestimmt anzusehen, wie sehr mich die Logik dieser Theorie verwirrte. Aber Backus reagierte nicht.

»Wie dem auch sei, bisher haben wir die Hertz-Unterlagen noch nicht, also brauchen wir uns noch keine Gedanken darüber zu machen. Im Moment ist der Computer wichtiger.«

»Was steckt darin?« fragte Rachel.

»Das hiesige Office hat eine Computer-Abteilung, die eng mit Quantico zusammenarbeitet. Einer der Agenten, Don Clearmountain, hat sich das Ding noch gestern abend vorgenommen, und gegen drei Uhr heute morgen gelang es ihm, den Code zu knacken. Er hat die Festplatte auf unseren Zentralcomputer hier kopiert. Lauter Fotos. Siebenundfünfzig insgesamt.«

Backus rieb sich mit Daumen und Zeigefinger den Nasenrücken. Er schien gealtert, seit ich ihn zuletzt gesehen hatte.

»Kinder?« fragte Rachel.

Backus nickte.

»Großer Gott. Die Opfer?«

»Ja … davor und danach. Ein grauenhaftes Zeug. Einfach grauenhaft.«

»Und die hat er irgendwohin übermittelt? Wie wir vermutet haben?«

»Genau. Zu dem Computer gehört ein C-Modem, wie Gordon … wie er vermutete. Es ist ebenfalls auf Oliveros in Gainesville zugelassen. Wir haben die Unterlagen soeben bekommen.«

Er deutete auf einige der vor ihm liegenden Papiere.

»Es sind eine Unmenge Anrufe verzeichnet«, sagte er. »Aus allen Teilen des Landes. Er gehörte zu irgendeinem Netz, dessen User an dieser Art von Fotos interessiert waren.«

Er sah uns gleichermaßen angewidert und herausfordernd an.

»Wir spüren jetzt allen nach. Wir werden eine Menge Verhaftungen vornehmen. Sehr viele Leute werden für das hier bezahlen. Gordon ist nicht umsonst gestorben.«

Er nickte, mehr zu seiner eigenen Bestätigung.

»Wir können die Übertragungen und die User mit den Kontoauszügen vergleichen, die ich in Jacksonville gefunden habe«, sagte Rachel. »Dadurch läßt sich bestimmt herausfinden, wieviel sie für die Fotos bezahlt haben und wann.«

»Clearmountain und seine Leute arbeiten bereits daran. Sie sind unten in den Büros von Group Three, falls Sie dort vorbeischauen wollen.«

»Bob«, sagte ich, »haben Sie sich alle siebenundfünfzig Fotos angesehen?«

Er sah mich für einen Moment an, bevor er antwortete.

»Ja, Jack, das habe ich getan.«

»Und es waren nur Kinder darauf?«

Ich spürte, wie sich meine Brust verkrampfte. Es wäre eine Lüge gewesen, wenn ich behauptet hätte, den Tod meines Bruders akzeptiert und überwunden zu haben.

»Ja, Jack«, sagte Backus. »Es gibt keine Fotos von den anderen Opfern. Weder von den Cops noch von den anderen erwachsenen Opfern. Ich vermute …«

Er beendete den Satz nicht.

»Was?« fragte ich.

»Ich vermute, mit dieser Art von Fotos hätte er nichts verdient.«

Ich schaute auf meine Hände hinab. Die rechte begann wieder zu schmerzen und fühlte sich unter dem weißen Verband klamm an. Trotzdem verspürte ich Erleichterung. Ich nehme an, daß es Erleichterung war. Was sonst sollte man empfinden, wenn man erfährt, daß von der Leiche des ermordeten Bruders *keine* Fotos im Internet herumschwirren?

Nachdem er für ein paar Augenblicke geschwiegen hatte, wechselte Backus das Thema.

»Jack, wir brauchen Ihre Aussage. Ich habe eine der Stenographinnen dieses Office für halb zehn bestellt. Sind Sie bereit?«

»Kein Problem.«

»Erzählen Sie alles, was passiert ist. Haargenau. Lassen Sie kein Detail aus. Ich denke, Rachel kann es übernehmen, Ihnen alle erforderlichen Fragen zu stellen.«

»Okay, Bob.«

»Ich würde die Sache gern heute zu Ende bringen und morgen dem Staatsanwalt übergeben. Vielleicht können wir danach alle heimfahren.«

»Wer stellt das Material für den Staatsanwalt zusammen?« fragte Rachel.

»Carter.«

Backus schaute auf die Uhr.

»Äh, Ihnen bleiben noch ein paar Minuten. Am besten gehen Sie trotzdem schon nach unten und fragen nach Sally Kimball. Vielleicht ist sie schon soweit.«

Damit waren wir entlassen. Ich musterte Rachel, versuchte herauszufinden, ob sie wütend darüber war, meine Aussage aufnehmen zu müssen, während die hiesigen Agenten Gladdens Computer-Aufzeichnungen nachspürten. Das schien im Moment wirklich der aufregendere Teil der Ermittlungen zu sein. Sie ließ sich jedoch nichts anmerken. An der Tür drehte sie sich noch einmal um und bat Backus, ihr Bescheid zu sagen, falls er sonst noch etwas brauchen sollte.

»Danke, Rachel«, sagte er. »Und, oh, Jack, die hier sind für Sie.«

Er hob den Zettelstapel hoch. Ich kehrte zum Tisch zurück und nahm sie an mich.

»Und das.«

Er hob meine Computertasche vom Fußboden neben seinem Stuhl auf und reichte sie mir über den Tisch.

»Die war noch im Auto.«

»Danke.«

Ich betrachtete den Packen rosafarbener Zettel. Es waren mindestens ein Dutzend.

»Sie sind jetzt überall ein populärer Mann, Jack«, sagte Backus. »Passen Sie auf, daß es Ihnen nicht zu Kopfe steigt.«

Während sich Rachel auf die Suche nach der Stenographin machte, sah ich mir auf dem Flur die Zettel an. Bei den meisten handelte es sich um erneute Anrufe von den Agenturen, aber auch ein paar Zeitungsreporter hatten sich gemeldet, sogar einer von unserem Konkurrenzblatt, der *Denver Post*. Auch die Boulevardzeitungen und etliche Talk-Shows hatten Nachrichten hinterlassen.

Und Michael Warren hatte angerufen. Ich entnahm der Nummer, die er hinterlassen hatte, daß er sich nach wie vor in L. A. aufhielt.

Die drei Nachrichten, die für mich an interessantesten waren, stammten nicht von den Medien.

Dan Bledsoe hatte nur eine Stunde zuvor aus Baltimore angerufen.

Und es gab zwei Nachrichten von Buchverlagen, eine vom Cheflektor eines New Yorker Verlages und eine vom stellvertretenden Verlagsleiter eines anderen Hauses. Beide Verlage waren mir bekannt, und ich spürte, wie mich eine Mischung aus Verzagtheit und Erregung überfiel.

In diesem Moment kam Rachel die Treppe herauf.

»Gleich kann's losgehen. Unten ist ein Büro frei. Laß uns dort warten.«

Ich folgte ihr.

Das Zimmer war eine kleinere Version von dem, wo wir mit Backus gesessen hatten, mit einem runden Tisch und vier Stühlen, einem Sideboard mit Telefon und einem großen Fenster mit Blick auf die Innenstadt. Ich fragte Rachel, ob sie etwas dagegen hätte, wenn ich telefonierte, während wir warteten. Sie verneinte. Ich wählte die Nummer, die Bledsoe hinterlassen hatte, und er meldete sich nach dem ersten Klingeln.

»Bledsoe Investigations.«

»Hier ist Jack McEvoy.«

»Jack Mac, wie geht es Ihnen?«

»Gut. Und Ihnen?«

»Wesentlich besser, nachdem ich heute morgen die Nachrichten gehört habe.«

»Das freut mich.«

»Sie haben ein gutes Werk getan, Jack, ein wirklich gutes Werk.«

Wie kommt es dann, daß ich mich gar nicht gut fühle? dachte ich, sprach es aber nicht aus.

»Jack?«

»Ja?«

»Ich bin Ihnen etwas schuldig. Und Johnny Mac auch.«

»Nein, das sind Sie nicht. Wir sind quitt, Dan. Sie haben mir geholfen.«

»Trotzdem. Wenn Sie irgendwann mal hierherkommen, gehen wir zusammen einen trinken. Auf meine Kosten.«

»Danke, Dan. Ich werde es mir merken.«

»Hey, was ist mit diesem FBI-Mädchen, das im Fernsehen und in den Zeitungen zu sehen war? Agent Walling? Sie sieht toll aus.«

Ich warf einen Blick auf Rachel.

»Ja, das tut sie.«

Er schaffte es, mir ein Lächeln zu entlocken. Ich legte auf und betrachtete die beiden Nachrichten von den Verlagen. Ich war versucht, zurückzurufen, ließ es dann aber doch bleiben. Ich wußte nicht viel über die Buchbranche, aber seinerzeit, als ich an meinem ersten Roman schrieb, hatte ich ein bißchen recherchiert und dann beschlossen, mir, falls ich ihn je fertigschreiben sollte, einen Agenten zu beschaffen. Ich hatte mir sogar schon einen ausgesucht. Nur hatte ich nie ein Buch fertiggeschrieben, das ich ihm hätte schicken können. Ich beschloß, seinen Namen und seine Telefonnummer wieder herauszukramen und ihn irgendwann anzurufen.

Als nächstes bedachte ich den Anruf von Warren. Die Stenographin war immer noch nicht erschienen, also wählte ich schnell die Nummer, die er hinterlassen hatte. Es meldete sich eine Telefonistin, und als ich sie bat, mich mit Warren zu verbinden, schaute Rachel sofort mit einem fragenden Blick auf. Ich zwinkerte ihr zu. Die Stimme am Telefon teilte mir kurz darauf mit, daß Warren nicht im Hause sei. Ich nannte ihr meinen Namen, hinterließ aber weder eine Nachricht noch eine Nummer. Warren würde sich ärgern, daß er meinen Anruf verpaßt hatte, wenn er davon erfuhr.

»Weshalb wolltest du mit ihm sprechen?« fragte Rachel, nachdem ich aufgelegt hatte. »Ich dachte, ihr wäret Feinde.«

»Das sind wir wohl auch. Wahrscheinlich wollte ich ihm nur sagen, daß er sich zum Teufel scheren soll.«

Ich brauchte eine Stunde und fünfzehn Minuten, um Rachel den Ablauf des Geschehens mit allen Details zu erzählen. Die Stenographin hielt alles fest. Als ich zu der Schießerei kam, wurden Rachels Fragen spezifischer. Unter anderem wollte sie auch wissen, was ich in diesen Augenblicken gedacht hatte.

Ich sagte, daß mein einziges Trachten gewesen sei, Gladden die Waffe zu entwenden. Ich erzählte ihr von meiner Idee, die Pistole leerzuschießen, und betonte, daß der zweite Schuß nicht beabsichtigt gewesen war.

Nach ein paar abschließenden Fragen sagte Rachel der Stenographin, daß sie die Reinschrift am nächsten Morgen brauchen würde, damit sie den Anklage-Unterlagen für den Staatsanwalt beigefügt werden konnte.

»Was meinst du mit ›Anklage-Unterlagen‹?« fragte ich, nachdem die Stenographin das Zimmer verlassen hatte.

»Das ist nur so ein Ausdruck. Wir verwenden ihn in der Regel, wenn wir auf eine Anklage oder eine Verurteilung aus sind. In deinem Fall geht es nur darum, daß eine gerechtfertigte Tötung in Notwehr festgestellt wird. Mach dir keine Sorgen, Jack.«

Es war noch früh, aber wir beschlossen, trotzdem schon zum Lunch zu gehen. Rachel sagte, sie würde mich hinterher beim Hotel absetzen. Im Field Office wartete eine Menge Arbeit auf sie. Ich hatte nichts mehr damit zu tun.

Als wir den Korridor entlang gingen, stellte sie fest, daß die mit »Group Three« bezeichnete Tür offenstand. Wir schauten hinein. In dem Zimmer saßen zwei Männer an Computern, mit einem Haufen Papiere neben den Tastaturen. Auf einem der Monitore der Agenten lag ein Exemplar der gleichen Poe-Ausgabe, die ich hatte. Der Mann bemerkte uns.

»Hi, ich bin Rachel Walling, und das ist Jack McEvoy. Wie kommen Sie voran?«

Der andere schaute ebenfalls auf. Sie begrüßten uns und stellten sich vor. Dann beantwortete der Mann, der Don Clearmountain hieß, ihre Frage.

»Recht gut. Heute abend werden wir eine Liste von Namen und Adressen zusammengestellt haben. Die übermitteln wir dann an die jeweiligen Field Offices, und das sollte für Durchsuchungsbefehle ausreichen.«

Es würde eine landesweite Aktion werden. Ich sah die Schlagzeile bereits vor mir. Der Club des toten Poeten. So würden sie diese Leute garantiert nennen.

»Aber ich arbeite gerade noch an etwas anderem, das wirklich ziemlich toll ist«, sagte Clearmountain.

Auf dem Gesicht des Computer-Spezialisten erschien ein befriedigtes Lächeln.

»Nämlich?« fragte Rachel.

»Also, wir kennen einen Haufen Nummern, an die Gladden Digitalfotos übermittelt hat. Wir haben sie mit den Unterlagen über die Kabelüberweisungen an die Bank in Jacksonville verglichen. Es paßt alles zusammen.«

Er nahm einen Stapel Papiere, blätterte ihn durch und wählte ein Blatt aus.

»Zum Beispiel wurden am fünften Dezember letzten Jahres fünfhundert Dollar auf das Konto überwiesen, und zwar durch die Minnesota National Bank in St. Paul. Als Absender der Überweisung war ein Davis Smith angegeben. Vermutlich ein falscher Name. Am nächsten Tag tätigte Gladden über sein C-Modem einen Anruf bei einer Nummer, von der wir festgestellt haben, daß sie einem Mann namens Dante Sherwood in St. Paul gehört. Die Verbindung dauerte vier Minuten, ungefähr die Zeit, die es braucht, ein Foto zu übermitteln und zu empfangen. Wir haben buchstäblich Dutzende von solchen Transaktionen. Geldüberweisung und Übermittlung im Abstand von einem Tag.«

»Großartig.«

»Und nun stellt sich die Frage, woher haben all diese Käufer von Gladden gewußt? Woher wußten sie, was er zu verkaufen hatte? Mit anderen Worten, wo war der Umschlagplatz für diese Fotos?«

»Und Sie haben ihn gefunden?«

»Ja, wir haben ihn gefunden. Die Nummer, die über das Modem am häufigsten angerufen wurde, gehört zu einer Systemseite, einer Art Schwarzem Brett, des PTL Networks.«

Rachels Gesicht drückte Überraschung aus.

»Praise the Lord?«

»Schön wär's. Wir glauben eher, daß es Pre-Teen Love heißt.«

»Widerlich.«

»Stimmt. Im Grunde war es nicht sonderlich schwierig, das herauszubekommen. Nicht sonderlich originell, und die meisten dieser Systemseiten benutzen diese Art von Euphemismen. Was uns den ganzen Vormittag gekostet hat, war, in dieses Netzwerk einzudringen.«

»Und wie haben Sie es geschafft?«

»Wir haben Gladdens Paßwort herausbekommen.«

»Einen Moment«, sagte Rachel. »Über das, was gestern abend passiert ist, haben sämtliche Medien im ganzen Land berichtet. Hätte derjenige, der die Systemseite organisiert, ihn nicht sofort hinausgeworfen? Seinen Zugang und sein Paßwort gelöscht, bevor wir eindringen konnten?«

»Das wäre besser für ihn gewesen, aber er hat es nicht getan.« Clearmountain sah den anderen Agenten an, und beide lächelten verschwörerisch. Sie wußten offensichtlich noch mehr. »Vielleicht war der Systemadministrator aus irgendeinem Grund verhindert und konnte ihn nicht rechtzeitig rauswerfen.«

»Nun erzählen Sie schon«, drängte Rachel ungeduldig.

»Wir haben alles mögliche versucht, um hineinzukommen, Variationen von Gladdens Namen, Geburtsdatum, Sozialversicherungsnummer – die üblichen Tricks. Nichts. Wir dachten dasselbe wie Sie. Daß er aus dem System gelöscht worden war.«

»Aber?«

»Aber dann haben wir es mit Poe versucht.«

Clearmountain zog das Buch von seinem Monitor und hielt es in die Höhe.

»Das Paßwort besteht aus zwei Teilen. Den ersten zu finden war leicht. Er lautete Edgar. Aber den zweiten Teil bekamen wir einfach nicht heraus. Wir haben es mit Raven versucht, mit Eidolon, mit Usher und so weiter. Dann haben wir es abermals mit Gladdens Namen und Nummern versucht. Immer noch nichts. Aber schließlich – bingo! – hatten wir es. Joe ist darauf gekommen, als er Kaffeepause machte.«

Clearmountain deutete auf den anderen Agenten, Joe Perez. Er lächelte und verbeugte sich auf seinem Stuhl. Er sah so stolz aus wie ein Junge, der nach einer Abschlußfeier mit einem Mädchen in einem Hotelzimmer gelandet ist.

»Ich las in der Pause über Poe«, erklärte Perez. »Meine Augen werden müde, wenn ich ständig auf den Monitor schaue.«

Clearmountain nahm den Bericht wieder auf. »Im biographischen Teil des Buches ist Joe darauf gestoßen, daß Poe einmal einen falschen Namen benutzt hat, um in die Armee oder sonst wo aufgenommen zu werden. Edgar Perry. Wir gaben ihn ein, und wie ich bereits sagte – bingo! Wir waren drinnen.«

Die beiden Männer strahlten sich triumphierend an. Das FBI von heute, dachte ich.

»Und was haben Sie dann gefunden?«

»Es gibt zehn Abteilungen. Die meisten listen spezifische Geschmäcker auf. Mit anderen Worten, Mädchen unter zwölf, Jungen unter zehn, so in der Art. Dann gibt es eine Liste von Anwälten. In der haben wir auch Gladdens Anwalt, Krasner, gefunden. Außerdem existiert eine Art biographische Abteilung mit merkwürdigem Zeugs, Essays und dergleichen. Ein paar Beiträge müssen von Gladden stammen. Sehen Sie sich das an.«

Er blätterte abermals den Packen Papiere durch, zog einen Ausdruck heraus und begann, daraus vorzulesen.

»›Ich glaube, sie werden bald über mich Bescheid wissen. Die Zeit, in der ich die Öffentlichkeit faszinieren und ängstigen werde, ist nahe. Ich bin bereit.‹ Und weiter unten heißt es dann: ›Mein Leiden ist meine Passion, meine Religion. Es verläßt mich nie. Es lenkt mich. Es ist ich.‹ Es wimmelt von solchem Zeug, und an einer Stelle nennt der Verfasser sich Eidolon. Deshalb glauben wir, daß es sich um Gladden handeln muß. Aus diesem Kram könnt ihr BSS-Leute eine Menge Material für eure Datenbank herausholen.«

»Gut«, sagte Rachel. »Was sonst noch?«

»Nun, eine der Abteilungen ist eine Tauschbörse. Sie wissen schon, wo Leute Dinge aufführen, die sie kaufen oder verkaufen möchten.«

»Wie Fotos und Papiere?«

»Ja. Jemand verkauft Alabama-Führerscheine. Dem Kerl müssen wir schleunigst das Handwerk legen. Und es gab auch eine Angebotsliste für das, was Gladden in seinem Computer hatte. Mindestpreis fünfhundert Dollar pro Bild. Dreitausend für eine Großaufnahme. Wenn man etwas haben wollte, hinterließ man eine Nachricht mit einer Computernummer. Man überwies das Geld auf ein Bankkonto, und das Bild erschien kurz darauf im Computer. In der Tauschbörse erklärte der Inserent, daß er Fotos für jeden Geschmack und alle Gelüste liefern könnte.«

»Als ob er Aufträge entgegengenommen hätte und dann losgegangen wäre…«

»Richtig.«

»Haben Sie das alles schon Bob Backus erzählt?«

»Ja, er war eben hier.«

Rachel sah mich an.

»Sie vergessen, was das Tollste daran ist«, sagte Clearmountain.

»Nämlich?«

»Das Schwarze Brett. Wir haben die Nummer zu einem Ort zurückverfolgt.«

»Und?«

»Union Correctional Institute, Raiford, Florida.«

»Oh, mein Gott! Gomble?«

Clearmountain lächelte und nickte.

»Das jedenfalls glaubt Backus. Er wird es von jemandem überprüfen lassen. Ich habe bereits in Raiford angerufen und den diensthabenden Captain gefragt, wohin diese Leitung führt. Er sagte, zu einem Büro im Gefängnis. Mir war aufgefallen, daß sämtliche Anrufe Gladdens unter dieser Nummer nach fünf Uhr nachmittags östlicher Zeit erfolgt sind. Der Captain sagte jedoch, daß das Büro jeden Tag um fünf geschlossen und um acht Uhr morgens wieder geöffnet wird. Außerdem habe ich ihn gefragt, ob es in diesem Büro einen Computer gibt, und er antwortete, natürlich sei einer da. Ich fragte, was ist mit einem Telefon, und er sagte, es gäbe eins, aber es sei nicht an den Computer angeschlossen. Aber ich hatte den Eindruck, daß dieser Mann ein Modem nicht von einem Loch in der Erde unterscheiden kann. Ein Mann, der freiwillig jeden Tag ins Gefängnis geht! Ich sagte ihm, er solle die Telefonleitung noch einmal überprüfen, abends, wenn das Büro geschlossen ist, und …«

»Einen Moment. Er wird doch nicht …«

»Keine Sorge, er wird nichts unternehmen. Ich habe gesagt, er soll die Finger davon lassen, bis er von uns gehört hat. Fürs erste sollte das Netzwerk in Betrieb bleiben, das heißt, nach fünf Uhr östlicher Zeit. Ich habe ihn gefragt, wer in dem Büro arbeitet, und er antwortete, ein gewisser Horace Gomble. Ein Vertrauenshäftling. Der Name war Ihnen ja bereits bekannt. Ich vermute, daß er jeden Abend , bevor er abschließt und in seine Zelle geht, das Telefon mit dem Computer verbindet.«

Wegen dieser Eröffnungen ließ Rachel den Lunch mit mir ausfallen. Sie sagte, ich solle mir für die Rückfahrt zum Hotel ein Taxi nehmen, und sie würde mich anrufen, sobald sie könnte. Möglicherweise müsse sie wieder nach Florida fliegen, aber sie würde es mich wissen lassen. Ich wäre gern bei ihr geblieben, aber inzwischen hatte mich die Müdigkeit endgültig übermannt.

Ich fuhr mit dem Fahrstuhl nach unten und durchquerte das Foyer des Bundesgebäudes. Ich dachte daran, daß ich Greg Glenn anrufen und mir die für mich eingegangenen Nachrichten ansehen mußte, als ich hinter mir eine vertraute Stimme hörte.

»Hey, Superstar, wie geht's?«

Ich drehte mich um. Michael Warren kam auf mich zu.

»Warren! Ich habe gerade versucht, Sie bei der *Times* anzurufen, aber man sagte mir, Sie wären unterwegs.«

»Ich war hier. Um zwei soll abermals eine Pressekonferenz stattfinden. Da beschloß ich, zeitig zu kommen und zu sehen, was ich ausgraben kann.«

»Vielleicht einen weiteren Informanten?«

»Ich sagte es bereits, Jack – darüber rede ich nicht mit Ihnen.«

»Na schön. Dann rede ich auch nicht mit Ihnen.«

Ich drehte mich um und ging davon. Er rief hinter mir her.

»Warum haben Sie mich dann angerufen? Um mir eins auszuwischen?«

Ich sah ihn an.

»Etwas in der Art, allerdings. Aber wissen Sie, Warren, ich bin nicht wirklich wütend auf Sie. Sie haben sich auf eine Story gestürzt, die Ihnen vor die Nase gehalten wurde, und das war cool. Ich kann Ihnen daraus keinen Vorwurf machen. Thorson verfolgte seine eigenen Absichten, und das konnten Sie nicht wissen. Er hat Sie benutzt, aber schließlich werden wir alle irgendwie benutzt. Bis bald.«

»Einen Moment, Jack. Wenn Sie nicht wütend auf mich sind, weshalb reden Sie dann nicht mit mir?«

»Weil wir immer noch Konkurrenten sind.«

»Nein, das stimmt nicht, Mann. Es ist nicht einmal mehr Ihre Story. Ich habe mir heute morgen die Titelseite der *Rocky* zufaxen lassen. Sie haben sie jemand anders gegeben. Ihr Name steht *in* der Story, Jack, nicht darüber. Warum also darf ich Ihnen dann nicht ein paar Fragen stellen, ganz offiziell?«

»Zum Beispiel: ›Wie fühlen Sie sich?‹ Ist es das, was Sie mich fragen möchten?«

»Das ist eine meiner Fragen, ja.«

Ich musterte ihn gründlich. Ungeachtet der Tatsache, daß ich ihn aus verständlichen Gründen nicht mochte, kannte ich die Situation, in der er sich befand. Er tat das, was ich selbst schon unzählige Male getan hatte. Ich schaute auf die Uhr und warf dann einen Blick auf den Parkplatz vor dem Gebäude. Es stand kein Taxi bereit.

»Haben Sie einen Wagen?«

»Ja, einen Firmenwagen.«

»Bringen Sie mich zum Château Marmont. Wir unterhalten uns unterwegs.«

»Offiziell?«

»Offiziell.«

Im Auto schaltete er ein Diktiergerät ein und stellte es auf das Armaturenbrett. Er wollte nur die wichtigsten Fakten wissen, wollte lieber mich zitieren als Informationen aus zweiter Hand, wie zum Beispiel von einem FBI-Sprecher. Das verstand ich. Ich arbeite wenn möglich ebenso.

Es tat mir irgendwie gut, die Geschichte zu erzählen. Es machte mir Spaß. Ich sagte ihm nichts, was Jackson nicht bereits wußte, ich verriet also keinerlei Firmengeheimnisse.

Allerdings sagte ich ihm nichts von den jüngsten Erkenntnissen über das PTL Network und daß Gomble es von einem Gefängnis aus steuerte. Das war zu gut, als daß ich es aus der Hand geben wollte. Darüber wollte ich selbst schreiben, sei es für die *Rocky* oder für einen dieser Verlage in New York.

Bald darauf fuhr Warren die kurze Auffahrt zum Eingang des Château Marmont hinauf. Ein Portier öffnete die Tür, aber ich stieg nicht aus. Ich sah Warren an.

»Sonst noch etwas?«

»Nein, ich glaube, ich habe alles. Ich muß zurück zum Bundesgebäude, wegen der Pressekonferenz. Aber das ist grandioses Material.«

»Nun, Sie und die *Rocky* sind die einzigen, die es bekommen haben. Ich habe nicht vor, es an ›Hard Copy‹ zu verkaufen, bevor die nicht mit einem sechsstelligen Honorar herausrücken.«

Er sah mich verblüfft an.

»War nur ein Scherz, Warren. Ich bin zwar mit Ihnen ins Archiv der Foundation eingebrochen, aber ich denke nicht daran, meine Geschichte an die Sensationspresse zu verkaufen.«

»Was ist mit Verlagen?«

»Daran arbeite ich gerade. Sie auch?«

»Ich habe es aufgegeben, nachdem Ihre erste Story erschienen war. Mein Agent und die Lektoren, mit denen ich gesprochen habe, sagten, sie seien mehr an Ihnen interessiert als an mir. Sie sind der Bruder eines Opfers, verstehen Sie? Sie steckten offensichtlich tief in der Sache drin. Das einzige, was ich verkaufen könnte, wäre einer dieser billigen Schnellschüsse. Daran bin ich nicht interessiert. Ich habe einen Ruf zu verlieren.«

Ich nickte und stieg aus.

»Danke fürs Mitnehmen.«

»Danke für die Story.«

Ich war bereits im Begriff, die Tür zu schließen, als ich den Eindruck hatte, daß Warren mir noch etwas sagen wollte.

»Was ist?«

»Ich wollte ... Also, Jack, was die Art angeht, wie ich an die Story geraten bin ... Wenn ...«

»Vergessen Sie's, Mann, es spielt keine Rolle mehr. Der Kerl ist tot, und Sie haben nur getan, was jeder Journalist getan hätte.«

»Nein, warten Sie. Das wollte ich gar nicht sagen. Ich gebe meine Informanten nicht preis, Jack, aber ich kann Ihnen sagen, wer es *nicht* war. Thorson war *nicht* mein Informant, okay? Ich kannte den Mann nicht einmal.«

Ich nickte nur, ohne etwas zu sagen. Er ahnte nicht, daß ich die Telefon-Unterlagen des Hotels gesehen hatte und wußte, daß er log. Ein neuer Jaguar rollte unter die Markise des Hotels, und ein von Kopf bis Fuß in Schwarz gekleidetes Paar stieg aus. Ich sah Warren an und fragte mich, welche Masche dahintersteckte, daß er mich jetzt anlog?

»Das war's?«

Warren hob eine Hand und nickte.

»Ja, das war's. Aber da er tot ist und Sie dabei waren, dachte ich, Sie wüßten es vielleicht gern.«

Ich musterte ihn abermals.

»Okay, Mann«, sagte ich. »Danke. Wir sehen uns irgendwann.«

Ich richtete mich auf und schloß die Wagentür. Dann bückte ich mich noch einmal und winkte Warren durchs Fenster hindurch zu. Er deutete einen militärischen Gruß an und fuhr davon.

46

In meinem Zimmer verband ich meinen Laptop mit der Telefonleitung und wählte den Computer der *Rocky* an. Es warteten sechsunddreißig E-Mails auf mich. Ich hatte zwei Tage lang nicht nachgeschaut. Die meisten Nachrichten stammten von Kollegen. Es waren Glückwünsche, wenn auch nicht explizit als solche formuliert, weil sich die Absender offensichtlich gefragt hatten, ob es wohl schicklich wäre. Außerdem gab es zwei Botschaften von Van Jackson, der wissen wollte, wo ich war, und um Rückruf bat, und drei von Greg Glenn, der dasselbe wollte. Der Systemadministrator der *Rocky* hatte auch sämtliche telefonischen Nachrichten in meine E-Mail-Box geschaufelt, darunter mehrere von Reportern überall im Lande und von Produktionsgesellschaften in Hollywood. Auch meine Mutter und Riley hatten angerufen. Ich ließ alle Nachrichten bestehen, für den Fall, daß ich zurückrufen wollte, und schaltete den Computer ab.

Unter Greg Glenns direkter Nummer meldete sich nur die Telefonistin. Sie sagte, Glenn sei in einer Redaktionskonferenz, und sie hätte Anweisung, keine Anrufe ins Konferenzzimmer durchzustellen. Ich hinterließ meinen Namen und meine Nummer und legte auf.

Nachdem ich eine Viertelstunde lang auf Glenns Rückruf gewartet und dabei versucht hatte, nicht daran zu denken, was Warren am Ende unserer Fahrt zu mir gesagt hatte, wurde ich ungeduldig und verließ das Zimmer. Ich wanderte den Strip entlang und blieb schließlich bei Book Soup stehen, einer Buchhandlung, die mir im Vorbeifahren aufgefallen war. Ich ging in die Krimi-Abteilung und fand ein Buch, das ich einmal gelesen hatte und von dem ich wußte, daß der Autor es seinem Agenten gewidmet hatte. Ich nahm an, daß das auf einen guten Buchagenten hindeutete. Ich notierte seinen Namen, ging in die Abteilung mit den Nachschlagewerken und konsultierte ein Buch, in dem sämtliche Literaturagenten aufgeführt waren. Ich schrieb mir die Telefonnummer des Agenten auf, verließ den Laden und kehrte zum Hotel zurück.

In meinem Zimmer blinkte das rote Licht am Telefon, und ich ahnte, daß es Glenn war. Ich beschloß jedoch, vorher den Agenten anzurufen. In New York war es jetzt fünf Uhr, und ich wußte nicht, wie lange er zu arbeiten pflegte. Er meldete sich nach zweimaligem Klingeln. Ich stellte mich vor und sagte dann schnell meinen Vers auf.

»Ich wüßte gern, ob Sie mich vertreten können. Es geht um etwas, das man vielleicht einen ... äh, einen wahren Krimi nennen könnte. Sie vertreten doch Krimiautoren?«

»Ja«, sagte er. »Aber mir wäre es lieber, wenn Sie mir schriftlich mitteilten, wer Sie sind und was Sie vorhaben. Dann kann ich gezielt Stellung nehmen.«

»Das würde ich gern tun, aber ich fürchte, dazu reicht die Zeit nicht. Ich habe Anrufe von mehreren Verlegern und Filmleuten bekommen und muß schnell eine Entscheidung treffen.«

Damit hatte ich ihn am Haken.

»Weshalb ruft man Sie an? Worum geht es?«

»Haben Sie von diesem Killer in L. A., dem Poeten, gehört?«

»Ja, natürlich.«

»Ich bin derjenige, der – äh, ihn erschossen hat. Ich bin Schriftsteller – Reporter. Mein Bruder ...«

»Das sind *Sie?*«

»Ja, das bin ich.«

Obwohl er oft von anderen Anrufen unterbrochen wurde, unterhielten wir uns zwanzig Minuten lang über das potentielle Buchprojekt und das Interesse, das meine Geschichte bereits bei Filmleuten erregt hatte. Er sagte, er arbeite mit einem Agenten in Los Angeles zusammen, der mit den Leuten vom Film verhandeln könne. Aber vor allem wollte er wissen, wie schnell ich ihm ein zweiseitiges Exposé zukommen lassen konnte. Ich antwortete, das könne er in einer Stunde haben, und er gab mir die Nummer seines Fax-Modems. Er sagte, wenn die Story so gut sei wie das, was er im Fernsehen gesehen hatte, würde er das Buch vermutlich bis Ende der Woche verkauft haben. Ich versprach ihm, die Geschichte sei sogar noch besser.

»Noch etwas«, sagte er. »Woher haben Sie meinen Namen?«

»Er stand in *A Morning for Flamingos.*«

Wir verabschiedeten uns und legten auf.

Das rote Licht am Telefon blinkte mich weiterhin an, aber ich ignorierte es und setzte mich vor meinen Laptop, um das Exposé zu schreiben. Ich versuchte, die Ereignisse der letzten beiden Wochen auf zwei Seiten zu komprimieren. Das war äußerst schwierig, zumal ich nur mit einer Hand arbeiten konnte. Nach geraumer Zeit waren vier Seiten daraus geworden.

Meine verletzte Hand hatte wieder zu pochen begonnen. Ich nahm noch eine Tablette und war gerade an den Computer zurückgekehrt, als das Telefon klingelte.

Es war Glenn, und er war stocksauer.

»Jack!« rief er. »Ich habe auf Ihren Anruf gewartet! Wo zum Teufel haben Sie gesteckt?«

»Ich habe Sie angerufen! Ich habe eine Nachricht hinterlassen. Jetzt sitze ich hier seit Ewigkeiten und warte auf Ihren Rückruf.«

»Ich habe zurückgerufen, verdammt noch mal! Haben Sie denn *meine* Nachricht nicht erhalten?«

»Nein. Sie müssen angerufen haben, als ich gerade unten war, um mir eine Cola zu holen. Aber ich habe keine ...«

»Lassen wir das. Hören Sie, was haben Sie für morgen? Jackson ist darauf angesetzt, und Sheedy ist heute morgen ins Flugzeug gestiegen. Sie wird an einer Pressekonferenz des FBI teilnehmen. Aber was können *Sie* uns Neues liefern? Sämtliche Zeitungen im Lande drucken uns nach, und wir müssen zusehen, daß wir ihnen auch weiterhin voraus sind. Also?«

»Ich weiß nichts«, log ich. »Im Augenblick tut sich nicht viel. Die FBI-Leute sind vermutlich noch dabei, die Details zusammenzufügen ... Lassen Sie mich immer noch nicht selbst schreiben?«

»Hören Sie, Jack, darüber haben wir bereits gestern gesprochen. Sie stecken zu tief drin. Sie können nicht erwarten, daß ...«

»Okay, okay. War nur eine Frage. Ähm – ein paar Kleinigkeiten gibt es doch. Erstens haben sie die Spur dieses Gladden gestern abend zu einer Wohnung zurückverfolgt und dort eine Leiche gefunden. Noch eines seiner Opfer. Das ist doch schon mal was. Und dann sagen Sie Jackson, er soll das hiesige Field Office anrufen und sich nach dem Computer erkundigen, den sie gefunden haben.«

»Dem Computer?«

»Gladden hatte einen Laptop in seinem Wagen. Die Computer-Genies haben sich die ganze Nacht und heute vormittag damit beschäftigt. Ich weiß nicht, was sie gefunden haben, aber ein Anruf könnte sich vielleicht lohnen.«

»Und was haben Sie getan?«

»Ich bin vernommen worden. Hat den ganzen Vormittag gekostet. Sie müssen damit zum Staatsanwalt, damit der auf Tötung in Notwehr oder so etwas plädieren kann. Als ich damit fertig war, bin ich hierher zurückgekehrt.«

»Die sagen Ihnen nicht mehr, was sich tut?«

»Nein. Ich habe nur zufällig gehört, wie sich zwei Agenten über die Leiche und die Sache mit dem Computer unterhalten haben, das ist alles.«

»Na ja, besser als gar nichts.«

Ich lächelte. Die Entdeckung des letzten Opfers des Poeten preiszugeben machte mir nichts aus. Das würde ohnehin bald genug herauskommen. Aber wenn jemand wie Jackson einfach beim FBI anrief, würde man ihm nicht einmal bestätigen, daß es überhaupt einen Computer gab, geschweige denn ihm sagen, was drin steckte.

»Tut mir leid, Greg, mehr weiß ich nicht«, wiederholte ich noch einmal. »Sagen Sie auch Jackson, daß es mir leid tut. Und was soll Sheedy hier tun, außer bei der Pressekonferenz dabeisein?«

»Ich weiß es nicht«, sagte Glenn. »Sie wird sich umhören. Wann kommen Sie zurück?«

»Fürs erste muß ich noch hierbleiben; kann sein, daß die Staatsanwaltschaft mich noch vernehmen will. Vermutlich ist aber morgen alles erledigt.«

»Also gut. Wenn Sie etwas erfahren, lassen Sie es mich sofort wissen. Und machen Sie den Leuten unten an der Rezeption die Hölle heiß, weil die Ihnen meine Botschaft nicht ausgerichtet haben. Ich werde diese Computer-Sache an Jackson weitergeben. Bis demnächst, Jack.«

»Bis bald. Und, oh, Greg? Meiner Hand geht es gut.«

»Wie bitte?«

»Ich wußte doch, daß Sie sich Sorgen machen. Aber sie fühlt sich schon viel besser an. Wahrscheinlich kommt alles wieder vollkommen in Ordnung.«

»Jack, Mann, es tut mir leid. Ich weiß im Moment wirklich nicht, wo mir der Kopf steht.«

»Ja, kann ich mir denken. Bis demnächst.«

47

Die Tablette begann zu wirken. Der Schmerz in meiner Hand ließ nach, und ein Gefühl der Gelassenheit und Entspanntheit ergriff von mir Besitz. Nachdem ich das Gespräch mit Glenn beendet hatte, verband ich meinen Computer wieder mit dem Telefon, startete das Faxprogramm und schickte das Buchexposé an die Nummer, die der Literaturagent mir genannt hatte. Während ich dem schrillen Geräusch der zustandekommenden Computerverbindung lauschte, traf mich ein Gedanke wie ein Blitzschlag. Die Anrufe, die ich während des Fluges nach Los Angeles getätigt hatte!

Ich war so sehr darauf erpicht gewesen, zu beweisen, daß Thorson Warrens Informant gewesen war, daß ich den anderen Nummern auf seiner Hotelrechnung nur flüchtige Aufmerksamkeit gewidmet hatte. Nummern, die ich immerhin während des Fluges auch einmal angewählt hatte. Einer dieser Anrufe war von einem Computer in Florida beantwortet worden, möglicherweise im UCI in Raiford.

Ich zog die Computertasche vom Bett, holte meine Notizbücher heraus und blätterte beide durch, fand aber keine Notizen über meine Anrufe vom Flugzeug aus. Dann erinnerte ich mich, daß ich mir gar nichts notiert hatte, weil ich natürlich nicht damit gerechnet hatte, daß jemand die Unterlagen aus meinem Zimmer stehlen würde.

Die Nummer, von der Clearmountain gesagt hatte, daß sie von Gladdens Computer aus am häufigsten angewählt worden war, kannte ich nicht. Ich dachte daran, ihn anzurufen und ihn zu bitten, sie mir zu geben, aber ich bezweifelte, daß er es ohne Rücksprache mit Backus oder Rachel tun würde. Und genau das wollte ich zunächst noch nicht.

Ich holte meine VisaCard aus der Brieftasche und drehte sie um. Nachdem ich das Telefon wieder angeschlossen hatte, wählte ich die auf der Kreditkarte angegebene 800er-Nummer und sagte der Vermittlung, ich hätte eine Rückfrage wegen einer Abbuchung. Nach drei Minuten Hintergrundmusik meldete sich eine Sachbearbeiterin, und ich fragte, ob es möglich sei, die Belastungen meines Kontos zu überprüfen, die erst vor drei Tage vorgenommen worden sei. Nachdem ich mich durch meine Sozialversicherungsnummer und andere Details ausgewiesen hatte, stellte sie anhand meiner Daten im Computer fest, daß die Anrufe meinem Konto bereits belastet worden waren. Und die Nummern, die ich angerufen hatte, waren gleichfalls im Computer gespeichert. Fünf Minuten später hatte ich mir all jene notiert, die ich vom Flugzeug aus angerufen hatte. Ich dankte der Sachbearbeiterin und legte auf.

Abermals verband ich meinen Laptop mit dem Telefon. Ich schaltete das Kommunikationsprogramm ein, wählte die Nummer, die von Thorsons Zimmer aus angerufen worden war, und ließ das Programm laufen. Ich schaute auf die Uhr auf dem Nachttisch. Es war drei Uhr, das bedeutete sechs Uhr in Florida. Es klingelte, dann kam die Verbindung zustande. Das vertraute Geräusch. Mein Bildschirm leerte sich, dann erschien eine Textzeile.

```
***************************************************************
                  WILLKOMMEN BEIM PTL CLUB
***************************************************************
```

Ich stieß den Atem aus, lehnte mich zurück und hatte das Gefühl, als ginge ein Stromstoß durch mich hindurch. Nach ein paar Sekunden rückte die Textzeile nach oben, und es folgte eine kodierte Aufforderung an den User, sein Paßwort einzugeben. Ich tippte EDGAR und stellte fest, daß meine gesunde Hand dabei zitterte. Edgar wurde akzeptiert, dann folgte die Aufforderung für ein zweites Paßwort. Ich tippte PERRY ein. Einen Augenblick später wurde auch das angenommen, und auf dem Bildschirm erschien eine Warn-Schablone.

```
***************************************************************
                       PRAISE THE LORD
***************************************************************

                       VERKEHRSREGELN

1.     NIEMALS DEN ECHTEN NAMEN BENUTZEN
2.     NIEMALS SYSTEMNUMMERN AN BEKANNTE WEITERGEBEN
```

3. NIEMALS ZU EINEM TREFFEN MIT EINEM ANDEREN USER BEREIT SEIN
4. DARAN DENKEN, DASS ANDERE USER FREMDKÖRPER SEIN KÖNNEN
5. SYSOP BEHÄLT SICH DAS RECHT VOR, JEDEN USER ZU LÖSCHEN
6. SCHWARZE BRETTER DÜRFEN NICHT ZUR ERÖRTERUNG ILLEGALER AKTIVITÄTEN BENUTZT WERDEN - DAS IST VERBOTEN!
7. PTL NETWORK ÜBERNIMMT KEINERLEI VERANTWORTUNG FÜR INHALTE
8. ZUM FORTFAHREN BELIEBIGE TASTE DRÜCKEN

****

Ich drückte RETURN und bekam ein Verzeichnis der den Usern zur Verfügung stehenden Systemseiten. Dabei handelte es sich, wie Clearmountain gesagt hatte, um ein Füllhorn von Themen, aus denen sich der moderne Pädosexuelle bedienen konnte.

Ich drückte die ESCAPE-Taste, und der Computer fragte, ob ich PTL verlassen wollte. Ich gab JA ein und war wieder draußen. Im Augenblick hatte ich kein Interesse daran, das PTL Network zu erkunden. Was mich im Augenblick wesentlich mehr interessierte, war die Tatsache, daß Thorson, oder wer auch immer diesen Anruf am frühen Sonntag morgen getätigt hatte, über das PTL Network Bescheid wußte und seit mindestens vier Tagen Zugang zu ihm gehabt hatte.

Der Anruf beim PTL Network war, wie ich mich erinnerte, nur Minuten später getätigt worden, nachdem jemand aus demselben Zimmer bei Warren in Los Angeles angerufen hatte. Thorson hatte bei mindestens drei Gelegenheiten vehement bestritten, Warrens Informant gewesen zu sein. Auch Warren hatte es zweimal bestritten, das zweite Mal, als Thorson bereits tot war und es keine Rolle mehr spielte. Langsam begann ich zu zweifeln.

Wenn man Warren und Thorson Glauben schenken konnte – wer hatte dann von Thorsons Zimmer aus telefoniert? Welche Möglichkeiten ich auch durchspielte, meine Gedanken kehrten dumpf immer wieder zu einer Person zurück. Zu Rachel.

Verschiedene Tatsachen ließen sich einfach nicht verleugnen.

Erstens hatte Rachel einen Laptop. Das war natürlich der schwächste Punkt. Auch Thorson, Backus und alle möglichen anderen Leute besaßen einen Laptop oder hatten Zugang zu einem Computer, der es ihnen ermöglicht hätte, sich Zutritt zum PTL Network zu verschaffen. Doch zweitens war Rachel in jener Nacht nicht in ihrem Zimmer gewesen, als ich sie anrief und später sogar vor ihrer Tür stand. Wo war sie gewesen? Etwa in Thorsons Zimmer?

Ich dachte darüber nach, was Thorson über Rachel gesagt hatte. Die Painted Desert. *Sie kann mit Ihnen spielen. Sie manipulieren. In der einen Minute will sie alles mit Ihnen teilen, in der nächsten nichts mehr, und dann läßt Sie sie einfach sitzen.*

Und schließlich dachte ich daran, daß ich Thorson in jener Nacht auf dem Korridor gesehen hatte. Ich wußte, daß es bereits nach Mitternacht gewesen war, also ungefähr die Zeit, zu der die Ferngespräche von seinem Zimmer aus geführt worden waren. Er hatte etwas in der Hand getragen. Eine kleine Tüte oder einen Karton. Ich überlegte mir, mit welchem Auftrag Rachel Thorson wohl aus seinem eigenen Zimmer geschickt haben könnte, um in Ruhe zu telefonieren.

Jetzt überkam mich ein entsetzliches Angstgefühl. Meine Zweifel drohten mich zu ersticken. Ich stand auf, um ein wenig auf und ab zu gehen, fühlte mich aber leicht schwindlig. Ich gab der Schmerztablette die Schuld daran und setzte mich wieder aufs Bett.

Nachdem ich ein paar Minuten lang versucht hatte, mich zu entspannen, schloß ich das Telefon wieder an, wählte die Nummer des Hotels in Phoenix und verlangte die Buchhaltung. Eine junge Frau nahm den Anruf entgegen.

»Oh, hallo, ich habe am Wochenende in Ihrem Hotel gewohnt und mir meine Rechnung erst jetzt genauer angeschaut. Dabei ergab sich eine Frage wegen ein paar Anrufen, die mir belastet wurden. Gibt es jemanden, der mir darüber Auskunft erteilen kann?«

»Ja, Sir, ich kann Ihnen gerne helfen. Sagen Sie mir bitte Ihren Namen.«

»Danke. Mein Name ist Gordon Thorson.«

Sie reagierte nicht, und ich erstarrte. Womöglich kannte sie den Namen aus dem Fernsehen oder aus den Zeitungen und wußte, daß Thorson tot war! Aber dann hörte ich, wie sie auf einer Tastatur zu tippen begann.

»Da habe ich Sie schon, Mr. Thorson. Zimmer dreifünfundzwanzig für zwei Nächte. Wo liegt Ihr Problem?«

Ich notierte mir die Zimmernummer. Journalisten-Routine, die mich ein wenig beruhigte.

»Einen Moment. Ich kann einfach ... Ich suche hier auf meinem Schreibtisch nach der Kopie, und ich scheine sie verlegt zu haben ... Mist! Ich kann sie einfach nicht finden. Äh, ich muß Sie zurückrufen. Aber vielleicht könnten Sie in der Zwischenzeit schon einmal nachschauen. Es sind da drei Anrufe aufgeführt, kurz nach Mitternacht in der Nacht zum Sonntag, an die ich mich einfach nicht erinnern kann. Ich habe mir die Nummern irgendwo notiert – ah, hier sind sie.«

Ich nannte ihr rasch die drei Nummern, die ich von der Visa-Sachbearbeiterin bekommen hatte, und hoffte, daß sie mir meine Schauspielerei nicht anmerkte.

»Ja, die stehen auf Ihrer Rechnung. Sind Sie sicher, daß Sie ...«

»Wann sind die Anrufe genau erfolgt? Sehen Sie, das ist das Problem. Ich pflege meine Geschäfte nicht mitten in der Nacht zu erledigen.«

Sie nannte mir die Zeiten. Der Anruf nach Quantico war um 0.37 Uhr, der bei Warren um 0.41 Uhr und der bei PTL Network um 0.56 Uhr erfolgt. Ich notierte alles.

»Sie glauben nicht, daß Sie diese Anrufe getätigt haben?«

»Wie bitte?«

»Ich sagte, Sie glauben nicht, daß Sie diese Anrufe getätigt haben?«

»So ist es.«

»War sonst noch jemand in Ihrem Zimmer?«

Das ist der entscheidende Punkt, dachte ich, sprach es aber nicht aus.

»Äh, nein«, sagte ich, und setzte dann schnell hinzu: »Wäre es möglich, daß Sie das noch einmal überprüfen? Und falls mit Ihren Apparaten alles in Ordnung ist, werde ich die Gespräche selbstverständlich bezahlen. Vielen Dank.«

Ich legte auf und sah mir die Zeiten noch einmal genau an. Sie paßten. Rachel war bis kurz vor Mitternacht in meinem Zimmer gewesen. Am nächsten Morgen hatte sie mir erzählt, daß sie auf dem Weg zu ihrem Zimmer auf dem Korridor mit Thorson zusammengestoßen sei. Vielleicht hatte sie mich belogen. Vielleicht hatte sie mehr getan, als nur mit ihm zusammenzustoßen. Vielleicht war sie in sein Zimmer gegangen.

Da Thorson tot war, gab es – abgesehen davon, Rachel zur Rede zu stellen, wozu ich mich noch nicht imstande fühlte – nur eine Möglichkeit, diese Theorie weiter zu verfolgen. Ich nahm abermals den Hörer ab und wählte die Nummer des FBI-Büros im Bundesgebäude. Die Telefonistin stellte mich erst zu Backus durch, nachdem ich ihr gesagt hatte, daß ich der Mann sei, der den Poeten getötet hatte, und daß ich unbedingt dringend mit dem Special Agent sprechen müßte. Endlich hatte ich Backus am Apparat.

»Jack, was gibt's?«

»Bob, hören Sie mir für einen Moment zu. Es ist sehr wichtig. Sind Sie allein?«

»Jack, was ...«

»Bitte beantworten Sie meine Frage! Entschuldigen Sie, ich wollte nicht laut werden. Ich habe gerade ... Bitte, sagen Sie mir zuerst, ob Sie allein sind.«

Er zögerte, und als er antwortete, klang seine Stimme skeptisch.

»Ja. Aber worum geht es?«

»Wir haben schon mehrfach über das gegenseitige Vertrauen in unserem Verhältnis geredet. Jetzt möchte ich, daß Sie mir abermals vertrauen, Bob, und während der nächsten paar Minuten nur meine Fragen beantworten, ohne selbst Fragen zu stellen. Ich werde Ihnen später alles erklären. Okay?«

»Jack, ich habe sehr viel zu tun. Ich ver ...«

»Fünf Minuten, Bob. Mehr nicht. Es ist wichtig.«

»Was wollen Sie wissen?«

»Was ist mit Thorsons Sachen passiert? Mit seiner Kleidung und den Sachen aus dem Hotel? Wer hat sie bekommen, nachdem er ... gestorben war?«

»Ich habe gestern abend alles zusammengepackt. Ich verstehe nicht, was das soll. Sein Eigentum geht niemanden etwas an.«

»Bitte, Bob. Hier geht es nicht um eine Story. Es geht um mich. Und um Sie. Ich habe noch zwei Fragen. Erstens, haben Sie bei seinen Sachen die Hotelrechnungen aus Phoenix gefunden?«

»Aus Phoenix? Nein, die waren nicht dabei, und das ist auch ganz natürlich. Wir sind vor unserer eiligen Abreise nicht mehr in das Hotel zurückgekehrt. Ich bin sicher, daß die Rechnung an mein Büro in Quantico geschickt worden ist. Worauf wollen Sie eigentlich hinaus, Jack?«

Das erste Teilchen fügte sich ins Bild. Wenn Thorson die Rechnungen nicht gehabt hatte, hatte er sie vermutlich auch nicht aus meinem Zimmer geholt. Der Verdacht fiel abermals auf Rachel. Es konnte nicht anders sein. In der ersten Nacht in Hollywood war sie, nachdem wir uns geliebt hatten, als erste aufgestanden. Dann hatte ich geduscht. Mit Leichtigkeit hätte sie den Zimmerschlüssel aus meiner Hosentasche holen, nach unten gehen und mein Zimmer durchsuchen können. Vielleicht wollte sie sich nur umsehen. Vielleicht wußte sie aber auch irgendwoher, daß ich die Hotelrechnungen hatte.

»Nächste Frage«, sagte ich zu Backus, seinen Einwurf ignorierend. »Haben Sie bei Thorsons Sachen Kondome gefunden?«

»Hören Sie, ich weiß nicht, woher diese Faszination am Morbiden bei Ihnen kommt, aber ich spiele da nicht mit. Ich lege jetzt auf, Jack, und ich möchte nicht ...«

»Einen Moment! Wieso Faszination am Morbiden? Ich versuche etwas herauszufinden, was Ihren Leuten entgangen ist! Haben Sie heute mit Clearmountain über den Computer gesprochen? Über das PTL Network?«

»Ja, er hat mich über alles informiert. Was hat das mit einer Packung Kondome zu tun?«

Ich registrierte, daß er meine Frage damit unabsichtlich beantwortet hatte. Ich hatte nämlich keine Packung erwähnt.

»Wußten Sie, daß am frühen Sonntag morgen von Thorsons Zimmer aus ein Anruf beim PTL Network erfolgt ist?«

»Das ist ja absurd! Und woher zum Teufel wollen Sie das wissen?«

»Das kann ich Ihnen sagen. Als ich aus diesem Hotel auszog, glaubte der Mann an der Rezeption, ich sei auch ein Agent. Genau wie dieser Reporter bei dem Bestattungsinstitut. Erinnern Sie sich? Er händigte mir die Hotelrechnungen aus, damit ich sie Ihnen und Ihren Leuten mitbringen konnte. Wollte damit die Zeit sparen, sie zur Post zu bringen.«

Auf dieses Geständnis folgte ein langes Schweigen.

»Wollen Sie damit sagen, daß Sie die Hotelrechnungen gestohlen haben?« fragte Backus schließlich.

»Ich will damit sagen, was ich eben gesagt habe. Sie wurden mir ausgehändigt. Und auf Thorsons Rechnung waren sowohl ein Anruf bei Michael Warren als auch einer bei PTL aufgeführt. Und das ist merkwürdig, da angeblich bis heute niemand eine Ahnung von PTL hatte.«

»Ich schicke jemanden zu Ihnen, damit er diese Rechnungen abholt.«

»Die Mühe können Sie sich sparen. Ich habe sie nicht mehr. Sie wurden in Hollywood aus meinem Zimmer gestohlen. Sie haben einen Fuchs im Hühnerstall, Bob.«

Ich hörte, wie er den Atem ausstieß, und es klang müde und resigniert.

»Es gab eine Packung mit Kondomen. Sie war nicht angebrochen. So, und worauf wollen Sie nun hinaus?«

»Wo ist sie jetzt?«

»Mit den übrigen Sachen in einem versiegelten Karton. Er wird morgen zusammen mit seinem Leichnam nach Virginia zurückgeschickt.«

»Wo ist dieser versiegelte Karton?«

»Hier in meinem Büro.«

»Bitte, öffnen Sie ihn, Bob. Sehen Sie sich die Packung an, stellen Sie fest, ob sie mit einem Preis ausgezeichnet ist oder ob sich sonstwie feststellen läßt, wo er sie herhatte.«

Während ich den Geräuschen dieser Aktion lauschte, trat mir wieder das Bild vor Augen, wie Thorson den Korridor entlangkam.

»So, ich habe sie«, sagte Backus schließlich. »Sie steckten in einer Tüte von einem Drugstore.«

Ich spürte, wie mein Herz einen Satz tat. Wieder ein knisterndes Geräusch. Er öffnete die Tüte.

»Scottsdale Drugs«, sagte er mit einer Stimme, der anzuhören war, daß er sich um Geduld bemühte. »Vierundzwanzig Stunden geöffnet. Schachtel mit zwölf Kondomen, neun Dollar fünfundneunzig. Wollen Sie die Marke auch noch wissen, Jack?«

Ich ignorierte seinen Sarkasmus, aber seine Frage brachte mich auf eine Idee für später.

»Ist eine Quittung dabei?«

»Ich habe sie Ihnen gerade vorgelesen.«

»Was ist mit Datum und Uhrzeit, stehen die auch darauf? Die meisten Kassen verzeichnen sie auf der Quittung.«

Schweigen. So lange, daß ich am liebsten laut geschrien hätte.

»Sonntag morgen, 0.45 Uhr.«

Ich schloß die Augen. Während Thorson eine Schachtel Kondome gekauft hatte, von denen er nicht eines gebrauchen sollte, war jemand in seinem Zimmer gewesen und hatte telefoniert.

»Es bedeutet, daß alles Lüge ist.«

Ich öffnete die Augen und nahm den Hörer vom Ohr. Er sah aus, als sei er ein an meiner Hand befestigter Fremdkörper. Ich ließ ihn langsam auf die Gabel sinken.

Bledsoe war noch in seinem Büro und meldete sich beim ersten Klingeln.

»Dan, hier ist noch einmal Jack.«

»Jack Mac, was liegt an?«

»Erinnern Sie sich an das Bier, das Sie mir spendieren wollten? Mir ist etwas eingefallen, was Sie statt dessen für mich tun könnten.«

»Schießen Sie los.«

Ich erklärte ihm, was ich von ihm wollte, und er zögerte nicht eine Sekunde, nicht einmal, als ich ihm sagte, daß er es gleich erledigen müsse. Er sagte, er könne mir keine Ergebnisse versprechen, würde mich aber auf jeden Fall so bald wie möglich zurückrufen.

Ich dachte über den ersten Anruf aus Thorsons Zimmer nach. Er war an die Zentrale in Quantico gegangen. Seinerzeit im Flugzeug war mir das nicht merkwürdig vorgekommen. Doch jetzt wunderte ich mich. Weshalb sollte jemand mitten in der Nacht die allgemeine Nummer anrufen? Die Antwort konnte nur lauten, daß der Anrufer keine Durchwahlnummer im Zentrum anrufen und damit seine Kenntnis dieser Nummer verraten wollte. Statt dessen hatte er über seinen Computer die allgemeine Nummer angewählt, und als die Vermittlung das Fax-Piepen hörte, wurde der Anruf auf eine der Faxleitungen umgelegt.

Als bei der Konferenz am Sonntag morgen die Rede auf das Fax des Poeten kam, hatte Thorson über die Details seines Eingangs in Quantico berichtet. Das Fax war bei der allgemeinen Nummer eingegangen und dann zu einem Faxgerät weitergeleitet worden.

Als ich der Vermittlung in Quantico sagte, ich würde gern mit Brad Hazelton sprechen, verband sie mich wortlos mit dem BSS-Büro.

Das Telefon läutete dreimal, und ich fürchtete, er hätte bereits Feierabend gemacht, doch dann nahm er endlich den Hörer ab.

»Brad, hier ist Jack McEvoy. In Los Angeles.«

»Hey, Jack, wie geht es Ihnen? Ziemlich heikle Lage, in der Sie gestern gesteckt haben.«

»Mir geht's gut. Das mit Agent Thorson tut mir leid. Ich weiß, daß Sie alle sehr eng zusammengearbeitet ...«

»Nun, er war ein ziemliches Arschloch, aber dieses Ende hat er natürlich nicht verdient. Es ist furchtbar. Hier laufen alle mit bedrückten Gesichtern herum.«

»Das kann ich mir vorstellen.«

»Also, was kann ich für Sie tun?«

»Nur ein paar Kleinigkeiten. Ich bin dabei, eine Chronologie der Ereignisse aufzustellen, damit ich meine Story richtig hinbekomme. Für den Fall, daß ich je über diese ganze Geschichte schreiben werde.«

Es war mir zuwider, diesen Mann anzulügen, der mir nichts als Freundlichkeit erwiesen hatte. Aber ich konnte es mir nicht leisten, ihm die Wahrheit zu sagen, denn dann würde er mir bestimmt nicht helfen.

»Und außerdem habe ich dummerweise meine Notizen über das Fax verlegt. Sie wissen schon, das Fax, das der Poet am Sonntag nach Quantico geschickt hat. Soweit ich mich erinnere, sagte Gordon, er habe die Details von Ihnen oder von Brass erfahren. Wissen Sie noch, zu welcher genauen Uhrzeit es eintraf?«

»Einen Moment, Jack.«

Ich schloß die Augen und fragte mich die nächsten paar Minuten, ob er wirklich die Information heraussuchte oder ob er sich vorher erkundigte, ob er sie mir geben durfte.

Endlich kam er wieder an den Apparat.

»Entschuldigen Sie, Jack, aber ich mußte mehrere Papiere durchsehen. Das Fax ist am Sonntag morgen um 3.38 Uhr bei Gerät Nummer zwei in der Kommunikationszentrale eingegangen.«

Ich schaute auf meine Notizen. Wenn man die dreistündige Zeitdifferenz abzog, paßte es genau.

»Reicht das, Jack?«

»Ja, vielen Dank. Ich hätte noch eine Frage.«

»Nur los.«

»Äh, es geht um folgendes ... Agent Thompson hat doch einen Mundabstrich von dem Opfer in Phoenix zu Ihnen geschickt.«

»Ja, Orsulak.«

»Er wollte, daß die Substanz identifiziert wird. Er glaubte, daß es sich um die Gleitbeschichtung von einem Kondom handelte. Meine Frage ist, ob sich die Substanz einer bestimmten Kondommarke zuordnen läßt. Ist das möglich? Wurde es überhaupt versucht?«

Zuerst antwortete Hazelton nicht, und ich wäre beinahe in das Schweigen hineingeplatzt. Doch dann sprach er.

»Das ist eine merkwürdige Frage, Jack.«

»Ja, ich weiß, aber die – äh, Details des Falles sind für mich natürlich auch äußerst interessant. Es ist wichtig, daß mir dabei keine Fehler unterlaufen – das macht meine Arbeit glaubwürdiger.«

»Bitte warten Sie noch mal kurz.«

Diesmal kam er schneller wieder an den Apparat.

»Also, ich habe diese Information. Wollen Sie mir nicht sagen, wozu Sie sie in Wirklichkeit brauchen?«

Jetzt war ich es, der verstummte.

»Nein«, sagte ich nach einer Weile ehrlich. »Ich bemühe mich nur, mir etwas zusammenzureimen. Wenn dabei das herauskommt, was ich vermute, wird das FBI es als erstes erfahren. Das können Sie mir glauben.«

Hazelton schwieg für einen Moment.

»Okay, Jack, ich vertraue Ihnen. Außerdem ist Gladden tot. Es besteht also nicht die Gefahr, daß ich geheimes Beweismaterial aus der Hand gebe. Die Untersuchung hat ergeben, daß die Substanz einer von zwei Marken ähnelt. Ramses Lubricated und Trojan Golds. Das Problem ist, daß dies die beiden am häufigsten gekauften Marken im Lande sind. Nicht unbedingt ein eindeutiger Beweis für irgend etwas.«

Vielleicht war es kein Beweis, mit dem man vor Gericht gehen konnte. Doch Ramses Lubricated war die Marke gewesen, die Rachel am Samstag abend in meinem Hotelzimmer aus ihrer Handtasche geholt hatte. Ich dankte Hazelton und legte auf.

Alles schien zu passen. Gleichgültig, wie oft ich im Laufe der nächsten Stunde versuchte, meine eigene Theorie zu zerstören – es gelang mir nicht. Sie war auf einem Fundament aus Verdächtigung und Vermutungen aufgebaut, aber sie funktionierte wie eine Maschine, bei der alle Teile ineinandergreifen. Und ich hatte nichts, was ich ins Getriebe werfen konnte, um sie zum Stillstand zu bringen.

Das letzte Teil, das mir noch fehlte, war Bledsoes Information.

Ich wanderte im Zimmer umher, wartete auf seinen Anruf. In meinem Magen brodelte es. Ich ging auf den Balkon, um frische Luft zu schöpfen, aber das half auch nicht. Der Marlboro Man starrte mich unentwegt an. Ich ging wieder hinein.

Anstelle der Zigarette, die ich gern geraucht hätte, entschied ich mich für eine Cola. Ich verließ das Zimmer, drehte den Nachtknopf, damit sich die Tür nicht vollständig schloß, und wanderte den Korridor entlang zu den Automaten. Trotz der Schmerztablette kribbelten meine Nerven. Aber ich wußte, daß diese Erregung in Kürze in Erschöpfung umschlagen würde, wenn ich dem nicht mit einem Schuß Zucker und Koffein zuvorkam. Auf halbem Wege zurück zu meinem Zimmer hörte ich das Telefon klingeln und rannte los. Nach ungefähr neunmaligem Läuten war ich am Apparat.

»Dan?«

Schweigen.

»Hier ist Rachel. Wer ist Dan?«

»Oh.« Ich konnte kaum atmen. »Er, äh … ist ein Freund bei der Zeitung. Ich erwarte seinen Anruf.«

»Was ist los mit dir, Jack?«

»Ich bin außer Atem. Ich war draußen auf dem Flur. Ich hatte mir gerade eine Cola geholt, als ich das Telefon hörte.«

»Das muß ja ein Hundert-Meter-Sprint gewesen sein.«

»Etwas in der Art. Einen Moment.«

Ich machte die Tür zu und kehrte dann zum Telefon zurück.

»Rachel?«

»Ich wollte dich nur wissen lassen, daß ich abreise. Bob will, daß ich wieder nach Florida fliege und mich um diese PTL-Sache kümmere.«

»Oh.«

»Ich werde wahrscheinlich mehrere Tage weg sein.«

Das rote Licht an meinem Telefon begann zu blinken. Bledsoe, dachte ich und verfluchte insgeheim den unpassenden Zeitpunkt seines Anrufs.

»Okay, Rachel.«

»Wenn das vorbei ist, müssen wir uns irgendwo treffen. Ich habe schon mal daran gedacht, Urlaub zu nehmen.«

»Ich dachte, du hättest gerade Urlaub gehabt.«

Ich erinnerte mich an die Eintragung in ihrem Kalender auf dem Schreibtisch in Quantico. Jetzt kam mir zum ersten Mal der Gedanke, daß es genau die Zeit gewesen sein mußte, als sie nach Phoenix flog, um Orsulak aufzulauern und ihn umzubringen.

»Ich habe schon eine Ewigkeit keinen richtigen Urlaub mehr gehabt. Ich habe an Italien gedacht. Vielleicht Venedig.«

Ich stellte sie wegen dieser Lüge nicht zur Rede, blieb aber stumm, und sie verlor die Geduld. Meine Schauspielerei funktionierte nicht.

»Jack, was ist los?«

»Nichts.«

»Das glaube ich dir nicht.«

Ich zögerte für einen Moment, dann sagte ich: »Es gibt eine Sache, die mir zu schaffen macht, Rachel.«

»Sag mir, was es ist.«

»Neulich, in unserer ersten gemeinsamen Nacht, wollte ich dich in deinem Zimmer anrufen, nachdem du gegangen warst. Ich wollte dir nur gute Nacht sagen und dir sagen, wie schön es gewesen war. Aber du hast dich nicht gemeldet. Ich bin sogar zu deiner Tür gegangen und habe geklopft. Keine Antwort. Und dann, am nächsten Morgen, hast du gesagt, du hättest Thorson auf dem Korridor getroffen. Weißt du – seitdem muß ich immer wieder daran denken.«

»Und was denkst du, Jack?«

»Ich weiß es nicht, ich habe mich nur gefragt, wo du gewesen bist, als ich dich nicht erreichen konnte.«

Sie schwieg für einen Augenblick, und als sie endlich sprach, knisterte ihre Verärgerung wie ein Feuer durch die Leitung.

»Jack, weißt du, wie du dich anhörst? Wie ein eifersüchtiger Teenager. Wie der Junge auf der Zuschauertribüne, von dem du mir erzählt hast. Ja, ich habe Thorson auf dem Korridor getroffen, und ja, ich gebe sogar zu, daß er glaubte, ich hielte nach ihm Ausschau. Aber das war auch alles. Ich kann mir nicht erklären, weshalb ich deinen Anruf nicht bekommen habe, okay? Vielleicht hast du die falsche Zimmernummer gewählt, oder vielleicht stand ich gerade unter der Dusche und dachte ebenfalls daran, wie schön unser Beisammensein gewesen war. Wenn du mit deiner kleinlichen Eifersucht nicht umgehen kannst, dann such dir eine andere Frau und führe ein anderes Leben.«

»Hör zu, Rachel, es tut mir leid, okay? Du hast gefragt, was mich bedrückt, und ich habe es dir gesagt.«

»Du hast vermutlich zu viele von den Tabletten genommen, die der Arzt dir gegeben hat. Schlaf dich erst einmal richtig aus. Ich muß jetzt los.«

Sie legte auf.

»Leb wohl«, sagte ich in die Stille hinein.

48

Die Sonne ging unter, und der Himmel hatte die Farbe eines reifen Kürbisses, mit phosphoreszierenden rötlichen Streifen. Es war ein herrlicher Anblick. Ich war abermals auf den Balkon getreten, versuchte, mir alles zusammenzureimen, und wartete auf Bledsoes Rückruf. Er hatte eine Nachricht hinterlassen, während ich mit Rachel sprach. Sie lautete, er sei nicht in seinem Büro, würde aber wieder anrufen.

Ich betrachtete den Marlboro Man, seine von Runzeln umgebenen Augen, denen die Zeit nichts hatte anhaben können, sein stoisches Kinn. Er war seit jeher einer meiner Helden gewesen. Mir fiel wieder ein, wie ich jeden Abend im Eßzimmer rechts von meinem Vater gesessen hatte. Er hatte immer geraucht, und der Aschenbecher hatte immer rechts von seinem Teller gestanden. Das war der Grund dafür gewesen, daß ich auch mit dem Rauchen angefangen hatte. Für mich hatte mein Vater ausgesehen wie der Marlboro Man. Damals jedenfalls.

Ich rief zu Hause an. Meine Mutter meldete sich. Sie erkundigte sich fast hysterisch, ob es mir gutginge, und machte mir Vorwürfe, daß ich mich nicht schon früher gemeldet hatte. Nachdem ich sie endlich beruhigt und ihr versichert hatte, daß alles in Ordnung war, bat ich sie, meinen Vater an den Apparat zu holen. Wir hatten seit der Beerdigung nicht mehr miteinander gesprochen – sofern wir damals überhaupt etwas gesprochen hatten.

»Dad?«

»Mein Junge! Geht es dir wirklich gut?«

»Ja, alles in Ordnung. Und wie geht es dir?«

»Auch gut. Wir haben uns nur Sorgen um dich gemacht.«

»Das ist jetzt nicht mehr nötig.«

»Eine verrückte Geschichte, was?«

»Du meinst, das mit Gladden? Ja.«

»Riley ist hier. Sie bleibt ein paar Tage bei uns.«

»Das ist schön, Dad.«

»Möchtest du mir ihr sprechen?«
»Nein, ich wollte mir dir reden.«
Das brachte ihn zum Verstummen.
»Du bist in Los Angeles?«
»Ja, und ich bleibe noch ein oder zwei Tage hier. Ich wollte nur … Ich rufe an, weil ich … Ich habe viel nachgedacht und wollte dir sagen, daß es mir leid tut.«
»Was tut dir leid, mein Junge?«
»Alles. Sarah, Sean und alles andere.« Ich lachte auf die Art, wie man lacht, wenn etwas nicht komisch ist, sondern man sich unbehaglich fühlt. »Mir tut alles leid.«
»Jack, bist du sicher, daß mit dir alles in Ordnung ist?«
»Ja, es geht mir gut.«
»Also, du brauchst nicht zu sagen, daß dir irgend etwas leid tut.«
»Tut es aber.«
»Also … dann tut es uns auch leid. Mir tut es leid.«
Ich ließ zu, daß das Schweigen diese Worte unterstrich.
»Danke, Dad. Ich muß Schluß machen. Grüß Mom und Riley.«
»Das werde ich tun. Willst du nicht auch herkommen, wenn du zurück bist?«
»Gute Idee.«
Ich legte auf. Marlboro Man, dachte ich. Ich schaute durch die offene Balkontür und sah seine Augen oberhalb des Geländers. Sie beobachteten mich. Meine Hand fing wieder an zu schmerzen. Und mein Kopf auch. Ich wußte zuviel. Ich wollte es nicht wissen. Ich nahm noch eine Tablette.

Um halb sechs rief Bledsoe endlich an. Er hatte keine gute Nachricht für mich. Das letzte Teilchen des Schleiers der Hoffnung zerriß endgültig. Während ich ihm zuhörte, war mir, als ströme alles Blut aus meinem Herzen. Ich war wieder allein. Und was das Ganze noch schlimmer machte, war die Tatsache, daß die Frau, die ich begehrt hatte, mich nicht etwa zurückgewiesen hatte. Sie hatte mich vielmehr auf eine Art und Weise benutzt und verraten, wie ich es mir nie hätte vorstellen können.
»Rachel Walling«, begann Bledsoe. »Ihr Vater war Harvey Walling. Ich habe ihn nicht gekannt. Als er Detective war, bin ich noch Streife gegangen. Ich habe mit einem von seinen al-

ten Kollegen geredet, und er hat mir erzählt, daß sie ihn immer Harvey Wallbanger genannt haben. Sie wissen schon, nach dem Drink. Er war ein seltsamer Vogel, ein Einzelgänger.«

»Wie ist er gestorben?«

»Darauf komme ich gleich. Ein Kumpel hat für mich im Archiv die alte Akte herausgesucht. Ist vor neunzehn Jahren passiert. Komisch, daß ich mich nicht daran erinnert habe. Ich war einfach blind. Jedenfalls habe ich mich mit meinem Kumpel in der Fells Point Tavern getroffen. Er hatte die Akte bei sich. Und es war definitiv die von Rachels altem Herrn. Ihr Name steht darin. Sie war diejenige, die ihn gefunden hat. Er hat sich selbst umgebracht, mit einem Schuß in die Schläfe. Es wurde für Selbstmord erklärt, aber es gab ein paar Ungereimtheiten.«

»Welche?«

»Nun, zum einen hatte er keine Nachricht hinterlassen. Außerdem hatte er Handschuhe an. Es war zwar Winter, aber die Tat geschah im Haus. Ganz früh am Morgen. Die Ermittler notierten diese seltsamen Umstände in ihrem Bericht.«

»Gab es an einem der Handschuhe Pulverrückstände?«

»Ja, eindeutig.«

»War sie – war Rachel zu Hause, als es passierte?«

»Sie hat ausgesagt, sie sei oben in ihrem Zimmer gewesen und habe geschlafen. Bis sie den Schuß hörte. In einem breiten, komfortablen Bett. Sie habe es mit der Angst zu tun bekommen und sich erst eine Stunde später hinuntergetraut. Da hat sie ihn gefunden. Das jedenfalls steht in dem Bericht.«

»Was war mit ihrer Mutter?«

»Sie hatte keine Mutter. Die war schon Jahre zuvor abgehauen. Rachel lebte mit ihrem Vater allein.«

Ich dachte für ein paar Augenblicke darüber nach. Daß Bledsoe die Breite ihres Bettes erwähnt hatte und etwas an der Art, wie er den letzten Satz ausgesprochen hatte, gaben mir zu denken.

»Was noch, Dan? Sie haben mir noch nicht alles erzählt.«

»Jack, lassen Sie mich etwas fragen. Haben Sie etwas mit dieser Frau? Ich erwähnte es schon, ich habe auf CNN gesehen, wie Sie sie aus dem Laden ...«

»Hören Sie, die Zeit drängt! Was wissen Sie noch?«

»Okay, okay, die andere seltsame Sache, die in den Berichten erwähnt wird, ist, daß sein Bett gemacht war.«

»Wovon reden Sie?«

»Von seinem Bett. Es war gemacht. Es schien, als sei er aufgestanden, habe sein Bett gemacht, sich angezogen, auch Mantel und Handschuhe, als wolle er zur Arbeit gehen. Dann hat er sich aber statt dessen auf seinem Stuhl niedergelassen und sich eine Kugel in den Kopf geschossen. Entweder so, oder er war die ganze Nacht aufgeblieben und hatte nachgedacht, bevor er zur Waffe griff.«

Ich spürte, wie eine Welle von Depression und Erschöpfung über mich hinwegflutete. Ich glitt vom Stuhl auf den Fußboden, den Hörer nach wie vor am Ohr.

»Der Mann, der damals die Ermittlungen geleitet hat, ist inzwischen in Pension gegangen, aber er lebt noch. Mo Friedman. Wir kennen uns schon sehr lange. Kurz bevor er aufhörte, war ich gerade Detective geworden. Ich habe vorhin mit ihm gesprochen. Er lebt oben in den Poconos. Ich habe ihn nach diesem Fall gefragt und nach seiner Ansicht darüber. Seiner privaten Ansicht.«

»Und was hat er gesagt?«

»Nun, er hat die Sache auf sich beruhen lassen, weil damit zu rechnen gewesen war, daß Harvey Wallbanger eines Tages so enden würde.«

»Aber was hat er *wirklich* geglaubt?«

»Er glaubte, das Bett sei gemacht gewesen, weil Harvey nie darin geschlafen hatte. Es grundsätzlich nie benutzte. Seiner Meinung nach schlief der Vater mit der Tochter in dem superbreiten Bett, und eines Morgens hat sie den Schlußstrich gezogen. Er wußte noch nichts von den jüngsten Ereignissen. Mo ist einundsiebzig Jahre alt. Er löst Kreuzworträtsel. Er sagt, die Nachrichten interessierten ihn nicht mehr. Er wußte nicht, daß die Tochter FBI-Agentin geworden ist.«

Ich konnte nicht reden. Ich konnte mich nicht einmal bewegen.

»Jack, sind Sie noch da?«

»Ich muß Schluß machen.«

Die Telefonistin in der Zentrale des Field Office teilte mir mit, Backus sei bereits gegangen. Als ich sie bat, trotzdem noch einmal nachzufragen, ließ sie mich fünf Minuten warten, während sie, da war ich ganz sicher, ihre Fingernägel lackierte oder ihr Make-up auffrischte. Als sie wieder an den Apparat kam, sagte sie, er sei definitiv nicht mehr im Hause, und ich solle es am nächsten Morgen noch einmal versuchen. Sie legte auf, bevor ich antworten konnte.

Backus war die entscheidende Person. Ich mußte mit ihm reden, ihm sagen, was ich herausgefunden hatte, und dann abwarten, wie er die Sache handhaben wollte. Ich nahm an, daß er vielleicht in das Motel an der Wilcox zurückgekehrt war. Dorthin mußte ich ohnehin, um meinen Wagen abzuholen. Ich schob mir den Riemen meiner Computertasche über die Schulter und machte mich auf den Weg zur Tür. Ich öffnete sie – und blieb wie angewurzelt stehen. Draußen stand Backus.

»Gladden war nicht der Poet. Er war ein Killer, das stimmt, aber nicht der Poet. Ich kann es beweisen.«

Backus sah mich an, als hätte ich gerade berichtet, daß der Marlboro Man mir zugezwinkert habe.

»Jack, hören Sie, Sie haben den ganzen Tag merkwürdige Telefonate geführt. Zuerst mit mir, dann mit Quantico. Ich bin vorbeigekommen, weil ich Sorgen habe, daß die Ärzte gestern abend etwas übersehen haben. Ich schlage Ihnen vor, wir fahren gemeinsam zum Kran ...«

»Ich kann verstehen, daß Sie irritiert sind, Bob, nach dem, was ich Sie und Hazelton heute gefragt habe. Aber ich konnte keine Erklärungen liefern, bevor ich sicher war. Jetzt bin ich sicher. Jedenfalls ziemlich. Ich wollte gerade in diesem Moment zur Tür hinaus, um Sie zu suchen und es Ihnen zu erklären.«

»Dann setzen Sie sich und sagen Sie mir, was das alles soll. Sie haben gesagt, ich hätte einen Fuchs im Hühnerstall. Was haben Sie damit gemeint?«

»Nun, Sie und Ihre Leute sind ständig unterwegs, um diese Verbrecher zu identifizieren und zu fangen. Die Serientäter, wie ihr sie nennt. Dabei ist einer von denen die ganze Zeit unter euch gewesen.«

Backus stieß geräuschvoll den Atem aus und schüttelte den Kopf.

»Setzen Sie sich, Bob, und ich werde Ihnen die Geschichte erzählen. Wenn ich fertig bin und Sie dann immer noch glauben, ich sei verrückt, können Sie mich ins Krankenhaus bringen. Aber ich weiß, daß Sie mich nicht für verrückt halten werden.«

Backus setzte sich auf die Bettkante, und ich begann, ihm von meinen Überlegungen und Anrufen im Laufe des Nachmittags zu berichten. Schon allein das dauerte fast eine halbe Stunde. Und gerade als ich soweit war, ihm mitzuteilen, wie ich diese Fakten interpretierte, unterbrach er mich. Ich war darauf vorbereitet.

»Sie haben etwas vergessen. Sie haben erzählt, Gladden hätte zugegeben, daß er Ihren Bruder umgebracht hat. Das steht sogar in Ihrem Protokoll.«

»Aber er hat sich geirrt. Und ich habe mich auch geirrt. Ich habe Seans Namen nie erwähnt. Ich habe ›mein Bruder‹ gesagt. Ich habe ihm vorgeworfen, meinen Bruder umgebracht zu haben, und er dachte, einer der Jungen sei mein Bruder gewesen. Verstehen Sie? Deshalb hat er auch gesagt, er habe meinen Bruder umgebracht, um ihn zu retten. Er diese Jungen vermutlich umgebracht, weil er wußte, daß ihr Leben verpfuscht sein würde, nachdem er sie in den Händen gehabt hatte. Genauso, wie sein Leben von Beltran verpfuscht worden war. Er brachte die Jungen um, um sie davor zu bewahren, so zu werden wie er. Er redete gar nicht von den Cops, nur von diesen Jungen. Ich glaube, von den Cops wußte er nicht einmal. Und falls er mich wiedererkannt haben sollte – ich war im Fernsehen. CNN, erinnern Sie sich? Von daher könnte er mich wiedererkannt haben.«

Backus betrachtete den Fußboden, verdaute offensichtlich meinen Vortrag. Ich erkannte an seiner Miene, daß er ihn plausibel fand. Er fing an zu begreifen.

»Okay«, sagte er. »Aber was ist mit Phoenix, den Hotelzimmern, diesen ganzen Geschichten? Wie hängt das zusammen?«

»Wir kommen der Sache jetzt näher. Rachel hat diese Umstände gekannt. Sie mußte die Ermittlungen entweder in eine andere Richtung lenken oder dafür sorgen, daß alles nur auf Gladden hindeutete, wenn wir ihn erwischten. Obwohl jeder Cop im Lande ihn gern tot gesehen hätte, konnte sie nicht sicher sein, daß er getötet wurde.

Also tat sie dreierlei. Erstens schickte sie das Fax, das von dem Poeten, von ihrem Computer aus an die Zentrale in Quantico. Sie schrieb es so, daß die in ihm enthaltene Information Gladden ganz eindeutig mit den Polizistenmorden in Verbindung brachte. Erinnern Sie sich an das Gespräch über das Fax?

Sie war diejenige, die ausdrücklich darauf hinwies, es verknüpfe alle Fälle miteinander.«

Backus nickte, sagte aber nichts.

»Nächster Punkt«, fuhr ich fort. »Sie glaubte, wenn sie Warren Informationen gab, würde das meine Story und anschließend den ganzen Medienrummel auslösen. Gladden würde es mitkriegen und untertauchen, weil er nun wußte, daß ihm nicht nur seine Morde angelastet wurden, sondern auch die Morde an den Polizisten, die danach begangen wurden. Also informierte sie Warren. Sie muß gewußt haben, daß er ganz scharf darauf war, nachdem er bei der Foundation hinausgeflogen war. Vielleicht hatte er auch angerufen und eine Nachricht hinterlassen, wo er zu finden war. Können Sie mir folgen?«

»Sie waren doch sicher, daß Gordon der Verräter war!«

»Stimmt. Und zwar aus gutem Grund. Die Hotelrechnungen. Aber diese Quittung aus dem Drugstore beweist, daß er gar nicht in seinem Zimmer war, als die Anrufe erfolgten. Außerdem hat Warren mir heute bestätigt, daß Thorson nicht sein Informant gewesen ist. Er hatte keinen Grund mehr, mich anzulügen. Thorson war tot.«

»Und was ist der dritte Punkt?«

»Ich glaube, Rachel hat über ihren Computer eine Verbindung zum PTL Network hergestellt. Ich weiß nicht, woher sie bereits darüber informiert war. Vielleicht hat irgend jemand dem FBI einen Tip gegeben. Keine Ahnung. Jedenfalls hat sie sich eingeklinkt. Vielleicht um eine dieser Eidolon-Dateien zu übermitteln, die Clearmountain gefunden hat. Auch das wäre wieder Beweismaterial gewesen, das Gladden mit den Morden des Poeten in Zusammenhang brachte. Sie machte alles hieb- und stichfest. Selbst wenn ich ihn nicht getötet und er vor Gericht alles abgestritten hätte, wäre die Beweislast erdrückend gewesen. Niemand hätte ihm geglaubt, zumal in Anbetracht der Morde, die er tatsächlich begangen hat.«

Ich legte eine Verschnaufpause ein, damit Backus das bisher Gesagte verdauen konnte.

»Alle drei Anrufe wurden von Thorsons Zimmer aus gemacht«, fuhr ich nach einer Weile fort. »Eine weitere Absicherung. Wenn irgend etwas schiefging, würde nichts darauf hindeuten, daß sie telefoniert hatte. Aber die Geschichte mit den Kondomen hat sie entlarvt. Sie wissen genau, in welchem Verhältnis sie zu Thorson stand. Er fühlte sich nach wie vor zu ihr hingezogen, und das wußte sie und nutzte es aus. Sie wußte, wenn sie ihn aufforderte, Kondome zu besorgen, würde er zur Tür hinaus und zum Drugstore rennen, wie ein Mann mit Hornissen in der Hose. Und ich glaube, daß sie genau das getan hat. Nur hat sie nicht in seinem Bett auf ihn gewartet. Sie hat statt dessen telefoniert. Und als Thorson dann zurückkam, war sie verschwunden. Das hat er nicht direkt erzählt, aber angedeutet hat er es. An dem Tag, an dem ich ihn begleitet habe.«

Backus nickte. Er sah schrecklich aus. Vielleicht stand ihm gerade vor Augen, was jetzt aus seiner Karriere werden würde. Zuerst das Fiasko bei Gladdens Verhaftung, und nun das. Seine Tage als stellvertretender Special Agent waren vermutlich gezählt.

»Das scheint alles so ...«

Er beendete den Satz nicht. Es gab noch mehr zu berichten, aber ich wartete ab. Backus stand auf. Er schaute zur Balkontür hinaus auf den Marlboro Man. Die Figur schien ihn nicht sonderlich zu faszinieren.

»Erzählen Sie mir vom Mond, Jack.«

»Was meinen Sie damit?«

»Vom Mond des Poeten. Sie haben mir den Schluß der Geschichte erzählt. Wie lautet der Anfang? Wie ist Rachel zu solch einer Frau geworden?«

Er wandte sich von der Tür ab und sah mir herausfordernd in die Augen. Er suchte etwas, irgend etwas, das es ihm ermöglichen würde, dies alles nicht glauben zu müssen. Ich räusperte mich.

»Das ist eine harte Geschichte«, sagte ich. »Sie sollten Brass danach fragen.«

»Später. Erzählen Sie es mir.«

Ich dachte einen Moment lang nach, bevor ich weiterredete.

»Sie war ein junges Mädchen, vielleicht zwölf oder dreizehn Jahre alt. Sie wird von ihrem Vater sexuell mißbraucht. Die Mutter hat entweder ... Ihre Mutter verschwindet. Sie hat entweder gewußt, was vorging, und konnte es nicht verhindern, oder es war ihr gleichgültig. Sie verschwindet, und das Mädchen bleibt allein mit ihm zurück. Er ist Polizist. Detective. Er droht ihr, redet ihr ein, daß sie es nie jemandem sagen kann, weil er Detective ist und es herausbekommen würde. Er behauptet, niemand würde ihr die Geschichte abnehmen, und sie glaubt ihm.

Und eines Tages hat sie genug, endgültig genug. Sie erschießt ihn und läßt es so aussehen, als hätte er es selbst getan. Selbstmord. Sie kommt damit durch. Ein Detective, der diesen Fall bearbeitet, ahnt, daß etwas nicht stimmt, aber was soll er tun? Er weiß, daß der Mann es herausgefordert hat. Er läßt es auf sich beruhen.«

Backus stand in der Mitte des Zimmers und starrte auf den Fußboden.

»Ich weiß über ihren Vater Bescheid. Das heißt, ich kenne die offizielle Version.«

»Ich habe einen Freund gebeten, die Details der inoffiziellen Version herauszufinden.«

»Und wie ging es weiter?«

»Es ging damit weiter, daß sie aufblühte. Die Macht, die sie in jenem Augenblick besessen hatte, wog eine Menge Dinge auf. Sie kommt darüber hinweg. Das gelingt nur wenigen, aber sie schafft es. Sie ist intelligent, sie geht zur Universität, um Psychologie zu studieren, um etwas über sich selbst zu lernen. Und dann wird sie sogar vom FBI eingestellt. Sie leistet hervorragende Arbeit und macht schnell Karriere, bis sie in der Abteilung ist, die sich mit Leuten wie ihrem Vater beschäftigt. Und wie ihr selbst. Verstehen Sie, ihr ganzes Leben war ein einziges Bemühen um Verstehen! Und als ihr Vorgesetzter will, daß die Selbstmorde von Polizisten untersucht werden, gibt er ihr den Job, weil er die offizielle Version über den Tod ihres Vaters kennt. Nicht die Wahrheit. Nur die offizielle Story. Sie nimmt an, obwohl sie weiß, daß der Grund, aus dem sie ausgewählt wurde, der Wahrheit nicht entspricht.«

Hier brach ich ab. Je mehr ich erzählte, desto mehr Macht empfand ich. Das Wissen um die Geheimnisse eines anderen Menschen ist eine berauschende Macht. Ich schwelgte in meiner Fähigkeit, alle Teile zusammenzufügen.

»Und wie«, flüsterte Backus, »ist dann alles auseinandergebrochen?«

»Alles lief bestens«, fuhr ich fort. »Sie heiratete ihren Partner, und alles lief bestens. Aber irgendwann ging es dann nicht mehr so gut. Ich weiß nicht, ob es der Druck im Job war, die Erinnerungen, das Scheitern dieser Ehe, vielleicht alles zusammen. Sie begann, innerlich zu zerbrechen. Ihr Mann verließ sie, hatte das Gefühl, daß sie gefühllos, geradezu leer war. Die Painted Desert hat er sie genannt, und sie haßte ihn deswegen. Und dann ... Vielleicht erinnerte sie sich wieder an das Gefühl, das sie verspürt hatte, nachdem sie ihren Peiniger getötet hatte. Ihren Vater. Und sie erinnerte sich an den Frieden danach – die Befreiung.«

Ich sah Backus an. In seinen Augen lag ein abwesender Ausdruck.

»Eines Tages«, fuhr ich fort, »wird ein Profil angefordert. In Florida ist ein Junge ermordet und verstümmelt worden. Der ermittelnde Detective möchte ein Profil der Person, die das getan hat. Aber sie weiß, wer dieser Detective ist, kennt seinen Namen, Beltran. Ein Name aus der Vergangenheit. Ein Name, der vielleicht in einem früheren Interview gefallen ist. Sie weiß, daß auch er ein Peiniger war, ein Kinderschänder wie ihr Vater, und daß das Opfer, wegen dem er angerufen hat, wahrscheinlich sein Opfer war ...«

»Richtig«, sagte Backus, den Faden aufgreifend. »Also fliegt sie nach Florida, zu diesem Mann, und tut es abermals. Genau wie bei ihrem Vater. Läßt es wie Selbstmord aussehen. Sie wußte sogar, wo Beltran seine Schrotflinte versteckt hatte. Das hatte ihr Gladden erzählt. Wahrscheinlich war es überaus einfach, an ihn heranzukommen. Sie fliegt nach Florida, zeigt ihren FBI-Ausweis vor, geht mit ihm ins Haus und tut es. Es bringt ihr wieder Frieden. Füllt diese Leere. Das Problem ist nur, daß es nicht von Dauer ist. Bald ist sie wieder ausgelaugt, und sie muß es abermals tun. Und dann wieder und wieder. Sie folgt dem Killer, Gladden, und bringt diejenigen Männer um, die hinter ihm her sind, benutzt ihn, um ihre Spuren zu verwischen, bevor sie überhaupt welche hinterlassen hat.«

Backus starrte beim Sprechen mit leerem Blick auf irgendeine Vision.

»Sie kannte alle Feinheiten, alle Kniffe«, sagte er. »Wie sie das beschichtete Kondom in Orsulaks Mund abgewischt hat. Das perfekte Ablenkungsmanöver. Das war wirklich genial.«

Ich nickte.

»Sie hatte Gladdens Zelle gesehen und wußte, daß es in den Akten ein Foto gab, das eines Tages vielleicht gefunden werden würde«, sagte ich. »Sie wußte, daß die Bücher von Poe auf dem Foto zu sehen waren. Sie hat alles genau geplant. Sie folgte Gladden durchs ganze Land. Sie wußte durch das Material, das zum Erstellen von Profilen einging, welches die Morde waren, die er begangen hatte. Sie konnte sich in ihn hineinversetzen. Sie folgte ihm. Brachte den Cop um, der hinter ihm her war. In jedem Fall ließ sie es wie Selbstmord aussehen, hätte aber Gladden die Morde anlasten können, falls ihr irgendwann jemand auf die Schliche gekommen wäre.«

Backus sah mich an.

»Jemand wie Sie«, sagte er.

»Ja. Jemand wie ich.«

49

Backus sagte, die Geschichte gliche einem Bettlaken, das, mit nur wenigen Klammern befestigt, bei starkem Wind an einer Leine hängt. Jeden Augenblick kann es davonfliegen.

»Wir brauchen mehr Beweise, Jack.«

Ich nickte.

Er war der Fachmann. Außerdem hatte der wahre Prozeß bereits in meinem Herzen stattgefunden, und das Urteil war gefällt.

»Was wollen Sie unternehmen?« fragte ich.

»Das überlege ich gerade. Sie hatten ... Zwischen Ihnen bestand eine intime Beziehung?«

»War das so offensichtlich?«

»Ja.«

Dann sagte er eine Minute lang gar nichts. Er wanderte umher, ohne etwas wirklich anzusehen, dachte intensiv nach. Endlich blieb er stehen und sah mich an.

»Würden Sie sich verdrahten lassen?«

»Was meinen Sie damit?«

»Sie wissen genau, was ich meine. Ich beordere Rachel hierher zurück, lasse sie mit Ihnen allein, und Sie holen es aus ihr heraus. Sie sind vermutlich der einzige, der das kann.«

Ich schaute zu Boden. Ich erinnerte mich an unser letztes Telefongespräch und daran, wie sie mich durchschaut hatte.

»Ich weiß nicht. Ich glaube nicht, daß mir das gelingen würde.«

»Sie könnte argwöhnisch werden und Sie untersuchen«, begann auch Backus zu zweifeln. »Trotzdem sind Sie der richtige Mann, Jack. Sie sind kein Agent, und sie weiß, wie Sie im Notfall mit Ihnen fertig wird.«

»Mit mir fertig wird?«

»Sie umbringt.«

Er schnippte mit den Fingern. »Ich hab's. Wir brauchen Sie nicht zu verdrahten. Wir bringen Sie in die Verdrahtung hinein.«

»Wovon reden Sie?«

Er hob einen Finger, als wollte er mich zum Schweigen bringen.

Dann griff er nach dem Telefon, klemmte sich den Hörer zwischen Kopf und Hals, nahm den Apparat mit auf Wanderschaft und wählte eine Nummer. Das Kabel glich einer Leine, die seine Schritte in jeder Richtung beschränkte.

»Packen Sie Ihre Sachen zusammen«, sagte er zu mir, während er darauf wartete, daß sich am anderen Ende jemand meldete.

Ich stand auf und begann langsam, meine paar Habseligkeiten in die Computertasche und den Kissenbezug zu stekken.

Dabei hörte ich zu, wie er Agent Carter verlangte und dann mehrere Anweisungen erteilte. Carter solle die Kommunikationszentrale in Quantico anrufen und veranlassen, daß eine Nachricht an den FBI-Jet übermittelt wurde, in dem Rachel saß.

»Rufen Sie die Maschine zurück. Sagen Sie den Leuten nur, daß sich etwas ergeben hat, worüber fernmündlich nicht gesprochen werden kann, und daß ich sie dringend hier brauche«, sprach er in den Hörer. »Sonst nichts. Verstanden?«

Er wartete auf Carters Antwort und redete dann weiter.

»Aber bevor Sie das tun, rufen Sie von einem anderen Apparat aus das Büro des SAC an. Ich brauche die genaue Adresse und die Schlüsselkombination für das Erdbebenhaus. Er wird wissen, was ich meine. Ich fahre von hier aus dort hin. Ich möchte, daß Sie sich einen Ton-und-Video-Techniker und zwei gute Agenten schnappen. Ich setze Sie dort ins Bild. Rufen Sie den SAC jetzt gleich an. Ich warte auf seine Antwort.«

Ich musterte Backus neugierig.

»Erdbebenhaus?«

»Clearmountain hat mir davon erzählt. Es liegt in den Bergen oberhalb des Valleys. Es ist von oben bis unten verdrahtet. Ton und Bild. Das Haus wurde beim Erdbeben beschädigt. Die damaligen Besitzer haben es verlassen, sie waren nicht versichert. Das FBI hat es von der Bank gemietet und es als Falle für die hiesigen Bau- und Sicherheitsinspektoren, Baufirmen und Handwerker benutzt. Es ist nämlich eine Menge Geld aus dem Nationalen Notstandsfonds veruntreut worden, und damit kam das FBI ins Spiel. Das Verfahren läuft noch.

Die Falle wird nicht mehr gebraucht, aber der Mietvertrag ist noch nicht ausgelaufen. Also steht es ...«

Er hob die Hand. Carter war an den Apparat zurückgekehrt. Backus hörte ein paar Minuten lang zu, dann nickte er.

»Auf dem Mulholland rechts und dann die erste links. Klingt ziemlich einfach. Wann werden Sie dort sein?«

Er legte auf, nachdem er Carter noch mitgeteilt hatte, daß wir schon vorausfahren würden.

Als wir vom Hotel wegfuhren, verabschiedete ich mich insgeheim vom Marlboro Man.

Wir blieben auf dem Sunset Boulevard in Richtung Osten, bogen in den Laurel Canyon Boulevard ein und folgten dann der gewundenen, in die Berge gehauenen Straße.

»Wie soll das funktionieren?« fragte ich. »Wie wollen Sie Rachel in dieses Haus locken?«

»Sie werden bei Rachels Voice Mail in Quantico eine Nachricht für sie hinterlassen. Ihr sagen, daß Sie sich im Haus eines Freundes aufhalten – jemanden, den Sie von Ihrer Zeitung her kennen und der hierher gezogen ist –, und die Telefonnummer angeben. Wenn ich dann mit Rachel spreche, werde ich ihr sagen, daß ich sie von Florida zurückrufen mußte, weil Sie einen Haufen Leute angerufen und merkwürdige Anschuldigungen gegen sie erhoben hätten, aber niemand wüßte, wo Sie wären. Ich werde ihr sagen, daß wir vermuten, daß Sie zu viele von diesen Schmerztabletten geschluckt haben, und wir Sie unbedingt aufspüren müssen.«

Mir war zunehmend unwohl bei dem Gedanken, als Köder benutzt zu werden und Rachel gegenübertreten zu müssen. Ich wußte nicht, ob ich imstande sein würde, das durchzustehen.

»Irgendwann«, fuhr Backus fort, »wird Rachel Ihre Nachricht erhalten. Aber sie wird Sie nicht anrufen. Statt dessen wird sie rausbekommen, zu welchem Haus die Telefonnummer gehört, und dort hinfahren. Zu Ihnen, Jack. Um eine von zwei Sachen zu tun.«

»Nämlich?« fragte ich, obwohl ich die Antwort bereits ahnte.

»Sie wird entweder versuchen, Sie von ihrer Unschuld zu überzeugen ... oder Sie umzubringen. Rachel wird glauben, Sie wären der einzige, der Bescheid weiß. Sie muß Sie überzeugen, daß das alles bloße Hirngespinste sind, oder ...«

Ich nickte beklommen.

»Aber wir werden dasein. Bei Ihnen im Haus, ganz in der Nähe.«

Das war nicht sehr tröstlich.

»Ich weiß nicht ...«

»Machen Sie sich keine Sorgen, Jack«, sagte Backus und klopfte mir leicht auf die Schulter. »Ihnen wird nichts passieren. Diesmal werden wir es richtig machen. Wichtig ist nur, daß Sie sie zum Reden bringen. Wir brauchen ein Geständnis, Jack. Bringen Sie sie dazu, wenigstens einen Teil der Geschichte des Poeten zuzugeben, alles andere erledigen wir dann.«

»Ich werde es versuchen.«

»Sie schaffen es bestimmt.«

Auf dem Mulholland Drive bog Backus, Carters Anweisungen folgend, nach rechts ab, und wir folgten einer Straße, die sich auf der Bergkuppe entlangschlängelte und von der aus man durch den Abenddunst in das Valley hinunter sehen konnte. Nach ungefähr einer Meile Serpentinen gelangten wir zum Wrightwood Drive, bogen nach links ab und erreichten ein Stückchen weiter bergab eine Ansammlung von kleinen, auf Stahlpfosten errichteten Häusern. Ihr ganzes Gewicht hing auf diesen Pfosten über der Bergflanke – riskante Zeugnisse der Ingenieurkunst und des Ehrgeizes der Bauplaner, jedem Berghang der Stadt ihren Stempel aufzudrücken.

»Können Sie sich vorstellen, daß in diesen Dingern Leute wohnen?« fragte Backus.

Er fuhr langsam, schaute nach den auf den Bordsteinen aufgemalten Hausnummern.

Ich lugte zwischen den Häusern hindurch. Unten im Valley wurde es dunkel. Die Lichter gingen an. Schließlich brachte Backus den Wagen vor einem Haus an einer Kurve zum Stehen.

»Das ist es.«

Es war ein kleines Fachwerkhaus. Von der Straße aus waren die Stahlpfosten nicht zu sehen; es schien über dem Steilhang zu schweben. Wir betrachteten es beide ein paar Sekunden lang, ohne Anstalten zum Aussteigen zu machen.

»Was ist, wenn sie über das Haus Bescheid weiß?«

»Rachel? Bestimmt nicht. Ich habe selbst erst von Clearmountain davon erfahren. Er hat es im Laufe einer Unterhaltung zufällig erwähnt. Einige Leute vom Field Office benutzen es hin und wieder, wenn Sie wissen, was ich meine. Wenn sie mit jemandem zusammensein wollen, den sie nicht nach Hause mitbringen können.«

Ich sah ihn an, und er zwinkerte mir zu.

»Gehen wir hinein«, sagte er. »Und vergessen Sie Ihre Sachen nicht.«

An der Haustür war ein kleiner Safe. Backus kannte die Kombination, öffnete ihn, holte den Schlüssel heraus und schloß die Tür auf.

Drinnen schaltete er das Licht ein. Ich machte die Tür hinter mir zu und folgte ihm durch einen kleinen Flur. Das Haus war bescheiden möbliert, aber das nahm ich kaum wahr, weil meine ganze Aufmerksamkeit sofort von der Rückwand des Wohnzimmers in Anspruch genommen wurde.

Die Wand bestand vollständig aus dicken Glasscheiben, durch die man einen grandiosen Blick auf das gesamte Valley hatte. Ich durchquerte das Zimmer und schaute hinaus. Am äußersten Rand des Valley ragte eine weitere Bergkette auf. Ich trat so nahe an das Glas heran, daß ich meinen eigenen Atem darauf sehen konnte, und blickte in die dunkle Schlucht direkt unter mir. Der Gedanke, mich oberhalb eines derartigen Abgrunds zu befinden, flößte mir Unbehagen ein. Ich trat in dem Moment zurück, als Backus hinter mir eine Lampe einschaltete.

Jetzt erst sah ich die Sprünge. Drei der fünf Scheiben waren von spinnwebartigen Rissen durchzogen. Ich wandte mich nach links und sah verzerrte Abbilder von mir selbst und Backus auf einer Spiegelwand, die bei dem Erdbeben gleichfalls geborsten war.

»Was ist sonst noch kaputt? Sind wir hier drin überhaupt sicher?«

»Im Moment, ja. Aber Sicherheit ist eine relative Angelegenheit. Das nächste Erdbeben könnte bereits wieder alles verändern ... Was die anderen Schäden angeht, es gibt noch ein Stockwerk unter uns. Gab ein Stockwerk, sollte ich sagen. Clearmountain meinte, daß dort der größte Schaden angerichtet worden ist. Verzogene Mauern, geplatzte Wasserrohre.«

Ich stellte meine Computertasche und meinen Kissenbezug ab und wandte mich wieder dem riesigen Fenster zu. Meine Augen wurden von der Aussicht angezogen, und ich trat tapfer wieder nahe an das Glas heran. Da hörte ich ein scharfes Knacken aus der Richtung des Eingangsbereichs.

Ich schaute Backus erschrocken an.

»Keine Angst, sie haben die Stahlpfosten von einem Ingenieur prüfen lassen, bevor sie das Haus in Betrieb nahmen. Dieses Haus stürzt nicht ab. Es sieht nur so aus, als ob, und es hört sich auch so an, und genau das brauchten sie für ihre Falle.«

Ich nickte abermals, war aber nicht sehr überzeugt. Ich suchte seinen Blick im Spiegel.

»Der einzige, der irgendwo hingeht, sind Sie, Jack.«

Ich wußte nicht recht, was er damit meinte. Und dann, in dem geborstenen Spiegel vervierfacht, sah ich die Waffe in seiner Hand.

»Was soll das?« fragte ich.

»Hier ist Endstation.«

Schlagartig überkam es mich. Ich war falsch abgebogen. Hatte die falsche Person beschuldigt. In diesem Moment wurde mir auch klar, daß es meine seelische Schwäche war, die mich in die falsche Richtung geführt hatte. Meine Unfähigkeit, zu glauben und zu akzeptieren.

Ich hatte bei Rachel danach gesucht, was falsch war, anstatt nach der Wahrheit.

»Sie«, sagte ich. »Sie sind der Poet.«

Er antwortete nicht. Lächelte und nickte. Da wußte ich, daß Rachels Flugzeug nicht zurückgerufen worden war. Daß Agent Carter nicht mit einem Techniker und zwei guten Agenten erscheinen würde. Jetzt war ich mit dem Poeten allein.

»Bob, warum? Warum Sie?«

Ich war so schockiert, daß ich ihn immer noch wie einen Freund beim Vornamen nannte.

»Das ist eine sehr alte Geschichte«, erwiderte er. »Zu alt und zu lang, um sie Ihnen zu erzählen. Außerdem brauchen Sie sie nicht zu kennen. Setzen Sie sich auf den Stuhl dort, Jack.«

Er deutete mit der Waffe auf einen gepolsterten Stuhl gegenüber der Couch. Dann richtete er sie wieder auf mich.

Ich bewegte mich nicht.

»Die Anrufe«, sagte ich. »Sie haben von Thorsons Zimmer aus telefoniert?«

Ich sagte das eher, um Zeit zu gewinnen, obwohl ich im Grunde meines Herzens glaubte, daß die Zeit für mich jetzt bedeutungslos geworden war. Niemand wußte, daß ich hier war. Niemand würde kommen.

Backus lachte auf eine gezwungene, höhnische Art über meine Frage.

»Zufallsglück«, sagte er. »An jenem Abend buchte ich die Zimmer für uns alle – für Carter, Thorson und mich. Dann habe ich offenbar die Schlüssel verwechselt. Ich telefonierte von meinem eigenen Zimmer aus, aber auf der Rechnung stand Thorsons Name. Das habe ich natürlich nicht gewußt, bis ich am Montag abend die Rechnungen aus Ihrem Zimmer holte. Während Sie bei Rachel waren.«

Ich dachte darüber nach, was Rachel gesagt hatte – daß man sich sein Glück selber machen muß. Offenbar galt das auch für Serienkiller.

»Woher wußten Sie, daß ich die Rechnungen hatte?«

»Ich habe es nicht gewußt. Jedenfalls nicht sicher. Aber Sie hatten Michael Warren angerufen und ihm gesagt, daß Sie seinen Informanten bei den Eiern hätten. Daraufhin hat er mich angerufen, weil ich sein Informant war. Obwohl Sie überzeugt waren, daß Gordon der Übeltäter war, mußte ich herausfinden, was Sie wußten, Jack. Das war der Grund, warum ich Sie wieder an den Ermittlungen habe teilnehmen lassen. Erst als ich in Ihr Zimmer ging, während Sie mit Rachel im Bett lagen, habe ich festgestellt, daß Sie durch die Hotelrechnungen auf die Spur gekommen waren.«

»Sind Sie mir später nachgefolgt, zu dem Lokal?«

»An dem Abend hatten Sie wirklich Glück. Wenn Sie mich aufgespürt hätten, wäre schon damals alles vorbei gewesen. Als Sie jedoch am nächsten Tag Thorson beschuldigten, in Ihr Zimmer eingebrochen zu sein, dachte ich, die Gefahr sei vorüber. Daß Sie aufgegeben hätten. Von da an lief alles bestens und genau nach Plan, bis Sie heute anfingen, Fragen nach Kondomen und Telefonaten zu stellen. Ich wußte, worum es Ihnen ging, Jack. Ich wußte, daß ich schnell handeln mußte. Und jetzt setzen Sie sich auf diesen Stuhl. Ich sage es nicht noch einmal.«

Ich setzte mich. Rieb mir mit den Händen über die Oberschenkel und spürte, wie sie zitterten. Jetzt hatte ich die Glaswand im Rücken. Ich konnte nichts anderes betrachten als Backus.

»Woher wußten Sie über Gladden Bescheid?« fragte ich. »Gladden und Beltran?«

»Ich war auch dort. Erinnern Sie sich? Ich gehörte zu dem Team. Während Rachel und Gordon die anderen Interviews führten, hatte ich ein kleines Privatgespräch mit William. Nach seinen Eröffnungen war es für mich nicht schwierig, Beltran zu identifizieren. Sobald Gladden wieder in Freiheit war, wartete ich darauf, daß er handelte. Ich wußte, daß er handeln würde. Es lag in seiner Natur. Darüber wußte ich Bescheid. Und so benutzte ich ihn. Ich wußte, falls mein Werk eines Tages entdeckt werden sollte, würden alle Beweise auf ihn hindeuten.«

»Und das PTL Network?«

»Wir reden zuviel, Jack. Ich habe noch zu tun.«

Ohne den Blick von mir abzuwenden, bückte er sich, hob den Kissenbezug an und kippte seinen Inhalt auf den Boden. Dann tastete er in meinen Habseligkeiten herum, die Augen immer auf mich gerichtet. Erst in der Computertasche fand er das Röhrchen mit den Tabletten. Er las rasch das Etikett und schaute mich dann wieder lächelnd an.

»Tylenol mit Kodein«, sagte er. »Das wird bestens funktionieren. Nehmen Sie eine, Jack. Das heißt, nehmen Sie gleich zwei.«

Er warf mir das kleine Röhrchen zu, und ich fing es instinktiv auf.

»Das geht nicht«, sagte ich. »Ich habe vor zwei Stunden erst eine genommen. Mit der nächsten muß ich noch zwei Stunden warten.«

»Nehmen Sie sie, Jack. Und zwar sofort.«

Seine Stimme war ruhig geblieben, aber der Ausdruck in seinen Augen jagte mir Angst ein. Ich öffnete das Röhrchen umständlich.

»Ich brauche Wasser.«

»Nein, Jack. Nehmen Sie die Tabletten so.«

Ich steckte zwei in meinen Mund und versuchte so zu tun, als hätte ich sie geschluckt, während ich sie unter meine Zunge schob.

»Okay.«

»Mund auf!«

Ich öffnete den Mund, und er beugte sich etwas vor, um hineinzuschauen. Er kam jedoch nicht so nahe heran, daß ich nach der Waffe hätte greifen können.

»Wissen Sie, was ich glaube? Ich glaube, sie liegen unter Ihrer Zunge, Jack. Aber das macht nichts, weil sie sich auflösen werden. Es dauert nur ein bißchen länger. Ich habe ...«

Es ertönte wieder ein knackendes Geräusch. Er sah sich um, richtete den Blick dann aber schnell wieder auf mich.

»Ich habe Zeit genug.«

»Sie haben die PTL-Dateien geschrieben. Sie sind das Eidolon.«

»Ja, ich bin das Eidolon, besten Dank. Und um Ihre frühere Frage zu beantworten, ich habe durch Beltran von dem PTL Club erfahren. Er hatte sich an jenem Abend, als ich ihm meinen Besuch abstattete, freundlicherweise gerade eingeklinkt. Also nahm ich sozusagen seinen Platz im Netz ein. Ich benutzte seine Paßwörter und ließ sie später vom Systemadministrator in Edgar und Perry ändern. Ich fürchte, Mr. Gomble weiß nicht, daß er einen ... Fuchs im Hühnerstall hatte, um Ihren Ausdruck zu gebrauchen.«

Ich schaute in den Spiegel rechts von mir, sah die Reflexionen der Lichter im Valley. So viele Lichter, so viele Menschen, dachte ich, und niemand, der mich sehen oder mir helfen kann. Ich spürte, wie meine Angst immer größer wurde.

»Entspannen Sie sich, Jack«, sagte Backus mit beruhigender Stimme. »Das ist wichtig. Spüren Sie das Kodein schon?«

Die Tabletten hatten sich aufgelöst und erfüllten meinen Mund mit einem bitteren Geschmack.

»Was wollen Sie mit mir tun?«

»Das gleiche, was ich mit allen anderen getan habe. Sie wollen über den Poeten Bescheid wissen? Sie werden alles erfahren, was es über ihn zu wissen gibt. Alles. Aus erster Hand, Jack. Sie sind nämlich der Erwählte. Erinnern Sie sich, was in dem Fax stand? Ich habe meine Wahl getroffen, ich habe ihn vor Augen. Das waren Sie, Jack. Von Anfang an.«

»Backus, Sie verdammter Dreckskerl! Sie ...«

Bei meinem Ausbruch schluckte ich die halb aufgelösten Tabletten unwillkürlich hinunter. Backus ahnte wohl, was passiert war. Er brach in Gelächter aus, hörte dann aber abrupt wieder auf. Er musterte mich, und ich entdeckte ein düsteres Licht in seinen starren Augen. Da erst begriff ich, wie wahnsinnig er war, und mir dämmerte, daß das, was ich für einen Teil der Irreführung durch Rachel gehalten hatte, in Wirklichkeit wohl eher zum Plan des Poeten gehörte. Die Kondome, die sexuellen Aspekte. All das konnte zu seinem Mordprogramm gehören.

»Was haben Sie mit meinem Bruder gemacht?«

»Das geht nur ihn und mich etwas an. Eine persönliche Angelegenheit.«

»Sagen Sie es mir.«

Er stieß den Atem aus.

»Nichts, Jack. Nichts. Er war der einzige, der bei dem Programm nicht mitmachen wollte. Er war mein einziger Mißerfolg. Aber jetzt habe ich gewissermaßen eine zweite Chance. Und diesmal wird es kein Mißerfolg werden.«

Ich schaute zu Boden. Ich begann, die Wirkung der Schmerztabletten zu spüren. Ich kniff die Augen zusammen und ballte die Fäuste, aber es war zu spät. Das Gift war bereits in meinem Blut.

»Sie können nichts dagegen tun«, sagte Backus. »Entspannen Sie sich einfach, Jack, lassen Sie los. Bald ist alles vorbei.«

»Sie kommen damit nicht durch. Rachel läßt sich bestimmt nicht hinters Licht führen. Sie wird rausbekommen, was hier passiert ist.«

»Da haben Sie hundertprozentig recht. Sie wird es rausbekommen. Vielleicht weiß sie es schon jetzt. Deshalb werde ich verschwinden, sobald das hier vorbei ist. Sie sind der letzte Posten auf meiner Liste. Danach verabschiede ich mich.«

Ich begriff nicht.

»Sie wollen verschwinden?«

»Ich bin sicher, daß Rachel mich schon jetzt verdächtigt. Deshalb mußte ich sie immer wieder nach Florida schicken. Aber das reicht nicht. Sie wird es ganz bald wissen. Und deshalb ist die Zeit gekommen, da ich aus meiner Haut schlüpfen und weiterziehen muß. Ich muß ich selbst sein, Jack.«

Beim letzten Satz leuchtete sein Gesicht auf. Ich hatte den Eindruck, daß er im Begriff war zu singen, aber er tat es nicht.

»Wie fühlen Sie sich jetzt, Jack? Ein bißchen benommen?«

Ich sagte nichts, aber er hatte recht. Mir war, als begänne ich in eine dunkle Leere zu gleiten, wie ein Floß auf einem Wasserfall. Die ganze Zeit über beobachtete Backus mich, redete mit monotoner Gelassenheit, nannte häufig meinen Namen.

»Lassen Sie es in sich wirken, Jack. Genießen Sie einfach diese Minuten. Denken Sie an Ihren Bruder. Denken Sie daran, was Sie zu ihm sagen werden. Ich finde, Sie sollten ihm sagen, was für ein großartiger Detektiv Sie geworden sind. Zwei in einer Familie, das ist schon etwas. Denken Sie an Seans Gesicht. Wie er lächelt. Sie anlächelt, Jack. Und nun lassen Sie Ihre Augen zufallen, bis Sie ihn sehen können. Es wird Ihnen nichts passieren. Sie sind in Sicherheit.«

Ich konnte es nicht verhindern. Meine Lider sanken herab. Ich versuchte, woanders hinzuschauen. Ich starrte auf die Lichter im Spiegel, aber ich war zu matt. Überwältigt. Ich schloß die Augen.

»Das ist gut, Jack. Hervorragend. Können Sie Sean schon sehen?«

Ich nickte. Dann spürte ich seine Finger auf meinem linken Handgelenk. Er legte es auf die Armlehne des Stuhls. Dann tat er dasselbe mit dem rechten.

»Wunderbar, Jack. Sie sind ein großartiges Subjekt. Richtig kooperativ. Und jetzt will ich, daß Sie keinen Schmerz mehr empfinden. Keinen Schmerz, Jack. Einerlei, was hier passiert, Sie werden keinen Schmerz empfinden, haben Sie verstanden?«

»Ja«, sagte ich.

»Ich will, daß Sie sich nicht bewegen, Jack. Sie können sich ohnehin nicht bewegen. Ihre Arme sind unendlich schwer. Sie können Sie nicht bewegen, stimmt's?«

»Ja«, sagte ich.

Meine Augen waren nach wie vor geschlossen, und mein Kinn ruhte auf der Brust, aber ich war mir meiner Umgebung vollkommen bewußt.

Es war, als hätten sich mein Verstand und mein Körper voneinander getrennt. Als schaute ich von oben her auf meine Gestalt herab.

»Und jetzt öffnen Sie die Augen, Jack.«

Ich tat, was er verlangte, und sah Backus vor mir stehen. Seine Waffe steckte im Holster unter dem offenen Jackett, und in einer Hand hielt er jetzt eine lange Stahlnadel. Das war meine Chance. Doch ich konnte mich nicht fortbewegen, schon gar nicht nach irgend etwas greifen. Mein Verstand ließ meinem Körper keine Botschaften mehr zukommen. Ich saß reglos da, sah unbeweglich zu, als er die Nadelspitze in meine unverbundene Handfläche drückte. Er wiederholte die Prozedur an zweien meiner Finger. Ich unternahm nichts, um ihn daran zu hindern.

»Das ist gut, Jack. Ich glaube, jetzt sind Sie für mich bereit. Denken Sie daran, Ihre Arme sind unendlich schwer. Sie können Sie nicht bewegen, sosehr Sie es vielleicht auch wollen. Sie können nicht reden, sosehr Sie es vielleicht auch wollen. Aber halten Sie die Augen offen, Jack. Ich will nicht, daß Ihnen etwas entgeht.«

Er trat zurück und musterte mich abschätzig.

»Wer ist jetzt der Beste, Jack?« fragte er. »Wer ist der bessere Mann? Wer hat nun gewonnen, und wer hat nun verloren?«

Meine Gedanken füllten sich mit Entsetzen. Ich konnte meine Arme nicht bewegen, konnte nicht sprechen, spürte aber immer noch die Todesangst. Ich merkte, wie sich meine Augen mit Tränen füllten, aber sie fielen nicht. Ich schaute zu, wie sich seine Hände an der Gürtelschließe zu schaffen machten. Er sagte: »Ich brauche nicht einmal mehr Gummis zu benutzen, Jack.«

In dem Augenblick ging das Licht im Flur hinter ihm aus. Ich sah undeutlich eine Bewegung, hörte ihre Stimme. Rachel.

»Rühren Sie sich keinen Millimeter von der Stelle, Bob. Keinen einzigen Millimeter.«

Sie sprach gelassen und selbstsicher. Backus hielt abrupt inne und starrte in meine Augen. Seine Augen waren tot. Seine rechte Hand, die Rachel nicht sehen konnte, bewegte sich langsam auf die Innenseite seines Jacketts zu. Ich wollte einen warnenden Schrei von mir geben, aber ich konnte es nicht. Ich spannte jeden Muskel meines Körpers an, um mich wenigstens ein paar Zentimeter zu bewegen, und endlich kickte mein linkes Bein kraftlos vom Stuhl weg.

Das reichte. Die Macht, die Backus über mich hatte, ließ nach.

»Rachel!« schrie ich, gerade als Backus seine Waffe aus dem Holster zog und in ihre Richtung herumwirbelte.

Es gab einen Schußwechsel, und Backus stürzte rücklings zu Boden. Eine der Glasscheiben zersplitterte. Kalte Abendluft strömte ins Zimmer. Backus kroch hinter meinem Stuhl in Deckung.

Rachel schob sich aus dem Flur um die Ecke, ergriff die Lampe und riß sie aus der Steckdose. Das Haus versank in Dunkelheit. Nur noch Schatten waren zu sehen. Backus feuerte noch zwei Schüsse auf sie ab, dicht neben meinem Kopf, ohrenbetäubend. Ich spürte, wie er den Stuhl rückwärts riß, um noch bessere Deckung zu haben.

Mir war zumute wie jemandem, der gerade aus einem Traum erwacht und große Mühe hat, sich zu bewegen. Als ich aufzustehen versuchte, klammerte sich eine Hand um meine Schulter und drückte mich wieder herunter. Hielt mich auf dem Stuhl fest.

»Rachel«, rief Backus. »Wenn Sie schießen, treffen Sie ihn! Wollen Sie das? Legen Sie die Waffe weg und kommen Sie heraus. Wir können über alles reden.«

»Tu's nicht, Rachel«, rief ich. »Er wird uns beide töten. Erschieß ihn! Erschieß ihn!«

Rachel kam abermals hinter der Wand zum Vorschein. Diesmal war sie dicht am Boden.

Nur undeutlich erkannte ich, daß sich der Lauf ihrer Waffe auf eine Stelle direkt oberhalb meiner rechten Schulter richtete. Sie zögerte, Backus jedoch nicht.

Er feuerte noch zweimal, während Rachel sich rasch wieder in ihre Deckung im Flur zurückzog. Ich sah, wie die Kante der Wand in Gipsstaub und Trümmerbrocken explodierte.

»Rachel!« schrie ich.

Ich preßte die Absätze beider Schuhe in den Teppich und schob mit einem Ausbruch der gesamten Kraft, die mir noch zur Verfügung stand, den Stuhl zurück.

Die Bewegung überraschte Backus. Ich spürte, wie der Stuhl gegen ihn prallte und die Wucht des Aufpralls ihn umwarf. In diesem Moment stürmte Rachel aus dem kleinen Flur, und eine weitere Salve explodierte aus ihrer Waffe.

Hinter mir hörte ich einen seltsam verhallenden Aufschrei und dann Stille.

Meine Augen hatten sich inzwischen an das schwache Licht gewöhnt. Ich sah, wie Rachel auf mich zukam. Sie hielt die erhobene Waffe mit beiden Händen, die Ellenbogen dicht an den Körper gedrückt und zielte auf einen Punkt hinter mir.

Als sie an mir vorbeiging, drehte ich mich langsam um. Durch das zerborstene Fenster über dem Abgrund richtete Rachel die Waffe hinunter in die Dunkelheit, in die Backus gestürzt war. Sie stand mindestens eine halbe Minute lang regungslos da, um ganz sicher zu sein, daß er fort war.

Stille hatte das Haus ergriffen. Ich spürte die kühle Abendluft auf meiner Haut. Endlich drehte sie sich um und kam zu mir herüber. Sie ergriff meinen Arm und zog mich hoch, bis ich stand.

»Los, Jack«, sagte sie. »Komm zu dir. Bist du verletzt? Ist dir etwas passiert?«

»Sean.«

»Was?«

»Nichts. Bist du in Ordnung?«

»Ich glaube ja. Bist du verletzt?«

Sie sah auf den Fußboden hinter mir, und drehte mich um. Ich folgte ihrem Blick. Blut war auf dem Boden. Und zersplittertes Glas.

»Das stammt nicht von mir«, sagte ich. »Du hast ihn getroffen. Oder er hat sich an dem Glas geschnitten.«

Ich trat zusammen mit ihr noch einmal ans Fenster. Unter uns war nur Schwärze.

Die einzigen Geräusche stammten von dem Wind in den Bäumen und dem Verkehr unten im Valley.

»Rachel, es tut mir leid«, sagte ich. »Ich dachte ... ich dachte, du wärst es gewesen. Es tut mir leid.«

»Sag jetzt nichts, Jack. Darüber reden wir später.«

»Wieso bist du nicht auf dem Weg nach Florida?«

»Nachdem ich mit dir gesprochen hatte, wußte ich, daß irgend etwas nicht stimmte. Dann rief mich Brad Hazelton an und erzählte mir, weshalb du ihn angerufen hattest. Ich beschloß, mit dir zu reden, bevor ich abflog. Ich fuhr zum Hotel und sah dich mit Backus herauskommen. Ich weiß nicht, warum, aber ich bin euch gefolgt. Ich vermute, es war, weil ich Backus nicht mehr traute.«

»Wieviel hast du hier gehört?«

»Genug. Ich konnte nur nichts unternehmen, bis er seine Waffe weggesteckt hatte. Tut mir leid, daß du das alles durchmachen mußtest, Jack.«

Sie trat vom Fenster zurück, aber ich blieb stehen und starrte in die Dunkelheit.

»Ich habe ihn nicht nach den anderen gefragt. Ich habe ihn nicht gefragt, warum er es getan hat.«

»Welche anderen?«

»Sean. Die anderen. Beltran hat bekommen, was er verdiente. Aber weshalb Sean? Weshalb die anderen?«

»Dafür gibt es keine Erklärung, Jack. Und wenn es eine gegeben hat, werden wir sie jetzt nie mehr erfahren. Mein Wagen steht ein Stück die Straße hinunter. Ich muß Verstärkung anfordern und einen Hubschrauber, der die Schlucht absucht. Sicherheitshalber. Außerdem will ich im Krankenhaus anrufen.«

»Wozu?«

»Um ihnen zu sagen, wie viele von diesen Tabletten du genommen hast, und mich zu erkundigen, was wir tun sollen.«

Sie ging auf den Flur.

»Rachel«, rief ich ihr nach. »Danke.«

»Gern geschehen, Jack.«

50

Kurz nachdem Rachel gegangen war, schlief ich auf der Couch ein. Das Geräusch eines Hubschraubers drang in meine Träume ein, aber nicht tief genug, um mich aufzuwecken.

Als ich schließlich von selbst aufwachte, war es drei Uhr morgens. Ich wurde zum Bundesgebäude gefahren und in den dreizehnten Stock in ein kleines Verhörzimmer gebracht. In den nächsten fünf Stunden stellten mir zwei fremde Agenten mit verdrießlichen Gesichtern endlose Fragen und gingen meine Geschichte immer und immer wieder durch, bis mir schlecht war vom ständigen Wiederholen.

Bei dieser Vernehmung saß keine Stenographin dabei, denn diesmal ging es um einen von ihnen. Ich hatte das Gefühl, daß sie die Story in die Form bringen wollten, die ihnen am zweckdienlichsten erschien, bevor sie sie schriftlich festhielten.

Irgendwann nach acht sagten sie schließlich, ich könnte in die Cafeteria hinuntergehen und frühstücken. Dann wollten sie die Stenographin holen und ein offizielles Protokoll anfertigen. Inzwischen hatten wir die Geschichte so oft besprochen, daß ich genau wußte, wie sie jede einzelne Frage beantwortet haben wollten. Ich war nicht hungrig, aber mir lag so viel daran, aus diesem Zimmer raus und von ihnen fortzukommen, daß ich zu allem ja gesagt hätte. Zumindest begleiteten sie mich nicht wie einen Gefangenen hinunter.

Ich entdeckte Rachel.

Sie saß allein an einem Tisch. Ich kaufte mir einen Kaffee und ein Doughnut, das aussah, als sei es drei Tage alt, und ging zu ihr.

»Darf ich mich zu dir setzen?«

»Wir leben in einem freien Land.«

»Manchmal bin ich mir da nicht so sicher. Diese Burschen, Cooper und Kelly, haben mich fünf Stunden lang oben in diesem Raum festgehalten.«

»Das mußt du verstehen. Du bist der Informant, Jack. Sie wissen, daß du die Geschichte erzählen wirst, den Zeitungen, im Fernsehen, vermutlich auch in einem Buch. Die ganze Welt wird von diesem einen faulen Apfel beim FBI erfahren. Es spielt keine Rolle, wieviel Gutes wir tun oder wie viele böse Buben wir erwischen, die Tatsache, daß wir einen Verbrecher in unseren Reihen hatten, wird eine große, große Story werden. Sie wird dich reich machen, und wir beim FBI müssen mit dem leben, was danach kommt. Das ist, kurz gesagt, der Grund, weshalb dich Cooper und Kelly nicht wie eine Primadonna behandeln.«

Ich musterte sie für ein paar Sekunden. Es hatte den Anschein, als hätte sie ausgiebig gefrühstückt. Es waren Reste von Eigelb auf ihrem Teller zu sehen.

»Guten Morgen, Rachel«, sagte ich. »Vielleicht können wir von vorn anfangen.«

Das machte sie wütend.

»Hör zu, Jack, ich habe auch nicht vor, dich mit Samthandschuhen anzufassen. Welche Reaktion erwartest du eigentlich von mir?«

»Ich weiß es nicht. Die ganze Zeit habe ich die Fragen dieser beiden Männer beantwortet, aber dabei immer nur an dich gedacht. An uns.«

Ich suchte in ihrem Gesicht nach einer Reaktion, fand aber keine. Ihr Blick war auf ihren Teller gerichtet.

»Ich könnte versuchen, dir all die Gründe zu erklären, die mich glauben ließen, daß du der Poet warst. Aber das würde nichts ändern. Es fällt alles auf mich zurück. In meinem Innern fehlt etwas, und ich ... ich konnte das, was du mir angeboten hast, nicht ohne Argwohn, ohne eine Art Zynismus akzeptieren. Rachel, du hast meine Entschuldigung und mein Versprechen, daß ich, wenn du mir noch eine Chance gibst, daran arbeiten werde, diese Leere zu überwinden, zu füllen. Und ich verspreche dir, daß ich es schaffen werde.«

Immer noch nichts, nicht einmal Blickkontakt. Ich resignierte. Es war vorbei.

»Rachel, darf ich dich etwas fragen?«

»Was?«

»Dein Vater und du ... Hat er dir weh getan?«

»Du meinst, ob er mich gefickt hat?«

Ich sah sie nur stumm an.

»Das ist ein Teil von mir und meinem Leben. Darüber brauche ich mit niemandem zu reden.«

Ich schob meinen Kaffeebecher auf dem Tisch hin und her, als sei es das Interessanteste, das mir je begegnet war.

»Ich muß jetzt wieder nach oben«, sagte ich schließlich. »Sie haben mir nur eine Viertelstunde zugestanden.«

Ich machte Anstalten, aufzustehen.

»Hast du ihnen von mir erzählt?« fragte sie.

Ich hielt inne.

»Von uns? Nein. Ich habe versucht, es zu vermeiden.«

»Du brauchst es ihnen nicht zu verschweigen, Jack. Sie wissen es ohnehin.«

»Du hast es ihnen gesagt?«

»Ja. Es hatte keinen Sinn, irgend etwas vor ihnen geheimzuhalten.«

Ich nickte.

»Was ist, wenn ich es ihnen sage und sie fragen, ob wir immer noch … ob zwischen uns immer noch etwas ist?«

»Sag ihnen, die Jury berät noch.«

Ich nickte abermals und stand auf. Das Wort Jury erinnerte mich an meine eigenen Gedanken am Abend zuvor, als ich, eine nur aus einer einzigen Person bestehende Jury, ein Urteil über sie gefällt hatte. Deshalb fand ich, daß es nur angemessen war, wenn sie jetzt das Beweismaterial gegen mich prüfte.

»Sag mir Bescheid, wenn du zu einem Urteil gelangt bist.«

Im Vorbeigehen warf ich das Doughnut in den Mülleimer neben der Tür.

Es war fast Mittag, als Kelly und Cooper mit mir fertig waren. Und auch erst dann hörte ich von Backus. Auf dem Weg durch das Field Office fiel mir auf, wie leer es überall war. Die Türen zu den Büros standen offen, die Schreibtische waren unbesetzt. Es sah aus wie ein Polizeirevier während der Beerdigung eines Cops, und in gewisser Hinsicht war es das auch.

Als ich am Kommunikationsraum vorbeikam, hörte ich Funkverkehr. Ich schaute hinein. Rachel saß allein vor einer Mikrofonanlage. Ich betrat das Zimmer.

»Hey.«

»Hallo.«

»Ich bin völlig erledigt. Endlich haben sie mich gehen lassen. Wo sind die anderen? Was ist los?«

»Sie sind unterwegs und suchen nach ihm.«

»Nach Backus?«

Sie nickte.

»Ich dachte ...« Ich beendete den Satz nicht, denn es lag nach ihrer Reaktion auf der Hand, daß sie ihn nicht in der Schlucht gefunden hatten. »Himmel. Wie hat er denn ...«

»Überleben können? Als sie mit Scheinwerfern und Hunden da unten ankamen, war er verschwunden. An einem hohen Eukalyptus haben sie auf den oberen Ästen Blut gefunden. Vermutlich ist er auf diesen Baum gefallen. Der hat seinen Sturz gedämpft. Die Hunde haben ein Stück weiter unten auf der Straße seine Spur verloren. Der Hubschrauber war ziemlich nutzlos; er hat nur alle Leute die halbe Nacht wachgehalten. Außer dir. Man sucht ihn immer noch da draußen. Wir haben jeden verfügbaren Mann losgeschickt, auf die Straßen, in die Krankenhäuser. Bis jetzt – erfolglos.«

»Großer Gott.«

Backus lebte noch. Lief draußen herum. Irgendwo. Ich konnte es einfach nicht glauben.

»Ich würde mir an deiner Stelle keine Sorgen machen«, sagte sie. »Die Möglichkeit, daß er hinter dir – oder mir – her ist, wird für ziemlich gering gehalten. Sein Hauptziel ist jetzt, zu entkommen. Zu überleben.«

»Das meinte ich nicht«, sagte ich ziemlich halbherzig. »Es ist einfach beängstigend. Jemand wie er ... Haben sie etwas herausgefunden über ... Weiß man schon, warum er es tat?«

»Brass und Brad arbeiten daran. Aber diese Nuß zu knakken dürfte sehr schwierig sein. Es hat überhaupt keine Anzeichen gegeben. Die Mauer zwischen seinen beiden Leben war so dick wie die Tür eines Banktresors. Alles, was wir wissen, ist, daß es in ihm gesteckt hat. Die Saat. Und dann ist sie eines Tages aufgeblüht ..., und er setzte das in die Tat um, worüber er vorher vermutlich nur phantasiert hat.«

Ich sagte nichts. Ich wollte nur, daß sie fortfuhr, mit mir redete.

»Sie wollen mit seinem Vater anfangen«, sagte sie. »Ich habe gehört, daß Brass nach New York fliegen und ihn aufsuchen will. Diesen Besuch möchte ich nicht abstatten müssen. Der Sohn geht auch zum FBI und entpuppt sich als Verbrecher. Wie hat Nietzsche gesagt? ›Wer gegen Ungeheuer kämpft ...‹«

»›Muß sich davor hüten, daß er dabei selbst zum Ungeheuer wird.‹«

»Genau.«

Wir schwiegen beide für einen Moment.

»Weshalb bist du nicht mit unterwegs?«

»Weil man mich zur Schreibtischarbeit abkommandiert hat, bis der Schußwechsel ... und meine anderen Aktionen aufgeklärt sind.«

»Ist das nicht sehr bürokratisch? Zumal er überhaupt nicht tot ist?«

»Stimmt, aber es gibt noch andere Faktoren.«

»Uns? Sind wir einer dieser Faktoren?«

Sie nickte. »Man könnte sagen, mein Urteilsvermögen wird in Frage gestellt. Sich mit einem Zeugen und Journalisten einzulassen ist nicht das, was man als FBI-Professionalität bezeichnen würde. Und dann noch das hier. Es kam heute morgen herein.«

Sie drehte ein Stück Papier um und gab es mir. Es war die gefaxte Kopie eines körnigen Schwarzweißfotos. Ein Foto von mir, auf einem Tisch sitzend, und Rachel, die zwischen meinen gespreizten Beinen steht und mich küßt. Ich brauchte einen Moment, aber dann wurde mir klar, daß es in der Notaufnahme des Krankenhauses aufgenommen worden war.

»Erinnerst du dich an den Arzt, der noch mal kurz hereingeschaut hat?« fragte Rachel. »Nun, er war kein Arzt. Er war ein freiberuflich arbeitendes Stück Scheiße, und er hat das Foto an den *National Enquirer* verkauft. Am Dienstag wird es an jedem Zeitungsstand in jedem Supermarkt im Lande zu sehen sein. Ihre makellose journalistische Ethik hat sie veranlaßt, es mir zu faxen und um ein Interview oder zumindest einen Kommentar zu bitten. Was meinst du, Jack? Wie wäre es mit: ›Fickt euch ins Knie‹? Ob sie das drucken würden?«

Ich legte das Fax hin und sah sie an.

»Es tut mir leid, Rachel.«

»Das scheint alles zu sein, was du im Moment von dir geben kannst. ›Es tut mir leid, Rachel. Es tut mir leid, Rachel.‹ Das spricht nicht für dich, Jack.«

Fast hätte ich es noch einmal gesagt, aber statt dessen nickte ich nur. Ich wußte, daß ich einen Fehler gemacht, der mich vermutlich meine zweite Chance gekostet hatte. Verzweifelt dachte ich noch einmal an die Details, die sich zu einem fatalen Ganzen zusammengefügt und mich von einer Theorie überzeugt hatten, von der ich in meinem Herzen hätte wissen müssen, daß sie nicht stimmte.

»Erinnerst du dich, daß du mich an dem Tag, an dem wir uns kennenlernten, nach Quantico gebracht hast?«

»Natürlich.«

»Das war Backus' Büro, wo du mich hingeführt hast, stimmt's? Damit ich telefonieren konnte. Warum sind wir in seins gegangen? Ich habe geglaubt, es wäre dein Büro.«

»Ich habe kein Büro. Ich habe nur einen Schreibtisch in einer Arbeitsnische. Ich habe dich dort hingebracht, damit du ungestört telefonieren konntest. Warum?«

»Weil es eines der Teile war, die so gut ins Bild zu passen schienen. Aus dem Kalender auf dem Schreibtisch ging hervor, daß er im Urlaub war, als Orsulak ... Also habe ich gedacht, du hättest mich angelogen, als du sagtest, du hättest seit einer Ewigkeit keinen Urlaub mehr gehabt.«

»Darüber möchte ich jetzt nicht reden.«

»Wann dann? Wenn wir jetzt nicht darüber reden, werden wir es nie tun. Ich habe einen Fehler gemacht, Rachel. Dafür habe ich keine stichhaltige Entschuldigung. Aber ich möchte, daß du weißt, wie es dazu kam. Ich möchte, daß du mich verstehst.«

»Es interessiert mich nicht!«

»Vielleicht habe ich dich nie interessiert?«

»Versuch jetzt nicht, mir die Schuld zuzuschieben. Du bist derjenige, der Scheiße gebaut hat! Ich habe nicht ...«

»Was hast du in jener Nacht getan, nachdem du mein Zimmer verlassen hattest? Ich habe angerufen, und du warst nicht da. Ich habe an deine Tür geklopft, und du warst nicht da. Ich traf im Korridor auf Thorson. Er kam vom Drugstore. Du hast ihn dorthin geschickt, stimmt's?«

Sie senkte den Blick auf ihren Schreibtisch.

»Beantworte mir wenigstens diese Frage, Rachel.«

»Ich bin ihm auch auf dem Korridor begegnet«, sagte sie leise. »Allerdings früher. Nachdem ich aus deinem Zimmer kam. Ich war so wütend, daß er da war. Daß Backus ihn hatte kommen lassen. Ich wollte ihm weh tun. Ihn demütigen. Ich brauchte ... ach, irgend etwas.«

Also hatte sie ihn mit dem Versprechen, daß sie auf ihn warten würde, nach Kondomen in den Drugstore geschickt. Aber als er zurückkehrte, war sie fort.

»Ich war in meinem Zimmer, als du angerufen und geklopft hast. Ich habe nicht reagiert, weil ich dachte, er wäre es. Er muß dasselbe getan haben, denn es hat zweimal jemand angeklopft. Und das Telefon hat auch zweimal geläutet. Ich habe mich nicht gemeldet.«

Ich nickte.

»Ich bin nicht stolz auf diese Aktion«, sagte sie. »Zumal jetzt.«

»Jeder Mensch hat irgend etwas, worauf er nicht stolz ist, Rachel. Doch es hindert ihn nicht daran, weiterzumachen. Zumindest sollte es dich nicht hindern.«

Sie antwortete nicht.

»Ich gehe jetzt, Rachel. Ich hoffe, für dich kommt alles wieder ins Lot. Und ich hoffe, daß du mich irgendwann einmal anrufst. Ich werde darauf warten.«

»Leb wohl, Jack.«

Ich zeichnete mit einem Finger den Umriß ihres Kinns nach. Für einen Augenblick trafen sich unsere Blicke. Dann verließ ich das Zimmer.

51

Er kauerte in der Dunkelheit des Entwässerungskanals, ruhte sich aus und konzentrierte sein ganzes Denken auf die Beherrschung der Schmerzen. Er wußte, daß die Wunde infiziert war. Sie war nicht sonderlich gefährlich, ein glatter Durchschuß, der einen Muskel im Oberbauch zerrissen, aber sonst kaum weiteren Schaden angerichtet hatte. Aber sie war verschmutzt, und er spürte, wie das Gift begann, sich in seinem Körper auszubreiten. Es drängte ihn, sich hinzulegen und zu schlafen.

Er ließ den Blick über die ganze Länge des Kanals schweifen. Nur ein schwaches Licht von irgendwo drang bis zu ihm herunter. Verlorenes Licht. Er schob sich an der schlüpfrigen Mauer hoch, bis er stand, dann setzte er sich wieder in Bewegung. Einen Tag, dachte er. Steh den ersten Tag durch, dann wirst du auch alle anderen überstehen. Ein Mantra, das er in Gedanken ständig wiederholte.

In gewisser Hinsicht verspürte er Erleichterung. Trotz der Schmerzen und des Hungers große Erleichterung. Keine Mauer mehr. Keine Fassade. Keinen Backus. Jetzt gab es nur noch Eidolon. Und Eidolon würde triumphieren. Vor ihm waren sie nichts, und sie konnten nichts tun, um ihm Einhalt zu gebieten.

»NICHTS!«

Seine Stimme hallte den Kanal entlang in die Dunkelheit und verschwand. Er drückte eine Hand auf die Wunde und machte sich daran, ihrem Klang zu folgen.

52

Im späten Frühjahr war ein Inspektor der städtischen Wasser- und Elektrizitätswerke auf der Suche nach dem Ursprung eines üblen Gestanks, über den sich Anwohner beklagt hatten. Er fand die Überreste des Leichnams in dem Kanal.

Die Überreste *eines* Leichnams. Man entdeckte seine Papiere und seinen FBI-Ausweis, und auch die Kleidung war seine. Das, was davon übrig war, wurde auf einem Betonsims an einer Stelle gefunden, an der sich zwei unterirdische Abwasserkanäle kreuzten. Die Todesursache konnte wegen der fortgeschrittenen, durch die feuchte, stickige Atmosphäre im Kanal noch beschleunigte Verwesung nicht mehr festgestellt werden. Und auch das, was Tiere mit den Überresten angestellt hatten, machte exakte Autopsie-Ergebnisse unmöglich. Der Pathologe fand in dem verrotteten Fleisch etwas, das aussah wie ein Wundkanal und eine gebrochene Rippe, aber keine Geschoßfragmente, die die Verletzung eindeutig mit Rachels Waffe in Verbindung hätten bringen können.

Auch soweit eine Identifizierung möglich war, gab es keine eindeutigen Beweise. Das Abzeichen, der Ausweis und die Kleidung – aber sonst bewies nichts, daß dies tatsächlich die Überreste von Special Agent Robert Backus junior waren. Die Tiere, die über den Leichnam hergefallen waren – falls es tatsächlich Tiere gewesen waren –, hatten den kompletten Unterkiefer und eine Brücke im Oberkiefer verschleppt, was einen Vergleich mit zahnärztlichen Unterlagen unmöglich machte. Diese Ergebnisse schienen mir auffallend zweckdienlich zu sein. Und anderen auch. Brad Hazelton rief mich an und informierte mich darüber. Er sagte, das FBI würde den Fall offiziell abschließen, trotzdem würden einige Leute weiterhin nach ihm suchen. Inoffiziell. Er sagte, manche Leute hielten den Fund in dem Abwasserkanal nur für eine Tarnung. Möglicherweise handelte es sich um einen Obdachlosen, dem Backus da unten begegnet sei. Sie glaubten, daß Backus immer noch am Leben sei, und genau das glaubte ich auch.

Außerdem berichtete Brad Hazelton, die offizielle Suche nach Backus sei zwar eingestellt worden, sie würden jedoch nach wie vor versuchen, seine psychologische Motivation zu ergründen. Aber es war äußerst schwierig. Agenten verbrachten mehrere Tage in seiner Eigentumswohnung in Quantico, fanden aber nichts, was auch nur entfernt auf sein geheimes Leben hingedeutet hätte. Keine Andenken an seine Morde, keine Zeitungsausschnitte, nichts.

Es wurden nur ein paar Kleinigkeiten bekannt, kleine Hinweise. Ein perfektionistischer Vater, der nicht mit der Rute gespart hatte. Eine obsessiv-zwanghafte Fixierung auf Ordnung und Sauberkeit – ich erinnerte mich an seinen Schreibtisch in Quantico. Eine Verlobung, die vor vielen Jahren gelöst worden war. Die Frau erzählte Brass Doran, daß Backus verlangt hatte, daß sie unmittelbar vor und nach dem Liebesakt unter die Dusche ging. Ein Freund von der High School meldete sich und berichtete Hazelton, daß Backus ihm einmal erzählt hatte, sein Vater hätte ihn, wenn er als Kind ins Bett genäßt hatte, mit Handschellen an die Handtuchstange in der Dusche gefesselt – eine Geschichte, die von Robert senior bestritten wurde.

Aber das waren nur Details, keine Antworten. Es waren Fragmente einer viel komplexeren Persönlichkeitsstruktur, über die sie nur Vermutungen anstellen konnten. Ich erinnerte mich an etwas, was Rachel einmal zu mir gesagt hatte. Es sei, als versuche man, einen zerbrochenen Spiegel wieder zusammenzusetzen. Jedes Bruchstück reflektiert einen Teil des Subjekts. Aber wenn sich das Subjekt bewegt, bewegt sich auch das Spiegelbild.

Ich bin seit damals in Los Angeles geblieben. Ich habe meine Hand von einem Chirurgen in Beverly Hills operieren lassen, und jetzt schmerzt sie nur noch, wenn ich den ganzen Tag am Computer gesessen habe.

Ich habe ein kleines Haus in den Bergen gemietet, und an klaren Tagen kann ich sehen, wie sich die Sonne im fünfzehn Meilen entfernten Pazifik spiegelt. An trüben Tagen ist die Aussicht deprimierend, und ich halte die Jalousien geschlossen. Nachts höre ich manchmal, wie die Kojoten im Nichols Canyon winseln und sich anbellen. Es ist warm hier, und nichts zieht mich nach Colorado zurück. Ich telefoniere regelmäßig mit meiner Mutter, meinem Vater und Riley – öfter als zu der Zeit, als ich noch in ihrer Nähe lebte –, aber ich fürchte die Gespenster dort immer noch mehr als die hiesigen.

Offiziell bin ich von der *Rocky* beurlaubt. Greg Glenn möchte, daß ich zurückkomme, aber bisher habe ich eine definitive Antwort immer hinausgeschoben. Ich sitze am längeren Hebel. Ich bin jetzt ein Star-Journalist – ich bin in »Nightline« und »Larry King Live« aufgetreten –, und Greg möchte nicht auf mich verzichten. Also habe ich fürs erste unbezahlten Urlaub und schreibe mein Buch.

Mein Agent hat die Buch- und Filmrechte an meiner Story für mehr Geld verkauft, als ich bei der *Rocky* in zehn Jahren hätte verdienen können. Der größte Teil des Geldes wird, wenn ich es bekomme, in einen Treuhandfonds für Rileys ungeborenes Kind fließen. Seans Kind. Ich glaube nicht, daß ich mit soviel Geld auf meinen eigenen Bankkonto umgehen könnte, und außerdem habe ich das Gefühl, es nicht verdient zu haben. Es ist Blutgeld. Ich habe von der ersten Honorarrate des Verlages nur soviel zurückgelegt, daß ich mein Leben hier in L. A. bestreiten und vielleicht eine Reise nach Italien machen kann, sobald ich die erste Fassung fertig habe.

Dort ist Rachel jetzt, hat Hazelton mir erzählt. Als man ihr sagte, daß sie aus der BSS-Abteilung entlassen und an einen Ort außerhalb von Quantico versetzt worden wäre, hat sie gleichfalls Urlaub genommen und ist nach Europa geflogen. Ich habe auf einen Anruf von ihr gewartet, aber sie hat sich nicht gemeldet. Ich glaube nicht, daß das jetzt noch passieren wird, und ich glaube auch nicht, daß ich nach Italien reisen werde, wie sie einmal vorgeschlagen hat. Das Gespenst, das mir nachts am heftigsten zusetzt, ist das Ding in mir, das mich dazu verleitet hat, genau das in Frage zu stellen, was ich mir am sehnlichsten wünschte.

53

Tod ist mein Ressort. Ich habe von ihm gelebt und meinen beruflichen Ruhm mit seiner Hilfe geschmiedet. Ich habe von ihm profitiert. Er ist mir immer nahe gewesen, aber nie so nahe wie in den Augenblicken mit Gladden und Backus. Als er mir direkt ins Gesicht atmete, seine Augen auf mich richtete, nach mir griff.

Vor allem an die Augen erinnere ich mich. Ich kann nicht schlafen, ohne zuerst an ihre Augen zu denken. Nicht an das, was in ihnen zu sehen war, sondern an das, was fehlte, was nicht da war. Hinter den Augen lag nur Dunkelheit. Eine leere Verzweiflung, so faszinierend, daß ich mich manchmal gegen das Einschlafen wehre, um darüber nachzudenken. Und wenn ich an sie denke, muß ich auch an Sean denken. Meinen Zwillingsbruder. Ich frage mich, ob auch er kurz vor dem Ende in die Augen des Killers geschaut hat. Ob er in ihnen gesehen hat, was ich gesehen habe. Das Böse, unverhüllt und versengend wie eine Flamme. Ich traure noch immer um Sean. Ich werde es immer tun. Und während ich dasitze und auf das Eidolon warte, frage ich mich, wann ich diese Flamme noch einmal sehen werde.

DANKSAGUNGEN

Es gibt eine Reihe von Leuten, denen ich für ihre Mitarbeit und ihre Hilfe danken möchte.

Herzlichen Dank meinem Lektor Michael Pietsch, der auch an diesem Manuskript lange und intensiv gearbeitet hat, und seinen Kollegen bei Little Brown, vor allem meinem Freund Tom Rusch, für alles, was sie für mich getan haben. Auch diesmal hat Betty Power hevorragende redaktionelle Arbeit und mehr geleistet. Mein Dank geht auch an meine Agenten Philip Spitzer und Joel Gotler, die schon bereitstanden, als das Buch erst eine Idee war.

Meine Frau Linda und meine Familie waren mir eine unschätzbare Hilfe. Sie haben meine ersten Entwürfe gelesen und mich auf Fehler hingewiesen. Und zu besonderem Dank bin ich dem Bruder meines Vaters, dem Reverend Donald C. Connelly, verpflichtet, der mir erzählt hat, wie es ist, wenn man als Zwilling aufwächst.

Weiterhin möchte ich Michele Brustin und David Percelay für ihre kreativen Ratschläge danken und, was die Recherchen angeht, Bill Ryan und dem Schriftsteller Richard Whittingham sowie Rick und Kim Garza.

Zum Schluß danke ich all den Buchhändlern, die ich in den letzten Jahren kennengelernt habe und die meine Geschichten den Leserinnen und Lesern empfohlen haben.